红罗帕

刘卫东　刘向军　著

天津出版传媒集团
百花文艺出版社

图书在版编目（CIP）数据

红罗帕 / 刘卫东，刘向军著. -- 天津：百花文艺出版社，2022.1
ISBN 978-7-5306-8130-5

Ⅰ. ①红… Ⅱ. ①刘… ②刘… Ⅲ. ①章回小说－中国－当代 Ⅳ. ① I247.4

中国版本图书馆 CIP 数据核字 (2021) 第 186317 号

红罗帕
HONGLUOPA
刘卫东　刘向军　著

选题策划：王　欣
责任编辑：刘佩莲　　　　封面设计：西子
出版发行：百花文艺出版社
地址：天津市和平区西康路 35 号　邮编：300051
电话传真：+86-22-23332651（发行部）
+86-22-23332656（总编室）
+86-22-23332478（邮购部）
网址：http://www.baihuawenyi.com
印刷：天津兴湘印务有限公司
开本：710 毫米 ×1000 毫米　1/16
字数：370 千字
印张：21.25
版次：2022 年 1 月第 1 版
印次：2022 年 1 月第 1 次印刷
定价：78.00 元

如有印装质量问题，请与天津兴湘印务有限公司联系调换
地址：天津子牙循环经济产业园区八号路 4 号东区 A-4-1
电话：（022）68855116
邮编：301605

卷首语

刘卫东

《国宝档案》是中央电视台的名牌栏目。我曾在《国宝档案》栏目担任撰稿人，有幸接触到许多国宝级文物，其中就包括精美绝伦的古丝绸。

相传，黄帝的妻子嫘祖发明了养蚕缫丝，她把这些技术传授给百姓，就有了丝绸。后人纪念嫘祖，将她尊奉为“蚕神”。事实上，丝绸是成千上万中华先民集体智慧的结晶，嫘祖就成了中华先民的化身。

丝绸是享誉世界的伟大发明，不但国人喜爱，外国人也对它痴迷。古代商队穿越戈壁沙漠，古代商船扬帆远航，历经千难万险，把丝绸运到世界各地，这些商路被称为“丝绸之路”。

丝绸不易保存。庆幸的是，现代考古为我们打开一扇通往古代的大门，让我们有机会目睹中国古代丝织业取得的辉煌成就。

1972 年，马王堆汉墓出土了一批汉代丝织品，其中一件素纱禅衣，色彩鲜艳，薄如蝉翼，整件衣服仅重 49 克，不足一两！优良的质地和高超的纺织技艺让现代人都叹为观止。可见，两千年前的中国丝织技术已经达到了无与伦比的程度！

1995 年，新疆和田地区的尼雅遗址出土一件汉代织锦，“五星出东方利中国”八个隶书大字穿插在云纹、鸟兽纹和代表日月的红白圆形纹饰之间，色彩斑斓，纹饰诡秘，寓意神奇，是中国古代织锦中的神品。

我采访文物专家，查阅了大量文献资料，遗憾的是，织造它们的艺人没有留下姓名，有关他们的事迹也湮没在历史的长河中。感慨之余，我们萌发了一个想法，尝试着写一部有关丝织艺人的作品，宣传博大精深的中华丝绸文化，讴歌那些为传承和发扬丝织技艺默默奉献的先人。

经过数年努力，我们完成了长篇小说的创作。小说讲述了明代丝绸商柳家几代人锐意进取，历经磨难，浴火重生的感人故事。柳家是成千上万中国丝织艺人的缩影，他们表现出的知难而进百折不挠的精神，勇于开拓不断创新的勇气，注重质量、诚信经商的经营理念是中华民族最宝贵的财富，我们有责任把它们发扬光大。

如果您想了解小说内容，就请翻开阅读。小说人物个性鲜明，故事情节惊心动魄，跌宕起伏，您一定会有所收获。

故事梗概

明朝，丝绸之乡三河镇。柳家是著名的丝绸商，生产的织锦誉满京城。匪首乔吉企图霸占柳家织造坊和柳家小姐柳梅莹，指使土匪抢劫了柳家织锦，想以此逼迫柳家就范。

李家镖局出手相救，大败土匪。战斗中，少镖主李涛中毒箭失去左臂。小姐柳梅莹不顾母亲反对，以身相许。李涛入赘柳家，刻苦学习，成为优秀的丝绸商人。婚后，柳梅莹生下双胞胎儿子柳俊龙、柳俊虎。

匪首乔吉落入法网。知府王九明贪赃枉法，设下调包计，在刑场放走乔吉。数年后，乔吉现身，对柳家和李家镖局实施疯狂报复，杀害了李涛和李家镖局镖主陆大江等英雄，又追杀柳蕊珠、柳梅莹母女和幼子柳俊龙、柳俊虎。柳蕊珠、柳梅莹跳崖身亡。柳梅莹跳崖前，把红罗帕撕成两半，一半系在柳俊龙衣服上，另一半交给丫鬟柳春红。丫鬟柳春红带着柳俊虎躲过土匪追杀，被猎户搭救，流落民间。柳俊龙落入匪穴，被女仆王妈收养。

李家镖局老镖主李胜气愤而亡。李胜的女儿，陆大江之妻李瑛临危受命，将镖局迁到三河镇，与土匪展开生死较量。

柳家家破人亡，主人柳广财经受不住打击，在绝望中死去。临终前，他不顾族人的反对，把柳家织造坊的经营权交给了擅长经营管理的族外人田青和王贵。乔吉挑唆柳氏族亲肢解柳家织造坊，李瑛、田青和王贵挺身而出，揭露柳氏族亲的阴谋，协助官府抓捕内奸，拯救了柳家织造坊。

李瑛找到了流落民间的柳俊虎，把他培养成优秀的丝绸商人。李瑛的女儿陆青热爱织造和绘画，经过刻苦学习，成为优秀的设计师。

柳俊龙认仇家余虹为师，学得一身武艺，他不知自己的身世，被匪首乔吉利用。柳春红不顾个人安危，深入匪巢，拿出珍藏的半块红罗帕，向王妈讲述了真相，一分为二的红罗帕合二为一。柳俊龙幡然悔悟，配合官军和镖丁将土匪一网打尽。贪官王九明罪行败露，得到应有的惩罚。

柳俊虎、陆青长大成人，接管了柳家织造坊。柳家织锦薪火相传，后继有人。

目 录

第一回　陷险境天水镇求援　申正义老英雄相助

明朝，江南三河镇。

绵绵春雨一连下了几天，直到黎明才停。一轮红日喷薄而出，万道霞光穿过晨雾照在三河镇上。远方，崇山峻岭，连绵不断。近处，房舍鳞次栉比，街巷井然有序。三河镇宛如一幅巨大的山水画卷，充满诗情画意。

三河镇地处江南，气候温暖湿润，适宜桑树生长，自古养蚕业就很发达。这里家家种桑，户户缫丝。小户人家，置办一二张织机，夫络妻织，织好的丝绸拿到集市上出售。富足大户有自己的桑园和织造坊，织好的丝绸等着牙商领着商家登门收购，少了中间商的盘剥，能卖个好价钱。到了丝绸上市的季节，四面八方的商贾纷至沓来，三河镇车水马龙，一派繁华景象。

丝织业成就了三河镇的辉煌。镇上有大小几十家丝绸商，最具实力的当数柳家。柳家几代经营丝织业，乡下有大片桑园，镇上有织造坊和染坊，雇用了百名能工巧匠，一年四季机声轧轧，昼夜不休。柳家的丝绸品种齐全，质地优良，柳家织锦更是闻名遐迩，就连京城的商家也慕名前来采购。柳家除了销售自家产品，还从织户那里收购成品销往外埠。

柳家内室里，柳家的主人柳广财正在对镜更衣。一场飞来的横祸让他容貌大变，头发稀疏花白，脸颊消瘦，面色蜡黄，额头爬满细密的皱纹。看到镜中的模样，他心如刀绞，泪水涌出眼眶。

门外传来脚步声。柳广财看见独生女儿柳梅莹搀着夫人柳蕊珠步入室内，赶忙用袖口擦干眼泪。柳蕊珠望着穿戴整齐的丈夫，声音颤抖着问："老爷真要去冒这个险？"柳广财不假思索地道："此事关系到柳家的生死存亡，岂能坐以待毙，就是上刀山下火海也要闯一闯。"女儿泪流满面，扯住父亲的胳膊哀求道："爹，乔家毒蝎心肠，要对您下毒手。此行凶多吉少，孩儿不让您去冒险！"柳广财心如刀绞，强装笑脸，摸着女儿的头宽慰道："莹儿放心，爹不会出事的。"又嘱咐母女二人："我走后，买卖要照常经营，不要让乔吉看出破绽。你们不要出门，在家等我回来。"说话间，管家田青走进来。田青年方二十五，长得眉清目秀，办事老成持重。他拱手道："老爷，按您的吩咐一切准备就绪，我们可以上路了。”柳蕊珠见丈夫主意已定，不再劝阻，转身叮嘱田青道：“此行路途遥远，危机四伏，你要一刻不离老爷左右，确保老爷安全。我们等你们平安归来。”田青点头道：“请老夫人和小姐放心，我一定尽心竭力保护好老爷。”母女俩含泪送柳广财、田青步出家门，看他们上马远去。

在三河镇，实力与柳家相当的是乔家。乔家家丁见柳广财和田青骑马出了三河镇，赶快回去禀报：“秦管家，柳广财、田青主仆二人骑马朝柳家庄方向去了。”乔家的管家姓秦名九。此人身材矮小，其貌不扬，绿豆眼，尖下巴，一口芝麻牙，嘴唇上方稀稀拉拉长着几根上翘的黄胡须，左眼角有块明显的疤痕，绰号“疤瘌眼”。秦九闻言，放下手中精致的紫砂壶，警觉地问：“你们看清楚了吗？他们没有拉货物？”家丁斩钉截铁地回答：“小人看清楚了，只有主仆两人。”秦九起身到后院向主子乔吉汇报。

乔吉起床后，打了几套拳，正在仆人的伺候下洗漱。此人身材魁梧，仪表堂堂，一副正人君子模样。秦九风风火火地来到跟前，道：“主子，柳广财骑马去了柳家庄，此乃天赐良机，我们动手吧。”乔吉面带怒色，斥责道：“柳广财不能死，留着他有大用。”秦九一头雾水，疑惑地问：“他若跑了岂不酿成大患？”乔吉胸有成竹地道：“柳广财已是囊中之物，瓮中之鳖，翻不起大浪。去，派人暗中监视，看他们要干什么。”秦九转身要走，乔吉又叮嘱道：“告诉弟兄们，切勿打草惊蛇，没我的命令不准动手。”

柳广财、田青出了三河镇，扬鞭策马直奔柳家庄。路上，田青回头观望，见有人骑马尾随，低声道：“老爷，尾巴跟来了。”柳广财面不更色，低声道：“知道了，照计行事。”

柳家庄既是柳家的祖居地，又是柳家的养蚕基地。柳广财、田青在柳家老宅前下马。柳文带着仆人迎上前，牵过马，将主人迎进宅院。柳文是柳家庄庄主、柳氏宗族族长，深受柳广财的信任，柳广财将柳家老宅和桑园蚕房交给他管理。柳广财边走边问：“准备好了吗？”见柳文点头，满意地道：“好，现在就开锣唱戏。记住，戏要演真，不可露出丝毫破绽。”柳文附和道：“东家放心，保证万无一失。”

稍作休息，柳文陪同柳广财和田青来到桑园。这一年，阳光充足，雨水充沛，桑树生长茂盛。田间劳作的桑农见到东家和管家，忙上前问候。察看完桑园，一行人来到蚕房。柳家的蚕房宽敞明亮，木架上一层层码放着大笸箩，里面的蚕宝宝白白胖胖，惹人喜爱。返回老宅，柳广财又让人取出账簿，开始核对账目。黄昏时分，从柳家老宅传出消息：东家今晚在这里过夜，不回三河镇了。

乔家派出的探子将柳广财的行踪传回乔宅。柳广财的举动引起乔吉的猜疑，他自言自语道："柳家身陷困境，濒于破产，柳广财怎么还有闲情逸致察看蚕情，核实账目？莫非是另有图谋？"秦九不以为然，道："主子不必多虑。我们已经控制了进出柳家庄的道路，柳广财纵有三头六臂也插翅难逃。"

天色已晚。柳文将一位农夫带到内宅，让农夫与柳广财互换了衣衫。经过一番乔装打扮，田青笑道："老爷换上这身装束，连我都认不出来了。时辰已到，咱们上路吧。"柳广财伸手拦下田青，道："你留下。"田青诧异地问："事先说好我陪老爷去天水镇，怎么事到临头又变卦了？"柳广财道："我俩情同父子，形影不离，倘若同时离开柳家庄，必定引起乔吉猜疑。只有你留下与柳文继续演好这出戏，我出去才会更安全。"田青茅塞顿开，虽然表示服从，心里仍然对东家隐瞒实情有些不满。柳广财劝解道："莫生气。你想想，假若夫人和小姐知晓你我分开，她们能同意我出行吗？我这也是迫不得已。"田青担心东家安危，急切地问："老爷打算让谁同行？"柳广财并未作答，朝门外喊："进来吧。"门帘挑起，走进一位壮实的小伙，拱手道："田管家，我陪老爷去，你可放心？"此人姓柳名大虎，是柳家的护院，忠诚可靠，武功过人。田青这才放心。

三更时，柳广财、柳大虎悄悄出了柳家老宅后门，借助夜色的掩护在田间小路上疾行，黎明前来到官道旁。一辆轿车已等候在路边。柳大虎将柳广财扶上车，车夫扬鞭催马，轿车朝天水镇疾驰而去。

天亮后，从柳家老宅传出消息：东家病了。乔吉闻讯，将信将疑，派人核实情况。派去的人回来禀报："田青、柳文进进出出，请郎中，抓药，忙得不可开交，看来柳广财真的病了。"乔吉这才放心。

天水镇河道交错，道路纵横，既是交通要道，又是水陆码头，本地和外埠的货物在这里集散，自古就是商贸重镇。繁荣的商贸促进了保镖业的发展。天水镇有大小十几家镖局，最具实力的是李家镖局。

李家镖局的老镖主李胜出身武林世家，自幼习武，手中一杆长枪，祖传的枪法出神入化，威震八方，人称"飞枪将"。他还擅长打飞镖，双手发镖，百发百中，堪称一绝。如今，老英雄年事已高，把镖局的生意交给女婿陆大江和儿子李涛打理，自己在家颐养天年，专心传授外孙陆坚武艺。陆坚七岁，已跟外公习武四年，打下扎实的功底。

天蒙蒙亮，李胜唤醒外孙，祖孙俩来到镖局的习武场。习武场的兵器架上，刀枪剑戟一应俱全。场地中央立着两根木桩，上面绑着横杆，横杆下悬挂着一个大金钱，金钱中央是方形钱眼。李胜先打了几套拳，舒展开筋骨，然后牵来坐骑，传授陆坚马上打飞镖的功夫 。

李胜背上镖囊，翻身上马，一抖丝缰，坐骑围着习武场奔跑起来，就在战马驰过金钱的一瞬间，他取出一支飞镖，转身甩臂，打了出去，飞镖不偏不斜正好从金钱眼中掠过。这一招叫“回头射月”。李胜勒住缰绳，翻身下马，向陆坚讲解了要领，然后把他扶上马背。陆坚抖缰策马，抽出飞镖，转身打了出去。飞镖击中金钱，发出清脆的声响。陆坚拨转马头继续练习。

陆坚练得正起劲，一位女子快步走进习武场。那女子身材匀称，容貌秀雅，眸子清澈明亮，一身练功服让她更显英姿飒爽，她就是陆坚的母亲李瑛。李瑛来到父亲身旁，道：“爹，有客人。”李胜感到奇怪，谁这么早来拜访？陆坚见娘来了，跳下马，跑过来。李瑛掏出手帕，一边为儿子擦汗一边道：“坚儿，外公有事要办，今天就练到这里吧。你去伙房吃饭，然后去学堂。”

李胜父女二人走进客厅，客人已经倚着椅子睡着了。柳广财被开门声惊醒，慌忙起身，凝神观看，见来人鹤发童颜，精神矍铄，上前躬身行礼：“您可是李胜李老英雄？”李胜拱手道：“正是。”来人取出信笺交与李胜，道：“在下柳广财，承蒙堂弟柳达声引荐，前来拜访。”李胜回过礼，展开信笺观看：

> 李胜兄：见信如面。我的堂兄柳广财登门求见，有要事相商，望鼎力相助。不胜感激。
>
> 贤弟：柳达声

柳达声是名医，救过李胜的命，是李胜的恩人。李胜放下信，含笑道：“贵客临门，有失远迎，快快请坐。”仆人端来早餐。李胜见柳广财满腹心事，毫无食欲，道：“柳先生有何难事请直说无妨。我与达声是生死之交，亲如手足，但凡能办到的事我绝不推辞。”柳广财长叹一声，道出实情。

这几年，丝绸价格连年攀升，利润丰厚。三年前，一位姓乔名吉的富商来三河镇，他勾结贪官污吏，纠集地痞流氓，买通不法牙商，欺行霸市，做起“罢盘”的勾当。手下人走村串巷，强行收购丝绸，然后就地加价，牟取暴利，弄得百姓和商家叫苦不迭。乔吉尝到甜头，变本加厉，又想垄断丝束的交易。丝束是加工丝绸的原料，由于价格飞涨，小织户买不起，停止了织造，大户人家不愿意高价购买，乔吉不懂织造，收购的丝束大量积压，成了他的心病。

柳家织造坊技术雄厚，柳家织锦远近闻名，供不应求，乔吉打起柳家的主意。这一日，他带着厚礼来到柳家，寒暄后进入主题："论实力，乔、柳两家在三河镇首屈一指，若能精诚合作，可谓是珠联璧合，如虎添翼。我提议乔家提供丝束，柳家负责织造，织出的织锦由乔家包销。您看如何？"柳广财对乔吉的所作所为深恶痛绝，一口谢绝。

乔吉碰了壁，尴尬地走出客厅，招呼仆人抬上礼品朝外走，在院中遇见了柳家小姐柳梅莹。

柳梅莹是柳广财的独生女，柳广财知道柳家织造坊将来要由女儿经营，女儿很小时，他就聘请名师教女儿读书、绘画。柳梅莹的老师是位奇女子，琴棋书画，样样精通。柳梅莹在学习绘画时又迷上了音乐和棋艺。母亲柳蕊珠反对女儿学习音乐、棋艺，认为女儿学习书法、绘画是为了设计丝绸纹饰，学习音乐、棋艺有什么用？那是白白浪费时间！柳广财不同意夫人的看法，他认为艺术是相通的，女儿学习音乐、棋艺，既能增加生活情趣，又能从中获得灵感，对创作丝绸纹饰大有益处。在父亲的支持下，柳梅莹成为三河镇知名的才女。

乔吉早就听说柳家小姐相貌出众，才艺超群，今日一见，果然是美如天仙，楚楚动人。乔吉回到家，冥思苦想，心生毒计。他要一石两鸟，夺取柳家财产，霸占柳梅莹。

乔吉在柳家碰了钉子，不再提合作的事，见了柳广财依然嘘寒问暖，一团和气，暗地里派人监视柳广财的行踪，将柳家的情况摸得一清二楚。转眼又到了春暖花开的季节。柳家照例把一冬织造的织锦包装好，聘请当地的镖局押往京城，谁料镖车在大青山遭土匪抢劫，血本无归。

柳广财得知织锦遭抢劫，眼前一黑，昏死过去。夫人柳蕊珠和女儿柳梅莹慌了手脚，呼天喊地，抱着他哭作一团。田青闻讯匆匆赶来，召唤仆人将柳广财抬上床，掐人中，捶背，好一阵子才将他唤醒。

柳广财直挺挺躺在床上，茶饭不进，整日唉声叹气，服药后，病情非但不见好转，反而一日重过一日。柳蕊珠急忙派人去请柳达声。柳达声诊过脉，却不开药方。柳蕊珠焦急地说："达声，快开药方救人呀！"柳达声长叹一声，道："兄长患的是心病。常言道'心病还需心药治'，我的医术再高明也治不了心病。”柳蕊珠慌了神，掩面哭泣。柳达声道：“兄长生性好强，从不服输，此番打击太大，让他万念俱灰，一时间扭不过弯来。只有先打开他的心结，激发起他的斗志，再开药调养，方可奏效。”柳蕊珠听罢，转悲为喜，催促道：“你最了解你哥，快去开导开导他。”

柳达声仔细了解了情况。大青山土匪最近活动猖獗，三河镇的商家接连遭到抢劫。柳家损失最重。蹊跷的是，乔吉大车小车向外运丝绸，一路畅通，毫发无损，与乔吉合作的商号也安然无恙，遭抢劫的都是拒绝与乔吉合作的商家。有人怀疑乔吉与土匪有染，因为没有真凭实据，一时无法定论。

柳达声来到床榻前，唤了声“柳顺哥”。柳广财闻声，微微睁开双眼，鼻子一酸，哽咽起来。柳达声苦口婆心地劝说：“哥哥六岁时失去父母，成为孤儿。面对人生坎坷，你从没低过头，服过输，才有了今天的辉煌。在咱们堂兄弟中，我最敬佩兄长。织锦遭抢劫，柳家生死攸关，你的焦虑和痛苦我可以理解，可你不该心灰意冷，更不该自暴自弃。事情的来龙去脉我都听嫂子说了。乔吉阴险狡诈，疑点重重，很可能就是幕后黑手，你这样做正中他的下怀！兄长想想，你撒手人寰，嫂子侄女怎么办？柳家织造坊怎么办？常言道：邪不压正。只要哥不气馁，拿出勇气与邪恶势力斗，我相信凭借哥的智慧和能力，一定能力挽狂澜，浴火重生！”

柳广财如梦方醒。意识到乔吉笑里藏刀，把柳家逼到了绝境，如果不能尽快赶制一批织锦兑现合约，不但名誉扫地，还要赔偿一笔可观的违约金，到那时柳家必定家破人亡！与其束手待毙，不如放手一搏。柳广财重新振作精神，发誓要与乔吉抗争到底，即使粉身碎骨也决不退缩！赶制新织锦需要巨额银两，柳达声帮助兄长凑齐了款项，解了燃眉之急。

柳家高价购买丝束，加班加点赶制出一批织锦。有了织锦，柳广财又犯了愁。当地的镖局因为押运接连受挫，纷纷破产，勉强维持生计的怕引火烧身，没有一家敢接柳家的镖。柳广财万般无奈，向柳达声求援。柳达声向他推荐了李胜，说：“此人侠肝义胆，疾恶如仇，只要他肯保镖，大事准成。”柳广财这才设下金蝉脱壳计，冒险来找李胜。

听了柳广财的讲述，李胜义愤填膺。三河镇的镖行明哲保身，临阵脱逃，丧失了道德。黑恶势力为非作歹，天理难容！李胜一生光明磊落，疾恶如仇，岂能容忍黑恶势力胡作非为。他看看女儿，李瑛点头赞同。李胜道：“柳先生，这趟镖我们接了。”柳广财听罢，感激涕零，“扑通”跪倒在地。李胜、李瑛赶忙把他扶起。柳广财将一张银票交给李胜，面带愧色地说：“我手头紧，一时拿不出更多的钱，这张银票请老英雄笑纳。事成之后，我必有重谢。”

大家重新落座，李胜道：“柳先生有所不知，我年事已高，将镖局交与女婿陆大江和儿子李涛掌管。他们保镖在外正在返程途中，不出三日便可归来。先生先住下，等他们回来再商量押运细节。”柳广财摇头道：“不妥。乔吉阴险狡诈，耳目众多，假若察觉我的意图，岂不是误了大事。既然李老英雄答应出手相助，我就回去静候佳音。”李胜觉得有理，表示赞同。柳广财取出一把折扇交给李胜，道：“您的人来三河镇，可扮成商人手持这把折扇到柳家绸布庄找田青，田青见到折扇，会安排我们见面。”李胜收起折扇，吩咐道：“唤陈龙、张汉速来见我。”陈龙、张汉是李胜的爱徒。年轻有为，武功超群，都有一身好轻功。

陈龙、张汉来到客厅与柳广才见了面。李胜说明情况，吩咐道：“你俩护送柳先生回家，然后留在三河镇保护柳家安全，监视乔吉的动向，想办法查清他与大青山土匪的关系。”陈龙、张汉拱手施礼，回去准备。

饭后，李胜父女将柳广财、柳大虎送到大门外，看他们上了轿车，陈龙、张汉也上了马。李胜拱手道：“柳先生一路多加小心。我会尽快派人与你联系，协商押运事宜。”柳广财洒泪告别。一行人快马加鞭，昼夜兼程，深夜回到柳家庄。

三天不见恍若隔世。田青见到柳广财迫不及待地问：“老爷，事情办妥了吗？”柳广财点头示意。田青欣喜，动情地说：“苍天保佑，柳家有救了。”继而感慨道：“乔吉的人整日在庄子里转，打听东家的消息，您若再不回来，这出戏真就演不下去了！”

第二天，柳广财围巾缠头，长袍裹身，由仆人搀扶着步履蹒跚地走出柳家老宅，上了轿车，返回三河镇，乔吉没有发现任何破绽。

第二回　议敌情小诸葛献策　潜乔宅两兄弟探底

陆大江、李涛率众押着镖车安全抵达目的地，办完交接手续，踏上归程。众人归心似箭，晓行夜宿，这日回到了天水镇。镖车还没进镇，早有快马赶回镖局送信，李瑛率众家眷在镖局大门前迎候。

车队出现在视野中。陆大江、李涛并辔而行，在前面开路。陆大江赤红脸，剑眉虎目，仪表堂堂，胯下一匹枣红马，马鞍旁挂着一杆五钩神飞枪，威风凛凛。李涛白脸膛，面如冠玉，身材修长，身背宝剑，胯下一匹白马，气宇轩昂。二人身后是长长的车队。众镖丁手持兵刃，精神抖擞地护卫在镖车两侧。在后面压阵的是陆大江的四名爱徒，大徒弟刘雄，二徒弟曹峰，三徒弟张豹，四徒弟王亮。四人血气方刚，个个身怀绝技。

车队在镖局大门前停稳。陆大江声如洪钟："此次保镖路途遥远，弟兄们跋山涉水，劳苦功高。依照镖局的规矩，今晚举行庆功宴，论功行赏。各位先回去休息，晚上一醉方休！"话音未落，家眷们一拥而上，兴高采烈地把亲人迎回家。陆坚挣脱了娘的手，喊了一声"爹"，扑到陆大江怀里。陆大江抱起儿子，在他脸上亲了又亲。李瑛站在一旁，深情地瞧着丈夫和弟弟，镖路艰辛，俩人都消瘦了许多。

李涛不见父亲的身影，关切地问："姐，爹呢？"李瑛答道："爹在客厅等你们呢。你们先过去，我安排好庆功宴的事随后就到。"李瑛是镖局的女主人，大事小情都要她操持。

陆大江、李涛走进客厅，向李胜请安。李胜含笑道："快坐下，我有要事与你俩商量。" 正说着，李瑛进了客厅，坐在一旁。李胜讲述了柳广财登门求助的经过，道："这趟镖我接了，只等你俩回来商量行动方案。"陆大江心直口快，道："山贼草寇有何可惧，咱们多带些弟兄，再花银子请官军护送，定能把货物平安运出大青山。"李胜提醒道："我看没那么容易。为弄清乔吉的来历和真实身份，柳先生派人暗中调查了很长时间，依然毫无结果。此人行踪诡秘，疑点重重，他自称是丝绸商人，却对织造一窍不通，反而对土匪的伎俩了如指掌，运用自如！"李胜的话让陆大江、李涛警觉起来。李瑛补充道："蹊跷的是，三河镇的商家接连遭到土匪抢劫。乔吉的货车却畅通无阻，毫发无损，与乔吉合作的商家也安然无恙，这绝非巧合。有人怀疑乔吉与土匪有染，我看很有道理！”李胜点头赞同。

关于大青山土匪，李涛早有耳闻。大青山土匪人多势众，凭借天险屡屡作案，气焰嚣张，官府多次发兵清剿都大败而归。李胜见儿子沉思不语，问：“涛儿，你有何想法？”李涛道：“此次保镖非同寻常。土匪盘踞的大青山是必经之路，绕不开，躲不过，与土匪正面交锋在所难免。乔吉耳目众多，大青山土匪穷凶极恶，采用惯用方法恐怕不行，要克敌制胜，就必须周密策划，另想办法，方能万无一失。”大家表示赞同。

掌灯时分，有人进来禀报：“时辰已到，请镖主参加庆功宴。”李胜起身道：“保镖之事明日再议。弟兄们远道归来，人疲马乏，不久又要出征，我想将实情通告大家，让弟兄们早做准备。”

镖局习武场灯笼高悬，一派喜庆。场地中央摆着两排长桌，酒菜丰盛。众人领过赏银，依次落座。陆大江高声道：“这次保镖路途遥远，弟兄们劳苦功高。我先敬大伙一碗，感激的话全在这酒里了。”说完，端起酒碗一饮而尽。众人随声附和，欢呼畅饮，好不热闹。

酒过三巡，李胜起身道：“众位，镖局接了新镖单，不久又要启程。大伙远道归来，人马劳顿，本该好好休整。可是情况紧急，时不我待，还望弟兄们海涵。此次保镖非同寻常，对手是穷凶极恶的大青山土匪。我决定重新披挂，亲自带队出征。我宣布：从即刻起，兄弟们有事外出先到门房登记，无事的一律在家待命。”习武场上群情激奋，有人高喊：“听从老镖主调遣。”李胜大喜，端起酒碗道：“好！我再敬大家一碗。”众人附和，将酒饮尽。

庆功宴散，李涛回到寝室，坐在灯下，陷入沉思：乔吉耳目众多，无法把货物秘密运出三河镇，大青山土匪彪悍凶残，又占据了有利的地形，强行通过难有胜算，只有出其不意，才能克敌制胜。兵法云：“虚则实之，实则虚之”。假若设计一个调包计，在押运途中用假货替换真货，就能确保真货的安全。如果车上载着伏兵，一旦交战，就能出其不意，克敌制胜…… 一个大胆的方案在李涛的脑海里逐渐形成。

夜深了。李瑛手提食盒推开李涛的房门，后面跟着陆大江。李瑛道：“我熬了莲子八宝粥，快，趁热喝了。”李涛喝粥时，陆大江凑过来，问：“贤弟，你这个‘小诸葛’是否有了克敌的办法？”李涛没有考虑成熟，不想开口。李瑛朝丈夫摆摆手，两人退出房间，李涛继续推敲行动细节，晨曦照亮李家镖局大院时，他胸有成竹地走出房间。

早饭后，李胜、陆大江、李瑛、李涛继续商讨保镖之事。听了李涛谋划的方案，李胜手捋长髯夸奖道："涛儿的办法好。虚虚实实，实实虚虚，真中有假，假中有真，让土匪真假难辨，我们就能见机行事，牢牢把握主动权！"李胜停顿了一下，继续道："兵法云：知己知彼，百战不殆。我们要尽快熟悉镖路，掌握土匪行踪，谋划好各种应急之策。"陆大江道："我马上沿镖路走一遭，勘察地形，熟悉行走路线。"李涛道："敌众我寡，靠我们一家的人马不行，可以采纳姐夫的建议，花银子请官军协助。"话音未落，李瑛表示反对："我看不妥。三河镇的镖局也曾花钱请官军协助，结果怎么样？土匪很快就获悉了消息，对镖车的行程了如指掌，说明土匪在官军中有眼线。这么做非但无益，反而增加了押运的难度。况且，官军图的是钱财，岂肯真心出力。依我看，请镖局的朋友帮忙最稳妥。"李瑛的话切中要害。李涛道："姐姐所言极是，就请镖局的朋友协助。这样既能保守秘密，一旦交战，还可以同心协力消灭土匪。"李胜道："好！我马上联系镖局的朋友。"

时间紧迫，李胜决定分头行动。李涛带领刘雄去三河镇与柳广财接头，陆大江带领曹峰、张豹、王亮沿途勘察地形，其余的人在家做出征准备。

陈龙、张汉来到三河镇。为了不引起乔吉的怀疑，俩人住进了三河客栈，暗中收集乔吉的罪证。

乔家大院坐落在三河镇最繁华的十字街口，是一座青砖灰瓦建筑，雕砖门楼，朱漆大门，雕梁画栋，十分气派。门楼上方悬挂黑底红字牌匾，"乔宅"二字格外醒目。大门两侧是宽敞明亮的铺面房，灯笼高挂，旗幡招展，好不风光。陈龙、张汉走进乔家绸布庄，佯装挑选布料，把四周情景看了个仔细。此时，一辆豪华轿车从远处疾驰而来，停在乔家大门前，一个身材矮小，尖嘴猴腮的人带领家丁迎上去，把一位身材魁梧相貌堂堂的中年男子扶下车。陈龙、张汉目光犀利，一眼就看到尖嘴猴腮的人左眼角有块疤痕，认出此人就是秦九，被搀扶下车的是乔吉。

陈龙、张汉走出绸布庄，围着乔家院墙转了一圈，仔细察看地形，准备夜探乔宅。二人刚回到客栈，柳大虎就提着食盒进了屋，将酒菜摆上桌，道："两位英雄辛苦了。东家让我来送酒菜，请享用吧。”陈龙道出夜探乔家大院的想法。柳大虎听后连连摇头道：“乔家戒备森严，夜探乔宅恐怕没那么容易。若想不被察觉，得想办法吸引乔家护院的注意，然后乘虚而入。”张汉眉头一皱，计上心来，道出了自己的办法。柳大虎拍手道：“声东击西，好主意。等我这边锣声一响，你俩就动手！”

夜深人静。陈龙、张汉身穿夜行衣，肩背百宝囊，斜背短刀，隐藏在乔家墙外的树丛中，等待锣响。忽然，一阵急促的铜锣声打破了寂静。乔家家丁听到锣声，一片混乱，纷纷登高张望。秦九踉跄着跑出来，神色慌张地问：“出了何事？”众家丁你看我、我看你，无言对答。秦九勃然大怒，骂道：“他娘的，还愣着干什么？快去打探消息！”秦九如此慌张，是因为他接到了大青山土匪密报，说抢劫的柳家织锦今夜运抵三河镇，柳宅此时出现情况触动了他敏感的神经。一会儿工夫，家丁回来禀报：“回秦管家，有贼越墙进入柳宅，柳家护院鸣锣报警，正在抓贼。”秦九闻言，悬着的心落了地，骂道：“他娘的，柳家草木皆兵，被吓破胆了。”

锣声一阵紧过一阵，陈龙飞身来到高墙下，从百宝囊中取出飞爪，向上一抛，如意钩搭住墙头。他借助绳子攀上高墙，取出问路石抛到院里。院里静悄悄的，没有动静。陈龙招手示意，张汉也攀上高墙。俩人收起飞爪，纵身跳进院里。

这里是乔家后花园，花园里假山水榭一应俱全。陈龙、张汉借助山石花木的掩护四处观望。花园一侧是马厩。骡马低头咀嚼着草料，不时打着响鼻。马厩旁有间房子，里面亮着灯，是喂马人的歇息处。马夫走出来，给牲口添了草料，又返回屋子。

马厩前的空场上停着几辆大车。陈龙、张汉刚来到近前，远处就传来马蹄声响，张汉就地一滚，钻到一辆大车下面。陈龙纵身跃上轿车，掀开车帘，钻进车厢。他感觉头被硬东西碰了一下，凝眸细瞧，原来是悬挂在车帘上的一个小配饰，一个用黑石头雕刻的骷髅头。陈龙恍然想起，这就是乔吉白天乘坐的轿车。

几辆马车停在马厩前。秦九疾步跑来，低声问：“怎么这么晚才到？出了什么事？”押车人道：“回秦爷，我们在镇外听见锣声，唯恐出事，就躲了起来。等锣声停了，确认无事，才敢进镇。请问，山里的货物卸哪儿？”秦九犹豫了片刻，轻声道：“你们在这儿候着，我去问问乔主子。”

陈龙听得真真切切，心想："山里的货"是什么意思？莫非是土匪抢劫的货物？更加警觉起来。一会儿工夫，乔吉手摇蒲扇走来，后面跟着秦九。乔吉听说车上有柳家织锦，催促道："快，打开让我看看。"押车人挑起灯笼，解开绑绳，从车上取出几匹织锦。乔吉看后，爱不释手，连声赞叹："柳家织锦果然名不虚传。"随后命令道："把柳家织锦运出去，藏起来，其他货物卸到库房里。"秦九疑惑不解地问："主子，货都拉到家了，为何还运出去？"乔吉训斥道："笨蛋！柳家织锦是独门绝技，若在家中被人发现，岂不是不打自招！赶紧趁天黑拉出去，一刻也不要停留。"秦九把赶车和押车的人召集起来，吩咐道："柳家织锦留在车上，其他货物卸到库房里。卸完货，马上走。"陈龙、张汉眼睁睁地看着织锦被运出乔宅。

柳广财得知情况，既喜又忧。喜的是，掌握了乔吉的罪证，可以向官府报案捉拿罪犯。忧的是，证实了李胜的推断，乔吉和大青山土匪沆瀣一气，是一伙人。柳家面对的敌人不仅仅是乔吉，还有穷凶极恶的大青山土匪。想到此，柳广财不由得手脚发凉，出了一身冷汗。

田青主张立即报案，捉拿乔吉，追回织锦。柳广财也赞同。陈龙急忙劝阻："切莫鲁莽。俗话说：'抓贼抓赃，捉奸捉双'。我们虽然发现了线索，但没有查清织锦的下落，若贸然行动，乔吉就会转移或销毁织锦。到那时，再想追回织锦就难上加难了。一旦打草惊蛇，还会影响即将开始的押运行动，岂不是得不偿失？"张汉补充道："陈龙所言极是，等弄清藏匿织锦的地点再报案也不迟。到那时人赃俱获，乔吉想赖也赖不掉。"柳广财、田青觉得有理，不再坚持。柳广财问："织锦已被运出乔宅，应该如何追查？"陈龙回答："就从乔家马倌查起。"

午后，柳大虎给陈龙、张汉带来消息："乔家马倌的情况摸清楚了。这人叫马兴，五十多岁，平时就住在马厩旁的小屋里，此人嗜酒如命，常去李家酒馆饮酒。"三人商量好办法，分头行动。

马兴走进李家酒馆，要了一盘卤鸭爪，一盘豆腐干，一壶白酒，自斟自饮起来。柳大虎走到马兴身前，拱手道："这位兄长，独自喝酒多无趣。你我共饮，你看如何？"说完，招呼店小二，要了好酒好菜。马兴眯眼瞧着柳大虎，不好意思地说："我与你不相识，怎好白吃你的酒。"柳大虎笑道："酒肉不分家。我这个人就喜欢热闹。”说完，端起酒壶给马兴斟满酒。酒香诱人。马兴无法抗拒酒的诱惑，左一杯，右一盏，直喝得面红耳赤，舌头发硬。柳大虎见火候到了，掏出银子付了酒钱，起身告辞。

马兴出了酒馆，趺趺撞撞地往回走。陈龙和张汉从暗处蹿出，蒙住他的头，架起就走。马兴双脚离地，乱蹬乱踹，正要呼救，却被掐住脖子。二人将马兴架进一个院子，扔在地上。马兴体如筛糠，酒醒了大半。陈龙厉声道：“我们是官府捕快，有事问你，你要如实招来，免受皮肉之苦！”马兴磕头如捣蒜，连声求饶。张汉问：“昨夜几辆马车进了乔宅，车上拉的什么货？后来去了哪里？”马兴深知泄密的后果，想蒙混过关：“官爷饶命。我是喂马的，哪里晓得这些事。”张汉大怒：“不说，就把你关进大牢！”马兴吓得魂飞魄散，跪地求饶：“我说，我说，他们说是织锦……去了小王庄。”

陈龙、张汉回到客栈，柳大虎快步上前，急切地问：“打听到织锦下落了吗？”陈龙道：“马兴说在小王庄。你可知晓这个地方？”柳大虎大喜，连声道：“知道，知道。小王庄离三河镇不远，织锦工王贵就是那里的人。”事不宜迟。陈龙、张汉主张即刻前往，被柳大虎拦下。柳大虎道：“时辰已晚，你俩早点休息吧，明早我带你们去。”

第三回　寻织锦小王庄暗访　问家事现王家疑案

柳大虎、陈龙扮成商贩，肩背褡裢，推着独轮车，来到小王庄。柳大虎从小养蚕缫丝，当了护院后，每天听的看的还是丝绸，对收购丝绸了如指掌。进了村，他亮开嗓子吆喝起来："收——丝——绸"。

俩人一路吆喝，来到王贵家门前。陈龙透过篱笆院墙朝里观看。院子干净利落，正房三间，两侧有厢房。院子中央种了一架葫芦，枝繁叶茂，开满了葫芦花，院子一侧用篱笆围成菜园，种着各种时令蔬菜。屋后栽了不少桑树。吆喝声惊动了主人，王贵媳妇从屋里走出来，身后跟着一个四五岁的小女孩，她是王贵的女儿香秀。王贵媳妇见到柳大虎，十分诧异，疑惑地问："大虎兄弟，你放着护院不做，怎么收购起丝绸来了？"柳大虎将她唤进院，关上院门，低声道："王嫂，你可知晓柳家织锦遭抢劫的事？"王贵媳妇点头，表示知晓。柳大虎继续道，"我们得到消息，遭抢劫的织锦就藏在小王庄，今天是来查访的。你熟悉村里情况，想请你给我们带路。"王嫂闻言，脸色骤变。柳大虎安慰道："王嫂尽管放心，我们这身装束不会引起怀疑。"王嫂迟疑了片刻，领着女儿出了院子。

有王嫂的协助，查访进行顺利。就剩最后一家了，王嫂止步不前，怯生生地说："那家我就不去了。"陈龙不明其意。王嫂解释道："那家的主人叫王明轩，是我家的远房叔叔。我叔常年在外，婶娘去年死了，家里只有几个男仆人。这些人凶巴巴的，从不和庄里人交往，还放狗咬人。我们都怕他们。"陈龙不好勉强，让王嫂走了。

这是一座高墙大院，砖砌的门楼，两扇黑漆大门紧闭。柳大虎、陈龙刚到近前，院里就传出狗吠声。大门打开，冲出两条硕大的猎狗，后面跟着两个黑衣仆人。仆人目露凶光，上上下下仔细打量着来人，猜测着来意。陈龙向院里张望，高大的影壁挡住了视线，看不到院里的情景，拱手道："两位兄弟，我们是收购丝绸的商贩，您家有丝绸卖吗？"一个仆人走上前，围着独轮车察看，见车筐里装着丝绸，放松了警惕，不耐烦地催促道："走，快走，这没有丝绸。"说完，"咣当"一声关上了大门。家仆的举止引起陈龙的警觉，想起王嫂刚才说的话，更觉得这户人家可疑。

陈龙将自己的想法告诉柳大虎。柳大虎精神一振，急迫地问：“我们怎么办？”陈龙道：“这里不宜久留，以免引起怀疑。我们马上离开，晚上再来。”陈龙围着王家院墙走了一圈，仔细观察了四处的情况，悄悄离开了小王庄。

月朗风清，皎洁的月光泼洒在大地上，地面景物清晰可辨。柳大虎和陈龙身穿夜行衣出现在王家院墙外。院墙贴地面处有排水洞。柳大虎从背包里拎出两只肥硕的野兔，塞进洞口，兔子一蹦一跳钻进院子。狗发现兔子，狂吠着去追赶，兔子无路可逃，躲进墙下的杂物堆。更夫叫来人，开始搬杂物寻找兔子。狗吠声、笑骂声、搬动杂物发出的声响混杂在一起，乱成一团。

这是一座两进院落。陈龙趁机来到后院墙下，借助飞爪攀上高墙，悄无声息地进到院里。后院有马厩和伙房。离伙房不远还有一栋房子，房子窗户紧闭，门上挂着锁，不知是做何用的。陈龙凝神谛听，前院传来狗吠声和喊叫声，那些人还在忙着抓兔子。他蹑手蹑脚来到门前，从百宝囊里取出“万能钥匙”，打开门锁，一闪身进到屋里，随手关上门。屋里伸手不见五指。陈龙点燃火绳，借着火光仔细观看。这里是库房。货架空空的，落满灰尘，已经很久没有使用了。陈龙把门轻轻推开一条缝朝外观望，忽见几个人提着灯笼，拎着兔子，朝后院走来，后面跟着两条大狗，赶紧掩上房门。

家仆点火炖兔子，院里弥漫着诱人的香味，馋得狗直流口水，围着伙房打转。一只狗嗅出异味，跑过来冲着虚掩的房门狂吠。一个仆人出来察看，没有发现异常，返回伙房，扔出来一些兔骨头。狗把骨头叼到一边，有滋有味地咀嚼起来。陈龙趁机走出库房，锁上锁，来到前院。

前院很宽敞，青砖铺地，有三间正房。一个房间黑着灯，里面传出女人放浪的笑声，把陈龙吓了一跳。王嫂说院里只有几个男仆，没想到还住着如此放荡的女人。正屋和另一个房间亮着灯，里面没有人，大概是去后院吃兔肉了。陈龙闪身进入正屋，没有发现织锦，又蹑手蹑脚溜进另一个房间。这里是卧室，雕花架子床旁有张精致的小桌，上面放着青瓷烛盘，烛盘里蜡烛燃烧着，发出橘红色的光芒。陈龙掀开幔帐，被子零乱地摊在床上，枕头旁有一个黑色的小物件，他拿起来仔细观看，是一个用黑石头雕刻的骷髅头，与在乔吉轿车上看到的那个一般模样，只是小一些。陈龙一阵欣喜，他不知晓饰件的用途，但他确信这里的人十有八九与乔吉有联系。

陈龙不敢久留，翻墙出了院子，在院外等候的柳大虎低声问："找到织锦了吗？"陈龙摇头道："前后院找遍了，没找到。"俩人连夜返回了三河镇。

陈龙向柳广财、田青等人讲述了经过，众人都觉得王明轩家可疑，把王贵叫来了解情况。王贵是柳家织造坊最优秀的织锦工，手艺精湛，忠厚老实。柳广财很器重王贵，让他负责开发新织锦。王贵来了，他以为东家找他是谈织锦的事，见屋里坐着陌生人，有些紧张。柳广财起身招呼王贵坐下，介绍道："这两位兄弟是陈龙、张汉，是来协助我们调查被劫织锦的。他们问什么你就照实讲，越详细越好。"听陈龙讲述了在小王庄的发现，王贵面色陡变，他不相信叔叔王明轩与乔吉有瓜葛，更不敢相信土匪抢劫的织锦藏在自家村里。长叹一声，道出叔叔一家人的遭遇：

王明轩家三口人，夫妻俩和儿子王海。王明轩勤奋好学，会养蚕，能织造，懂经营，早些年在家养蚕缫丝织造，有了本钱，就带着儿子走街串巷收购丝绸，运到外地销售，几年光景家境就殷实起来，盖了两进宅院。王明轩夫妻很恩爱，从没有拌过嘴。父子俩在外经商，时常回家探望，家里吃的穿的用的样样想得周全。不知何故，父子俩突然不回家了，村里传言，说王明轩喜新厌旧，撇下结发妻子在外纳了妾。奇怪的是老子不回家，儿子也不回来看望娘。家里剩下王妻一人。王妻身体强壮，去年突然病亡。更蹊跷的是，王妻死后，王明轩和儿子都没回来办理丧事，他家的仆人把她草草地埋葬了。

"你认识那些仆人吗？""不认识。他们是我叔在外面找来的。这些人很古怪，从不与村民来往，没人知道他们的来历。""这些人什么时候到你叔家的？"王贵想了想，十分肯定地回答："我婶去世前不久。""这么说这些人到你叔家不久你婶就去世了？"王贵点点头。"你婶生病期间你见过她吗？"王贵哽咽着回答："没有。我平日住在织造作坊里，十天半月才回一趟家。那天，我媳妇捎话说我婶病了，我赶回去看望。他家的仆人横竖不准我进门，说我婶服药后刚睡下，不让外人打扰。我哀求说，我是她侄子，不是外人。他们又说他家主子吩咐过，无论何人一律不许见。我思量不透，我叔不在家，他们说的'主子'是谁？我不肯走，他们就放狗咬我。没过几天，我婶就不明不白地死了。""你婶得了什么病？""他们说是传染病，不让庄里人靠近。"王贵说到动情处忍不住掩面抽泣。

众人听后，更觉得王明轩家疑点重重。陈龙分析道："王家父子所行有违常理，王妻也死得蹊跷，其中必有冤情！”张汉补充道：“此言有理。依我看，什么王明轩喜新厌旧，什么王妻含恨暴亡，都是弥天大谎，就是要混淆视听，掩盖真相。”此言一出，柳广财、田青心头一紧，都为王家父子的安危捏了一把汗。

陈龙问：“你叔家的影壁墙和前院的地砖都是新铺的。你叔不回家，为什么还要大兴土木？”王贵道：“这些都是我婶死后那些人干的。他们大车小车往院里砂石木料，修建了影壁墙，还加高了院墙。运出的渣土在院外堆起一个大土堆。”

陈龙将夜探王宅的情景在脑子里过了一遍，确信没有遗漏任何地方，织锦能藏在哪里呢？突然，他眼前一亮，心想：难道他们在王家秘密修建了地库？否则，那么一大堆渣土从何而来？陈龙道出自己的推断，众人为之一振。张汉把大手一挥，提议道：“咱们就从这伙人入手，查清真相。”

柳广财对王贵说：“生人频繁出入小王庄会引起猜疑。你是小王庄人，行动方便。你回小王庄监视那伙人，趁机向村民多了解一些情况……”王贵有些胆怯，低声道：“我从没干过这种事，怕干不好。”陈龙鼓励说：“别怕，张汉与你同行，一切听他的安排。”王贵打消了顾虑，点头答应。

张汉提出一个问题：“我是外人，去小王庄要有个合适的理由，别人问起也好应付。”王贵想了想，说：“我家厢房漏雨，我回家修房，张汉兄弟是我请的泥瓦匠。你们看行不行？”张汉拍手道：“好主意，干泥瓦活我在行，保证露不出破绽。”

张汉跟随王贵来到小王庄。王嫂见丈夫回来了，惊喜不已：“当家的，你怎么有空回家啦？”王贵回答：“咱家厢房不是漏雨吗，我是回来修房的。”又指着身后的张汉介绍说：“他叫张汉，是我请来的泥瓦匠。”

三人进了屋。王贵关上房门，一脸严肃地说：“大虎昨夜潜入咱叔家，你猜发现了什么？”“发现了什么？”王嫂吃惊地问。张汉道：“我们在你叔家发现了一个骷髅头饰件，我们在乔吉的轿车里也见过相同的饰件。它做什么用还不清楚，不过，有一点可以肯定，你叔家的人肯定与乔吉有联系！我们就是以修房为由来监视他们的。此事还需要嫂子帮忙。”“让我做什么？”“你到外面监视他们，发现有人和车辆出入你叔家，马上告诉我。”王嫂拍着胸脯道：“这事我能行。”张汉又叮嘱道：“嫂子当心，千万不要露出破绽。有人问起我，就说是你家雇的泥瓦匠。”王嫂拿着板凳和针线笸箩领着女儿走出院子。王贵站起身，道："张汉兄弟，你待在家里，我去借修房工具，顺便打探消息。"说完也出了家门。

柳家出高价买丝束，加班加点赶制织锦，与三河镇的镖局接洽押运事宜，这一切都没能瞒过乔吉。就在乔吉得意之时，柳广财突然偃旗息鼓，没了动静，这让乔吉又犯起嘀咕：莫非柳广财要放弃签订的合约？若是如此，柳家不但名声扫地，还要赔偿一大笔违约金，离破产就不远了。乔吉不相信柳家会毁约，可是，大难临头，柳广财为何还这般从容淡定？莫不是又在耍花招？自己在柳家周围布满眼线，为何没有发现蛛丝马迹？乔吉越想越感觉不对劲。秦九看出主子的忧虑，劝慰道："主子不必自寻烦恼，我派人把他宰了，不就一了百了了。"乔吉摆手阻止："不妥。杀死柳广财易如反掌，但他不能死，留着有大用。"秦九疑惑地瞧着乔吉。乔吉解释道："我们刚做了几桩'大买卖'，已经引起官府注意，此时杀了柳广财，等于授人以柄，引火烧身。再说，咱们收购的丝束还堆在库房里，要把它变成银子，必须织成丝绸才行。"乔吉停顿了一下，继续道，"我问你，什么丝绸最赚钱？"秦九不假思索地回答："当然是织锦了。"乔吉狡诈地笑道："这就对了。杀了柳广财，谁给咱织织锦？另外，柳家小姐让我朝思暮想，魂不守舍，杀了柳广财，柳小姐还会嫁给我吗！"秦九闻言，把胸脯一挺，道："这有何难，我派人把她抢了！"乔吉摇头道："使不得。若是在大青山，抢个压寨夫人谁敢说个不字。这里是三河镇，咱们现在的身份是商人，柳广财到官府告咱们抢夺民女，咱们就得吃官司。"

秦九两手一摊，无奈地问："杀也杀不得，抢也抢不得，又该如何？"乔吉道："对付柳广财就如同猎人狩猎，先要设下陷阱，再把猎物往陷阱里赶，猎物没了逃路，只能乖乖就擒。我们已经将柳广财逼入绝境，只要阻止他把织锦运出三河镇，就大功告成。到时候，用不着杀，也用不着抢，他就得把女儿乖乖送上门来，像狗一样听从使唤，给咱们织锦。"说完，忍不住开怀大笑。秦九恭维道："还是主子英明，小人佩服。"

乔吉收敛了笑容，吩咐道："柳广财的所作所为违反常规，让我看不懂了。你让弟兄们擦亮眼睛，不可放过任何蛛丝马迹，一定要弄清楚这葫芦里到底卖的什么药！""是！"秦九领令离去。

第四回　施小计钓乔吉上钩　初相见叹后生可畏

陈龙办事缜密，他将来三河镇前后发生的事情在脑子里过滤了一遍，猛然意识到忽视了一件事，马上去见柳广财。

陈龙与柳广财、田青会面。陈龙问：“柳先生还在与三河镇的镖局洽谈保镖事宜吗？”柳广财回答：“没有。”陈龙提醒道：“乔吉老奸巨猾，若终止洽谈会引起他的猜疑，乔吉一旦悟出其中的奥秘，我们的一切努力将付之东流。”柳广财猛然警醒，自责道：“都怪我，是我考虑不周。多谢你的提醒，不然要出大乱子。依你之见，如何处置？”陈龙道：“为了迷惑乔吉，先生演了一出金蝉脱壳的好戏，我以为这出戏还要继续演下去。”“你的意思是……”“先生继续与镖局洽谈押运事宜，假戏真唱，让乔吉放松警惕。”柳广财、田青都表示赞同。陈龙问：“眼下三河镇最有实力的镖局是哪家？”田青回答：“孙家镖局。”“孙家镖局与乔家关系如何？”“两家打得火热。”陈龙笑道：“咱们就去找孙家镖局，不过，戏还要柳先生亲自演才行。”三人设计了“剧本”，开始付诸实施。

孙家镖局的镖主叫孙华，此人刀马娴熟，也称得上是条汉子。孙家镖局以前在三河镇是小字辈，最近一段时间招兵买马，扩充实力，一下发达起来，其中的缘由只有他和乔吉清楚。

乔吉在三河镇培植自己的势力，经过仔细甄选，看中孙华，要拉他入伙。孙华对乔吉的示好没有积极回应，他知道乔、柳两家在暗中较劲，在没有决出胜负前，他不想冒失行动，最好的办法是静观其变。柳家遭抢劫后，孙华认为柳家大势已去，开始主动讨好乔吉。

一天，秦九大摇大摆来到孙宅，孙华毕恭毕敬地将他让进客厅，献上茗茶。秦九开口道：“乔家有一批丝绸要外运，我家主子相中了你。”孙华受宠若惊，不过，他有自己的小九九。大青山土匪屡屡作案，气焰嚣张，官府派兵清剿又大败而回，他不想在土匪气势正盛时去冒险。孙华拱手道：“多谢秦爷。大青山土匪猖獗，孙家镖局人少力单，恐怕难当此任。”秦九仰面大笑，道：“孙镖主不必多虑，如遇土匪抢劫，一切损失由我承担，你看如何？”孙华认为是戏言，连忙道：“秦爷莫开玩笑。国有国法，行有行规。这么做不符合规矩。”秦九把胸脯一挺，道：“大丈夫说话一言九鼎，绝不食言。老弟若有疑虑，我可以写下字据。白纸黑字，你还怕我反悔不成？”孙华见秦九一本正经，令手下准备纸墨笔砚，秦九执笔蘸墨写下字据。

几天后，孙华带领手下押着镖车上了路，虽然有秦九的承诺，他还是丝毫不敢懈怠。大青山山高林密。正往前行，突闻一阵紧促的梆子声，涌出上百号土匪，将镖车团团包围。孙华把心一横，是福不是祸，是祸躲不过，率手下持兵器护住镖车，要以死相拼。

匪兵左右分开，一名匪将来到近前。孙华凝眸细看，见此人瘦高个，圆脸膛，络腮胡须，皮肤黝黑，胯下一匹杂毛马，掌中一对开山巨斧。匪将咧开大嘴，开口问：“你可是孙华镖主？”孙华暗自吃惊，土匪怎么知晓自己？持刀上前，喝道：“我就是孙华。休要多言，要夺镖车，先得战胜我手中这口刀！”匪将仰面大笑：“要夺镖车还要等到这时？我一声令下，你们早就成了刀下鬼。”孙华不解其意，疑惑地问：“那，你要怎样？”匪将一脸轻蔑地说：“孙镖主，算你命大。乔家大管家秦爷对我有恩，他的货我不能夺。不过，你要听清楚，今日放你是看秦爷的面子，你若老老实实听他的话，按他的吩咐去做，我绝不难为你，否则，就把你剁成肉泥。”说完，下令放行。孙华万万没想到是这样的结局，收起刀，拱手问：“请问尊姓大名，我回去也好向秦爷交代。”匪将回答：“我叫胡彪，绰号山里豹。”孙华拜谢，押着镖车离去。

孙华大悟，柳家遭劫，乔家却毫发无损，原来乔吉与土匪有染。如今，土匪成了气候，官府都奈何不了他们，与他们作对，岂不是以卵击石，自找倒霉？看看三河镇的镖局，与柳家亲密的，不是关张倒闭，就是苟延残喘，哪家有好下场？孙华庆幸自己没有投靠柳家，否则也是同样下场！俗话说：有奶就是娘。有了这次经历，孙华决定投靠乔吉，借势壮大自己的队伍。

秦九听说孙华要设宴答谢自己，跑去向乔吉道：“主子，孙华上道了。”乔吉奸笑道：“你去点拨点拨他，让他懂得山规。”孙华见到秦九，一脸谄媚，毕恭毕敬地将他迎进宴会厅，举起酒杯，恭维道：“秦爷神通广大，小弟能化险为夷全托秦爷的福。”秦九一脸傲慢，喝下杯中酒，道：“世态炎凉。这年头最不值钱的就是人情面子。人情这东西，一次好用，两次勉强，三次就凉了。庙里的菩萨也要一日供奉三次香，何况是人。土匪不是不食人间烟火的菩萨，几百号人要吃饭穿衣，连我也要交钱免灾。”孙华自然知晓秦九的意思，附和道：“秦爷所言极是，愿听教诲。”秦九咧开嘴，露出一嘴的芝麻粒牙，道：“孙兄果然是明白人，不用多言就开窍了。你若能答应三个条件，我愿舍出这张老脸替你与胡彪交涉。”孙华催促道：“哪三个条件？请秦爷明示。”秦九道：“第一，为谁保镖由我来定，你不能用我的交情为对手消灾；第二，按山规交钱免灾。第三，要严守秘密，若向外吐露半点实情诛灭九族。”孙华满口答应，发誓效忠乔吉。

孙华投靠乔吉中断了与柳家往来，他万万没想到柳广财会亲自登门，极不情愿地将他让进客厅。柳广财一进客厅，双膝跪地，泪流满面：“贤侄救我。”孙华扯住他的衣袖，道：“柳叔，这是干什么？快快请起，有话坐下说。”柳广财一把鼻涕一把泪，道出胸中的苦闷：“交货的最后限期眼看就要到了，赶制的织锦如果不能按时运到京城，柳家就破产了！贤侄的镖局最具实力，你就伸手救救我吧！”孙华叹息道：“柳叔的难处侄儿我最清楚，不过，您家的织锦贵过黄金，土匪早就垂涎三尺。如今，土匪当道，官府都无可奈何，我一个小小镖局又有什么法子？”柳广财不甘心，苦苦哀求：“贤侄不能见死不救，看在以往的交情上，你就接了这趟镖，救救柳家吧！”孙华将脸一沉，语气坚定地说：“交情归交情，买卖归买卖。我把话挑明了，不是我绝情，真的帮不了忙。”

柳广财气愤至极，指着孙华的鼻子大吼：“孙华，做人要讲良心，以往我没少帮衬你，你不能忘恩负义，见死不救……”孙华不以为然。柳广财捶胸顿足，声嘶力竭，突然起身去撞墙，被孙华一把扯住。

秦九得到消息，兴奋地对乔吉道：“真痛快！柳广财像狗一样跪在地上哀求，孙华不答应，他就要寻死。”乔吉还是将信将疑。秦九继续道：“柳广财黔驴技穷，方寸大乱，哪还顾得上什么脸面。”乔吉摇头道：“我看没那么简单。他先前还有闲情逸致去察看桑情，现在又大哭大闹，寻死觅活，岂不是自相矛盾？”秦九觉得有理，问：“依主子之见，我们该怎么办？”乔吉思索了半晌，下令道：“让孙华接下这趟镖。”秦九疑惑不解，问：“主子刚说过，只要阻止柳广财把织锦运出三河镇，我们就大功告成。怎么又改了主意？”乔吉解释说：“这么做不是真让孙华接这趟镖，是要摸清柳广财的真实意图。让孙华把保镖的费用抬得高高的，看他如何处置。若敢签，就是真心。否则，就是在耍花招。”秦九问：“柳广财如果签了约，难道就让他把织锦运出三河镇不成？”乔吉奸笑道：“要想拖延时间，有的是理由。只要柳广财不能按期交货，就必死无疑，柳家的家业就是咱们的了。”

孙华来到柳宅，面带愧色地说：“柳叔走后，我彻夜难眠，思来想去，觉得对不起您，特来赔罪。”柳广财问：“贤侄同意保镖了？”孙华长叹一声：“此事在三河镇传得沸沸扬扬，我若不答应，既对不起柳叔，也无颜面对镇上的父老乡亲。事已至此，只有舍命相陪了。”柳广财急忙起身，拱手道谢。孙华道：“我还是那句话，交情归交情，买卖归买卖。这趟镖非同寻常，费用自然不会少，不知柳叔能否答应。”“请讲。”孙华伸出双指道：“要翻两倍。否则不敢从命。”柳广财把牙一咬，跺脚道：“横竖是个死，豁出去了，签！”孙华问：“柳叔打算何时启程？”柳广财回答：“半月后启程，你看如何？”孙华把头摇得像拨浪鼓，连连摆手：“不妥，不妥。我听说官府正在调集人马，准备再次进山剿匪。只要官军一进山，我们马上出发，到那时可确保万无一失。”柳广财急了，高声道：“万万不可！要是官府三五个月不发兵，岂不过了交货的期限？咱们以半月为限，无论官府是否发兵都要启程。”孙华点头应允。乔吉得知柳广财交了保银，放了心。

李涛扮成商人，刘雄扮成伙计，俩人来到三河镇，走进柳家绸布庄。两个陌生人尾随其后也走进来，东张西望，鬼鬼祟祟。伙计见来了客人，笑脸相迎。李涛把手中的折扇打开放在柜台上，道：“我们慕名而来，是专程来采购柳家织锦的。”伙计见到折扇，知晓了来人的身份，躬身道：“请二位稍候，我去请东家。”田青走出来，热情地和李涛、刘雄打招呼，抱歉地说：“对不起，今年的织锦已经售完，您可以预订明年的织锦。”说完，拿来织锦样本让李涛挑选。李涛边挑选边称赞。那两个尾随李涛走进绸布庄的人佯装挑货，侧耳细听，没有发现异常，扫兴地走了。田青低声道：“那两个是乔吉的人。我这里也不安全，你们先去三河客栈找陈龙，我们再约时间见面。”

李涛、刘雄走出柳家绸布庄，发现那两个人还在附近监视，就沿着大街继续向前走，甩掉尾巴，才去三河客栈找陈龙。

李涛、刘雄与柳广财、田青见了面。柳广财上下端量，见李涛五官清秀，举止文雅，夸奖道：“陈龙、张汉都夸李少镖主英俊潇洒，年轻有为，今日一见，果然是名不虚传。”李涛拱手道：“承蒙老先生夸奖，晚辈承受不起。”

李涛开始介绍拟定的押运方案：“与大青山土匪相比，我们处于劣势，要想把织锦平安运出大青山，关键是一个‘奇’字。就是说不能按常规出牌，要想奇招，出奇兵。”柳广财表示赞同，问：“请问如何出奇兵？”李涛道：“乔吉对柳家监视很严，我来到三河镇后深有体会。我们设计了调包计，就是要迷惑土匪，确保织锦的安全。”柳广财边听边点头，押运方案大胆缜密，环环相扣，看不出破绽。更令柳广财称奇的是，这么缜密的方案竟然出自这位年轻镖头之手！

众人敲定了押运方案，确定了启程时间。柳广财禁不住夸奖道：“这些天，我总是心神不定，李少镖主制定的押运方案让我吃了定心丸。”继而又感慨道：“将门出虎子。我的堂弟柳达声常夸李胜老英雄文韬武略，智勇双全，其子也是出类拔萃，谋略过人。后生可畏，后生可畏呀！”

李涛谦虚地说：“大青山土匪人多势众，乔吉耳目众多，仅凭以往的经验还远远不够。兵法云：知己知彼，百战不殆。对土匪多一分了解，就多一分胜算。我想深入大青山了解匪情，进一步完善行动方案。两位先生能否推荐几位熟悉大青山情况的知己，助我们一臂之力？” 田青道：“我有一个本家兄弟，名叫田茂，他在峪口镇开了一家裕昌山货铺，此人仗义疏财，结识了不少大青山的猎户和樵夫。你们去找他帮忙，一定能找到了解情况的人。”说完，提笔给田茂写了封信，交给李涛。

话题一转，柳广财提起寻找织锦的事：“遭抢劫的织锦运出乔宅后去向不明，张汉、王贵在小王庄蹲守，也没有发现线索。依李少镖主所见，应该如何破解？”李涛沉思片刻，道：“我有个主意，不妨试一试。我们让人传播消息，说土匪将抢劫的织锦运下山，藏在小王庄一带， 官府发现线索，正在全力追查。常言道做贼心虚。乔吉闻讯，可能会转移织锦。我们暗中监视，顺藤摸瓜，就能找到藏匿地点。”柳广财夸奖道：“妙，就照计而行。”

第二天，李涛、刘雄带着田青写的书信离开三河镇，去峪口镇找田茂。柳广财让人四处传播消息，说：“官府发现了被劫织锦的下落，正在全力追查。”

乔吉正在得意，秦九慌慌张张跑来禀报：“主子，外面风传，说官府得到消息，被抢劫的织锦已经运下山，藏匿在小王庄一带。”乔吉大骇，暗自思量：官府怎么会得到织锦的消息？是运输途中出了差错还是内部出了奸细？他问秦九：“织锦运下山时是否出现了情况？”秦九想了想，道：“运送丝绸的那天晚上，马车刚要进三河镇，柳家就鸣锣抓贼，弟兄们躲进树林里，确认无事后才敢进镇。”乔吉自言自语：“怎么这么巧？莫非是柳广财打探到了消息？”秦九摆手道：“绝无可能。此事只有主子和我知晓，柳家怎么会得到消息？退一步说，假使柳家得到了消息，也该去官府报案，不会鸣锣报警。这肯定是巧合。”乔吉觉得秦九的话在理。

秦九进言道：“主子，还是把柳家织锦换个地方吧，万一被官府发现，岂不是坏了大事？”乔吉先是闭口不答，继而嘿嘿地冷笑道：“这是官府在玩引蛇出洞的把戏。这种雕虫小技休想蒙骗我！”秦九越听越糊涂：“主子，你说什么？”乔吉道：“官府若是知晓织锦的藏匿处，早就动手了，还会等到今日？再说，我们在官府的眼线也没有传回消息。这一定是他们故意散布假消息，引诱我们上钩。此时转移织锦，岂不是正中人家下怀？常言道：兵不厌诈。现在双方比的就是耐心，我要以静制动，坐观其变。”随即下令：“通知小王庄的弟兄严加防范，特别留意出入庄的生人，一旦发现危险，即刻销毁织锦，绝不能留下后患！”秦九转身要走，被乔吉唤住：“你明天秘密进山，追查泄密人，严惩不贷。”秦九悄悄上了大青山。

李涛的计谋虽然被乔吉识破，但是收到分散乔吉注意力的效果，柳家顺利完成了押运前的准备工作。

第五回 寻帮助深山访猎户 讲战法镖车藏奇兵

李涛、刘雄离开三河镇，快马加鞭，直奔峪口镇。峪口镇紧邻大青山，是进出大青山的必经之地，山里出产的山货在这里集中外运，过往的行人商客在这里打尖、住宿，地理位置十分重要。官军在这里驻扎把守。

李涛、刘雄到达峪口镇时天色已晚。二人牵着马在峪口镇大街上找到裕昌山货行，叩击门环，门开了一条小缝，一个半大的孩子探出头警惕地打量来人。他是店里的小伙计，名叫高瑞。李涛问："小兄弟，田茂先生在家吗？"高瑞问："你们是何人？"李涛递上信笺，道："把它交给田先生，他看了便知。"高瑞接过信，道："对不起，请两位在此等候。"说完，"咣当"关上门，插上门闩。李涛、刘雄相视而笑，由衷地喜欢上这个机警的小伙计。

田茂笑盈盈地迎出门，将李涛、刘雄让进屋。李涛说明了来意。田茂道："两位英雄一路风尘，早已饥肠辘辘。我备些酒菜，咱们边吃边聊。"说完，把高瑞唤进屋，吩咐道："你去聚贤楼订桌酒菜，让他们送到这里来。"高瑞应声跑了出去。

酒菜摆上桌。田茂举起酒杯："当下土匪横行，百姓遭殃。李家镖局不畏强暴，敢于挺身而出伸张正义，真乃英雄也。我替山里的百姓敬二位英雄。"李涛、刘雄举杯感谢，李涛道："消除匪患，人人有责，不过，仅凭镖局之力难有作为。常言道：众人拾柴火焰高。只要大家齐心合力，众志成城，就没有战胜不了的强敌。"田茂心情振奋："这番话说到我的心坎里了，只要李镖主领头，我第一个响应，山民也会一呼百应。""好！咱们一言为定。"三人将酒一饮而尽。

高瑞在门外听得真切，推门进屋，高喊："也算我一个。我爹我娘都是被土匪杀害的，我要为爹娘报仇！"田茂叹息道："高瑞是山里娃。他娘上山采草药，被土匪抓上山糟蹋了。高瑞的爹上山救人，人没救下来，也被土匪杀害了。高瑞成了孤儿。我看他无依无靠怪可怜的，就收他做了小伙计。"听了高瑞的遭遇，李涛、刘雄义愤填膺。

田茂说起大青山土匪："几年前，以张金宝、张银宝为首的一伙贼人在大青山落草为寇，以虎头峰为匪巢，干起了打家劫舍的勾当，后来胆子越来越大，杀人越货，无恶不作。如今，人多势众，光喽啰兵就有几百人。”李涛问：“土匪如此猖獗，官府为什么坐视不管？”田茂叹息道：“怪就怪上一任的高县令，此人贪生怕死，庸碌无能。匪患初起时，他不屑一顾，养虎为患。土匪声势大了，他又被吓破了胆，畏敌如虎，错失了剿匪的最佳时机。土匪越闹越凶，惊动了朝廷，官府派兵清剿。原以为官军一到匪患清除，谁料官军被土匪困在了山里，损兵折将，大败而归。从此，土匪越发嚣张，光天化日就下山抢劫，根本不把官军放在眼里。高县令因为剿匪不力被朝廷罢了官，新上任的单县令还不知能力如何。”

刘雄问：“这虎头峰在何处？距离官道有多远？”“虎头峰是这一带最高的山峰，离官道最近处只有十多里，四周全是高山密林。上虎头峰只有走虎跳涧这一条路。”“虎跳涧？”田茂见刘雄没有听明白，解释道：“虎跳涧是两山间的一条长沟，两侧石壁陡峭，像刀切斧劈一般，最窄处不足一丈。土匪在两侧陡崖上修筑了工事，居高临下，可谓是一夫当关，万夫莫开。官军进山清剿，都被挡在了虎跳涧外面。”

李涛问：“土匪经常在哪里作案？”田茂涨红了脸：“这个我说不清楚。我有一位朋友叫杨显，他是大青山最出色的猎手，常在虎头峰一带打猎，熟悉土匪的行踪。今日已晚，你俩就在我这儿歇息，明早让高瑞领你们进山。”

雄鸡高唱，东方破晓。高瑞带领李涛、刘雄进了山。大青山山峦重叠，绿水环绕，苍松翠竹，美不胜收。高瑞身背弓箭，手持钢叉在前面带路，放声唱起山歌：大青山呦高又高，山清水秀真富饶，水中鱼虾跃，林中藏虎豹，山里的蘑菇个头大，野鸡兔子满山跑……李涛、刘雄听着山歌，观赏着四周的美景，心里却沉甸甸的。大青山物产丰富，风景如画，如今却成了土匪的天下。

翻过一座山，密林中出现了一个山寨。高瑞来到一座木头栅栏院门前，高声呼喊：“杨奶奶，我是高瑞，快开门。”半晌，院里有了动静，杨显娘拄着拐杖打开了院门。老太太警觉地望着高瑞身后的陌生人，问：“他们是谁？”高瑞道：“他们是裕昌山货行的客人，有事找杨叔商量。”“进来吧。”老太太将三人引进屋。

屋里没人。老太太用拐杖在地面戳了几下，灶台旁的柴草被掀开，露出一个地洞，钻出一位年轻妇女和一个男孩，他们是杨显的媳妇和儿子。李涛惊诧不已：“嫂子，为何在自家还要躲藏？”老太太用拐杖戳打着地面，愤愤地说：“这群挨千刀的土匪，见了大姑娘小媳妇就往山上抢。姑娘、媳妇白天都不敢出门，听见动静就往洞里钻！”李涛没有料到土匪竟然如此猖獗！去三河镇前，他想的是如何把货物平安运出大青山，此时，一个更大胆的想法在脑海里形成，他要借保镖之机大败土匪，消除匪患。

杨显拎着两只硕大的山兔进了家门，得知李涛的来意，摇头道：“我钦佩二位英雄的胆量和勇气，不过，大青山土匪人多势众，连官军都奈何不了他们，镖局的人怎么是他们的对手？”李涛知道山民惧怕土匪，谈匪色变，要动员他们抗匪，先要消除他们的顾虑，树立战胜土匪的信心，想了想，道：“都说大青山土匪强悍，依我看，他们就是一群乌合之众。官军之所以失败，不是因为土匪强大，而是因为官军盲目轻敌，不了解敌情就贸然行动。镖局人马虽不及土匪多，可个个赤胆忠心，身经百战，若能动员山民参战，大家齐心协力。共同抗匪，岂有不胜之理。”李涛一席话让杨显茅塞顿开。刘雄鼓励道：“听田茂兄说，山民对土匪恨之入骨，早想清除匪患，只要有人挑头，必定会一呼百应。杨显大哥是大青山最出色的猎手，在山民中威望很高，我们想请您帮助我们动员山民，共同抗匪。”杨显听后，欣喜不已：“山里人恨透了土匪，早就盼着这一天呢。既然二位信得过我，我愿意组织山民与你们共同抗匪。”

李涛问起大青山匪巢的情况，杨显介绍起来：“匪巢由八个寨子组成，虎头峰是大寨，周围有七个小寨，像众星捧月般护卫着大寨。七个小寨，又称七星寨，用赤、橙、黄、绿、青、蓝、紫七色区分，每个寨子有正副寨主一人，五十名喽啰。各寨之间有道路相连，沿途修建了灰坑、翻板坑、绊马索等各种暗道机关，发现情况，相互策应，易守难攻。”李涛闻言，暗暗吃惊，问：“匪巢设计非同一般，必定有高人指点。你知道这个人是谁吗？”杨显道：“听人说是一位道人。此人会观天象，懂阴阳八卦，擅长排兵布阵，是位世外高人。”李涛问：“你可知他的来历？现住何处？”杨显摇头道：“听说此人云游四方，居无定所，从不公开露面，外人不知晓他的来历和行踪。”李涛听罢，心头一紧，暗下决心，一定要设法找到这位神秘的道人。

刘雄问：“土匪常在哪儿抢劫？”“十八道弯。”杨显见李涛没有听明白，解释说：“大青山的官道沿山而建，其中一段蜿蜒曲折，有大小十八道弯，山里人就称这里为‘十八道弯’。第九道弯到第十一道弯离匪巢虎头峰最近，这里岔路多，山林密，土匪常在这一带抢劫。”李涛想起来，去三河镇时走过一段弯弯曲曲的山路，山路两侧树林茂密。

李涛问：“有没有办法做到随时掌握敌情又不被察觉呢？”杨显道：“其实

这也不难。土匪下山必须走虎跳涧，在那里布下眼线，就能掌握他们的动向。我们山里人熟悉这里的一草一木，完全可以做到借助山林的掩护不被土匪察觉。”李涛喜上眉梢，恳求道：“杨大哥能不能带我们去虎跳涧察看地形？”杨显一口答应。

翌日清晨，杨显身背绳子，手持猎叉，带着李涛、刘雄来到虎跳涧附近。抬头观看，山壁陡峭，像刀切的一般，山壁的石缝里稀稀拉拉生长着荆棘。杨显借助岩缝和荆棘攀上山，放下绳子，李涛和刘雄也攀上山顶。极目远望，周围的景物尽收眼底。杨显用手一指，道：“你们瞧，那就是虎跳涧。”李涛凝目观望，两山间有一条沟，土匪在崖口安装了木栅，构筑了工事，崖顶旌旗飘舞，两侧码放滚木礌石，果然是一夫当关，万夫莫开。他们勘查了地形，绘制了地图，确定了侦察方案，返回杨显家。

李涛着急返回镖局，对刘雄道：“你留下来，协助杨大哥发动山民，监视土匪，然后，把拟定的行动方案送到裕昌山货行，我会派人去取。”刘雄点头应允，提醒道：“我们还缺一位送信人。”高瑞举起双手：“我当送信人。”杨显点点头：“我看行。高瑞人机灵，有主意，又熟悉山里的情况，最合适。”李涛抚摸着高瑞的头道：“好，一定要保密，不能走漏一点消息。”李涛跟随高瑞连夜出山，返回了天水镇。

李胜、李瑛带领镖丁打造兵器，改造车辆，筹集粮草，演练战法，为押运做准备。李涛回到天水镇，陆大江也返回了镖局，前来助战的各家镖局人马陆续到齐，李家镖局里人喧马叫，一派热闹景象。

李胜摆下酒宴，款待各家镖主，感慨道：“常言道，路遥知马力，日久见人心。各位朋友慷慨相助，我不胜感激。先敬各位一杯，以表谢意。”众人举杯，一饮而尽。李胜继续道，“有人问我，大青山土匪穷凶极恶，连官府都奈何不了他们，你为啥要捅这个‘马蜂窝’？我说原因有二：一则，这趟镖的举荐人是我的救命恩人。他的家人有难，我岂能坐视不管；二则，三河镇的镖局被大青山土匪吓破了胆，没人敢接这趟镖。我不挺身而出，就是助纣为虐，让天下人耻笑！在座的各位与我志同道合，大家齐心协力，一定能战胜土匪。”众人齐声喝彩。李胜示意众人安静，清清嗓子，高声道，“大青山土匪不同于毛贼草寇，与其交手必须做好充足准备。饭后请各位到习武场观摩，共议破敌之策。”

李胜带领各家镖主来到习武场。习武场两侧各摆放着一排大车，镖兵精神抖撴，排列整齐。李胜声如洪钟：“众位，这是为押运准备的镖车，车型和外观没什么区别，车内却做了改装。”众人不解其意，议论纷纷。“开始！”李胜一声令下，镖丁将右边的一辆镖车推到场地中央，弓弩手列队，对准镖车张弓放箭，大车瞬间被射成“大刺猬”。大家正在疑惑时，一阵梆响，大车车篷掀开，几位手持钢刀的镖丁从里面鱼跃而出，一个个威风凛凛，毫发无损。众人拍手称奇。有人近前观看，发现车篷内装了木板夹层，木板夹层抵御了强弩的攻击。

“套车。”李胜下达命令。众镖丁牵来马匹，套好车辆。李胜道：“我现在把套好的车辆混在一起，这里有改装过的车辆，也有没改装的车辆，看看诸位能否分辨出来。”镖主们仔细观看，车辆的样式、马匹和篷布的颜色都相差无几，看不出破绽。李胜道：“此乃障眼法。柳家周围都是土匪的眼线，我们无法将货物秘密运出三河镇，于是，就设计了调包计。先用五辆没有改装的车辆和五辆内藏伏兵的车辆去三河镇拉货，途中用另外五辆内藏伏兵的车辆替换下拉货的车辆，就能避开土匪的追踪，保证货物的安全。一旦交战，车内的伏兵还能出奇制胜。”众人交口称赞。

镖主们兴致勃勃地回到客厅，商议行动方案。陆大江站出来，把手一挥：“各位镖主，我刚沿着镖路走了一遭。”说完，将绘制的地图铺在桌上，继续道，“十八道弯道路蜿蜒曲折，两侧山林茂密，土匪经常在这一带活动。第九道弯至第十一道弯离匪巢最近，是防范的重点，我们事先在这一带布下了人马，监视土匪动向，准备随时接应。”众人围过来仔细观看。李胜插话道：“众所周知，官军与土匪交手吃了败仗，追其原因，主要是官军轻敌，在不熟悉地形的情况下，盲目进入山林，被土匪分割包围。我们应该吸取官军失败的教训，不进入山林，就在官道上与之决战。”李涛接着说：“兵法云：知己知彼，百战不殆，山民最熟悉匪情。我与猎户杨显商定好，由他组织山民参战，负责监视土匪，配合我们的行动。这就等于在山里埋伏下一支奇兵。”众人各抒已见，确定了行动方案，明确了各自的分工。

李胜收到刘雄从大青山传回的消息，召集众人宣布：“各位镖主，万事俱备，明天一早，大家分头行动。”

各家镖局的人马乔装打扮，分头出发前往目的地。黎明前，陆大江、李涛、李瑛率领车队悄无声息地来到三河镇外，与隐藏在树林里的柳大虎、陈龙、张汉见了面。李涛对柳大虎道：“你回去通知柳先生，镖车进镇后马上装车，一刻也不要耽误。”又转身对陈龙、张汉道：“车队走后，你俩留在三河镇继续监视乔吉的行踪，暗中保护柳家安全，不到万不得已不要暴露身份。万一押运行动失败，要不惜一切代价除掉乔吉和秦九，绝不能留下后患！”陈龙、张汉领令，悄悄离去。

第六回　小王庄生擒报信人　东里亭巧施调包计

清晨，第一抹阳光洒在三河镇大地上。李涛一声令下，隐蔽在树林中的李家镖丁亮出武器，换上镖衣，在车辕插上镖旗，雄赳赳，气昂昂，开进了三河镇。车队在柳宅门前停稳，众人一齐动手，很快将织锦装上车。柳广财将田青唤到身边，对陆大江、李涛道："两位镖主，我本应与你们一起护送货物进京，无奈事务缠身，无法随行，让田青与你们一同前往。"又嘱咐田青："这次押运关系到柳家存亡，你要尽心竭力。遇事多向两位镖主请教，不可擅自做主。"田青拱手道："老爷的话我记在心里了。"

李涛一招手，五名镖丁走上前，另有镖丁搬来兵器，放在一旁。李涛道："柳先生，我们走后乔吉定会疯狂报复，您要严加防范。这五位兄弟身经百战，武艺高强，他们留下来保护柳家安全。这些兵器您也收下，兴许能派上用场。"柳广财感动得热泪盈眶，说不出话来。

交接完毕，柳广财唤了一声"莹儿"，柳梅莹步履轻盈地走过来，身后跟着两个丫鬟，一个拎着酒坛，一个端着放着酒碗的托盘。这些日子，柳梅莹常听爹爹夸奖李涛，说他年轻有为，胆识过人，今日一见，果然是一表人才，不由得萌生好感。她打开酒坛，斟满三碗酒，交给陆大江、李涛和父亲。柳广财端起酒碗，道："这碗酒为两位镖主壮行，祝你们旗开得胜，马到成功。等你们凯旋，我一定摆下酒宴好好款待各位英雄。"三人将酒一饮而尽。

李家镖丁如天兵天将般出现在柳宅大门前，乔家的人才察觉不妙，慌忙回去禀报。秦九将信将疑，跑去观看，柳宅门前果然有一支镖队，镖旗蓝底红字，绣着一个大大的"李"字。众镖丁头围方巾，身穿青色衣裤，外罩护甲，腿打绑腿，脚踏牛皮靴，胖的威武，瘦的精神，各持兵器护卫在镖车周围。秦九惊得目瞪口呆，此时才如梦方醒，一双绿豆眼瞪得溜圆，嘴唇上几根黄胡须突突乱蹦，咬牙切齿道："好你个柳广财，敢跟老子耍滑头！你不是找人帮忙吗？好，我就让你肉包子打狗——有去无回！"

乔吉闻讯，如五雷轰顶，眼前一黑，险些倒地，他原以为柳广财黔驴技穷，已是囊中之物，没料到柳广财假戏真唱，技高一筹，把他给耍了。更让他惊诧的是，一个车队，几十号镖兵，神不知鬼不觉，在他眼皮底下浩浩荡荡开进三河镇，手下人竟然毫无察觉！他来回踱步，思考对策。

秦九如同热锅里的蚂蚁，坐立不宁，气急败坏道："主子，我带人去劫镖车，杀他个片甲不留，把柳家的人也一起宰了，出出这口恶气！"见主子没答话，催促道："主子，别犹豫了，快动手吧，不然就……"乔吉打断了他的话："杀，杀，你就知道杀。我问你，你知道他们从哪里来？三河镇外有没有援军？"秦九被问得张口结舌。乔吉训斥道："情况不明就去冒险，岂不是以卵击石！人家是有备而来，交起手来，你手下那帮人就是人家的一盘菜！"秦九没了主意，把两手一摊，问："主子，咱总不能眼睁睁地瞧着他们把织锦运走吧？"乔吉一阵冷笑，恶狠狠道："没那么容易。他们出得了三河镇，出不了大青山！马上派人给小王庄送信，让兄弟们袭扰镖车，拖住他们。给山里飞鸽传信，让张金宝下山劫镖车，不准放走一车一卒！命令交通站的弟兄，严密监视镖车的行踪，配合张宝金行动，出了岔子就要他们的脑袋！"秦九转身要走，乔吉又将他唤住，叮嘱道："告诉张金宝，如果御敌不力，就用毒箭射杀他们，绝不能留下活口。"

"出发！"一声令下，众镖丁押着镖车出了三河镇，朝小王庄方向行进。张豹带人埋伏在小王庄附近的树林里，见远处来了一匹马，骑马人扬鞭催马一路狂奔，将手一拍，对身边的镖丁道："二镖主果然料事如神！瞧，送信人来了。你们不要动，我去捉他。"翻身上马，一抖缰绳，冲出树林。

骑马人是乔吉派去给小王庄送信的，见树林里冲出一匹枣红马，马上坐着一个铁塔般的彪形大汉，马鞍旁挂着一对特大号的链子锤，吓得掉转马头往回跑。张豹一催坐骑，追上去，伸出蒲扇般的大手，喊了一声："你给我过来吧！"老鹰抓小鸡般将他抓起，夹在腋下，掉转马头返回树林，重重扔到地上，命令道："绑。"两个镖丁上前，将那人捆绑。送信人争辩道："你们是谁？凭什么抓我？"张豹不答，下令："搜他的身。"镖丁从那人身上搜出一个用黑石头雕刻的骷髅头饰件，交给张豹。张豹拿在手里，在那人眼前晃了晃，厉声道："老子就凭这个抓你。快说，乔吉派你干什么去？"送信人结结巴巴道："不知哪……来的镖车……拉走了柳家的丝绸，乔主子……让我通知小王庄的兄弟们拦劫镖车。"

看见远处驶来的车队，负责瞭望的镖丁道："张豹兄弟，车队到了。"张豹下令："弟兄们，等车队过了小王庄，咱们就撤。"用手指着送信人："把他带上，交给二镖主。"

车队一路前行，安全过了小王庄。张豹一干人追上车队，向李涛交令。李涛得知活捉了送信人，下令将他押上镖车突击审问："乔吉还给谁送了信？""给沿途的交通站送了信。""交通站在哪里？""在东里亭。"李涛将情况写在纸上，派快马送给李胜。

乔吉不见小王庄传回消息，担心出了差错，急忙派人打探。派去的人回来禀报："主子，送信的兄弟失踪了！"乔吉惊骇，担心给交通站送信的人也遭到厄运，赶紧派出第二拨送信人。

天气一天天热起来。商家在官道边搭起凉棚，挑起幡子，出售茶水、酒菜以及烧饼、包子等食物。凉棚里坐着一位老者，头戴六棱帽，身穿蓝绸衣裤，脚踏薄底靴，鹤发童颜，精神矍铄，正是老英雄李胜。李胜周围分散坐着十几位推车挑担的小贩，他们看似在喝茶纳凉，其实都是镖丁。

李胜接到快马送来的情报，得知东里亭有土匪交通站，眉头紧蹙，心想：东里亭就在附近，土匪交通站对押运行动构成重大威胁，必须端掉。他把一名手下叫到身边面授机宜，那人心领神会，带上几个弟兄骑马而去。

镖丁乔装改扮，来到东里亭村，找到土匪的交通站。这是一家杂货铺，大门敞开，一个伙计懒散地站在柜台后，显然，他们还没有接到密令。伙计见来了生人，警觉地上前查问，被两个镖丁掐住脖子按倒在地。后院的土匪抄家伙企图顽抗，被生擒活捉。

李胜手搭凉棚向远处瞭望，路的尽头出现了一支车队，蓝底红字的镖旗格外醒目，他摘下帽子发出信号，周围的人马上行动起来。

车队驶过凉棚，停在不远的马厩前。马厩前有水井和水槽，供来往客商饮牲口。不远处停着五辆马车，正是内藏伏兵的镖车。赶车人收到暗号，挥舞马鞭，将镖车赶到水槽前饮水，陆大江、李瑛等人押运的车辆也来到水槽前，车辆在这里悄无声息地完成了交换，装织锦的五辆马车驶进附近的密林，隐藏起来。

饮完马，镖丁将镖车赶到凉棚前的空地上，拿出草料喂牲口。饭馆的伙计端出备好的饭菜，招呼大家用餐。李瑛、张豹、王亮率领镖丁在镖车周围护卫，边用餐边警惕地注视着四周。车内的伏兵也得到了给养。陆大江、曹峰走进凉棚，与李胜互换眼色，找张空桌坐下来，接过伙计端来的饭菜，有滋有味地吃起来。

远处来了三个神色慌张的骑马人，为首的头戴方巾，圆脸膛，络腮胡须，皮肤黝黑，身穿短衫长裤，正是乔吉的爱将胡彪。张金宝、张银宝接到飞鸽传送的书信，不敢怠慢，马上集合队伍，准备下山抢劫镖车。胡彪是打前哨的，看到停在路边的镖车，下了马，把马交给伙计，与随从走进凉棚，要了茶点，佯装喝茶，窥视镖丁的举动。

李胜见这伙人鬼鬼祟祟，交头接耳，目光始终不离镖车，断定了他们的身份，对身边的人使了个眼色，那人会意，走出了凉棚。

镖丁饱餐战饭，养足了精神。陆大江一声令下，众人押着内藏伏兵的十辆镖车朝十八道弯驶去。胡彪见状，慌忙去马厩牵马，却不见马匹，喊来伙计一问，才知道刚才马厩满员，他们的马拴在别处。伙计牵来马，镖车已经远去。胡彪气得七窍生烟，又无可奈何，他哪里知道这一切都是李胜的安排。

杨显、刘雄率领一支由镖丁和山民组成的队伍隐藏在虎跳涧附近的密林里。匪巢的山门打开，胡彪带人先出了虎跳涧，不一会儿，大队人马出现了。七色旗下，众匪将簇拥着两位匪首鱼贯而出，喽啰紧随其后，浩浩荡荡下了山。杨显、刘雄率领众人尾随在后。

到达官道前，三十多名土匪脱离了队伍，隐藏在密林中。这些人是预备队，一旦出现情况，随时准备下山接应。刘雄示意众人潜伏在周围，等待动手的时机。

大股土匪藏匿在官道旁的密林里，刀出鞘，弓上弦，等待冲锋的号令。探马疾驰而来："报，车队进入伏击圈。"张金宝一声令下，土匪呼叫着冲上官道，堵住道路。镖丁毫不畏惧，各持兵刃护住镖车。

匪兵左右闪开，两名匪首骑马来到阵前。大匪首张金宝肥头大耳、小眼睛、大嘴叉，面色萎黄，胯下一匹杂毛马，掌中一把锯齿大砍刀。二匪首张银宝身高体胖、两眼外凸、蒜头鼻、大嘴巴，长得虎背熊腰，胯下一匹大青马，手持一根镔铁大棍。

陆大江右手提枪，一抖缰绳，来到阵前。张金宝凝神观看，见来人体格魁梧，剑眉虎目，络腮胡须，胯下一匹枣红马，掌中一杆五钩神飞枪，威风凛凛，好似猛张飞现世。张金宝高声唱道："此山是我开，此树是我栽，要从此地过，留下买路财。哪个胆敢说不字，我一刀一个，管杀不管埋！"陆大江一声大吼："山中草寇，你有何能耐。想劫爷爷的货物，先问问我手中这杆枪答应不答应！”张金宝闻言，把大嘴一咧，不屑道：“来人休要张狂，识趣的下马投降，不然的话，将你碎尸万段！”陆大江怒火中烧，催马舞枪，朝张金宝杀去。

张金宝正要迎战，一员匪将傲慢道：“杀鸡焉用宰牛刀。大寨主，把他交给我！”说完，催马上前。陆大江侧身躲过狼牙棒，舞枪就刺，快如闪电。匪将见大枪当胸刺来，慌忙用狼牙棒拦截，陆大江把手腕一翻，使了一招“怪蟒翻身”，大枪突然改变了方向，向咽喉刺去，匪将躲闪不及被挑落马下，战马落荒而逃。

张银宝一挥手，两员匪将驱马上前，将陆大江拦下。陆大江毫不畏惧，力战双将。李瑛见状，提醒道：“大江，不要鲁莽，小心误了大事！”陆大江闻言，知道自己又犯了牛脾气，虚晃一枪，拨马便走，两员匪紧追不舍。陆大江左手提枪，右手从镖囊中抽出飞镖，一抖手打了出去，击中匪将的额头，那人惨叫一声，坠落马下。另一员匪将见状，大惊失色，勒住坐骑，不敢向前。

张金宝见连失两员战将，知道此人非等闲之辈，把令旗一举，率领众土匪一起杀来。李瑛把手一挥，镖丁佯装败走。

土匪分兵两路，一路追杀陆大江、李瑛等人，一路将镖车团团围住，要动手抢劫战利品。突然，车内传出急促的梆声，车篷掀开，李涛率众镖丁杀出。土匪万万没料到车内藏着伏兵，顿时大乱。李家镖丁如下山的猛虎，出水的蛟龙，近的用刀砍，远的打飞镖，眨眼间就把土匪撂倒一大片。侥幸活命的抱头鼠窜。

第七回　劫镖车十八弯大战　中毒箭李涛命垂危

张金宝、张银宝正在追杀陆大江、李瑛等人，突闻身后杀声震天，勒住坐骑，回头观看，见一队镖兵如天兵般出现，自己的队伍在四散逃命，一时间竟不知所措。陆大江听到梆声，掉转马头，高喊："弟兄们，杀回去！"陆大江、李瑛、曹峰、张豹、王亮各抖丝缰，率先冲入敌群。众镖丁挥舞兵刃，奋勇向前。

擒贼先擒王。陆大江一催战马，眨眼间就来到张金宝近前，双臂一用力，枪尖直奔张金宝的面门。张金宝举刀相迎，两人战在一处。张金宝刀马娴熟，彪悍凶猛，手中的锯齿大砍刀上下飞舞，快如疾风，恨不能一刀将陆大江砍落马下。陆大江久经沙场，沉稳老练，前几个回合采取守势，为的是寻找对手的破绽。双方战到十个回合，张金宝把大刀一举，使了一招"力劈华山"，朝陆大江头顶劈来。陆大江侧身躲过，不容张金宝抽刀换式，把大枪一抖，使出了绝招"金鸡三点头"。张金宝忽见眼前银光闪烁，出现一团枪尖，难辨真假，大叫一声"不好"，身体顺势向后躺，枪尖擦着鼻梁掠过，把他惊出一身冷汗。张金宝知道不是对手，发出求救的呼哨，三员匪将赶到，将陆大江团团围住，救下张金宝。

李瑛的战马风驰电掣般奔来，眨眼间就来到张银宝近前。张银宝毫无防备。一员匪将看见，慌忙上前拦截，被李瑛一枪挑落马下。张银宝从惊恐中醒过神来，舞镔铁大棍就砸，想一棍结果李瑛的性命。他哪里知晓李瑛的厉害。李胜把祖传的枪法传授给了女婿陆大江、女儿李瑛、儿子李涛和外孙陆坚四个人。四人中对李家枪法领悟最深运用最娴熟的当数李瑛。李瑛自知力不如男，就在"巧"和"准"字上下足了功夫。飞蛾有扑火的习性。夏日夜晚，她点燃篝火练习枪刺飞蛾。冬天夜晚，她在木桩上插上香，练习枪刺香火。日复一日，年复一年，练就了一双火眼金睛，练就了一手好枪法，指哪儿扎哪儿，分毫不差。李瑛知道张银宝力大棍沉，不能硬碰，就用花枪与他周旋。张银宝把大棍舞得上下翻飞，十几个回合下来，累得汗流浃背，呼呼直喘，再看李瑛，神定气闲，毫发无损，气得他嗷嗷怪叫。再次交手，李瑛没有躲闪，果敢出枪，枪尖不偏不斜正好刺中大棍。这突如其来的力量起到四两拨千斤的效果，张银宝晃了两晃，险些落马，将身体暴露在李瑛的枪下。就在这时，李涛见三员敌将围住了陆大江，高声呼喊：

“姐姐，快去助姐夫一臂之力。”李瑛闻言，抽回枪，策马朝三员敌将杀去，张银宝侥幸躲过一劫。

李瑛刚走，张豹催战马拦下张银宝。陆大江有四个徒弟，刘雄、曹峰、王亮都使枪，唯独张豹使锤。张豹虎背熊腰，力大如牛，陆大江为他打造了一对大铁锤，每个重四十斤。冷兵器有“一寸长一寸强，一寸短一寸巧”之说。大锤把短，遇到长兵器就吃亏。张豹的锤与众不同，大锤上有条铁链，一头连着锤柄，一头套在手腕上。张豹锤不离手，天天苦练，手腕磨出一层层老茧，练成了双手抛锤的绝技。这一招成了克敌制胜的杀手锏。

张银宝定睛观看，见对面的小将皮肤黝黑，膀大腰圆，掌中一对大铁锤，知道此人力大过人，心想：我与他铁棍对铁锤比试比试，出出胸中这口恶气。想到此，举棍就砸。张豹身高体胖，动作却很灵活，一闪身，躲过铁棍。张银宝拨转马头，抡棍又砸。这回，张豹一不躲二不闪，把双锤交叉向空中一举，大吼一声：“开！”铁棍与铁锤相碰，发出一声巨响，震得张银宝双臂发麻，张豹也震得虎口生疼。张豹暗想：你砸我一棍，我要还你一锤，我这一锤非把你砸趴下不可。想到此，把大锤一举，朝张银宝砸去。张银宝领教了张豹的力气，不敢轻敌，举棍相迎，铁棒碰铁锤，火星四溅，又是一声巨响，张银宝的战马一声嘶鸣，连连倒退了几步。两人锤来棍往，又杀在一起。

在陆大江的徒弟中，曹峰的枪法最像师娘李瑛，绵里藏针，柔中带刚，以巧取胜。曹峰拦下一名匪将。这员将相貌丑陋，武功不赖，两柄大锤上下翻飞，十分骁勇。曹峰沉着应战，见大锤来到头顶，侧身躲过，不等敌将变换招数，抖手就是一枪。匪将见枪到眼前，用锤阻拦，曹峰一撤枪，大锤打空。俩人各展绝技，又战在一起。

王亮的任务是保护镖车，一旦遇到意外，掩护镖丁迅速登车撤离。听到梆声，他朝镖车方向杀去。一个小头目正大呼小叫，召集溃散的匪兵，企图再次抢夺镖车，王亮赶到，一枪将他刺死，刚刚聚拢的匪兵又四散逃命。

土匪与镖兵激战时，刘雄率领山民向隐藏在林中的土匪发起进攻。山民对土匪恨之入骨，今天终于有了报仇的机会，手持钢叉，挥舞柴刀，奋勇向前，杀得土匪鬼哭狼嚎，抱头鼠窜。高瑞张弓搭箭，射倒三名土匪，兴奋得手舞足蹈，大声呼喊：“爹，娘，孩儿给你们报仇了！”

双方短兵相接，土匪的弓弩失去作用，镖丁的飞镖大显神威，土匪很快就坚持不住了。张金宝下令放响箭，通知埋伏在山林里的人马来解围。响箭射出后，不见援兵，土匪又射出第二支响箭。“杀呀……”山林里传来喊杀声，张金宝定睛观看，不由得倒吸一口凉气，杀出来的竟然是山民和镖兵。刘雄带领山民占据有利地形，张弓放箭，土匪腹背受敌，死的死，伤的伤，有的见势不妙，开始逃遁。

车轮滚滚，一队人马押着镖车从远处驶来，车上装的正是柳家的织锦。李胜浑身披挂，掌中一杆五钩神飞枪，胯下一匹白龙驹，走在最前面，各家镖局的镖主率领手下护卫在镖车两旁。李胜见镖兵与土匪激战正酣，对身边的老镖主陈星道：“老伙计，你押运镖车前行，我去助大江、李涛一臂之力。”说完，一抖缰绳，冲入敌阵，各家镖主也投入战斗。

李胜催马上前，舞枪就刺，枪钩钩住一员匪将的铠甲。匪将用力挣脱，扯断了连接铠甲的绳子，甲片散落一地，李胜反手一枪将其刺落马下。

曹峰与匪将大战二十几个回合未分胜负，灵机一动，变换了招数。他一声吆喝，战马前蹄一弯，佯装失蹄。匪将心中暗喜，以为寻到了战机，举双锤猛砸，将前胸暴露在枪下。曹峰发出呼哨，战马一声嘶鸣，突然跃起，曹峰顺势出枪。枪长锤短，没等双锤落下，锋利的枪尖已经刺进匪将的胸膛。一只大锤落下，砸在曹峰的头盔上。曹峰眼前一黑，趴在马背上。多亏有头盔保护，他躲过一劫。

那边，张豹与张银宝鏖战正酣。张豹的武功远不如张银宝，他能与之久战，一是因为张银宝与李瑛交战时险些丧命，余悸尚存；二是因为张豹年轻力壮，有一股初生牛犊不怕虎的勇气。二十几个回合下来，张豹渐渐处于下风。危急时刻，一位镖主策马赶到，张银宝两面受敌，失去优势，左躲右闪，累得大汗淋漓。张豹见时机到了，把左手的大锤高高举起，喊了一声：“砸！”朝张银宝砸去。张豹的铁锤来势凶猛，落下来却轻飘飘的像四两棉花。张银宝知道上了当，赶紧收式变招，可为时已晚，张豹右手一用力，使出了抛锤的绝技，只听铁链“哗啦”一响，飞出去的铁锤重重砸在张银宝的后背上。张银宝觉得喉咙发热，嘴里发腥，鲜血从口鼻喷出，坠落马下，一命呜呼。

几名土匪围住陆大江、李瑛，想用车轮战置他俩于死地。李瑛识破了土匪的阴谋，发出一声呼哨。陆大江和李瑛既是夫妻又是师兄妹，俩人从小一起习武，配合默契。陆大江听到哨声，心领神会，虚晃一枪，掉转马头杀向追赶李瑛的匪将，李瑛也突然改变方向，杀向与陆大江交战的土匪。匪将乱了方寸，被陆大江、李瑛一枪一个刺落马下。

镖旗招展，杀声震天。土匪见势不妙，四散溃逃。张金宝知道大势已去，想起用毒药“一步倒”浸泡过的毒箭，挂上大刀，从箭囊中抽出毒箭，张弓搭箭，瞄准了李涛。陆大江见张金宝拉弓对准李涛，脚踹马镫，向张金宝杀去，眨眼间就到了近前。就在这时，李涛高声呼喊：“姐夫，抓活的！”陆大江迟疑了一下，没有出枪。弓弦一响，毒箭射出，射中李涛的左臂，李涛倒地。陆大江用枪杆把张金宝抽落马下，镖丁一拥而上，将他生擒活捉。

镖丁从张金宝身上搜出乔吉用飞鸽传送的密信和一个黑色骷髅头饰件。张金宝交代黑色骷髅头饰件是乔氏土匪的标志，乔吉、秦九才是大青山真正的匪首。

陆大江、李瑛在李涛身旁滚鞍下马，李胜也飞马来到跟前。李胜拔下箭，发现中箭处黑紫，知道中了毒箭，急忙用布条勒紧左臂，用刀割开中箭的部位，挤出瘀血，敷上刀枪药，又给李涛服了化毒散。毒药发作，李涛浑身抽搐，神志不清，生命垂危。

李胜临危不乱，将众人唤到身边，吩咐道：“大江，你押运镖车马上上路，一定要把货物安全运抵京城。李瑛，你押解张金宝到三河县衙报案，禀明实情，请官府火速派人去三河镇捉拿乔吉和秦九。”又转身对刘雄道：“你带人去三河镇给柳家报信，保护柳家安全。告诉陈龙、张汉，盯死乔吉和秦九，必要时除掉他们。”三个人挥泪而去。李胜对陈星镖主道：“老伙计，你带人打扫战场，把俘获的土匪和缴获的物品送到峪口镇，交给当地的驻军。”又对身边的人道：“快把李涛、曹峰和受伤的弟兄抬上车，我们去找柳名医，只有他能救李涛的命。”众人七手八脚把李涛等人抬上马车，扬鞭催马，向柳家医馆疾驰而去。

刘雄快马加鞭赶到三河镇，与陈龙、张汉、柳大虎接上头。得知李家镖局大败土匪的喜讯，众人欢欣雀跃；听到李涛身中毒箭的消息，众人伤心落泪，为李涛的安危担心。柳广财闻讯，也是悲喜交加，既为织锦安全出山欣喜，又为李涛的伤情担忧，得知李涛被送到堂弟柳达声家医治，烦乱的心绪才稍稍平静了些。刘雄道：“老镖主李胜担心乔吉对柳家报复，派我前来相助，他让我转告先生，切勿麻痹，做好战斗准备。”柳广财感动得热泪盈眶。大家商量好对策，开始分头行动。

大青山匪患惊动了朝廷。朝廷革了三河县前任县令的职，命令崔凯保举贤能，崔大人举荐了门生单宝生。单宝生字水镜，为人正直，办事干练，才华出众，曾经协助崔大人处理过一系列大案要案。

单宝生临危受命，到三河县上任。他深知责任重大，能否尽快清除匪患不但事关自己的前程，还关系到恩师的声誉。上任后，不敢有丝毫懈怠，埋头查阅卷宗，调查土匪行踪，搜集土匪的罪证，与官军协商剿匪事宜，忙得不可开交，无奈，积案尚未查清，新案又接踵而至，让他应接不暇，寝食难安。

天近黄昏，单宝生还在与捕快首领宋天福商量剿匪事宜。宋天福跟随单宝生多年，文武双全，是他的心腹爱将。门外堂鼓响起，单宝生面色更变，不知又发生了什么乱子，急忙让衙役去察看。一会儿工夫，衙役满面春风，快步跑来禀报："禀告县令大人，李家镖局大败大青山土匪，生擒大匪首张金宝，斩杀二匪首张银宝。镖主李瑛押解匪首张金宝来报案，正在衙门前等候。"喜讯来得太突然，单宝生不敢相信自己的耳朵，疑惑地问："消息属实？"衙役斩钉截铁地回答："消息属实。我亲眼所见，镖主李瑛就在衙门外等候。"

单宝生心花怒放。赴任后，他为剿匪之事殚精竭虑，却苦于没有良策，孰料连官军都束手无策的顽匪竟然被镖丁打得大败，还生擒了匪首，真乃天助也。他亲自率领衙役出县衙大门迎接，下令给张金宝戴上枷锁脚镣，投入死囚牢，重点看押。

单宝生把李瑛请进客厅，敬为上宾，赞誉道："李家镖局大败大青山土匪，活捉大匪首，斩杀二匪首，为民除害，立下大功，实在令人钦佩。本官要宣传你们的事迹，奏明朝廷，为李家镖局请功。"李瑛起身，进言道："谢大人。此时不是论功行赏的时候。土匪虽败，匪患未除。常言道，斩草除根。现在大青山土匪群龙无首，正是铲除匪患的良机，请速速发兵进山清剿，一举捣毁匪巢。切不可坐失良机。"单宝生连连点头称是，将文书吴天明唤到身边，道："你马上起草加急公函，送给知府王九明大人，请他火速派兵清剿大青山的残匪。不得有误。"吴天明退下。李瑛继续道："张金宝交代乔吉、秦九是大青山真正的匪首，请大人火速派人将其缉拿归案。"单宝生对乔吉、秦九的罪行已有了解，把他们列为重点调查对象，今日证据在握，岂能让他们逍遥法外？对宋天福道："你马上召集捕快，通知官军，随我一起去缉拿罪犯。"

第八回　接密报攻柳宅复仇　追穷寇小王庄擒贼

文书吴天明是乔吉安插在县衙的内线，得到消息，忙派人给乔吉送信。送信人策马扬鞭，一路狂奔来到乔宅。乔吉看完信，眼前一黑，跌倒在地，信纸飘落在地上。秦九大惊失色，急声呼唤："主子，快醒醒，醒醒。"乔吉两眼发直，喉咙咕噜作响，却说不出话来，他万万没想到自己苦心经营的一切顷刻间化为乌有。众人掐人中、揉胸口、捶后背，过了好一阵子，乔吉才呼出一口长气，继而放声痛哭。秦九拾起信纸观看，也惊得魂飞魄散。乔吉凶相毕露，吼道："柳广财呀，柳广财，你让我一败涂地，我叫你家破人亡！秦九，你马上带人血洗柳宅，把柳小姐留下，其余人斩尽杀绝！"秦九疯狗般地冲出门。

乔家家丁把柳家大门团团围住。秦九尖声嘶叫："小的们，冲进去，活捉柳小姐，把其他人斩尽杀绝。"乔家家丁号叫着蜂拥而上。一阵急促的梆子响，柳家紧闭的大门突然打开，弓弩齐发，乔家家丁瞬间倒下七八个，其余的见势不妙，慌忙后退。秦九见状，扯着脖子高喊："小的们，冲上去，杀一个赏银十两！"重赏之下必有勇夫。乔家家丁又呼喊着冲上去。柳大虎把刀一挥，带领柳家护院冲出大门，双方在街巷展开激战。

陈龙、张汉在乔宅外监视，见秦九带领家丁朝柳家杀去，立即通知刘雄率人增援。秦九正在大呼小叫指挥家丁攻打柳宅，刘雄赶到，与秦九交了手。刘雄是陆大江的大徒弟，刀马娴熟，骁勇善战，秦九是一名惯犯，武功不凡，还有一身好轻功，两人你来我往，十多个回合，未分胜负。

喊杀声惊动了四邻。乔家家丁平日欺行霸市，专横跋扈，人们对他们恨之入骨，见他们如此嚣张，更加气愤，纷纷抄起家伙，参加战斗。秦九见势不妙，虚晃一招，拔腿就跑，刘雄紧追不舍。秦九来到蚕神庙墙下，施展轻功，脚尖点地，跃上高墙。刘雄赶到，打出一支飞镖，击中秦九的左肩。秦九在墙上晃了几晃，险些跌落，他忍着疼痛，纵身跳进蚕神庙。刘雄进蚕神庙寻找，秦九已不见踪影。

刘雄返回，跳上高台，高声呐喊："秦九已经逃跑了，你们还为谁卖命？想活的快快缴械投降！"乔家家丁左右寻找，不见秦九，放下兵器，跪地投降。

乔家内宅乱作一团。乔吉见妻妾们翻箱倒柜收拾金银细软，气往上顶，黑着脸吼道："一群废物，命都快没了，还要这些东西有什么用。官府的人来了，把你们抓进大牢，抽筋剥皮！"妻妾们吓得号啕大哭。乔吉无奈地摆摆手，让家丁把她们扶上轿车。

陈龙见十几名家丁骑马簇拥着几辆轿车出了乔家后门，对张汉道："你留下继续监视，我去追赶乔家车辆，绝不能让乔吉这个老贼跑了。"说完，纵身上马，奋力追赶。乔吉见有追兵，令家丁阻拦。陈龙打败家丁，乔家车辆已不知去向。

县令单宝生率领官军赶到，封锁街巷，包围了乔宅，将所获之人悉数关押，待日后审问。

陈龙返回三河镇，见到单宝生和李瑛，向他们讲述了乔吉逃跑的经过。单宝生当即下令在官道上设卡，严格盘查过往行人和车辆，抓捕乔吉、秦九及其同党。

这些天，王贵夫妇昼夜监视王明轩家。天刚亮，巷子里传来急促的马蹄声。王贵跑出院子观看，见三个人在王明轩家门前下了马，慌慌张张地进了院子，赶紧返回屋，唤醒妻子："三个骑马人进了咱叔家，其中一人酷似乔吉。"妻子霍地坐起，催促道："我在家监视，你快去三河镇通知张汉。"

王贵来到三河镇，看到街巷里到处都是官军，上前询问，才知道昨晚乔、柳两家展开激战，乔家大败，乔吉、秦九潜逃，官军正在搜捕他们。王贵闻言，更坚信自己看到的那个人就是乔吉。单县令得知消息，亲自带领官军去小王庄缉拿要犯，李瑛、刘雄、张汉也一同前往。

单宝生一行人来到小王庄村口，王贵媳妇迎上前，焦急地道："你们来迟了一步，那伙人乘马车跑了。""朝什么方向跑了？""朝树林方向跑了。"官军去追赶，在树林边发现了两辆遗弃的车辆，土匪钻进树林，已经逃遁。

官军进庄，惊动了庄民，有人禀告："刚才看见三个人走出王明轩家，沿着村后的田埂小路向西跑了。"李瑛一招手，带领刘雄、张汉疾步追了过去。

进入王明轩家的三个人正是乔吉和他的两个贴身护卫。乔吉携妻妾乘车逃离三河镇后，命令手下护送家眷进山，自己留下来收拾残局。进入王明轩家，有人端来茶点。乔吉无心享用，将手下人悉数唤到身边，亲自盘问："这些天小王庄有何异常？"一个土匪道："主子放心，此处很安全。"乔吉把脸一沉，厉声质问："给你们送信的弟兄失踪，至今下落不明，你们怎么解释？"土匪你看我，我看你，回答不上来。乔吉道："你们再仔细想想，最近有没有异常？"一个土匪怯生生地道："织锦运到小王庄的第二天晚上，院子里跑进两只兔子。"乔吉顿生疑窦，道："快，把事情的来龙去脉讲清楚，越详细越好！"那人将夜间捉兔子的事叙述了一遍。乔吉立即警觉起来，自言自语道："兔子早不来晚不来，刚把织锦运到小王庄它就来了。这绝非巧合，其中一定有阴谋！"随即下达命令："此处已经暴露。趁官军未到，你们马上撤离。"乔吉老奸巨猾，他让手下乘马车走大道出村，自己带着两名护卫沿着村后的田埂小路向西逃走。

张汉施展轻功，脚尖点地，快步如飞，很快就追上了乔吉和他的护卫。两名护卫将张汉拦下，双方在田间交上手。李瑛、刘雄追到近前，李瑛道："我来收拾他们，你俩去追乔吉，绝不能让他跑了。"张汉跳出圈外，与刘雄一起去追赶乔吉。

两个护卫见李瑛是个女人，根本没把她放在眼里，一个挥刀，一个舞剑，想前后夹击，置李瑛于死地。李瑛意识到危险，率先出招，与此同时，双腿用力，纵身跃起，一个旱地拔葱跳到一旁。在李瑛身后的护卫舞剑就刺，他认为李瑛前后受敌，必死无疑，没想到李瑛身手敏捷，出刀，跳跃，躲闪，一气呵成，他想收剑，为时已晚，"扑"的一声，剑刺进同伙的胸膛。那人见误杀了同伙，方寸大乱。李瑛跃起，使了一招"脑后摘瓜"，鲜血四溅，土匪的尸身倒在一旁，人头滚到田地里。李瑛用鞋底蹭去刀上的血迹，疾步追赶乔吉。

刘雄、张汉追上乔吉，三人战在一起。乔吉自幼拜名师习武，剑法出众，手中的宝剑是件传世宝物，削铁如泥，锋利无比。乔吉舞动宝剑，忽前忽后，忽左忽右，人借剑力，剑助人威，与刘雄、张汉战成平手。李瑛追到近前，大声道："你俩退到一边，我来擒他。"刘雄、张汉跳到圈外，横刀堵住乔吉的逃路。乔吉闻声，凝目观望，两名护卫没了踪影，一名女子手持单刀快步来到近前，知道今天遇到了强敌。他把牙一咬，心一横，豁出性命，也要拼个鱼死网破。

乔吉是练家，一交手就发现李瑛动作敏捷，刀法娴熟，一招一式都藏着杀机，更提高了警惕。其实，这并不奇怪。李瑛自幼习武，悟性极高，又善于融会贯通，她把李家枪的枪法融入刀法中，练就了独门绝技。乔吉求胜心切，使出浑身解数，步步紧逼，手中的宝剑上下翻飞，招招致命。李瑛知道乔吉的宝剑锋利无比，不能硬碰，施展飞腾之术与之周旋，跳、跃、闪、转、腾、挪，走马灯般围着乔吉转，把乔吉累得吁吁直喘。打着，打着，李瑛左脚一软，佯装摔倒，摆好姿势，等待乔吉进招。乔吉不知是计，舞剑就刺。李瑛早有防备，用刀拨开宝剑，反手就是一刀。乔吉躲闪不及，左腿被划开一个口子，身子一歪，险些摔倒。李瑛一抖手，刀环哗啦一响，刀尖刺向乔吉的眼睛。乔吉见眼前寒光一闪，慌忙后退躲闪。李瑛上前，飞起一脚将他踹翻在地。刘雄、张汉上前，把他生擒。

宋天明进入王明轩家搜查，没有找到被土匪抢劫的柳家织锦。单宝生一声令下，官军押着乔吉返回三河镇。

知府王九明收到三河县衙的加急公函，马上派兵清剿盘踞在虎头峰上的残匪。土匪群龙无首，军心涣散，得知官军进山清剿，收拾细软，四散逃命，官军兵不血刃攻占了匪巢虎头峰。王九明闻讯大喜，写奏折向朝廷报捷。

李家镖局的车队离开后，柳广财下令关闭大门。柳家护院刀在手，箭上弦，严防乔吉报复。

柳梅莹搀扶着母亲来到自家祠堂，点燃香烛，母女双双跪在祖宗牌位前，双手合掌，默默祈祷。乔吉道貌岸然，内藏毒蛇之心，将柳家逼入绝境。自从织锦遭土匪抢劫后，柳梅莹脸上没了笑容，整天提心吊胆。看到日渐消瘦的父亲，她恨自己是女儿身，家里遭此劫难，自己却无能为力，不能替父亲分担忧愁。李家镖局的出现让她重新看到了希望。她祈祷先人的在天之灵保佑李家镖局旗开得胜，打败土匪，将柳家织锦平安运抵京城。祈祷完，柳梅莹将母亲送回寝室，自己回到闺房，默默地站在窗前眺望，眼前又浮现出李涛的身影。

李涛来到三河镇，带来了缜密的押运方案。柳广财见到押运方案，紧蹙的眉头舒展开了，脸上露出了久违的喜色，一家人也摆脱了孤立无援的境地，有了主心骨。柳广财每次提起李涛总是赞不绝口，夸他年轻有为，是个难得的人才，让柳梅莹对李涛肃然起敬。田青对李涛也很敬佩，夸他有勇有谋，有情有义，让柳梅莹心潮起伏，浮想联翩。李家车队到柳家拉织锦，柳梅莹第一次见到李涛，虽然时间短暂，彼此也没有交谈，但让她刻骨铭心。吸引她的不仅是李涛英俊的相貌，更是他对柳家那片真情。作为镖主，李涛只要把货物平安运抵目的地就足够了，可他心系柳家安危，不仅留下兵器，还派人保护柳家的安全，这一切都让柳梅莹感激涕零。

柳梅莹十八岁了，到了谈婚论嫁的年龄，她像其他待嫁的女子一样，憧憬着美好未来，希望找到一位如意郎君。柳家家规严，柳梅莹深居内宅，很少与男性接触，心目中的如意郎君是啥样子，她自己也说不清。见到李涛后，她恍然大悟，能托付一生的如意郎君应该是像李涛那样爱憎分明、有情有义的人。想到此，她面颊发热，对镜一照，俊美的脸羞得绯红。

李涛被送到柳家医馆。柳达声检查了伤情，发现受伤的左臂发黑坏死，命在旦夕，忙将李胜唤到一旁，道："侄儿左臂坏死，有了败血症状，情况万分紧急，只有断臂求生了。"李胜含泪道："贤弟不必多虑，动手术吧，我只求能保住他的性命。"

截肢后，李涛面色惨白，气如游丝，奄奄一息。李胜悲切地问："贤弟，涛儿还有救吗？"柳达声叹息道："我从医几十年，见过各种毒伤，毒性这么大的毒药很少见，我没有特效药，能否救活，不敢断言。好在你们处置及时妥当，减缓了毒药的毒性。我给他喂了解毒药和回生丹，余下的就看他的造化了。"又宽慰道，"侄儿年轻力壮又是习武之人，只要能熬过头三天，就有希望。"李胜心如刀割，默默为儿子祈祷。

柳梅莹得知李涛身负重伤，心急如焚。爹爹去看望李涛，她瞒着母亲也跟了去。柳梅莹看到奄奄一息的李涛，泪如雨下，心想，李涛是为柳家负的伤，自己虽不能妙手回春拯救他的性命，但也要尽微薄之力。她决定留下来照顾李涛和受伤的镖丁。柳广财担心夫人不依，劝女儿与他一起回去。柳梅莹一向对父亲百依百顺，这次却一反常态，执意要留下来多住几天。柳达声的夫人也舍不得柳梅莹走，在一旁极力挽留，柳广财勉强答应了。

第九回　遭退婚李涛受煎熬　道真情梅莹求婚配

李瑛生擒乔吉的事迹在三河县传开了，人们啧啧称赞，佩服得五体投地。柳梅莹想结识李瑛，恰巧李瑛来照顾弟弟李涛，两人在柳达声家见了面。李瑛和蔼可亲，平易近人，让柳梅莹倍感亲切，两个不同类型的女人紧紧地拥抱在一起。柳梅莹拉着李瑛的手，亲切地叫了声“姐姐”，泪水夺眶而出，把心中的苦闷和忧伤都宣泄出来。李瑛被柳梅莹的情绪所感染，眼里也涌出泪花。柳梅莹哽咽道：“对不起，真对不起，李涛哥是为柳家负的伤，我们有愧于他。”李瑛宽慰道：“好妹妹，千万别自责。干镖局这行整天与刀枪相伴，与土匪强盗过招，早已将生死置之度外。冤有头，债有主，这笔债要记在土匪身上，让他们血债血还！”听了李瑛的话，柳梅莹对她更加敬重。

柳梅莹守护在李涛的床旁，心中默默地为他祈祷。夜深了，李瑛轻声呼唤柳梅莹：“好妹妹，我一人守候就行，你去睡吧。”柳梅莹执意不肯，道：“姐姐两天两夜没合眼了，你睡吧，我守着，有事我唤姐姐。”李瑛拗不过她，在床边的躺椅上睡下。柳梅莹拨亮灯芯，深情地注视着昏迷不醒的李涛，内心波澜起伏，泪水滚落在他的面颊上。

李涛顽强地挺过了最危险的头三天，人仍然昏迷不醒。柳达声给李涛把脉，喂药，又用针灸和按摩给他疏通了血脉。守候在门外的柳梅莹见叔叔走出房门，急切地问：“叔叔，李涛哥好些了吗？”柳达声宽慰道：“从脉相看，病情大有好转，如果不出意外，很快就能苏醒。”柳梅莹转悲为喜，脸上露出了笑容。

两天后，李涛睁开双眼，看见了守候在身边的姐姐李瑛，姐姐眼窝深陷，人消瘦了很多。姐姐身旁还站着一位端庄秀丽的姑娘，听姐姐叫她“梅莹”，李涛恍然想起她是柳家小姐，拉织锦那天，曾在柳家大门前见过她。李涛仔细观看，发现姑娘眼睛清澈明亮，面如桃花，是个绝代佳人。柳梅莹见李涛注视她，垂下头，羞得满面绯红。

李涛二十五岁，早已到了娶妻生子的年龄，他至今未婚。除了忙于镖局事务外，还另有原因。李胜丧妻后没有续弦，女儿李瑛就承担起女主人的角色。李胜创办镖局后，整天操劳镖局事务，家中的大事小情都交给李瑛打理。李瑛没上过学，识字不多，随着镖局不断扩大，她感到力不从心，想给弟弟找一个贤惠善良又精明能干的媳妇，等弟媳过门后，就把女主人的位子让给她。到李家提亲的不少，满意的不多，最后选中了卢员外的千金卢燕燕。

卢家是天水镇的大商家，乡下有良田，镇上有商铺。卢燕燕年方十七，人说不上漂亮，但识文断字，精明能干。李瑛带着聘礼去卢家定亲，双方选定良辰吉日，准备举办婚礼。就在此时，柳广财到李家镖局求援，李胜当场应允，送走柳广财，才想起李涛的婚事。事已至此，只好请求推迟婚期。

李瑛备了一份厚礼，来到卢家。卢员外得知李瑛登门，欢天喜地地把她迎进客厅。本以为李瑛是来商议迎娶之事的，孰料她却要推迟婚期。卢员外顿时变了脸，责备道："婚姻大事岂是儿戏，怎能说变就变！推迟婚期总要有个合理的理由吧？你说你家镖局忙，我家的买卖不比你家小，难道就不忙？迎来送往天天有，可啥事比娶亲还重要？""请员外多担待，多担待……"李瑛自知理亏，又不便道出实情，只好赔着笑脸求情。

卢燕燕听说婆家来人了，满心欢喜，让丫鬟去打探消息。两家订婚后，卢燕燕与李涛见过一面，李涛英俊潇洒，她心满意足，天天盼着早日成亲。丫鬟回来禀报："李家要推迟婚期，老爷大怒，正在与李家大姑姐理论呢！"卢燕燕犹如冷水泼头，追问："为什么要推迟婚期？""不晓得，只看见李家大姑姐不停向老爷求情。"此话一出，更引起卢燕燕的猜疑。丫鬟是个挑事的主，非但不劝，专拣戳心窝的话说："老爷说得对，啥事比娶亲还重要？李公子相貌出众，人见人爱。莫非是另有隐情，李家在有意拖延？"卢燕燕忍不住失声痛哭，劝也劝不住，丫鬟慌忙跑去报信。卢员外急忙上绣楼安慰女儿，李瑛也跟了去。李瑛好话说尽，卢燕燕总算消除了误解。李瑛向卢家保证，李涛保镖回来就迎娶小姐，绝不食言。

李瑛走后，李家没了音讯。卢员外派人到李家镖局打听，派去的人神色慌张地跑回来禀报："老爷，李家出大事啦！"卢员外脸色骤变，问："出了何事？""未来的姑爷被毒箭射伤，失去了左臂，现在生死未卜。"卢员外听罢，如雷轰顶，一时竟不知所措。卢燕燕闻讯，捶胸顿足，失声痛哭，抱怨自己命苦。丫鬟在一旁道："光哭有啥用。姐姐金枝玉叶，绝不能嫁个残疾人。快去退婚呀！"卢燕燕去找娘。卢夫人的态度更坚决，催促道："当家的，你还等什么？快去李家退婚，绝不能让闺女守着一个残疾人过生活！"卢员外想得周全，道："莫慌，我家是有头有脸的人家，做事要讲究礼数。两家婚约在前，李家公子受伤在后，解除婚约总要有个说法，莫让旁人耻笑。"卢夫人埋怨道："老爷糊涂。双方婚约在前不假，可我女儿要嫁的是健全人，现如今李家公子缺了条胳膊，成了残疾，婚约早已名不副实，退婚天经地义！" 卢员外觉得夫人的话在理，不再犹豫，吩咐仆人道："把李家的聘礼装上车，我去李家退婚。"

没等卢员外的大车在镖局门前停稳，已有人跑进去禀报李胜。李胜迎出大门，见此情景，明白了对方来意。李胜请卢员外去客厅，卢员外拒绝，拱手道："此番登门有件事难以启口，又不能不说，得罪之处望老英雄海涵。"李胜平静道："员外不必多虑，请讲无妨。""我是来退婚的。"没等李胜开口，卢员外又解释说，"不错，我们两家是有婚约，可我女儿要嫁的是健全的李涛。如今，你家公子失去左臂，成了残疾，婚约自然就终止了。"李胜身经百战，生死离别的事见得多了，内心气愤，语气依然平静："员外无须自责，我儿失去左臂，退婚也符合情理，就按先生的意思办吧。"李胜的豁达让卢员外深感意外，心中不由得多了几分敬意，面带歉意道："你我两家素来走得很近，千万别为此事生疏了。"李胜赔笑道："不会的。我们做不了亲家，还可以做朋友。"卢员外如释重负。

李瑛得知卢家退婚，愤愤不平，要去卢家评理，被父亲拦住。李胜叹息道："卢家毁约也有苦衷。如今，涛儿成了残疾，卢员外不愿意闺女跟着受苦也在情理之中。婚姻讲的就是一个'缘'字，勉强成亲也不会有好结果。等涛儿伤好了再找吧。"爹爹发了话，李瑛不好再坚持，又不知如何面对弟弟，焦虑地问："怎么和弟弟讲？"李胜长叹一声，道："就照实讲，我想他会想通的。"

李瑛把卢家退亲的事告诉了弟弟。李涛沉默不语，表面看似平静，内心却是波澜起伏。两家订婚后，李涛与卢燕燕只见过一面，没有更多的交往，也谈不上什么感情，不过，他是重情义的人，卢家退婚还是让他感到痛心。李涛见姐姐伤心落泪，宽慰道："这事不怪卢家，也不是卢小姐的错。其实，我已打定主意，即使卢家不提出退亲，我也不想连累人家。"李瑛心乱如麻，忙宽慰弟弟："卢小姐不行，咱再找。姐一定给你找个称心如意的媳妇。"李涛道："姐，你别再为我操心了。我现在这副模样，娶了谁也要拖累人家。"李瑛感到戳心地疼，擦了把泪，劝慰道："千万别瞎想，世上好姑娘多了，总会有合适的。"柳梅莹站在门外，两人的对话听得真真切切，内心不由得激荡起层层涟漪。她失眠了。

柳蕊珠得知女儿瞒着她去了柳达声家，还执意留下来照顾李涛和受伤的镖兵，非常不悦。一个未出阁的大姑娘在外面抛头露面成何体统！她当即吩咐人去柳达声家接闺女。柳广财急忙劝解："这些日子，闺女为家里的事担惊受怕，消瘦了很多，出去散散心是件好事，总闷在家里会憋出病的。再说，弟媳好久没见到莹儿了，留她住几天也是人之常情。"丈夫的话句句在理，柳蕊珠心中不悦，还是勉强答应了。

柳蕊珠本想让女儿住三五日，可二十天过去了，还不见她回来，气得七窍生烟，吩咐仆人套车，亲自去柳达声家接人。柳梅莹正在与李涛、李瑛聊天，见母亲站在门前，吃了一惊，慌忙出屋问候。柳蕊珠也不言语，扯住女儿的胳膊就走。柳梅莹挣脱母亲的手，道："娘，您这是干什么？"柳蕊珠本就窝着一肚子火，女儿的言行更激怒了她，厉声质问："一个未出阁的大姑娘，二十天不着家，还有脸问我！"听母亲一说，柳梅莹吃了一惊，细细算来，已经在叔叔家住了二十天，自己竟然毫无察觉。柳达声的夫人听说嫂子来了，忙将柳蕊珠让进客厅，吩咐仆人端上茶点。柳蕊珠怒气未消，应付了两句，就拉着女儿上了轿车。

柳梅莹回到家，心中依然思念着李涛。她最初是怀着报恩的心留在叔叔家照顾李涛和受伤的镖丁的，这些天与李涛交往，她的情感也在悄然发生着变化，从钦佩到喜欢，再到爱恋，李涛一步步走进了她的心扉。

得知李涛订婚了，柳梅莹暗自伤心落泪，听到卢燕燕退婚的消息，柳梅莹既气愤又欣喜，气愤卢燕燕无情无义，欣喜的是卢燕燕的退出让她看到了希望。柳梅莹外表孱弱，内心却很坚强，很有主见。她知道世上像李涛这样才华出众又有情有义的男人不多，她告诫自己，一定要抓住机会，绝不能错失这桩美满的姻缘。

别人家的女儿有话喜欢与娘讲，柳梅莹不同，她有话愿意跟爹说。爹爹通情达理，愿意倾听女儿的心声，尊重女儿的选择；母亲正好相反，高傲自大，自以为是，总是板着面孔教训人。柳梅莹把爹叫到闺房，道出了心声。柳广财听罢，陷入沉思。他对李涛也曾动过心思，无论是相貌、品行，还是才华，李涛都称得上是百里挑一。不过，他也有不足。李涛是镖主，没有经过商，对丝绸一窍不通，仅凭这一点就不够柳家择婿的条件。柳广财深情地望着女儿，道出了内心的想法和忧虑。

柳梅莹已经想好了说服父亲的办法，把话题一转，问："爹，李家镖局经营得如何？"柳广财感触颇深，不假思索地称赞道："很好，称得上是镖局的楷模。”柳梅莹继续道，“爹常讲，做好丝绸生意，除了要掌握织造技艺，有经商头脑，还要有超人的胆识和智慧。女儿认为李家镖局生意红火，不单是镖局的人艺高胆大，更重要的是有一个好当家人！李涛巧设调包计，车内藏伏兵，发动山民剿匪，处处表现出过人的智慧和胆识。爹常说，商场如战场。此次剿匪险象环生，李涛运筹帷幄，棋高一筹，他能在战场上用兵如神，也一定能在商场上游刃有余。您说他没经过商，女儿并不认同。镖局也要进账出账，计算盈亏，与经营丝绸生意没有本质区别。他把百十人的镖局经营得红红火火，已经展示出非凡的经营能力和管理才干，唯一缺少的是丝绸方面的知识。李涛知天文晓地理，一身的本事都是在保镖途中点灯熬夜自学的，学习印染织造对他来说并非难事。”

女儿的话句句在情在理。柳广财暗自思量：女儿说得对，李涛知天文晓地理，学习织造并非难事。可是，李涛失去了左臂，成了残疾，女儿若是嫁给他，就要伺候他一辈子。柳梅莹看出爹爹的顾虑，道：“女儿从小读圣贤书，懂得做人的道理。常言道，滴水之恩当涌泉相报。李涛为咱家失去了左臂，女儿愿意照顾他一辈子！请爹爹放心，我俩结合一定能把柳家事业发扬光大，实现爹爹的宏图大愿！”柳梅莹望着父亲，眼里淌出晶莹的泪水，乞求道：“爹爹若不赞成这桩婚姻，女儿会痛苦一生，爹爹也会追悔莫及。”柳梅莹的话句句发自肺腑。柳广财听后，心潮起伏，又深感宽慰。女儿胸怀坦荡，深谋远虑，实乃柳家的幸事。

“既然你拿定了主意，爹就支持你。”柳广财被女儿说服了。他又叮嘱道：“不过，婚姻大事要两相情愿才行。你愿意嫁，李涛也要愿意娶才行。即便如此，还要合上生辰八字，这就要看你俩的缘分了。”看见女儿焦虑的神情，柳广财宽慰道，“别急。我这两天就去看望李涛，趁机向李家挑明。我闺女才貌超群，求婚的人踏破了门槛，能把你娶进门是李家的福气，我想李家没有理由拒绝。”柳梅莹擦去泪水，脸上露出了灿烂的笑容。柳广财嘴上这么说，心里一点也不轻松，叹了一口气，继续道：“我最担心的是你娘，她对镖局的人有成见，不会轻易赞同这门婚事，你要有心理准备。”又叮嘱说，“此事先别和你娘讲，容我想办法说服她。”柳梅莹点头答应。

柳广财回到书房。思来想去，觉得此事由堂弟柳达声出面最合适。两天后，他去看望李涛，向柳达声道出求婚的想法。柳达声听后，赞许道：“哥哥真是好眼力。李家公子文武兼备，梅莹才貌双全，真可谓是天造的一对，地设的一双。他们若能结为连理，李涛既能得到很好的照顾，柳家事业也能发扬光大，实在是天大的好事。此事包在我身上，我一定促成这桩美满姻缘！”柳广财满腹心事，叹息道：“即使李家同意，你嫂子这道关还不知如何过呢。她执意要撮合田青与梅莹成婚，两个孩子都反对，我也不赞成。”柳达声知道堂兄在柳家的处境，宽慰道：“此事不宜操之过急。等我与李家谈妥了，再商量解决办法。”柳广财点头应允。

第十回　当伴童得东家赏识　被逼婚心中埋阴影

李涛失去左臂，忍受了巨大的肉体痛苦，卢家退婚又让他蒙受了精神上的折磨，李胜、李瑛为此焦虑不安。这一日，父女俩在客厅商量李涛的婚事，柳达声满面春风，步入客厅，笑答：“兄长，我给你们贺喜来了。”李胜莫名其妙，疑惑地问：“喜从何来？”柳达声道：“梅莹相中了李涛，我是来保媒的。”李瑛闻言，惊喜不已，问：“柳叔叔，此话当真？”柳达声严肃道：“当然当真。不过，柳家有个条件，不知能否答应？”李瑛兴冲冲地问：“什么条件？叔叔快讲！莫说是一个条件，就是再多的条件我们也答应。”柳达声道：“婚后。李涛要入赘柳家，弃武从商，经营柳家的丝绸生意。”

柳家求婚让李胜父女感到意外，细细想来，这事也在情理之中。柳梅莹在柳达声家为李涛端饭、送药，无微不至，流露出的真情令人动容，只是大家都没往这处想而已。李胜父女打心里喜欢柳梅莹。柳梅莹容貌出众，知书达理，虽是富商之女，却不骄不奢，没有沾染富家子女常见的陋习，能把这么好的姑娘娶进门是李家修来的福气。听了柳家提出的条件，李胜父女犯了难。李涛是镖局的顶梁柱，也是李家的独子，让他当上门女婿，一时还无法接受。柳达声劝道：“我知道镖局离不开李涛，可是，他失去左臂，不再适合做保镖工作。他现在最需要一个安静的环境，一个稳定的生活，一个美满的家庭。你们还是多替李涛着想吧。”李胜、李瑛接受了柳达声的忠告，同意李涛入赘柳家。

李瑛将柳家提婚的喜讯告诉了弟弟，李涛感动得热泪盈眶。他与柳梅莹相处时间虽然短暂，却刻骨铭心。在他生命垂危的时候，她像上苍派来的天使默默地守护在他身旁，为他祈祷，为他祝福，给他安慰，给他战胜病痛的勇气。失去左臂后，他邂逅的两个女子作出了不同的选择，形成鲜明的对比：卢燕燕选择退婚，柳梅莹以身相许，强烈的反差凸显出柳梅莹的真诚和善良，凸显出她对爱情忠贞不渝！此时，李涛强烈意识到柳梅莹才是自己梦寐以求的心上人！

李涛舍不得离开镖局，他十三岁跟随父亲和姐夫陆大江走南闯北，与镖局的弟兄出生入死，结下深厚的友谊，可是，当上门女婿是柳家提出的先决条件，不答应，既辜负了柳小姐的一片真情，自己也将失去心爱的人。李涛辗转反侧，最终决定入赘柳家，一切从头学起。

柳广财回到家，柳梅莹不容父亲更衣，就把他拉进自己的闺房，忙不迭地问："爹，李家有消息吗？"柳广财看着女儿，笑道："李家同意了亲事。我找人给你俩看了生辰八字，你俩生辰相配，八字相合。"柳梅莹如愿以偿，高兴得热泪盈眶。眼下，父女俩面对的最大难题是如何说服柳蕊珠了。

柳广财虽然是一家之主，可是，家里的大事都由柳蕊珠做主，原因很简单，柳广财是入赘女婿。

柳家几代步入了一个怪圈：生意红火，人丁不旺。老东家柳春城有一对儿女。女儿柳蕊珠聪明伶俐，养蚕织造样样精通，生意场上也是精明过人。柳蕊珠有一个小她七岁的弟弟，名叫柳广富。柳广富自幼孱弱多病，性格内向，整天泡在女人堆里，不愿意和外人接触。柳春城担心如此下去儿子将一事无成，决定给儿子找一名小男仆，让他学习独自生活。

柳家选择小男仆的条件十分苛刻。一要品行端正，老实本分；二要聪明伶俐，做事勤快；三要与柳广富年龄相仿，脾气相投。柳春城回柳家庄挑选男仆，见了几个都不中意。有人想到了柳广财，将他领到柳春城面前。柳广财原名叫"柳顺"，是个苦命娃，六岁时父母双亡，跟着姑姑生活。柳春城见他长得眉清目秀，聪明伶俐，与儿子同龄，又是同族，非常喜欢，将他带回三河镇。柳顺乖巧懂事，尽心竭力服侍小少爷，深得老东家的喜爱。

柳广富八岁那年，柳春城花重金请老先生教儿子读书。柳广富在屋里学，柳顺隔窗听。柳广富心不在焉，课堂上经常遭先生训斥，奇怪的是，课后作业却完成得很出色。先生困惑不解，把柳广富叫来询问。柳广富怕受罚，道出了实情："作业是柳顺代写的。"先生将信将疑，把柳顺唤来，当场面试，果然对答如流，丝毫不差。先生发了一番感慨后，在屋里为柳顺备了一套桌椅，让他一起学习。几年下来，柳广富学业平庸，柳顺倒把四书五经背得滚瓜烂熟，出口成章，文采出众。

柳广富十六岁那年患病身亡。柳春城夫妇悲痛欲绝，双双病倒。

祸不单行。柳家还没有摆脱丧子之痛，女儿柳蕊珠又出事了。柳春城为女儿挑选的郎君是个纨绔子弟，吃喝嫖赌样样不落，几年光景就把祖上积攒的家产挥霍一空，人也不知去向。传说他欠了巨额赌债，被债主五花大绑沉了河。柳蕊珠在婆家待不下去，回到娘家。儿女的不幸让柳春城心灰意冷，生意一落千丈。

柳顺从小跟着家人种桑养蚕，来到柳家，每天听的看的都与丝绸有关，再加上他聪明好学，不耻下问，很快就掌握了织造技艺和经商之道。柳家危难时，柳顺毛遂自荐，帮助东家管理作坊，经营生意，展示出非凡的才干。柳春城见他忠诚可靠，擅长经营，让他当了管家。柳顺如鱼得水，几年光景，柳家生意就走出了低谷。

在此之前，柳家织锦已初具规模，不足之处是花色品种少，织造工艺粗糙。柳顺接任管家后，大胆创新。他首先大大增加彩色丝线的品种，使用的彩色丝线包括赤橙色系、黄绿色系、青紫色系数十种之多。在色彩配置上，大量使用金银丝线和孔雀羽线，使织锦更加富丽堂皇；在纹饰图案上，除了采用寓意富贵祥瑞的牡丹、葫芦、灵芝、松枝、祥云等纹饰外，还增加了用文字、花卉和其他吉祥物组合成的图案，比如，中心是篆体的寿字，周围环绕八件形状各异的宝物，八件宝物代表八仙，寓意“八仙庆寿”。把一柄如意和两个柿子相组合，就成了“事事如意”纹饰。柳家织锦无论单一纹饰还是组合纹饰，都有福寿吉祥的美好寓意，由此获得了“福寿锦”的美誉。

柳蕊珠回到娘家后，逐渐振作起来，把心思都用在丝绸生意上。柳顺和柳蕊珠配合默契，俩人的聪明才智和商业天赋得到完美的展现，柳家的生意越来越红火。

生意越火红，柳春城越感到危机。常言道：“不孝有三，无后为大。”偌大的家业无人继承，怎么对得起列祖列宗。柳春城决定招上门女婿，延续柳家的香火。女儿失败的婚姻让柳春城痛心疾首，痛定思痛，他悟出一个道理：媒妁之言不可信，知根知底的人才可靠。可知根知底的人在哪里？他苦苦思索，恍然大悟，自己苦心寻觅的乘龙快婿其实就在身边，他就是柳顺。女儿比柳顺大七岁，又结过婚，柳顺能同意这门婚事吗？柳春城心里没底，冥思苦想，有了主意。

柳春城把柳顺叫到内室，问：“柳顺，你从小进入柳宅，我供你吃穿，供你读书，又让你当了管家。你说我待你如何？”柳顺叩首道：“老爷对我恩重如山，犹如父母。”柳春城满意地点点头，继续道，“我喜欢你，是因为你有情有义，知恩图报。你说我对你恩重如山，犹如父母，那我就收你做义子，你意如何？”柳顺吃惊地望着东家，一时不知如何回答。柳春城把脸一沉，道：“怎么，你不乐意？”柳顺急忙解释道：“东家错怪我了。我不是不乐意，是没想到老爷对我如此厚爱，让我诚惶诚恐，不知所措。”“这么说你同意了？”柳春城问。柳顺跪倒在地，行了大礼，虔诚道："父亲大人在上，受义子一拜。"柳春城满脸堆笑，吩咐道："柳顺，你既然认我为父，一切都要遵从我的安排！"柳顺恭敬道："是，一切听从老爷的吩咐。"柳春城将脸一沉："你现在是我的义子，就该改改口，不要再叫老爷，应该叫爹。"柳顺再次跪倒，道："儿子柳顺给爹爹磕头。"柳春城喜笑颜开，继续道，"你做了我的儿子，名字也要改一改。柳顺这个名字虽然叫着顺口，却登不了大雅之堂，往后就叫柳广财吧。广财，承揽四海生意，广聚天下钱财。把柳家的事业发扬光大。"柳顺谢过。柳春城叮嘱道："不要辜负了我的良苦用心。"柳顺从此更名柳广财。

过了几日，柳春城把柳广财叫到身边，道："广财，你也老大不小了，该娶妻生子了。爹想亲上作亲，让你和蕊珠结为夫妻，你意下如何？"柳广财连连摇头道："万万使不得。世上哪有弟弟娶姐姐的道理！"柳春城哼了一声，道："有何不可。你是我的义子，与蕊珠虽是同族，可不是近亲，你俩的婚姻符合伦理，天经地义。"柳广财心中焦急，跪倒在地，道："爹，孩儿与翠儿真心相爱，我们已经订婚，岂有毁约之理，恕孩儿不能从命。"翠儿是柳家的丫鬟，心地善良，聪明伶俐，人也漂亮，在柳家很有人缘。柳春城喜欢翠儿，经常当着众人的面夸奖她，不过此时翠儿成了女儿的情敌，柳春城自然要袒护女儿。他不耐烦地摆摆手，道："我知道你与翠儿订婚了，你们没有拜堂就不是夫妻，退婚也合情合理。只要你同意，由我出面与翠儿家交涉，绝不让她家吃亏。"柳广财被激怒了，愤愤道："爹爹一直教导我做人要诚实守信，待人要真诚友善。我若退婚岂不成了背信弃义的小人，我宁愿死也不服从！"柳春城自知理亏，把话题一转，劝慰道："年轻人好感情用事，分不清孰轻孰重。凡事都要三思而行。你现在的身份不同以往，要懂得门当户对的道理。翠儿是个下人，有啥出息？能给你什么？娶了她会让人耻笑。蕊珠就不同了。她虽然年龄大了点，但是风韵犹在，她识文断字又有商业头脑，你俩结合可谓是珠联璧合，不仅了却了老夫的心愿，也筑牢了柳家的基业，把这万贯家财交给你俩，我死而无憾。"柳春城说到动情处，老泪纵横。柳春城见柳广财没有吱声，继续道："你的忧虑爹懂，怕别人戳脊梁骨，骂你背信弃义，是不？外姓人我不敢说，我敢保证柳氏族人绝不会。你若不信，就当着族人的面问问。"两人各持己见，谈话不欢而散。

让柳广财没有料到的是，柳家上下都赞成退婚。其实，这也不难理解。从经商角度讲，柳广财和柳蕊珠是最佳搭配，柳家火红的生意已经证实了这一点，柳家人都希望把这种大好局面延续下去。如果柳广财与翠儿结婚，翠儿能给他们带来什么？同情归同情，当伦理道德和既得利益之间需要取舍时，心里的天平就会发生倾斜，伦理道德在不知不觉间就变了味儿。

过了几天，柳春城又把柳广财唤到内室，谈起了婚事。柳广财跪倒在地，含泪叩首道："孩儿不改初衷，非翠儿不娶。孩儿不孝，愿打愿罚任凭爹爹处置。"柳春城这次没有动怒，将他扶起，温和道："既然我儿主意已定，那我就成全你们。不过，婚事要由爹爹一手操办，你不要过问。"柳广财不知内情，心中充满感激。

柳家紧锣密鼓地为柳广财筹备婚事。到了良辰吉日，柳家内外张灯结彩，一片喜庆气氛。柳广财头戴红色燕翅礼帽，身穿绛红色云水绣花长袍，脚踏高靴，容光焕发。一群柳家仆人端着酒碗争相向柳广财贺喜。几碗酒下肚，柳广财觉得头重脚轻，昏昏欲睡。原来，柳春城让人在酒里下了药。

时辰到了，鼓乐齐鸣，鞭炮震耳，人声鼎沸。柳广财被人搀扶着，用红绸带牵着心上人跨进客厅，拜天地，拜高堂，夫妻对拜，完成了繁杂的婚姻仪式，步入了洞房。他酒醒后，满心欢喜地掀开新娘的盖头，顿时目瞪口呆，新娘不是翠儿，是柳蕊珠！柳广财气得浑身颤抖，用手指着柳蕊珠，颤抖地道："你，你，你……"话没出口，急火攻心，昏厥过去。柳蕊珠害怕极了，大声呼喊起来。人们推门而入，七手八脚，把柳广财抬到床上。

翠儿装扮一新，满心欢喜地等待接亲的花轿，等来的却是柳广财与柳蕊珠拜堂成亲的消息，她万念俱灰，昏死过去。当天夜晚，翠儿在悲愤绝望中投河自尽。柳春城对翠儿的死心存愧疚，厚葬了翠儿，又出重金抚恤家人。翠儿的家人收了金钱，不再追究，翠儿成了这场婚姻的牺牲品。

柳广财受到打击，整日以泪洗面，一蹶不振。在柳春城的授意下，柳家上下开始轮番劝说。此时，人们不再称柳广财管家，改口叫他少东家了。

"少东家，您对翠儿的那份真情有目共睹，日月可鉴，如果翠儿在天有灵，一定会感觉到的！人死不能复生。少东家还是从长计议吧！"

"少东家，您卧病在床，夫人日夜守护，端饭喂药，眼熬红了，人累瘦了，您可不能辜负了夫人的一片真情啊……"

"少东家，您和夫人是柳家的天，是我们的衣食父母。我们这些下人全依仗你们了，你们同舟共济，柳家的生意才能红火下去，我们的生活才能有着落。我们求求您，您就和夫人和好吧。"

柳广财迫于压力接受了残酷的现实，与柳蕊珠圆了房。

第十一回 求幸福绝食抗母命 得回报情侣结良缘

柳广财和柳蕊珠的婚后生活磕磕绊绊，很不如意。女儿柳梅莹出生后，夫妻俩都把各自的爱给了女儿。柳广财出身贫寒，饱尝艰辛，如今富甲一方，依然不失勤俭朴实的本色。在他的言传身教下，女儿性情温和，知书达理，不喜欢穿金戴银，涂脂抹粉，平日里素装简饰，天生丽质的她犹如出水的芙蓉，婀娜多姿，更显得与众不同。

对于女儿的婚事，柳广财、柳蕊珠从一开始就产生了分歧。柳蕊珠有过不堪回首的失败婚姻，她不相信媒妁之言，坚信只有知根知底的人才可靠，她心中的乘龙快婿是田青。柳蕊珠的想法遭到柳梅莹和田青的一致反对。田青已经有了心上人，他的心上人是表妹杜鹃。田青和杜鹃青梅竹马，两家早就订婚了，因为田青的父亲病故，田青有孝在身，婚期才拖延至今。柳梅莹很尊重田青，把他当亲哥哥看待，彼此保持着纯洁的兄妹情谊。

与翠儿的那段恋情让柳广财刻骨铭心，他和柳蕊珠的婚姻虽然成就了柳家的事业，却在柳广财的心里留下无法愈合的创伤。往事历历在目，不堪回首。柳广财深知感情不能强求，不希望发生在自己身上的悲剧在女儿身上重演，希望女儿找一个真心相爱的如意郎君，幸福一生。

柳蕊珠不这么想，她不顾家人反对，非要撮合女儿与田青成亲，一场家庭风暴在所难免。

柳蕊珠从仆人口中得知女儿和李涛私订终身的事，将信将疑，让吴嫂搀扶着匆匆上了绣楼，要向女儿问个明白。柳梅莹正在想心事，忽闻脚步声，抬头见母亲走进房门，忙起身问安。柳蕊珠在女儿对面坐下，强压怒火，问："下人们说你要自己找婆家，可有此事？"柳梅莹心情紧张，一时不知如何回答。柳蕊珠见状，脸色一沉，厉声质问："是与不是，当着娘的面讲清楚！"见娘动了肝火，柳梅莹反而平静下来，心想窗户纸早晚要捅破，不如实话实说。她不再犹豫，点头承认了此事。

柳蕊珠原以为此事子虚乌有，是下人传闲话，本打算向女儿求证后，找出传话的下人治罪，孰料竟然是真的。她要发火，又觉不妥，耐着性子道：“男大当婚，女大当嫁。你的婚事娘早就谋划好了。田青人品端正，忠诚可靠，又擅长经营，是难得的人才……”没等娘把话讲完，柳梅莹双手捂住耳朵，反驳道：“我不听，就是不听！娘为什么这么不明事理？田青哥和杜鹃姐已有婚约，凭啥拆散人家！”柳蕊珠蛮横道：“有婚约又如何？没有成亲就不算数。”柳梅莹愤愤道：“娘就死了这条心吧！我不会嫁给田青哥的。”

被女儿当面顶撞，柳蕊珠气得七窍生烟，她强按怒火，劝说道：“不错，李涛是为咱家负的伤，李家对咱家有恩，也是事实。你心地善良，懂得知恩图报，也没有错。报恩有多种方法，可以给李家钱财，也可以帮李涛找媳妇，但没有必要赔上自己一生的幸福。”柳梅莹坦言道：“我是真心喜欢他！”柳蕊珠投来异样的目光，不解地问：“你喜欢他？他会养蚕缫丝吗？懂印染织造吗？会经营商铺吗？一个行走江湖的镖头，头脑简单，四肢发达，能有什么出息？我闺女虽称不上是金枝玉叶，也是名门闺秀，他哪点配得上你？”

柳梅莹争辩道：“镖头有什么不好？我爹夸他智勇双全，胆识过人，是个难得的人才，他能入赘柳家是柳家的幸事……”没等女儿把话说完，柳蕊珠火冒三丈，高声道：“住口！你爹他瞎了眼，李家给他灌了迷魂汤，让他不识好赖，闻不清香臭。”又愤愤地威胁道，“我绝不能看着你往火坑里跳，让你去伺候一个残疾人！除非，除非我死了！”柳梅莹泪水溢出眼眶，跪地乞求道：“娘就成全女儿吧，不然女儿会痛苦一辈子！”柳蕊珠面似冰霜，冷冷道：“求也没有用。除非你与田青成婚。”

柳梅莹被激怒了，气愤地问：“爹娘的婚姻幸福吗？赔上翠儿的性命不算，还让爹一辈子心存内疚，难道娘非要逼女儿走这条路吗？”柳蕊珠被深深地刺痛了，怒斥道：“小冤家，你非要气死娘吗？！自古儿女婚姻就是媒妁之言，父母之命，你的婚事我说了算，由不得你乱来！”柳梅莹争辩道：“我爹已经同意了！”柳蕊珠眼睛一瞪，轻蔑道：“你爹同意也没用！这个家我说了算，我说行就行，我说不行，谁说行也不行。等你爹回来，瞧我怎么找他算账！”柳蕊珠语气强硬，没有半点回旋的余地。柳梅莹将心一横，决心以死抗争，绝不放弃。

翌日早晨，柳蕊珠见女儿没来吃早饭，让吴嫂去叫。一会儿工夫，吴嫂回来道：“小姐说，不答应婚事就绝食。”柳蕊珠绷着脸道：“真是越大越不懂事！不吃就饿一顿。”到了晌午，柳梅莹还没来吃饭，柳蕊珠又打发吴嫂去叫。吴嫂回来禀报：“小姐还是那句话，不答应婚事就绝食。”柳蕊珠听了，把脸一沉，道："不吃就算，休想用绝食吓唬我。看她能饿几日！"到了吃晚饭的时候，还不见柳梅莹的影子。柳蕊珠又打发吴嫂去叫。过了老半天，吴嫂神色沮丧地回来了，摇摇头，无奈地叹息道："我把好话说尽了，小姐还是那句话：不答应婚事就绝食。"柳蕊珠心里一震，很快又平静下来，吩咐道："把饭菜端到小姐房里去，她不吃就作罢，别怨当娘的心狠。"丫鬟把饭菜怎么端去又怎么端了回来。

第二天，柳梅莹还没来吃早饭，柳蕊珠又唤吴嫂去叫。吴嫂拿着一张纸回来了，焦急道："我唤小姐，她不答应。我在书台上发现了这个。我瞧不懂，拿来给夫人瞧瞧。"柳蕊珠接过纸看，是一首诗：

好事难成心意灰，忠贞不渝永相随。
此生不成比翼鸟，化作彩蝶伴君飞。

柳蕊珠看罢，心头升起怒火，心想：一个未出阁的大姑娘卿卿我我的，成何体统！刚想发火，转念一想，不对，莫非女儿真要轻生？一种不祥之兆油然而生。吴嫂在一旁劝道："照规矩，做下人的不该多嘴，可事已至此，我也斗胆说两句。小姐这是动真格的了，还是去劝劝吧，老这么僵着会闹出大事的！"柳蕊珠意识到事态的严重，跟着吴嫂上了绣楼。

柳梅莹见娘来了，把头扭到一边。柳蕊珠坐在床头，见女儿两眼红肿，两腮深陷，心里一阵酸楚，用手帕擦去女儿脸上的泪水，劝解道："闺女，别怪娘心狠，娘全是为你好，为了柳家好。娘是走过来的人，知道女孩子容易被痴情蒙住眼，分不清对错。娘就曾上过当，嫁了一个中看不中用的男人，几年的光景就败光了万贯家财。那些年娘整日以泪洗面，生不如死，受的苦，遭的罪，三天三夜也说不尽。娘不想看到女儿走娘的老路！田青是娘看着长大的，忠诚可靠，这样好的男人打着灯笼也难寻！听娘劝，别再执迷不悟了。只要你答应，娘一定能让田青退婚。"柳梅莹越听越恼，加上两天水米未进，身体虚弱，急火攻心，双眼一闭，昏死过去。柳蕊珠没有察觉，仍在喋喋不休。吴嫂在一旁看得仔细，惊呼道："夫人，小姐……小姐她昏过去了！"柳蕊珠忙唤人去请郎中。老郎中号了脉，问明病由，摇头叹息道："小姐得的是心病。心病还需心药治，我无能为力。"

柳蕊珠原以为吓唬吓唬女儿就会顺从，孰料女儿这次是铁了心要抗争到底，她慌了神，对仆人道："撬开她的嘴，喂饭！"柳梅莹奋力反抗，挣脱众人，直奔窗栏而去。吴嫂眼疾手快，把她拦腰抱住，惊恐道："夫人，小姐这是铁了心，她最听老爷的话，快派人把老爷叫回来开导开导她，不然，真要出人命啦！"柳蕊珠吓得六神无主，忙派人去找柳广财。

柳广财得知消息，大骇，马不停蹄地赶回柳宅，见到面容憔悴的女儿，气得浑身战栗，用手指着柳蕊珠怒斥道："你心毒如蝎，猪狗不如，把女儿往死里逼，还算人吗？既然这个家你说了算，没有我们父女的容身之地，我们走，再也不登这个门！"柳广财转身吩咐仆人："去套车，我带小姐回柳家庄。"仆人尴尬地立在一旁，没人敢应话，两人都是主子，他们谁也得罪不起。柳广财被激怒了，自己牵马套车。柳蕊珠瞧着父女俩乘车离去，一屁股坐在地上，号啕大哭。

柳广财回了柳家庄，田青押运织锦去京城没回来，家里没了主事的人，乱成一团。生意上的事耽误不得，焦急的人们到后宅请夫人定夺。柳蕊珠好久没有过问生意了，哪里应付得了，急得团团转，知道不能再僵持下去了，只好选择妥协。她去找柳达声，恳求地道："你去告诉广财，这门亲事我同意了，让他们父女回来吧。"然后，将话题一转，甩出一句硬邦邦的话："你给李家捎个话，婚事我同意了，不过，将来有了孩子都要姓柳。不同意就作罢。"

柳达声把柳蕊珠提的条件转告给李胜父女。李瑛愤愤不平道："柳家夫人太无情无义了，她只有一个女儿，李家也只有一个儿子呀！将来有了孩子都姓柳，我们李家不是断了后！"李胜劝慰道："不要再计较了。孩子姓什么不重要，只要李涛、柳梅莹幸福就行。"李瑛不再作声。柳达声给李胜深鞠一躬，感慨道："兄长心胸开阔，你的豁达成全了儿女的好姻缘。我给你道喜啦！"

在柳达声的精心治疗下，李涛的身体一天天好起来，受伤的镖丁伤愈后陆续返回了镖局，李涛也要回镖局，被柳达声拦下。柳达声安慰道："你的外伤虽然好了，内伤还没有痊愈。既来之则安之，再安心住些日子，好好调养调养。"李涛听从了劝告，继续留在柳达声家养病。

李涛听姐姐讲了柳梅莹绝食争取婚姻的经过，感动得热泪盈眶。这些日子，柳梅莹的身影总在李涛眼前浮现，他想去柳家看望她，又觉得不妥，怕给她带来麻烦。这天，李涛正在屋里读书，突然听到有人呼唤他，抬头看见柳梅莹立在门前，忙起身迎接。柳梅莹深情地望着心上人，含情脉脉地问："伤都好了吗？""好了，全好了。你的事我都听说了，真不知道该怎么谢你……"

李涛道。柳梅莹笑得很开心，俊美的脸楚楚动人。深情道："这份幸福来之不易，我俩更要好好珍惜。"李涛被深深地打动，沉浸在无比的幸福中，由衷道："我姐姐过两天就去你家商量婚事。进了你家，我一切从头学起！"柳梅莹充满感激，饱含歉意道："我知道你爱镖局，与镖局里的兄弟情如手足，真是难为你了……"李涛打断了她的话，动情道："只要能与你在一起，我甘愿抛弃一切！"柳梅莹笑得更甜蜜。

陆大江押运柳家织锦昼夜兼程，平安抵达京城。他惦念李涛和受伤的镖丁，办完交货手续即刻返程，马不停蹄地赶回李家镖局。到家后的第一件事就是看望李涛。看着李涛苍白消瘦的面孔，攥着他的空衣袖，陆大江泣不成声，陷入深深的自责："都怪我，要是那天我不犹豫，一枪扎死张金宝，你就不会失去左臂。"李瑛、李涛好言相劝，陆大江才止住泪水。

李瑛向陆大江讲述了这些天发生的事情，讲到了柳梅莹瞒着母亲去柳达声家照顾李涛和受伤的镖丁，讲到了卢燕燕知道李涛受伤致残后提出退婚，讲到了柳梅莹以身相许却遭母亲反对，讲到了柳梅莹绝食抗争争取婚姻，讲到了在柳广财的支持下，李涛、柳梅莹订了终身……陆大江心潮起伏，时而感慨，时而愤怒，时而焦虑，时而赞叹，在他离开后的这段日子里，竟然发生了这么多悲欢离合的动人故事。柳梅莹的所作所为让陆大江这个铮铮铁汉潸然泪下！

听说李涛要入赘柳家，陆大江又犯了倔脾气："李涛离开镖局可不行！他是镖局的智多星、顶梁柱，缺了他我玩不转！"李瑛苦口劝说，陆大江最终还是接受了现实。陆大江问："李涛走了，谁来顶替？"李瑛道："李涛推荐刘雄，爹和我也赞同。刘雄善于思考，做事稳重，在四个徒弟中又是老大，很有威信，唯一缺少的是历练。只要给他机会，他也能像李涛一样优秀。"陆大江点头同意。

刘雄代替李涛成为李家镖局的二镖主。

第十二回　疗毒伤有意外发现　忆往事揭陈年旧案

李胜来到柳达声家看望儿子李涛，柳达声将他让进客厅，问："兄长还记得王飞龙、赵锦娘夫妇死后的情形吗？""当然记得，这辈子也忘不了。"李胜不解地问，"为何突然问起这桩陈年旧案？"柳达声解释道："这些日子我为侄儿疗伤，他中毒后的症状与王飞龙夫妇十分相似，我怀疑他们中了同一种毒！"李胜愕然，诧异地问："王飞龙夫妇过世二十余年，两者之间还有联系？"柳达声语气坚定道："我行医几十年，中毒的病人见过不少，唯有王飞龙夫妇中毒后的症状与李涛相同。兄长不是一直在寻找杀害王飞龙夫妇的凶手吗？依我看，这就是一条重要线索。"柳达声的一席话让李胜回想起尘封的往事。

二十多年前，李胜和王飞龙都在州衙当捕快，俩人疾恶如仇，志同道合，既是同僚又是密友。王飞龙是大侠赵普的高徒，智勇双全，武艺过人，尤其擅长打飞镖，双手发镖，百发百中，人称"飞镖王"，李胜打飞镖的本领就是他传授的。后来大侠赵普把独生女赵锦娘许配给他，王飞龙又成了赵普的乘龙快婿。

王飞龙和李胜率领州衙的捕快捕盗抓贼，屡建奇功，接连破获了几宗大案，名声大噪。在他们辖区内盘踞着几股土匪，其中势力最大最凶残的当数乔氏土匪。匪首乔天是官府通缉的要犯，凶残狡猾，带领土匪屡屡作案，作案后销声匿迹，逃得无影无踪。

王飞龙走访遭抢劫的商人，得到一条重要线索：这些商人遭抢劫前都曾在"八仙阁"客栈住宿过。李胜扮成商人到客栈侦查，发现了一条地下通道。原来，这是乔天开的黑店，土匪用这条秘密通道传递消息，转移赃物，逃避追捕。王飞龙、李胜果断出击，端掉了土匪的黑店，把土匪困在山上。乔天孤注一掷，与王飞龙决一死战。起初，土匪凭借地势占了上风。就在乔天认为胜券在握时，李胜杀出重围，搬来救兵，捕快与官军内外夹击，反败为胜。

官军攻克匪巢，不见王飞龙的身影。李胜带人四处寻找，发现了匪首乔天的尸体，在不远处找到了昏迷不醒的王飞龙，他的左腿中了毒镖。"飞龙……飞龙……"李胜将王飞龙抱在怀里，大声呼唤。王飞龙嘴唇微微嚅动，喉咙里断断续续发出微弱的声音："快……去……救……锦娘！"说完气绝身亡。

李胜率人赶到王飞龙家，被眼前的情景惊呆了。赵锦娘身中毒镖，横尸院中。房间里，丫鬟雪儿被一镖封喉，躺在血泊中。现场没有打斗的痕迹，说明赵锦娘和丫鬟雪儿被害时毫无防备。屋里屋外被翻得乱七八糟，各种物品散落一地，奇怪的是金银细软都没有丢失。李胜将杀害王飞龙、赵锦娘和丫鬟雪儿的三支飞镖拿在手里仔细观看，飞镖打造精巧，寒光闪闪，锋利无比，外形与王飞龙使用的飞镖十分相似。

李胜将王飞龙夫妇的尸身运回知府，请柳达声验尸，寻找破案线索。王飞龙夫妇受伤的部位皮肤变黑溃烂，散发出一股难闻的气味，身体蜷缩，牙关紧咬，说明二人咽气前全身抽搐，十分痛苦。验尸结果证明：杀害王飞龙夫妇的是同一种毒药。

王飞龙夫妇有一对儿女。女儿王霞那年八岁，儿子王涛刚满周岁。李胜在王家后花园找到了熟睡的王涛，却不见王霞的踪影。官府张贴画像，寻找失踪的王霞，没有任何消息。王飞龙、赵锦娘夫妇被害，王霞下落不明，王涛成了孤儿。李胜辞去府衙的差事，抱着王涛回到老家天水镇，将孩子交给妻子抚养。从此，王涛更名李涛。几年后，李胜的妻子病故。那一年，李涛六岁，李瑛十三岁。李胜没有续弦，李涛由李瑛照顾。李胜保镖在外，姐弟俩相依为命，一起长大，感情很深。李胜对李涛的身世守口如瓶，除了柳达声，外人都不知晓。

斗转星移，日月如梭，王飞龙夫妇的谜案早已被人淡忘，可李胜始终没有放弃寻找凶犯和失踪的王霞，他万万没有想到二十多年后李涛险些遭遇与父母相同的命运！这一发现让陈年旧案浮出水面。李胜决定顺藤摸瓜，弄清毒药的来源，抓捕凶手，为英雄昭雪。

李胜亲自去县衙禀报案情，请求官府提审乔吉和张金宝，查明毒药的来源。县令单宝生亲自审问，很快就传回消息：张金宝交代，这种毒药叫“一步倒”，是乔吉给他的。乔吉承认毒药是他大伯父乔天留下来的，其余一概不知。李胜闻讯，又是一惊，没想到乔吉是匪首乔天的侄子！原来，乔天死后，他的胞弟乔宇成了匪首。乔宇比乔天更阴险狡诈，他用商人身份做掩护，指挥土匪作案，利用合法的渠道销赃洗钱，同时，花重金收买官员，安插眼线，凭借编织的关系网，屡屡作案，屡屡得手。乔宇死后，儿子乔吉当了匪首，他依然假扮商人，在幕后指挥，李家镖局巧设调包计，活捉匪首张金宝，才让乔吉这个老狐狸现出原形。

不久，单宝生派人给李胜送来一个瓷瓶。瓷瓶是县衙捕快在虎头峰的匪巢里找到的，经过张金宝辨认，确定是装毒药“一步倒”的容器。瓷瓶里残留着少量毒药，李胜将瓷瓶交给柳达声。柳达声用残留的毒药做动物实验，动物出现了与王飞龙、赵锦娘和李涛相同的中毒症状，确定三人中的就是这种毒。柳达声不禁想起了一件往事：

柳达声的师父是青云道长。青云道长武艺高强，又擅长医术，与大侠赵普是挚友，俩人经常在一起切磋武艺，谈经论道。赵普晚年迷恋上了炼丹术，带着徒儿余虹隐居深山，潜心炼制长生不老药。柳达声多次陪师父进山看望大侠赵普，认识了赵普的徒儿余虹。余虹当时十五六岁，眉清目秀，聪明伶俐，深得赵普的喜爱。有一次，青云道长看望赵普归来，脸色阴沉，十分不悦。柳达声询问缘由，青云道长道出了实情：赵普在炼制仙丹时偶然炼制出一种毒药。这种药毒性极大，很快就能致命。青云道长对这种毒药很感兴趣，想了解更多的细节，却遭到赵普一口拒绝。青云道长为此十分不满，很长时间没有进山看望老友。后来，赵普炼出了仙丹并且亲自服用，起先，感觉神清气爽，食欲大增，不久就出现了精神恍惚、萎靡不振等中毒症状。青云道长劝他停止服药，赵普固执己见，说这是成仙的征兆，执意继续服用，不久就中毒身亡。赵普死后，他的徒儿余虹不知去向，传言他投靠了土匪乔天，官军攻克匪巢时没有发现他的踪迹。

李胜陷入沉思：杀害王飞龙夫妇和丫鬟雪儿的凶器都是相同的飞镖，说明是一人所为。王飞龙临终前让他去救赵锦娘，说明他与凶手相识，知道凶手要对妻子下手。赵锦娘是武林高手，一般人根本不是对手，她在家中被害，现场没有打斗的痕迹，说明赵锦娘也认识这个凶手，她是在毫无防备的情况下遇害的。杀害王飞龙夫妇和丫鬟雪儿的都是毒镖，赵普恰恰研制出了剧毒药。赵普对炼制的毒药守口如瓶，连挚友青云道长也不肯透露，说明只有家人才知晓这个秘密，才有可能得到这种毒药。凶手与王飞龙认识，与赵锦娘熟悉，与大侠赵普亲近，有机会得到赵普炼制的毒药。李胜将已知的线索汇集起来，杀害王飞龙夫妇和丫鬟雪儿的凶手浮出水面，他就是余虹！

柳达声赞同李胜的分析，道：“看来余虹投靠乔氏土匪的传言并非空穴来风。乔天手里的毒药很可能就是余虹提供的。可惜乔天死了，无法对证。”李胜继续道：“如果杀害王飞龙、赵锦娘的凶手是余虹，那王霞的失踪也一定与他有关。只要找到余虹，就能得到王霞的消息，解开王飞龙、赵锦娘被害之谜。”柳达声长叹一声，道：“余虹销声匿迹二十余年，即使他还活着，恐怕也早已改姓更名了。”李胜手捋胡须，自信道：“只要余虹还活着，就一定会留下蛛丝马迹。我马上让陈龙、张汉去寻找余虹。”

因为缺少线索，对余虹的调查没有取得任何进展。

第十三回　审乔吉查王家命案　搜王宅寻柳家织锦

李家镖局活捉匪首乔吉、张金宝的消息不胫而走，人们奔走相告，欢呼雀跃。大青山地处三县地界，土匪流窜作案，殃及三县百姓，朝廷决定此案由三县联合公审，公审地点设在三河县衙。三县同时贴出布告昭示百姓。公审当日，百姓把县衙围了个水泄不通，各界代表和受害百姓云集县衙控告土匪罪行，为受害者鸣冤昭雪。王贵和妻子也在其中。

公堂庄严肃穆，三县县令齐聚大堂之上。县令单宝生担任主审官，居中落座，另外两县县令分坐左右，两边是书记官等僚属。众衙役手持杀威棒站立两厢，一个个昂头挺胸，威风凛凛。单宝生用惊堂木拍打公案，高声道："带罪犯乔吉、张金宝！"众衙役随声附和："带罪犯乔吉、张金宝！"乔吉、张金宝脚戴重镣，被押上公堂，跪在地上。传令官高喊："传王贵上堂……"王贵走上大堂，跪地叩头。单宝生示意王贵站在一旁，厉声喝道："罪犯乔吉、张金宝，小王庄庄民王贵状告你们杀害他的叔叔王明轩一家三口，快把犯罪的经过如实招来！"

乔吉自知恶贯满盈，横竖是个死，将心一横，垂头不语。张金宝强装镇静，也是一声不吭。单宝生把惊堂木一拍，怒道："此案事实清楚，铁证如山，容不得你俩抵赖。要免受皮肉之苦就如实道来！"两侧站立的衙役用杀威棒敲击地面，口中发出"威武……"的吼声。"王明轩是谁？我杀人越货从不问对方姓名，哪里想得起。"张金宝嘴上强硬，心里在打战。

"好，本官就给你提个醒。王明轩父子是三河镇小王庄人，你们将他们掠上山，霸占了他们的家产，在他家设立了秘密据点。"听了单县令的提醒，张金宝用眼角余光扫视乔吉，见乔吉眼露凶光，连忙摇头道："王明轩是谁？我并不知晓。"单宝生把乔吉、张金宝的一举一动看得真真切切，一拍惊堂木，喝道："看来，你俩是想顽固到底了。来人，拉下去重杖二十。"行刑者将二人拉下去，脱去中衣，开始行刑。乔吉咬紧牙关，一声不吭，张金宝龇牙咧嘴，嗷嗷乱叫。刑毕，行刑者又把他俩拖上公堂。单宝生喝问："招还是不招？"张金宝连连叩首，哀求道："我招供。""讲！"张金宝道："我派人下山抢劫，抓了两个贩运丝绸的商贩，俩人是父子，姓王，家住三河镇小王庄，常年在外贩运丝绸，家中只有王妻一个人。按寨里的规矩，抓获的人一律杀死，不留活口，正要行刑，被我弟弟张银宝拦下，他说乔吉准备在三河镇外建立据点，此人是三河镇人，留下兴许有用，等完了事再杀也不迟。我把情况告诉乔吉，他亲自到小王庄察看，对王家院落非常满意。”

单宝生一拍惊堂木，问：“乔吉，你是如何霸占王明轩家宅院、谋害王妻的？”乔吉闭口不答。单宝生高声道：“带人犯李三上堂。”犯人来到堂下，跪倒在地，他就是给小王庄送信被张豹活捉的土匪。单宝生道：“张三，你讲出实情。”张三道：“乔吉草拟了一封家书，我们逼迫王明轩抄了一遍，将信送到王家。信中说，王家父子常年在外，无暇顾家，派两个仆人看家护院。王家女人识文断字，见是丈夫的笔迹，便信以为真。我们顺利进入了王家。后来，王家女人识破了我们的身份，乔吉下令把她毒死了。”众人听后，义愤填膺。单宝生又问：“王家父子现在何处？”张金宝回答：“事成之后，乔吉下令把他们杀了。”听到噩耗，王贵失声痛哭，公堂外的王嫂昏厥在地。

单宝生把惊堂木一拍，喝问：“张金宝，抢夺柳家的织锦藏在何处？”张金宝道：“乔吉让我把织锦秘密运到三河镇，藏在何处我实在不知。”单宝生把目光移到乔吉身上，喝问：“乔吉，织锦藏在哪里？快快从实招来！不要以为秦九在逃，无从对证，你就可以侥幸解脱。”乔吉得知秦九在逃，心中暗喜，摆出一副视死如归的样子，闭口不答。单宝生怒目圆睁，厉声喝道：“本官不怕你要泼抵赖，你就是铜铸铁打的，我也要让你开口说话。来人，夹棍伺候！”行刑手上前，夹上夹棍，开始行刑。十指连心，只用了三分刑，豆大的汗珠就从乔吉的额头上滚落下来，疼得他嗷嗷怪叫，大声求饶：“快住手，我说，我说。”行刑手停住手。乔吉诡辩道：“织锦是秦九藏的，我真的不知情，请大人明察。”

单宝生转身对坐在公堂上的陈龙道，“陈龙，你道出真相，让乔吉死个明白！”陈龙站起身，高声道：“乔吉，你听清楚。我是李家镖局的人。土匪把柳家织锦运进乔家的那天晚上，我潜入了乔宅，在马厩旁见到了运送织锦的大车。秦九问你将织锦放在哪里，你说柳家织锦是独门绝技，放在家里一旦被发现就等于不打自招。你让土匪连夜将柳家织锦运出了乔家。”听了陈龙的讲述，乔吉如梦初醒，一直困扰心中的疑团终于有了答案。他曾怀疑家里出了奸细，也曾怀疑运输路上走漏了风声，万万没想到竟然是李家镖局的人夜潜宅院得到了线索。面对陈龙的陈词，乔吉无法否认，将责任一股脑儿推到秦九身上，狡辩道：“我说的句句都是实情。柳家织锦真的是秦九藏的，藏在哪里我并不知晓。不信，你们去问他。”

单宝生把惊堂木一拍，喝道：“乔吉，休想抵赖。你的所作所为本官一清二楚。来人，传证人马兴上堂。”马兴被带上公堂，吓得瘫在地上，不住地磕头求饶：“青天大老爷，我是个喂马的，没做过坏事。”单宝生安慰道：“马兴，你不必害怕，把那天晚上发生的事如实道来。”乔吉认出此人是他家的马夫，知道事情不妙。马兴颤巍巍道：“那天半夜，来了几辆拉丝绸的马车，有两辆马车没卸货，很快又离开了乔家。我听他们说去小王庄。”乔吉沮丧地垂下了头。

单宝生察言观色，从乔吉的表情上断定柳家织锦就藏在小王庄，提高嗓门诈道：“乔吉，你在王明轩家修建了密室，还想狡赖吗！”乔吉不辨真假，心里发虚，抬头窥测，恰与单宝生的目光相遇，慌忙将目光避开。单宝生将这个细微的举动看在眼里，更坚定了自己的判断，转身对王贵道：“王贵，你把村民见到的情况讲给他听。”王贵走上前，怒目圆睁，高声道：“乔吉，你们杀害了我的婶娘后，大车小车往她家里拉砂石木料，却不见你们盖起房子。拉出的土在院外堆起一个大土丘。”乔吉故作镇定，任凭怎么追问，就是不开口。单宝生一拍惊堂木，喝道：“乔吉，你煞费心机，可还是露出了马脚。柳家的织锦是不是藏在密室里？快快招来！”众衙役用刑棍敲击地面，发出“威武……”的怒吼。乔吉摆出一副死猪不怕开水烫的架势，低头不语。

乔吉的顽固激怒了单宝生，他一拍惊堂木，吼道：“夹棍伺候。”行刑者拉紧皮绳，用到五分刑，乔吉晕死过去，衙役用冷水将他浇醒。单宝生喝道：“快说，柳家的织锦藏在哪儿？”乔吉再也扛不下去，只好如实交代：“藏在小王庄王明轩家的密室里。”“修建密室的工匠现在何处？”“密室建成后，他们回家了。”单宝生知道乔吉心狠手辣，绝不会留下活口。喝道：“大胆乔吉，还敢欺骗本官。来人，继续用刑。”行刑手拉紧夹棍两侧的绳索，乔吉哀求道：“我招，我招。密室建好后，工匠都杀死了。”“一共多少人！”“十五人。”“尸首埋在何处？”“埋在暗室旁边。”有人录了口供，让乔吉画了押。

翌日，三县县令率众人押解着乔吉来到小王庄，让他指认密室的位置。王明轩家的影壁后面有一口大荷花缸，几个壮汉移开荷花缸，露出了洞口。另外两个洞口建在院外，一个掩藏在柴垛下，一个修建在田地里。密室修建得如此隐蔽，难怪陈龙、宋天福几次带人寻找都没发现。

单宝生进入密室，里面很大，能容纳二十人，奇怪的是，密室空空的，没有柳家织锦。单宝生在院外的洞口周围发现了杂乱的脚印和独轮车碾轧的痕迹，断定织锦已经被人运走了。单宝生猜对了，秦九没有执行乔吉的命令，背着乔吉把织锦秘密运走了。

在乔吉的指认下，官军挖出了被害工匠的尸体。人们将尸骨装殓，重新安葬。

公审大会持续了十天，乔吉、张金宝作恶多端，罪行累累，被判处死刑，查抄的财产一律充公。县衙整理文案，上报朝廷，等朝廷回复后，秋后问斩。

乔吉得知秦九在逃，心中重新燃起希望，他相信秦九对他忠心耿耿，一定会想方设法救他出狱。吴天明在公堂上始终没有露面，这让乔吉坐卧不安，他知道没有吴天明暗中协助，秦九很难救他出狱。乔吉默默祈祷，期盼逢凶化吉，躲过这场劫难。

公审乔吉时，吴天明确实不在县衙。乔吉被捕后，他如惊弓之鸟，唯恐事情败露受牢狱之苦，谎称老母生病，告假回家躲避。公审结束后，吴天明见没有风声，又回到了县衙。这天，吴天明回到住所，打开房门，正要迈步进屋，头顶上黑影一闪，从屋脊跳下一个人，勒住他的脖子，用匕首顶住他的后腰。吴天明吓得魂飞魄散，身体一歪，瘫倒在地。来人把他拖进屋，关上房门。吴天明睁眼观看，原来是秦九。

秦九带领手下欲血洗柳宅，见势不妙，溜之大吉，逃跑时肩头中了一支飞镖，险些被擒。他凭借一身轻功，翻墙进入蚕神庙，逃离了三河镇，藏在一个土匪家里疗伤。得知乔吉被捕入狱，秦九忙派人到县衙找吴天明打探消息，得知吴天明不在县衙，气得破口大骂："他娘的，敢背叛老子！等我抓住你，将你碎尸万段。"秦九得知吴天明又在县衙露面了，潜入县城找他算账。

吴天明从惊恐中缓过神来，惊诧地问："秦爷，通缉你的告示贴满四城，你还敢抛头露面，岂不是自投罗网？"秦九没有回答，一双绿豆眼死死瞪着吴天明，厉声质问："前些日子你去了哪里？乔主子在牢狱中受苦，你却逍遥自在，凭这一点就该把你摘肝挖心。"吴天明吓得体如筛糠，哀求道："秦爷息怒，前段时间风声太紧，我告假回乡躲避，对乔主子绝不敢有二心。"秦九从吴天明的神情中察觉他没有撒谎，语气缓和下来，问："乔主子现在何处？""关在死囚牢里。""能见到他吗？"吴天明把头摇得像拨浪鼓，道："见不到。"秦九黑着脸，问："你是县衙文书，进出死囚牢房有何难？"吴天明把手一摊，哭丧着脸道："秦爷有所不知，乔主子和张金宝是官府要犯，单宝生怕出事，命令宋天福把死囚牢的牢卒都换成了他的心腹，我无法靠近。"秦九问："能不能想办法收买宋天福？"吴天明摇头道："此人一不贪钱财，二不近女色，要想收买他难上加难。"秦九恨得咬牙切齿，道："软的不行，咱们就来硬的，砸牢劫狱！你想办法绘制死囚牢的地图。" 吴天明不敢拒绝，点头应诺。秦九道："七天为限，误了事休怪我翻脸不认人。"说完，推开房门，探头四下张望，没有发现异常，纵身跃上房，消失在夜幕中。

就在吴天明一筹莫展时，州衙送来了加密公函，命令把乔吉、张金宝押解到州衙大牢，准备秋后斩首。吴天明见到公函知道机会来了，马上向秦九传递消息。秦九决定劫囚车救主子。

第十四回　布迷局真假难分辨　巧安排引土匪上钩

宋天福从抓捕的土匪那里得知秦九正在密谋一次大行动，立即赶回县衙向单宝生禀报。单宝生问：“依你所见，土匪是砸牢劫狱还是劫囚车？”宋天福道：“秦九狡诈，我们要做两手准备，无论土匪如何出招，都能从容应对。” 单宝生问：“你有何高见？”宋天福道：“把乔吉、张金宝移出死囚牢，另选地址秘密关押。继续派重兵把守死囚牢，制造乔吉、张金宝依然在此关押的假象。暗中查清土匪劫囚车的地点，事先设下埋伏。押解当日，派人假扮乔吉、张金宝，引诱土匪上钩，将他们一网打尽。” 单宝生道：“好主意！不过，我们人手不足，需要动用官军。” 宋天福进言道：“大人慎行。李瑛刚把张金宝押解到县衙，乔吉就得到消息逃走了。我们刚收到押解乔吉、张金宝去州衙大牢的公函，土匪又得到了消息，我怀疑我们内部有奸细！”单宝生也有同感。谁是奸细？他把身边的人过滤了一遍，没有找出答案。宋天福提醒道：“秦九如惊弓之鸟，一有风吹草动就会逃之夭夭。我以为动用官军动静太大，难免不走漏消息。我想请李家镖局帮忙，不知大人意下如何？”单宝生点头应允，嘱咐道：“此事关系重大，你亲自去面见李胜，共商剿匪之策。”宋天福打扮成商人，单人独骑直奔李家镖局。

裕昌山货行老板田茂、猎户杨显带领山民给李家镖局送匾来了。人们敲锣打鼓，把李家镖局大门围得水泄不通。田茂掀开盖在牌匾上的红绸布，“镖局楷模”四个大字赫然在目。李胜连连摆手，谦虚道：“不妥，不妥。‘楷模’二字过誉了，我们怎么承受得起。”田茂高声道：“诸位，李家镖局大败大青山土匪，为民除害，此匾受之无愧，大家说对不对！”“对！”众人异口同声地回答。李胜还想劝说，几个年轻人搬来梯子动手挂匾。田茂挥手道：“把锣鼓敲起来。”一时间，锣鼓喧天，鞭炮齐鸣，人群中响起热烈的欢呼声。

李胜在习武场设宴款待田茂、杨显和送匾的山民。酒席间，一个镖丁走到李胜近前，低声禀报：“三河县县衙宋天福大人求见。”李胜起身道：“各位兄弟，我有事要办，不能奉陪，请诸位谅解。”说完，去见宋天福。

宋天福说明了来意。李胜爽快地答应了，提议道：“既然情报是被俘土匪交代的，说明他有悔过之心。我们不妨放了他，让他当卧底，将功补过。”宋天福赞同，继续道：“单大人最担心土匪劫囚车。依老英雄所见，他们会在哪里下手？”李胜道：“十八道弯。”“为何？”“十八道弯道路曲折，林子密，岔道多，土匪熟悉地形，容易得手。作案后，可以快速逃遁。”宋天福问：“我们该如何行事？”李胜道：“当务之急是弄清土匪劫囚车的地点。你回去后，马上做被俘土匪的工作，只要他肯帮忙，我们就能获得可靠的情报。我马上与猎人杨显联系，让他发动山民，监视土匪的行踪。”宋天福拱手称赞道：“还是老英雄考虑周全。”

经历了大青山的惨败，秦九格外谨慎。打探消息的土匪回来禀报：“官府在大青山实行三县联防，官道上增加了哨卡，严格盘查行人。小王庄附近很平静，没有发现异常。”十八道弯地形复杂，容易藏匿，但官军加强了防备，小王庄地势平坦，周围人员密集，容易暴露，可官军疏于防范。在哪里下手劫囚车？土匪产生了分歧。秦九思考再三，难作决断。劫囚车的日子一天天临近，胡彪沉不住气了，找秦九讨要主意：“秦爷，您到底是咋想的？兄弟们等你发话呢。”秦九沉思许久，道：“我们失去了虎头峰，以往的优势不再。官军在十八道弯重点布防，我们很难得手，不如明修栈道，暗度陈仓，先在十八道弯一带活动，迷惑官府，然后在小王庄动手。”胡彪闻言，心里有了底，起身要走。“且慢。”秦九将他拦住，道：“记住，这件事要严格保密，绝不能向外透露半点消息。”

宋天福回到县衙，向单宝生汇报了与李胜商讨的剿匪计划。单宝生表示赞同，叮嘱道：“这是歼灭余匪的最佳时机，我们绝不能错失良机。你把秦九和胡彪的画像分发给官兵，告诉他们缉拿要犯者重赏。”

秦九把土匪分成几组，分别潜伏在山里。陈龙、张汉根据卧底土匪提供的情报，找到了土匪的一个窝点，在附近隐蔽观察。夕阳西坠，远处传来马蹄声，一个留着络腮胡的人在小院前下了马，来人正是胡彪。

过了一会儿，院门打开一条缝，投诚的土匪探头张望，用石头将一张纸条压在墙下。陈龙蹑手蹑脚来到墙下，取出纸条，上面歪歪扭扭写了“小王庄”三个字。陈龙吃了一惊，没想到劫囚车的地点在小王庄！陈龙对张汉道：“你去给老镖主送信，我去小王庄。”

李胜带领镖丁悄悄进入了大青山。杨显送来消息：在十八道弯一带活动的土匪突然销声匿迹，去向不明。李瑛陷入沉思：押解乔吉、张金宝去州衙大牢的日子已经临近，土匪为何突然没了踪影？是走漏了消息还是判断有误？李瑛道出了心中的忧虑。李胜深思了良久，手捋胡须道：“看来，我判断有误。秦九预料到我们会在十八道弯布防，玩起‘明修栈道，暗度陈仓’的把戏。他先在大青山一带活动，引诱我们上钩，然后，打我们一个措手不及。”此言一出，众人皆惊。李瑛问：“土匪会在哪里动手？”李胜分析道：“李涛多次提起小王庄，说此地紧邻官道，附近树林茂密，是理想的设伏地。乔吉在小王庄建立秘密据点，看中的就是那里的地形。依我看，土匪很可能在小王庄劫囚车。”众人表示赞同。李胜吩咐道，“时不我待。刘雄，你继续在十八道弯布防，不可松懈。李瑛，你带几个弟兄随我下山，咱们马上去小王庄。”刘雄担心李胜和李瑛的安全，进言道：“多带些兄弟，人少怕有危险。”李胜摆手道：“不妥，人多会暴露目标。一旦打草惊蛇，就会前功尽弃。你放心，我们可以请柳家家丁和小王庄的庄民协助剿匪。”

李胜一行人快马加鞭，来到小王庄，李瑛去三河镇搬兵，李胜带人进了王贵家。李胜道明来意，让王贵媳妇到各家去唤人。一顿饭的工夫，二十多位庄民各持刀枪棍棒在王贵家集合。子时，李瑛、柳大虎、王贵带领二十名全副武装的柳家家丁也赶来了。李胜排兵布阵，大家各就各位，严阵以待。

陈龙骑马来到小王庄，在庄口下了马，牵着马往庄里走，从暗处蹿出几个人，将他按倒在地。陈龙正要反抗，有人认出他，喊道：“快住手，他是陈龙！”陈龙定睛细看，是镖局的兄弟，惊奇地问：“你们怎么在这里？”对方回答：“不单我们在，师爷和师娘也在。”陈龙大喜，催促道：“快，带我去见他们。”李胜、李瑛听了陈龙的汇报，心里有了底。

东方露出鱼肚白。李胜换上农家衣衫，对李瑛道：“我出去走走，观察一下敌情。”说完，背上粪筐，手持粪叉走出家门，来到官道上。迎面走来一位手持卦幡的算卦人，那人身材矮小，弯腰弓背，走路跛脚。李胜在州衙当捕快首领多年，练就了一双火眼金睛。一眼就看出那人的跛脚是装的。待那人走近，李胜看清了他的面目。此人尖嘴猴腮，绿豆眼，披散的头发遮住了半边脸。李胜见过秦九的画像，确信他就是匪首秦九。秦九盯着来人仔细观瞧，见李胜面色红润，胡须花白，眉宇间流露出不怒自威的英豪之气，不由得警觉起来。李胜神态自若，边走边拾粪，娴熟的动作俨然就是一位农家老汉。胡彪从官道旁的树林里走出来，凑到秦九身边低声说：“秦爷，树林里都搜过了，没有发现异常。”秦九手指李胜，吩咐道：“跟着前面拾粪的老头，看他去哪儿。”胡彪快步追上去。李胜下了官道，进了庄。胡彪没有发现异常，回去交令。秦九松了一口气，命令道：“让弟兄们各就各位，救出主子有重赏！”

李瑛见爹回来了，迎上去问：“爹，发现了什么情况？”李胜道：“我在官道上看到了秦九，劫囚车地点肯定就在附近。”

三河县大牢戒备森严。两名假囚犯蒙着头套，被押上木笼囚车。官军押着囚车朝小王庄方向走来。远远见到囚车，一宿未眠的秦九吐了一口浊气，对身旁的土匪命令道：“小的们，准备劫车。”囚车驶近，秦九尖声吼叫：“动手！”土匪冲上去，有的与官军交手，有的抡起利斧奋力砸囚车。秦九见手下救出“乔吉”，暗自庆幸，高呼：“掩护主子撤退。”猛然间，囚徒扯下头套，夺过兵器，砍翻了两个土匪。秦九见状，知道上了当，疾呼：“小的们，撤！”，不等手下撤退，撒腿就往树林里跑，胡彪紧随其后。树林里藏着马。俩人翻身上马，催马逃命。

小王庄里传出喊杀声，李胜、李瑛一马当先，率领庄民和柳家家丁冲出村子，截住土匪的逃路。秦九万万没料到小王庄里藏着伏兵，扬鞭策马，一路狂奔，李胜、李瑛紧追不舍。树林里驶出一辆马车，从车上抛下的原木堵塞了道路，秦九、胡彪趁机逃脱。

劫囚车失败，秦九耿耿于怀。是谁泄露了秘密？他思前想后，觉得吴天明最可疑，乘夜色潜入三河县县城，将明晃晃的刀架在吴天明脖子上，吓得吴天明差点背过气。秦九抓住吴天明的衣领，厉声道：“你敢背叛我！”吴天明哆嗦成一团，哀求道：“秦爷，我怎敢背叛您，千万不可听信谗言！”秦九质问道：“你没背叛我，为什么送假情报？”吴天明一头雾水，不解地问：“此话从何说起？”“囚车上的乔主子和张金宝都是假的！你怎么解释？”吴天明闻言，忙辩解道：“我先前就和您说过，死囚牢里的狱卒都是宋天福的心腹，我根本无法靠近，怎能知晓里面的变故？乔主子和张金宝被押出死牢时黑布蒙头，我又如何分辨得出真伪？”秦九被问住了，心中的疑团未消，质问道：“官府怎么会知晓劫囚车的地点？是不是你泄的密？”吴天明反唇相讥：“我压根本不知晓劫囚车的地点，怎么泄密？”秦九自觉理亏，收起刀，问：“官府事先在小王庄设伏，你作何解释？”吴天明辩解道：“这事怨不得我，人家明里在十八道弯布兵，实则在小王庄设防，就是要钓你上钩。你不辨真假，偏要往口袋里钻，要怪只能怪你太大意。”秦九无言作答，语气平缓下来，吩咐道：“这阵子风声太紧，等过了这段时间，我再与你联系！”说完，纵身上房，消失在夜幕中。

第十五回　贪财色官匪做交易　救乔吉牢头当帮凶

土匪劫囚车损兵折将，再也无力实施砸牢劫狱的行动。秦九不甘心，继续寻找解救乔吉的办法。这天，胡彪带回一个好消息："秦爷，我们联系上了知府身边的曹师爷，他表示愿意帮咱们解救乔主子。"秦九顿时来了精神，催问道："你们是如何联系上曹师爷的？"胡彪道："这位师爷与咱们的一位兄弟沾亲，他有事找咱们帮忙。"秦九问："帮什么忙？"胡彪道出了缘由："曹师爷姓曹名铁，字伯阳，是个好色之徒，他看中了醉春楼里的春桃姑娘，想为她赎身纳为小妾，孰料一位叫赵鑫的富家公子捷足先登，出高价将春桃姑娘买走了。曹师爷在春桃姑娘身上花了大把的银子，到头来落了个竹篮打水——一场空。他岂肯罢休，想借黑道除掉赵鑫，夺回心上人。"

"后来怎样？"秦九问。胡彪道："我与曹师爷见了面，对他说，杀死赵鑫容易，夺回春桃姑娘也不难，不过得帮我们救一个人。他问是谁，我说是关在死牢里的乔吉。起先，曹师爷说乔吉是官府的要犯，他一个小小的师爷，势单力薄，无能为力。我说钱不用愁，打点官员疏通关系的一切费用我们出。作为回报，我们不仅帮他杀死赵鑫，夺回春桃，事成后还给一笔银子作酬劳。曹师爷动了心，答应帮助想办法。"秦九问："咱们这位兄弟叫什么？与曹师爷是啥关系？"胡彪回答："此人叫曹爽，是曹师爷的远房侄子。"秦九迫不及待地道："通知曹爽，尽快联系曹师爷，我要与他面谈。"

曹爽将曹铁领进雅间，桌上酒菜丰盛，却不见主宾。曹铁心中不悦，责备道："约我来又不露面，是何用意？"曹爽忙解释道："四伯放宽心，秦爷立马就到。"话音未落，秦九和胡彪从里间走出来，拱手道："久闻曹师爷大名，有失远迎，还请见谅。"双方落座。秦九细细端量，曹铁年近六旬，身材消瘦，白净脸，花白胡须，目光中带着狡诈。曹铁望着对面身材矮小，相貌丑陋的人，心中狐疑，揣测他的身份。曹爽介绍道："这位是乔府的大管家，秦爷。"曹铁不愧是老江湖，见到通缉的匪首秦九，依然很平静，点头道："幸会，幸会。"

酒过三巡，秦九直入主题："曹师爷不必兜圈子，提条件吧！"曹铁见秦九如此爽快，知道对方救主心切，心里有了底。他喝了一口酒，赞许道："秦爷爽快，我喜欢与你这样的人打交道。做买卖讲公道，乔吉是官府的要犯，想救他价码不菲。”“开个价吧。”秦九道。曹铁伸出手掌，展开三指。一旁的胡彪道：“三千两银子？”曹铁摇头道：“不，后面再加一个零。”胡彪脸色骤变，心中暗骂：奶奶的，山里做了几年“买卖”，也没挣够这个数！明摆着在敲竹杠！刚要发怒，秦九伸手将他拦住。曹铁看在眼里，不动声色道：“一般人犯了死罪，花三五百两银子就能买条命，乔吉不成。大青山匪案惊动了朝廷，要救他，上上下下都要用钱铺路。”秦九微微一笑，道：“曹师爷言之有理。凤凰是凤凰，鸡就是鸡，如果买凤凰用了买鸡的价，那凤凰还是凤凰吗？乔主子是云中的蛟龙，山中的麒麟，三万两白银赎他的命，值！”曹师爷闻言，吃惊不小。原以为对方会讨价还价，孰料对方答应得如此痛快，反倒引起他的猜疑。

曹铁在官场上混了几十年，黑白两道啥事没经历过？他太了解对手了，这些杀人不眨眼的亡命徒，翻手为云，覆手为雨，毫无信誉可言，与他们打交道要加倍提防。不见兔子不撒鹰，见不到真金白银绝不能答应！秦九猜出对方的心思，从衣兜里取出一沓银票和地契、房契放在桌上，虔诚道：“师爷不必猜疑，我做事一向守信，绝不食言。这是五千两银票，还有房契、地契，每张都值三百两银子。这些东西你先拿去，其余的钱，等事成后，咱们一手交人，一手交钱，当面兑现，你看如何？”曹铁仍不放心，拿起房契、地契仔细验证。秦九道：“师爷若不放心，可以把房契、地契拿回去请人验证。如果有一张假的，有一张价值不足三百两银子，我甘愿受罚。”曹铁把银票、房契和地契装进内衣，满心欢喜地走出酒楼。

看着曹铁的背影消失在酒楼外，胡彪按捺不住心中的怒火，冲秦九责备道：“姓曹的狮子大开口，敲竹杠，你为啥价也不讨就应了他？”秦九解释道：“俗话说得好：小不忍则乱大谋。乔主子定了死罪，秋后就要问斩，此时讨价还价，误了大事岂不是断送了主子的性命。咱先应了他，等救出主子，再收拾他也不迟。咱们的钱财是那么好拿的？我让他怎么吃进去怎么吐出来。”胡彪奉承道：“秦爷高明，小弟佩服！”秦九得意道：“你派人摸清赵鑫的情况，寻机宰了他，让曹爽把人头送给曹师爷。”“我马上去办。”胡彪应道。

曹铁满心欢喜地回到家，派人去验证房契、地契。果然如秦九所言，张张货真价实，价值不菲。曹铁心里踏实了。

一天晚上，曹爽来到曹铁家，仆人禀报：“曹爽求见。”曹铁将曹爽让进内室。曹爽将一个包袱放在桌上，拱手道：“四伯，侄儿给您道喜了。”曹铁一头雾水，问："喜从何来？"曹爽道："您打开包袱看了便知。"曹轶打开包袱，里面是一个木匣，木匣里装着一颗血淋淋的人头，惊得瘫坐在椅子上。曹爽道："这是赵鑫的项上人头，四伯的仇侄儿给您报了。"曹轶凝目辨认，满意地点点头，又问："春桃姑娘现在何处？"曹爽道："春桃姑娘安然无恙。我将她藏了起来。四伯想见她，随我去。"说完，将木匣包好，拎着包袱出了曹宅。曹轶见到春桃满心欢喜。曹爽道："秦爷帮您除掉赵鑫，夺回心爱之人，银票、房契和地契您也收了，请问何时解救乔主子？"曹轶伏在曹爽的耳边嘀咕了一阵子。曹爽听罢，笑道："四伯不愧是师爷，老谋深算，这个移花接木的办法真是绝了。"

曹轶回到家，思来想去，觉得事情重大，没有知府王九明的参与绝对办不成。他跟随王九明多年，是他的心腹之人，对王九明的品行了如指掌。这位知府道貌岸然，一副正人君子模样，骨子里却是个贪财好色之徒，只是工于心计，坏事做得诡秘，不露马脚罢了。

曹轶想好主意，去找王九明。仆人禀报："曹师爷求见。"王九明将他唤进内室。这阵子，王九明在官场上顺风顺水，可谓是春风得意。不久前，三河县衙发来紧急公函，李家镖局大败大青山土匪，活捉匪首张金宝，请求火速出兵清剿盘踞在虎头峰的余匪，彻底根除匪患。王九明见到公函，犹豫不决，把曹轶唤来商议。曹轶拱手道："此乃天赐良机，大人升迁发财的机会来了。我敢保证此次清剿不费吹灰之力便可成功。"王九明心有余悸，问："此前，我两次派兵清剿虎头峰匪患，都是损兵折将，大败而回。上司当着众人羞辱我，将我骂个狗血喷头，丢尽了颜面。这群土匪十分凶残，怎么会束手就擒？"曹轶道："今非昔比。如今土匪遭受重创，大匪首张金宝被俘，二匪首张银宝被杀，群贼无首，宛若一盘散沙，正是剿灭他们的好时机。我敢断言此次清剿定能旗开得胜，马到成功。"王知府闻言大喜，召集兵马，亲自带队清剿。果然不出曹轶所料，虎头峰的土匪闻风而逃，官军兵不血刃夺下了匪巢。事后，王九明让曹轶写了请功状，大书特书，将清剿土匪的功劳据为己有。朝廷通令嘉奖，王九明摇身一变，从草包变成剿匪英雄，出尽了风头。

王九明见曹轶春风满面，迫不及待地问："师爷难得有此好心情，莫不是有喜事临门？"曹轶赔笑道："知我者知府大人也。恭喜大人，贺喜大人，您要发大财了。"王知府来了情绪，问："财从何来？"曹轶要吊足他的胃口，故弄玄虚道："肥猪拱门，财从天降。"王知府更加糊涂，责怪道："师爷就别卖关子了，快快道来。”

曹铁从衣兜里掏出一沓房契、地契放在桌上，道：“有人愿出巨款保乔吉的性命”。为了避免王九明的猜疑，他有意隐瞒了秦九的真实身份，谎称：“是乔吉的亲属托人来求情。”王九明把头摇得像拨浪鼓，连声道：“使不得！使不得！乔吉是官府的要犯，秋后就要问斩。想要瞒天过海，比登天还难！”曹铁收敛了笑容，垂首道：“既然大人为难，那就算了，我把这些房契、地契退回去，全当啥也没发生。”他将房契、地契揣进兜，叹了口气，故意挑逗地道：“可惜了，煮熟的鸭子飞了。这些房契、地契件件货真价实，每张至少值三百两银子。”王九明露出贪婪的目光，伸手要回房契、地契，拿在手里一张张仔细地查看，舍不得放下。曹铁趁热打铁，开导道：“大人半生为官，最了解为官之道。当兵的最恨克扣军饷，百姓最恨搜刮民脂民膏。您一不克扣军饷，二不搜刮民脂民膏，这些钱本就是不义之财，土匪可以任意挥霍，我们为何不能拿来享用！”

曹铁的话说到王九明心坎里。王九明动了心，到手的钱财岂能白白失去！他又怕事情败露，引火烧身，一时难作决断。曹铁劝慰道：“大人不必担忧，我有万全之策，保证将事情做得天衣无缝，不露半点痕迹。另外，乔吉的亲属向我保证，乔吉一旦获救，立即隐姓埋名，远走他乡，绝不在咱们管辖的地界上停留。”说完，道出了“移花接木”的计谋。

王九明听后，沉思了半晌，开口道：“计是妙计。不过，土匪的话怎能相信？”曹铁凑上前道：“大人的担忧不无道理。最初我也有此顾虑，后来，我坚信他们说的是真话。”王九明疑惑地问：“为什么？”曹铁道：“乔吉作恶多端，仇家众多，若仇家知晓他没死，定会不惜一切代价诛杀他。他想活命只有隐姓埋名，远走高飞。这个浅显的道理外人看得一清二楚，乔吉老谋深算，怎能不晓。”王九明嘴上表示赞同，心里仍存疑虑，问：“纸里包不住火。若是乔吉贼心不死，东山再起，岂不是引火烧身。”曹铁宽慰道：“大人多虑啦。俗话说，没毛的凤凰不如鸡。如今乔吉山穷水尽，命在旦夕，就算他能咸鱼翻身，东山再起，至少也要十年的光景，到那时谁还会想起乔吉？即便有人想到了，时过境迁，证据皆无，谁又能调查清楚？”曹铁能言善辩，一席话给王九明吃了定心丸。王九明把房契、地契收起来，吩咐道：“此事由你亲自办。记住，要谨言慎行，知道的人越少越好。”曹铁点头称是。

有王九明撑腰，曹铁的胆子大起来。曹铁知道要实施移花接木的计谋，没有牢头余大贵的参与不行，必须拉他入伙。可是，余大贵为人正直，自己与他少有来往，如何才能拉他入伙？曹轶思谋了许久，想出了办法。

曹轶求见王九明，道明来意：“此事能否成功，牢头余大贵是关键，必须拉他入伙，他若不从就借机除掉他。”王九明问：“师爷有何办法？”曹轶说出自己的计谋，又叮嘱道：“若想让余大贵就范，大人一定要心狠，不能留情面，其余的事我来办。”王九明点头赞成。

曹轶将曹爽叫到内宅，俯身低语，曹爽道：“四伯放心，我马上去办。”曹爽去见秦九，说明来意：“师爷让我传话，欲救乔吉必须拉牢头余大贵下水。师爷设下陷阱，逼迫余大贵就范，让秦爷配合。”没等秦九开口，胡彪道：“我去。”秦九沉思片刻，道：“你去可以，不过，不可鲁莽行事。”胡彪道：“秦爷放心，绝出不了差错。”

胡彪乔装改扮，手提食盒来到州衙大牢门前，被站岗的狱卒拦住。胡彪施礼，道：“我的朋友王二在此关押，我给他送些吃食 。”王二也是大青山土匪，被关押在这里。狱卒板着脸，不耐烦道：“今天不能探视！”胡彪偷偷递上一块银子，狱卒马上露出笑容，道：“你来一趟不容易，我就破个例，快进快出。”胡彪进入牢房，把酒菜摆在桌上，手指馒头，王二会意。狱卒和胡彪走后，王二掰开馒头，里面有张纸纸条，上面写着：后天放风时救你们出狱，咱们里应外合一起行动。王二大喜，通知狱友暗中做好准备。

解救是假，越狱行动很快被平息。王九明佯装震怒，亲自审问，王二受刑不过，供认了越狱经过。王九明让人把余大贵押来，一拍惊堂木，厉声道：“余大贵，土匪内外勾结，实施劫狱，致使五名囚犯丧命，狱卒三死三伤。你身为监狱长，难辞其咎。你是我的属下，我也要铁面无私，秉公执法。”余大贵不了解真情，跪地道：“我接受处罚。”王九明对曹轶道：“空口无凭，立字为证。取笔墨来，让余大贵签字画押。”

曹轶取来笔墨，看着余大贵签字画押，然后向王九明使个眼色，假扮同情，拱手道：“知府大人，老夫有话要讲。”王九明黑着脸，道：“有话快讲，求情的话就免了。”曹轶道：“俗话说：家丑不可外扬。这件事传扬出去，对谁都不好，我看还是私了吧。”王九明没有应允，甩手而去。曹轶宽慰道：“知府大人没有拒绝，此事就有转机，容我慢慢说服他。”余大贵以为遇到了贵人，动情道：“危难时刻见真情，师爷的恩德小弟来日必报。”

第二天，曹轶来到牢房，见了余大贵，笑吟吟道：“知府大人听从了劝告，同意私了，只要你交出罚款就可以官复原职了。”余大贵闻言，喜上眉梢，拱手道："多谢师爷，需要多少银子尽管说。" 曹轶欲言又止。余大贵道："师爷不必遮掩，我就是砸锅卖铁也要筹齐罚金。" 曹轶开口道："我粗粗算了账，抚恤死难的狱卒，为受伤的狱卒疗伤，安抚死亡囚犯的家属，修复毁坏的牢房设施，疏通各种关系，几项开销加起来起码也要三千两银子。"余大贵吃了一惊，三千两银子不是小数，自己一时拿不出这么多钱，将心一横，哀叹道："师爷不必劳神了，我甘愿受罚。"曹轶微微一笑，安慰道："常言道：留得青山在，不怕没柴烧。你放心，银子我帮你借。"

三天后，曹轶来到牢房，道："银子的事办妥了，你只管写下借据，其他的事我去办。" 曹轶看着余大贵写下借据，脸上露出得意的笑容。曹轶的话果然灵验，余大贵很快就官复原职了。

余大贵正在四处筹集银子，曹轶找上门来，直入话题："我帮你借银两，却遭人暗算，惹下杀身之祸！"余大贵吃了一惊，忙问："怎么回事？" 曹轶道："我借钱心急，没想到借钱人竟然是匪首乔吉的亲属，他要求解救乔吉，不答应，就上官府揭发我们。"余大贵恍然醒悟，知道掉进了曹轶设下的陷阱，可是木已成舟，没了退路。乔吉罪大恶极，是朝廷的重犯，解救乔吉无异于火中取栗，玩火自焚。怎么办？余大贵权衡利弊，难作决断。曹轶将脸一沉，威胁道："事已至此，干与不干就由不得你了。俗话说得好：拿人钱财替人消灾。你既然收了银子，就得替人办事，否则别说土匪不会放过你，就是知府大人也会要你的命！你若答应，不但欠的钱一笔勾销，还可以得到两千两赏银。"余大贵惊诧地问："莫非知府大人也知情？"曹轶得意道："没有知府大人的许诺，我一个师爷怎能瞒天过海？"余大贵在官场上混了多年，深知官场的腐败与黑暗，心想：既然横竖是个死，就不如赌一把，拿到钱后，远走高飞。他将心一横，收下了贿银。

余大贵回到大牢，把手下董磊找来商议。董磊是他的心腹，余大贵当偏将时，董磊是他的贴身卫士，余大贵负伤退役到州衙大牢当了牢头，也给董磊在大牢里安排了差事。董磊闻言，惊得目瞪口呆，抱怨道："大哥好糊涂。乔吉是罪大恶极的匪首，是杀人不眨眼的魔王，咱们怎能救他！"余大贵摇头叹息道："这些我全清楚。曹师爷已经把话说明了，我不干，就是死路一条，我也是被逼无奈！" 董磊愤愤不平道："这些贪赃枉法的狗官欺人太甚，咱们去告发他们！"余大贵摇头叹息道："贤弟太幼稚了。他们官官相护，关系盘根错节，你能告赢吗？再说人家握着咱们的把柄，不等你告赢他们，咱们早已身首两处，死无葬身之地。” 董磊哑口无言。余大贵道出了自己的主张：“王九明人面兽心，贪得无厌，跟着他早晚要赔上一家老小的性命。常言道：是福不是祸，是祸躲不过。我们不如赌一把，拿到钱就远走高飞。我已谋划好了，找几个信得过的兄弟一起干，事成后把钱一分，各奔前程。”余大贵说服了董磊，开始秘密做准备。

第十六回　凑赎金京城卖织锦　巧言舌商家受蒙骗

秦九为凑足赎银犯了难。乔家被官府查抄，房屋土地被充公，到哪里筹集如此巨额的银两？他想起了藏在山里的柳家织锦，决定卖掉织锦，以解燃眉之急。他向胡彪道出了打算，胡彪道："主意倒是不错。不过，织锦贵比黄金，只有京城的达官贵人才享用得起。咱把它卖给谁？"此话一出，给秦九提了醒，秦九道："此地寻不到买家，咱就去京城！"

秦九和胡彪带领手下昼夜兼程来到京城，找了一家小客栈住下。翌日，秦九让随行看护好织锦，自己和胡彪去找买家。出发前，他扯了一些织锦当样品，用包袱包好背在身上。

京城的商业大街道路宽阔，商铺林立，车水马龙，十分热闹。俩人进了几家丝绸店，没有见到柳家织锦。秦九感到困惑不解，他早就听说柳家织锦在京城是抢手货，为什么寻不到踪迹？沿路前行，又看见一家大绸布庄，门面很讲究，"金福来绸布庄"牌匾格外醒目。俩人走进去，一个伙计笑脸迎客："两位客爷，买点啥？"秦九打开包袱，拿出织锦样品，问："有这种织锦吗？"伙计看过样品，惋惜地道："对不起，本店没有。""你知道哪里有卖的吗？"伙计没有回答。一位热心的顾客道："你去鼓楼大街看看。那里有家洪福全绸布庄，丝绸品种齐全，或许能有你要的货。"秦九道了谢，两个人走出了绸布庄。

来到街上，胡彪不解地问："秦爷，咱是干什么来了？是卖织锦来了！你非但不卖，反而要买。这葫芦里卖的是什么药？"秦九看着一脸迷茫的胡彪，笑道："咱们是来卖织锦的不假，你可知道哪些商家卖柳家织锦？这些商家与柳广财是什么关系？柳家织锦是什么行情？哪个商家肯出现银买咱们的货？"胡彪被问住了。秦九继续道："这些没弄清楚就忙着找买家，恐怕货没有卖出去，官府的人就找上门了。"胡彪傻眼了，忙问："咱们该怎么办？"秦九道："欲速则不达。先摸清情况，心里有了底，再找买家也不迟。"

秦九和胡彪来到鼓楼大街。鼓楼大街紧临皇城，街道宽阔，街道两边店铺鳞次栉比，一派繁荣景象。胡彪平生头一次来京城，左顾右盼，瞧什么都觉得新鲜，由衷发出感叹："天子脚下就是不同。咱要是在这儿开家绸布庄，定能日进斗金，过上王侯般的日子。”

鼓楼大街上果然有家洪福全绸布庄，建筑高大，红柱灰瓦，雕砖彩绘，招牌十分醒目。铺面前停着豪华的轿车，衣装华丽的男女进进出出。走进绸布庄，货架上各色丝绸琳琅满目。秦九来到柜台前，拿出柳家织锦样品，问：“有这几种织锦吗？”伙计点头道：“有。要哪一种？”秦九道：“这几种都拿出来瞧瞧。”伙计一边从货架上取货，一边炫耀道：“两位客爷算是找对地方了，偌大的京城只有我家卖这种织锦。”

秦九选了一块织锦，问伙计：“这面料什么价？”秦九听伙计报了价，为之一振，只知道柳家织锦在京城是抢手货，孰料竟是这等价格！他佯装挑选织锦，问：“织锦是三河县柳家织造的吗？”伙计回答：“绝对没错，错一罚十。”接着又问，“客家与柳家人相识？”秦九敷衍道：“说不上认识，只是一面之交。”秦九又问，“你刚才说偌大的京城只有你家经营柳家织锦，此话当真？”伙计把胸脯一挺，道：“千真万确。本店与柳家签订了在京城独家代理柳家织锦的合约，别处出售的柳家织锦都是从本店批的货。”秦九听后，煞有介事地问：“若是大量购买价格能否优惠？”伙计见来了大客户，喜不自禁，忙道：“小的做不了主。请两位客爷稍候，我去请东家。”秦九将伙计拦住，低声问：“请问东家尊姓大名？”伙计回答：“洪福全。”

一会儿，洪福全来了。秦九细细打量，来人四十多的年纪，中等身材，身体略显发福，目光深邃，步履沉稳，一看便知是一位精明的商人。秦九拱手道：“洪东家，久仰，久仰。”洪福全见秦九眼神诡异，其貌不扬，心中多了几分警觉，试探地问：“客官怎么称呼？哪里人？”秦九顺口回答：“我姓孙名进，山东济南府人。”洪福全听罢，将信将疑，道：“听口音有些山东味道，但不像济南府口音，您……”秦九怕露出破绽，没等洪福全说完，急忙改口道：“我生在济南府，这些年走南闯北，乡音变了不少，南腔北调串了味。”洪福全疑虑未消，继续问：“客官从济南府来？”秦九知道对方在探底，答道：“我们去三河县三河镇柳家织造坊采购织锦，东家说家里没有现货，让我们到京城洪福全绸布庄找东家。”这招果然奏效，洪福全信以为真，放松了警惕。秦九恭维道：“柳家织锦可谓是锦中珍品，先生是如何拿到京独家经营权的？”洪福全不知对方用意，得意道：“实不相瞒，金福来绸布庄与我竞争，可惜，他没有竞争过我。”话刚出口，就意识到语多话失，忙遮掩道：“两位客官，请到后厅叙事。”

双方落座，洪福全问：“您打算买多少织锦？”秦九回答：“二十匹。只是报价太高了，承受不起。”洪福全笑道：“物以稀为贵。织锦工艺复杂，费时耗力，自古就有‘寸锦寸金’的说法。柳家织锦质量上乘，这个价格已经很公道了。”见秦九沉默不语，又开了口，“客官头次登门，我就破一回例，八五折扣如何？”秦九为难道：“即便是八五折，价格也超过预期。我不敢擅自做主，等问了东家，再登门购买。”说完拱手告别。

两人走出洪福全绸布庄，来到僻静处，胡彪迫不及待地问：“秦爷，您心里有底了吗？咱们把织锦卖给谁？”秦九语气坚定地回答：“先回客栈，咱们明天去金福来绸布庄卖织锦，敢与洪福全竞争的商家一定有钱。我猜想，金福来绸布庄没有得到柳家织锦的代理权，心里肯定窝火。咱就巧施手段，一定能把织锦卖出去。”胡彪转忧为喜，恭维道：“秦爷老谋深算，事事考虑精细，小弟甘拜下风。”

翌日，秦九和胡彪又来到金福来绸布庄。伙计认出他们，上前招呼：“两位客爷来啦。请问要买什么？”秦九满脸堆笑道：“这位伙计好眼力。我们不是买织锦，是来卖织锦的。请问，东家周金福在吗？我们找他谈一桩大买卖。”伙计不敢怠慢，跑去禀报。

一会儿工夫，周金福走了出来。周金福年近六旬，头发灰白，也是一位精明的商人。他上下打量来人，问：“二位有何贵干？”秦九拱手道：“请问，您可是周老板？”周金福点头称是。秦九煞有介事地环顾左右，低声道：“我姓孙名进，是三河县柳家织造坊的人。东家柳广财派我来与您商量一桩买卖。”周金福一直为柳家织锦代理权的事耿耿于怀，没好气地道：“柳广财？是他派你来的？”“正是。”周金福闻言，盯着对方，疑惑问：“既然要与我谈买卖，柳广财为何不亲自来？”秦九欲言又止，低声道：“此处人多嘴杂，能否借一步说话？”周金福将两人领进客厅，催促道：“有话便讲，我不能久陪。”

秦九带着哭腔道：“周老板有所不知，柳家今春遭土匪抢劫，一冬织造的织锦被抢个精光。东家急火攻心卧床不起。”秦九很会演戏，说到痛心处，泪流满面。周金福闻言，也感意外。秦九继续道：“柳家万般无奈，只好用房产抵押借了高利贷，重新购买丝束，加班加点赶制出一批织锦，送到洪福全绸布庄。我们向洪老板说明了情况，恳求一次结清货款以解燃眉之急，孰料他全然不顾多年的交情，拒绝了我们的请求。如今债主天天登门讨债，东家被逼无奈，只好让我向您求援。柳家新生产了一批织锦，如若同意货款用现银一次结清，我们就把货卖给您，价格可以商量。”秦九见周金福仍存疑惑，继续道，“三河镇距离京城千里迢迢，我们东家大病初愈，实在是承受不了路途颠簸，请见谅。”

秦九的谎话编得合情合理，没有半点破绽。周金福信以为真，脸上露出了喜色，关切地问：“织锦在哪里？”“已经运到京城。周老板若答应我们的条件，可以马上验货。如果不同意，我们就另寻买家。”秦九故意加重了语气，意在试探对方。

周金福在商海里混了几十年，自然心知肚明，笑道：“要现银，不难。不过，要先验货，谈妥价钱。”秦九见周金福上了钩，一阵狂喜，又担心周金福弄出大动静，引起官府的注意，低声道：“临行时，我们东家一再叮嘱我要谨慎行事，切不可让洪福全绸布庄得到了消息。午后，我把货送到贵店，当场验货。如何？”周金福满意道：“好，一言为定。”

下午，秦九带人将柳家织锦运到金福来绸布庄。周金福见到织锦，喜笑颜开，爱不释手，他上次没有竞争过洪福全绸布庄，这回他不想再失去机会。周金福满脸堆笑，把秦九和胡彪请进客厅，道：“孙先生果然言行如一。我验过货了，是柳家织锦不假。只要价钱公道就成交。”秦九感激道：“危难之时，周老板出手相助，实在是感激不尽。为了表示诚意，价格自然优惠。”秦九急于成交，张口道出了底价。周金福不露声色，还要再讨价。秦九一脸不悦，站起身愤愤道：“周老板，我诚心做成这笔交易，并无保留。此价不能成交，只有另寻买家了。柳家织锦质量上乘，若不是遇到难处，绝不会有这等价格，千万别错失了商机。”秦九的话里充满诱惑，让周金福无法抗拒，他伸手拦住秦九，笑道：“孙先生莫生气，既然是一口价，我也不再犹豫，就按此价成交。”转身吩咐管家周信：“让伙计们过数验货，让账房准备现银。”一会儿工夫，周信将合约交给周金福，低声道：“东家，这是契约，请过目。不过，货款巨大，柜上没有足额的现银。”周金福命令道：“快去筹钱，务必要凑足。”周信应声退了出去，很快凑足了银子。秦九如愿以偿，生怕节外生枝，带着巨额现银匆匆离开了京城。

周金福把柳家织锦摆上货架公开销售，售价比洪福全绸布庄的价格低了一成。顾客纷至沓来。洪福全得知消息，暴跳如雷，要去官府状告周金福，管家洪怀古将他拦下，劝解道：“且慢，田青说柳家今春遭土匪抢劫，一冬织造的织锦都被抢走了。我们店里的织锦是柳家昼夜赶制出来的。既然柳家已无存货，卖给周金福的织锦又从何处来？此事很是蹊跷，一定另有隐情。我看，还是先给柳广财去信问清情况，再作决断也不迟。”洪福全采纳了管家的建议，去信向柳家求证。柳广财联想到被土匪抢劫的织锦，亲自进京调查此事。

柳广财与洪福全、周金福见了面。周金福一脸怒气，斥责道：“柳广财，明明是你派人向我推销织锦，怎么出尔反尔，翻脸不认账！我有合同，不怕你抵赖！”说完，将合同拍在桌上。柳广财看了合同，语气坚定道：“此人乃假冒，柳家就没有此人。请问他是什么相貌？”周金福描述道：“个头不高，面容消瘦，小眼睛，尖下巴，左眼角有块黑色胎记。”柳广财恍然大悟，道：“此人就是官府通缉的大青山匪首秦九，外号‘疤瘌眼’。你刚才所言有误，他左眼角不是黑色的胎记，是掩饰疤痕涂的涂料。”

洪福全听了，脸色骤变，猛然想起那日来店里买织锦自称叫孙进的人，那人的相貌与周金福描述的一模一样！洪福全讲述了事情的经过。柳广财道：“秦九去洪福全绸布庄不是买织锦，而是去摸底，你被他诓骗了。”洪福全怒发冲冠，站起身，拉住柳广财的手朝外走，愤愤道：“走，咱们去报官！天子脚下，朗朗乾坤，岂能容土匪横行！”

周金福闻言，“扑通”跪倒在地，苦苦恳求道：“柳先生、福全兄弟，万万使不得。若让官府插手此事，这批织锦就成了赃物，我就人财两空，倾家荡产了！两位兄弟，我与土匪没有任何瓜葛，也是受害者呀！”周金福把脸转向洪福全，哭诉道：“福全兄弟，秦九也曾去过你的店里，你也没有辨别出他的真实面目，细究起来你也有过错。是你向他透露了你我两家争夺柳家织锦销售权的事，他才找到我，利用我急于得到柳家织锦的心理欺骗我。如果去官府报案，你也难逃责任。此事还是私了吧。我出个主意，你们看行不行。织锦还让我销售，对外就说是从福全兄弟店里批来的。售后所得的利润，我与福全兄弟各拿两成五，其余的五成弥补柳先生的损失。大家化干戈为玉帛，相安无事，如何？”俩人同意了周金福的请求。

第十七回　救匪首刑场做手脚　除后患连施杀人计

乔吉在狱中度日如年，翘首企盼秦九救他。行刑的日子一天天临近，秦九始终没有现身，乔吉彻底绝望了。行刑前夜，狱卒送来断头饭。乔吉在孤灯下泪流满面，发出绝望的哀叹：“秦九，我对你恩重如山，你却见死不救！”几杯薄酒下肚，乔吉醉得不省人事。

行刑前，知府王九明假托患病，把监斩乔吉和张金宝的任务交给助手杨远。行刑日早上，王九明在内宅摆下酒菜，把杨远唤来，道：“今天是大青山匪首乔吉、张金宝的行刑日，百姓瞩目，万众称快。我身为知府本该亲赴法场监斩，无奈有病在身，不能前往。选你做监斩官，是因为你办事认真，我最放心。把你叫来，再当面叮嘱几句。我们虽然捣毁了大青山匪巢，可残匪不甘失败，还在蠢蠢欲动，很可能孤注一掷抢劫法场。你要加倍小心！作为监斩官，一定要验明正身，不可有半点闪失。”杨远道：“知府大人放心，下官一定尽心竭力。”王九明亲自给杨远斟酒。一杯酒下肚，杨远觉得身上燥热，头晕目眩。

杨远自知责任重大，不敢大意，亲自到牢房看着狱卒把乔吉、张金宝押上木笼囚车，骑马跟随囚车直奔刑场。行至半路，杨远昏昏欲睡，心里犯起嘀咕：平日大碗喝酒都不醉，今天怎么不胜酒力了？

一个月前，官府就贴出布告，百姓得知乔吉、张金宝将被正法的消息欢欣鼓舞。行刑当天，人们扶老携幼从四面八方赶来，要亲眼看见杀人恶魔的可耻下场。李胜、李瑛、陈龙、张汉等李家镖局的英雄好汉也在其中。愤怒的人群向囚车投掷石块，乔吉的头被打破了，满脸是血。

刑场上搭起一座断头台。余大贵在断头台下建了一间密室，又找了一位身材相貌与乔吉相似的死囚当替身，给他化了妆，灌下“迷魂药”，藏在密室里。就在乔吉被押上断头台的瞬间，狱卒把乔吉推进密室，把替身拎上了断头台。乔吉眼前一片漆黑，仿佛进了阴曹地府，吓得浑身战栗，正要呼叫，被一双大手紧紧掐住喉咙。那人低声喝道：“乔吉，算你命大，有人花钱买下你的性命。识趣的就别出声，不然就结果了你的性命！”乔吉恍然大悟，方知捡回一条命。

杨远来到刑场，昏昏欲睡。午时三刻，行刑的时间到了。杨远没有验明正身就糊里糊涂地下达了斩首令。三声追魂炮响，行刑手手起刀落，“乔吉”、张金宝人头落地，人群欢呼雀跃。

乔吉在密室里忍受着煎熬，到了半夜，有人把他装进棺材，抬上大车。棺材盖没有盖严，乔吉躺在里面，听见车轮碾轧地面发出的声响。行了一段路程，大车停了下来。有人高声呼喊：“对面的人听好了，人送来了。交齐赎银就放人，倘若食言，就等收尸吧。”远处传来秦九的声音：“按规矩见人付钱。”“好，只许过来一个人。”对方答应了秦九的要求。

棺材盖掀开了，凉风袭来，乔吉觉得呼吸一下子顺畅了许多，侧耳细听，有急促的脚步声由远而近。有人提着灯笼爬上车，俯身向棺内观看，急切地呼唤：“乔主子，听见我说话吗？听见了，就应一声。”乔吉答道：“秦九，你们的对话我全听见了。快交出赎银，让他们放我走。”秦九命令土匪抬过银箱，对方过了数，把乔吉抬出棺材放在地上，将银箱搬上车，驱车离去。

秦九发出一声呼哨，土匪们跑上前七手八脚把乔吉抬上车。胡彪愤愤道：“秦爷，曹轶敲诈咱们三万两银子，岂能放过老贼，我带人连夜杀回去，夺回钱财，将他碎尸万段！”乔吉问明情况仰面长叹：“这位师爷不简单。不管怎样，是他救了我的性命，就凭这一点就该重重地谢他。秦九、胡彪你俩听好了，此事到此为止，不许向曹轶讨要银子，更不许伤害他。让曹爽把春桃姑娘送到曹师爷那里去，顺便转告曹师爷，说我乔吉欣赏他的智谋，他若愿意当我的军师，我一定厚待他。”两人不敢抗命，只好作罢。乔吉当夜离开三河县，改姓更名隐藏起来。

王九明私放朝廷要犯，发了不义之财，欣喜过后又有不祥之感，生怕东窗事发丢了性命，心中盘算：纸包不住火，只有杀人灭口方能高枕无忧。他不露声色，静候动手的时机。

乔吉发话不许对曹轶下手，秦九不敢公开抗令，可心又不甘，决定借官府之手除掉他。秦九把曹爽找来，问：“赵鑫的人头现在何处？”曹爽回答：“我把人头埋了。”秦九命令道：“把人头挖出来，交给我。”秦九写了一封信，把赵鑫的人头和信交给另外一个土匪，面授机宜。

夜深人静。土匪先潜入曹轶的宅院，将人头放进柴房。又用匕首把信插在赵鑫家院门上。清早，赵家仆人发现了大门上的信，慌忙交给了主人。赵鑫的父亲颤巍巍地展开观看：

你家公子赵鑫是州衙曹师爷所害，人头藏在曹宅的柴房里。春桃姑娘被曹师爷掠走，藏在小狮子巷五号院内。

知情人

赵鑫遇害，赵家人就怀疑是曹轶雇凶杀人，找人写了诉状到州衙告状。曹轶是王知府身边的红人，加上赵家拿不出真凭实据，官员将状子驳了回去。此番有了线索，赵鑫的家人拿着匿名信到州衙击鼓申冤。王九明暗自欢喜，亲自带人到曹轶家提取证据，果然在柴房里找到了赵鑫的人头，又在小狮子巷五号找到了春桃姑娘。人赃俱获，将曹轶捉捕入狱。

提审曹轶前，王九明备了酒菜到狱中看望曹轶。曹轶老泪纵横，跪在地上苦苦地哀求："老夫追随知府大人多年，鞍前马后，忠贞不渝，此番遭小人陷害性命难保，知府大人救我！"王九明将他扶起，含笑宽慰道："师爷放宽心，你是我的人，我怎能坐视不管。你先在牢里委屈几日， 我总要做个样子给外人看看。"曹轶忙跪下谢恩。王九明打开食盒，取出酒菜，斟满酒，道："先喝了这杯酒压压惊，再听我细细道来。"曹轶喝了酒，顿觉喉咙像被炭火灼烧一般炙热难耐，知道遭了毒手，忙把手指伸到嘴里去抠，想吐出来。王九明的亲信苏万按住曹轶的头，把酒碗里的哑药灌进去。王九明看看在地上打滚的师爷，一甩袖子，走出牢房。

大堂上，王九明不容分说上来就用了大刑。曹轶年近六旬，寻花问柳，身体早已腐朽。一顿棍棒，被打得皮开肉绽。他心里明白，王九明这是借刀杀人，要置他于死地，想在大堂上揭露王九明贪赃枉法的罪行，无奈被灌了哑药，大张着嘴巴却说不出话来。衙役扯着曹轶的手在审案记录上按了手印，把他投入死囚牢。曹轶不久就死在大牢里，他的钱财被王九明占为己有。

王九明除掉曹轶，又要对余大贵下手，他把余大贵叫到书房，命令道："大青山匪案审理完毕，关押的土匪发配到边关服劳役。你带人将他们押解到集中营去，路上要格外小心，不得有误。"余大贵将押运土匪的事告诉了董磊。董磊十分警觉，提醒道："大哥，王九明阴险狡诈，他刚除掉了曹师爷，会不会借机对我们下手？"余大贵道："王九明心狠手辣又工于心计，我怎能不知晓？无奈老贼盯得紧，我一时找不到脱身的机会。此乃天赐良机，我们绝不能错过。常言道：是福不是祸，是祸躲不过。这次纵然是刀山火海也要闯一闯。让弟兄们安排好家眷，收拾好细软，将土匪押解到集中营后，咱们就趁机逃走，各奔前程。切记，此番成败关系到兄弟们的身家性命，不可走漏消息。”董磊明白其中的利害关系，通知弟兄们做好准备。

余大贵走后，王九明把亲信苏万叫来，在他耳边窃窃私语，苏万领会，去找曹爽。王九明知道曹爽是土匪，却不抓他，还让苏万与曹爽交往，就是要利用他向土匪传递消息。曹爽听说苏万在州衙当差，也想通过他获取情报，俩人各怀鬼胎，一拍即合。

苏万找到曹爽，把他拉到僻静处，试探地问：“曹兄曾说过，向你传递知府的消息就有赏钱，此话当真？”曹爽拍着胸脯道：“一言九鼎，绝不食言。”苏万急切地问：“你给多少赏钱？”曹爽笑道：“你不说是什么消息，怎知该不该奖赏？”苏万佯装后悔，道：“算了。我说出来，你说没用，一个铜钱不给，岂不是空欢喜一场！官府要是知道我泄露了机密，是要杀头的。赔本的买卖我不干！”说完，转身就走。曹爽拦住他，塞给他一锭银子，道：“看来你还是信不过我。为表诚意，这锭银子就归你了。你提供有用的消息，我还要加倍重赏你。”苏万掂掂银子，笑道：“曹兄够朋友。”说完，把余大贵押解土匪去集中营的事告诉了曹爽。曹爽喜上眉梢，迫不及待地问：“何时出发？走哪条路？多少人押运？”苏万见对方上钩，使出欲擒故纵的手段，道：“瞧，我的消息有用吧，快付赏银吧！”曹爽道：“付赏银不难。不过，你要提供准确的出发时间和行走路线。”苏万露出为难的神色，道：“押运的时间和行走路线都是机密，我一个听差的如何知晓？要想知道细节，只有向狱卒打探。那些人吃顺了嘴，胃口大得很，三五两银子怕是不行。”曹爽听出了苏万的话外之音，又掏出一锭银子交给苏万，道：“这是二十两银子，你拿去用，一定要得到准确的消息。”苏万收起银子。

三天后，苏万向曹爽透露了押解土匪去集中营的时间和行走路线。乔吉得到消息，犹豫不决，他怕中计，又不甘心失去良机，让曹爽继续打探。曹爽证实消息可靠，乔吉决定劫囚车。

启程的日子到了。余大贵、董磊带领二十三名狱卒押着囚车上了路。囚车行至一座山岗下。山虽不高，但道路弯曲，树木茂密。余大贵怕有埋伏，让囚车停在山下，自己带人上山探路，没有发现情况，下令继续前行。

众狱卒押着囚车来到山腰处，迎面来了一支商队，余大贵厉声喝道：“对面人听着，我们是押解犯人的官车。你们闪到一旁，让开道路，让官车先行！”对方并不理睬，继续前行。余大贵勃然大怒，再次喝道：“我们是押解犯人的官车，你们马上停车让路！”

商队是土匪假扮的，为首的是胡彪。他把嘴一撇，骂道：“奶奶的，路又不是你开的，凭啥给你让路？这路爷爷就是不让！”余大贵顿时警觉起来，挥手示意停车，狱卒手持兵刃围在囚车左右。断后的狱卒突然惊呼道：“后面又来了一队人马，堵住了我们的退路！”余大贵知道不妙，高喊：“弟兄们，冲过去！”舞铁棍冲在前边。狱卒挥舞马鞭，赶着囚车尾随其后。

余大贵久经沙场，手中一根铁棍，骁勇善战。他催马上前，挥舞铁棍朝胡彪头顶砸去，胡彪躲过。余大贵横着又是一棍，胡彪躲闪不及，棍子打在腿上，疼得他怪叫一声，跌倒在地，手中的刀飞出老远。余大贵举棍正要结果胡彪的性命，头顶上黑影一闪，从树上跳下一个人，惊得他勒住缰绳，胡彪趁机逃命。树上跳下的正是秦九。他手抓树枝，在空中荡了几荡，猴子般跳上第一辆囚车，手起刀落，杀死了驾车的狱卒，勒住缰绳，迫使囚车停下来。第一辆囚车堵住道路，后面的囚车无法前行，挤成一团。土匪冲上前，抡斧头劈囚车，要放囚犯。余大贵见状，一催坐骑，杀过来。董磊挥舞钢刀挺身向前，率领众狱卒与土匪展开肉搏战。

乔吉认出了余大贵，想到牢狱中的遭遇，恨得咬牙切齿，吼叫道：“杀死余大贵者，重赏！”众土匪张弓搭箭对准余大贵和狱卒。余大贵知道在劫难逃，仰天长叹：“都怪我鬼迷心窍，贪图钱财，才落得如此下场。我这是自作自受，罪有应得！”乔吉一声令下，弓箭齐发。余大贵身中数箭，坠马身亡。狱卒也纷纷中箭倒地。

董磊见状，知道大势已去，砍倒一名土匪，逃进树林，躲过一劫。土匪走后，董磊又返回来寻找幸存的弟兄。现场横七竖八躺着一具具血肉模糊的尸体，余大贵和随行的二十三名狱卒全部遇难，只有董磊一人幸免。土匪残忍地割下余大贵的头颅，只剩下尸身。董磊扑倒在尸身上痛哭：“大哥呀，都怪你贪心，不但你丢了性命，还害了众多兄弟。王九明毒蝎心肠，一定是他勾结土匪杀人灭口……”董磊痛不欲生，哭得死去活来。哭累了，他坐在枯木上叹息，心想：王九明绝不会放过自己，要想活命只有逃走。他给死去的兄弟磕过头，站起身趔趄着朝山下走，没走多远又止住脚步，心想：我隐姓埋名，一去不返，王九明的阴谋就得逞了，岂能这样便宜了这个赃官？他取出匕首，在树干上刻下了“杀人者，王九明、乔吉也”几个字，又摘下身上的腰牌挂在树枝上，愤然离去。

王九明除掉了余大贵和知情的狱卒，暗自欢喜，派人去现场清理尸体，狱卒常山跟了去。去的人在现场收敛了二十四具尸体，唯独不见董磊。常山到附近的树林里寻找，发现了董磊挂在树枝上的腰牌和刻在树干上的字，惊得目瞪口呆。乔吉已被当众斩首，怎会死而复生？莫非是王九明串通土匪放走了他？为了自保，王九明又借刀杀人？他越想越害怕，没敢声张，收起腰牌，把余大贵和狱卒的尸体装殓好，运回了州衙。

王九明心怀鬼胎，亲自开棺验尸。土匪割走了余大贵的首级，棺木里只有尸身。王九明生怕其中有诈，命人仔细辨认。验尸官在尸身的手臂上看到了余大贵旧日留下的刀痕，确认死者就是余大贵，王九明才放了心。得知董磊下落不明，王九明又心生恐惧，亲自撰写通缉公告，下令限期将他缉拿归案。

通缉董磊的告示四处张贴，引来众人围观，识字的念道：“罪犯董磊，三十五岁，开封府人氏。罪犯勾结土匪，在押解囚犯途中，杀害州衙大牢监狱长余大贵和二十三名狱卒后潜逃。罪犯身为官府辖员，知法犯法，行为之卑劣，手段之残忍，令人发指。悬赏白银伍拾两捉拿罪犯，藏匿罪犯或知情不举者与罪犯同罪。”

董磊潜逃的消息很快就传开了。熟悉余大贵和董磊的人瞠目结舌，议论纷纷。有人表示怀疑：“董磊和余大贵形影不离，情如手足，怎么会勾结土匪杀害自己的兄长？”有人不禁发出由衷的感慨：“余大贵对董磊有知遇之恩，董磊反而勾结土匪杀害兄长，真是知人知面不知心！”缉拿董磊的布告贴出后，没有任何消息。王九明派苏万携带公文到董磊的家乡察访，也没有寻到董磊及其家人的踪迹，只好作罢。

在死难者的葬礼上，王九明身穿丧服，满脸泪痕，痛心疾首。他亲自为余大贵扶棺，慷慨激昂道：“土匪灭绝人性，丧尽天良。我定要将他们逮捕归案，绳之以法，告慰死难兄弟的英灵。”

一天，王知府把苏万叫到身边，低语了几句。苏万领令，带领官兵去抓曹爽。来到曹爽住处，苏万将他唤到门外，躲在周围的官军一拥而上，把曹爽按倒在地。曹爽惊恐地问：“苏万兄弟，你这是干什么？”苏万冷笑道：“曹爽，我们早就怀疑你是大青山土匪，只是没有证据。如今铁证如山，你有何话可说。”曹爽反抗，苏万喝道：“罪犯拒捕，将他就地正法！”士兵手起刀落，曹爽人头落地。

王九明除掉了曹轶、余大贵等知情人后，又下令更换了州衙大牢里的所有狱卒，常山回乡务农。

王九明还不放心，又密谋销毁相关卷宗，他让苏万把余大贵、董磊以及相关狱卒的卷宗借出来，等待销毁的时机。冬天来了，一天天气寒冷，衙门各部门都生炭火盆取暖，王九明明知档案室严禁烟火，还派人送去炭火盆。到了午饭时，王九明让苏万把余大贵、董磊以及相关狱卒的卷宗送还，同时又差人把管理卷宗的刘天叫去布置任务，给苏万提供作案的机会。苏万烧毁了这部分卷宗，又贼喊捉贼，喊人救火。王九明把失火的责任推给刘天，把他开除了。

王九明做完这一切，认为可以高枕无忧了。

第十八回　招快婿柳家人如潮　迎新娘李家笑颜开

柳家招婿的消息传遍了三河镇。美女嫁英雄，既在情理之中，又在意料之外，一时间成了街头巷尾议论的话题。按照两家的商定，婚礼在柳家举行，三天后，新娘柳梅莹回天水镇看望公公李胜，李家宴请亲朋好友。

独生女招婿自然是柳家的头等大事。柳广财把柳达声和柳文找来，让他俩帮着操办婚事，柳达声主外，柳文主内。选定了良辰吉日，柳家就紧锣密鼓地操办起来，聘请轿夫乐队，给乡绅和亲朋好友送喜帖，置办所需的一应物品，上上下下，忙得不亦乐乎。

三河镇的乡绅和大小商家都收到了柳家的喜帖，孙华也不例外。乔吉入狱后，孙华闭门不出，生怕东窗事发，自己帮乔吉干的那些坏事被人知晓，锒铛入狱。世间的事就是这么难以预料，胜券在握的乔吉一夜间成了阶下囚，乔家势力土崩瓦解。被乔吉逼入绝境的柳广财绝路逢生，成了最后的赢家。如今，柳、李两家结亲，柳家更是出尽了风头。

孙华手持请帖，陷入沉思，有心不去，又觉不妥，思量再三，还是备了一份厚礼去祝贺。柳广财见到孙华，主动上前打招呼。孙华感激涕零，面带惭愧道："柳叔不计前嫌，侄儿感激不尽……"没等孙华把话说完，柳广财道："过去的事都过去了，什么也不必说，咱们还像过去那样好好相处。"

柳家招的是上门女婿，按习俗大婚前夜新娘柳梅莹在叔叔柳达声家过夜，大婚当日新郎登门迎娶，接到自家完婚。婚礼当日，三河镇锣鼓喧天，舞龙队、高跷队伴随着欢快的锣鼓声翩翩起舞，如同过大年一般热闹。柳家门前张灯结彩，前来贺喜的人络绎不绝。县令单宝生一身便装，在宋天福的陪伴下也来到婚礼现场。柳广财万万没想到县令大人会来参加婚宴，忙迎上前施礼，激动道："单大人光临，柳家三生有幸，蓬荜生辉。"单宝生一脸笑容，道："免礼。柳、李两家结亲在三河县传为佳话，这等好事我怎能错过？我不仅要讨杯喜酒喝，还要做证婚人。"单宝生的话让柳广财受宠若惊，恭恭敬敬地将单宝生和宋天福引进客厅。双方落座，仆人献上茗茶。柳达声让人取来笔墨纸砚，恳求道："请单大人留下墨宝，为新人励志。"单宝生欣然同意，沉思片刻，挥笔写下"相濡以沫，比翼齐飞”八个遒劲有力的大字。

欢快的唢呐和锣鼓声由远而近，送亲的队伍吹吹打打来到柳家大门前。人们翘首观望，争相目睹柳家的新姑爷，这位为消灭大青山土匪失去左臂的英雄。李涛头戴礼帽，身穿大红婚衣，骑着枣红马走在前头。人逢喜事精神爽。李涛本就眉清目秀，经过一番打扮，更加英俊潇洒。司仪高声唱道：“新郎下马！”“新娘下轿！”顿时，鞭炮震耳，鼓乐齐鸣。李涛步上台阶，面向众人高声道：“各位父老乡亲，今天是我和柳小姐大喜的日子。承蒙各位厚爱，前来祝贺，我李涛不胜感激，请受我一拜。谢谢各位！”说完，深施一礼。人群爆发出一阵热烈的掌声和欢呼声。

新娘柳梅莹红盖布蒙头，身披霞帔，脚穿红缎绣花鞋，被仆人扶下喜轿。沿着红绸铺设的路，跨火盆、迈马鞍，完成了烦琐的仪式。人们簇拥着新郎新娘在天地桌前站定。司仪高声唱道：“时辰已到，两厢奏乐。新郎新娘一拜天地，二拜高堂！”一对新人向父母行礼。

柳广财夫妇端坐在座椅上接受一对新人礼拜，表情迥然不同。柳广财笑容满面，心花怒放，眼里涌出幸福的泪水；柳蕊珠怨气未消，用怀疑的目光注视着李涛，强颜欢笑。李涛看在眼里，一边叩头一边暗暗发誓：“我李涛决定入赘柳家，就做好了吃苦耐劳的准备。别人能做到的，我也一定能做到，而且会做得更好！”盖头下的柳梅莹沉浸在无比幸福之中。

三天一晃而过，转眼到了回婆家的日子。柳家送亲的车辆排成长龙，陪嫁的嫁妆应有尽有，单上等丝绸就装了满满一车。柳达声代表女方家长，柳文代表柳氏族人，田青作为新娘的兄长，一同前往。柳梅莹含泪与父母话别，柳广财千叮咛万嘱咐，柳蕊珠抱着女儿痛哭流涕，生离死别一般。男方的迎亲队伍由刘雄带队。震耳欲聋的鞭炮和鼓乐声响起，新郎上马，新娘上了轿车，队伍浩浩荡荡向天水镇进发。

李家镖局张灯结彩，一派喜庆。大厨们烹炒煎炸，正在准备喜宴，院子里弥漫着扑鼻的香气。女主人李瑛精神焕发，忙而不乱，站在院子里张罗迎亲的事。她对丈夫道：“大江，你负责接待来宾，各路来宾都要安排好，千万别怠慢了大家。”转身吩咐张妈：“张妈，你经历多，见识广，新娘子下轿后由你负责。柳家人几代经商见过大世面，柳家小姐知书达理最讲礼节，千万别让亲家人挑了眼。”又提高嗓门对众人吩咐道：“柳家的婚礼办得风光，李家也不能逊色，大家各就各位，分头去准备吧！”众人齐声应答，四散开去。

李涛和柳梅莹的爱情故事早在李家镖局传开了，单凭李涛断臂后柳梅莹以身相许这一点，就让人刮目相看，大家都盼着早日见到她的真容。镖局的人称陆大江“大爷”，称李涛“二爷”，新媳妇柳梅莹自然就是李家的“二奶奶”了，新媳妇还没有进门，“二奶奶”的称谓就在镖局里叫开了。

长长的车队来到镖局门前，鼓乐高奏，鞭炮齐鸣。新郎下马，新娘下轿。陆大江大步上前，把柳达声、柳文、田青领进镖局。陆大江和田青一同押送织锦进京，朝夕相处，早已成了无话不说的知心朋友。田青春风满面，拱手道：“恭喜，恭喜，我家小姐与李公子喜结良缘，真乃天作之合，绝世姻缘。”陆大江笑容可掬，回敬道：“同喜，同喜。能与柳家小姐结亲，李家三生有幸，蓬荜生辉。”众人发出一阵阵喝彩声，众星捧月般将一对新人迎进大门。

李涛、柳梅莹先去拜见父亲李胜，两人从李胜屋里出来，人们一拥而上，男丁簇拥着李涛去了前院，女眷将柳梅莹领进新房。柳梅莹被李家人的热情所感动，紧张的心情一扫而光。

柳梅莹与女眷们见了面，李瑛一一作了介绍。柳梅莹把亲手为李胜、陆大江、李瑛、陆坚缝制的衣裳摆在众人面前，衣裳丝绸华丽，做工精细，博得女眷的一片赞扬。小陆坚穿上新衣裳，高兴得手舞足蹈。柳梅莹让仆人搬来丝绸，对女眷们道：“各位大娘大婶，嫂子姐妹，这是我家织造的丝绸，每人扯几尺做件衣裳，算是我送给各位的见面礼。”女眷们又惊又喜，围着丝绸观看，爱不释手。李瑛笑道：“姐妹们，柳家织造坊的丝绸享誉京城，是稀罕物。我让人把丝绸摆在院子里，大家尽管去挑，每人扯上一块沾沾喜气。”话音未落，又引来一阵喝彩声。

从跨进李家镖局的那一刻起，柳梅莹就被李家和谐的氛围所感染，感受到柳、李两家的不同。柳家等级森严，主人发号施令，仆人洗耳恭听，一切都要遵规守矩，不能跨越雷池半步，否则，就是大逆不道。李家镖局就不同了。平日里，主仆的装束相差无几，尤其是女主人李瑛，素衣素面，和蔼可亲，和女眷们谈笑风生，初来乍到的人很难分辨出主仆。柳梅莹不禁发出感慨：“要是柳家像李家这样该多好！”

卢员外也收到了李家送来的喜帖。看着喜帖，心里五味杂陈，很不是滋味。李涛断臂后，他不问缘由，理直气壮到李家退婚，事后才得知李涛巧设调包计，车内藏伏兵，大败大青山土匪的经过。卢员外从心里佩服李涛的胆量和智慧，这么好的女婿与卢家失之交臂，让他感到沮丧和懊悔。不久，又传来柳家小姐相中断臂的李涛以身相许的消息。卢员外听了，心里更不是滋味，后悔当初不该鲁莽行事。卢燕燕听说李涛这么快又订婚了，想想自己的终身大事还无着落，整日闷闷不乐。

去不去参加喜宴，卢员外一时拿不定主意。卢夫人面沉似水，坚决反对："不去，坚决不去！这不是明摆着要咱们难看吗？咱们丢不起那个脸！"卢员外是明白人，思索再三，觉得不妥，退婚是卢家提出来的，李家没有过错。如今李家不计前嫌，主动示好，卢家再固执己见，就是错上加错。他不理睬夫人的反对，备了一份厚礼去参加喜宴。

李胜把卢员外请进客厅，热情款待，让卢员外很感动。见到新娘柳梅莹，卢员外很吃惊。新娘举止文雅，端庄秀丽，称得上是绝代佳人。听说李涛入赘柳家，卢员外更感意外。他在商界摸爬滚打了几十年，深谙经商之道，知道柳家慧眼识珠，拾了块宝，就凭李涛的智慧和魄力，柳家的事业定能锦上添花，更上一层楼。想想女儿的婚姻，不禁连连摇头叹息。

镖局练武场张灯结彩，盛大的婚宴在这里举行。李胜盛装坐在正中，柳达声、柳文、田青等嘉宾依次而坐。陆大江春风满面，站起身高声道："各位亲朋好友，尊贵的来宾，今天是我弟弟李涛和柳小姐大喜的日子，各位要开怀畅饮，不醉不归。李涛负伤后身体尚未完全康复，柳名医再三叮嘱不宜饮酒，还望大家见谅。作为兄长，我代表新郎敬诸位一杯！"众人欢呼雀跃，齐声喝彩，将酒一饮而尽。婚宴直到掌灯时分才结束。

李瑛、柳梅莹在柳达声家里相识，两位看似有天壤之别的女人一见如故，成了知心朋友。柳梅莹嫁给李涛，俩人亲上加亲，更是难舍难分。李瑛推掉一切琐事，与柳梅莹朝夕相伴，有说不完的话。

镖局的人都希望新婚夫妻多住些日子，陆坚更是难舍难分，拉着柳梅莹的手再三恳求。柳梅莹何尝不想多住些日子，可是，娘只同意她在李家住十天，如果违背了娘的意愿，她又要发脾气，找茬闹事，弄得一家人不高兴。

柳梅莹要返回三河镇了。李瑛把张汉和精心挑选的五名镖丁叫到身边，吩咐道："张汉，你熟悉三河镇，了解柳家的情况，你留在二爷身边当贴身卫士。你要寸步不离二爷，确保他的安全。二爷失去了左臂，生活不便，你要照顾好他的生活。"又对五名镖丁道，"你们负责保卫柳家安全。匪首秦九在逃，大青山余匪没有肃清，要严加防范，不可麻痹大意！"

分别的时刻到了，李家镖局的人都来送行，为一对新人祝福。李胜亲自把李涛、柳梅莹送出大门，叮嘱了一番，目送他们远去。陆大江、李瑛带领刘雄、曹峰、张豹、王亮四位徒弟一直送到十里长亭。李涛下马，拱手道："就送到这里吧。" 李瑛拉住柳梅莹的手，含泪道："梅莹，镖局就是你的家，新房还按原样保留着，有空常回家看看，大家都想念你。"柳梅莹点头应允。李涛拱手道："姐夫、姐姐，各位兄弟，我有一事放心不下，临别前再叮嘱几句。如今，李家镖局名声大振，可谓是百姓拥戴，土匪憎恨。残匪时刻都在寻机报复，你们一定要时时提防，事事小心，不可掉以轻心。"说完李涛上马，柳梅莹上车，洒泪而别。

第十九回 入柳家刻苦学织造 遭猜疑夫人存芥蒂

从决定入赘柳家那天起，李涛就决心从头学起，无论遇到多大困难都不退缩，不给李家丢脸，不辜负柳梅莹对他的信任。回到三河镇的第二天，李涛就和田青去了柳家织造坊。

柳家织造坊已有百年历史，经过多次扩建形成了当今的规模。步入大门，是一座小型的蚕神殿，里面供奉着蚕神嫘祖的塑像，神龛前的条案上，摆放着各种供品，燃烧着香烛。两侧立柱上镌刻着柳家先祖留下的祖训，黑底红字十分醒目。李涛凝神观望：

做事如做人品端事成，经商讲互惠有利共享
买卖诚为本童叟无欺，产品质为先一丝不苟

柳家老祖宗从建织造坊那天起就立下了规矩：进入织造坊的新人先要跪拜蚕神嫘祖，学习祖训。田青、李涛分别点燃三炷香，插入香炉，虔诚地祭拜嫘祖像，然后高声诵读祖训。

柳家织造坊按照生产工序分成缫丝、印染、织造三部分。田青领着李涛走进缫丝房。女工们围坐在长条案边在选茧，她们挑出霉烂、残损的蚕茧，剥掉蚕茧表面的松乱蚕衣，再按照大小和颜色分拣开。田青介绍道："这道工序是选茧。选茧看似简单，却直接关系到丝绸的质量。"李涛问："这是柳家自产的蚕茧吗？""不是，是外购的。"李涛闻言，惊诧地问："柳家有几百亩桑园，自产的蚕茧还不够用？"田青道："不够用，每年都要外购一部分。外购的蚕茧参差不齐，选茧就显得尤为重要。"

再往前走，屋子一侧排列着几个大炉灶，柴火燃烧，水汽升腾。一位老师傅把选好的蚕茧倒进热水锅里，用木棍不停地搅动。田青道："这道工序是煮茧。煮茧是缫丝过程中最重要最关键的一个环节。"他从筐里拿起一个蚕茧，继续道，"蚕茧的主要成分是丝束和丝胶，丝胶就是包裹在丝束表面的黏性物质。丝胶溶于水，丝束不溶于水，水温越高丝胶溶解越快，煮茧就是利用水温来软化和溶解丝胶，分解蚕茧，抽引蚕丝。”田青的讲解通俗易懂，李涛很快就理解了。田青继续道：“煮茧是技术活，关键是控制好水温，掌握好蚕茧在热水里的浸泡时间。煮茧的水既不能冷，也不能过热，刚刚达到沸点为最佳。‘蚕家热釜趁缫忙，火候长存蟹眼汤’说的就是煮茧的水温。用百姓的话说，‘蟹眼汤’就是水‘小开’或者‘微滚’的意思。”李涛问道：“水温控制不好会怎样？”“水温低或者蚕茧浸泡的时间短，丝胶溶解差，抽丝就困难，还容易断丝。水温太高或者蚕茧浸泡时间过长，丝胶溶解过多，抽丝时，丝束会变得疲软，失去弹性。”田青指着煮茧的老师傅介绍道，“这是张师傅，是这里最好的煮茧工，他的煮茧技术在三河镇也是数一数二的。”

张师傅把煮好的蚕茧从沸水锅里捞出来，放进旁边水温较低的“冷水”锅里。几位女工站在“冷水”锅旁正在缫丝，她们熟练地用木箸挑起丝头，摘掉囊头，把几根丝合成一缕绕在线框上，一气呵成。田青介绍说：“这种缫丝方法叫冷盆缫丝。冷盆缫丝避免了水温过高对丝束造成的损害，丝的表面还存留少量的丝胶，干燥后丝条均匀，坚韧，富有弹性。”

张师傅拎来一个水桶，把煮茧锅里的水舀出一些，又往锅里加入清水。李涛好奇地问：“煮茧时为什么要换水？”田青解释道：“煮茧时，蚕茧上的丝胶溶解在水里，如果不换水，丝胶含量就会越来越高。丝胶含量高，缫出的丝亮而不白，如果水中的丝胶含量过少，缫出的丝白而不亮。”“水中的丝胶含量多少时就需要换水了？”田青被问住了，搔搔头，不好意思地说：“这个我答不上来，得问煮茧的张师傅。”李涛万万没想到“缫丝”两个字竟然包含着这么深奥的学问。

田青领着李涛继续往前走，几个工匠正在练丝，田青介绍道：“这道工序叫‘练丝帛’。练丝帛有多种方法，常用的有阜木灰浸泡兼日晒法、猪胰煮练法和木杵捶打法。”李涛好奇地问：“练丝有什么作用？”“丝在形成的过程中会伴生丝胶，混进杂质，缫丝时虽然除掉了一部分，可还有一些黏附在丝上。这些杂质会使生丝或者丝帛变得粗糙，僵硬。练丝帛就是进一步除掉丝上的丝胶和杂质，让生丝更加白净，柔软光滑，富有悬垂感。”

到了晌午，田青催促李涛回柳宅吃饭，李涛不肯，说：“饭在哪儿都是吃，就和工友一起吃吧，顺便向张师傅请教煮茧换水的问题。”田青严肃道：“那可不行。”李涛不解地问：“为什么？”“主尊仆卑，岂能坏了规矩。少东家身为主人，更要带头遵守，除非……”田青说到这里，突然停住了。李涛问：“除非什么？”“除非主人特许。”李涛笑道：“这好办，我特许就是了。”田青摇头道：“那也不行。特许要有理由。您有什么理由？”李涛被问住了，他早就听说柳家规矩多，看来一点不假，无奈道：“既然如此，那就听从安排吧。”田青对身边的伙计吩咐道：“给伙房传话，炒几个好菜送过来。”伙计应声而去。

一会儿工夫，香喷喷的饭菜端上桌。李涛没有动筷子，对田青和伙计道：“来，帮个忙，端着饭菜跟我走。”田青和伙计面面相觑，又不好意思问，只好跟在后面。李涛把饭菜端到工友吃饭的地方，招呼大伙一起吃。柳家规矩森严，工友你看我，我看你，没人敢动。田青明白了李涛的用意，无可奈何地摇摇头。李涛见没人动筷，把目光移向王贵，恳求道：“王贵师傅，带个头吧。”工友见王贵夹了菜，也动了筷子。

李涛坐在工友中间，有说有笑，俨然就是其中的一员。大家见新东家这么平易近人，紧张的情绪很快就松弛下来。李涛道：“从今天起，我拜大家为师，学习缫丝织造……”工友们都被李涛的真诚所感动。

大家以为李涛只是说说，没想到他真的一丝不苟地学起来。天黑了，田青催促了几次，李涛执意要记完笔记再回柳宅，田青有别的事要办，先走了，

田青刚跨进柳宅，门卫就迎上前禀告：“田管家，老夫人传话让您去见她。”田青点点头，沿着碎石小路直奔后宅，在屋外遇见了老夫人的贴身女仆吴嫂。吴嫂说：“晌午，少东家没回来吃饭，老夫人派人去叫。派去的人见少东家与工友在一个桌上吃饭，回来禀报了老夫人。老夫人听后生了气，抱怨少东家没有规矩，她叫你来就是问这件事。我先给你打声招呼，免得说漏了嘴，惹老夫人生气。”田青感激地说：“谢谢吴嫂的提醒。”

柳蕊珠衣冠鲜明，坐在太师椅上闭目养神。吴嫂推开门，轻声禀报：“老夫人，田管家来了。”柳蕊珠睁开眼，看着田青，用威严的口气道：“你坐下。我有话问你。”田青恭敬地坐在一旁。柳蕊珠问：“少东家回来了吗？”“没有，他还在记笔记。”柳蕊珠疑惑地问：“记笔记？记什么笔记？”田青连忙解释道：“少东家有记笔记的习惯。重要的事都要记下来，以备日后查阅。”柳蕊珠哼了一声，又问：“少东家今天干了什么？”田青夸奖李涛做事认真仔细，把李涛询问煮茧换水的事绘声绘色地讲了一遍。柳蕊珠阴沉着脸，一言不发。吴嫂偷眼看看柳蕊珠，插嘴道：“少东家观察真仔细，照此下去，用不了多久就成了缫丝织锦的行家了。”柳蕊珠感觉不对劲，狠狠瞪了吴嫂一眼，道：“你俩别嘴

里抹了蜜似的给我唱双簧。少东家刚进柳家，总要做做样子，这说明不了什么。俗话说：路遥知马力，日久见人心。少东家是什么品行得慢慢瞧。”柳蕊珠把话题一转，问：“田青，你说说吃午饭是怎么回事？”田青已有准备，不慌不忙地回答：“午饭时，少东家还惦念着煮茧换水的事，又怕耽误了张师傅的活计，我就让伙房炒了几个菜端到现场，少东家边吃边向张师傅询问，弄清楚了煮茧换水的事。”

柳蕊珠闭目思索，没挑出毛病，语气缓和下来，道：“田青，有件事我要嘱咐你，少东家初来乍到，不懂柳家规矩。你是管家，又是柳家的老人，要常把柳家的规矩说给他听，别让他把镖局的坏习气带到柳家，败坏了柳家的家风。”田青点头应允。柳蕊珠又叮嘱道：“往后常来我这里坐坐，把少东家每天做了什么，说了什么，都告诉我。”田青道：“老夫人，我记住了。”

田青走出柳蕊珠的房间，仆人告诉他：“老爷找你。”他不敢耽误，马上去见柳广财。推开门，见柳梅莹也在屋里。午饭时，柳梅莹见娘一脸怒气，埋怨李涛不懂规矩坏了家风，不知出了什么事，派人到大门口等田青，想问问缘由，孰料田青一到家就被娘叫去了，急忙去找爹帮忙。柳广财也想弄清缘由，把田青叫来询问。

不等田青开口，柳梅莹迫不及待地问：“我娘找你做什么？”田青道出了缘由，叹息道：“老夫人吩咐我常到她那里坐坐，把少东家说了什么做了什么告诉她。今天有吴嫂帮助才把事情搪塞过去，明天怎么办？我一点主意都没有。”柳广财道：“看来，夫人对李涛还是心存芥蒂。我想只要李涛坚持下去，夫人迟早会解开心结，接纳他的。”柳梅莹对娘的做法非常反感，抱怨道：“不就是和工友吃顿饭嘛，有什么大惊小怪的。在李家镖局，大江哥、李瑛姐经常和镖丁一起吃饭。大家有说有笑如同一家人。哪像咱家，清规戒律一大堆，这也不行，那也不许，一年到头死气沉沉的，听不到欢笑声。”在李家镖局的所见所闻让柳梅莹大开眼界，回来后常把柳、李两家作比较，流露出对柳家清规戒律的不满。柳广财责怪道：“莹儿，此话差矣。李家经营镖局，柳家经营丝绸生意，两者不可同日而语。镖局出生入死，讲的就是有福同享，有难同当，不然，谁肯为你舍出性命？做丝绸生意讲的是按部就班，一丝不苟。俗话说，没有规矩不成方圆。要是主子没有主子的威严，仆人没有仆人的本分，岂不是乱了套？”柳广财虽然开明，但是在治家上还遵循老理，与夫人柳蕊珠相同。柳梅莹还要争辩，田青岔开话题，道：“小姐，现在不是争辩的时候，还是先想想当下吧。”父女停止了争吵。柳广财心痛道："李涛好学不倦，身体力行，是好事，可他的箭伤没有痊愈，休息不好，饮食跟不上，会影响他的健康。"田青听后，无奈道："少东家凡事都要亲力亲为，劝也劝不住。他对待工友像镖局里的兄弟，只要自己有，就要共同分享，真拿他没办法。"

柳梅莹明白，李涛在镖局养成的习惯很难改变，娘要挑他的毛病太容易了。再说，李涛求知心切，恨不能一下学会缫丝锦织。照此下去，身体肯定吃不消，不如自己当老师，先教他基础知识，掌握了基础知识，再学习织造和销售就容易了。这样，田青哥就能摆脱娘的纠缠，李涛也能按时吃饭休息。柳梅莹道出自己的想法，柳广财、田青都表示赞同。

柳梅莹生长在丝绸之家，熟悉织造工艺，参与了纹样设计和挑花结本，对柳家织锦了如指掌。柳梅莹找来各种丝绸样品，开始传授知识："丝织品是个大家族，最具代表性的有纱、罗、缎、绮、绫、锦等十几大类。由于织造工艺不同，每类丝织品又衍生出很多品种。纱是最早出现的丝织品，薄若蝉翼，透气性好，是深受人们喜爱的夏季服饰用料……"李涛置身于五颜六色的丝绸中间，听着绘声绘色的讲解，仿佛步入了一座辉煌的艺术殿堂。小小的蚕茧经过挑选、煮茧、缫丝、练丝，变成洁白绵长的丝束，丝束经过印染变成五彩丝线，五彩丝线经过能工巧匠的织造，变成各种各样美丽的丝绸。这一切太神奇，太不可思议了！李涛由衷地钦佩先民的伟大创造力，钦佩丝绸艺人的聪明才智。

已是深夜。柳梅莹一觉醒来，发现李涛还没睡，披上外衣到外屋寻找，看到李涛坐在丝绸旁，一边仔细观察，一边认真记笔记，走上前催促道："这么晚了，快睡吧，明天记笔记也不迟！"说完，把李涛推上了床。

李涛最初学习织造是想争口气，不让柳蕊珠小瞧自己，而非出于发自内心的喜爱。随着对丝织业的了解一天天加深，他由衷地热爱上了这一行。李涛如饥似渴地学习，进步日新月异，很快就熟悉了各种丝织物和织造工艺，掌握了辨别丝织品真伪优劣的方法，了解了各种丝织物的生产成本和销售价格，从门外汉变成了行家里手。柳广财带着李涛见客户，谈生意。大家对李涛既钦佩又好奇，都想看看这位行走江湖的镖头如何做丝绸生意，有好事者故意出难题考验他。李涛对答如流，赢得众人的交口称赞。

李涛不满足于取得的成绩，提出要拜王贵为师，学习织锦。柳广财、田青劝道："你是东家，不是工匠，了解织造原理和织造方法足够了，没有必要事事亲为。再说，你失去左臂，怎么学习织锦？” 李涛不改初衷，坚持要拜师学艺。柳梅莹摇头道：“你的想法我赞同，不过，父亲多次让王贵带徒传艺，他都拒绝了。你先问问王贵，看他肯不肯收你这个徒弟吧。”李涛不知道王贵为什么不愿意带徒传艺，向田青询问，田青讲述了王贵学艺的艰辛经历。

柳家规定织锦技术只能传给柳氏族人，王贵是外姓人，他的学艺路坎坷艰辛。王贵十四岁到柳家织造坊当蚕茧分拣工，除了分拣蚕茧，还要干打扫卫生、搬运货物等杂活。王贵不是柳氏族人，痴迷织锦技术却不能拜师学艺，他就利用在织锦坊打杂的机会偷偷学习。王贵主动承担了织锦坊的清洁工作，就是想趁没人时走进观察，上机模仿织锦。功夫不负有心人，王贵学会了织锦。有一年，正值织造的繁忙季节，几位织锦工同时病倒了，柳广财心急如焚。王贵主动请缨，请求上机织造。柳广财将信将疑，同意让他试一试，孰料王贵不但织出了锦，而且质量一点不比技工差。柳广财感慨万千，知道王贵是难得的人才，对王贵刮目相看。那时，老东家柳春城还健在，得知王贵违反族规偷偷学艺，大发雷霆，要开除王贵。柳广财苦苦相劝，说服了柳春城，留下了王贵，但是迫于压力，还是重重处罚了王贵，禁止他进入织锦坊。柳广财私下找王贵谈话，告诉王贵他这么做是迫不得已，让王贵忍一忍，等时机成熟了，一定重用他。柳春城去世后，柳广财马上把王贵调到织造坊，委以重任，让他负责研制新织锦。王贵不落窠臼，大胆创新，研制出不少深受客户喜爱的织锦新品种。

王贵的织锦技艺日臻完善，成为柳家织造坊乃至三河镇最优秀的织锦工，不少柳氏族人提着贵重礼品找他，希望拜师学艺，柳广财也多次劝他带徒传艺，都被王贵拒绝了。王贵不是不想传授技艺，是不想把来之不易的技艺传授给那些以柳氏族人自居又碌碌无为的人。

李涛提出要拜师学艺，出乎所有人预料，王贵一口应允，李涛成了王贵的第一位徒弟。王贵这么做，不是巴结东家，而是出于对李涛的敬重。王贵是织造坊最早接触李涛的人，张汉去小王庄监视土匪住在王贵家，向王贵讲了不少李涛抗匪的故事。李涛入赘柳家后，王贵又目睹了李涛的平易近人和勤奋好学，他由衷地钦佩这位新东家，把技术毫无保留地传授给李涛。

李涛坚持记笔记，记的笔记摞起来足有一尺高，详实地记录了丝绸生产的各道工序和操作方法。柳梅莹把笔记整理出来，装订成册，拿给父亲看。柳广财仔细翻看，激动得热泪盈眶，他早有把织造技术整理成册留传后人的想法，李涛帮他实现了这个夙愿！

第二十回　察灾情结识柳春红　解困境求助绣品行

冬去春来。这一年，春天没有如期而至，春寒料峭，天旱少雨，到了幼蚕孵化的季节，大地依然是一派肃杀景象。气候影响了桑树生长，继而又影响到蚕卵的孵化和成长。柳广财忧心忡忡，让李涛、田青到柳家庄了解蚕情。

清晨，李涛、田青、张汉牵马出了柳宅，先去蚕神庙祭祀蚕神。三河镇蚕神庙在这一带颇有名气，又恰逢蚕卵孵化的时节，庙里挤满了香客。按照传统，蚕卵孵化时要祭蚕神。蚕农把蚕蚁放在神位前，供上三牲，虔诚叩拜，祈求蚕神保佑，风调雨顺，蚕茧丰收。蚕茧收获时，蚕农还要谢拜蚕神，感谢蚕神的恩赐。

大殿中央供奉着蚕神娘娘的塑像。李涛将燃香插入香炉，跪在神像前虔诚地祈祷："蚕神娘娘在上，保佑天降甘露，阳光普照，风调雨顺；保佑蚕蚁正常孵化，茁壮成长，多多产丝。"祈祷完，恭恭敬敬地拜了三拜，起身步出大殿。

蚕神庙外有卖"蚕猫"的小贩。鼠患是蚕农的大敌，蚕农除了养猫驱鼠，还喜欢在蚕神庙请蚕猫。蚕猫有泥塑的、纸印的，把它们请回家，泥塑的放在蚕房里，纸印的贴在墙壁上，有驱鼠避害的作用。李涛选了些纸印的蚕猫，准备分发给蚕农。

柳家庄是柳家的养蚕基地，柳浩然是庄里公认的种桑养蚕能手。相同的蚕种，他养的蚕比别人养的蚕个头大，产丝多。李涛决定先去拜访柳浩然，向他了解蚕情。

柳浩然的家在一座小山坡上，四周是成片的桑树林。李涛、田青、张汉在门前下了马，田青叩打门环，高声道："浩然叔在家吗？我是田青，看您来啦。"屋里有动静，却不见人出来。

门虚掩着。田青推开门，听见屋里传出急促的咳嗽声，走进屋，发现柳浩然摔倒在地上。春暖乍寒，柳浩然的肺病又犯了，剧烈的咳嗽让他彻夜难眠，听到敲门声，挣扎着爬起来去开门，一阵晕眩，身体一歪跌倒在地。田青、张汉把他抬上炕，摩挲前胸，捶打后背，过了好一阵子才缓过气来。柳浩然睁开双眼，看见两个陌生人，问："田管家，这两位是谁？"田青介绍道："这位是柳家的新姑爷，少东家李涛。那位是张汉兄弟。"柳浩然没想到少东家会登门看望，起身要行大礼，被李涛拦住。柳浩然又是一阵剧烈咳喘，呕出血来。李涛惊诧道："浩然叔病得不轻，马上去看病。"田青问："春红去哪儿了？"柳浩然指着外面，艰难道："采桑叶去了。"田青快步出门，去寻找柳春红。

柳浩然三代同堂，原本是一个幸福的家庭。一家人勤俭持家，凭借精湛的种桑养蚕的手艺，日子过得也算美满。天有不测风云。几年前，柳浩然的儿子采桑叶摔成重伤，不治身亡。儿媳悲伤过度，不久也离开了人世。柳浩然夫妇悲痛欲绝，双双病倒，多亏孙女柳春红悉心照料，老俩口才死里逃生，身体却大不如前。去年，柳浩然的老伴也去世了，只剩下爷孙俩相依为命，艰难度日。

柳春红疯一般地跑进屋，扑到炕边，失声痛哭："爷爷，我早就劝您去看病，您就是不听……"柳浩然拉着孙女的手，宽慰道："好孩子，别担心。这是老毛病了，没有大碍，天气转暖自然就好了。"李涛仔细打量，柳春红十五六岁，额头饱满，容貌清秀，一双眼睛清澈明亮，浓密的头发梳成长辫垂在脑后。李涛把柳春红拉到一边，宽慰道："姑娘，别怕。我们马上送你爷爷去看病，你能找辆车吗？"柳春红第一次见到李涛，有些拘谨，垂头道："双喜哥家有架子车，我去借。"说完，一溜烟地跑了出去。

工夫不大，春红领来一个小伙。小伙瘦高个，瓜子脸，面皮白净。他叫柳双喜，是柳春红家的邻居，和柳春红青梅竹马，一起长大，双方家长为他俩订了娃娃亲。大家把柳浩然抬上车。田青道："我和张汉陪浩然叔去看病，少东家就留在家里吧。"

送走了柳浩然，李涛跟着柳春红来到蚕房。蚕房干净明亮，木架上码着养蚕用的竹笸箩，大部分箩筐都空着，只有少数箩筐里饲养着刚孵化出来的幼蚕。李涛关切地问："你家就孵化了这些蚕？"柳春红叹息道："今年闹春灾，天气冷，雨水少，桑叶发芽晚，前几天又闹寒潮，刚出芽的桑叶都冻伤了。桑叶少，幼蚕孵化多了也会饿死……"李涛闻言，心情愈加沉重。柳春红把桑叶嫩芽均匀地撒在箩筐里。幼蚕在嫩叶上蠕动，贪婪地咀嚼着。柳春红一边喂蚕，一边讲起养蚕经："我爷爷常说，养蚕就像伺候婴儿，时刻都要精心。蚕爱吃新鲜桑叶，喂蚕时要少喂勤添。蚕喜爱干净，蚕房要勤打扫，常通风。蚕食量很大，特别是眠后蚕，昼夜进食，食量大，排泄也多，要勤打扫。蚕很娇气，蚕房的温度要适中，既不能高也不能低……"李涛听得仔细，从心里喜欢上这个农家姑娘。他拿出从蚕神庙请来的蚕猫，贴在蚕房墙上。

蚕房旁有一间小屋，摆着一张床，一张桌子，两把椅子，是养蚕人休息的地方。柳春红把李涛让进屋。桌上放着针线笸箩和一件没绣完的绣品，柳春红拿起绣花绷子低头绣了起来。李涛见了，夸奖道："你的手真巧！和谁学的绣花？"柳春红听到夸奖，羞涩道："和我娘学的。庄里的姑娘、媳妇都会绣花，绣品除了家用，还能拿到集市上卖，换些钱补贴生活。"说者无意，听者有心，李涛把柳春红的话记在心里。

柳浩然看病回来了。李涛向田青询问病情，田青一脸愁容道："浩然叔的病是陈年痼疾，只能静养。郎中再三叮嘱不能受凉劳累，不然会有生命危险。"柳春红煎好药，伺候爷爷服下，看着他昏昏沉沉地睡去。

柳家庄庄主柳文匆匆赶来，要接李涛、田青去柳家老宅安歇。李涛道："我今晚就在这里过夜，顺便向浩然叔了解灾情。"柳文见李涛主意已定，不再坚持。

柳浩然一觉醒来已是黎明，喝了些热粥，感觉舒服些，围着被子坐在炕上和李涛聊起来。李涛问："浩然叔养了一辈子蚕，以前遇到过像今年这么糟糕的天气吗？"柳浩然点头道："春红出生那年就是倒春寒，天气寒冷，雨水稀少，桑叶发芽晚，桑情差，蚕茧大减产。"继而叹息道，"今年的灾情比那年更严重。"李涛心情沉重地问："您估计今年的蚕茧比正常年份减产多少？"柳浩然沉默了半晌，道："减产多少说不大准。如果气候仍不见好转，产量可能会减半。"李涛又走访了几户蚕农，他们都认为今年是几十年不遇的大灾年。

李涛忧心忡忡，夜不能寝，思考补救办法，猛然想起柳春红说过的话："庄里的姑娘、媳妇都会绣花，绣品除了家用，还能拿到集市上卖，换些钱补贴生活。"李涛认识一位名叫孙艺的商人。此人开了一家孙氏绣品行，生产的绣品畅销京城。李涛曾多次为孙氏绣品行保镖，和孙艺很熟悉。李涛心想：要是开一家绣坊，与孙氏绣品行合作生产绣品，既能增加庄民的收入，又能弥补蚕茧减产造成的损失，岂不是一举两得？他把这个想法告诉了柳文和田青，他俩都认为可行。

李涛提议马上去孙氏绣品行，遭到田青的反对："这样做不妥，最好还是先回去向老爷和夫人禀告一声。"李涛解释道："我这样做也是出于无奈。老夫人对我有成见，若她反对，计划恐怕就很难实施了。再说，不去孙氏绣品行怎么知道对方的态度？拿不出可行的办法，老爷怎么决断？孙氏绣品行离此地不太远，我们快去快回，只要三五日即可。"李涛说服了田青，临行前又给柳广财写信说明了去孙氏绣品行的缘由。

柳广财看过信，听了柳文的汇报，意识到灾情比预想的还要严重。柳蕊珠抓住李涛的“过错”借题发挥，将积蓄在心中的怨气一股脑儿地发泄出来：“我早就说李涛靠不住，你们全当耳旁风。怎么样，露馅了吧！这么大的事不回来禀报，擅自做主，还美其名曰寻找弥补损失的办法。我就不相信他能找到好办法！还有，田青过去是多好的孩子，办事循规守矩，诚实可靠，如今也让他给带坏了！照此下去，柳家非败在他手里不可！”

柳广财觉得夫人的话言过其实，可是他对李涛擅自出门的做法还是感到不满。柳梅莹知晓丈夫的苦衷，看过信，宽慰道：“二老别急。李涛、田青都不是草莽之人。信上说，少则三五日，多则六七日，他们就回来了。等见到他们，问明情况，再责怪也不迟。”柳广财觉得女儿的话有理，对夫人的闲言碎语置之不理。

李涛、田青、张汉快马加鞭，晓行夜宿，来到了孙氏绣品行。孙艺笑盈盈地出来迎接，夸赞道：“李家镖局大败大青山土匪，真是大快人心！李镖主有胆有识，有勇有谋，令人钦佩！我本应登门祝贺，无奈事务繁忙无法分身，今日相见也算了却了我的心愿。”猛然发现李涛空空的左袖管，吃惊地问：“李镖主，你的左臂？！……”李涛淡淡一笑，轻描淡写地述说了中箭截肢的经过。孙艺听罢，潸然泪下，感慨道：“李家镖局忠勇诚信，堪称镖局的楷模。交朋友，就要交你这样的朋友！走，咱们去天仙楼，我请客！”说完，拉着李涛就朝外走。李涛将他拦住，说明了来意。孙艺感叹地道：“大名鼎鼎的李镖主竟然与我成了同行！你我是患难与共的兄弟，我一定尽力而为。”

众人来到客厅，双方落座。孙艺看了柳春红的绣品，直言道：“绣工还行，就是花样太陈旧老套了。这种绣品只能在集市上卖，拿到京城就无人问津了。”转身对身旁的仆人吩咐道：“去，把最新的绣样拿来。”一会儿工夫，仆人抱来一摞绣品放在桌上。孙艺道：“这些都是当下流行的绣样，请过目。”李涛、田青一件件仔细观看，绣品题材广泛，图案新颖，有花卉、禽兽、山水，件件都是精工细作，充满诗情画意。李涛用协商的口吻问：“能否把这些绣样卖给我，拿回去作参考？”孙艺爽快道：“当然可以。不过，买就免了，全都奉送。”李涛、田青连忙起身道谢。李涛问：“孙老板，我们的绣品达到要求，能否收购？”孙艺道：“只要达到标准，有多少，我要多少。”继而出谋道，“常言道：别人有不如自己有。我早闻柳家织锦图样新颖，寓意深刻，若能把织锦图案移植到绣品上，定能收到预想不到的效果。”李涛茅塞顿开，兴奋道：“孙老板指点迷津，一语中的。我回去马上设计绣样，到时候还要请孙老板多多赐教。”孙艺赞誉道：“李镖主不但智勇双全，还善于谋划，真是难得的人才！柳家慧眼识珠，找了你这样一位好女婿！”李涛归心似箭，婉言谢绝了孙艺的盛情挽留，当天就踏上了归途。

李涛回到柳宅，正值午休时间，他没有打扰柳广财夫妇，先回了自己的房间。柳梅莹见丈夫归来，满心欢喜，帮他洗漱更衣，又要去伙房准备饭菜。李涛拦住她，轻声道：“别忙了，我们在外面吃过了。我让你看样东西，保证你喜欢！”柳梅莹好奇地问：“什么东西？”李涛指着包绣品的包袱道：“你一看便知。”柳梅莹打开包袱，眼前豁然一亮，惊呼道：“好漂亮的绣品！哪儿来的？”李涛讲述了去孙氏绣品行的经过。柳梅莹听后，拎起包袱，拉着李涛就去见爹娘。李涛急忙阻拦：“二老在休息，别打搅他们。”“不怕，他们天天盼你们回来，要是得知你们大有收获，不定多高兴呢！”柳广财听到女儿的呼唤，急匆匆来到客厅，不用李涛开口，他从女儿兴奋的表情上已经猜出了结果。柳蕊珠铁青着脸，在吴嫂的搀扶下也来到客厅。她打定主意，今天一定要当着丈夫和女儿的面好好训斥训斥不懂规矩的女婿，出出憋在心里的怨气。

田青也来到客厅。李涛讲述了去孙氏绣品行的经过，拿出绣样给岳父母看。柳广财喜形于色，不住地点头赞许。柳蕊珠正襟危坐，凝神谛听，一言不发，脸上露出疑惑和不屑的表情。柳梅莹担心娘借题发难，不等母亲开口，抢先说：“李涛找到了补救办法，娘应该高兴才对。”女儿的话没能打消柳蕊珠的猜疑，她一时想不出反驳的话，双方僵持在那里。柳广财知道此时自己和女儿的话夫人都听不进去，要解围只能靠田青，转身对田青道：“说说你的想法。”田青道：“我以为少东家的办法可行。其一，柳家庄妇女会刺绣，我们不缺绣娘。其二，我们有现成的丝线和布料，不必花钱购置。其三，孙氏绣品行是老字号，经验丰富，诚实可信，与他们携手可以迅速打开市场，获得收益。其四，我们有设计织锦花样的经验，如果把织锦花样移植到绣品上，一定能收到事半功倍的效果。”

柳蕊珠表面不动声色，内心却不平静。她是精明的商人，又是柳家家业最忠诚的守护者，春天姗姗来迟令她忧心忡忡，柳文对灾情的分析更让她寝食难安，她也在绞尽脑汁思考补救办法，却想不出良策，听了田青的解释，细细想来，觉得句句在理，不得不承认李涛的办法可行，但是碍于面子，不便当面表明。柳广财看出夫人的心思，总结道：“既然大家都不反对，这件事就这么定了。李涛，说说你的打算。”李涛道：“当务之急是尽快设计出绣样，绣样要突出福寿吉祥的寓意，让柳家的绣品和柳家织锦相得益彰，相映成趣，成为柳家产品的姊妹花。梅莹有设计织锦花样的经验，你来负责设计绣样。”柳梅莹兴奋道：“我保证尽快画出绣样来。”李涛继续道：“我提议马上到柳家庄挑选绣娘，请孙氏绣品行的师傅传授技法，争取早日开工生产。”柳广财满意道：“事不宜迟。李涛和柳文负责挑选绣娘。第一批绣娘不要多，二十人足矣。一定要挑选心灵手巧的。”

这是李涛入赘柳家后全家人第一次达成共识，结果让一家人皆大欢喜。

第二十一回　入柳宅春红当丫鬟　添新丁柳家乐开怀

李涛到柳家庄挑选绣娘，妇女们带着各自的绣品都来报名。柳春红脱颖而出，第一个被录取。

柳梅莹设计绣样，需要一名绣娘当助手，李涛推荐了柳春红。他这么做，除了看中柳春红勤劳朴实，心灵手巧外，还有另一番考虑。柳浩然服药后病情不见好转，李涛想把他接到三河镇来治病，又担心柳蕊珠反对，没敢直言。如果柳春红给柳梅莹当了助手，柳浩然就能以家属的名义住进柳宅。可是，柳浩然爷孙走了，他家的蚕交给谁饲养？柳文向柳双喜的父母说明了情况，他们同意接管柳春红家的蚕房，按合约缴纳蚕茧。

李涛把自己的想法告诉了妻子，柳梅莹道："这件事我和父母讲，你别插手，免得娘反对。"柳梅莹向父母说了此事。柳广财出生在柳家庄，六岁成了孤儿，在乡亲们的周济下生存下来。入赘柳家后，身份地位变了，他对乡亲们的养育之恩念念不忘，同意把柳浩然接进柳宅。柳蕊珠自幼过着奢华的生活，只关心柳家的得失，哪里知晓佃户的疾苦。她阴沉着脸，冷漠道："柳浩然祖孙都来三河镇，他家的蚕房谁来经营？"柳梅莹道："柳双喜的父母同意接手柳春红家的蚕房，按合约缴纳蚕茧。"柳家的利益没有受损，又找不到反对的理由，柳蕊珠勉强同意了。

柳浩然、柳春红住进了柳宅。李涛请郎中给柳浩然治病，柳浩然感动得老泪纵横，拉着柳春红的手一再叮嘱："孙女，东家、少东家是咱家的大恩人。你要知恩图报。要尽心服侍少奶奶，报答东家的恩情。"柳春红点头道："放心吧，爷爷的话我记在心里了。"

李涛带着柳春红去内宅见夫人柳梅莹。柳春红忐忑不安，见到柳梅莹，慌忙跪地请安。柳梅莹含笑将她扶起，亲切道："春红妹妹，少东家常提起你，夸你心地善良，心灵手巧。我看了你的绣品，绣得不错，我很喜欢。从今起，咱俩就是姐妹，你教我绣花，我教你识字绘画。"少奶奶平易近人，和蔼可亲，柳春红紧张的心情很快就平静下来。不过，她还是不自信，怯生生道："我不识字，不会画画，我怕……怕伺候不好少奶奶。”柳梅莹鼓励道：“别怕，不会就学嘛。你心灵手巧，我相信你一定能当好助手。”从此，柳春红的命运与柳家紧紧连在一起。

柳梅莹从小习画，尤其擅长工笔，笔下的花鸟富有灵性，栩栩如生，柳家织锦纹样很多都是她画的。柳梅莹借鉴织锦的纹样，设计了“百鸟朝凤”“富贵牡丹”“荷蟹图”等绣样。这些绣样既继承了柳家织锦的设计风格，又自成体系，完美地表现出福寿吉祥的美好寓意。

牡丹色彩艳丽，清香袭人，深受国人喜爱，被称为花中魁首。大诗人李白就曾发出“天下真花独牡丹”的感叹。在众多花卉中，柳梅莹最喜爱牡丹，决定以牡丹为题设计一组绣样。柳家花圃里种植了不少牡丹，她从早到晚守在花旁，细心观察牡丹一天中的微妙变化，一遍遍临摹，一遍遍修改。柳春红陪伴在身旁，为她铺纸、研墨、调色。花样确定后，她俩一起选择丝线，搭配色彩，研究绣法，在灯下熬了一个又一个夜晚，终于拿出了满意的绣样。

李涛带着绣样再次来到孙氏绣品行。孙艺见了绣样，爱不释手，赞叹道：“这些绣样画面简洁，寓意深刻，太好了。这件绣品上的荷花和螃蟹多逼真，荷花亭亭玉立，螃蟹憨态可掬，完美地再现了和谐美满的主题。这件绣品下面绣百卉千葩，上面绣相伴飞翔的凤凰，再现了《诗经·大雅》中有‘凤凰于飞，翙翙其羽’的记载。凤凰是传说中的百鸟之王，雄的叫凤，雌的叫凰，凤凰比翼齐飞，比喻夫妻和谐，幸福美满。”他拿起另一件绣品细细品味，赞叹道：“《西游记》中有孙悟空偷吃蟠桃的故事。传说天上的蟠桃三千年开一次花，三千年结一次果，人吃了长生不老。蝙蝠其貌不扬，可蝙蝠的‘蝠’字与幸福的‘福’字谐音，蝙蝠就有了幸福美满的寓意。硕大的寿桃和飞翔的蝙蝠相结合把福寿双全的寓意表达得淋漓尽致。”他又拿起了牡丹花绣样，赞扬道：“牡丹是花中魁首，象征富贵，最受人们喜爱。我见过不少牡丹花绣品，这件最让我称奇。这些牡丹，形态各异，栩栩如生，柔媚但不做作，娇艳而不落俗套，让人百看不厌，回味无穷，妙哉！妙哉！”

孙艺意犹未尽，好奇地问：“这些绣样是谁设计的？”李涛道：“是我的夫人柳梅莹。”孙艺又是一阵感慨：“早闻柳家小姐才貌双全，见到绣样如见其人，果真是名不虚传！”他停顿了片刻，继续道，“恕我直言，绣样很好，绣法还显单调，若能增加绣法，绣品会更丰满，更加多姿多彩。”李涛拱手道：“请孙老板助一臂之力。”孙艺笑道：“我有言在先，只要绣样通过审核，就派最好的绣工传授绣技，我要兑现承诺。”说完，转身对身边的仆人道：“把我挑选的绣娘叫来。”仆人将几位绣娘领到客厅。孙艺道：“这几位绣娘绣艺超群，让她们去三河镇传授技艺。”李涛连连拜谢。

柳家绣坊在震耳欲聋的鞭炮声中正式开张了。柳家绣品新颖别致，质量上乘，又有孙氏绣品行鼎力相助，产品一面世就成了抢手货。这一年，蚕茧收成锐减，三河镇的商家都蒙受了损失，唯独柳家开办了绣坊，收入不减反增，引来同行一片赞扬。柳蕊珠心悦诚服，不得不承认李涛未雨绸缪，棋高一筹。

柳家又传出好消息：柳梅莹怀孕了！这对柳家来说可谓是天大的喜事。柳蕊珠生怕女儿出现闪失，将她叫到身边，关切道：“你现在有孕在身，处处要当心。你身边的丫鬟年龄小，娘不放心，吴嫂跟随我十几年，忠诚勤快，最重要的是她已结婚生子，有育婴经验，让她去照顾你，你看如何？”柳梅莹婉言道：“娘的心意女儿领了，吴嫂照顾娘十几年，与娘最贴心，还是留在娘身边吧。”提议被女儿拒绝，柳蕊珠大为不悦。其实，柳梅莹不是不喜欢吴嫂，也明白娘的苦心，只是因为吴嫂是娘的人。身边的两个丫鬟都是娘派来的，三天两头打小报告，如果吴嫂再来，自己更没有安稳日子过了。柳蕊珠不肯罢休，道：“你说娘离不开吴嫂，那就不让她去，可你身边总要有让娘放心的人才行。你相中谁了，说给娘听听。”柳梅莹含笑回答：“娘放心，我早有了中意的人。”柳蕊珠瞠目结舌，疑惑地问：“她是谁？”柳梅莹笑答：“柳春红。”柳蕊珠震怒，道：“一个黄毛丫头，怎能照顾好你！你就依了娘，让吴嫂去吧。这样娘才放心。”柳梅莹见娘动了肝火，宽慰道：“放心吧，我能照顾好自己。春红虽然年轻，可她做事勤快，心灵手巧。”柳蕊珠说服不了女儿，就去搬救兵。柳广财知晓女儿的心思，又不便道破，婉转地劝慰道：“女儿不是与你作对。吴嫂忠诚勤快不假，可年龄与女儿相差悬殊，俩人缺少共同语言。春红聪明伶俐，与女儿兴趣相投，这一点吴嫂比不了。依我看，只要女儿开心，就随她的愿吧。再说，女儿就在眼皮底下，看得见，瞧得着，有什么不放心的？”柳蕊珠觉得丈夫的话在理，心里虽然不悦，却不再坚持。

天气渐渐凉了。柳春红忙里抽闲给爷爷做鞋，柳梅莹也想学着为自己做一双。她设计了鞋样，绣制了鞋面，柳春红为她纳了鞋底。柳梅莹是三寸金莲，鞋面小，她就把牡丹花样按比例缩小，绣在鞋上。鞋面正中绣一朵盛开的红牡丹，周围配上绿叶，花红叶绿，鲜艳夺目。鞋帮绣了一圈含苞欲放的小牡丹花，花朵虽小，姿态各异，栩栩如生。女眷们见了，都说这是她们见过的最漂亮的绣花鞋。

柳蕊珠天天在祠堂里祈祷，祈求列祖列宗在天之灵保佑女儿顺利生产，产下男婴，为柳家传宗接代，光宗耀祖。十月怀胎，一朝分娩。柳梅莹生了一对大胖小子，柳广财给孩子起名叫“柳俊龙”“柳俊虎”。外孙的到来给柳家带来不尽的欢乐。柳蕊珠唯恐女儿奶水不足，亲自安排女儿的一日三餐和生活起居。柳广财索性把生意交给李涛和田青管理，留在家里享受天伦之乐。

孩子满月，柳家摆家宴庆贺，李瑛也应邀参加。柳、李两家商定，孩子百日后，李涛、柳梅莹带着孩子回李家镖局看爷爷。柳梅莹很久没回婆家了，想在婆家多住些日子，柳蕊珠一开始不同意，柳梅莹好说歹说，总算说服了母亲。行前，李涛把一切事务托付给田青，担心田青忙不过来，临时决定让柳春红留下来协助田青管理绣坊，改由吴嫂陪柳梅莹回李家镖局。

二爷和二奶奶要带小少爷回家的消息在李家镖局传开了。镖局喜气洋洋，过大节一样热闹。李胜下令放假三天，杀猪宰羊，共同庆贺。

柳梅莹乘坐的轿车刚在镖局门前停稳，李瑛就带领女眷们迎上前，欢天喜地地把柳梅莹和孩子迎进院子。李胜见到两个孙子，乐得合不拢嘴，亲手把长命锁挂在孙子脖子上。李瑛、陆大江也是乐不可言，抱抱俊龙，亲亲俊虎，舍不得放下。陆坚更是喜欢，守在襁褓边不舍离开。

李涛入赘柳家后与家人分多聚少，即使回家看望也是来去匆匆。晚宴后，柳梅莹带着孩子先睡了，李瑛、李涛姐弟俩秉烛而坐，拉起家常：“姐，陆坚不小了，你和姐夫该再要个孩子了。”李瑛道：“我早有此意。若添个闺女，儿女双全就圆满了。只是大江一年到头不在家，即使保镖回来，也是早出晚归，见不到人。能不能如愿，只有顺其自然了。”又自慰道，“其实，有了陆坚，我俩已经满足了。”

听了姐姐的话，李涛内疚道：“都怨我。我若留在镖局就能帮你们分忧，你们也不会这样辛劳。”李涛说得一点不假。李涛离开后的最初两年，为了确保镖车安全，李瑛不得不把家里的事交给年迈的父亲，自己披挂出征，与丈夫一起外出保镖，直到刘雄独当一面了，她才脱下战袍，留在家里。

两人的话题转到丝绸上。说到丝绸，李涛如数家珍，侃侃而谈，俨然就是一位经验丰富的丝绸商人。他拿出柳梅莹设计的画稿给姐姐看，逐件讲解其中的寓意。李瑛听入了迷，她没想到小小的画稿里竟然蕴藏着那么多深奥的知识，由衷地感叹中华文化博大精深。

十天后，陆大江踏上了征程，李涛返回了柳家，镖局顿时安静下来，唯有柳梅莹的房间整日欢声笑语不断。柳梅莹这次回家为每位家人准备了礼物，给李瑛夫妇准备的是一对绣花枕套。有了孩子，事情一下多了很多，枕套没绣完就到了启程的日子，她将枕套带在身边，闲暇时就绣一会儿。枕套上绣着各色牡丹花，艳丽夺目，栩栩如生，镖局的女眷见了都赞不绝口。几个胆大的姑娘提出向柳梅莹学习绣花，她爽快地答应了，手把手传授绣艺。一时间，女眷们纷纷效仿，人手一个绣花绷子，穿针引线，掀起了绣花的热潮。牡丹花枕套绣好了，柳梅莹把它交给了李瑛。李瑛没舍得用，珍藏起来。

柳梅莹正在设计织锦新画稿，画了几个画稿都不满意，有了空闲，重新开始构思。李胜房间里挂着一幅百寿图，“百”比喻满，表达了福如东海，寿比南山的美好祝福。柳梅莹从中获得灵感，将“寿”字与蝙蝠组合，设计出了新画稿。画稿中央是一个大大的寿字，周围环绕着五只展翅飞翔的蝙蝠，分别代表长寿、富贵、康宁、好德和善终这五种福祉。她改了一遍又一遍，直到满意为止。

两个月后，柳梅莹带着孩子返回了三河镇。轿车刚在门前停稳，柳蕊珠就迫不及待地让吴嫂把俊龙、俊虎抱到自己的房间，看看这个，瞧瞧那个，亲也亲不够。

见到柳梅莹，柳春红一下扑到她的怀里：“姐姐，你总算回来了，我好想你。”柳梅莹拉着柳春红的手，道：“姐姐也想念你。春红，咱们的绣坊怎么样？”柳春红笑道：“姐姐放心，绣坊好极了。孙氏绣品行又派人来催货，咱们的绣品很畅销。”柳梅莹拿出新设计的织锦画稿，柳春红赞叹道：“姐姐真了不起，这么快又画出了新画稿。”说完，拉着柳梅莹就朝外走，边走边说：“咱们去见老爷和少东家，他们见了画稿肯定特高兴。”

柳广财看了画稿，赞赏道：“好！简洁明快，生动活泼，寓意深刻，一目了然。美中不足是图案比例欠佳，若把蝙蝠画大一些，效果会更佳。”李涛补充道：“爹说得对。在蝙蝠周围添上祥云纹，不仅增加了画面的立体感，还凸显了洪福齐天的深刻寓意。”柳梅莹重新修改画稿，把它定名为“五福捧寿”。

李涛决定把“五福捧寿”图样织成织锦。织锦工艺极其复杂，首先是创作画稿，然后，在画稿的基础上绘制成纹样，俗称“意匠图”，在柳梅莹、王贵的指导下，工匠开始绘制“五福捧寿”纹样图，这项工作工作量很大，必须细致耐心，一丝不苟。纹样绘制好后，还需要把纹样的细小结构一点点分解开，制成花本程序。花本程序如同今天的编程，把织造过程中的每个细小步骤都用绳结法逐一标注出来，使之具备上机织造的条件，这道工序叫“挑花结本”。“挑花结本”是织锦的核心技术，柳家一直秘不示人，只传授给最亲密的家人。老东家柳春城在世时，把这门技术传给了女儿柳蕊珠，柳蕊珠传给了女儿柳梅莹，柳梅莹传给了柳春红。王贵负责织造新纹样，也学会了这门技术。制好的花本装在织机上，织工无须对照图纸，只要按流程操作就能织出与纹样相同的织锦。

五福捧寿纹织锦纹饰复杂，试制工作进展缓慢。这天，李涛正与柳梅莹、王贵协商解决出现的问题，一个仆人急匆匆地跑来禀报：“少东家，浩然叔不行了，他要见你。”李涛赶快去看望。

柳浩然的肺病是陈年痼疾，时常发作。柳家绣坊开业后，李涛、田青忙不过来，就把绣坊交给柳春红管理，柳春红既要照顾柳梅莹，又要处理绣坊的事务，无暇照顾爷爷。李涛提议让柳双喜到柳家当仆人，这样，柳双喜既能帮助照顾柳浩然，也有了与柳春红见面的机会。柳广财用人一向谨慎，起初不同意，经过李涛、柳梅莹反复劝说，最终还是答应了。柳双喜在柳家外宅当了一名仆人。

刚入冬，柳浩然的肺病就犯了，面无血色，喉咙里像拉风箱一般嗤嗤作响，呕血不止。郎中把过脉，摇头叹息道：“寿数已尽，准备后事吧！”柳浩然知道自己即将辞世，把李涛请来托付后事。李涛来到病榻前，握住柳浩然的手轻声呼唤：“浩然叔，浩然叔……”弥留中的柳浩然微微睁开眼，眼角流出一行浊泪，断断续续道：“少东家，你是……我家的大恩人。我走后，春红就托付给你了。能结识……少东家，是春红的福分！春红和双喜青梅竹马，订了娃娃亲，我……本想看他俩完婚，现在……来不及了，我……把这件事托付给你……”李涛哽咽道：“浩然叔放心，我一定把他俩的婚礼办得风风光光的。”柳浩然伸手示意春红和双喜给李涛跪下谢恩，叮嘱道：“你俩……听好了。现在的好日子都是东家给的，你们要知恩图报，无论将来发生什么事情，都不能忘恩负义，背叛主人……”柳春红、柳双喜匍匐在地，连声应允。柳浩然口吐鲜血，气绝身亡。

安葬了柳浩然，李涛与柳梅莹商量，准备给柳双喜和柳春红办婚事，没料到柳家大祸临头，罪魁祸首竟然是柳双喜！

第二十二回　当内奸柳双喜卖主　中埋伏四英雄罹难

乔吉和秦九像冬眠的虫子，整整蛰伏了两年。两年里，他们天天谋划复仇，等待东山再起的时机。乔吉认为自己之所以失败是因为在柳家没有安插眼线，情报不灵，让柳广财有了可乘之机。乔吉派秦九潜回三河镇，联络余党，在柳家发展内线。

三河镇大街上出现了一个叫花子。叫花子身材矮小，尖嘴猴腮，披头散发，脸上的泥垢有铜钱厚，只露出两个黑鼻孔和一双小眼。他就是官府通缉的要犯秦九。秦九在三河镇外一座破庙里栖身，装扮乞丐在柳家周围活动，寻找人选。在柳家发展内线绝非易事。柳广财用人一向谨慎，身边的人几乎都来自柳家庄，知根知底。秦九经过观察，把目标锁定在柳双喜身上。

柳双喜好逸恶劳，刚到柳家时还有所收敛，不久就露出了本性，经常跑出去吃喝，没钱就赊账，这一切都被暗中监视的秦九看在眼里。这天，柳双喜醉醺醺地走出酒馆，从墙角蹿出几个人，架起他就走。柳双喜刚要呼救，被人掐住脖子。几个人把他拖进一个院子，用凉水浇醒。柳双喜醒来，发现被绑在木桩上，不远处的太师椅上坐着一个尖嘴猴腮，蓬头垢面的矮个子男人，身边站着几个凶神恶煞的彪形大汉。

秦九站起身，一双绿豆眼死死盯着柳双喜，喝问："你是柳家的仆人柳双喜？"柳双喜惊恐万分，胆怯地问："你是谁？凭什么抓我？"一个土匪走上前，挥拳就打，边打边骂："少他娘的废话。快回主子的话，你是不是叫柳双喜？"秦九挥手示意土匪退到一旁，道出了身份："你问我是谁，我就告诉你。我叫秦九，人称疤瘌眼。"柳双喜闻言，神色大变。秦九恶贯满盈，是官府缉拿的要犯，三河镇无人不知，没想到他还敢在三河镇露面！秦九见柳双喜一脸狐疑，鄙视地道："你还没回答我的问话，你是不是叫柳双喜？是不是柳家的仆人？"柳双喜慌忙点头称是。秦九一摆手，土匪端来两个盘子，一个盘里是白花花的银子，一个盘里放着一把锋利的匕首。秦九一阵冷笑，道："摆在你面前有两条路，一条是拿银子，为我办事，我保你吃喝不愁；一条是拒绝合作，我用这把匕首把你开膛破肚，摘心挖肝。"柳双喜吓得哆嗦成一团，正在犹豫时，一个土匪提来一桶凉水，用瓢舀了一瓢水，喝了一口，含在嘴里，拿起匕首，将水喷在刀刃上，用刀尖豁开柳双喜的上衣。柳双喜吓得魂飞天外，裤裆里一阵潮热，尿了裤子。秦九一阵冷笑，问："柳双喜，你选择好了吗？"柳双喜体如筛糠，苦苦哀求："祖宗饶命啊！一切全听你们的！"

秦九走上前，拍着柳双喜的肩膀道："俗话说，识时务者为俊杰。你还算识相。既然愿意为我做事，你就是我的朋友。"他命令身边的随从，"松绑。"两个土匪解开绳索，柳双喜烂泥般瘫在地上，许久才从惊恐中缓过神来，哀求道："秦爷，我只是下人，帮不了你们什么，放了我吧。"秦九一阵怪笑，道："你能干的事多了，给我竖起耳朵听好。柳宅里有多少明岗暗哨，有没有灰坑、滚板、暗道机关，你都要查清楚，向我汇报。"柳双喜趴在地上不敢作声。秦九继续道："你要监视你家主子的一举一动，大事小情都要如实禀报。"柳双喜哭丧着脸说："秦爷，柳家家规很严，仆人不得过问主子的事，不得擅自离开柳宅。我每次外出都要编瞎话，即使得到了消息，也送不出来呀。"秦九道："我早想好了办法。你把情报放在柳宅大门外老槐树的树洞里，我派人去取。"柳双喜点头应允。

土匪拿来一件新上衣，让柳双喜穿上。秦九把托盘里的银子用布包好，交给柳双喜，道："柳双喜，你给我听好了。我秦九言出有信，这些银子你拿去。如果你干得好，我还会重重奖赏你。你敢和我耍滑头，欺骗我，抓住你就摘心取肝。你听清楚了吗？"柳双喜连连称是。

柳双喜做贼心虚，回到柳宅，总觉得有人监视他，谎称身体不适，躺在床上思考对策。向东家坦白？不行！东家若是知道自己在外面酗酒、赊账，非把自己赶出柳宅不可，柳春红也会抛弃自己。秦九心狠手辣，也不会饶过自己。柳双喜不经意间触摸到藏在被子里的那包银子，心想：有奶就是娘。管他呢，快活一天算一天。他把心一横，决定投靠土匪。

从那天起，柳双喜像狗一样竖起耳朵打探柳家的秘密。按理说，他是外宅的男仆，不能随便出入内宅，很难打探到主人行踪，不过，柳双喜有别人不具备的条件，他的未婚妻柳春红是小姐的贴身丫鬟，他可以从柳春红那里获得消息。

这日，陆大江在保镖返程途中带着四徒弟王亮来看望李涛和柳梅莹，给他们带来了李家的消息。消息有好有坏。好消息是李瑛怀孕，即将分娩；坏消息是李胜病了。李胜前些日子胸口疼痛，咳喘加剧，柳达声上门诊治，安慰道："你一生闯荡江湖，多次负伤，留下了病灶。身体强壮时还无大碍，如今岁数大了，病就显露出来。俗话说，病来如山倒，病去如抽丝。你一定要安心静养，切勿着急劳累。”经过治疗，李胜的病有所好转，可以下地行走了。

李涛夫妇此前已经知道姐姐怀孕的消息，原打算等姐姐生产后再回去看望，听说父亲生病，心急如焚，决定同陆大江一同回去看望父亲。无奈，柳蕊珠又病了。俩人决定李涛回去看望父亲和姐姐，柳梅莹留下来照顾母亲。

柳双喜听说陆大江来了，马上找柳春红打探消息。柳春红正忙着为李涛收拾行装，不愿意去见他。柳梅莹劝道：“出去看看吧，兴许双喜真的有事呢。”柳春红极不情愿地走出内宅，看见柳双喜，没好气地问：“你又来做什么？”柳双喜嬉皮笑脸道：“没事就不能来看你了？”柳春红讨厌他不正经的模样，生气道：“有事快讲，不然我回去了！”柳双喜将手中的纸包在她眼前晃了晃，道：“你看这是什么？”见她不感兴趣，继续道，“这是你最爱吃的糯米糕，我特意让娘给你做的，你尝尝。”春红接过糯米糕，道了谢，转身要走，又被柳双喜拦下：“咱俩见面不容易，你陪我多聊聊。”柳春红厌烦道：“一个大男人，一天到晚婆婆妈妈的，真没出息，多向大虎哥学学，做点正经事。你没事我回去了，好多事等着我做呢！”柳双喜用尖酸的语调道：“我听说陆镖主来了，人家姐夫来看小舅子，关你屁事？你操的哪门子心！”柳春红气得直跺脚，无意中透露了秘密：“你知道啥，老镖主李胜病了，少东家要和陆镖主一起回天水镇看望父亲，我正帮他收拾行装呢。”柳双喜一惊，追问：“他们什么时候走？”柳春红顺口回答：“后天早上。”

秦九得到柳双喜传出的情报，欣喜若狂，马上禀报了乔吉。乔吉命令手下分兵两路，一路去三河镇血洗柳宅。另一路在十八道弯截杀陆大江和李涛。

晨光熹微，清风送爽。李涛、陆大江、王亮、张汉牵马走出柳宅，柳梅莹抱着俊龙送出大门。李涛怕孩子着凉，催促道：“回去吧！”陆大江也挥手道别：“你放心，我们会照顾好爹的。李瑛生了，我给你报平安。你照顾好老夫人。”柳梅莹深情地望着李涛，再三叮嘱：“路上千万小心，别忘了捎信回来……”

陆大江、李涛四人策马扬鞭踏上回家的路，午时来到裕昌山货行。高瑞正忙着收购山货，几年过去，他已经长成英俊的青年。高瑞抬头看见陆大江、李涛，兴奋地朝院子里喊：“东家，陆镖主、李镖主来啦！”田茂兴冲冲地出来迎接，几个伙计接过缰绳，把马拴在槽头。田茂吩咐高瑞去酒楼订酒席，被李涛拦住。李涛道：“我们还要赶路，随便吃点就行。”田茂对高瑞道：“去聚贤楼叫几个现成的菜，让他们送过来。”高瑞应声而去。

不多时，酒菜摆上桌，大家边吃边聊。说到大青山土匪，高瑞感慨道：“清除了匪患，山民的日子好过多了。大家对李家镖局充满感激，有人提议要给你们立纪念碑呢！”李涛摆手道：“使不得，使不得，区区小事不足挂齿。”陆大江补充道：“山民的心意我们领了。立碑，万万不可！”田茂笑道：“两位镖主听我说，闹土匪那些年人心惶惶，谁还敢进山采摘山货，我这里门可罗雀，只能苦苦支撑。现在情况就不同了。山民们踊跃进山打猎，采山货，我这里门庭若市。没有你们浴血奋战，哪有今天的太平日子？依我看，这个碑该立！”李涛极力阻止，恳求道：“田大哥，你在山民中威望高，帮我们劝劝大家。不要立碑了。”田茂见李涛、陆大江态度诚恳，同意了。

吃完饭，陆大江、李涛、王亮、张汉与田茂拱手告别，出了峪口镇，进入了十八道弯。突然，山林里冲出一伙人，手持弓箭利刃，拦住道路。李涛勒住马，厉声喝问：“你们是何人？”“问得好。”李涛随声望去，从树林里走出一匹高头大马，马上的人身材魁梧，相貌堂堂，身背双剑，长相酷似乔吉。李涛吃了一惊，心想，乔吉几年前就被正法了，难道他还没死，还活着？骑马人来到近前，发出一阵怪笑，咬牙切齿道：“怎么，连我都不认识了？大丈夫坐不更名，站不改姓。我就是乔吉！我非但没有死，还活得逍遥自在。几年前，你们在这里杀死了张银宝，活捉了张金宝。今天，我要让你们血债血还，拿你们的人头祭奠死去的兄弟。”

陆大江、王亮、张汉听罢，怒发冲冠，各摘兵器，就要动手。李涛暗想：好汉不吃眼前亏。土匪人多势众，又占据了有利地形，死打硬拼必定吃亏。想到此，低声对陆大江等人道：“敌众我寡，不可硬拼，我们先冲出去，再找机会收拾他们。听我的口令，大家一起向前冲。”

乔吉识破了李涛的意图，一阵冷笑，阴阳怪气道：“明人不做暗事。实话告诉你们，我在箭上涂了毒药‘一步倒’，你们纵有天大的本事，也休想活着走出十八道弯！”说完，一挥手，众土匪张弓搭箭，对准了陆大江、李涛等人。李涛中过毒箭，知道毒箭的威力，况且，大家今天都没穿戴盔甲，一旦中箭，必死无疑，灵机一动，有了主意。俗话说：擒贼先擒王。只有冒险捉住或者杀死乔吉，才有可能险中闯关，他决定冒死掩护其他人杀出去。陆大江临危不乱，环视四周，发现腹背受敌，心想，土匪前后夹击，很难突围。我不如杀一个回马枪，掩护李涛他们冲出包围。

就在土匪放箭的一瞬间，李涛一声怒吼："冲出去！"四人各抖丝缰，战马狂奔起来。陆大江突然掉头，单枪匹马向后面的土匪杀去。土匪万万没料到陆大江会杀一个回马枪，慌乱中竟然忘记了放箭。一个土匪头声嘶力竭地呼喊："快，放箭，放箭！"土匪仓促放箭，没有射中陆大江。陆大江马到，枪到，一枪把土匪头刺落马下，其他土匪四散逃命。陆大江横眉立目，猛如张飞，舞动大枪左挑右扎，眨眼工夫就撂倒四五个土匪。一支毒箭飞来，射中了陆大江。陆大江感觉像被蝎子狠狠蜇了一下，四肢麻木僵硬，不听使唤。他咬紧牙关，催马向前，一枪把射杀自己的土匪扎了个透心凉，自己也跌落马下。土匪围过来，朝昏迷的陆大江身上乱砍，陆大江壮烈就义。

陆大江的行动为李涛赢得了战机。李涛一抖缰绳，战马四蹄翻飞，追风逐电般杀向乔吉，眨眼间来到了近前。乔吉大惊失色，一边躲闪，一边惊呼："快，放箭！放箭！"李涛双腿夹紧马肚，身体紧贴马背，右手从镖囊里取出一支镖，一抖手，打了出去。乔吉见一道寒光袭来，慌忙躲闪，但还是迟了一步，飞镖穿透铠甲，深深嵌入左肩，疼得他惨叫一声，趴在马背上。李涛在马上稳了稳身子，抽出第二支飞镖，这时一支毒箭飞来，射中李涛的前胸，他眼前一黑，跌落马下，乔吉侥幸活命。土匪一拥而上，刀枪齐下，李涛的鲜血染红了土地！

王亮纵马驰骋，一支毒箭射中了坐骑。狂奔的战马像醉汉般左摇右晃，轰然倒地。王亮来不及跳下，摔伤了腿。王亮静静地躺在战马身边，等待决战的时刻。土匪见他一动不动，以为他死了，挥舞刀枪围拢过来。王亮拖着一条伤腿，接连打出两支飞镖，两名土匪应声倒地。其余的土匪不敢靠前，在远处射箭。死去的战马像一堵矮墙保护了王亮，飞来的箭都射在马身上。

张汉纵马飞奔，冲出包围，回头观望，不见陆大江、李涛、王亮的踪影，拨转马头，又折返回去，远远看见李涛坠马身亡，几个土匪正把受伤的乔吉抬下马，恍然明白了李涛的意图。张汉怒火中烧，催战马朝乔吉杀去。一支毒射中了他的坐骑，战马摇晃起来。王亮见状，高声呼喊："张汉，快下马，下马！"王亮的话提醒了张汉，他双臂一用力，身体离开马背，就势一滚，落到地上，战马随之倒地。

张汉有一身过硬的轻功，左蹦右跳，像猿猴一般敏捷，眨眼间就来到山林边，只要钻进山林就能躲过一劫。张汉没有逃走，此时，他只有一个念头：除掉乔吉，为师傅和死去的兄弟报仇！张汉环视四周，山林边的岔道上停着一辆轿车，几个土匪搀扶着受伤的乔吉朝轿车走去，他一猫腰，疾步如飞，追赶过去。

王亮摘下弓箭，连射数箭，土匪一个个应声倒地。王亮射完自己的箭，又从死马身上拔箭，一支毒箭飞来，射中额头，他仰面倒下，再没起来。

一个土匪见张汉追来，持刀拦下他。张汉纵身向前，舞刀相迎，砍杀了土匪，继续追赶乔吉。乔吉回头看见张汉，吓得魂飞天外，尖声高叫："杀死他，我有重赏。"土匪见只有张汉一个人，胆子大起来，挥刀舞枪，把他团团围住。张汉知道孤军作战难以持久，要想除掉乔吉，必须速战速决。他抽镖，发镖，一气呵成，动作快如闪电，眼前的土匪还没反应过来，人已倒地毙命。张汉冲出包围，发现前方不远处有棵歪脖树，接乔吉的轿车就停在树下，他疾步如飞，来到树下，纵身一跃，抓住树枝向上悠荡，跳上了轿车的车顶。乔吉在土匪的搀扶下正要上车，忽见树枝一晃，出现一个人影，吓得惊叫一声，摔在地上。张汉抽出飞镖朝乔吉打去，恰在此时，辕马受惊，向前一冲，飞镖没有打中。张汉抽出最后一支飞镖，正要发镖，辕马突然奔跑起来，他站立不稳，从车顶上摔下来。土匪一拥而上，刀枪齐下，杀死了张汉。乔吉再次侥幸活命。

土匪杀害了陆大江、李涛、王亮、张汉，残忍地割走了四位英雄的头颅，他们怕走漏消息，还杀害了经过此地的几位路人，然后，仓皇逃遁。

第二十三回　得消息张豹怒冲冠　闻噩耗刘雄掩真情

大青山又出现土匪的消息很快就传开了。驻守峪口镇的官军得到消息，封锁了现场，县令单宝生亲自到现场勘查。战斗虽然短暂，却异常惨烈，现场留下二十四具尸体，其中土匪十四人，四具无头尸体，还有六名过往的行人。

无头尸体被运回峪口镇。官府张贴布告，通缉凶犯，辨认死者身份。高瑞外出办事，得知消息，慌忙跑回裕昌山货行报信。田茂震惊，心想：陆大江一行刚刚离开山货行，十八道弯就发生了惨案，难道是他们遇害？赶紧带着高瑞和几个伙计前去认尸。

四具无头尸体并排放在房间里，上面盖着芦席。田茂揭开芦席观看，顿时眼前一黑，晕厥过去，高瑞等人也号啕大哭起来。尸体虽然血肉模糊，又没有头颅，他们还是从衣着和身材上确认就是陆大江、李涛、王亮和张汉。确认了尸身的身份，官府找来棺木将尸体装殓起来。

伙计们把田茂唤醒。田茂把痛哭流涕的高瑞唤到身边，吩咐道："快去李家镖局报信，让他们马上派人来！"高瑞撒腿跑回裕昌山货行，牵出一匹马，策马扬鞭疾驰而去。

时间已近子夜，李家镖局内宅依旧灯火通明。女眷们进进出出，忙忙碌碌，李瑛要生产了。

内室里，李瑛躺在床上，腹中阵阵作痛，额头沁出豆大的汗珠。她惦念着丈夫，吩咐身边的张妈出去打探消息。一会儿，张妈回来说："大爷还没回来。我已经叮嘱门卫赵军了，有了大爷的消息马上禀报。"李瑛放心不下，自言自语道："从时间上推算，大江他们早该到家了，怎么迟迟不归？"心中有了不祥的预感。周围的人劝慰道："夫人多虑了，陆镖主身经百战，不会有事的。生孩子最怕着急上火，伤了胎气。"分娩的阵痛一阵比一阵急促剧烈，李瑛咬紧牙不再言语，心中的惦念更加强烈。

内宅的另一个房间里，李胜倚着被子半坐半卧，焦急地等待着女儿女婿的消息。李胜旧疾复发，经过柳达声精心治疗，病情虽然好转，但身体依然十分虚弱。老仆人周载守在一旁，轻声地劝慰道："老爷，柳名医再三叮嘱您要静心休养。时候已晚，还是躺下睡吧。等少夫人那边有了消息，我会叫醒您的。"说完，接连打了几个哈欠。李胜见他疲惫不堪，催促道："你去睡吧。我心里不踏实，再等等。"周载不肯离去，坐在一旁打瞌睡。

高瑞纵马狂奔。马浑身湿漉漉的，汗水顺着四蹄流淌，呼哧呼哧喘着粗气。高瑞仍嫌马跑得慢，不停地扬鞭催马。高瑞来到李家镖局大门外，刚下马，坐骑疲惫至极，就轰然倒地。声响惊动了门卫赵军，出来观看，发现躺在地上的高瑞，慌忙唤人把他抬进了门房。

过度悲伤和疲劳使高瑞几近虚脱，他断断续续地讲述了陆大江、李涛等人遇害的噩耗。众人听罢，呆若木鸡，半晌才清醒过来，忍不住放声痛哭。哭声惊动了值班的张豹，他站起身想出去看个究竟，门被撞开了，赵军跌跌撞撞地闯了进来，一头栽倒在地上。张豹俯身将他扶起，疾声问："出了什么事？"赵军两眼发直，喉咙里咕噜作响，却吐不出半句话来，张豹在他背上一击，他才能开口讲话："大事……不好了。大爷、二爷、王亮、张汉都……被土匪杀死了！"张豹闻言，火冒三丈，举拳怒吼："赵军，你酒后无德，搅乱人心，再敢胡言乱语，我打碎你的脑壳！"赵军摆摆手，辩解道："人命关天，岂敢乱讲，裕昌山货行的高瑞来报信，是他说的！"

张豹犹如五雷轰顶，跑到门房，看见躺在床上的高瑞，顿时泪如雨下，呆愣了片刻，霍然站起，声嘶力竭地呼喊："还愣着干什么，快去招呼人，带上家伙，随我去报仇！"众人猛然醒悟，呼叫着，跑去牵马，取兵器。

就在此时，内宅传出一阵婴儿的啼哭声。有人传出话来："夫人生了，是个千金！"接生婆把婴儿包好，抱到李瑛面前。孩子的降生，遂了李瑛的心愿，她将女儿抱在怀里，亲了又亲。亲昵道："闺女，你爹回来见到你，不定多高兴呢！"又对张妈说："快给老爷报喜去！"张妈兴冲冲地朝外走。

李胜隐约听到婴儿的啼哭声，忙将在一旁打瞌睡的周载唤醒，道："我好像听到婴儿的啼哭声，你快去看看，李瑛是不是生了，是男还是女。"张载兴奋地站起身，跑出去打探消息。

张妈和周载出了屋，突闻前院传来哭喊声，不知发生了何事，不约而同地朝前院跑，想问个究竟。得知陆大江、李涛等人被害，两人瘫坐在地上，如同泥塑一般。

刘雄刚熄灯躺下，听到呼喊声，连忙披衣走出屋，听到噩耗，泪如雨下。刘雄身为镖主，考虑问题比张豹周全，心想：师爷卧病在床，师娘李瑛刚刚分娩，都是非常时期，怎能承受得住如此巨大的打击！他快步上前，一把扯住张豹，压低了声音道："三弟，要冷静，不可鲁莽！"张豹一甩胳膊，吼道："师父都被杀死了，让我怎么冷静！我冷静不了！"刘雄一把将他抱住，厉声道："三弟，你听我说！师爷正在患病，师娘刚刚分娩，怎么承受得了如此大的打击？我们已经失去了师父和兄弟，不能再让师爷、师娘出事！"张豹闻言，顿时沉默下来，用手捂住脸，蹲在地上抽泣。在场的人也豁然醒悟。刘雄擦干眼泪，对众人道："此时，绝不能让师爷、师娘知道实情，要让他们安心养病，静心坐月子。各位一定要严守秘密，无论内心多么痛苦，脸上都不准表现出来！"众人点头应允。

刘雄停顿了一下，对赵军道："你马上回门房去，禁止人员出入，防止泄露消息。"对身边的两个镖丁吩咐道："你俩去把曹峰、陈龙找来。"又对其他人道："大家把住通往内宅的大门，如若有人问起外院出了什么事，就说弟兄们在为师娘祝贺。"刘雄分派完任务，众人分头行动。

周载和张妈从惊恐中缓过神来，掩面哭泣。刘雄让人将俩人扶进屋，"扑通"跪在他俩面前，痛声道："你们是师爷、师娘身边的人，知道主人知晓噩耗后的严重后果，你们要忍住悲痛，千万别让他们察觉。"周载和张妈一边点头，一边抹泪。刘雄继续道："你们不能在这里久留，马上回到主人身边去，以免引起猜疑。记住，千万别泄露消息，瞒过一时是一时。"周载和张妈抹干泪水，返回了内宅。

李胜等得焦急，又闻外院一阵混乱，心中更加猜疑，不由得又咳喘起来。周载回到内宅，本想静静心，想想该如何应对主人的盘问，听到李胜急促的咳喘声，慌忙进到屋里。李胜见周载神色慌张，急切地问："出了什么事？为何去了这么久？"周载连忙掩饰："我在外面……遇到了张妈，和她……聊了一会儿。""你没问李瑛生的是男是女？"周载更加慌乱，支支吾吾答不上来，更引起李胜的疑心。李胜问："周载，你六神无主，是不是有事瞒着我？我刚才听到前院有呼喊声，好像还夹杂着哭声，这到底是怎么回事？"周载急忙岔开话题，道："我刚才听见主子咳嗽，怕主子有事，就跑回来伺候，竟然忘记了正事。您别急，我再去问问。"说完，出了屋。

周载走到屋外，眼泪如泉水般涌了出来，过了一会儿，回来禀报："恭喜老爷，李瑛生了，是个闺女，母女平安。"李胜听罢，脸上露出喜色，道："正合我意。大江、李瑛已经有了坚儿，再添一个闺女，就儿女双全了！"周载道：

“这回您放心了吧。天太晚了，我服侍您睡吧。”李胜见周载萎靡不振，欲言又止。周载服侍李胜睡下，回到自己的屋里，用被子蒙住头失声痛哭。

张妈神色慌张地回到李瑛身边，李瑛问：“张妈，见到我爹了？我爹好吗？”张妈没答话，只是点点头。李瑛感觉不对劲，追问道：“张妈，我刚才听到外面有呼喊声！出了什么事？”张妈想起刘雄的嘱咐，连忙道：“没有……没有。弟兄们听说……夫人生了，都在……都在庆祝呢！”李瑛见张妈神色慌张，疑虑未消，追问：“张妈，我刚才听到呼喊声中还夹杂着哭声，是怎么回事？”张妈一时想不出对策，用手捂住头露出痛苦的表情。李瑛见状，急问：“您怎么了？”张妈回答：“我感觉头晕。”李瑛道：“你这些天忙里忙外，太累了，快回去休息吧。”张妈借机回到自己的屋里，掩门哭泣。

曹峰、陈龙得到消息，火速来到镖局，听说噩耗，悲痛不已。刘雄低声道：“把你们找来，就是商量个办法。”曹峰道：“大哥，你就拿主意吧，我们都听你的。”“对，你就吩咐吧！”陈龙附和道。刘雄听罢，道：“好。你们马上动身，和高瑞一起去峪口镇。曹峰，你负责处理后事。陈龙，你协助官府调查案情，一定要把凶手绳之以法。”“是！”俩人拔腿就走，刘雄又叮嘱道：“此事要保密，不要告诉旁人，包括你们的家属。”“明白！”曹峰、陈龙带人悄悄离开镖局，与高瑞一起赶往峪口镇。

张豹见刘雄把自己搁在一边，恳求道：“大哥，让我也去吧！”刘雄摇头道：“不行，你必须留下！”张豹抱怨道：“大哥信不过我！”刘雄赶紧解释说：“此言差矣。今夜你当班，如果师爷、师娘唤你，你不在，如何解释？”张豹闻言，知道错怪了兄长，感叹道：“还是大哥办事周到。”刘雄叮嘱道：“天一亮，你就回家去，这里的事由我支应。你不要出门，有事我派人去找你。”张豹明白，大哥这么做是要把一切责任揽到自己身上。

东方破晓，雄鸡高唱。陆坚像往日一样到习武场习武。李胜生病后，陆坚每天都与镖丁一起晨练。不知何故，习武场上空无一人，马厩里的马匹少了不少，他问马倌赵金贵：“赵爷爷，今天怎么没有晨练？”赵金贵爱怜地看着陆坚，解释道：“你还不知道吧，你娘昨晚给你生了个小妹妹，刘镖主传下话来，暂停晨练，让你娘好好休息。”陆坚听后，高兴得手舞足蹈，转身要去娘的房间，被赵金贵唤住。赵金贵道：“你娘和小妹妹还在休息，别打搅她们。你吃完早饭再去也不迟。”陆坚懂事地点点头，一溜烟地跑走了。

李胜一觉醒来，呼唤周载，门外有人应了一声，进来的不是周载，是一位年轻的仆人。周载怕控制不住情绪，走漏了消息，故意躲开了。李胜疑惑地问：“周载上哪儿去了？”仆人回答：“周叔身体不适，回去休息了。老爷有事请吩咐。”李胜道：“你去门房问问，大江回来了没有？”工夫不大，仆人回来禀报：“陆镖主还没回来。门卫赵军说，见到陆镖主马上通知您。”李胜想说什么又忍住了，摆摆手，示意仆人出去。

窗外已经大亮。女儿的啼哭声将李瑛唤醒，她给女儿喂了奶，正要询问丈夫的消息，门被轻轻推开了，儿子蹑手蹑脚地走进来。陆坚见到襁褓里的小妹妹，扑到炕边，目不转睛地盯着瞧。李瑛抚摸着儿子的头，关切地问：“早上习武了吗？”陆坚摇摇头，道：“没有。刘镖主传下话了，说这几天停止晨练，让娘好好休息！”李瑛闻言，脸上露出不悦，心想：拳不离手，曲不离口。哪能因为我生孩子就停止晨练，真是荒唐。

陆坚以为娘在生他的气，连忙解释道：“娘，不是孩儿偷懒，习武场上真的没有人。”李瑛知道儿子误解了，安慰道：“娘不是生你的气，是觉得刘雄做得不对。”陆坚学着大人的腔调，为刘雄辩解说：“您千万别怪罪刘雄大哥，他也是为您好，我看到槽头上的马少了不少，就连外公和娘的马都不在。没准，他们骑马到外面习武去了。”李瑛听罢，心头一颤，知道一定出了大事。李胜和李瑛的坐骑是宝马良驹，镖局明确规定没有紧急情况不得使用。李瑛内心焦急，表面却不露声色，和声细语道：“陆坚，时间不早了，该去学堂了。”陆坚不想走，恳求道：“时间还早呢，让我再看看小妹妹吧！”在李瑛在再三催促下，陆坚极不情愿地走了。

陆坚走后，李瑛让人把刘雄找来问话。刘雄在门外给师娘请了安，俩人隔着门帘说话。李瑛问：“刘雄，你有什么事情瞒着我？”刘雄吃了一惊，一时不知如何回答。李瑛见刘雄不语，追问：“为何不回答！”刘雄赶忙遮掩道：“没有事情隐瞒。”李瑛闻言，怒斥道：“还敢说谎！我问你，槽头上的马少了不少，到底是怎么回事？”刘雄知道走漏了消息，已经隐瞒不下去，为了不让师娘过度悲伤，避重就轻道：“丑时，裕昌山货行的高瑞来报信，说大青山土匪又现身了。师父和四弟至今未归，我挂念他们的安全，又担心土匪对帮助过我们的人实施报复，派曹峰、陈龙去核实情况。因为师娘刚刚分娩，所以没有禀报。”

李瑛面色骤变，急问：“曹峰、陈龙何时走的？有没有传回消息？”“天明前走的，还没有传回消息。”李瑛更加不安，命令道：“刘雄，你一刻也不要离开镖局，一有消息，马上禀报！”“遵令！”刘雄回答。

刘雄刚回到自己的房间，有人匆匆来报：“师爷李胜叫您。”刘雄又急忙返回后院，去见李胜。李胜问：“丑时，我听到前院传来嘈杂声，中间还夹杂着哭闹声。我让周载去打探，周载神色慌张，语无伦次。今天早上，周载说身体不舒服，连个招呼都没打就走了，这里面必有隐情。刘雄，你说实话，到底出了何事？”刘雄不敢再隐瞒，把对师娘李瑛说的话又重复了一遍，宽慰道：“请师爷放心，一有消息，我马上禀报。”

刘雄暂时稳住了李胜、李瑛，他知道此事隐瞒不了多久，必须想一个两全之策。他正在屋里徘徊，门卫赵军慌慌张张跑来禀报：“不好了！一些家属不知从哪儿得知了消息，来镖局询问情况，被我挡在大门外。她们说非要见刘镖主不可！”刘雄赶忙来到镖局门外。家眷们将他围在当中，七嘴八舌，乱成一团。刘雄挥手道：“各位长辈，各位姐妹，请先静一静，听我说。高瑞来报信，说大青山土匪又现身了。我已派曹峰、陈龙去核实情况。现在情况不明，大家要耐心等待。师爷患病，师娘刚分娩，他们都需要休息。为了他们的健康，我才阻止大家进镖局，恳请大家谅解。请先回吧，一有消息，我立即通知大家。”家眷们散去。

刘雄使出浑身解数控制事态的发展，急得两眼通红，嘴上起了燎泡。他知道暴风骤雨就要来临，一场灾难在所难免，必须尽早想出解决办法。刘雄在屋里来回踱步，思考着对策，猛然想到了三河镇的柳家，不禁打了个寒战，惊呼道：“坏了，坏了，误了大事！土匪敢对师父下手，也绝不会放过柳家！”刘雄急忙派人去找张豹。

张豹回到家里，辗转反侧，不能入眠，恨不能肋下双翅，飞到大青山，把杀害师父的凶手斩尽杀绝！没有命令，他不敢擅自行动，得知刘雄叫他，火速跑来。刘雄说出自己的担忧，张豹也惊出一身冷汗。刘雄道：“你马上带人赶往三河镇，路上一刻也不要停留，一定要保证柳家的安全！”张豹率人直奔三河镇。

第二十四回　夜出动土匪烧柳宅　查案情乔吉现原形

陆大江、李涛等人被害的当天傍晚，二十多名土匪悄悄潜入三河镇，准备天黑后对柳家下手。

暮色降临，家家关门闭户，街巷空无一人。在秦九的带领下，土匪青纱罩面，身背弓箭，手持利刃，携带硫磺、燃油等易燃之物，埋伏在柳家附近。柳家大门紧闭，两名护院站在大门两侧，警惕地注视着四周。“吱”的一声，角门被推开了，柳双喜一手拎着茶壶，一手拿着茶碗走出来，倒了两碗茶，对站岗的家丁道：“两位兄弟，天气热，喝口茶解解暑。”柳双喜在茶水里放了毒药“一步倒”。家丁喝下茶，七窍出血，倒地身亡。

几名土匪见柳双喜得手，一拥而入，手起刀落，把角门内的两名护院砍倒在地。秦九带领土匪鱼贯而入，朝内宅扑去，恰好与柳大虎带领的护院相遇，双方厮杀起来。柳大虎这几年跟李涛、张汉习武，本领大长，手中的钢刀上下翻飞，一下就砍倒两个土匪。土匪点燃了硫磺和燃油，火舌瞬间蹿上房顶。田青听到报警的锣声，率领内宅的护院出来助战，经过一番殊死拼杀，总算保住了内宅。

火借风势，风助火威，大火迅速在柳家外宅蔓延开。柳家的四邻听到锣声，看到火情，拎着水桶拿着扫把赶来救火。秦九发出一声呼哨，土匪迅速撤离，官军赶到时，已经逃得无影无踪。劫后的柳家外宅残垣断壁，惨不忍睹，一些胆小的仆人怕土匪再次报复，打起铺盖，不辞而别。

土匪重现大青山让县令单宝生焦虑万分，直到五更才躺下，刚睡着，宋天福又来求见。单宝生见他一脸惊慌，知道又出了大事，急切地问：“出了何事？”宋天福道：“土匪烧了柳宅！”单宝生大骇，霍地站起，追问：“柳家情况如何？”“柳大虎率领护院奋力抵抗，土匪只烧毁了柳家外院，造成仆人、家丁八死七伤。土匪没能进入内宅，柳广财和家人都平安。”单宝生问：“有没有土匪的消息？”“带领土匪火烧柳宅的是匪首秦九，官军赶到时，他们已经逃遁，去向不明。”单宝生忧心忡忡道：“土匪刚刚在十八道弯杀害了陆大江、李涛等人，又来火烧柳宅，气焰嚣张，有死灰复燃之势。依你之见，我们该怎么办？”宋天福提议道：“我们应该兵分两路，一路继续调查陆大江被害案，一路到柳宅调查纵火案，缉拿匪首秦九。”单宝生摆手道：“不妥，不妥。土匪逃之夭夭，我们失去了抓捕的最佳机会。县衙只有几十号人，本就势单力薄，再兵分两路，怕更难有作为。柳家外宅虽然被烧，有人死伤，但是主人一家安然无恙。现在应该把破案的重点放在十八道弯，防止土匪重返虎头峰，构成大患。你去通知三河镇的驻军，让他们加强戒备，重点保护柳宅和柳家人的安全。”宋天福请示道：“大人，李涛被害的消息是否通知柳家？”单宝生叹息道：“柳家刚刚被烧，此时得知噩耗怎么承受得了，还是等等吧。”宋天福领令，退了出去。

灾难降临，柳家人惊恐不已。柳广财看着断壁残墙遍地瓦砾的外宅，陷入沉思：柳家戒备森严，土匪怎么会轻易得手？思来想去，只有一种可能，那就是柳家出了奸细！田青也表示赞同。柳大虎拎着篮子，篮子里放着茶壶茶碗碎片，急匆匆地来禀报：“老爷，大门外站岗的两名护院是被毒死的。这些茶壶茶碗碎片是在现场发现的，都是柳家的器物，可以肯定柳宅内有奸细！”柳广财、田青拿起碎片查验，确认是柳家的茶具。柳广财吩咐道：“大虎，你带人去查，尽快查出这个奸细。”柳大虎为难道：“老爷，外宅人都使用这种茶具，茶具上没有特殊标记，一时很难查清。况且，有些仆人担心土匪再来袭扰，已经不辞而别。”柳广财一时没了主意。

田青急中生智，想出了对策：“老爷，柳家外院被烧，最好的办法是把家眷和内宅的财产转移到织造坊去。”见柳广才没有吱声，进一步解释道，“此举有两个好处。一是外宅被毁，内宅就失去了保护，土匪再来袭扰，我们很难抵御。织造坊面积大，有近百名伙计，把他们武装起来，就能抵御土匪的进攻。织造坊有密室和暗道，便于家眷藏身。二是从掌握的情况看，奸细很可能隐藏在外宅的仆人当中。柳家纪律严明，柳宅的人不能随便出入织造坊，也就是说这个奸细熟悉柳宅，不熟悉织造坊的情况，我们把外宅的人转移到织造坊去，派可靠的人严密监视，限制他们的自由，就等于把奸细监禁起来。土匪没有内应就很难成事。”柳广财听后，连声道：“好主意，好主意，就这么办。”

土匪火烧柳宅后，柳双喜没有逃走，按照秦九的吩咐留在柳家当卧底。柳双喜来到柳家织造坊后，行动受到限制，想找柳春红打探消息，又不知她在哪儿，没敢贸然行动。此时，柳春红就在柳家织造坊，她跟柳蕊珠、柳梅莹一起躲进了密室。

柳蕊珠平生第一次见到如此血腥的场面，吓得面无血色，瑟瑟发抖，来到织造坊，依然精神恍惚，眼前一会儿出现熊熊大火，一会儿出现横七竖八的尸体，吓得双手抱头，不停地惊叫。柳广财请郎中为夫人诊治，郎中说夫人受了惊吓，产生了幻觉。需要改变环境，静心调养。柳广财决定让柳大虎带人护送夫人、女儿和两个外孙到李家镖局暂避一时，自己和田青留下来协助官府破案。柳广财把柳大虎叫到身边，叮嘱了一番，柳大虎马上去做准备。

曹峰、陈龙赶到峪口镇，见到了四具血肉模糊的无头尸体，从衣装和体征上认出他们是陆大江、李涛、王亮和张汉。曹峰、陈龙肝肠寸断，匍匐在地，号啕大哭，发誓一定要缉拿凶犯，将他们绳之以法。

陈龙找到了宋天福，从他那里得知了案情：案件发生在午后，从现场遗留的器物和打斗的痕迹推算，这伙土匪至少有四十人。他们熟悉地形，计划缜密，手段残忍，是一群惯犯。土匪作案后迅速逃离，没有留下有价值的线索。官府张贴布告，抓捕嫌犯，案情至今没有任何进展。陈龙听罢，眉头紧蹙，他知道官府查案如蜻蜓点水，往往浮于表面，很难了解到实情，决定进山找猎户杨显，发动山民寻找知情人。

杨显获悉噩耗，失声痛哭，发誓一定协助官府捉拿凶犯，为李涛等英雄报仇。次日，杨显领着一位山民来见宋天福和陈龙。此人叫杨天鸿，与杨显住在同一个山寨。案发时，杨天鸿在现场附近采药，目睹了发生的一切。起初，杨天鸿害怕土匪报复，没敢报案，经过杨显反复劝说，才同意向官府说出实情。

杨天鸿讲述了案发时的情景：那天，杨天鸿在离官道不远的树林里采药，不远处突然传来呐喊声，几十名土匪将四位骑马人围堵在官道上，为首的土匪骑着高头大马。土匪人多势众，四位英雄寡不敌众，都倒在土匪的刀箭下。听了杨天鸿的描述，陈龙、宋天福立即警觉起来。宋天福问：“你听见他们说了些什么吗？”杨天鸿回答：“我与他们有段距离，隐约听到四位英雄让土匪报上姓名，骑马的匪首说他姓乔。”宋天福、陈龙同时联想到乔吉，但又觉得不太可能，乔吉几年前就被正法了，怎么会死而复生？难道是土匪假扮的？宋天福问：“你看清他的相貌了吗？”杨天鸿道：“那人身材魁梧，相貌堂堂，身背双剑，与众不同。”此话一出，宋天福、陈龙又是一惊。杨天鸿的描述与乔吉的相貌很相像，乔吉使用的兵器也是双剑，这一点也相同！难道乔吉没死？还活着？宋天福、陈龙同时产生了这样的疑问。陈龙问道：“你再好好想一想，他们还说了什么？”杨天鸿沉思半晌，开口道：“土匪还说什么毒药‘一步倒’。”

杨天鸿的话提醒了陈龙，陈龙意识到自己忽略了一个细节：据土匪交代，只有乔吉才有毒药“一步倒”，要是请柳达声来验尸，若能确定陆镖主他们死于毒药“一步倒”，就能进一步证实乔吉还活着，是他策划了这场血案。他把自己的想法告诉了宋天福，宋天福马上派人去请柳达声。

柳达声获悉，大惊，连夜赶往峪口镇。柳达声当过多年军医官，见过无数死亡将士的尸体，眼前这四具无头尸体体无完肤，惨不忍睹，让这位军医官都感到惊愕。看到为李涛断臂后的残肢，柳达声更是悲愤交加，忍不住号啕大哭。验尸结果证实陆大江、李涛、王亮是中毒身亡，张汉死在乱刃之下。柳达声查验了李涛的伤口，确认李涛两次中的是同一种毒。

乔吉的现身使案件更加扑朔迷离，宋天福赶回县衙向单宝生禀报，单宝生闻讯，惊愕不已，不相信乔吉还活着，追问道：“依你看，这个乔吉是真是假？”宋天福回答：“杨天鸿的描述与乔吉的相貌相似，验尸结果也印证了我们的猜测，种种迹象表明乔吉可能还活着。”单宝生拍案而起，怒道：“是谁胆大包天，敢在众目睽睽之下私放朝廷要犯！”宋天福道：“这也是我的困惑之处。行刑那天我在现场，亲眼看见牢头余大贵把乔吉和张金宝押出死囚牢，关进囚车，送往刑场，要救乔吉，只能在刑场上做手脚。”单宝生陷入沉思。宋天福继续道：“乔吉是朝廷要犯，理应由知府王九明亲自监斩。但那天，王九明说他病了，临时换成了杨远。”单宝生问：“王九明得了什么病？”宋天福道：“得了什么病我不清楚，不过，肯定不是大病，因为行刑后不久他就现身了。现在看来，王九明生病很可能是借口，他是在有意回避。”单宝生点头道：“这种解释合乎逻辑。”宋天福继续道：“我认识杨远，这个人胸无大志，是个平庸之辈，没有能力策划这种惊天大案。余大贵办事精明，又是押解官，参与了行刑的全过程，有作案的机会，不过，他只是牢头，权力毕竟有限，没有大人物的支持，怎能瞒天过海，一手遮天？更蹊跷的是事后不久，余大贵奉王九明之命押解犯人去集中营，途中遭土匪袭击，余大贵和他带领的狱卒全部被杀，只有董磊下落不明。押解犯人是官府的秘密，土匪如何得到准确的消息？事后，王九明归咎于董磊，据我所知余大贵与董磊是拜把子兄弟，情深义重，董磊为什么要陷害兄长？这里面一定另有隐情。”

宋天福的分析丝丝入扣。单宝生陷入沉思，心想：如果乔吉还活着，那么乔吉法场逃生，余大贵押解犯人途中遇害，这些绝非偶然和孤立事件，幕后一定隐藏着一只黑手。想到此，他对宋天福道："各种疑点都集中在王九明身上，就算他没有参与其中，身为知府，在他眼皮底下发生这等大案却毫无察觉本身就是失职，就难辞其咎。不过，这些只是推测，没有真凭实据，还不能定论。当务之急是要查明乔吉的真伪，找到突破口，揭露真相。"宋天福道："大人所言极是。乔吉作案后逃离了三河县地界，我们应该通报周边各县，联合抓捕逃犯。"单宝生将他拦住，道："且慢，先别急着行动，待我仔细斟酌后再作决定。"

单宝生夜不能寐，独自在书房里沉思：假若王九明是主谋，他知道乔吉露面的消息，会不惜一切代价销毁证据，掩盖罪行。一旦乔吉落入王九明之手，证据被毁，此案就将石沉大海，再难见天日了，最好的办法是不让王九明察觉，我们暗中调查，将主动权牢牢地掌握在自己手里。转念一想，又觉不妥。王九明老奸巨猾，眼线众多，即使是暗中调查，也无法保证不走漏消息。怎么办？他思来想去，难作决断。

已是三更。单宝生的夫人一觉醒来，不见丈夫的身影，到书房探望，问明缘由，道："老爷不必发愁，此事说难也难，说容易也容易。"单宝生诧异地问："此话怎讲？"夫人道："老爷的忧虑我懂。此事重大，不能视而不见。状告王九明又没有确凿的证据，暗中调查又恐遭报复……"单宝生打断夫人的话，失望道："这些我全清楚，就是苦于没有对策。"夫人道："既然老爷不便出面，就委托他人暗中调查。李家镖局的两位镖主惨遭杀害，他们与土匪不共戴天，一定会全力以赴。让李家镖局出面调查，老爷暗中保护，即便王九明察觉，我们也有回旋余地。查清了王九明的犯罪事实，我们就越级状告他。"单宝生喜形于色，称赞道："好主意。夫人不仅贤惠，而且足智多谋，真是好内助。就照此办理。"

第二天，单宝生将宋天福叫来，下令道："我已想好了对策。你马上给府衙发公文，请求调集周边各县力量抓捕逃犯。记住，不要透露乔吉露面的消息。"宋天福疑惑不解，问："要抓捕乔吉，又不透露他的消息，这岂不是一纸空文？"单宝生道："这也是无奈之举。王九明老奸巨猾，又是咱们的顶头上司，如果我们公开调查，他很快就会察觉。李家镖局与府衙少有来往，不容易走漏消息，调查起来更容易。"宋天福恍然大悟，道："还是大人考虑周全。依大人之见，李家镖局应该从何处入手调查？"单宝生道："余大贵遇害后，府衙曾派人到案发现场收殓尸体，这些人可能了解案情，我们就从他们查起。你马上去面见陈龙，听听他的意见。"宋天福向陈龙转告了单宝生的话，陈龙当即表示同意接手调查工作。

曹峰负责处理陆大江等人的后事。陆大江、李涛、王亮、张汉被杀后，土匪残忍地割走了他们的头颅，头颅一时找不到，天气炎热，尸身不能长时间存放，怎么办？有人提议用木头雕刻人头，先与尸身安葬，等找到头颅后，再进行二次安葬。曹峰采纳了建议，聘请最好的工匠按画像雕刻人头。

第二十五回　图钱财柳双喜告密　施淫威老夫人误事

柳双喜来到柳家织造坊后被监禁起来，他心生恐惧，决定逃跑。天色已晚，同屋的人都已入睡，他蹑手蹑脚来到门前，一拉门，门上了锁。外面站岗的人听到声响，厉声问："你要干什么？"柳双喜颤巍巍地回答："解手。"站岗的人道："屋里有尿桶。"柳双喜央求道："在屋里便溺气味难闻，还是让我去茅厕吧。"站岗人不耐烦道："少废话，这是东家的命令。"柳双喜没能得逞，回到床上，继续盘算逃跑的办法。屋外传来王贵的声音："柳家出了奸细，就藏在这些人中间。大家睁大眼睛，千万别放走了歹人。"夜深人静，柳双喜听得真切，他做贼心虚，知道事情已经败露，再不走，就没命了。可门锁着，外面有人把守，怎么办?

熬到二更天，屋外传来说话声，到了换岗的时间。柳双喜侧耳细听，觉得接岗人的声音很熟，听出来此人是柳江河。柳江河也是柳家庄人，在织造坊当织锦工。柳双喜下了床，蹑手蹑脚，来到门前，轻声呼唤："江河哥，我是双喜。"柳江河问："你不睡觉，干什么呢？"柳双喜哀求道："我肚子疼，想上茅厕。"柳江河道："屋里有尿桶，在屋里方便。"柳双喜为难道："屋里解大手气味不好，别人会骂我的。" 柳江河沉默不语。柳双喜装出一副可怜相，哀求道："你我从小一起长大，知根知底。求求你，行个方便吧。"柳江河打开门，跟随柳双喜去了茅房。柳双喜无法脱身，又扫兴地返回屋里。

柳双喜竖着耳朵听屋外的动静，屋外传来鼾声，知道机会来了。他故伎重演，拍打房门，轻声呼唤："江河哥，我还想去茅厕。"柳江河被唤醒，睡眼惺忪，打开房门，不耐烦道："就你事多，快去快回，别耽搁。"说完，头枕椅背又睡着了。

柳双喜不熟悉路，像无头苍蝇四处乱闯。远处传来脚步声，两个人推着独轮车出现在巷道里，他们是伙夫，到柴房取柴，准备做早饭，柳双喜尾随其后。伙夫打开一扇小角门，柳双喜趁机溜进去，藏在柴垛后面。伙夫装上木柴，锁门离去。柳双喜围着院墙转了一圈，发现通往街面的门锁着，抬头观望，墙很高，爬不上去。正当他犯愁时，猛然发现围墙旁有棵大树，树干挺拔，粗大的树枝伸向墙头，顿时有了主意。柳双喜经常上树采桑叶，练就了上树的本领，他爬上大树，正要跃上墙头，突闻角门声响，惊出一身冷汗，忙将身体掩藏在枝叶里。角门打开了，柳大虎带着几名手持兵器的家丁走进来，打开了通往街巷的大门。远处传来马蹄声，几辆轿车停在门前。一群人从角门走进柴房，老夫人柳蕊珠和贴身女仆吴嫂在前，柳梅莹、柳春红抱着俊龙、俊虎居中，后面是抬着沉重木箱的家丁。柳蕊珠平日穿金戴银，一身珠光宝气，今日素衣素面，打扮得像个农家妇人。一行人上了轿车，车夫一声吆喝，轿车朝三河镇外驶去。

柳双喜爬上墙头，跳到墙外，先是一阵狂喜，然后又像霜打的茄子耷拉了脑袋。上哪里去？回柳家庄？不行，奸细的身份已经暴露，回去等于自投罗网。逃跑？也不行。身无分文，寸步难行。柳双喜心想：出弓没有回头箭。既然当了奸细，索性就干到底。秦九说只要提供重要情报就有重赏，那就先拿到钱再说。只要有钱，天地之大，何处不能安身？柳双喜把心一横，决定去找秦九。

秦九没有逃走，准备再次对柳家实施报复。柳双喜来到接头地点，轻轻拍打门环，门开了，两个土匪把他按倒在地，五花大绑押到秦九和胡彪面前。秦九眼露凶光，恶狠狠地问：“柳双喜，你去哪儿了？跟我耍滑头就宰了你！”柳双喜跪在地上，磕头如捣蒜，解释道：“你们火烧柳宅，引起柳广财的警觉，他怀疑柳宅内有奸细，把我们关在柳家织造坊里，派人昼夜看守。小人死里逃生，是来送信的。”秦九将信将疑，在胡彪耳边嘀咕了几句，胡彪走出去。过了好一阵子，胡彪回来禀报：“秦爷，我派人打听过了，柳双喜没说谎。柳宅的人都去了柳家织造坊。”秦九给柳双喜松了绑，满脸堆笑，道：“外面风声紧，我不得不加倍提防。你对我忠心耿耿，我不会亏待你。你说你是来送信的，快说，得到了什么情报？”柳双喜把柳蕊珠、柳梅莹乔装改扮，乘车出行的事讲了一遍。秦九问：“她们去了哪里？”柳双喜道：“不清楚，只看到车朝峪口镇方向去了。”

胡彪见秦九犹豫不决，催促道：“此乃千载难逢的机会，此时不动手还待何时！赶快集合队伍，把柳家人斩尽杀绝。”秦九不再犹豫，命令道：“召集兄弟，马上出发。告诉弟兄们别人都能杀，唯独不能伤了柳家小姐，要捉活的。”胡彪不解地问：“留着那个小娘儿们有何用？”秦九一阵淫笑，道：“乔主子早就看上她了，要纳她为妾，孰料被李涛抢了先。要是能把她抢到手，主子必有重赏。”胡彪道：“秦爷放心，我们绝不伤她一根毫毛。”

柳蕊珠、柳梅莹乘坐的轿车出了三河镇，朝峪口镇疾驰而去。轿车颠簸摇晃，没多久，柳蕊珠觉得浑身酸痛，嚷着要停车休息。柳大虎好言劝阻：“老夫人，此处不能停留，一旦走漏了消息，后果不堪设想。还是忍忍吧。”车又行驶了一程，柳蕊珠再次提出要停车休息。看着柳蕊珠阴沉的脸，柳大虎没敢再多言，让车夫把车赶下官道，停在树林里。歇了一会儿，柳大虎催促继续赶路，柳梅莹好说歹说，总算把母亲劝上了车。

按照田青的安排，柳蕊珠一行人午饭前到达峪口镇，在裕昌山货行吃饭休息。田青特意给堂兄田茂写了信，让他照顾好两位夫人，派人护送轿车通过十八道弯。柳蕊珠三番五次要求停车休息，轿车走走停停，耽误了时间，晌午还没到达峪口镇。柳蕊珠饥饿难忍，执意要停车吃饭，柳大虎无奈，只好改变计划，让车夫把车赶下官道，停在一处农家小院前。小院条件简陋，院中摆着两张木桌，一些木凳。柳蕊珠见了，马上沉了脸，埋怨道：“这种乡村野店的东西怎能入口？”柳大虎解释说：“老夫人息怒，这里条件虽然简陋，但人少安全。出门在外多有不便，还是将就一下吧。”柳梅莹也极力劝说。柳蕊珠平日专横跋扈惯了，哪里听得进去，执意不从。柳大虎无奈，唤众人上车，重新选择用餐地点。

秦九、胡彪带领土匪沿着官道一路追赶，始终不见柳家轿车的踪影，胡彪失去了耐心，凑到秦九身旁道：“按理说早该追上了！我们是不是追错了方向？马上就到峪口镇了，那里有官军，一旦被发现就麻烦了，还是返回吧！”秦九认为有理，决定放弃追赶，命令道：“让弟兄们分散开去吃饭。吃完饭回山里去。”

土匪们酒足饭饱，坐在树下歇息。柳双喜打着饱嗝上茅厕，隔着茅厕的墙头看见柳蕊珠一行人上了轿车，心中一阵狂喜，转身要向秦九汇报，又止住了脚步，心想：柳春红是自己的女人，怎能让她一起去死？转念一想，柳春红对柳家忠心耿耿，一旦知道真相，定会与自己一刀两断。既然如此，又何苦为她的生死担忧？再说，秦九心狠手辣，若是抓不到柳家人，就会怀疑我假报军情。到时候，开膛破肚，挖心摘肝，吃苦受罪的还是我自己，杀了柳家人，就能得到重赏，只要有钱，还愁找不到女人？”

柳双喜的发现让秦九喜出望外。胡彪催促道：“秦爷，下手吧，别让他们跑了。”秦九阻止道：“此地人多，不便下手，再说柳大虎也不是吃素的，一定会拼死反抗，一旦引来官军，我们就危险了。现在可以确定柳家人要去李家镖局。去天水镇必须经过十八道弯，那里是咱们的地盘，在那儿动手柳家人插翅难逃。”秦九伏在胡彪耳边低语。胡彪听罢，奸笑道：“还是秦爷高明。”说完，带领几名土匪策马扬鞭，超过柳家的轿车，赶往十八道弯去设障。秦九率领其他土匪尾随在轿车后面。

柳家的轿车驶进峪口镇，朝裕昌山货行而来。柳大虎远远看见裕昌山货行门前摆放的花圈，不知出了何事，让车夫把轿车停在路边，准备上前打探。原来，陆大江、李涛等人遇害后，曹峰、陈龙星夜赶到峪口镇处理后事，在裕昌山货行设立了临时灵堂，峪口镇的父老乡亲闻讯，纷纷来吊唁，花圈从院里一直摆到大门外。

柳蕊珠撩开车帘，看见裕昌山货行前摆放的花圈，面色陡变，眼前又出现柳宅遭劫后的恐怖场面，惊恐道：“大虎，此处在办丧事，不宜停留，走吧，别打搅人家了。”柳大虎赶忙解释道：“老夫人，您别怕。临行前，田青给他的堂兄田茂写了封信，一再叮嘱让我务必把信交给田茂，让他安排人护送我们过十八道弯。我去看看发生了何事，马上就回来，不会耽误多长时间。”柳大虎的言行激怒了柳蕊珠，柳蕊珠厉声喝道：“我说不要打搅人家，你没听见吗！”柳大虎连忙跪倒，恳求道：“老夫人，十八道弯山路曲折，地形复杂，大青山余匪经常在此出没，老爷再三叮嘱，按田青的安排行事，确保您的安全！”柳蕊珠非但不听，反而大发雷霆，怒斥道：“老爷的话作数，难道我的话就不作数吗！我再说一遍，马上走，不去裕昌山货行！”柳大虎见老夫人动了肝火，不敢再多言，一挥手，轿车启动，驶进了大青山最危险的路段——十八道弯。

看见柳家轿车进入了十八道弯，秦九的胆子一下大起来，带领土匪紧追不舍。柳大虎发现了尾随的土匪，知道大事不妙，一边命令车夫驱赶牲口快行，一边命令家丁准备放箭。狡猾的土匪紧追不舍，却不靠近，始终保持一箭距离，柳大虎干着急，没有任何办法。

四英雄罹难的消息引起百姓的恐慌，人们不敢在这一带活动。路上行人稀少，给土匪提供了作案机会。疾驰的轿车剧烈颠簸，车内的柳蕊珠忍受不住，急呼：“慢点，慢点。”车夫禀报道：“老夫人，后面有人追赶，怕是遇到了土匪，让他们追上就没命了！”柳蕊珠吓得魂飞魄散。

胡彪提前来到十八道弯，做好了劫车的准备，看见疾驰而来的轿车，下令用木头堵塞道路。第一辆轿车的车夫发现道路被堵死，一时慌了神，把车赶下官道，进入了岔路，后面的轿车尾随其后也进入岔路，车夫的鲁莽行动正中土匪下怀。柳大虎发现车辆误入歧途，急呼停车。无奈岔路崎岖狭窄，几辆轿车拥挤在一起，无法调头，只好将错就错，沿着岔路向山里疾驶。秦九一声呼哨，土匪紧追不舍，跟在轿车后面进了大山。

第二十六回　救主人柳家丁就义　保贞洁柳梅莹跳崖

山间小路崎岖狭窄，一边是陡壁，一边是峡谷，峡谷下面就是湍急的大青河。土匪越追越近。柳大虎知道决战时刻到了，让两名家丁保护柳家夫人继续前行，自己带领其他家丁用车堵死了道路。土匪发起强攻，柳大虎一声令下，弓箭齐发，三名土匪中箭倒地，其余的土匪退了回去。

秦九仔细观察地形，发现路边的石壁上长着藤条，眼珠一转，有了主意。他把刀背在背上，纵身一跃，抓住藤条，猴子般在藤条间悠荡，瞬间就来到柳大虎近前，柳大虎舞刀相迎，手中的钢刀上下翻飞，一刀比一刀快，一刀比一刀急，恨不能一刀结果秦九的性命。秦九是名惯匪，身形矫健，刀法娴熟，左躲右闪，破解了柳大虎的招数。柳大虎求胜心切，稍不留神被秦九的刀划伤了左臂，鲜血染红了衣袖。秦九将柳大虎逼到悬崖边，柳大虎临危不惧，果断出手，要与对手同归于尽。秦九胆怯了，躲闪时失足倒地。柳大虎正要结果秦九的性命，两个土匪冲上来，秦九侥幸逃命。柳大虎将一个土匪砍翻，自己被另一个土匪刺中，摔倒在地。秦九纵身跃起，连补数刀，柳大虎英勇就义。

胡彪见秦九得手，带领土匪杀过去。柳家家丁和车夫见柳大虎战死，怒火中烧，挥刀舞枪与土匪展开激战，直至全部战死。土匪也死伤过半，损失惨重。秦九让胡彪把柳大虎、家丁和车夫的尸体抛入湍急的大青河，把死伤的土匪抬上车运走，自己带人继续追赶。

柳蕊珠、柳梅莹乘坐轿车在山路上颠簸前行，来到路的尽头。车夫停下车，一行人弃车步行。山上荆棘丛生。一个车夫挥刀在前面开路，另一个车夫搀着柳蕊珠，吴嫂挎着包袱，柳梅莹、柳春红抱着俊龙、俊虎，两个镖丁断后，一行人上了山。

秦九率领土匪追上来，见到遗弃的轿车，高声呼喊："小的们，下马，上山！"柳家的两个家丁居高临下，开弓放箭，两名土匪中箭倒地。秦九带领土匪从两侧包抄过去，杀死了家丁，继续追赶。

柳蕊珠岁数大了，平日养尊处优，怎么经得住如此的折腾，累得气喘吁吁，瘫坐在地上。大祸临头，柳蕊珠此时才意识到自己害了一家人，捶胸顿足，放声痛哭："都怪我不听劝告，一意孤行，才引来杀身之祸！"柳梅莹宽慰道："娘，事已至此，说这些还有什么用！快走吧，土匪追上来了！"柳蕊珠没有动，哀求道："莹儿，我实在走不动了。你们带着俊龙、俊虎快跑吧！我是拖累，有我在谁都逃不脱！"柳梅莹痛哭道："娘，我们不能撇下您不管，要死，大家死在一起！"柳蕊珠望着女儿和她怀中的孩子，绝望道："莹儿，娘求你了，你们快走吧，俊龙、俊虎是柳家的命根子。绝不能让柳家断了后！"柳梅莹不舍离去，危难时刻怎能撇下母亲独自逃生！柳蕊珠见状，把心一横，甩开搀扶她的车夫，纵身跳下陡坡。"老夫人……"吴嫂惊呼一声，也纵身跳了下去。

"娘……"柳梅莹眼睁睁地看着母亲、吴嫂滚落山下，发出撕心裂肺的悲鸣，眼前一黑，瘫倒在地。两个车夫冲上来，一个抱起俊龙，一个背起柳梅莹，拼命朝山上爬。土匪越追越近，车夫气喘吁吁道："少夫人，前面是条岔路，你们赶快藏起来，等我们引开土匪，你们赶快逃命。"柳梅莹、柳春红感动得热泪盈眶，给车夫鞠躬致谢，隐藏在灌木丛中。车夫引开土匪，她们抱起孩子继续逃命。

土匪追上车夫，发觉上了当，杀死车夫，又返回来寻找柳梅莹和柳春红。秦九面目狰狞，高声叫嚷："她们跑不远，就在附近。记住，抓活的，千万不能伤害柳家小姐。"柳梅莹跑得上气不接下气，她唤住了柳春红，含泪道："春红，咱俩分开跑。要不然谁也跑不掉。"柳梅莹把俊龙放在地上，从兜里掏出一块红罗帕，撕成两半，一半拴在俊龙的衣服上，一半交给柳春红，颤抖道："春红，你把这半块手帕收好，作为辨认孩子的证物。你若能逃出魔掌，一定要把俊虎交给他的父亲……"说完，抱起俊龙继续朝山上跑去。柳春红望着柳梅莹远去的背影，满怀深情地喊了声"夫人"，泪水夺眶而出，遮住了视线。

远处传来俊龙的哭声，柳春红知道柳梅莹在故意吸引土匪，让她脱身。秦九发现了柳梅莹，狼嚎般喊叫："她在那里，抓住她！"带领土匪追赶过去。

柳梅莹抱着俊龙拼命朝山上跑，一个怀抱婴儿的小脚女子怎么跑得过如狼似虎的土匪？柳梅莹筋疲力尽，大口大口地喘息，眼前一黑，险些跌倒，赶紧蹲在地下。土匪追到近前，将她围住。秦九奸笑道："美人，别害怕，我们不会伤害你的。我家乔主子怜香惜玉，仰慕小姐的才华和美貌，让我接你去做压寨夫人。"秦九的话深深刺痛了柳梅莹，她柳眉倒竖，怒目圆睁，恨不得将秦九撕成碎片。秦九下令道："李涛已经死了，这个孽种也不能留着，把孩子抢过来，摔死！"土匪上前要夺孩子。柳梅莹听到丈夫的死讯，肝肠寸断，心想：死不足惜，绝不能活着落到土匪手里。她环顾四周，前面是土匪，后面是悬崖，猛地站起身，双眼一闭，抱着俊龙纵身跳了下去。

秦九惊呆了，他万万没料到这个漂亮柔弱的女子竟然如此刚烈，探身朝崖下看看，转身对手下吼道："还他娘的愣着干什么？赶快下山找人！"土匪下山去寻找柳梅莹。

柳梅莹引走土匪，为柳春红赢得了生机。柳春红抱着俊虎拼命奔跑，一个念头驱使着她：快跑，跑得越远，孩子越安全。荆棘划破了衣裤，留下道道伤痕，她毫无察觉。

夜幕像魔鬼张开的大嘴吞噬了光明，山林里死一样寂静，令人心生恐惧。逃脱了土匪的魔掌，筋疲力尽的柳春红瘫坐在大树下，大口大口地喘息，汗水浸湿了衣裳，风一吹，浑身凉飕飕的，她不禁打了个寒战。柳春红解开衣襟，将孩子紧紧包裹在怀里，身体蜷缩成一团。一阵阵倦意袭来，她昏昏沉沉睡着了。山里的天就像娃娃的脸，说变就变。前半夜还是明月高悬，后半夜电闪雷鸣，下起了雨。俊虎又冷又饿，啼哭起来。孩子的哭声惊醒了柳春红，她怀抱俊虎，伫立在风雨中，泪水混合着雨水在脸上流淌，她不知道身在何处，也不知道路在何方，对着群山发出绝望的叹息。

柳春红看着怀里的孩子，想起柳梅莹的嘱托，想起爷爷临终前说的话："现在的好日子都是东家给的，你们要知恩图报，无论将来发生什么事情，都不能忘恩负义，背叛主人。"她发誓一定要活下去，亲手把俊虎交给李涛，报答主人的恩德。柳春红紧紧抱着俊虎，深一脚，浅一脚，摸索着朝山下走，雨中的山林泥泞湿滑，脚下一滑，身体失去平衡，摔下山去。

张豹带领弟兄们赶到三河镇，看到大火烧毁的柳宅，心里凉了半截。得知柳家一家人安然无恙，紧张的心情才平静下来。张豹来到柳家织造坊，见到田青，迫不及待地问："何人烧的柳宅？抓住凶手没有？"田青道："是匪首秦九带人干的，老爷正在协助官府捉拿凶犯。"张豹怒火中烧，咬牙切齿道："奶奶的，又是大青山土匪！等我抓住他们，定将他们千刀万剐，碎尸万段！"

田青环视四周，不见李涛，诧异地问："少东家没回来？"田青的话触到张豹的痛处，想起大哥刘雄的叮嘱，强忍悲痛，吞吞吐吐道："二爷，二爷……没……回来。"田青见张豹神色异常，言语含糊，疑惑地问："张豹兄弟，你来三河镇是有什么事吗？"张豹解释道："大哥刘雄听说大青山土匪重新现身，担心柳家的安全，派我来助你们一臂之力。”“张豹兄弟，老镖主身体可好？”张豹害怕话多露馅，岔开话题：“田大哥，二奶奶和孩子们呢？怎么没看到他们？”“老夫人和少夫人带着俊龙、俊虎去李家镖局了。”张豹闻言，疾声问：“什么，他们去了李家镖局？什么时候走的？何人护送？”“今天一早走的。柳大虎带人护送。”张豹心中有了不祥之感，自言自语道：“我们在路上怎么没有遇见？难道他们……”话说到半截，觉得不妥，把另半截话咽了回去。张豹越想越感觉不安，招呼身边的弟兄，要返回去寻找，被田青拦住。田青道：“张豹兄弟，你别急，先听我说。出发前，我叮嘱柳大虎路上不要随便停车，一定要去裕昌山货行用餐和休息。我给兄长田茂写了信，请他照顾好夫人和孩子，派人护送他们过十八道弯。你们来时可曾去过裕昌山货行？”张豹摇头道：“没有。”田青宽慰道：“兴许他们已经到达裕昌山货行，你们错过了相遇的机会。”张豹还不放心，把随行的镖丁叫到身边，吩咐道：“你们留下保护柳家的安全。记住，土匪胆敢再来，绝不能手软，让他们血债血还！”说完，牵出马，单人独骑，直奔峪口镇。

张豹赶到峪口镇时已是深夜，他在裕昌山货行前下了马，一边拍打门环一边大声呼喊：“柳家老夫人，二奶奶……”守门人不认识张豹，不让他进门，张豹将他推翻在地，径直往里闯。曹峰、陈龙闻声，抄起家伙跑到屋外，见是张豹，吃惊地问：“张豹，你怎么来了？家里又出了什么事？！”张豹一把抓住曹峰，急迫道：“二哥，你可见过柳家老夫人？见过二奶奶和孩子吗？”曹峰被问蒙了，疑惑道：“不曾见过他们。到底出了什么事？你快说清楚。”张豹把土匪火烧柳宅，柳大虎护送柳蕊珠、柳梅莹去李家镖局的事说了一遍，曹峰和陈龙惊呆了，陆大江、李涛、王亮、张汉尸骨未寒，柳蕊珠、柳梅莹和孩子再有不测，怎么得了！陈龙沉思了片刻，道：“两位夫人会不会没来裕昌山货行，直接去李家镖局了？”张豹道：“不能呀。田青临行前再三嘱咐，让他们一定来此地休息用餐，柳大虎办事谨慎，又深知此行的危险，怎么会有命不遵？”陈龙道：“大家不要争执了，回镖局一看便知晓了。”张豹起身要回李家镖局，被曹峰拦住：“三弟，你太累了，先去休息。我即刻派人回镖局核实情况，有了准信，咱们再作打算。”

刘雄得知消息，知道又出了大事，赶快派人传回消息。陈龙对曹峰、张豹道：“看来两位夫人和孩子凶多吉少。案情重大，咱们应该马上禀报官府。曹峰，你在此留守，我和张豹去找宋天福。”

宋天福在外面奔波了一天，刚回到县衙，衙役就来禀报："陈龙求见。"宋天福得知案情，惊出一身冷汗。案情重大，他不敢耽搁，马上向单宝生汇报。单宝生正为陆大江的案子殚精竭虑，听了禀报，大惊失色，吩咐道："天福，你把县衙的人都召集起来，沿官道寻找柳家夫人和孩子。通知杨显，让他带领山民进山寻找。活要见人，死要见尸，一定要查清他们的下落！"

县衙的人沿着官道一路寻找，杨显带领山民进山寻找，奇怪的是，明明有人看见五辆轿车进入了十八道弯，却没有发现任何踪迹。原来，土匪逼迫柳家车辆进入大山后，清除了路障，把柳大虎等柳家家丁和车夫的尸体抛进大青河，销毁了车辆。一场暴雨又冲刷了作案留下的痕迹。

两天过去了，毫无音信。单宝生向州衙发出紧急公文，请求周边各县协助寻找。又过了两天，仍然毫无音信。柳家人活不见人，死不见尸，传言四起，在当地引起更大的恐慌。

第二十七回　命垂危李胜留遗嘱　得噩耗东家道后事

陆大江、李涛被害的消息在李家镖局传开了，事情无法再隐瞒下去，刘雄只得向李胜、李瑛说出了实情。不过，他还是隐瞒了柳蕊珠、柳梅莹和孩子失踪的消息。

李胜得知噩耗，急火攻心，大口呕血，人们赶紧请来一位老郎中诊治。老中医号过脉，无奈地摇头叹息。慌乱中有人高喊："柳名医来了！"柳达声此时现身，可谓是雪中送炭。陈龙请柳达声验尸，柳达声知道李胜、李瑛得知噩耗，承受不了如此巨大的打击，带上应急的药物连夜赶到李家镖局。柳达声取出药丸，用温水调开，撬开李胜的嘴，灌了进去。

李胜还没苏醒，李瑛又出了事。她刚生了孩子，身体十分虚弱，获悉噩耗，牙关紧闭，不省人事。柳达声取出银针刺下去。李瑛渐渐苏醒过来，口中呼唤着陆大江、李涛、王亮、张汉的名字，失声痛哭。

李胜苏醒过来，微微睁开眼，看到守护在床前的柳达声，泪如泉涌，断断续续道："达声弟，你我相识几十年，赤诚相待，肝胆相照，能结识你和飞龙兄……是我一生最大的幸事！"柳达声听后老泪纵横，动情道："兄长千万别这么说。要说感激，我要感激你和飞龙兄，你们光明磊落，疾恶如仇，是我最敬佩的人！"李胜吃力道："我时日不多了，有件事要托付与你，大江和李瑛既是师兄妹，又是恩爱夫妻，感情甚深。李瑛和李涛一起长大，俩人虽没有血缘关系，但胜过亲姐弟。我担心李瑛承受不住如此大的打击。我死后，你要好好开导她，帮她迈过这道坎。王飞龙、赵锦娘的案子至今未破，你熟悉案情，一定要帮助李瑛捉拿凶手，找回失踪的王霞……"柳达声抹了把泪水，点头应允道："兄长放心，我一定照办。"李胜又晕厥过去。

刘雄把柳达声叫到一边，低声地问："柳先生，师爷的病……"柳达声摇头叹息道："病入膏肓，已无时日，待他醒来，赶快安排后事，以免留下遗憾。"刘雄嘱咐身边的人："师爷清醒后，请师娘过来。"李胜苏醒，人们把李瑛搀扶到李胜床前，李胜颤抖着道："瑛儿，我有事交代与你。"李瑛泪流满面，痛声道："女儿静听爹爹的吩咐。"李胜艰难地说："王飞龙的冤案没有昭雪，王霞至今下落不明；杀害大江、小涛他们的凶手还逍遥法外，我死不瞑目。你一定要把这两个案子追查下去，惩办凶手，让真相大白天下。我死后，你要节哀保重，一定要把镖局办下去，不要辜负弟兄们对你的信任。”李瑛心如刀割，点头应诺。

李瑛从王妈怀里接过女儿，抱到父亲身边，道：“这孩子命苦，没出生就没了爹爹和舅舅，您给孩子起个名字吧。”李胜爱怜地看着襁褓中的外孙女，眼眶里满含泪水，道：“就叫陆青吧，青出于蓝胜于蓝。希望她比大江和涛儿更优秀……”李胜双眼紧闭，呼吸微弱，松开了握着女儿手的手。“爹，爹！”弥留中的李胜听到了女儿的呼唤，用尽最后的力气，断断续续道：“找到了王霞……惩治了凶手……一定要到坟前告诉我！”说完，头一歪，气绝而逝。李瑛扑在爹爹身上晕厥过去，在场的人无不伤心落泪。

人们把李瑛抬回房间，柳达声紧急施救，过了好一阵子，李瑛才慢慢苏醒过来。孩子饿了，哭闹不止。李瑛接过襁褓中的陆青给她喂奶。孩子叼住奶头吸吮，又松开奶头啼哭起来，反复几次都是如此。王妈慌了神，请柳达声诊治。柳达声检查后道：“孩子无碍。是奶水出了问题。”李瑛用手按压乳头，一滴乳汁也没有。柳达声安慰道：“别急。是你悲伤过度影响了乳汁分泌。”转身对王妈吩咐道：“去找个奶妈来。”陆青吃了奶妈的奶静静地睡去，众人松了口气。

李瑛一下子失去了父亲、丈夫、弟弟三位至亲，肝肠寸断，痛不欲生。柳达声苦苦相劝：“我知道你承受着别人难以想象的痛苦，可人死不能复生，你一定要节哀保重，振作起来。如今，你是镖局的当家人，镖局的业务靠你操持，你爹的遗愿要你去实现。你爹临终前嘱托我，让我帮助你解开心结。我虽为郎中，但是病患易治，心病难医。李瑛，凡事都要从长计议，要忍辱负重。韩信忍受胯下之辱，才成就了伟业。越王勾践卧薪尝胆，最终才报仇雪恨。我相信你一定能以大局为重，度过眼前这道坎……”在柳达声和众人的劝说下，李瑛的情绪渐渐平静下来。

李家镖局还没平静，柳家又乱成一团。柳广财得知李涛遇害，夫人、女儿和外孙失踪的噩耗当即昏厥过去，苏醒后，又陷入深深的自责中不能自拔。他后悔不该让夫人和女儿带着外孙去李家镖局，不然就不会遭此劫难。田青在一旁劝慰道：“老爷不要自责了，这都不是您的过错。没有老夫人、少夫人和孩子的消息，说明他们还活着。县令单大人派人进山寻找，陈龙带着李家镖局的人也跟了去，很快就会有消息的。”在众人的劝说下，柳广财的情绪暂时稳定下来。他跪在祖宗牌位前，默默地祷告，祈祷祖宗的神灵保佑夫人、女儿和外孙逢凶化吉，早日归来。

官府找到了那几位擅自离开柳宅的仆人，经过核实，排除了他们的通匪嫌疑，所有疑点都集中到柳双喜身上。田青把调查结果告诉了病榻上的柳广财，柳广财又自责起来："都怪我，早就有人对我讲，说柳双喜偷奸耍滑，私自到外面酗酒，我念他是柳家庄人，又是柳春红的未婚夫，没治他的罪。如果我听从劝告，把他逐出柳宅，陆大江、李涛他们就不会遇害，夫人和莹儿也不会失踪……"

王贵道："柳双喜只是一个外宅的仆人，他怎么会对老爷和少东家的行踪了如指掌？肯定是柳春红向柳双喜透露了消息。"柳广财听罢，恨得咬牙切齿："我待柳浩然爷孙不薄，柳春红非但不感恩戴德，反而恩将仇报，勾结土匪杀害主人，丧尽了天良！天理不容，天理不容啊……"

田青也在思考此事，越想越觉得事情蹊跷，在一旁道："老爷切不可主观臆断。要说柳双喜投靠土匪，卖主求荣，我信。柳春红的所作所为有目共睹，她忠心耿耿，绝不会出卖主人。"继而又分析道，"柳春红知晓陆镖主、少东家回李家镖局的时间，有机会向柳双喜透露消息，可老夫人去李家镖局是临时决定的，当时她已随少夫人进入织造坊的密室，柳双喜也被看管起来，他俩根本没有机会接触，土匪又如何得到了消息？"柳广财也是疑惑不解。

几天后，从大青河下游传来消息：渔民在河边发现了几具男尸，死者不是当地人，全部是被利器毙命。官府怀疑死者是从上游漂下来的，通知三河县县衙派人查看。宋天福、陈龙带人到现场勘验，证实死者是柳大虎以及柳家的家丁和车夫。土匪杀死柳大虎等人后，把尸体抛进湍急的大清河，尸体被冲到这里。宋天福让人把柳大虎等人的尸体收殓起来，运回三河镇，他和陈龙带人沿着河两岸寻找，没有发现柳蕊珠、柳梅莹和孩子的踪迹。

又过了几天，一位进山采药的山民，在密林里发现了两具女尸，从女尸携带的包袱里找到了柳广财写给李胜的信，证实了死者的身份。宋天福赶到现场，确认死者是柳蕊珠和她的贴身仆人吴嫂。在附近的山里继续寻找，又发现了柳家两名家丁和两名车夫的遗体。柳梅莹、柳春红和两个孩子仍然生死不明。

得知夫人柳蕊珠的死讯，柳广财悲痛不已。时间已经过了生存的极限，女儿和外孙生还希望变得渺茫，柳广财彻底绝望了，"哇"地哭嚎起来："老天爷，你睁开眼睛瞧瞧吧，柳家仁义忠厚，尊孔孟之道，读圣贤之书，为何要遭此劫难！天理不容……”口吐鲜血，跌倒在地。柳达声赶来施救，柳广财睁开双眼。见堂弟立在床前，颤抖道：“我俩从小一起长大，彼此最信任。把寻找梅莹和孩子的事托付与你，我最放心。若他们还活着，你要尽力扶助他们，把孩子培养成人，让他们继承父业，光宗耀祖。若是不在世了，这个家你就做主。”柳达声鼻子发酸，眼泪蒙住了双眼，安慰道：“就照兄长说的办。”

柳广财预感即将辞世，让柳达声把柳文、田青和王贵叫到身旁。颤抖着声音道：“你们是我最信赖的人，听我向你们交代后事。我死后，柳家不能一日无主。我已经把柳家的事托付给堂弟柳达声，柳家的一切事务将来由他做主。”又对柳文、田青和王贵道：“柳家产业由你们三人共同管理。柳文负责管理桑田和蚕茧生产，王贵负责织造，田青负责经营销售。你们三人要精诚团结，遇事一起协商，遇到分歧，听从达声裁定。”田青、王贵惊愕不已。田青由衷道：“老爷的信任晚辈领了，不过，我俩是外姓人，怕是难当此任，也不合族规，还是托付给柳氏族亲为好，请老爷三思。”柳广财听罢，连连摇头，道：“我不是不想把家业托付给柳氏族亲，思来想去，没有一个族亲能独立担当此任！柳家织造坊的兴衰，不仅关系到柳家基业，也维系着全体柳家庄族人的生计，责任重大。”柳广财对柳文道：“柳文，希望你能理解我的良苦用心。我将织造坊委托田青和王贵管理，一定会招来族亲的非议，你是庄主，又是族长，你要向族人讲清道理，维护他俩的威信。”柳文点头应允。

柳广财继续道：“此生我一直把传承织锦技艺视为己任。我破除陈规旧俗，让王贵掌管织造，就是要把老祖宗传下来的织锦技艺发扬光大。否则，上对不起祖先，下对不起子孙。王贵，你没有辜负我的期望，为柳家织造坊作出了贡献，传承技艺的大任就托付给你了。记住，千万不要中断五福捧寿纹织锦的研制，一定要把它织造出来。”王贵泣不成声，叩首道：“晚生谨记老爷的教诲，一定把五福捧寿纹织锦织造出来，一定把织锦技艺发扬光大。”柳广财脸上露出笑容，让仆人从书案上拿来一个精致的木匣，交给王贵，道：“这是少东家撰写的织造笔记，详实地记录了丝绸织造的操作方法和步骤，梅莹整理后我又作了修改，我把它交给你，将来一代代地传下去。”王贵双手接过手稿，热泪盈眶。

柳广财让仆人取来纸墨笔砚，吩咐道：“你们把我说的记录下来，作为遗嘱。”田青铺纸，王贵研磨，柳文执笔书写下遗嘱。柳达声将遗嘱读了一遍，柳广财点头确认，接过笔签了名。柳达声、柳文、田青、王贵分别在上面签字画押。

柳广财继续道："我们柳家一向光明磊落，从不向黑恶势力低头，这才招来土匪的血腥报复，尽管如此，我不后悔。我死后，土匪……不会善罢甘休，还会惹是生非。你们……要团结一致，与土匪斗争到底。你们要配合官府和李家镖局缉拿凶手，寻找梅莹和俊龙、俊虎，一定要把他们找回来。" 在弥留之际，柳广财断断续续道："有了……梅莹、俊龙、俊虎……的消息，一定要到我坟前……说一声。"说完，气绝身亡。

柳家外宅的废墟上搭起灵棚、幔帐，中央摆放着柳广财、柳蕊珠的灵柩，两侧摆放着柳大虎、吴嫂等遇害的家丁、仆人和车夫的棺木。柳文、田青、王贵和柳氏族亲身穿孝服为逝者守灵，三河镇的大小商家和男女老少带着祭品前来吊唁，各种祭物堆积如山，哀声一片。

李家镖局也是一片哀声。习武场上搭起灵棚，幔帐高挂，花圈林立，纸扎的祭品摆满院子。灵堂内，老英雄李胜的灵柩摆在中央，陆大江、李涛的灵柩分列两旁，两侧是王亮、张汉的棺木。李瑛披麻戴孝为亲人守灵。经历了丧父丧夫丧弟的痛苦和产子的折磨，她面容憔悴，身体虚弱，没多久就晕倒在灵堂里，众人慌忙将她抬进了内宅。陆坚一身重孝，代母在灵堂前接待吊唁者。

香火缭绕，哀乐低沉，众僧诵经作法，超度亡灵。前来吊唁的人络绎不绝，很多素不相识的人敬重李家镖局为民除害的义举，扶老携幼赶来为英雄送行。

官府张贴布告缉拿柳双喜和柳春红。消息传到柳家庄，柳双喜的父母得知儿子的逆行，无颜面对柳氏族人，双双自缢身亡。

第二十八回　闻哭声师徒救幼子　当图像俊龙躲劫难

柳梅莹和两个孩子生死不明，引起种种猜测。有人说他们死了，有人说还活着，被土匪掠去了。宋天福、刘雄焦急万分，又一筹莫展。

柳梅莹跳崖的崖底树木挺拔，翠竹茂密，不远处有一座尼姑庵。四年前，庵主带着两个徒弟云游到此，被这里秀美的山川和纯朴的民风吸引，定居下来。人们不知道她们的来历，只因小庵取名“三元庵”，庵主便得了“三元大师”的称谓。三元大师慈眉善目，平日少言寡语，却是一位世外高人，她的两个徒弟，一个叫雪梅，一个叫雪燕。

师徒三人在山坡上辟出一块空地，无论严寒酷暑，每天早晚都在此习武。这日傍晚，师徒照例来习武，远处隐约传来婴儿的啼哭声，闻声寻去，在一棵大树下发现一个怀抱婴儿的年轻女子。女子仰卧在地，七窍出血，已经没了气息。婴儿是男孩，两岁左右，受到母亲的保护，皮肤有擦伤，身体并无大碍。三元大师把婴儿抱在怀中，仔细端详，孩子皮肤白皙，眉清目秀，十分可爱。

女子是坠落身亡的。三元大师抬头仰望，晚霞的余晖把山峰染成了橘红色，山峰轮廓清晰却看不清细节，侧耳倾听，满耳是风吹树动的林涛声。雪梅、雪燕在四周寻找，没有发现其他线索。年轻女子皮肤白皙，衣装华贵，一看便知是富家女子。她怀抱婴儿到人烟稀少的深山老林里来干什么？为什么会坠崖身亡？三元大师百思不解，直觉告诉她其中定有隐情。天色已晚，她们决定先将女子的尸身和婴儿转移到安全地方，查清真相后再作决断。

雪梅从师父手中接过婴儿，雪燕帮师父背起女子，三人朝林子深处走去。在隐蔽的山石后面有一个天然洞穴，是师徒平日储存物品，危难时藏身之处。走进山洞，三元大师把女子放在地上，用湿毛巾擦去脸上的血渍，借着油灯的光亮凝神观看，女子容貌清秀，如同睡美人一般，不禁为她的命运惋惜。

师徒三人开始整理遗物。寻找女子身份的线索。女子脚上只穿着一只绣花鞋，另一只不知丢在何处。三元大师将绣花鞋拿到灯下观看，绣花鞋绣工精致，黑色的鞋面中央绣了一朵盛开的红牡丹，绿叶相衬，鲜艳夺目，鞋帮上绣一圈小牡丹花，花朵虽小，姿态各异，非常精致，看得出女子不仅容貌出众，而且心灵手巧。三元大师找遍了女子全身，没有发现可以证明身份的线索，又在孩子身上寻找。除了身上穿的衣服，只有系在衣服上的半块红罗帕。

三元大师解下红罗帕仔细观看，罗帕用上等丝绸制作，上面绣着荷花和鸭子戏水图案，构思巧妙，充满诗情画意。令她不解的是，罗帕为什么只有一半？另一半在哪里？三元大师用布把一只绣花鞋和半块红罗帕包好，收藏起来。孩子醒了，啼哭起来。雪梅回庵里取来米粥喂他，哄他睡去。

一夜无事。第二天清晨，三元大师让雪梅留在山洞里照看孩子，自己和雪燕回到了三元庵。三元庵地处深山腹地，十分僻静，光顾这里的多是找三元大师看病的山民。师徒俩向山民打听坠崖女子的线索，一无所获。

晌午时分，门外来了一群身穿黑衣手持利刃的人，为首的个子不高，尖嘴猴腮，正是秦九。三元大师将他们拦在门外，双手合掌，问："几位施主，你们到此有何贵干？"秦九上下打量三元大师，阴阳怪气地问："你是庵主？"三元大师点头道："正是。""我们正在寻找一位怀抱婴儿落下山崖的年轻女子，你们可曾见过？"三元大师看他们不是好人，平静道："不曾见过。"秦九恶狠狠道："你撒谎。跳崖女子就跌落在附近。瞧，这只绣花鞋是我们在附近拾到的。周围没有别的人家，不在这里，还能插翅飞了不成！"秦九拿在手中的正是女子失落的另一只绣花鞋。三元大师镇定自若，从容地回答："信不信由你。各位请便，我们要关门休息了。"雪燕正要关门，秦九一挥手，几个土匪就往里闯。三元大师厉声喝道："大胆狂徒，佛门圣地岂容你们胡作非为！"说完，气运双掌，轻轻一推，前面的土匪跌跌撞撞摔出老远。秦九知道遇到了高僧，没敢放肆，倚着庵门死皮赖脸道："你口说无凭。我们不信。我进去查看，找不到人立马就走。"三元大师手指秦九道："你进去，其他人留在外面！"雪燕放秦九进去，双手叉腰堵住庵门，哪个胆敢往里闯，绝不手下留情。

三元庵不大，只有几间茅草房，正房供奉着佛像，两侧是禅房、卧室和伙房，秦九里外搜查了一遍，没发现异常，骂骂咧咧地走出庵门。三元大师望着远去的黑衣人，脑海里又浮现出年轻女子的面容，更觉得此事蹊跷。

三元大师来到山洞，看着婴儿犯了难。三元庵方寸之地，怎能藏住一个嗷嗷待哺的孩子。再说，庵里粗茶淡饭，也不利于孩子成长。怎么办？雪燕道："我有个办法。桂花嫂刚生了个女娃，奶水足，不如暂时将孩子交与她抚养。"桂花嫂是猎户郑成的媳妇，住的离三元庵不远。三元大师觉得可行，取出一些碎银交给雪燕，道："这些银子作为孩子的抚养费。告诉桂花，找到孩子的亲人就把他接走。"又打开布包取出那半块红罗帕，道："这半块红罗帕一定藏着孩子身世的秘密，还是系在孩子衣服上吧。"说完，将半块红罗帕系好。天将黑时，雪燕将婴儿送到桂花嫂家，回来禀报："师父，一切都办妥当了。"

第二天一早，三元大师叮嘱两个徒弟道："你俩留在庵里，我去官府报案。"说完，背上宝剑出了庵门。三元庵地处大青山腹地，属于东青县管辖，离此处最近的镇子也有二十余里。她来到镇上，向驻守此地的官员报了案。官员做了笔录，一脸无奈道："此事已经过了两日，即使是凶杀案，罪犯逃之夭夭，难寻踪迹。你回去等消息吧。"

三元大师刚回到三元庵，桂花嫂就神色慌张地跑进屋，哭诉道："不好了，孩子被歹人抢走了！"三元大师面色骤变，急切地问："发生了何事？"桂花嫂哭诉道："午饭后，我哄孩子睡了，到房后的菜园浇水，听到院子里有声响，赶紧跑去观看，见两个黑衣歹人闯进我家要抢走孩子。我上前争夺，被踢倒在地。"她撩起裤腿，露出青紫色的伤痕。"三元大师问："你女儿怎么样了？""他们是冲着那个男娃来的，没动我的孩子。"三元大师又问："看清楚他们长什么模样了吗？"桂花嫂无奈道："他们青纱蒙面，瞧不清脸。我敢肯定他们与昨天来的那些歹人是一伙的。"三元大师命令道："雪梅、雪燕，快抄家伙跟我走，兴许还能追上他们。"三人脚下生风，沿路寻找，不见土匪的踪影。

三元大师报案后，如同泥牛入海没了消息，只好将年轻女子的尸体装殓，埋葬在她跳崖身亡的那片树林里。

李涛打出的飞镖深深刺进乔吉的左肩，险些要了他的性命，乔吉逃回藏身处，躺在床上养伤，门开了，秦九走进来，拱手道："主子，我回来了。"乔吉问："抓到柳家小姐了吗？"秦九沮丧地回答："没有。"乔吉大为不悦，追问："出了什么情况？"秦九不敢隐瞒，照实禀报："柳家小姐被我们逼到断崖边，我苦口相劝，说我家乔主子仰慕小姐的才华，喜欢小姐的容貌，派我接小姐去做压寨夫人。柳家小姐不识抬举，出口不逊，说痴心妄想，抱着孩子跳了崖。"乔吉吃了一惊，他万万没想到貌似柔弱的女子竟然如此刚烈，催问："那后来呢？""我们下山寻找，在三元庵附近的山林里找到了小姐的一只绣花鞋，鞋上有血迹，说明小姐跳崖时负了伤，我们搜遍了周围的山林也没有寻到她的踪迹。"说完把绣花鞋交给了乔吉。

乔吉把绣花鞋拿在手里观看，发出由衷的赞叹：“好漂亮的一只绣花鞋，牡丹娇艳，花红叶绿，就像小姐的那张脸，百看不厌。可惜了，可惜了，可惜我没有这个艳福。”乔吉在柳家见到柳梅莹后，就被她的美貌迷倒，没料到李涛捷足先登，心中爱慕的美人成了仇家的新娘，他心不甘，发誓一定要把她弄到手。柳小姐宁死不从，让他十分沮丧。秦九看着乔吉，继续道：“柳小姐坠崖处只有一座三元庵，我带人去庵里寻找，没有找到，料定柳小姐一定被庵里尼姑藏起来了，就派弟兄在庵外蹲守。庵里的尼姑将孩子送到一猎户家。派去的弟兄在门外偷听，尼姑说柳小姐摔死了，孩子让那家的女人帮助喂养，我派人把孩子抢回来了。”说完，朝门外喊：“把孩子抱进来。”胡彪抱着俊龙走进屋。问：“主子，如何处置这个小崽子？”乔吉恨得咬牙切齿，恶狠狠地道：“孽种，掐死他。”

胡彪抱着孩子转身要走，被秦九拦住，道：“主子，这孩子现在不能杀。”乔吉感到不解，用讥讽的口吻道：“你一贯铁石心肠，今天怎么发了慈悲？”秦九解释道：“不是我发慈悲，是另有打算。柳家小儿是双胞胎，相貌相同。暂时留下他，就等于留下了活图像，再找失踪的那个就容易多了。等把两个孩子抓齐了，再杀也不迟。”乔吉称赞道：“你果然大有长进，也学会动脑筋用智谋了。好，就照你说的办，千万不要让人知道这孩子的身世。”秦九听到夸奖，喜形于色，恭维道：“是主子平日教导得好。主子放心，我保证把这件事办好。”说完与胡彪一起退出了房间。

秦九、胡彪走后，乔吉拿着绣花鞋独自发呆，见物思人，心中充满无限的懊悔。让他痴迷的女人如今香消玉殒，这只绣花鞋成了唯一的遗物。乔吉没舍得扔，把绣花鞋收藏起来。

秦九回到住处，吩咐仆人把干杂活的王妈唤来。王妈叫王秋菊，是位粗手大脚的农家妇女，蹉跎岁月在她脸上刻满了细密的皱纹，看上去很苍老，其实她才四十出头。王妈毕恭毕敬地站在门口，战战兢兢地问：“秦爷，有何吩咐？”秦九指指床上的孩子道：“你把他抱去抚养。记住，千万别让他死了。”王妈抱起孩子，转身要走又停住脚步，怯生生地问：“秦爷，敢问这孩子叫什么？是谁家的？”秦九把绿豆眼瞪得溜圆，怒斥道：“你给我听好了，只管带好孩子，其他的事少打听。”王妈忙解释道：“不是下人多嘴，若是旁人问起孩子的来历，我该如何回答？”秦九觉得王妈的话在理，想了想，道：“就说从你娘家村里抱养的。至于叫什么，你随便起个名字就行。”

王妈把孩子抱回住处，熬粥喂孩子，一边喂一边仔细端详，孩子眉目清秀，皮肤白皙，十分惹人喜爱。孩子吃饱了，睁着一双水汪汪的大眼睛瞧着她，口中咿呀学语。王妈把孩子紧紧地抱在怀里，百感交集。往事历历在目，死去的丈夫和儿子又浮现在眼前，泪水像断了线的珠子落在孩子稚嫩的小脸上。

王妈的丈夫是个老实巴交的农民，靠租田种地为生，他们有个儿子，名叫“石头”。儿子给他们带来了欢乐与希望，虽然日子过得很艰难，但是王妈的脸上总是挂着笑容。有一年，暴雨倾盆，洪水肆虐，颗粒无收。交不上田租，丈夫被迫当了土匪，死在官军的刀下。王妈失去了男人，孤儿寡母，没依没靠，就带着幼子到乔家当了用人。她把全部心思都用在儿子身上，盼着孩子长大成人，娶妻生子，自己后半生就有了依靠。石头聪明乖巧，五六岁时就帮她做事，外人都夸孩子懂事孝顺。谁知祸不单行，儿子患天花死在她的怀里。王妈失去心爱的儿子，心灰意冷，想到了死。就在她绝望的时候，上天把一个可爱的孩子送到她身边！

一看穿戴，王妈便知道孩子是大户人家的娃，落到秦九手里一定有不可告人的秘密。她找出儿子生前穿过的旧衣服给孩子换上，将换下来的丝绸衣服拿在手里仔细察看，没有发现有关孩子身世的线索，又解下系在衣服上的半块红罗帕细细端量。红罗帕绣工精湛，荷花和戏水的鸭子栩栩如生，是件上乘的绣品，由此可知孩子的母亲是个心灵手巧的女人。可是，好好的红罗帕为何撕成两半？另一半在哪里？她知道绸缎衣服和半块红罗帕是解开孩子身世之谜的物证，就用布包好收藏起来。

看着熟睡的孩子，王妈心中充满无限的感慨，孩子是上天派来拯救她的天使，王家命不该绝，后继有人了。死去的儿子叫王石头，干脆也叫他王石头吧，这个名字好听又好记。从此，柳俊龙变成王石头，在乔吉的眼皮底下生存下来。

第二十九回　逃亡路好心人相助　护幼主有情人成婚

柳春红在雨夜中逃生，跌跌撞撞地走了一段山路，脚下一滑，滚下山坡，昏迷过去。年轻的猎户刘天望上山打猎，听到婴儿的啼哭声，闻声寻去，发现了昏迷不醒的柳春红和怀中的孩子，将他俩救回家。

刘天望二十出头，父亲早亡，与娘相依为命。天望娘见儿子背着一个年轻女子，抱着一个啼哭的婴儿艰难地迈进家门，慌忙接过孩子，帮儿子将女子放在炕上，吃惊地问："这是怎么一回事？" 天望娘听儿子讲述了事情的经过，看着昏迷不醒的女子，用手一摸孩子，身上滚烫，忙对儿子道："大人和孩子都伤得不轻，快去请郎中。"刘天望转身出了家门。

天望娘用湿毛巾擦去柳春红脸上的泥土和血迹，又用凉毛巾为孩子降温。女子眉目清秀，衣装整洁，孩子皮肤细嫩，衣装华贵，知道他们是大户人家的人。让她费解的是，一个年轻女子抱着幼小的孩子到深山老林里做什么？

刘天望请来郎中。郎中察看了柳春红的伤情，又为孩子诊了脉，从药箱里取出药膏和药粉对天望母子道："孩子受了惊吓，染了风寒，并无大碍，你们把药粉冲开给孩子服用，几天便可痊愈。妇人的外伤好治，把药膏敷在受伤处即可，她的内伤情况不详，我先开个药方试试，能否痊愈就看她的造化了。"郎中开了药方，让刘天望去抓药。

柳春红服了药，从昏迷中醒来，发现躺在炕上，身边有一位慈眉善目的老妇人。天望娘笑吟吟道："谢天谢地，你总算醒了！你昏迷了两天了，把我们都急死了。"柳春红猛然想起俊虎，焦急地问："孩子，我的孩子呢？"挣扎着要坐起来，头刚离开枕头，就感觉天旋地转，又倒在炕上。天望娘抱来孩子给她瞧，安慰道："放心吧。孩子只是受了风寒，喂过药，好多了。"看见熟睡的俊虎，柳春红长长舒了一口气，庆幸自己和孩子躲过一劫。天望娘端来热粥。一边喂柳春红一边絮叨："姑娘，不用怕，这是我的家。那天，你和孩子跌下山，多亏被树拦住，不然你们娘儿俩就没命了。" 柳春红喝了粥，身上有了气力，要挣扎着起来谢恩，被天望娘劝止。天望娘好奇地问："姑娘，你叫什么名字？哪里人？到深山老林里做什么？"柳春红没有隐瞒，道出了实情："我叫柳春红，三河镇柳家庄人，在柳家当丫鬟。孩子叫柳俊虎，是柳家小少爷。我陪少夫人回婆家，半路遭土匪劫杀，少夫人冒死引开土匪，我们才得以逃脱，雨后天黑路滑，又不识路，不慎跌下了山。”天望娘边听边抹泪，咒骂土匪丧尽天良。

门开了，刘天望拎着几包草药走进屋，娘冲他摆手，示意他轻声，别吵醒孩子。他把药放在桌子上，压低了声音道：“药抓来了，别忘了煎。”说完退出了房间。柳春红见救命恩人是位年轻憨厚的小伙，脸上露出几分羞涩。

柳春红的身体一天天康复，刚能下地行走，就急着要去寻找柳梅莹。天望娘说什么也不放她走，劝解道：“大青山山高林密，沟壑纵横，别说你一个外来人，就是我们山里人也经常迷路。山里野兽出没，还有歹人，你一个姑娘家，大病初愈，还带着孩子，这不是白白去送死吗！”刘天望也劝说：“我娘说得对。大青山这么大，你人生地不熟，去哪儿寻找？再说，土匪四处寻找你们，说不定就藏在周围等你们露面呢，这时候出去正好落入魔掌。你就在家里安心养伤，等有了你家夫人的消息，再去见她也不迟。”柳春红满心感激，点头答允。

刘天望一直在外面奔走，打听柳梅莹的消息。这天，刘天望一早就出了家门，天黑了还没回来。柳春红等得焦急，抱着俊虎到院外张望，天望娘将她唤进屋，宽慰道：“外面冷，当心孩子着凉。放心吧，天望熟悉路，不会出事的。”

“咣当”，门被撞开，刘天望怒气冲冲地闯进来，指着柳春红劈头盖脸地质问：“你到底是什么人？官府为何要抓你？”柳春红一头雾水，疑惑地问：“天望哥，我不明白你在说什么？”刘天望从背包里掏出一张县衙的海捕告示，甩在她的面前，愤愤道：“你自己看！”告示上画有柳春红和柳双喜的画像，写着：

> 柳双喜，男，20岁，柳春红，女，18岁，三河县三河镇柳家庄人。二犯勾结大青山土匪杀害陆大江、李涛、柳蕊珠等二十余人，罪大恶极，十恶不赦。二罪犯潜逃，捉拿罪犯者赏银伍拾两，提供线索者赏银贰拾两，知情不报或窝藏罪犯者罪加一等，严惩不贷。
>
> 三河县衙

告示上的字柳春红虽然认不全，但也看出了大意，眼前一黑，晕死过去。天望娘不知出了什么事，慌忙将她抱起，手掐人中穴，疾声呼唤：“春红，春红，快醒醒！”见儿子呆若木鸡，厉声质问：“快说，到底出了什么事？”刘天望见状，为自己的鲁莽给柳春红造成伤害深感内疚，怯生生道：“我去打探消息，听人讲，山里发现了两具女尸，官府派人来辨认，确认她们是三河镇人，年长的是主人，叫柳蕊珠，另一位是她的贴身女仆。路人还说官府贴出告示，正在缉拿勾结土匪杀人行凶的罪犯柳双喜和柳春红。我不相信，走了几十里路下山去看个究竟，听识字的人读了告示，才信以为真。我趁人不备揭下告示带了回来。”天望娘大张着嘴巴，半晌说不出话来。

天望娘有自己的判断，对儿子道：“春红对东家的孩子无微不至，说明她心地善良，是知恩图报的好姑娘，绝不会做这等伤天害理的事，其中一定另有隐情。咱们先把事情问清楚，千万别错怪了好人。”刘天望觉得娘的话有理，不再言语。天望娘指着告示问：“春红，这是怎么回事？你说清楚！”柳春红擦了一把泪，抽泣道：“土匪火烧柳宅，东家就怀疑家里出了奸细，我万万没想到奸细竟然是我的未婚夫柳双喜！是我瞎了眼，与他相处多年，竟没有识破这个人面兽心的畜生！案发前，他三番五次缠着我，打听东家的消息，我听信了他的谗言，向他透露了不该让他知道的事。我恨自己，是我害了柳家……”柳春红痛哭流涕，陷入深深的自责，天望娘相信她说的都是真话。

柳春红跪在天望娘面前，痛心道：“是我透露了柳家的消息，才让柳双喜有机可乘，才让土匪的阴谋得逞。我也是罪人。天望哥，你把我送到官府去吧，我这是罪有应得。”说完，伸出双手让刘天望捆绑。刘天望母子被深深地感动，知道错怪了好人。天望娘将柳春红扶起，饱含歉意道：“春红，天望不知情错怪了你，你要原谅他。柳、李两家都是顶天立地的英雄，我们敬重他们，就是豁出性命也要保护好你和孩子。你不能去官府投案，你走了，俊虎怎么办？土匪闻讯也要找上门对俊虎下毒手。”柳春红闻言，意识到险些酿成大祸，听从了劝告。

柳春红整日以泪洗面，陷入深深的自责，思来想去，决定先回三河镇将俊虎交给东家，再去官府自首。她向刘天望母子道出自己的决定，母子俩见柳春红主意已定，不再阻拦。天望娘道：“三河镇距此一百多里路，你独自带孩子回去我们怎么放心？让天望借辆马车，我们娘俩陪你去，路上也有个照应。到了官府，我们为你作证，还你清白。”柳春红感动得热泪盈眶。

刘天望赶着马车，一路颠簸来到三河镇，刚要进镇就感觉到了异常，他把马车停在隐蔽处，叮嘱娘和柳春红在车里等候，自己下车去打探消息。

这天正是柳广财夫妇出殡的日子。“起灵！”主持一声呼喊，哀乐齐鸣。哭声悲切，身穿孝服的柳氏宗亲齐刷刷地跪下，然后，一拨又一拨人接连跪下。杠夫将柳广财夫妇的灵柩移出灵棚，抬上灵车，送殡的队伍高举招魂幡和挽幛，抬着纸人纸马，抛洒白黄色的纸钱，朝柳氏墓地进发，浩浩荡荡，一眼望不到头。

半个时辰后，刘天望气喘吁吁地跑回来，悲恸地道："柳家老爷承受不了丧妻失女的打击过世了，三河镇的人正在给东家夫妇出殡呢。"柳春红犹如五雷轰顶，号啕大哭，发出悲戚的哀鸣："是我害死了东家一家人，我辜负了爷爷临终的嘱托，没有脸面活在世上了！"天望娘生怕哭声引来灾祸，忙捂住她的嘴，劝慰道："此处不是哭的地方。"转身问儿子："有少夫人和俊龙的消息吗？"刘天望摇头叹息。柳春红挣脱了天望娘的双臂，要去柳广财夫妇的灵柩前谢罪，被母子俩制止。刘天望竭力劝阻："你不能去！人们不明真相，会把你当成奸细活活打死的。"天望娘宽慰道："没有少夫人和俊龙的消息兴许是好事，说明他们还活着。我们回去继续找，找到少夫人，真相大白，就能为你洗去冤情。此地不可久留，山里隐蔽，你和孩子更安全。"刘天望扬鞭催马，返回了山里。

就在柳广财夫妇出殡的那天，李家镖局也在为李胜、陆大江、李涛出殡。陆坚披麻戴孝，在前面引灵，陆大江的三位徒弟刘雄、曹峰、张豹护卫在灵车左右。李瑛带着镖丁和女眷跟在后面。李家镖局的镖旗迎风招展，白色幔帐上写的挽联格外醒目：盖世英雄除暴安良建伟业，百姓敬仰高风亮节垂千古。很多素不相识的人自发地从四面八方赶来，加入到送殡的队伍，表达对英雄们的敬慕与哀思。

柳春红回到山里又病倒了，老东家和少东家夫妇的身影不时浮现在眼前，音容笑貌犹在，人却阴阳两隔，再也不能相见。爷爷临终前的嘱托又在耳畔回响："现在的好日子都是东家给的，要知恩图报，无论将来发生什么事情，都不能忘恩负义，背叛主人……"如今，大恩未报，自己却成了杀害恩人的罪人！她陷入深深的自责中不能自拔，整日在悔恨和痛苦中煎熬。

天望娘在一旁苦苦劝说："不要再折磨自己了，明眼人都瞧得出来，这一切都不是你的错。你冒死保护小少爷，不仅无罪，而且有功，真相迟早会大白天下的。少夫人把俊虎托付给你，你就要承担起责任。如今，孩子的家人死的死，失踪的失踪，你成了他唯一的亲人，为了孩子你也要好好地活下去！"天望娘的话给了柳春红宽慰和生活的勇气，她的心情渐渐地平静下来。

时光流逝，柳梅莹始终没有消息，柳春红不得不重新思考未来。去官府自首？不行，不是贪生怕死，是怕自己一走，谁来抚养俊虎？少夫人临危托孤，自己就要承担起抚养幼子的责任，绝不能让孩子有半点闪失。回柳家庄？不行，爷爷奶奶过世，父母双亡，柳家庄没有了亲人。回三河镇？也不行，东家死的死，失踪的失踪，已经名存实亡。投亲靠友？也不行。自己身负罪名，谁敢收留。再说，柳双喜对自己的家庭了如指掌，怎能逃过他的追踪。土匪对柳家恨之入骨，俊虎只要露面就会有生命危险！柳春红思来想去，心中一片茫然，天地之大竟然没有她的安身之地。天望娘看出她的忧愁，劝慰道："春红，你哪里都不要去，这里就是你的家，有我和天望在，就不能让你和孩子受到伤害。"刘家母子善良忠诚，是可以信赖的好人。柳春红决定留下来。

柳春红对刘天望渐渐产生了感情，决定嫁给他。成婚当日，两人双双跪倒在地，对天发誓："俊虎就是亲生骨肉，无论生活多么艰辛，都要保护好他，把他抚养成人。等孩子长大了，让他认祖归宗。"

柳春红听说有人到山寨打听她和俊虎的下落，知道自己的身份已经暴露，待在山里不再安全，和家人商量后，决定搬出大山，到荣昌镇郊外安家。

第三十回　抗匪患三河镇安家　解疑惑同行结盟友

柳梅莹和孩子失踪的消息无法再隐瞒下去，刘雄只好向李瑛道出了实情。李瑛刚刚失去父亲、丈夫和弟弟，遭受了沉重的打击，弟媳和侄儿的失踪犹如在伤口上撒上了一把盐，让她肝肠寸断，痛不欲生，却流不出一滴眼泪。她的泪水已经化成复仇的怒火淤积在胸！

李瑛对柳梅莹和孩子的失踪深感自责。李涛和柳梅莹结婚后，李瑛曾派五名身经百战的镖丁保卫柳宅，后来因为镖局人手紧张，李瑛听从了弟弟的劝说，把镖丁调回了镖局。假若他们继续留在柳家，土匪就不会轻易得手，柳家老夫人、弟媳和两个侄儿就不会遭遇不测！李瑛每天都在思念亲人的痛苦中煎熬。一闭上眼睛，父亲李胜、丈夫陆大江、弟弟李涛、弟媳柳梅莹和侄儿俊龙、俊虎的音容笑貌就浮现在眼前，让她整夜难寐，痛苦不堪。

这天早上，陆坚照例来给娘请安，吃惊地发现娘的黑发一夜间变成了灰白，喊了声“娘”，扑在母亲的怀里失声痛哭。李瑛看到儿子惊恐悲伤的表情，不知缘故，诧异地问：“你这是怎么啦，为何哭泣？”“娘的头发……”陆坚哽咽得说不出话来。李瑛用手捋捋头发，不解地问：“我的头发怎么了？”陆坚悲切道：“娘的头发都变白了……”李瑛对镜一瞧，暗自吃惊，一夜间竟然愁白了头！镖局的人见了，无不伤心落泪。

李家镖局已经半年多没有接生意了，为死去的亲人发丧和镖局的日常开销耗尽了积蓄，目前只能靠柳达声送来的接济款勉强度日。这日，李瑛强打精神，把刘雄、曹峰、张豹、陈龙等人找来商议对策。众人到齐，李瑛开门见山：“镖局处境艰难，当务之急是尽快恢复营业。”大家表示赞同。李瑛继续道，“大江他们遇害后，陈龙协助官府查找乔吉的下落，张豹守卫柳家织造坊，恢复保镖业务后，兵分二路，人手会更显不足。我与刘雄思谋再三，决定把镖局迁到三河镇去。”此话一出，众人愕然。

李瑛看着众人，解释道：“大家的心情我理解。天水镇是商业重镇，又是水陆码头，交通便利，商业繁华，条件比三河镇优越。最重要的是大家都是天水镇人，乡情难舍，故土难离，可是，天水镇远离大青山，不利于剿匪。陈龙协助官府调查乔吉的下落，频繁往返于天水镇和三河镇之间，把时间和精力都耗费在了路上，人员疲惫，收效甚微。前些天，杨显对我说，有陌生人频繁在十八道弯一带活动，种种迹象表明，大青山残匪妄图卷土重来，这也正是抓捕秦九，消灭残匪的好时机。兵法云：兵贵神速。天水镇远离大青山，即便得到情报赶到大青山，人困马乏，哪还有精力打仗？土匪以逸待劳，我们反而处于被动挨打的境地。如果把镖局迁到三河镇，既解决了柳家织造坊的安保难题，又便于协助官府调查乔吉的下落，一旦发现土匪的行踪，可以迅速行动，配合官府消灭他们！”张豹心直口快，把胸脯一拍，道：“好男儿志在四方。师娘去哪儿我跟到哪儿。”曹峰、陈龙也表示支持。刘雄道：“前几天，我去三河镇与田青谈镖局搬迁的事，他非常支持，说土匪的残暴在工友中引起了恐慌，一些人害怕土匪报复不敢来上工。张豹带弟兄们驻守柳家织造坊后，工友的恐慌情绪虽有缓解，还是有人担心镖局不能长久驻守。我们搬到三河镇就等于给工友吃了定心丸，他们就能安心生产。田先生决定把修复好的柳家外宅给我们使用，还答应在柳家织造坊旁修建房舍，安置我们的家眷，还说要安排我们的家眷到织造坊做工，消除大家的后顾之忧。”众人闻言，都增强了信心。李瑛道：“大家分头做兄弟们的工作。切记，一定要自愿，不可强求。留下的弟兄发安置费，让他们另谋生计。”经过李瑛等人耐心劝说，大多数人同意迁往三河镇。

李家镖局落户三河镇的消息在三河镇引起轰动，多数人表示支持，认为李家镖局侠肝义胆，疾恶如仇，只要李家镖局在，土匪就不敢轻举妄动。有人反对，认为土匪与李家镖局结怨太深，李家镖局的到来会激怒土匪，引来更加疯狂的报复。双方兵戎相见，三河镇就难有宁日了。

县令单宝生对李家镖局落户三河镇大为赞赏，将李瑛请到县衙，共同商讨清剿土匪的办法，宋天福在一旁作陪。此次见面让单宝生颇为感慨。李瑛面容消瘦，头发灰白，苍老了许多，与先前的她判若两人，只有那双眼睛依然炯炯有神。双方落座，单宝生道：“三河县深受匪患困扰，柳、李两家光明磊落，疾恶如仇，为清除匪患付出巨大的牺牲，是百姓的楷模。面对穷凶极恶的土匪，李镖主知难而进，将镖局迁到三河镇，大无畏的英雄气概实在令人钦佩。大青山残匪蠢蠢欲动，有卷土重来之势，是三河县的大患。请李镖主来，就是想聆听你的真知灼见。”李瑛谦虚道：“县令大人过奖了。谈不上真知灼见，说些不成熟的想法供单大人参考。”单宝生笑道：“愿听赐教。”

李瑛道："土匪以前能在虎头峰立足，原因有三：一是匪患初期官府轻敌，错过了剿灭的好时机。二是缺少民众配合。因为地形不熟，情报不灵，清剿屡屡失手。三是剿匪急于求成，准备不足就贸然进山，结果大败而归。围剿失利后，又消极防守，给了土匪喘息的机会。"单宝生点头赞同，问："依你所见，如何防范匪患死灰复燃？"李瑛道："虎头峰山势险峻，前山有虎跳涧这道天然屏障，后山陡峭，四周山高林密，易守难攻。要防止土匪卷土重来，阻止土匪重返虎头峰，虎跳涧是关键。虎跳涧是进入虎头峰的必经之路，山势险峻，道路狭窄，我建议在这里用石头封堵上山的道路。"单宝生点头赞成。李瑛继续道："发动山民是剿匪成败的关键。我建议发动山民严密监视土匪的动向，发现敌情立即清剿，绝不给土匪可乘之机。当年，我们在十八道弯大败土匪，靠的就是山民的协助。我提议在十八道弯一带的山寨建立保庄会。猎人杨显胆大心细，疾恶如仇，在山民中声望很高，是负责组建保庄会的最佳人选。"单县令采纳了李瑛的建议。李瑛继续道："官军驻守峪口镇，虽然对土匪起到了震慑作用，但是峪口镇距虎头峰较远，不利于快速出击。我建议在十八道弯的险要路段设置哨卡，常年驻军把守。"说完，将地图铺在桌上，继续道："这是我丈夫陆大江当年绘制的十八道弯地图，红色标注的是土匪经常出没的区域，要重点防范。若在这些地段设立哨卡，驻军把守，发现敌情迅速出击，就能收到事半功倍的效果。"单县令赞赏道："兵书云：知己知彼。百战不殆。李家镖局对敌情了如指掌，岂有不胜之理。这张地图借我用用，我去拜见驻守峪口镇的魏将军，把你的意见转告他。"李瑛继续道："乔吉在小王庄建立秘密据点，秦九选择在小王庄劫囚车，都说明小王庄位置十分重要，这里也应该重点防范。"李瑛的话句句中的。单宝生对宋天福道："你负责落实李镖主的建议，遇事多向她求教。"

李瑛与宋天福进山去见杨显，说明了来意，杨显十分振奋。宋天福将单宝生签发的委任状交给杨显，郑重道："李镖主竭力举荐你，县令大人对你赞赏有加，任命你为十八道弯保庄会会长，这是委任状，希望你不辱使命，带领山民监视土匪，配合官军清除匪患。"杨显跪地，双手接过委任状。宋天福取出一张银票，道："这是三河镇商会为保庄会募集的捐款，捐款如何使用由你决定。不过，钱要花在刀刃上。每项开支要有明细账，我好向商会的朋友交代。"杨显接过银票，兴奋道："陆、李两位镖主遇害后，山民人心惶惶，谈匪色变。这下好了，有官府撑腰，有商会支持，我们就不惧怕土匪了。"李瑛把五位镖丁叫到面前，道："这五位兄弟留在你身边，协助你操练庄民，保卫你和你家人的安全。

他们也是我们之间的联络员，有情况让他们传递消息。”杨显信心十足道：“请转告县令大人，我一定不负众望，马上成立保庄会，协助官府监视土匪，保卫家园。”

十八道弯一带的山庄都成立了保庄会，签订了互保条约。条约规定：一庄发现敌情，各庄必须支援。否则，追究庄主的责任。高瑞听说杨显出任保庄会长，主动辞去裕昌山货行的差事，回山里给杨显当助手。各庄操练人马，站岗放哨，监视土匪的行踪。

李家镖局落户三河镇，让原有的镖局心神不安，担心李家镖局抢走他们的生意。李瑛和田青商量，决定设宴招待各家镖主和商家代表，当面作出解释。各家镖局的镖主忐忑不安地来到宴会现场，李瑛穿着朴素，笑容可掬，在门外迎候，田青逐一作了介绍。让人预料不到的是，县令单宝生在宋天福的陪同下也亲临会场，李瑛忙上前迎接，兴奋地道：“单大人亲临，让我更增添了信心。”单宝生笑道：“李家镖局迁到三河镇，三河镇就有了定海神针，我这个父母官哪有不来祝贺的道理。”“单大人、宋大人里面请。”田青引路，将两位领到主桌就座。

宾主落座，李瑛端起酒杯，道：“各位镖主和商家的朋友，你们的光临让我感激不尽，我先敬各位一杯，表示敬意。”说完，将酒一饮而尽。李瑛继续道，“今天聚会，一是与大家相识，二是共同商议保镖事宜。”众人窃窃私语。李瑛环视众人，直入话题：“我们刚到三河镇，就有人担心李家镖局抢了诸位的生意，我明确地告诉大家，这种担忧是多余的。有人说同行是冤家，我说同行是伙伴，是朋友。我来三河镇，不是来抢生意的，而是来谋求合作的，是来与诸位休戚与共，共同抗击土匪，维护镖局利益的。”此言一出，四座皆惊。有人赞赏，有人投来疑惑的目光。李瑛表情凝重道：“三河镇是丝绸之乡，丝绸是大家安家兴业的根基，也是各家镖局的货源，如今土匪猖獗，百姓无法安心生产，镖局怎能独善其身？常言道：主业兴，百业兴。匪患不除，主业难兴。众所周知，大青山土匪近期频繁作案，他们火烧柳宅，杀害无辜，他们在十八道弯设伏，杀害了我的丈夫、弟弟和徒弟，他们又在路上截杀了柳老夫人、柳大虎等十余人，手段残忍，令人发指。有人说，土匪是冲着柳家来的，如今柳家遭了灭顶之灾，土匪达到目的就会放下屠刀，立地成佛，这种想法大错特错。土匪不会放下屠刀，更不会主动离开三河镇，因为他们贪得无厌，看中的是丝绸丰厚的利润！种种迹象表明，大青山土匪不甘失败，在重整旗鼓，准备卷土重来。我们若被土匪的残忍吓倒，逆来顺受，就只能做土匪刀斧下的鱼肉。我想大家都不愿意被人任意宰割吧？”李瑛一番话让四座惊醒，大家认识到大敌当前，唯有团结一心，才能消除匪患。

有人起身道：“李镖主讲得透彻。依你所见我们应该怎么做？”李瑛道：“这正是我请大家来商讨的话题。我先抛砖引玉说说想法，然后大家集思广益，共谋大计。”众人凝神谛听。李瑛道：“土匪占据虎头峰时，为什么下山抢劫屡屡得手？”众人议论纷纷，有的说土匪占据了有利地形，有的说土匪人多势众。李瑛道：“大家说得不错，不过都忽视了一点，那就是我们没有精诚团结，一致御敌。”此言一出，众人都点头称是。李瑛继续道，“各家镖局的人马不一，小的几十人，大的不过百人，与土匪较量，绝无优势。再说，土匪扼守十八道弯咽喉，进可攻，退可守，大家分散应对，岂能有胜算？”众人点头赞同。李瑛继续道，“据我了解，丝绸交易季节性强。新丝上市，机户开始织造，销售逐渐进入旺季。春暖花开，商家把一冬织造的丝绸装车外运，是镖局最繁忙的季节。丝绸外运都要经过十八道弯，大家商定好出发的日子，在镇口集合，一同出发，各家镖局没有增加人手，力量却壮大了许多，土匪再想得手就没那么容易了。出了十八道弯，进入平原，那里的治安状况较好，大家再分手，各奔东西。”李瑛的一席话让在座的人茅塞顿开，情不自禁地鼓起掌来。李瑛继续道：“人心齐，泰山移。只要大家拧成一股绳，大镖局会更强大，小镖局也不用担心力量不足承接不到生意了。”一位镖主起身道：“李镖主心胸坦荡，令人钦佩。三河镇的商家有商会，三河镇的镖局也应有自己的组织。”此言一出立即博得一片掌声。

孙家镖局的镖主孙华坐在角落里低头沉思，这些年，乔、柳两家争斗，他把筹码押在乔吉身上，本以为乔吉胜券在握，谁知表面柔弱的柳广财反败为胜，乔家势力土崩瓦解。他向柳家示好，试图弥合关系，孰料土匪火烧柳宅，柳家元气大伤。他断定柳家在劫难逃，谁知李家镖局落户三河镇，显示出与土匪血战到底的决心。形势瞬息万变，让孙华琢磨不定，没了主张。他本不想参加宴会，又不愿放弃接触李家镖局的机会，抱着观望的态度来到会场。县令大人光临，让他对李瑛刮目相看，听了李瑛的讲话，心里有了方向，恭维道：“那位兄弟说得对，三河镇商家有商会，我们镖局也应该有自己的组织。我提议建立三河镇镖局联合会。李镖主智勇双全，三河县百姓人人仰慕，是会长的最佳人选，以她的品行和声望定能担当此任。”众人异口同声表示赞同。李瑛起身，拱手道：“承蒙各位同仁厚爱，我就不推辞了。俗话说：没有规矩，不成方圆。镖局联合会也要有章可循，这个章程要由大家一起制订，共同遵守。”“同意！”会场热情高涨，众人纷纷表态。大家你一言我一语很快就拟定了章程草案。李瑛兴奋道：“各位同仁，大家回去后对章程进行修改和完善，后天，大家还在这里聚会，对修改后的章程进行表决。章程获得通过，就选择良辰吉日，召开镖局联合会成立大会。”“同意！”众人异口同声地回答。

李瑛来到商家代表面前，诚恳道：“各位都是商界的中坚。请大家来，就是请大家向商界的朋友传话。商家与镖局的关系就好比血脉与皮肉，血脉旺盛才能滋养皮肉，皮肉坚实才能保护血脉，两者相互依存，不可分割。大敌当前，大家要团结一心，共同抵御土匪。”商家代表道：“李镖主的话说到我们心坎里去了，我们一定转告商界朋友。”

在热烈的掌声中，县令单宝生发言：“各位镖主，各位商家代表，你们是三河镇的精英，三河镇百业兴旺全仰仗各位的努力。如今，匪患猖獗，我们更应该精诚团结，一致御敌。我支持建立三河镇镖局联合会的倡议，希望联合会早日成立，尽快发挥作用。”有县令的支持，各家镖主的热情更加高涨。

三河镇镖局联合会在震耳欲聋的鞭炮声中宣告成立，约定逢五为启程日，各家镖局人马在镇口集合，一起出发，通过十八道弯。

第三十一回　抢蚕茧秦九探柳庄　破敌阵李瑛身中箭

乔吉杀害陆大江、李涛后，派土匪频繁到三河县活动，准备重新占据虎头峰。派出的探马不断传回消息：

“报，李瑛把李家镖局迁到三河镇，正在柳家织造坊外建造房舍。”

“报，大青山山民成立了保庄会，推举杨显为会长。各庄签订了联防协议，一庄遇险，各庄必须驰援，否则，将追究庄主的责任。”

“报，山民用石头堵塞了虎跳涧的入口，阻断了通往虎头峰的道路。”

“报，官军正在十八道弯一带修建营房，要派军队常年驻守。”

“报，三河镇的镖局成立了镖局联合会，推举李瑛为会长。”

这些日子，官府接连采取行动，行动有的放矢，切中要害，让乔吉如坐针毡，叫苦不迭。乔吉给吴天明下达命令，让他弄清是谁在为官府出谋划策。

土匪劫囚车失败后，吴天明没有逃走，继续在县衙潜伏，接到乔吉的密令，很快就传回了消息：李瑛一到三河镇就与单宝生密谈了一天。密谋的内容不得而知，不过，李瑛走后，县衙上上下下就行动起来。宋天福进山组织山民堵塞了通往虎头峰的道路，单宝生亲自到峪口镇与官军首领协商在十八道弯驻军事宜，种种迹象表明，为官府出谋划策的就是李瑛。乔吉气急败坏，破口大骂：“李瑛，我与你势不两立。”

乔吉先前并没把李瑛放在眼里，认为她虽然武艺高强，但毕竟是女流之辈，只要除掉陆大江和李涛，李家镖局群龙无首，就会不战自乱。事态的发展却完全超出了他的预料，陆大江、李涛死后，李瑛非但没有退缩，反而知难而进，将镖局迁到三河镇，表现出血战到底的决心。更让乔吉始料不及的是李瑛在县衙进言献策，连连出招，招招命中要害。乔吉此时才意识到李瑛是他的心腹大患，要实现宏图大业，必须先除掉李瑛。面对不利形势，乔吉决定暂时放弃攻占虎头峰的计划，全力以赴，对付李瑛。

秦九对放弃攻打虎峰心存不满，乔吉见他一脸沮丧，开导道：“要成大器，就不能计较一时得失，要随机应变，顺势而为。官府有了防范，此时攻占虎头峰，等于自投罗网。咱们避实就虚，寻他的软肋下手。”秦九问：“主子有何打算？”乔吉道：“柳广财死了，柳家织造坊非但没倒闭，反而扩大了生产规模，柳、李两家非但没有疏远，反而越走越近，追其原因，都是李瑛在作祟，要夺取柳家织造坊，就必须先除掉李瑛，整垮李家镖局！”秦九觉得言之有理，急切地问：“依主子所见，我们该如何行事？”乔吉道：“火烧柳宅后，三河镇官军加强了戒备，咱们在三河镇寻不到机会，就在柳家庄下手。收获蚕茧的季节到了，柳家庄的蚕茧要运到柳家织造坊，咱们在路上设下埋伏，抢夺蚕茧，诛杀李瑛。如果蚕茧抢不到手，就放火烧，断了柳家织造坊的原料。”

柳双喜卖主求荣，帮助土匪残害了柳广财一家人，本想拿到赏银就逃走，没料到秦九言而无信，让他空欢喜一场。柳双喜身无分文，又无处投奔，只好在土匪群里鬼混。这日，秦九将柳双喜叫去，给了他十两银子，道：“这是给你的赏钱。好好干，我不会亏待你。”柳双喜接过赏银，磕头谢恩。

秦九把话题一转，问：“你是柳家庄人，说说柳家庄收获蚕茧的情况。”柳双喜道：“柳家庄的庄民大多是柳广财家的佃农，收获蚕茧后，他们先用蚕茧交田租，剩余的蚕茧才能自己销售，不过，即使外来商家出高价收购蚕茧，柳家庄人还是愿意把剩余的蚕茧卖给柳广财。”秦九疑惑不解地问：“为什么？”柳双喜道：“柳广财很精明，每年都拿出一笔钱笼络族人，不过，这笔钱不是人人有份，而是按卖给东家蚕茧数量而定，多卖多得，少卖少得。为了得到赏钱，大家都愿意把蚕茧卖给柳广财。”秦九问：“收获的蚕茧存放在何处？何时运到三河镇？”“蚕茧由庄主柳文代收，储存在柳家老宅的库房里。什么时间运说不好，不过不会拖很久，因为蚕茧收获后，柳家织造坊就进入了生产旺季，缺了原料不成。”秦九没从柳双喜那里得到可靠情报，决定亲自去柳家庄打探消息，对柳双喜道：“你跟我们去一趟柳家庄。”柳双喜吓得瘫在地上，哀求道：“使不得，柳家庄的人对我恨之入骨，落到他们手里，就得扒皮抽筋。”秦九将脸一沉，厉声道：“你给我听好了。你就是老子的一条狗，没有资格跟我讲条件。柳家庄的人能扒你的皮，抽你的筋，老子也能！”柳双喜不敢再言语，跪地磕头求饶。

柳双喜带着秦九和两名土匪去了柳家庄。秦九怕被认出来，没敢露面，对两个随从道：“你俩进村去打探消息，记住，一定要见机行事，不要暴露身份。”两个土匪扮成收购蚕茧的商人，往村里走去，在村口被站岗的庄丁拦下。一个土匪拱手道：“我们是收购蚕茧的商人，想拜见柳庄主，请行个方便，帮助通报一声。”庄丁打量着来人，不耐烦道：“庄上的蚕茧从不外卖，找谁也白搭，趁早走吧。”土匪塞给庄丁一些钱，恳求道：“这位兄弟，我们慕名远道而来，总不能空手而归吧？”庄丁收下钱，带着土匪进了庄。

柳家老宅坐落在村中央，高墙大院，十分气派。老宅前围着不少前来缴纳田租和卖蚕茧的庄民。这一年风调雨顺，蚕茧丰收，庄民的脸上洋溢着丰收的喜悦。柳文一边检查蚕茧质量，一边指挥人过秤记账。一筐筐雪白的蚕茧堆满了院子。

庄丁把土匪假扮的商人带到柳文面前，道：“庄主，这两位商人找您，说要买咱庄的蚕茧。”柳文仔细打量来人，见他俩年龄不大，神色慌张，试探着问：“你们要买多少蚕茧？”两个土匪你看我，我看你，过了半天才开口：“越多越好，越多越好。”柳文问：“你们打算出什么价钱买蚕茧？”俩人大眼瞪小眼，答不上来。柳文笑道：“你们连买多少都不知道，出什么价钱都说不清楚，还买什么蚕茧！我告诉你们，你们出的价钱再高，柳家庄的蚕茧也不卖，因为我们自己都不够用。”两个土匪碰了一鼻子灰，灰溜溜地回去向秦九交令。秦九不死心，决定夜探柳家老宅。

暮色苍茫，柳家庄一片寂静。柳双喜领着秦九和土匪悄悄摸进村子，藏身在柳家老宅后墙外。秦九低低的声音问柳双喜：“柳家老宅里住着什么人？”“前院正房原来是柳广财的住处。柳广财不回来，房间就空着，柳广财死了，现在作何用我说不清楚。厢房是家丁、仆人和更夫的住处。柳文一家住在后院，再往后走就是库房，库房后面是牲口棚。”秦九点点头，对身边的土匪道：“你们在这里候着，我进去瞧瞧。”

秦九蹑足潜踪，来到后墙下，凝神谛听，没有动静，蹿房越脊，来到院里。这里是马厩，槽头上拴着牲口，空场上停着车辆，堆放着不少装蚕茧用的空竹筐。秦九藏身筐后，四下观望。远处传来说话声，几名家丁簇拥着两个人朝马厩走来。秦九认出来人是田青和柳文。田青来柳家庄了解蚕茧的收购情况，准备连夜返回三河镇。柳文边走边劝：“太晚了，还是住下吧，明早回去也不迟。”田青道：“家里的事太多，就不住了。二十多里路，一会儿就到家了。”家丁牵来马，田青接过缰绳，叮嘱道：“前些日子，土匪在十八道弯频繁活动，现在突然销声匿迹，不知他们又在耍什么花招。李瑛嘱咐您一定要严加防范，不可掉以轻心。”柳文道：“放心吧。我增岗添哨，加强巡逻，不会出事的。”田青上了马，又叮嘱道：“我五天后来拉蚕茧，让伙计们做好准备。”柳文道：“放心，不会误事的。”田青带着五名家丁回了三河镇。

秦九欣喜若狂，纵身跃上围墙，消失在夜幕里。乔吉得到消息大喜，道："这真是天助我也。你带领兄弟们埋伏在柳家庄外，抢劫拉蚕茧的车队。"

时逢初五，是镖局规定的启程日，各家镖局的车队在镇口集结。李瑛全身披挂，押送车队出了十八道弯，勒住马，抱拳道："各位镖主，咱们该分手了，祝各位一路顺风，安全归来。"各位镖主与李瑛道别，押着各自的车辆继续前行。李瑛对刘雄等人道："此行路途遥远，你们要小心谨慎，我在家等待你们安全归来。"李瑛与众人挥手告别，返回了三河镇。

李瑛刚回到三河镇，田青就登门商量拉蚕茧的事。刘雄率领镖丁外出保镖，家里人手不足。李瑛决定让镖局的女眷做护卫。田青怕误事，提议道："女眷怕是不行，还是派织造坊的年轻人去吧。"李瑛笑道："镖局的女人从小习武，都有一身好功夫。织造坊工时紧，任务重，耽误不得，还是让女眷们去吧。"陆坚得知消息，瞒着娘做好了出征的准备。

拉蚕茧的日子到了。十几辆大车在镖局门前一字排开，镖局的女眷一身戎装，肩背弓箭，手持长枪，精神抖擞地护卫在大车两侧。车队正要出发，陆坚浑身披挂牵着马来到队前。李瑛拦住儿子，问："你要干什么？"陆坚道："我要跟娘一起去押运蚕茧。"李瑛疼爱地看着儿子，道："你还小，等你长大了，娘一定让你去。"陆坚早有准备，反驳道："我舅舅十三岁就跟随外公闯荡江湖，我都十五了，该替娘分忧了。"李瑛望着儿子，心潮起伏。丈夫离世，儿子成了陆家唯一的血脉，他若遭遇不测，怎么对得起死去的丈夫，如何向九泉之下的父亲交代！转念一想，俊龙、俊虎生死不明，李家镖局将来还要靠陆坚继承。儿子长大了，该让他经风雨，见世面了。想到此，道："娘答应你。不过，你也要答应娘的条件。"陆坚兴奋道："娘，您说吧。"李瑛道："打仗非同儿戏。两军阵前比的不单是武功，还有谋略和临危应变的能力。你初出茅庐，绝不能感情用事，不能逞强，更不能擅自行动。"陆坚道："娘的话儿子记住了。"李瑛一声令下，车队出发。

秦九派人监视李家镖局的动向，得知运蚕茧的车辆由女眷押运，自以为胜券在握，向土匪高声喊："小的们，李家镖局的男人都保镖去了，押车的都是娘儿们。今天不但要抢货，还要抢人，谁抓到镖局的娘儿们就归谁享用！"土匪骚动起来。秦九命令道："听到响箭就动手。抢不到蚕茧就放火烧，绝不能让他们把蚕茧运进三河镇。"

运蚕茧的车队进入伏击圈，秦九下令：“放响箭。”一支响箭腾空而起。土匪们见到信号，怪叫着冲出树林。李瑛听到响箭，看见从树林里杀出的土匪，高喊：“姐妹们莫慌，听我命令。一组保护车辆继续前行，二组留下来阻击土匪。”又对身边两名骑马的女眷道：“你俩冲出去，你去三河镇报信，让官军切断土匪的逃路；你回柳家庄，让柳文叔马上带人来驰援。”两人扬鞭策马而去。

“捉活的！”土匪们呼叫着冲过来。李瑛双脚一磕马镫，手持五钩神飞枪杀入敌群，陆坚催马舞枪紧随在后，两杆大枪像两条出水的蛟龙，挑上死，碰上伤，眨眼间就撂倒六七个土匪。镖局的女眷各持兵器与土匪交上了手。土匪先前没把女眷放在眼里，交手后才知道遇到了克星。镖局的女眷身手矫捷，武功一点不比男人差，杀得土匪丢盔弃甲，抱头鼠窜。

秦九看到李瑛，怒火中烧，声嘶力竭地呼喊：“杀死李瑛者，赏银百两！”三名匪将一拥而上，一个摆刀，一个舞棍，一个持枪，把李瑛团团围住。李瑛毫无惧色，舞动大枪力战三将。危急时刻，远处传来一声呐喊：“匪徒少要张狂，小爷来取你们的性命！”陆坚飞马来到近前。

使棍的匪将见来了一员小将，掉头拦下陆坚，把大棍一举，使出“举火烧天式”，朝陆坚的头顶砸来。陆坚从小跟随外祖父李胜习武，把李家枪法熟记于心，一提缰绳，侧身躲过，舞枪便刺，快如闪电。匪将万万没料到陆坚小小年纪竟有这般武艺，想躲闪，已经来不及，枪尖刺中咽喉，战马拖着尸身落荒而走。

陆坚引走一名匪将，为母亲解了围。李瑛眼观六路，耳听八方，侧身躲过迎面刺来的大枪，双脚一踹马镫，马向前冲，又躲过了砍来的大刀，不容使枪的匪将变换招数，舞枪就刺，大枪戳穿了匪将的胸膛，匪将惨叫一声，坠马身亡。使刀的匪将吓得魂飞魄散，策马逃遁。镖局的女眷见李瑛、陆坚杀了两员匪将，士气大振，挥刀舞枪，奋勇杀敌。

秦九万万没有料到刚交手就损兵折将，恼羞成怒，嗷嗷怪叫：“小的们，快放火烧车！”土匪点燃了一辆大车。仇人相见分外眼红。李瑛见到秦九，怒目圆睁，策马舞枪，朝秦九杀去，秦九惊恐万分，逃进树林。陆坚回头看见大车被土匪点燃，高喊：“娘，土匪点燃了大车。”李瑛带领陆坚杀回来，匪兵四散逃命。李瑛担心大火殃及其他车辆，命令车夫把着火的大车赶下大道，让没着火的车辆迅速通过。

秦九见大车燃起烈焰，聚集起溃散的土匪，又杀了回来。众土匪箭上弓，弓满弦，对准了李瑛。秦九用手一指身旁的弓弩手，冷笑道，“陆大江、李涛都死在我的毒箭下，今天也送你见阎王。”李瑛怒发冲冠，她深知“一步倒”的毒性，可事到临头，只能像丈夫、弟弟、徒弟那样勇往直前，以死相拼。她命令陆坚和姐妹们退到一箭之外，怒喝道：“秦九，你有毒箭又耐我如何？今天，我与你拼个你死我活。”她双脚一踹镫，战马一声嘶鸣，四蹄翻飞，像离弦的箭朝秦九冲去。秦九边跑边喊：“快，放毒箭！”李瑛的坐骑是匹宝马，眨眼工夫就冲到了土匪近前，左挑右扎，如入无人之境。李瑛感觉左腿一阵钻心的疼痛，知道中了毒箭，手握箭杆，牙关一咬，猛力拔下箭镞，一股热血冒出来，李瑛身子一歪，跌下马来。

陆坚见娘冒死冲进敌阵，一催坐骑，紧随在后，女眷们奋勇向前，势不可挡。土匪无心恋战，四散逃命。“秦九老贼，你往哪里逃！”陆坚奋力追赶，眼看秦九就要逃进树林，他左手提枪，右手抽出一支飞镖，一抖手打了出去。秦九一低头，飞镖贴着后脑勺飞过，他侥幸逃脱。

陆坚来到母亲身旁，滚鞍下马，抱住母亲失声痛哭。李瑛催促道：“快，帮娘清理伤口，用布条在伤口上方扎紧。”几位女眷上前施救，挤出伤口瘀血，敷上刀枪药，用布条缠紧。

“冲呀，杀呀……”远处喊杀声震天，柳文带领庄民赶来驰援。官军和田青带领的柳家护院也赶来助战。大道上，田野里，战马驰骋，人流涌动，喊杀声一片。战斗很快结束了，除了秦九、柳双喜等少数土匪侥幸逃脱外，其余土匪全部被俘被歼。

众人将李瑛抬上大车，陆坚一声吆喝，大车直奔柳达声的医馆。柳达声为李瑛检查了伤口，安慰陆坚道：“放心吧，你娘中的不是毒箭，没有生命危险。”陆坚和众人松了一口气。原来，射箭的土匪忙中出错，拿错了箭。李瑛死里逃生，躲过了一劫。

李瑛卧床养伤，心中思量：土匪怎么会知晓拉蚕茧的消息？难道是内部出了奸细？她向柳文询问，得知事发前有可疑人进庄收购蚕茧，马上让柳文到被俘的土匪中寻找，果然发现了那天进庄侦察的一个土匪。土匪交代：“柳双喜带他们进的庄。秦九潜入柳家老宅，从田青与柳文的对话中获悉了运蚕茧的时间。”众人对柳双喜恨之入骨，发誓一定把他捉拿归案，绳之以法！

第三十二回　受胁迫孙华投土匪　颂英雄万民立丰碑

秦九大败而归。乔吉万万没料到自己的人马被李家镖局的女人和手持棍棒的村民杀得丢盔弃甲，把一腔怒火都发泄在秦九身上：“成事不足败事有余的东西，好不容易拉起的队伍让你赔个精光，还有脸面回来见我！”秦九羞愧难当，垂头不语，唯一值得庆幸的是李瑛身中毒箭，终于除掉了心头大患。

过了些日子，探马来报：“李瑛又在三河镇露面了。”乔吉将信将疑，把秦九叫来询问，秦九拍着胸脯发誓：“我亲眼看见李瑛中箭坠马，消息肯定有误。”乔吉让吴天明核实情况，吴天明传回消息：李瑛中箭不假，但不是毒箭，现在已经痊愈。乔吉暴跳如雷，把秦九骂了个狗血喷头。

秦九对李瑛恨之入骨，他冥思苦想，想出一条毒计，对乔吉道：“主子还记得孙家镖局的镖主孙华吗？”乔吉点头道：“记得。”“此人见风使舵。咱们得势时他阿谀奉承，得了不少好处，如今又投靠李瑛，带头推举李瑛当镖局联合会会长。他以为以前的事一笔勾销了，却忘了把柄还攥在咱们手里。我去找他，让他当卧底，他胆敢不从，我就公布他与咱们的关系，借助官府的手除掉他。”乔吉同意了秦九的计划，

晚上，秦九身穿夜行衣，青纱蒙面，翻墙进入孙家镖局。孙华正准备就寝，窗前黑影一闪，有人推门进来，定睛细看，竟然是秦九，惊恐道：“你吃了熊心吞了豹子胆，官府四处张榜抓你，你还敢来送死？”秦九不屑道：“想抓我没那么容易。我一身轻功，来无影，去无踪，官府能耐我何！”孙华唯恐被人发现，忙将秦九领进内室。

秦九道明来意，孙华沉默不语。秦九看出他的心思，发出一阵奸笑，道：“别跟我耍花招，你是啥货色，别人不知，我一清二楚。我只要到官府告发，你就得掉脑袋。”孙华惊出一身冷汗，他知道秦九心毒手辣，说到做到，哀求道：“秦爷，李瑛有胆有识，乃女中豪杰，我们不是她的对手。”提到李瑛，秦九恨得咬牙切齿，厉声道：“休要长他人威风，灭自己志气。李瑛难对付不假，但也绝非那么神奇，只要你我联手，定能置她于死地。”秦九见孙华犹豫，拿出一张纸在他眼前晃了晃，威胁道：“这是你勾结土匪的十大罪状，你若不从，我就将

它公布于众。”孙华吓得脸色煞白，手脚冰凉，心想：自己的把柄攥在秦九手里，公开拒绝肯定不行，不如先答应下来，再想办法。秦九见孙华答应了，转怒为喜，道出了自己的计划，临走时威胁道：“别跟我动歪心眼，照我说的做，不然就让你身败名裂，死无葬身之地。”

秦九走后，孙华彻夜未眠，思前想后，犹豫不决。去官府投案？不行，自己跟秦九干了不少坏事，难逃牢狱之灾。与秦九为伍？也不行，秦九是官府缉拿的要犯，再与他沆瀣一气，岂不是罪加一等。孙华进退无路，只好采取拖延的办法。秦九几次派人找他，都被他搪塞过去。

土匪几日没有登门，孙华暗自庆幸，以为土匪罢手了。正在这时夫人刘氏惊慌失色地跑来，哭诉道：“老爷，儿子不见了！”孙华只此一子，顿时慌了手脚，忙问：“儿子在哪儿丢的？”“刚才还在院门前玩耍，转眼就不见了。我派人四处寻找，也不见踪影。”孙华心想：我在三河镇也是有头有脸的人物，哪个胆大妄为，敢对我儿子下手？猛然想起秦九，不由得脊梁骨发凉，浑身战栗。夫人刘氏见状，催促道：“老爷，快拿主意吧。不行，咱就去官府报案！”孙华急忙阻止，道出了实情：“儿子八成被土匪绑票了。千万别声张，不然儿子就没命了！”夫人听后，惊得用手掩了口，大气也不敢喘一口。

果然不出孙华所料，有人在孙家镖局大门前放了一个食匣，里面放着孙华儿子丢失时穿的衣服，还夹了一张纸条，上面写着：

你儿子在我手里。不按我说的做，就让你断子绝孙。

孙华救儿心切，又不知道秦九藏身何处，茶饭不思，坐卧不宁。秦九幽灵般出现了，孙华跪地哀求：“秦爷手下留情，千万不要伤害我儿性命，一切听从您的安排。”

秦九走后，孙华把几个心腹唤进内宅，道出了实情。几个人你瞧我，我看你，不知如何是好。孙华道：“我们帮秦九做了不少坏事，如今他找上门来，用我儿当人质，逼我就范。把柄攥在人家手里，如若不从，不但我儿性命不保，大家也难逃牢狱之灾。我思量再三，只有暂时归顺秦九，方能躲过这场灾难，保一时平安。”郑五是孙华的心腹。郑五道：“大哥说得对。我们是磕头的兄弟，有福同享，有难同当，我愿意听从大哥的安排。”其他几个兄弟也随声附和。有人问：“大哥，能不能向兄弟们道明实情？”孙华摇头道：“不可。人多嘴杂，若是走漏了消息，谁也活不成！我和秦九约定，只管把李瑛领进埋伏圈，其它的事一概不插手。但愿我们能蒙混过关，全身而退。”孙华交代完任务，把郑五留下，吩咐道：“你负责转移家眷和金银细软。切记，一定要谨慎行事，不要被人察觉。”

又到了规定的启程日。李瑛披挂整齐，护送各家镖局的车辆安全通过十八道弯，返回了三河镇。三天后，孙华一脸焦虑，来找李瑛，恳求道：“我刚接了一笔生意，期限紧，必须马上启程。我想烦劳李镖主护送我们过十八道弯。”李瑛见他态度恳切，爽快地答应了。两人约定好出发时间，分头做准备。

孙华回到镖局，向秦九送出消息。秦九兴冲冲地去见乔吉：“孙华传来了消息。万事俱备，只等主子定夺。”有了上次失败的教训，乔吉这回十分谨慎，问：“你打算在哪里动手？”“十五道弯远离山寨，山民不易察觉，咱们在那里下手。” 乔吉表示赞同，叮嘱道：“多准备毒箭，这回一定要结果了李瑛的性命。”又吩咐道：“让弟兄们停止在十八道弯一带活动，制造假象，麻痹李瑛。”

李家镖局落户三河镇后，李瑛与杨显建立了密切的联系。行动前，李瑛照例给杨显写信询问情况，杨显被土匪制造的假象迷惑，发出安全信号。

启程的日子到了。李瑛、陆坚一身戎装，带领三十几名李家镖局的镖丁在前面开路，孙华带领自家的镖丁护卫在镖车两侧，队伍在裕昌山货行门前稍作休息后，出了峪口镇，进入了十八道弯。

乔吉亲临现场指挥，他怕暴露，没敢公开露面。秦九见李瑛进入了包围圈，射出响箭，土匪立即堵塞了道路。李瑛勒住坐骑，命令镖丁护住车辆。突然，队伍一阵大乱，混在队伍中的土匪先动了手，李家镖兵猝不及防，被砍倒了几个。李瑛大吃一惊，急忙呼唤孙华，却不见孙华和他的人马，知道上了当，把手一挥，高声呼喊：“弟兄们，我们遭到土匪暗算。快，杀出一条血路，随我上山！”众镖兵跟随李瑛、陆坚冲出了包围圈。

山上荆棘丛生，不能骑行，李瑛、陆坚下了马。李瑛朝马屁股上重重拍了一掌，道：“马儿啊，逃生去吧。”李瑛的战马是匹宝马，通人性，咴咴嘶鸣，不愿离去。土匪围上来，想缴获战马，回去请赏。战马又踢又咬，然后发出一声悲戚的嘶鸣，急驰而去。陆坚的战马尾随在后。

李瑛对身边的两个镖丁道：“你俩藏起来，我们引走土匪，你们马上下山报警。”两个镖丁匆匆下山，没走多远就被土匪发现，俩人拼死反抗，英勇就义。

李瑛率领镖丁边打边退，攀上崖顶，赢得了喘息的机会。秦九一阵狞笑，声嘶力竭地呼喊：“小的们，冲上去，杀死他们有重赏！”土匪们号叫着冲上来。镖丁居高临下，弯弓搭箭，土匪应声倒下。李瑛高喊：“弟兄们，李家镖局没有一个孬种！我们要血战到底，为死去的弟兄报仇！”镖丁视死如归，箭射完了，就用石头砸，一次次击退了土匪的进攻。李瑛、陆坚都挂了彩，浑身是血，身边可以战斗的镖兵不足十人。

李瑛的战马一路狂奔，来到裕昌山货行门前，前蹄刨地，发出悲戚的嘶鸣。田茂认出战马，知道李瑛遇险，急忙派人通知杨显，自己去兵营搬兵。

杨显、高瑞带领山民向土匪发起进攻。杨显身先士卒，舞动钢叉冲在最前面。山民借助山石和树木的掩护，时隐时现，神出鬼没，杀得土匪抱头鼠窜。官军赶到，对土匪形成合围。秦九惊慌道：“主子，快走，不然就来不及了！”眼看就要攻上崖顶，杀死李瑛，乔吉执意不肯走。秦九一声令下，几个土匪架起乔吉，仓皇逃命。杨显带领山民攀上崖顶，把李瑛、陆坚和伤员抬下山，李瑛再次死里逃生。

县令单宝生得到消息，亲自带人到孙家镖局缉拿嫌犯，可惜，为时已晚，孙家镖局人去屋空。官府张贴布告，通缉孙华，孙华走投无路，带领手下投靠了乔吉。

李家镖局英勇抗击土匪的事迹在百姓中传颂。这天，峪口镇大戏台前竖起两根两丈多高的竹竿，竹竿挑着白绸幡帐，上书“壮志未酬身先死百姓叩首，英魂犹在扬威名万民敬仰”。戏台两侧拉起绳子，绳上挂满了悼念英雄的挽联。广场上人头攒动，三河县各界代表在此召开公祭大会，追悼为抗击土匪英勇捐躯的李家镖局勇士。

田茂站在台上，慷慨激昂道：“李家镖局大败大青山土匪，百姓才过上安稳的日子。饮水不忘掘井人。早有人提议为李家镖局的英雄树碑立传。就在陆大江、李涛被害的当天，我还与他们谈及此事。他们不赞成，说这是小事，不值得夸耀，没想到我们刚分手，他们就遭土匪袭击，英勇就义。前些天，土匪再次在十八道弯对李家镖局下手，十五位镖丁牺牲，李瑛、陆坚母子也险些遇难。李家镖局的大无畏英雄气概惊天地，泣鬼神！为了表达对英雄的敬仰，寄托我们的哀思，我提议为英雄树碑立传！为三河县百姓明志！让英雄流芳千古。”“对，把纪念碑竖立在英雄就义的地方！”台下群情激奋，异口同声，表示赞同。

杨显高声道：“大青山土匪妄图卷土重来，我们绝不能让他们的阴谋得逞。李家英雄为我们作出了表率，我们要像他们那样，与土匪斗争到底。消灭土匪，保卫家园。”“消灭土匪，保卫家园。”众人跟随杨显发出震天动地的呐喊。

有人当众草拟了碑文，碑文用楷书撰写，字体工整，遒劲有力。田茂高声朗读：

大青山景色秀美，物产富饶，民风朴实，百姓安居乐业。土匪盘踞大青山，杀人劫货，百姓深受其害，官府几次派兵清剿，均无功而返。李家镖局不畏强暴，联合众镖局在十八道弯与土匪激战，大败土匪，活捉大匪首张金宝，斩杀二匪首张银宝。官军乘胜追击，一举捣毁虎头峰匪巢，为民除害，万民称颂。残匪不甘心失败，残忍地杀害李家镖局陆大江、李涛、王亮、张汉四位英雄，又设下埋伏，妄图杀害镖主李瑛。众英雄英勇抗敌，视死如归，李瑛、陆坚母子身负重伤，李家镖局十五名镖丁英勇就义。英雄事迹感天动地，万民敬仰。特立碑为志，永世不忘。

三河县百姓敬立

一通高大的纪念碑屹立在陆大江、李涛等人就义处。消息长了翅膀般传开了，不少有志青年慕名而来，要求加入李家镖局。李瑛的名字不胫而走，百姓给她起了一个既响亮又贴切的绰号：“白发侠女”。

乔吉、秦九损兵折将，大败而回，像冬眠的虫子再次蛰伏起来，等待东山再起的时机。这天，秦九愤愤地来见乔吉，道：“三河县的刁民在十八道弯立碑，为李家镖局的人招魂。主子发句话，我带人把碑砸了。”乔吉气得脸色铁青，浑身颤抖。继而又换了一副面孔，自慰道：“不就是立了块碑吗？何须大惊小怪。俗话说：小不忍则乱大谋。咱们先咽下这口窝囊气，等恢复了元气再收拾他们。”

第三十三回　破族规王贵收徒弟　得消息乔吉设毒计

经过田青、王贵的不懈努力，柳家织造坊恢复了生产，李家镖局迁到三河镇后，人心稳定，生产扩大，招收新织锦工、挑花工的工作提上了日程。

已是深夜，田青、王贵与柳文还在为招工的事争论不休。柳文对田青、王贵提出的只录用李家镖局家眷的主张大为不满，道：“柳氏族人都想把自己的家人送来学艺，如果只招李家镖局的家眷，他们肯定不答应。最好是平均分配名额，各招六名工人。我回去也好交代。”王贵以理力争：“柳文叔，您是长辈，按理说我们应该尊重您的意见，不过，这次情况不同。李家镖局举家迁到三河镇，不少家眷因此丢了营生，照顾他们不仅是要表达谢意，更重要的是补偿人家的损失。”柳文长叹一声，道：“你们的话有道理，可柳家庄的人不这么想。你俩都是外姓人，柳氏族人本来就对东家把柳家织造坊交给你们经营表示不满，此次招工若没有柳氏族人的份儿，他们就会认为你们在排挤柳氏族人，霸占柳家织造坊。”此言一出，王贵、田青皆惊，他们意识到事情的复杂性，为了顾全大局，采纳了柳文的主张。

柳广财把织造坊的经营权交给田青、王贵后，柳氏族人就萌生了大权旁落的危机感，招工方案确定后，他们又搬出老东家柳春城制定的“织锦挑花技艺只传授给柳氏族人”的族规，企图继续垄断织锦技术。这一提议遭到田青、王贵的坚决反对。他们这么做并非对柳氏族人有成见，而是清楚地知道族人垄断织造技术的种种弊端。老东家柳春城当家时，织锦工、挑花工是清一色的柳氏族人，这些人以族人自居，骄傲自大，不求上进，织造坊由盛转衰，经营每况愈下。柳广财意识到族人垄断技术的弊端，当家后，破例起用王贵，支持他大胆改革，推陈出新，柳家织造坊才走出了低谷。

王贵是柳家织造坊乃至三河镇最优秀的织锦工，人们都希望拜他为师，学习技艺。将织锦技艺传给谁？王贵态度坚定，只收李家镖局的人为徒。柳家庄人得到消息，毫不退让，以柳家族规为由逼迫王贵就范。王贵被激怒了，语气坚定道：“收徒拜师自古就是两相情愿，哪有强迫之理？别人怎么做我管不了，我收徒一定要自己选！”此话一出，柳氏族人没了办法。

柳家织造坊张灯结彩，拜师仪式在这里隆重举行。王贵身穿新装，端坐在高椅上。从镖局家眷中精心挑选的李天长、薛明远等六名徒弟跪倒在地，叩首拜师。王贵抑制不住心中的喜悦，平日少言寡语的他侃侃而谈："看到你们，我就想起了少东家李涛，也就是你们的李镖主。他第一次来织造坊就提出要拜师学艺，大家以为他只是说说，没想到他真的这么做了。少东家虚心好学，不耻下问，是我见过的最勤奋、最刻苦的东家，也是我最钦佩的人！"王贵用手帕擦去眼泪，继续道，"这些天，常有人问我为什么非要招李家镖局的人为徒，我现在告诉大家，因为我从少东家身上看到了李家镖局忠诚守信，爱憎分明，遵纪守规，虚心好学的优秀品质！这是一个优秀的织锦工必备的条件。"

王贵从一个精致的木匣中取出几本装订成册的书，道："这是以少东家的笔记为基础整理成的教材，详实地记录了丝绸从缫丝到织造的各个步骤和方法。老东家柳广财临终前将它交给我，叮嘱我把它作为传家宝世代相传。现在我把它交给你们，希望你们认真学习，细心领会，学好织锦技术。"李天长从师傅手里郑重地接过教材。

李瑛第一次见到以弟弟的笔记为基础整理而成的教材，睹物思人，泪流满面，动情道："各位兄弟，王贵师傅收你们为徒，把精湛的织造技艺无条件地传授给你们，是你们的荣幸，也是镖局的骄傲！你们要格外珍惜这个机会，像李涛镖主那样不耻下问，刻苦学习，不辜负田先生、王贵师傅对你们的期望和信任。"

从那天起，李天长、薛明远等六名徒弟开始了学艺生涯。与柳氏徒工相比，王贵的徒弟具有一个优势，那就是他们人人识文断字。李胜重视教育，在镖局开设了学堂，规定镖局的孩童除了习武，还要读书。王贵的六名徒弟都是私塾先生的得意门生。李天长、薛明远等人把教材誊写了一份，开始逐字逐句学习，熟记于心。

操作从基本功学起。李天长、薛明远他们每天千百次重复相同的动作，枯燥乏味，没多久就产生了厌烦情绪。李天长问："师傅，我们什么时候能上机织锦？"王贵严肃道："你以为你练到家了吗？我告诉你，还差得远呢！只有练到坐在织机旁，心如止水，目无旁骛，眼心手脚协调自如，随心所欲的程度才算合格。"李天长等人不再急躁，静下心来，苦练基本功。

出乎所有人的预料，李涛死后李家镖局和柳家织造坊非但没有疏远，反而越走越近，逐渐融为一体。

乔吉不甘心放弃利润丰厚的丝绸生意，获救后又谋划重返三河镇，他不敢在三河镇公开露面，便在商家中物色代理人，最终选中了大顺绸布庄老板钱壮。乔吉选中钱壮，有他的考虑。其一，钱壮与乔吉暗中勾结，早有联系，乔吉握着他的把柄，钱壮不敢不从；其二，钱壮是三河镇人，经营丝绸十余年，用他的商号作掩护，既不易被察觉又方便做生意；其三，钱壮见利忘义，只要有利可图，可以不择手段。

这一日，钱壮乘车外出谈买卖，路边突然蹿出几名壮汉，拦下他的轿车。钱壮掀开窗帘，正要发怒，那几个人一拥而上，把他拖下轿车，拎进路边的树林。钱壮抬头观看，吓得魂飞魄散，立在面前的是匪首秦九。

秦九抱着膀子，一双绿豆眼射出凶光，恶狠狠道："姓钱的，我们得势时，你与我们眉来眼去，得了不少好处，我们有难了，你落井下石，口诛笔伐，把自己择得干干净净。你今天落到我的手里……"钱壮闻言，哆嗦成一团，叩头如捣蒜，连声求饶："秦爷饶命，秦爷饶命。乔主子被抓后，官府查得紧，我那么做也是出于无奈，迫不得已！"说完，从兜里取出一张银票，哆嗦着举过头顶，"秦爷，大人不记小人过。这是孝敬您的，您就饶恕我吧。"秦九接过银票，看了看，揣进口袋，道："饶过你可以，不过，你要帮我做件事。""秦爷尽管说，莫说是一件，就是十件八件，我也答应。"秦九点点头，咧嘴道："好，我借你的大顺绸布庄用用。" 钱壮以为秦九要霸占他的绸布庄，痛哭流涕，连连哀求："秦爷，我们一家人都靠绸布庄过活，没了绸布庄，一家老小都要饿死，您高抬贵手饶了我吧……"秦九看着像狗一样匍匐在地的钱壮，道："你误会了，我的身份已经暴露，不能再在三河镇公开做生意，我想用你的绸布庄作掩护，继续做丝绸买卖。"钱壮没有解除疑虑，还在磕头求饶。秦九缓和了语气，继续道："你放心，咱俩亲兄弟明算账，往来货物和各项费用分别记账，我绝不让你吃亏。"话说到这个分儿上，钱壮不敢再说不，勉强同意了。

秦九把钱壮扶起，指着身边一个男子道："这是我的人，名叫贾方，在你的绸布庄里给他安排个差事。有人问，你就说是你新请来的助手。以后，凡丝绸生意的事由你做主，其他事情一概听从贾方的安排。" 贾方上前，拱手道："贾方给钱爷施礼了。"钱壮偷眼观看，见此人三十左右，身材高挑，面皮白净，说话彬彬有礼，不像土匪，倒像一名书生，心里多少平静了一些。

秦九把钱壮送上轿车，威胁道："钱壮，你给我听清楚，今天的事不许和任何人讲，包括你的家人。你敢背叛我，我就把你和我的关系公布于众，不用我动手，官府就会抄家灭门！”钱壮吓得抖成一团，连连称是。

钱壮把贾方带回家，安排他住下。贾方来历不明，引起家人的猜疑，更让家人不解的是，钱壮对贾方点头哈腰，唯唯诺诺，没有一点主子的威严。钱壮的夫人想问明缘由，钱壮勃然大怒，黑着脸吼道：“我已经说过了，贾方是我请来的助手。哪个再敢说闲话，嚼舌头，我就动用家法，决不轻饶。”夫人见男人发了脾气，不敢再打听。

钱壮心惊肉跳，夜不能寐，担心引狼入室，大祸临头，出乎意料的是，情况并非他想的那样。秦九没有干涉他的生意，货物和往来账目清晰，也没拖欠银两，贾方对他也算尊重，彼此相安无事。钱壮渐渐放了心。

贾方来三河镇的另一项任务是监视李瑛、田青，想方设法在柳家织造坊发展眼线。翠华楼是三河镇最大的酒楼，三教九流聚会的场所，也是重要的消息来源地，贾方发展翠华楼的领班丁光辉当土匪，让他帮助探听消息。丁光辉特别留意柳家织造坊的人和事，结识了织锦工柳江河。

柳江河十六岁进入柳家织造坊学艺，深得东家柳广财赏识，出师后，柳广财破格提拔他当了领班。柳江河沾沾自喜，想入非非，认为自己是柳氏族人，织锦手艺好，东家一定会把织造坊交给他经营，没想到柳广财把织造坊的经营权交给了田青、王贵这两个外姓人，让他有了被冷落遭遗弃的感觉。王贵招收镖局的人为徒，柳江河以为抓到了“把柄”，借题发挥，在族人中煽风点火，挑拨离间，田青罚了他的工钱，撤了他的领班职务。柳江河怀恨在心，发誓与田青、王贵势不两立。

柳江河在外面花天酒地，寻欢作乐，被丁光辉相中。这一日，柳江河正和几个狐朋狗友在翠华楼划拳行令，丁光辉把贾方领进包间，拱手道：“各位兄弟，我给大家介绍一下，这位是大顺绸布庄的新管家贾方先生。”贾方含笑，拱手致意。丁光辉又向贾方介绍在座的各位，介绍到柳江河时，故意提高了嗓门，恭维道：“这位是柳家织造坊赫赫有名的织锦工柳江河。”贾方走上前，恭敬道：“早闻柳江河大名，今日得见，三生有幸。”说完，拉过一把椅子坐在柳江河旁边，一问年龄，柳江河年长贾方一岁为兄，贾方为弟。俩人称兄道弟，高谈阔论，不像初次相识，倒像久别重逢。屋里的人相继散去，俩人意犹未尽。贾方把丁光辉唤来，吩咐道：“来两坛好酒，四五个好菜，饭钱算我的。”说完，掏出银子交给丁光辉。柳江河酒足饭饱，打着饱嗝向贾方道别。贾方送上名片，拱手道："我与兄长一见如故，相识恨晚。我还有不少问题向你讨教，兄长有空到寒舍坐坐。"两人约好时间，离开了酒楼。

贾方来到三河镇不久就在偏僻的街巷租了一座独立的院子，一来不引人注意，二来一旦出现情况，可以迅速逃离。柳江河来到贾方的住处，俩人推杯换盏，开怀畅饮。贾方明知故问："兄长满脸愁容，长吁短叹，想必是遇到了不顺心的事。说出来，我帮你参谋参谋。"柳江河打开话匣子，大骂田青、王贵，把心中的苦水一股脑儿地倾诉出来。贾方把打探到的消息写成材料，交给了秦九。

秦九去见乔吉，把贾方结识柳江河的经过说了一遍。乔吉听罢，顿时来了精神，兴奋道："我们能火烧柳宅，诛杀陆大江、李涛，是因为有柳双喜这个卧底。柳双喜已经暴露，失去了利用价值，现在又来了一个柳江河。柳江河是织锦工，他的价值远远超过柳双喜，这真是天助我也！你马上下山，一定要拉柳江河入伙，让他为咱们效力。"乔吉向秦九面授机宜，秦九恭维道："主子就是主子，总是高人一筹。咱们坐山观虎斗，等他们斗得两败俱伤时，咱们坐收渔翁之利。"

第三十四回　图钱财柳江河投敌　出阴招鼓动搞选举

贾方摆下酒菜，把柳江河约到家里，俩人喝到酒酣耳热时，门开了，走进一个人。柳江河定睛观看，此人矮小消瘦，刀条脸，一双绿豆眼，下巴上稀稀拉拉长着几根上翘的黄胡须，左眼角有道疤痕。感觉眼熟，一时又想不起在哪里见过。来人坐在柳江河旁边，道："怎么，连我都不认识啦？我是秦九，人们都叫我疤瘌眼。"柳江河闻言，大惊失色，慌忙钻到桌下藏身。

贾方将柳江河扶起，笑道："江河兄，别怕。秦爷是我的朋友。我把秦爷介绍给你，是要帮你成就一番事业，让你在族人面前扬眉吐气。"柳江河惊愕地看着贾方，颤抖着问："他……他……他是你的朋友？"贾方平静道："对呀！秦爷又不是青面獠牙的鬼怪，为什么不能交往？"柳江河没敢答话。贾方继续道："秦爷言之有信，奖罚分明，只要你尽心尽力为他办事，保你有享不尽的荣华富贵。"柳江河将信将疑，依然没敢吱声。

秦九含笑道："贾方所言不假。你是织锦能手，像你这样的人才我求贤若渴。今天和你相见，就是和你交朋友，做笔交易。"柳江河不解地问："与我做交易？我就是一个织锦工，能帮你做什么？"秦九一本正经道："为我们织锦。"柳江河听后，一头雾水，壮着胆子问："我一没有原料，二没有织机，怎么为你们织锦？""这有何难。只要照我说的做，一切都会有的。"秦九将一包银子放在柳江河面前，道，"这是见面礼，你收下。"柳江河缩回手，没敢接银子。秦九把脸一沉，一拍桌子，凶相毕露："别他娘的敬酒不吃吃罚酒。拿了钱大家是朋友，不拿钱，就别怪我心狠手辣。"柳江河吓得魂飞魄散，腿一软，又钻到桌下。

贾方再次把柳江河扶起，斟了一杯酒，端给他，安慰道："先喝了这杯酒压压惊。"柳江河哆哆嗦嗦地接过酒杯，把大半杯酒都洒在了身上。贾方道："你不是做梦都想掌管柳家织造坊吗？秦爷能帮你把田青、王贵赶下台，让你走马上任。"贾方的话勾起柳江河的欲望，柳江河壮着胆子问："田青、王贵是东家指派的，你们有什么办法将他们赶下台？"贾方笑答："秦爷神机妙算，料事如神，早为你想好了万全之策。"贾方的一番话让柳江河欲罢不能，忍不住道：

“小人愿听秦爷指教。”

秦九道：“王贵把柳广财临终的遗言当令箭，霸占织造坊，要挟柳氏族人。要破这个局，就必须改弦易辙。”柳江河不解地问：“改弦易辙？怎么改？”秦九道：“方法很简单，就是推举新人。”“推举新人？织造坊从没搞过推举呀？”柳江河一头雾水。贾方解释道：“东家把织造坊交给田青、王贵管理，这不假，但是，没有说让他们永远管理下去，如今也该换人了。”“换人？怎么换？”“东家在世时，东家说了算。东家不在了，没人说了算，就只能靠推举。”柳江河似懂非懂，问：“怎么推举？”贾方道：“织造坊员工由柳氏族人和非族人组成，柳氏族人和非族人各推举两名候选人，由织造坊全体人员投票表决，得票多的上任。”柳江河没有悟出其中的玄机，问：“怎么保证柳氏族人当选？”贾方得意道：“柳氏族人在织造坊占多数，按人头计票，岂有不胜之理？如果田青、王贵拒绝投票选举，我们就抓住了他们图谋柳家财产的把柄。到时候，鼓动族人闹事，他们就不得不交权。”柳江河茅塞顿开，兴奋过后，又沮丧道：“我虽是柳氏族人，但不是柳家族亲，无权无势，怕是没有这等能力。”贾方道：“你可以鼓动柳氏族亲出头。柳家织造坊是百年老坊，利润丰厚，柳氏族亲哪个不想从中受益？只要有人领头，族人定会一呼百应。”秦九问：“你认为柳氏族亲中谁领头最合适？”柳江河道：“论血缘，柳达声和柳荣与柳广财最亲近，论在族人中的声望，柳达声最高。不过，柳达声与田青、李瑛沆瀣一气，让他出面绝无可能。”贾方道：“你去找柳荣，让他联系柳氏族亲，鼓动族人搞选举。”

柳江河想了想，把手一摊，无奈道：“我不是柳家族亲，即使选举也没我的份儿，岂不是为他人作嫁衣，百忙一场！”贾方宽慰道：“主意是你出的，你就是柳氏族亲的救世主，再说，你懂技术，手艺好，跟族亲一条心，他们不推举你推举谁？”柳江河闻言，喜形于色，感激道：“真若是如此，我愿为秦爷效力。”

秦九收起笑容，正颜厉色地命令道：“你以后少到这里来，免得被人发现。翠华楼的丁光辉是我们之间的联络人，有事去找他，让他传话。我们有事找你，也通过丁光辉与你联系。听清楚了吗？”柳江河不停点头，连声回答：“听清楚了，听清楚了。”柳江河拿着赏银满心欢喜地走了。

柳江河去找柳荣，说明了来意，领着柳荣与贾方见了面。柳荣早就觊觎柳家的财产，三人一拍即合，贾方面授机宜，柳荣心领神会。柳荣把几位要好的族亲找来，鼓动道："田青、王贵与李瑛串通一气，公开违抗族规，这分明是不把咱们放在眼里。他们这样做就是要蚕食柳氏族人的利益，达到霸占织造坊的目的，我们决不能让他们的阴谋得逞！"族亲柳安随声附和："田青、王贵背信弃义，仗着有柳达声为他们撑腰，肆意妄为。再不行动，织造坊就真成了他们的私产了！"众族亲随声附和。

有人提醒道："柳文是庄主，此事由他出面最合适。"族亲们一起去找柳文，希望得到这位当家人的支持。柳文听罢，勃然大怒："你们太过分了！老东家过世后，织造坊是什么状况你们不是不知道。这几年，田青、王贵日夜操劳，好不容易恢复了生产，让织造坊走上正轨。织造坊经营不下去时你们当缩头乌龟，有了起色又想坐享其成，你们的良心让狗吃啦？这种卸磨杀驴的事我不做，也劝你们趁早打消这个念头！"柳文态度坚决，没有半点回旋余地，柳氏族亲碰了一鼻子灰，灰溜溜地走了。

族亲们不死心，又聚集在一起商量。柳荣咬牙切齿道："柳文与田青、王贵一个鼻孔出气，他就不配当庄主和族长。"柳安附和道："对！咱们分头做族人的工作，如果柳文还执迷不悟，就召开族人大会罢免他，选咱们信得过的人。"族亲煽风点火，挑拨离间，蒙骗了不少族人。

这日，柳荣、柳安等族亲挑唆不明真相的族人找柳文闹事，柳文听到院外人声嘈杂，出来察看。柳荣登上台阶，高声道："各位族人，老东家过世后，柳家织造坊一直由田青、王贵把持，他们排斥柳氏族人，公开违反族规，司马昭之心路人皆知。柳文身为庄主和柳氏族长，非但不出面阻止，还与他们沆瀣一气。我提议推举族人与田青竞选，夺回织造坊的经营权，也遭他的反对。他不为族人谋利益，就不配当庄主和族长。今天，我们要向他讨个说法！"柳文强压怒火，示意大家安静，高声道："各位族人，不要听信柳荣挑唆，大家听我说……"柳荣生怕族人了解真相，打断了柳文的话，厉声道："我们没时间听你狡辩，你说你同意不同意推举族人与田青、王贵竞选！"柳安附和道："废话少说，你就说你同意不同意！如果你不同意，就说明你不为族人谋利益，你就不配当庄主和族长。"柳文明白了族亲们的险恶用心，气得浑身颤抖，手指柳荣，厉声质问："你，你……"柳文年岁大了，急火攻心，眼前一黑，栽倒在地。柳荣见状，一摆手，族亲们悄悄溜走了。有人把昏迷不醒的柳文抬进屋。柳文一病不起。

柳荣不甘心，又召集族亲商量对策。胆小的见闯了祸，想打退堂鼓。柳安鼓动道："出弓没有回头箭，这件事绝不能半途而废。柳文生病不起给了我们机会，咱们撇开他自己干！"柳荣乘势道："好，就这么干。我马上起草信函，通知田青、王贵。他们不同意，咱们就带人把织造坊围了，逼他们就范。"

田青收到柳荣派人送来的信，信是以柳家庄全体族人的名义写的：

田青、王贵：

东家已经过世三年。三年来，柳家织造坊一直由你们代管。我们强烈要求举行选举，推选新的管理人。柳家织造坊的员工由柳氏族人和非族人两部分组成，为了公平起见，我们提议柳氏族人和非族人各推荐两名候选人，由织造坊全体员工投票表决，得票多者当选。是否同意，请尽快回复。

柳家庄全体柳氏族人

田青看了信，感到事态严重，马上去找王贵、李瑛商量办法。李瑛沉思了半晌，表情严肃道："柳氏族亲前几天找柳文叔闹事，失败后，又要搞选举，他们是不达目的不罢休。这个提议冠冕堂皇，看似公平合理，却暗藏杀机。柳氏族人在织造坊占多数，按人头计票，他们占据优势。如果拒绝，他们就借机挑唆，给我们泼脏水。"田青、王贵都赞成李瑛的分析。李瑛继续道："田青、王贵，你俩是当事人不便出面，我是局外人也不好干预，柳文叔又病倒了，我们去找柳达声。老东家临终前将柳家事务托付与他，这件事最好由他做决定。"

田青、王贵、李瑛去见柳达声。柳达声看完信，气愤地道："这些人太不像话了，绝不能再任由他们胡闹。我马上去柳家庄，与他们理论。"说完，吩咐车夫套车。李瑛将他拦住，道："您别着急去柳家庄，先听我说几句。来您这里的路上，我一直在思量，推选这个主张具有诱骗力，如果一味反对，会给柳氏族亲留下口实，他们会借机发挥，搬弄是非，对我们更加不利。破解这个难题最好的办法是知难而进，争取柳氏员工的支持。选举不但要赢，还要赢得光明磊落，让他们的阴谋不攻自破。"王贵表示反对，态度坚决道："选举是柳荣设下的圈套，绝不能往里钻。"田青也不赞成，道："选举的风险太大，一旦失败，满盘皆输。"柳达声一时难作决断。李瑛继续道，"柳荣认为只要选举就稳操胜券，我看未必。这几年织造坊屡遭磨难，田青、王贵临危受命，拯救了岌岌可危的柳家织造坊，他们的付出有目共睹。如今的大好局面来之不易，大家都很珍惜，这不仅关系到织造坊的兴衰，也维系着每个人的生计。我相信只要讲清道理，大多数柳氏员工会作出冷静正确的选择。”李瑛的话句句在理，柳达声同意举行选举。

李瑛道：“要确保取胜，做好柳氏员工的工作是前提，关键是选好领头人。这个人既要忠诚可靠，又要在柳氏员工中有威望。”王贵插话道：“我看柳汉水最合适。”田青也表示赞同，介绍道：“柳汉水与柳江河是堂兄弟，同一年到柳家织造坊学徒，同为织锦工，但是人品截然不同。柳汉水为人正直，办事公道，有正义感，在柳氏族人中威望很高。只要他肯出头，我们就有胜算。”柳达声补充道：“我去做柳汉水的工作，你们不要出面，以免引来非议。我了解柳汉水，他通情达理，明辨是非，只要我们晓之以理，讲明利害，他会帮助我们的。”李瑛叮嘱田青、王贵道：“现在是特殊时期，当务之急是要稳住局势。你们要严加防范，防止歹人趁机作乱，我配合你们行动。”田青、王贵点头答应。大家商量好办法，开始分头行动。

柳氏族亲得知田青、王贵同意选举，扬眉吐气，推举柳荣、柳江河为候选人。柳荣提醒道：“事情绝非想象的那么简单。田青办事一向谨慎，李瑛有胆有识谋略过人，都非等闲之辈。他们同意选举是无奈之举，但绝不会拱手交权。”众人顿时警觉起来。柳荣吩咐道：“咱们挨家挨户到族人家走访，逼他们表态，告诉他们谁敢阳奉阴违，就是背叛祖宗，按族规处罚。”

贾方得知柳江河被推举为候选人，让丁光辉把他约到家里，交给他一包银子，道：“此番选举一定要赢。俗话说：有钱能使鬼推磨。要把柳氏族人笼络到你身边，什么东西也没有它好使。”柳江河拎着沉甸甸的银袋，感激涕零。贾方道：“这都是秦爷的关照，秦爷说了，把田青、王贵赶下台还要重重奖赏你。”

第三十五回　搞选举族亲空欢喜　告刁状柳荣遭责罚

选举的消息犹如晴天霹雳，把柳家织造坊的人惊呆了。柳氏族人感觉事发突然，一脸茫然；非族人焦虑不安，担心族人掌权后受到排挤，没了生计。族人与非族人之间的矛盾变得更加尖锐。

一些人交头接耳，议论纷纷，为田青、王贵抱打不平："田青、王贵的所作所为有目共睹，没有他们就没有今天的织造坊！依我看，柳氏族亲就是一群白眼狼，田青、王贵就是再刻苦、再努力也白搭。""没有了田青、王贵，柳家织造坊离垮台就不远了。咱们还是早作打算，自寻门路，各奔东西吧！"织造坊人心惶惶，一片混乱。

柳达声与柳汉水进行了一次推心置腹的谈话。柳达声开门见山："汉水，你对选举的事如何看？"柳汉水一脸焦虑道："我担心选举会把织造坊搞乱。柳安带人到各家游说，逼我们投票选柳荣、柳江河。还威胁说，选田青、王贵就是大逆不道，就是背祖忘宗。明白人都看出来，柳荣口口声声说为柳氏族人谋利益，其实是要霸占东家的财产。大家心里很纠结，选柳荣对不起东家，选田青、王贵又怕遭报复，背上骂名。"

柳达声从柳汉水的话里感受到他的光明磊落，感慨道："你是明白人，道理不说自明。我们都是族人，族人维护族人利益，这话没错，可凡事都有个是非曲直，都要讲公道合理。前些日子，族亲找柳文闹事，没有成功，他们不甘心，又提出搞选举。东家临终前把织造坊交给田青、王贵经营是经过深思熟虑的。田青、王贵虽然是外姓人，可他们对东家忠心耿耿，天地可鉴。东家过世后，有人高薪聘请他们，他们不为所动，心甘情愿地留下来与大家同甘苦共患难。我不反对族人管理柳家织造坊，可论人品、论能力，族人中有谁能与他们相比？"柳达声的一番话说到了柳汉水的心里，他不住地点头称是。柳达声继续道："你在族人中有威信，我希望你给大家讲明道理，让大家明辨是非，作出正确的选择，投下公正的一票！"柳汉水听后，心里顿时豁亮了，动情道："达声叔信得过我，我一定做好族人的工作。"

柳氏族人找柳汉水讨主意。柳汉水把大家召集起来，道出了自己的想法。交谈中，一些族人依然对王贵拒绝招收柳氏族人为徒表示不满，愤愤道：“田青、王贵公开违反族规，分明是不把族人放在眼里，咱们为什么要投他们的票？柳氏族人当家对咱们不是更好吗？”柳汉水诚恳道：“起初我对王贵收镖局的人为徒也不理解，也反对过。当我看到他选的徒弟个个勤奋好学，表现出众，才悟出了其中的道理。”他瞧着自己的几个徒弟，叹息道：“你们都是族人，学艺时间比王贵的徒弟长，条件比他们好，可你们哪个敢站出来与他们比一比？”几个徒弟自叹不如，垂头不语。柳汉水继续道：“平心而论，这事不怪王贵，是我们柳氏族人安于现状，不求进取。”柳氏族人哑口无言。柳汉水看看众人，继续道：“至于谁当家对咱们有利，依我说，不是看姓氏，而是看品行，看能力。老东家去世后织造坊人心涣散，生产停顿，岌岌可危。大家悲观过，甚至有人打了退堂鼓，田青、王贵没有气馁，带领大伙走出了困境。依我说，老东家独具慧眼，选对了人。田青、王贵虽然不姓柳，可对东家的忠诚胜过族人。你们说，谁更值得信赖？这次选举关系到织造坊的兴衰，关系到大家的生计。织造坊与我们唇齿相依，如同巢与卵，覆巢之下安有完卵。大家要三思而后行，切不可感情用事。”柳汉水的一番话在族人中引起共鸣，有人当即表示：“汉水讲得透彻，咱不能干傻事，毁了织造坊，误了自己的好前程。”

柳江河这段时间异常活跃，在族人中封官许愿，挑拨族人与族外人间的矛盾，身后总是围着一群不明真相的族人。

柳汉水获悉堂弟柳江河被推举为候选人，把他叫到家里，问：“你同意当候选人了？”柳江河春风得意，拿腔拿调道：“那当然了，我入选是众望所归。”柳汉水看着得意忘形的堂弟，严肃地说：“我知道你心高气盛，事事都要拔尖，经营织造坊并非易事，不是想干就能干好的，我劝你还是打消这个念头吧！”柳江河横眉立目，傲慢道：“休要灭族人威风，长他人志气，我就是要争这口气，田青、王贵能干的我也能干，而且比他们干得更好。不信，就走着瞧！”柳汉水压了压心中的怒火，道：“我问你一件事。前些日子，王贵让你收徒弟，你为什么不答应？”柳江河大大咧咧道：“收徒弟受苦受累不讨好，我才不干那种傻事！”柳汉水反驳道：“教徒弟都嫌累，织造坊上百号人，缫丝、染色、织锦，事无巨细，都要亲力亲为，你就不嫌累？”柳江河愣了片刻，回答：“那是两码事。教徒弟，受累得不到好处。经营织造坊就不同了，有权有钱，别人都高瞧你一眼……”不等柳江河说完，柳汉水勃然大怒：“柳江河，你满脑子金钱权力，就凭这一点，你就不配当候选人！”柳江河后悔当着柳汉水的面说了真心话，狡辩道："配不配，你说了不算，要看选举的。"

柳汉水知道再这样争论下去也不会有结果，把话题一转，问："你知道和你搭档参加选举的是柳荣吗？""当然知道。"柳汉水强压怒火，道："柳荣的人品你不是不知道。他仗着是东家的亲戚，游手好闲，无事生非，你能与他共事吗？"柳江河不以为然道："人家是未来的东家，我不亲近他亲近谁？不像有的人胳膊肘朝外拐，向着外姓人说话。"兄弟俩针锋相对，闹得不欢而散。

选举在柳家织造坊进行。柳达声、柳安作为主持人和监票人坐在前台正中，两侧分别坐着田青、王贵和柳氏族人推荐的候选人柳荣、柳江河。柳达声摆手示意众人肃静，手持选票向台下问："选举的规则大家都清楚了吗？"见有人迟疑，又解释道，"选票上有'田'和'柳'字，选田青和王贵的在'田'字旁打钩；选柳荣、柳江河的在'柳'字旁打钩，两者只能选一，大家听明白了吗？""听明白了。"台下人齐声回答。

柳荣、柳江河神气活现地坐在台上，只等选举结束后举杯庆功。选举开始，有人当众把选票收集起来，统计出数字。计票人把计票结果交给柳安，刚才还得意扬扬的柳安看到票数，脸色陡变，身体不由自主地抖起来，手里的纸飘落在地。柳达声捡起纸，清清嗓子，高声道："现在我宣布结果。今天参加投票的共105人，收到有效选票103张，田青、王贵以60张选票胜选。"

柳荣不等大会结束就愤愤地离开了会场，柳安紧随在后。柳荣咬牙切齿地道："柳家庄出了叛徒！这些吃里爬外的东西，不知道得了田青、王贵什么好处，竟然背叛族人。一定要挖出幕后人，严惩不贷！""对，严惩不贷！"柳安随声附和。柳江河一脸茫然，像泥塑一样呆坐在那里，他万万没有料到选举竟然是这个结果，无情的现实将他的梦想击得粉碎。

台下的人交头接耳，有人欢喜，有人忧愁，表情迥异，柳达声把这一切都看在眼里，他清楚地意识到选举虽然取得了胜利，但是族人与族外人之间以及族人间的隔阂和矛盾更深了，要想织造坊稳定，必须弥合裂痕。他动情道："各位工友，我再重申一遍，柳家织造坊不分姓氏，善待每位工友。只要大家上下齐心，拧成一股绳，就没有克服不了的困难。"台下响起热烈的掌声。

柳氏族亲不甘心选举失败，又聚集在一起商量办法。柳荣提议："我们到官府告状，要回本该属于我们的织造坊。"族亲们都赞同。

柳荣托人写了状子，带领族亲到县衙告状。衙役接过状纸，送到大堂。县令单宝生看过诉状，令衙役将他们带上大堂。单宝生正襟危坐，一拍惊堂木，道：“堂下何人，报上名来。”族亲们一一作答。单宝生问：“你们状告田青、王贵霸占柳家织造坊，要求将其收归族亲所有，有何凭证？”柳荣将诉状背得滚瓜烂熟，从容道：“东家遭土匪迫害，主人柳广财、柳蕊珠夫妇双亡，女婿李涛被害，少夫人柳梅莹和孩子遭土匪追杀，至今杳无音信，想必已不在人世了。主人柳广财没了子嗣，按律法家产应归族亲所有。田青、王贵把持柳家织造坊，一直不肯交权，我们恳求官府宣布少夫人柳梅莹和孩子死亡，将柳家织造坊判归柳氏族亲所有。”柳荣不时朝上观望，眼里露出狡黠的目光。

单宝生道：“本官断案凭的是真凭实据，你说少夫人柳梅莹和孩子已不在人世，可有凭据？”柳荣辩解道：“官府派人进山调查，柳家也派人进山寻找，至今毫无音信。山里地形复杂，野兽出没，一个柔弱女子带着幼小的孩子如何生存？可以肯定他们已经遭遇不测。”单宝生问：“堂下之人，你们都是柳家的宗亲，是少夫人和小公子的亲人，请问你们有谁进山寻找过他们？哪位能拿出他们不在人世的确凿证据？”众人面面相觑，无言对答。

单宝生怒斥道：“你们没有进山寻找，拿不出真凭实据，仅凭臆断就来报案！”众人低头不语，堂上一片寂静。单宝生继续道：“柳家案情本官了如指掌，东家柳广财临终前把柳家事务托付堂弟柳达声处理。你们告状，柳达声是否知晓？”族亲们心里有鬼，你看我，我看你，无人敢回答。“这么说，你们是背着柳达声来告状的？”堂上还是一片寂寞。衙役见无人回答，用杀威棒杵地，厉声喝道：“快回老爷的话！是与不是？”众人哪里见过这阵势，吓得浑身颤抖，连连点头。

单宝生问：“你们来告状，谁是主谋？”族亲们怕得罪柳荣，不敢直言，又怕不说连累自已，把眼睛的余光投向柳荣。单宝生居高临下，族亲每个微小动作都逃不过他敏锐的眼睛，他一拍惊堂木，喝道：“柳荣，你自称是柳家至亲，谈及主人家的遭遇却无半点悲悯之意，你无凭无据，仅凭臆想就挑唆族亲来告状，你花言巧语蒙骗本官暴露了你图谋不轨之心，你可知罪？来人，把这个无耻之徒拉下去重杖二十大板。”衙役一拥而上，开始动刑。柳荣平日养尊处优，哪里受过这种酷刑，打得他哭爹喊娘，连连求饶：“大人，我知道错了，再也不敢搬弄是非，侵占东家财产了！”

乔吉、秦九获悉选举结果，深感意外。乔吉道："看来，我们低估了田青、王贵的能力和威望。要想整垮柳家织造坊，必须下重手才行。"秦九问："主子的意思是杀了田青、王贵？"乔吉摆手道："官府防范甚严，李家镖局的人形影不离，要杀田青、王贵谈何容易，弄不好还会暴露我们自己。""主子的意思是？""我们让柳江河鼓动柳氏族亲把桑园收归族亲所有，如果田青、王贵不交权，就停止供应蚕茧。田青、王贵纵有天大的本事，没有蚕茧，也织不出织锦，到时候就得乖乖就范。"秦九闻言，恭维道："主子高明。我马上下山，让贾方、柳江河照计行事。"

秦九向贾方、柳江河面授机宜。柳江河婉转道："主意是好主意，不过，族亲到官府告状，不但没告成还挨了板子，至今心有余悸，怕是不敢再冒这个险。"秦九对族亲的做法嗤之以鼻，不屑道："柳氏族亲明知单宝生与田青是一伙的还到官府告状，岂不是自讨苦吃。"柳江河无言以对。秦九挑唆道："别看官府权力大，也不是事事都能做主。乡村自古就有自治权，族人内部的事一向由族长和族人大会裁定，官府管不着。如何处置东家桑园就是族人内部的事，官府无权干涉。回去把这些话告诉柳氏族亲，让他们放心大胆干，在柳家庄这一亩三分地上族人说了算，不会出事的。"

第三十六回　开大会族亲占桑园　伸援手卢员外相助

柳江河拎着东西带着贾方的信去看望柳荣。柳荣挨了板子，在床上趴了一个月，刚能勉强下地行走。柳荣展开信：

柳荣先生：

见字如面。你状告田青遭官府酷刑，我十分气愤。我想出了对付田青的良策，柳江河会当面转告你。你只要按计行事，我保你成功。

贾方

族亲们听说柳江河来了，都来打探消息。柳江河把秦九的主意告诉了族亲，族亲议论纷纷。胆小的族亲道："我们去官府告状，遭到训斥，还挨了板子，把桑园收归族亲所有，会不会招来牢狱之灾？"柳江河鹦鹉学舌，把秦九的话重复了一遍："乡村自古就有自治权，族人内部的事一向由族长和族人大会裁定，官府管不着。在柳家庄这一亩三分地上族人说了算，不会出事。"有了告状的经历，族亲们格外谨慎，没人表态，还在犹豫。

柳江河见族亲们还在犹豫，挑拨道："选举后，田青、王贵的地位更稳固了。王贵的几个徒弟整天泡在织造坊里，等他们掌握了织锦技艺，柳氏族人就会被扫地出门，到时候柳家织造坊就真的成了田青、王贵的私产！你们后悔就晚了！"柳江河的话刺痛了族亲，刚才还紧蹙眉头犹豫不决的族亲下了决心。柳荣愤愤道："王贵这招太阴损了，这是用软刀子杀人，杀人不见血。咱们不能再犹豫了，必须马上行动！"族亲们有了危机感，同意采取行动。

有人提醒道："柳文卧病在床，已不构成威胁，我担心柳达声会出来干涉。东家临终前把处置柳家事务的权力交给他，这件事连县太爷都知晓，他不赞同，咱们怎么办？"柳江河道："这事不难，柳达声常外出行医，我们趁他不在家时召开族人大会，将生米做成熟饭，他事后知道了又能怎样？"柳荣点头称赞，下令道："柳安，你去医馆打探消息，其余人跟我一起为召开族人大会做准备。如果田青、王贵不交出织造坊的经营权，咱们就停止供应蚕茧。"

柳文听说族亲要召开族人大会，把东家的桑园收归族亲所有，不听家人劝阻，挣扎着起来，要去阻止，还没走出屋，就眼前一黑，栽倒在地。家人赶忙把他抬上床，哭着劝说："老爷，您对东家忠心耿耿，日月可鉴。如今，世道变了。为了争夺东家财产，族亲们不顾廉耻，不择手段，六亲不认。这些人丧失了人性，不会听您的劝告，您去也是白搭。俗话说：善有善报，恶有恶报。别看这些族亲现在闹得欢，早晚会遭报应。"柳文仰天长叹，不再过问族亲的事。

柳安带回柳达声外出行医的消息，柳荣道："好！事不宜迟，马上召开族人大会。"柳荣衣着整齐，率领族亲来到柳氏祠堂前，敲响了挂在树上的大钟。庄民们听到钟声，纷纷来到祠堂前。事发突然，人们不知发生了何事，交头接耳，相互打探消息。柳荣登上台阶，高声道："各位族人，今天召开族人大会要宣布一项重要决定。族亲们经过商议，决定将东家柳广财的桑园收归族亲所有，同时废除柳广财与各家签订的桑园契约，由族亲和族人推举的代表负责制定新规则，与各家签订新契约。"柳荣的话引起一阵骚动，有人赞成，有人质疑，有人反对，众说纷纭。柳安跳上台阶，高声道："大家安静，先听柳荣说。"众人安静下来。柳荣继续道："东家柳广财夫妇过世，少东家被杀，少夫人和小公子失踪，至今杳无音信。三年来，我们年年按老规矩给柳家织造坊提供蚕茧，如今的织造坊被田青、王贵和李瑛把持，大家的劳动所得都便宜了这些外姓人，这公平吗？""不公平！"几个族亲带头表示支持。柳荣继续道："柳家庄每年交给织造坊的蚕茧数量巨大，价值不菲，我们可以用这些钱修缮祠堂，疏通河道，围堰筑坝，也可以用这些钱缴纳官府摊派的各种费用，还可以为族人办福利，造福乡民。" 有人问："签订新契约对我们个人有何益处？""我们决定减一成的田租，让大家受益。"柳荣的一番话极具诱惑力，迷惑了族人。

有人提出质疑："柳文叔是柳氏宗族族长，召开族人大会他为什么缺席？"柳荣辩解道："柳广财立遗嘱时，柳文是当事人，现在要废除遗嘱，他自然不便出面，请大家谅解。"有人问："东家临终前把处理柳家事务的权力托付给柳达声，这么大的事，达声叔为什么没露面？"柳安答道："我们去请柳达声了。柳达声外出行医，不知何时才能回来。事情紧急，我们决定先召开族人大会，等他回来了，再向他通报。"柳荣、柳安的解答冠冕堂皇，人们解除了疑惑。

柳荣见时机到了，拿出一份准备好的稿子，大声宣读："经过商议，族人大会作出以下决定：1. 从即日起，将东家柳广财在柳家庄的桑田收归族亲所有，柳广财与各户签订的租用桑田的契约作废。2. 柳荣、柳安、柳仁、柳江河四人组成桑园管理小组，负责起草新契约，出面与各家各户签订新契约，负责处理桑园的各项事务以及因契约引起的纠纷。3. 蚕茧收入归族亲所有，财务由桑园管理小组负责管理。”

柳荣宣读完决议，柳安对众人道：“各户选一人做代表，进祠堂在族人大会决议上签字画押。”各家代表鱼贯而入，在决议上按了手印。

田青、王贵、李瑛得知消息，无不惊愕。田青愤愤道：“桑园是东家的财产，族亲有什么权利私分？这伙人欺人太甚，咱们到官府告他们！”李瑛劝解道：“我觉得这件事很蹊跷。柳文叔病了，没参加族人大会可以理解，这么大的事，达声叔为什么不在场？我们应该先找达声叔弄清情况，再作决定。”

田青三人去医馆找柳达声，柳达声不在家，柳达声的夫人接待了他们。柳夫人见他们一脸焦虑，急切地问：“出了什么事？”李瑛问：“婶子，达声叔知道柳家庄召开族人大会的事吗？”柳夫人摇头道：“达声外出行医了，不知晓开会的事。”“这些天，有没有柳家庄的人来通知达声叔开会？”柳夫人语气坚定地回答：“没有。”王贵提醒道：“为了稳妥起见，还是问问门卫吧。”柳夫人把门卫叫来，亲自问话。门卫说：“柳安来过几次，问主人在不在家。三天前又来了，我说主人外出行医了。他问去多久，我说不知道，让他去问夫人您。”柳夫人更感蹊跷，摇头道：“他没来找我。这个人鬼鬼祟祟，要干什么？”李瑛道：“现在就清楚了。柳荣怕达声叔反对，这才三番五次来打探消息，在达声叔外出时召开族人大会，造成既成事实。”田青愤愤道：“这些人真无耻！”

田青、李瑛、王贵返回织造坊，连夜商量对策。田青焦虑道：“柳荣他们不达目的不会罢休，如果还没有少夫人柳梅莹和小东家的消息，局面失控，官府都无能为力。”这句话提醒了李瑛。李瑛道：“当务之急是要找回梅莹和孩子，解决继承人问题。”王贵痛苦道：“三年过去了，没有任何消息。去哪里找？”李瑛说：“大青山地广人稀，我们肯定有遗漏的地方。我让陈龙再去寻找，这次要挨家挨户找，不遗漏一个山寨，一个猎户。”

陈龙走后，田青、李瑛、王贵继续商讨对策，李瑛道：“柳荣公开叫嚣不交出织造坊经营权就停止供应蚕茧，我们要早做准备，以防万一。”田青问：“你是说我们买蚕茧？”李瑛点点头。王贵摇头叹息道：“我们没钱买蚕茧。”李瑛道：“没钱就借，总之，不能坐以待毙。”田青要去借钱，被李瑛拦下。李瑛说：“我回天水镇借钱，这样可以严守秘密。”

李瑛快马加鞭来到卢员外家。卢员外听说李瑛来访，亲自出门迎接，将她请进客厅。李瑛说明来意，卢员外道："李家镖局的英雄事迹感天动地，妇孺皆知，天水镇的商家早就想为你们做点事。借钱就免了！身为商会会长，我组织天水镇的商家为你们募款。" 李瑛感激涕零。

卢员外吩咐仆人道："通知各位商家，今晚在天水酒楼为李镖主接风洗尘。"又吩咐道，"让后厨准备一桌酒菜，请李镖主用膳。"李瑛拱手道："谢谢卢员外，我用过餐了，不再打扰。我很久没回天水镇了，想去祭奠先父，为丈夫、弟弟扫墓。"卢员外闻言，不再挽留，道："你去吧，今晚天水酒楼见。"

李瑛来到李家墓地。墓地整洁肃穆，供桌上摆着祭品。人们敬仰李家英雄，常有人来祭奠。李瑛点燃香烛，摆上祭品，跪在父亲、丈夫、弟弟墓前，泪流满面："爹，大江、小涛，我看你们来了。"她呼唤着亲人，哽咽着向他们诉说，"镖局迁到三河镇后，土匪穷途末路，更加凶残，他们在柳家庄外抢劫蚕茧，在十八道弯设伏，十五名兄弟英勇就义。土匪倒行逆施唤醒了更多的民众，有志青年慕名而来，要求加入李家镖局，镖局更加壮大。"

李瑛擦去眼泪，继续道："大江、小涛，种种迹象表明，匪首乔吉没死，还活着，他是杀害你们的元凶！我想知道真相，可惜我们阴阳两界，无法听到你们的诉说。乔吉现身，谜团重重，单县令怀疑乔吉出逃与知府王九明有关。我派陈龙协助官府调查，一定要让真相大白于天下。

"爹说过，余虹是杀害王飞龙、赵锦娘夫妇的嫌疑人，只有找到他，才能破解案情，找回失踪的王霞姐。我派人调查，发现了一些线索。一位山民说，他在大青山匪巢见过一位名叫'一泓大师'的人，此人与余虹年龄相仿，'一泓'与'余虹'读音相似，很可能是一个人。种种迹象表明，余虹还活着，与乔氏土匪有来往，土匪手里的毒药就是他提供的。我没有放弃寻找，一直会追查到底。"

"陆坚长大了，在与土匪的斗争中表现非常勇敢，像大江和弟弟小涛那样优秀。

"王贵收徒弟了，收的徒弟是李家镖局的子弟。他们没有辜负田青、王贵的信任，刻苦学习，表现优秀，受到织造坊员工的好评。乔吉千方百计破坏李家镖局和柳家织造坊的关系，他做梦也想不到柳家织造坊和李家镖局非但没有疏远，反而越走越近，逐渐融为一体。

"梅莹和孩子至今没有音讯。以柳荣为首的族亲觊觎东家的财产，不断挑起事端。他们在织造坊搞选举，到县衙告刁状，失败后，又打起东家桑园的歪主意。只有找回梅莹和孩子，解决了继承人问题，才能破解当下的难题。我派陈龙带人再次进山寻找，请你们的在天之灵保佑他们成功。”

夕阳西下，晚霞满天。看着绚丽的晚霞，李瑛的心情好了许多，她向父亲、丈夫和弟弟道别，扬鞭策马，回到天水镇。

李瑛来到天水酒楼，商家代表也陆续到齐。李瑛与众人很熟，大家嘘寒问暖，格外亲切。卢员外挥手示意大家安静，讲明了李瑛借款的缘由，动情道：“李家镖局光明磊落，疾恶如仇，事迹感天动地。他们遇到困难，我们不能袖手旁观，我提议为他们募捐，帮他们渡过难关。”“同意！”“赞成！”众人纷纷响应。卢员外继续道：“作为会长，我带头捐款。我捐三百两，各位可以自愿。”“我捐二百两。”“我捐一百两。”“我捐五十两。”众商家踊跃捐款，很快就凑足了一千两银子。李瑛热泪盈眶，连连拱手道谢，感动道：“谢谢各位。大家的钱来之不易，这些钱算我借大家的，等织造坊渡过难关，一定如数奉还。”

散席后，卢员外把李瑛叫到身边，自责道：“李、卢两家本应是儿女亲家，由于我的自私，错过了这桩好姻缘，让你们承受了巨大的痛苦，我深感自责……”李瑛打断卢员外的话，道：“我们两家虽然没做成亲家，但依然是最知心的朋友。镖局有困难，我首先想到的就是您，先生不遗余力地为镖局筹款，解决我们的困难，这份真情日月可鉴，谁人能比。”卢员外破涕为笑，道：“说得好！李老英雄心胸坦荡，你也是豁达开朗，你这个朋友我交定了！”

卢员外话题一转，建议道：“我思量过了，你们所需的蚕茧最好在天水镇采购，由我代办。钱不够，我再借给你们。”李瑛不明其意，道：“愿听先生赐教！”卢员外道出自己的想法：“柳家织造坊所需蚕茧数量巨大，若在三河镇采购，势必会抬高价格，对织造坊不利，也很难做到保守秘密。天水镇是水陆码头，商品集散地，不仅采购有价格优势，还易于保密。三河镇的蚕茧成交冷淡，价格自然低，柳氏族亲的阴谋就难以得逞。蚕茧不易保存，不及时出售，受损失的将是他们自己。”李瑛表示赞同，同时道出自己的想法：“庄民拒绝向织造坊交蚕茧是受少数柳氏族亲的蒙蔽，是一时糊涂做了错事。蚕茧是柳家庄庄民的主要收入来源，他们的生计我们不能不管。请先生先在天水镇采购一半蚕茧，另一半看事态发展再作决断。” 卢员外称赞道：“李镖主心胸坦荡，办事周全，佩服，佩服。”李瑛拱手道：“先生过奖了，购蚕茧之事就拜托先生了。”

李瑛告别卢员外，借着夜光来到周载家。周载是李家镖局的老人，因为年纪大了，外加老伴反对，没有跟随镖局迁到三河镇。久别相逢，感慨万千。李瑛拉着周载的手，嘘寒问暖，拿出一些银子放在桌上，道：“我不能挨家挨户看望留下来的兄弟姐妹，这些银子用来接济有困难的家庭。告诉大家，镖局的人想念他们，让他们多保重，我有时间再去看望他们。”李瑛告别周载，星夜兼程，返回了三河镇。

第三十七回　断原料族亲食恶果　再施计柳荣建织坊

柳达声回到医馆，听说族亲背着他召开了族人大会，饭也顾不上吃，当即去了柳家庄。柳荣见到柳达声，假惺惺道："达声，我正想去你那里汇报，没想到你来了。这也好，我把族亲们请来，让大家和你说。"那几个有头有脸的族亲来了，恭恭敬敬地和柳达声打招呼。柳达声开门见山："你们明知老东家把决定柳家事务的权力交给了我，为什么不经我同意就擅自召开族人大会？为什么把东家的桑园收归族亲所有？"柳荣斜眼瞧着柳达声，蔑视道："不错，东家是把决定柳家事务的权力交给了你，但你别忘了我也是东家的近亲，也有权力决定东家财产的归属！"柳达声强压怒火，道："你们去官府告状，要求收回柳家织造坊，遭到官府严词拒绝。你们当堂表示尊重判决，为什么还在背后捣鬼？"柳荣狡辩道："那是因为官府与田青沆瀣一气，有意袒护他们。"柳达声怒发冲冠，扯住柳荣的胳膊就往外拉："走，咱们去官府，你有种把刚才说的话当着县令大人的面说！"柳荣吓得脸色铁青，蹲在地上赖着不走。那几位族亲赶紧上前打圆场，有的说："咱们都是打断骨头连着筋的族人，即使柳荣说话过了头，那也是为了族人的利益。达声叔，您也姓柳，应该向着族人说话，不该做亲者痛、仇者快的事。"有的说："达声叔，您在外行医不了解情况。如今的柳家织造坊还是柳家的产业吗？不是，它早就变成田青、王贵的私产了！您别再执迷不悟，该清醒了。"

柳达声越听越生气，怒目而视，质问那个族亲："你说柳家织造坊成了田青、王贵的私产，你拿出证据来！没有证据就是污蔑！"另一位族亲轻蔑地哼了一声，道："田青那么精明，能让你拿到证据？等你拿到证据，柳家织造坊早就改名田家织造坊了！"柳达声毫不退让，高声道："我把话讲在当面，我不同意把东家的桑园收归族亲所有。你们马上召开族人大会，我要当众宣布决议无效！"那几位族亲瞧着柳达声，一动不动，好像根本没有听到他的话。

柳达声大步朝外走，敲响了祠堂前的大钟。庄民听到钟声，放下手中的活计，到祠堂前集合。柳荣急了，让族亲们马上分头去拦截庄民。柳达声等了半天，不见庄民的身影，知道又是柳荣他们在捣鬼，怒气冲冲地登上轿车，返回了医馆。

柳达声怒气未消，要去官府状告柳荣。李瑛赶来，劝说道：“这些日子，柳荣等族亲接连闹事，招数阴损毒辣，我怀疑有人在幕后为他们出谋划策。这个人是谁，为什么插手织造坊的纠纷，现在还不清楚，不过，可以肯定这里面一定有不可告人的目的。兵法云：欲擒故纵。我建议暂不采取行动，让柳荣充分表演，我们静观事态发展，暗中调查，挖出幕后主谋。”柳达声表示赞同。

秦九满面春风，来见乔吉：“主子，贾方传来消息，柳荣召开族人大会，把柳广财的桑园收归族亲所有了。”乔吉喜形于色，道：“好，蚕茧的收获季节到了，告诉贾方，一定要掐断原料供应，没有蚕茧，柳家织造坊必定大乱。”

得知柳家庄中断供应蚕茧，织造坊顿时炸了锅。非柳氏员工情绪激动，把满腔怒火都发泄到柳氏员工身上，双方剑拔弩张，气氛异常紧张。柳江河暗中观察，发现田青、王贵神情自若，没有丝毫的慌乱，他百思不解，急忙向贾方汇报。贾方听罢，藐视道：“死到临头还充好汉。咱们等着瞧，看他们还能撑多久！”

五天过去了，双方都没有妥协的迹象，焦虑不安的情绪在柳家庄和柳家织造坊蔓延。柳江河沉不住气了，找贾方讨主意。贾方不屑道：“休要慌张。现在双方比的就是耐力，谁坚持到最后谁就是赢家。”

第七天下午，几辆满载货物的大车停在柳家织造坊门前，田青、王贵揭开苫布，人们惊喜地发现车上装的是雪白的蚕茧。田青高声宣布：“从今天起，开足马力生产。”众人欢呼雀跃。

贾方得知消息，找柳江河兴师问罪：“你说田青没有采购蚕茧。大车运来那么多蚕茧，你如何解释？”柳江河张口结舌，答不上来，辩解道：“你让我盯着田青和王贵，他俩一直没有出门，蚕茧从何而来我怎么知晓？不过，我敢保证蚕茧不是在三河镇买的。”贾方问：“你怎么知晓？”柳江河道：“拉蚕茧的大车远道而来，从马匹和车夫的疲倦程度上就能看出来。”“他们到底买了多少蚕茧？”“买了多少，我不知道，不过，我敢保证不会买很多。”“为什么？”“他们囊中羞涩，拿不出钱。”几天后，更多的马车拉着蚕茧停在柳家织造坊门前，双方博弈，胜负已见分晓。

柳氏族亲听说田青在外面大量采购蚕茧，慌了神，凑在一起商量对策。有人催促道：“蚕茧不易保存。我们不能再等了，应该马上联系商家，卖掉蚕茧。”

柳荣派人与三河镇的商家联系，派出去的人都垂头丧气地回来了，一筐蚕茧也没卖出去。族亲们大为恼火：“柳家庄的蚕茧在三河镇久负盛名，怎么会卖不出去！”其实原因很简单。柳氏族亲背信弃义，所作所为引起民愤，有正义感的商人不愿助纣为虐，拒绝和他们做生意。今年蚕茧大丰收，柳家织造坊又从外面大量采购蚕茧，三河镇的蚕茧供大于求，那些唯利是图的商人不敢贸然进货，还在观望。

贾方慌了手脚，急忙向秦九报告。乔吉得知消息，陷入沉思，自言自语道：“这未必是坏事，利用好了就是一次机遇！”秦九越听越糊涂，疑惑地问：“机遇，什么机遇？请主子明示。”乔吉解释道：“我们一直在与柳家下一盘大棋，虽然出师不利，几经挫折，但是还是见到了曙光。我们掌握了钱壮的绸布庄，有了合法的经营场所，现在缺的是织造坊。柳家织造坊虽好，但是有柳达声、李瑛、田青这些人挡道，我们无法得手。现在机会来了，柳家织造坊从外面大量采购蚕茧，造成三河镇的蚕茧供大于求。蚕茧不易长期保存，如果卖不出去，柳氏族亲必定一败涂地。我们趁机鼓动柳荣在柳家庄组建织造坊。柳家织造坊的工匠多数是柳氏族人，这些人要是集体辞职，田青他们还撑得下去吗？到那时两家织造坊就都是咱们的了。”秦九恭维道：“真是一箭双雕的好计。我们釜底抽薪，田青他们这回死定了。”乔吉自信地道：“此番若能成功，我们下的这盘棋就完成了布局，棋进入中盘，离收官就不远了。”秦九主动请缨：“主子，我去见贾方，让他鼓动柳氏族亲在柳家庄建织造坊。”乔吉嘱咐道：“要小心行事，千万不要让官府发现你的行踪。”

秦九与贾方见了面，板脸道：“现在情况有变，我决定改变策略，鼓动柳氏族亲在柳家庄组建新的织造坊。”贾方道：“建织造坊要盖厂房，买设备，招工匠，需要一大笔钱。钱从哪里来？”秦九道：“我算过一笔账，柳家庄有蚕茧，原料不用花钱，柳家老宅可以做生产场地，不需要建厂房，柳家织造坊的柳氏族人是现成的工匠，不需要招聘工人，唯一需要花大钱购买的就是织机。让柳荣和柳氏族亲们出钱买织机，你看如何？”贾方连连摇头，表示反对：“柳家庄的蚕茧还没卖出去，再让他们出钱办织造坊，他们不会答应。再说，柳家庄出原料、出场地、出工匠，再自己购买织机，这一切都是人家的，人家自己干就好了，凭什么要和咱们合作？如果柳氏族亲放弃合作，主子的计划岂不是要落空？”秦九被问得哑口无言。贾方继续道：“织机价格昂贵，是最大的一笔投资，谁出这笔钱，谁就掌握了主动权，谁就能把织锦的销售权控制在手里。”秦九道：“此话有理。让钱壮出钱买织机，我们坐收渔利。”贾方摇头道：“钱壮惜财如命，怕不会答应。”秦九一阵奸笑，蔑视道：“别担心，我有办法治他。你问他，他为我们采购丝绸从中赚了多少钱？他要是不从，我就老账新账一起算，让他家破人亡。”

贾方把秦九的话转告钱壮，钱壮吓出一身冷汗，跪地求饶：“贾爷，你知道我做的是小本生意，一年挣不了仨瓜俩枣，你就高抬贵手，帮我求求情，饶了我吧！”贾方把眼一瞪，怒道：“姓钱的，你以为我不知道你为我们采买丝绸挣了多少钱？”贾方说得一点不假。钱壮为土匪采购丝绸后，买卖越做越大，从中得了不少好处。钱壮不敢再拒绝，又不愿独自承担风险，哀求道：“秦爷，这笔钱数额巨大，我真的担负不起！”贾方拍拍钱壮的肩膀，道：“钱老板，你是精明人，先听我给你算笔账。你有自己的织造坊，虽说规模不大，但缫丝、染色之类的活可以干吧？柳家庄有蚕茧，有空闲的房子，有工匠，这样的话，需要采买的就是织机了。你出的资金多，销售权就归你。柳家织锦价格不菲，在京城都是畅销货，你投的钱很快就会加倍赚回来。”钱壮不言语，在心里暗暗盘算，觉得贾方的话有道理，勉强答应了。

贾方约见了柳江河。柳江河听说要在柳家庄办织造坊，满心欢喜。贾方叮嘱道：“此事交给你办。记住，不管用什么办法，一定要说服柳氏族亲同意建织造坊，一定要让柳家织造坊的柳氏员工集体辞职，到柳家庄上工。”贾方还承诺，“只要做成这件事，我就满足你的愿望，让你管理织造坊。”柳江河喜形于色，发誓一定尽心竭力。

积压的蚕茧卖不出去，柳荣等族亲坐卧不宁，这时，柳江河回到了柳家庄。柳荣见到柳江河如同见到救命菩萨，哭丧着脸向他讨主意。柳江河道：“叔叔不必担心，贾先生已经想好了万全之策，保证您化险为夷。”柳荣为之一振，迫不及待地问：“有何良策，快快道来。”柳江河道：“贾先生让我转告您，此时正是筹建织造坊的好时机。他说蚕茧卖不出去，咱们就把它织成织锦，织锦利润丰厚，保证一本万利。”柳荣听罢，连连摇头：“办织造坊谈何容易，要建厂房、招工匠、购买织机，开支数额巨大，我们怎么担负得起！”柳江河笑道：“您不用愁，贾先生算了笔账，您听了保证会动心。”“快讲给我听。”柳江河道：“贾先生说，柳家庄有现成的蚕茧，有空闲的房子，有熟练的工匠，缺的就是织机。钱壮答应与咱们合作，由他出钱购买织锦机和必要的设备，他负责缫丝、染色，提供合格的丝线。”

柳荣吃了定心丸，唤来几位知心的柳氏族亲商议，有人赞同，有人反对，议论纷纷，一时拿不定主意。柳荣见大家犹豫不定，不耐烦道：“蚕茧卖不出去，又不能长久保存，难道看着它烂在手里！”他见在座的人还不言语，索性下达了命令：“这件事就这么定了。我和柳安与贾先生洽谈合作建织坊事宜，其他人着手做准备工作。”

在贾方安排下，柳荣、柳安、柳江河与钱壮见了面。贾方拿出经过乔吉审核的契约，交给柳荣、钱壮，契约规定：钱壮的大顺绸布庄与柳家庄联合筹建柳家庄织造坊，大顺绸布庄提供提花织机和生产资金，负责加工丝线，柳家庄提供蚕茧和生产场地，负责织造，生产的织锦由大顺绸布庄统一销售。扣除生产成本后，利润按比例分成。柳荣、柳安是纨绔子弟，对织造一窍不通。拿着协议书，装模作样地看了几遍，什么也没看懂，问柳江河：“你看这份协议书行吗？”柳江河只想尽快签约，好走马上任，催促说：“这份协议我看过了，完美无瑕，签约吧。”柳荣在协议书上签了字。

第三十八回　遭胁迫柳氏人辞职　渡难关师徒齐努力

钱壮来信说织机明日运到柳家庄。柳荣看到信，兴奋不已，带领族亲们来到柳家祠堂前，敲响了集合的钟声。庄民听到钟声，到祠堂前集合。柳荣高声宣布："各位族人，明天上午召开全体族人大会，宣布一项重要决定，这件事关乎每位族人的切身利益，至于开会的内容，我暂时保密，希望大家相互转告，每户派一位代表准时出席。"

翌日上午，各家代表在祠堂前集合，有人拿出花名册点名，然后列队进入祠堂。柳荣率领族人祭拜了先人，然后高声道："各位，最近发生的事大家都有所耳闻，我再叙述一遍。田青、王贵违反族规，公然招收外姓人当织锦工，引起民愤。我们到官府告状，请求收回柳家织造坊，官府与田青沆瀣一气，驳回了我们的正当要求。我们召开族人大会把东家的桑园收归族亲所有，他们又动用关系阻止我们销售蚕茧。"柳荣说到这里，把调门提高了八度，声嘶力竭地吼道，"田青、王贵的狼子野心昭然若揭，他们就是要蚕食柳氏族人的利益，达到霸占柳家织造坊的目的，我们绝不能让他们的阴谋得逞！现在，我宣布成立柳家庄织造坊，在柳家织造坊上工的族人必须在三天内全体辞职，到咱们自己的织造坊上工。有违抗者，严惩不贷，一律按族规处理。"族人们听后，交头接耳，议论纷纷。

柳安接话茬道："我们这么做都是为了族人的利益。有了自己的织造坊，就可以摆脱田青他们的束缚，蚕茧不愁销路，族人不愁工作，各家各户可以获得更多的实惠。"有人疑惑地问："没有织机，怎么织锦？"柳荣趾高气扬道："大家放心，织机马上运到。" 就在这时，织机运到了柳家庄。族人听到消息，欢呼雀跃。

柳荣高声宣布："织造坊需要人，我们决定招收新员工，想报名的，到我这里登记。"族人都希望家人到织造坊学艺，为家里增加收入，围着柳荣，争先恐后地报名。柳荣掏出一张纸，开始读上面的名单，然后道："织造坊不招收这些族人的家属。"读到名字的族人感到莫名其妙，追问："为什么不招收我们？"柳荣把眼一翻，恶狠狠道："你们还有脸问我？回去问问你们家在柳家织造坊上工的亲属，选举织造坊经营人时他们投了谁的票？ 别以为这件事就这么过去了，没门！”说到这里，柳荣缓和了语气，继续道，“我这个人宽容大度，再给你们一次改过自新的机会。凡是三天内辞去柳家织造坊工作到柳家庄上工的，过去的错就一笔勾销，家属还可以参加招工报名。如果还不醒悟，这一次绝不轻饶，按族规惩处！”被点名的族人面面相觑，噤若寒蝉。

田青获悉，深感事态严重，急忙找王贵、李瑛商量办法。王贵怒不可遏，拍案而起：“柳荣他们欺人太甚！咱们有东家的遗嘱，还怕他们不成？到官府告他们！”田青制止道：“当下最要紧的是想办法留住柳氏员工。”李瑛表示赞同，补充道：“柳汉水在柳氏族人中威信高，我们找他帮忙。”王贵忧心忡忡道：“柳荣公开叫嚣，三日内不辞职的按族规处理。柳汉水自身难保，这次恐怕帮不了我们。”李瑛道：“事已至此，只有请达声叔出面了。”

李瑛快马加鞭来到柳家医馆。柳达声得知情况，义愤填膺，当即去了柳家庄。见了柳荣，柳达声厉声质问：“东家临终前将东家事务的决定权交给我，你们未经我同意到官府告状，将东家桑田收归族亲所有，现在又强迫族人离开柳家织造坊，是谁给你的权力？” 柳荣一脸不屑道：“问得好。往大里说，我是受全体柳氏族人的委托，行使维护族人利益的权力。往小里说，我也是东家的近亲，也有决定东家财产的权力。你胳膊肘朝外拐，还算什么族亲！念你是长辈，我叫你一声哥，那是尊敬你，你别再执迷不悟，该清醒了！”

柳达声毫不退让，道：“我把话讲在当面，你们花言巧语欺骗族人，掩盖不了你们霸占东家财产的罪恶用心。我要在全体族人面前揭露你们。”柳达声大步来到柳氏祠堂前，敲响了集合的钟声。庄民不知发生了什么事，放下手中的活计来到祠堂前。柳达声站在树下高声道：“各位族人，少夫人与两位小公子在大青山遭土匪劫杀，至今下落不明。匪首秦九在逃，官府一直在追捕他。县令单大人说了，秦九一天不归案，少夫人和小公子的失踪案就一天不能下定论，东家的财产就受官府保护。柳荣的所作所为被律法所不容，大家要擦亮眼睛，不要被他们的花言巧语迷惑。我宣布：柳荣非法召开族人大会， 作出的决议无效。”众人交头接耳，议论纷纷。

这一次，柳荣没有害怕，取来族人在上面签字画押的族人大会决议，当众展示，威胁道：“各位族人看清楚，这上面有你们留下的手印！谁反悔谁就是背祖忘宗，谁就是柳氏族人的叛徒！”人们低头不语，默默地散去。

柳达声悲愤不已，指着柳荣和柳安，怒道：“你们不要得意得太早，常言道：天作孽犹可违，自作孽不可活。你们可以得逞一时，但不能得意一世，你们终将遭到报应，被族人唾弃！”说完愤然登上轿车，返回了医馆。

柳汉水这些天心乱如麻，他对柳荣的所作所为十分厌恶，得知柳荣强迫柳氏员工集体辞职的消息更加气愤，把徒弟和与他亲近的柳氏员工召集在一起商议对策。在场的人个个神情沮丧，他们见柳汉水不改初衷，执意与柳荣对抗，七嘴八舌，纷纷劝说。

“师傅，我们知道族亲做得不对，可胳膊拧不过大腿，不辞职他们就动用族规处罚我们，咱们还是辞职吧。”

“我们都是柳家庄人，不按他们说的做，不但自己遭殃，还要连累家人。我爹发话了，不回去就不认我。还是回柳家庄吧。”

“柳家庄成立了织造坊，我弟弟也想进织造坊学艺。柳荣说凡是在三日内辞职的，家属才能参加招工报名，我要是不回去，耽误了弟弟的前程，父母会把我赶出家门的。”

徒弟见柳汉水阴沉着脸依然闷头不语，开始新一轮的劝说：

“师傅，您上一次没投柳荣的票，柳荣对您恨之入骨，如果这一次再不辞职，柳荣绝不会放过您。您的父母都在柳家庄，您就忍心看着他们受苦受罪？”

“我看这事闹大了。非柳氏员工眼都红了，恨不能掐住咱们脖子咬几口才解气！咱们在这里待不下去了，还是回柳家庄吧。”

“师傅，我们知道您在柳家织造坊干了十多年，对这里有感情，我们还知道您和王贵师傅感情很深，可是，感情归感情，现实归现实，您千万别再感情用事了，还是多为家人和自己的前途想想吧！”

柳汉水夜不能寐，思来想去，最终决定辞职。

蚕茧运来后，柳家织造坊一派繁忙景象。缫丝房里，灶火通红，水汽升腾，一筐筐分拣好的蚕茧倒进沸水锅里，蚕茧在热水中翻滚。缫丝工熟练地用木箸挑起丝头，摘掉囊头，把几根丝合成一缕绕在线框上，一气呵成。染坊里，人们在紧张有序地工作，有的把天然染料碾碎，有的在搅拌溶化染料，有的在劈柴燃火。师傅在染锅旁忙碌着，洁白的丝束变成五颜六色的彩线。织造坊里，机声轧轧，昼夜不停。提花工和织锦工密切配合，上面的负责提花，也就是给纹样配色，下面的负责织造。一双双巧手在五彩丝线间游走，绚丽多彩的织锦在一寸寸延伸。田青、王贵轮流在织造坊值守，现场解决生产中出现的问题。

柳氏员工集体辞职，热闹的柳家织造坊一下子寂静下来，织锦坊里只剩下王贵和他的徒弟以及少数辅助人员。王贵急火攻心，昏倒在织机前，几位徒弟七手八脚把他抬回卧室。柳达声得知消息，亲自诊治，王贵转危为安。

织造坊陷入前所未有的困境，最大的困难是员工短缺，田青决定张榜招贤，弥补柳氏员工集体辞职出现的空缺。织锦工稀缺，出再高的工钱也招聘不来，只能自己培养。织锦工艺复杂，培养合格的织锦工少说也要三五年时间，怎么办？田青急得团团转，也想不出解决办法。

王贵的大徒弟李天长、二徒弟薛明远找到田青，请求带徒弟。田青很惊讶，疑惑地问：“你们自己还在学徒，怎么带徒弟？”李天长解释道：“我们跟师傅学习两年，已经掌握了基本功。我们收徒弟，传授他们基本功，这样就能加快培养速度，尽可能挽回损失。”田青认为办法可行，征求王贵的意见。病榻上的王贵感动得热泪盈眶，连声夸奖：“我没看错人，他俩是我最中意的徒弟。就按他们说的做，我举双手赞同。”

田青召开了柳家织造坊全体员工大会。员工们来了，一个个灰头土脸，垂头丧气，认为柳家织造坊气数已尽，召开大会是宣布散伙的。

田青一身新装登上台，介绍了李天长他们提出的建议，当场宣布：“我们决定招收十名新工人。招工不设定宗族，不论资排辈，不搞内定，凭人品，按能力，公开考核选拔人才。在座的各位都可以举荐人选。”在场的人无不惊愕，他们原以为开大会是宣布散伙的，没料到不但没有散伙，还要招收新人。

李瑛登台发言：“各位员工，众所周知，由于种种原因，柳氏员工集体辞职了，我们陷入了前所未有的困境，特别是织锦作坊，人去屋空，只剩下王贵师傅和他的徒弟。面对困难，我们是退却还是前进？王贵师傅和他的徒弟们已经给出了答案！只要我们开动脑筋想办法，齐心合力去奋斗，就没有过不去的火焰山。我听说有个别员工已经辞职，有的正在外面联系工作，我想请在座的各位转告那些已经辞职和准备辞职的人，我们希望他们回来，希望他们留下，和我们一起共渡难关，共创未来！”

听了田青、李瑛的发言，员工们恢复了信心，看到了希望，他们由衷地敬佩田青、王贵和王贵的徒弟们，敬佩他们面对困境表现出的沉着冷静，敬佩他们敢于担当勇挑重任的勇气。员工大会起到了振奋精神稳定人心的作用，一股无形的力量激励着人们，那些准备辞职的人打消了念头，个别已经辞职的人又返回来上工。

王贵大病初愈，十分虚弱，他让徒弟把他扶到织机旁，靠在躺椅上指导徒弟织锦。徒弟们把铺盖搬到车间，除了吃饭、睡觉，都在忘我地工作。随着织机有节奏的声响，无数根经线、纬线交织在一起，变成绚丽多彩的织锦。

李天长把新学徒召集在一起，向他们传授基本功。李天长自幼跟随父亲习武，用传授武术的方法向新徒工讲解织锦的基本功："大家都知道站桩是习武的基本功，讲究气沉丹田，排除杂念，心如止水，织锦也是如此。织锦看似风光，其实是一件单调乏味的工作，每天坐在织机旁，成千上万次重复相同的动作，容易烦躁，容易走神。学习织锦就要像练习站桩那样，坐姿端正，心无旁骛。练习武术要练眼手腿的协调配合，织锦也是如此。我做一个示范，大家注意观看……"李天长的讲解生动活泼，新徒工听得认真仔细，织锦坊又恢复了生机。

织锦坊只剩下王贵和他的徒弟，即使昼夜不停地工作，也不能按时完成任务。田青给洪福全绸布庄去信，详细介绍了柳家织造坊的情况和面临的困难，恳求延缓交货时间，建议分期分批交货。老板洪福全看了信，很生气，管家洪怀古劝说道："东家别急，先听我说。田青与我们共事多年，一直信守合同，讲究信誉，他提出请求，一定是遇到了困难。咱们宽容他一次，如果还违约，再处罚也不迟。"田青收到回信，暂时松了一口气。

第三十九回　动族规逼迫柳汉水　寻亲人陈龙得消息

柳汉水回到柳家庄，没到柳家庄织造坊上工，打算置办几台织机单干。柳江河如愿以偿，当了柳家庄织造坊的主管。起初，他信誓旦旦，一副不可一世的模样，好景不长，接踵而来的问题让他应接不暇，焦头烂额，无奈之下，只好求助堂兄柳汉水，遭到柳汉水一口拒绝。

柳江河迟迟造不出锦，乔吉大为恼火，让秦九下山查明原因。秦九见到柳江河，面露狰狞，二话不说，把他绑在树上，掏出明晃晃的尖刀，恶狠狠道："柳江河，老子和你说得很清楚，你织出织锦，我重重奖赏你，织不出锦，就把你开膛破肚，摘肝取心。"柳江河吓得尿了裤子，连声求饶："秦……秦爷，饶……饶命。我不是不给您……织锦，是……是因为……""是因为什么？""是……是……"柳江河哆嗦成一团，一句完整的话也说不出来。秦九只想吓唬吓唬柳江河，达到目的，松了绑，训斥道："柳江河，你给老子听好了，要是再织不出织锦，我绝不客气。"柳江河狗一样匍匐在地上，连连称是。

柳江河吓坏了，再次去求堂兄柳汉水，见到柳汉水，"扑通"一声，跪倒在地，磕头如鸡啄米，声泪俱下，苦苦哀求："哥，救救兄弟我吧，我要再织不出织锦，就会被人开膛破肚，摘肝取心了。"柳汉水吃了一惊，诧异地问："什么人这么歹毒？"柳江河意识到说漏了嘴，赶紧解释："有人订购了织锦，他们说如果不能按期交货就要我的命。"柳汉水又气又恨，长叹一声，道："江河，这是你咎由自取。你这个人就是不知天高地厚。我多次劝你，让你安分守己，你就是不听，看别人挣钱就眼红。我不同意搞选举，你背着我干，我不赞同建立柳家庄织造坊，你瞒着我干，干不了了又来找我，我又有什么办法？"柳汉水又一次拒绝了柳江河的请求。

这些日子，柳荣等族亲也是度日如年。他们异想天开，认为只要柳家庄织造坊一开工，就会财源滚滚，可事实并非如此，开工三个月，一寸锦也没织出来。柳氏员工三个月没领到工钱，开始酝酿闹事，柳荣决定动用族规，处罚柳汉水，逼迫柳汉水就范。

这一日，柳家庄响起集合的钟声，族人听到钟声，到祠堂集合。柳汉水和家人被五花大绑推进祠堂。柳荣声嘶力竭道："各位族人，柳家织造坊举行选举时，柳汉水挑唆族人投田青、王贵的票，使我们失去了收回柳家织造坊的机会。我们建自己的织造坊，柳汉水违反规定，拒绝到织造坊上工。我们三番五次劝说，好话说尽，柳汉水依然不思改悔，拒不执行命令。今天召开族人大会，就是要按族规处罚柳汉水及其家人。"

有人不忍心看到柳汉水及其家人受处罚，上前劝说："汉水，这就是你的不是了。咱们都是打断骨头连着筋的族人，说话做事首先要想着族人的利益。你就听听劝，认个错，到织造坊上工吧。"

柳汉水不为所动，理直气壮道："我没做对不起族人的事，对得起良心。东家慧眼识珠，选择田青、王贵当管理人，这是我们柳氏族人的荣幸！田青、王贵临危受命，为柳家织造坊走出困境作出的努力和付出的劳动有目共睹，可以说，没有田青、王贵，柳家织造坊恐怕早就不存在了……"柳荣气急败坏，声嘶力竭地吼叫："柳汉水，死到临头你还敢为田青、王贵歌功颂德。来人，把他们一家人都拉出去，每人重责二十。"行刑人准备施行。柳安急忙上前阻拦："我们的目的是逼迫柳汉水为咱们织锦，一用刑，不就把事情弄砸了吗？"柳安对柳汉水的几个徒弟说："还愣着干什么？快去劝劝你们的师傅！"几个徒弟上前跪下，苦苦哀求："师傅，您别再固执了。师爷师娘年岁大了，孩子还小，他们承受不住处罚，会出人命的！求求您，就答应吧！"柳汉水看看年迈的父母和年幼的孩子，泪水夺眶而出，还是没有答应。这时，柳家庄几位年岁最大的老人颤颤巍巍走上前，给柳汉水跪下。一位老人一把鼻涕一把泪哭着说："汉水，柳家庄织不出织锦，族人就没有饭吃。你是庄里的能人，大伙都指望你了。你就发发善心，出来帮帮族人吧！你要是不答应，我们就跪着不起来。"在场的其他族人也齐刷刷地跪下了。

看着陪绑的家属，看着胡须花白的老人，柳汉水的心都碎了。他是铁骨铮铮的汉子，不想做违心的事，可是，他也不忍心看年迈的老人为他下跪，看着家人为他受刑，他愤愤道："我同意帮你们织锦，不过，你们要答应我一个条件。我帮你们织锦，但是，不进柳家庄织造坊做工。锦织成后，我就退出，无论以后发生什么事情，都不要再找我。我也不会再管柳家庄织造坊的事。请各位族人为我作证。"柳荣正要发火，被柳安阻止。柳安道："咱们先答应他的条件，织出织锦后，再收拾他也不迟。"

柳汉水来到织机前，看了织造的锦样，上机操作了一番，又拿起织锦用的丝线仔细检验。柳江河迫不及待地问："问题出在哪里？我说是丝线出了问题，钱壮死不认账。"柳汉水毫不客气道："亏你也学了十多年织锦，这么明显的问题都瞧不出来。你告诉柳荣，问题就出在丝线上。普通丝线韧性不足，不合格。金银丝线太粗太硬，也不合格。换线吧，有了合格的丝线再试试。"

柳江河知道要是再织不出织锦，自己就成了刀下鬼，带着柳汉水去见钱壮。这一次贾方在场，钱壮不敢放肆，坐在一旁，一言不发。柳江河说明织不出织锦的原因，在事实面前，钱壮不得不低头认错。织锦不仅需要普通彩线，还需要特殊丝线，有的用孔雀羽毛制作，有的用金箔银箔打造，钱壮不得不承认他制作不出这些特殊丝线。

柳江河把特殊丝线的种类和具体要求详细列表，交给了贾方。贾方看后，知道织不出锦的责任不在柳江河，说："这件事我马上向主子汇报，有了回音，立即通知你。"

柳汉水在一旁静静地观察，心想：这事真奇怪！钱壮明明是主子，却奴才一样点头哈腰，唯唯诺诺；贾方分明是奴才，却像主子那样指手画脚，发号施令！更奇怪的是钱壮明明就坐在旁边，贾方却说要向主子汇报，看来贾方说的主子不是钱壮，还另有其人。这个神秘的主子是谁？为什么隐而不露？柳汉水越想越感觉蹊跷，这个疑团一直在他脑海里萦绕，挥之不去。

乔吉得知织不出织锦的真实原因，破口大骂："钱壮这个混蛋坏了我的大事！告诉他，他要再敢敷衍了事，就要他的脑袋。"秦九垂手站立，连连点头，提醒道："主子，孔雀羽线是用孔雀羽毛加工的，金银丝线是用金箔银箔打造的，钱壮没有那个本事，他做不出来。"乔吉想了想，说："这件事交给柳江河办。制作特殊丝线的钱让钱壮出。"

柳江河拿到银子，请能工巧匠制作了金丝银线和孔雀羽线，经过一番折腾，终于织出了第一批织锦。

贾方陪同钱壮到柳家庄织造坊视察，柳荣、柳安、柳江河等人众星捧月般簇拥着贾方，将钱壮冷落在一旁，柳汉水看在眼里，更感觉蹊跷。

陈龙带人进山寻找柳梅莹和孩子返回了镖局，还带回一位中年男子。陈龙向李瑛、田青和王贵介绍道："这位兄弟叫张强，是猎人，他提供了一些重要线索。"李瑛催问道："什么线索？快快道来！"张强说："我认识一个猎人，名叫刘天望。在柳家老夫人被害的那些天，具体哪一天我记不清了，刘天望家来了一个怀抱孩子的年轻女子。”“女子多大？长什么模样？”李瑛闻言，喜出望外，一连问了几个问题。“女子很年轻，二十出头，长得额头饱满，圆脸大眼，五官端正，头发乌黑，说不上漂亮，但很耐看。孩子是个男孩，两岁左右。”田青、王贵听后，一致认为那个女子很像柳春红，那个男孩可能就是柳俊龙或者柳俊虎。在座的人欢欣鼓舞。李瑛疑惑地问：“我们几次进山寻找，为什么没听人说起这件事？”张强解释说：“刘天望有意隐瞒实情，对外说那个女子是他娘家的亲戚，死了丈夫，到他家投亲。后来，那个女子和刘天望结了婚。大家更信以为真。”众人闻言，惊讶不已。“后来呢？”王贵迫不及待地问。“两年前，我去刘天望家找他，发现门上了锁，最初以为他们一家人走亲戚去了，没在意。半年过去了，还不见回来，我感觉蹊跷，撬开门锁，发现日常用的锅碗瓢盆都不见了，猜想他们搬走了。”王贵表示怀疑，问：“他们会不会被土匪抓走了？”在座人的心一下提起来。张强摇头道：“我看不像，土匪抓人不会带走锅碗瓢盆的。”陈龙接茬道：“我去刘天望家看过了。没带走的东西摆放整齐有序，没有人为扰动的痕迹，我也认为刘天望一家人是搬走了。”李瑛问：“他们为什么要搬家？”张强回答：“陈龙找到我，和我说了柳家少夫人的事，我恍然想起一件事。刘天望一家人搬走前，有人到山寨打听柳春红和孩子的消息。我想他们一定是听说了这件事，觉得山里不安全，才搬家的。”众人都认为张强的话有道理。李瑛问：“你知道刘天望有什么亲戚吗？”张强摇头道：“刘天望对家里的事守口如瓶，我不知道他家有什么亲戚。”田青提醒道：“柳春红是柳梅莹的贴身丫鬟，俩人形影不离，刘天望在大山里发现了柳春红，按理说柳梅莹就应该在附近，为什么没有她的消息？”陈龙道：“我也是这么想的。我们挨家挨户走访，没有得到柳梅莹的任何消息。看来只有找到柳春红，才能知晓答案。”李瑛皱着眉，沉思不语，过了一会儿，道：“陈龙，你好好款待张强，等我处理完手头的事，咱们一同去县衙，请县令大人帮忙。”

黄昏时，李瑛、陈龙带着张强来到县衙。县令单宝生已经退堂，在后宅接见了他们。单县令得知消息，十分兴奋：“你们的辛苦终于有了回报。只要找到柳春红，案子就能水落石出。”李瑛起身，拱手道：“大人，我就是来请大人帮忙寻找柳春红的。”单县令说：“李镖主放心，我一定鼎力相助。你想怎么寻找柳春红？”“我想请官府发寻人启事，在周边各县张贴。”单县令沉思了半晌，道：“我看不妥。事情已经过去这么多年，柳春红为什么还隐姓埋名，不肯露面？”李瑛回答：“当初，我们怀疑柳双喜、柳春红是土匪的奸细，张贴布告缉拿二犯，柳春红一定是见到了布告或者听到了消息，怕我们抓她，才隐姓埋名，不肯露面。”单宝生道：“这种解释有道理，但不全面，我想还有另外一种可能。从目前掌握的情况看，柳春红不是奸细，我们冤枉她了。柳春红目睹了土匪追杀柳家人的血腥场面，知道土匪不会善罢甘休，为了保护自己，也为了保护孩子，她才隐姓埋名。如果我们公开张榜寻人，柳春红得到消息，很可能会带着孩子再次逃亡。土匪没有发现柳春红，已经停止寻找。我担心张贴寻人启事会提醒土匪，为土匪寻找柳春红提供线索。如果土匪先于我们找到了柳春红和孩子，他们就危险了。”

单县令的话提醒了李瑛。李瑛拱手道：“还是大人考虑周到。请问大人，您打算怎么做？”“我想把柳春红的画像分发给州衙和周边各县的捕快，让他们暗中查访。”“好，就按大人说的做。”

李瑛奖赏了张强，派人把他送回大青山。临行前叮嘱道：“你回去后继续帮我们打听柳梅莹、柳春红的下落，一有消息，马上通知我们。”张强应允。

单县令把柳春红的画像分发给周边各县的捕快，让他们暗中查访，没有得到任何消息。张强回到山里，也没有发现新线索，柳春红和孩子就像夜空中的流星，还没看清降落的方向已经消失得无影无踪。

第四十回　进京城贾方谈买卖　危难时田青迎贵客

乔吉收到织锦，心花怒放，抚摸着织锦，发出由衷的感慨：“为了得到梦寐以求的柳家织锦，我绞尽脑汁，用尽手段，拼光了老本，还险些搭上性命，这回终于如愿以偿了！”乔吉对秦九道：“告诉柳江河，让他加紧生产，越多越好。你乔装打扮，带领贾方、钱壮去京城寻找代理商。记住，你在幕后指挥，不要抛头露面，一切事情让贾方出面商谈。”秦九不解地问：“主子，咱们为什么不自己在京城开店销售织锦，非要把利润拱手让给别人？”乔吉叹息道：“京畿之地盘查甚严，开店要办理各种手续，我们都是通缉犯，上哪儿去弄那些材料？钱壮是合法的商人，有官府颁发的执照，用他做护身，不会引起怀疑。我们在京城寻找代理商，既能回避官府的盘查，又能借助代理商的渠道迅速打开市场。”

秦九乔装改扮，带领贾方、钱壮和几名土匪来到京城，找了一家不起眼的客栈住下来。在来京城的路上，贾方、秦九已经商量好了办法。办理完住店手续，贾方拿着织锦的样品，带着钱壮去金福来绸布庄找老板周金福。

几年不见，周金福变化不大，只是头发更加稀疏了。贾方说明来意，周金福把头摇得像拨浪鼓，斩钉截铁道：“这事我不做，坚决不做，你们走吧。”说完，就要起身送客。贾方假装不知情，诧异地问：“周老板，我们头一次见面，无仇无怨，您何出此言？”周金福简单扼要地介绍了秦九几年前找他卖柳家织锦的事，说：“吃一堑长一智。我已经吃过亏，这一次绝不蹚这浑水，你们趁早走吧。”说完，又站起身送客。

贾方早有准备，不紧不慢地说：“周老板多虑了，上次是上次，这回是这回。上次，柳广财还健在，他和洪福全绸布庄签订的合同自然有效，如今，柳广财已经过世，人都不在了，签订的合同自然就无效了。再说，柳家庄织造坊属于柳家族亲所有，虽然都姓柳，但是主人已经不是柳广财，即使柳广财还健在，咱们签约，他也无权干涉。”贾方的话不多，句句说到点上，周老板转着眼珠想了想，觉得有理，又坐下了。

贾方见周老板动了心，让钱壮拿出官府颁发的营业执照和钱壮与柳家庄签订的合办柳家庄织造坊的协议书，开始新一轮攻势：“周老板请看，这是官府给钱老板颁发的营业执照，上面有三河县县衙大印，这不会有假吧？这是钱老板与柳家庄签订的合办柳家庄织造坊的协议书，上面有柳家庄族亲的签名和印章，这不会有假吧？您再看，协议书上有‘柳家庄织造坊生产的织锦由大顺绸布庄销售’的条文，这也不会有假吧。”周老板仔细验看了营业执照和协议书，确信是真的。

贾方拿出织锦样品，郑重地交给金老板：“周老板，这是我们的织锦样品，请您过目。您是行家，一看便知真伪。”周老板代售过柳家织锦，对柳家织锦了如指掌，仔细查验后，确信是柳家织锦。

周老板有前车之鉴，这次不敢贸然行动，起身道：“二位，我有急事要办，不能奉陪，今天就谈到这里吧。这件事容我再想一想，两天后，给你们答复。”贾方达到了目的，起身告辞。

贾方走后，周老板把管家周信叫来，叮嘱道：“你马上去找洪福全绸布庄的管家了解情况，看看贾方说的是不是实话。记住，一定要把情况摸清楚，不能有半点疏忽。”周信立即去执行。

周信与洪福全绸布庄的管家洪怀古是老相识，俩人在酒馆见了面，三杯酒下肚，进入正题。周信问：“洪老弟，我听说柳家织造坊出事了？可有此事？”洪怀古喝了一口酒，叹息道：“确有其事。柳广财夫妇过世，女婿李涛被杀，女儿柳梅莹和外孙柳俊龙、柳俊虎下落不明。柳家族亲早就觊觎柳广财的家产，见柳梅莹和孩子总不露面，就到官府告状，要求把织造坊收归族亲所有，遭到拒绝后，又鼓动柳氏员工集体辞职，建立了自己的织造坊。”周信作出诧异的表情，问：“洪老弟，你是怎么知道的？”洪怀古又喝了一口酒，道：“田青来过信，详细介绍了柳家发生的事情，这些都是他在信上说的。”周信心里有了底，继续问：“柳氏员工集体辞职，田青还能按合同交货吗？”洪怀古又是一声长叹：“田青来信的目的就是请求推迟交货期，建议采用分期分批交货的方法，这样就可以减缓他们的压力。”“你们同意了他的请求？”“田青是柳广财最得意的门生，我和他打了这么多年交道，从未见他出过纰漏，要不是遇到难以逾越的难关，他绝不会提出拖延交货的请求。我们东家理解田青的难处，答应了他的要求。”

周信给洪怀古斟满酒，问：“田青交货了吗？”洪怀古又是一声叹息：“货送来了，质量没问题，只是数量差了不少。看来，他们遇到的困难远远超过我们的想象。”“不会影响今年的销售吧？”洪怀古喝了一口酒，摇头道：“客户要的货没有及时送到，自然影响到了销售，好在柳家织锦货真价实，口碑很好，没有出现退货的事。”

周信把探听到的消息向周金福作了汇报。周金福还在犹豫，问周信：“依你看，这个生意我们做不做？”周信看看东家，欲言又止。周金福鼓励道：“这里没外人，有话直说无妨。”周信说：“我们与洪福全绸布庄两次争夺柳家织锦代理权，都以失败告终。这一次，我们不能再错过良机。上次失败是因为我们急于求成，没有调查清楚就草率行事，才酿成大错。这一回，我们把事情的来龙去脉摸得一清二楚，不会再出差错。”周金福一直对争夺柳家织锦代理权失败之事耿耿于怀，听了周信的话，下了决心。

两天后，贾方带着钱壮又来见周金福。周老板态度大变，把贾方、钱壮奉为上宾，热情款待。两家签订了代理销售合同。

周金福把柳家织锦摆上货架，价格比洪福全绸布庄低，顾客闻讯，纷至沓来。洪福全绸布庄的老板洪福全得知消息，将信将疑，亲自到金福来绸布庄察看，见果真是柳家织锦，暴跳如雷，要去官府告周金福，被管家洪怀古拦下。洪怀古把周信请他喝酒的事告诉了东家，道：“田青在信中说柳家织造坊不能按时交货是因为柳氏员工集体辞职。田青缺少织锦工，到现在还欠着咱们的货，哪有多余的织锦交给周金福？现在看来，周信请我喝酒是另有图谋。他能找我，我也能找他。我马上去找他，看他如何解释。等我弄清情况，咱们再作决定不迟。”洪福全点头同意。

洪怀古与周信在酒馆再次见面。洪怀古单刀直入：“周兄，看在你我多年的交情上，我对你毫无隐瞒，你今天也和我说实话，你们销售的柳家织锦是从哪里来的？”周信郑重其事道：“既然是朋友，我也不隐瞒，我们销售的柳家织锦是柳家庄织造坊织造的。”“柳家庄织造坊？”洪怀古一头雾水。周信道：“柳氏员工集体辞职后，在柳家庄成立了自己的织造坊，起名‘柳家庄织造坊’。柳家庄织造坊的主人是柳氏族亲和大顺绸布庄的老板钱壮。前不久，钱老板和他的管家贾方来找我们，请我们全权代理他们的产品，因为有上次的教训，我没敢马上答应，怕影响你我之间的友情。我请你喝酒，就是向你了解情况，确认柳家庄织造坊不是柳广财的产业后，这才答应了他们的请求。不信，你们可以向田青询问，我要说了半句假话，甘愿受罚。”洪怀古半信半疑，起身道：“好，我马上写信向田青询问，如果你说的有半句假话，咱们的交情就此了结。”

洪怀古回到绸布庄，立即给田青写了加急信，不久，收到回信，证实周信说的都是事实。老板洪福全大为不悦，又无计可施，只好承认现实。两家绸布庄的老板见了面，达成了统一价格不压价销售的协议。尽管如此，洪福全绸布庄还是蒙受了重大损失，不得不大大减少订货量。

田青收到洪怀古的信，意识到问题的严重性，和王贵、李瑛商讨对策。李瑛焦虑道："柳氏族人辞职后，昨天的工友变成了今天的对手。我们会织造的织锦他们也会，相比之下，我们没有任何优势。"田青道："这正是问题的关键所在。我们会织的织锦他们都会，要战胜对手，夺回失去的织锦市场，只有开发新产品这一条路。"王贵点头道："柳家织造坊百年不衰，最重要的一条就是创新。老东家过世，少东家遇害，少夫人柳梅莹失踪，柳家灾祸不断，我们被迫停止了新织锦的研制。我几次想恢复研制工作，都因种种原因没有成功，这次一定要下定决心，再苦再难也要做。"

开发新织锦绝非易事。织锦工艺复杂，首先要创作画稿，在画稿的基础上绘制纹样，绘制好的纹样不能上机织造，还需要把纹样的细微结构一点点分解开，制成花本程序。这些工作以前都由柳梅莹负责，现在柳梅莹不在了，当务之急是培养新人。王贵推荐自己的徒弟李天长、薛明远。

在新一代织锦工中，李天长、薛明远出类拔萃，最受王贵的喜爱。李天长、薛明远能够脱颖而出并非偶然，他们不但文采出众，还擅长绘画，有艺术天赋。田青、李瑛也认为李天长、薛明远是最佳人选，决定把这项艰巨的任务交给他俩。

王贵开始手把手教李天长、薛明远绘制纹样和挑花结本。柳梅莹设计的五福捧寿纹样才绘制了一半，柳家就出事了，绘制工作被迫停止。王贵把未完成的纹样找出来，想继续完成这项工作。看到纹样，王贵就不由自主地想起李涛，想起柳梅莹，想起和他们一起绘制纹样研究问题的场景。睹物思人，王贵潸然泪下，不能自已，无法再工作下去，他不得不暂时搁置五福捧寿纹样的绘制工作，选择新的画稿。

王贵手里还有三幅柳梅莹的画稿。一幅"荷蟹图"，一幅"福禄图"，一幅"福字铜钱图"。荷花出淤泥而不染的高贵品质被世人称颂。"荷蟹图"是精心之作。荷花亭亭玉立，花朵艳而不妖，圆圆的荷叶上滚动着晶莹的水珠，荷叶下安歇着两只肥硕的螃蟹，几条小鱼在荷叶间游动嬉戏。荷花的"荷"与和谐的"和"谐音，螃蟹的"蟹"与和谐的"谐"谐音，寓意和谐，幸福，美满。"福禄图”的主体是一个大葫芦，葫芦周围被葫芦藤缠绕，上面结满了小葫芦。葫芦和福禄谐音，有招财纳福之意。葫芦高产，一棵藤上能结许多果实，象征多子多福，福寿绵延。“福字铜钱图”由福字和铜钱组成，中心是福字，周围环绕一圈铜钱，寓意福寿安康，财源滚滚。王贵决定把这三幅画稿制成纹样，织成织锦。师徒三人开始夜以继日地工作。

织锦收入锐减，织造坊连日常开支都成了问题，要摆脱困境，除了开发新织锦，还必须想办法扩大其他丝绸的生产。要扩大生产首先要找到买家。三河镇的丝绸都是外销，各商家八仙过海，各显神通，都在不遗余力地寻找买主。田青四处奔波，毫无结果，正在愁眉不展时，卢员外给他们带来了惊喜。

卢员外来了，领来一位商人，向田青、李瑛介绍道：“这位是广东的黄如一先生。他找到我，让我协助采购丝绸，我说我给你介绍一家织造坊，保管你满意。”李瑛细细打量黄先生，见他五十开外，身材不高，身体略显消瘦，目光深邃，老成持重，一看就知道是位精明过人的商人。卢员外向黄先生介绍了田青和李瑛。黄先生操着广东腔道：“这几天，卢员外经常说起二位，今日得见，真是荣幸之至。我这个人更注重实际，能不能先让我参观一下你们的织造坊，看看你们的产品，然后再谈？”田青说：“好，我们领您去。”

田青在前面领路，李瑛、卢员外左右相陪，一行人进入柳家织造坊。从缫丝到练丝，从染色到织锦，黄先生认真观看，不时停下来询问，让随从把重要的数据记录下来。参观完作坊，一行人来到陈列室。陈列室里陈列着柳家织造坊生产的各种丝织品，黄先生一件件仔细观看，提出各种问题，田青一一作了详细解答。黄先生对柳家织品赞不绝口：“俗话说：百闻不如一见。柳家织品果然名不虚传，无论是花色还是品种都堪称一流。尤其是织锦，织技高超，纹样精美，让人爱不释手。田先生，我能否采购一些？”田青抱歉道：“织锦工序繁杂，加工困难，产量有限，今年的织锦已经售完，很抱歉，不能满足您的要求。您可以预订明年的货物。”黄先生感到很惋惜，摇头叹息道：“怪就怪我晚来了一步，可惜，可惜。明年的货我绝不能错过。”田青补充道：“预订产品需要支付百分之三十的订金。”黄先生笑道：“田老板放心，这个规矩我懂。”

李瑛准备了丰盛的宴席，为黄先生、卢员外接风洗尘。李瑛催了几次，黄先生依然没动，他被柳家丝织品深深吸引，意犹未尽，忘记了饥渴。卢员外催促道：“黄先生不饿，我的肚子早已咕咕叫了，有话可以在餐桌上说。”黄先生只好服从。

黄先生在柳家织造坊待了四天，天天泡在作坊里了解情况，田青不离左右，有问必答，俩人很快成了朋友。黄先生非常满意，由衷地道："我来这里收获颇丰，特别是结识了田先生和李镖主。我原打算多看几家，现在看来不必要了，你们就是我要寻找的最佳合作伙伴，既然是朋友了，我也不再隐瞒什么，我是做外贸生意的，要把丝绸运到马六甲，再转销欧洲。我这次是来挑选样品的，只要有销路，我会大量采购。"田青闻言，欣喜不已，心想："这真是雪中送炭。只要拉住这个大客户，柳家织造坊就能渡过难关。"

黄先生购买了丝绸，交了订金，心满意足地离开三河镇，去采买其他货物。双方约定四个月后交货，届时，黄先生将亲自来验收。

黄先生走后，田青马上召集员工开会，分派任务。为了确保质量，每道工序都有专人监督检查。四个月后，黄先生如期返回三河镇，见到加工好的丝绸，连声赞叹。李瑛亲自押运，把货物送到天水镇，通过水路运往广州。

第四十一回　起内讧土匪窝里斗　暗调查贾方现原形

柳家织造坊步履维艰，柳家庄织造坊也是度日如年。柳家庄织造坊织出织锦后，柳荣等族亲欢欣鼓舞，认为这回可以财源滚滚，高枕无忧了，可是，他们又打错了算盘。贾方牢牢控制了销售权，销售利润大部分流入乔吉、秦九的腰包，只有不多的钱款返回到柳家庄。柳氏族亲不明真相，以为钱被钱壮截流了，去找钱壮理论。钱壮怕招来杀身之祸，不敢讲明真相，更引起柳氏族亲的怀疑。族亲从钱壮那里要不来钱，就把一部分生产资金私分了。由于缺少资金，生产时断时续，质量每况愈下。

金福来绸布庄的老板周金福大为不满，给钱壮去信，提出严重警告。钱壮把信丢给贾方，贾方看过信，找柳江河问罪。柳江河掩面哭泣，诉说了缘由。贾方不敢做主，向秦九作了汇报。秦九贪得无厌，哪肯将装进兜里的银子再掏出来，把绿豆眼一瞪，呵斥道："回去告诉柳江河，该给他的钱都给他了，少在老子面前哭穷。他要是再延误工期，再出现质量问题，老子就砍下他的脑袋。"贾方把秦九的话告诉了柳江河，吓得他不敢再提钱的事。

周金福见警告无效，再次去信，下了最后通牒：如果再延误工期或者出现质量问题就解除合约，不再销售柳家庄的织锦。贾方知道事情闹大了，把周金福的信交给秦九，秦九这才意识到问题的严重，不敢再隐瞒，向乔吉说了实情。

乔吉闻讯，勃然大怒："你这个没用的东西，出了这么大的事，为什么不及时汇报？为什么不马上解决？非要等周金福下最后通牒了才和我说！"秦九自知理亏，低声辩解道："柳江河想的就是钱，没有满足他的欲望，他就找茬拖延，我看就该好好收拾收拾这个王八蛋！"乔吉把贾方写的材料重重地摔在秦九的脸上，怒道："我看这件事责任不在柳江河，都是柳荣这帮族亲在捣鬼！他们贪得无厌，把生产织锦的钱据为己有，这才造成资金短缺。"秦九闻言，把胸脯一挺，请命道："主子发句话，我带人宰了柳荣这个龟孙子，看谁还敢动织锦的钱！"乔吉看看秦九，怒斥道："杀，杀，杀，你就知道杀。杀了柳荣，引起官府的注意，织锦买卖还怎么做？"秦九听后，傻了眼，垂手站立，不敢言语。乔吉想了许久，开口道："你让贾方给柳江河准备一笔钱，告诉柳江河，这笔钱只能用于生产。如果再延误工期，出现质量问题，决不轻饶！”秦九转身要走，又被乔吉唤住。乔吉道：“让贾方带人警告一下柳荣，如果他再敢私吞生产织锦的钱，就对他不客气！”

贾方接到命令，邀请柳荣吃饭，柳荣不知是祸，高高兴兴地来了。柳荣刚跨进门，两个大汉冲上来，不容分说，把他吊在房梁上。柳荣吓得魂飞魄散，高喊：“贾方……你，你……要干什么？”一向假装斯文的贾方凶相毕露，恶狠狠道：“柳荣，你别揣着明白装糊涂。你和柳氏族亲私吞生产织锦的钱，柳江河没钱织锦，延误了工期，出现了质量问题。就凭这一条，我就能要你的命！”柳荣不服气，辩解道：“柳家庄织造坊属于柳家族亲所有，钱是我们自己的，怎么分外人管不着！”贾方闻言，向随从使了个眼色。那个人走上前，扒下柳荣的裤子，取出利刃，在大腿内侧剜下一块肉，鲜血立即喷涌出来。柳荣养尊处优，细皮嫩肉，哪里经受过这种痛苦，两眼一翻，昏厥过了。

贾方用冷水把柳荣浇醒，大声喝问：“柳荣，我再问你一句，你还敢不敢私分生产织锦的钱？”柳荣连声求饶：“贾爷饶……饶命呀，我……我再也不敢……不敢私分织锦的钱了。”“好，我就饶你这一回。你要再敢私分生产织锦的钱，我就砍断你的胳膊，剁掉你的腿！”贾方给柳荣包扎好伤口，穿上裤子，用车把他运回柳家庄，扔在村口，扬长而去。

柳荣忍着疼痛爬回家。家人见了，大惊失色，急忙把他抬进屋，请郎中诊治。柳荣受到惊吓，神志恍惚，胡言乱语，在床上躺了一个月，才恢复正常。族亲们得知缘由，既恐惧又气愤，他们不敢招惹贾方，把满腔怒火都撒在柳江河身上：“快说，贾方怎么知道我们分钱的事？是不是你告的密！你要胆敢说谎，就打断你的腿！”柳江河不敢说实话，跪地央求：“各位族亲，真的不是我告的状，你们就饶了我吧。”柳荣骂道：“不是你是谁？你这个吃里爬外的东西，瞧我怎么收拾你！”说完，一阵拳打脚踢，打得柳江河三天没下床。

李瑛一直怀疑有人在幕后指使柳荣、柳江河，柳家庄织造坊成立后，钱壮、贾方浮出水面，李瑛开始展开调查。钱壮是本地人，经营丝绸近二十年，此人见利忘义，见风使舵，口碑很差。有人反映：秦九没暴露土匪身份前，钱壮就与秦九眉来眼去，交往密切。这几年，他不知和谁拉上了关系，买卖越做越大。至于贾方，人们只知道他是钱壮找来的助手，他从哪里来？以前做什么？无人知晓。丝绸外运离不开镖局，李瑛问镖局的同行：“谁在为钱壮保镖？”奇怪的是，钱壮这几年从不与当地镖局交往，每次都请外地的镖局保镖，这更引起李瑛的怀疑。

钱壮、贾方行动诡秘，李瑛多方调查，依然没有获得确凿的证据。李瑛想到了柳汉水，想通过柳汉水了解情况。柳汉水与王贵共事十余年，是无话不说的朋友，李瑛把这个任务交给了王贵。

柳汉水辞职后返回了柳家庄，王贵几次联系柳汉水，都被婉言谢绝。柳汉水不是不想见王贵，而是感觉无颜面对这位老朋友。王贵又一次发出邀请，柳汉水过意不去，硬着头皮来了。王贵笑脸相迎，握着柳汉水的手，亲切道："汉水老弟，你多虑了。我们知道你身不由己，被迫离开了柳家织造坊，无论柳荣之流如何挑拨离间，谁也破坏不了我们之间的深情厚谊。"王贵的话打消了柳汉水的顾虑，他们又像从前那样无拘无束地畅谈起来。

拉了一会儿家常，王贵把话引入正题："我们一直怀疑柳荣、柳江河身后有人指使，最初，以为是钱壮和贾方，经过调查，证实不是他们，还另有其人。你回柳家庄后，和柳荣、柳江河有过接触，能不能提供一些线索。"柳汉水听后，点头道："我也有同感。"王贵闻言，鼓励道："你说说，是什么让你产生了相同的感觉？"柳汉水整理了一下思绪，诉说起来："我从心里瞧不起柳荣这些族亲，回到柳家庄后，没有进入柳家庄织造坊，想置办织机自己单干。一天，柳江河来找我，跪倒在地，苦苦哀求，说如果我不帮他织锦，他就会被开膛破肚，摘肝取心。我吃了一惊，问谁这么恶毒，他故意回避我，不肯说出这个人。"王贵迫不及待地问："那后来呢？""柳荣多次逼迫我为他们织锦，都被我严词拒绝，他就把我和我的家人绑了，要动用族法。我被逼无奈，违心答应了。一天，柳江河带我去见钱壮，商量制作金丝银线的事，贾方也在场。让我感到蹊跷的是，贾方明明是仆人，却像主子一样指手画脚，发号施令；主人钱壮反而像奴才，对贾方毕恭毕敬，从始至终一言不发。"王贵听后，也感到蹊跷。柳汉水继续道："还有更奇怪的事呢。我们提出制作金丝银线和孔雀羽线的事，贾方看都不看钱壮一眼，说这件事要和主子商量。钱壮就坐在旁边，他说的主子肯定不是钱壮！后来，柳江河又几次领我去见贾方，见面时，钱壮有时在场，有时不在场，贾方又多次提到这个神秘的主子，不过，他始终没透露这个主子是谁。我可以肯定这个主子肯定不是钱壮。"

柳汉水停顿了片刻，继续说："前段时间又发生了一件事。柳荣等族亲把生产织锦的钱私分了，织造坊延误了工期，出了质量问题，京城的周金福老板来信提出严重警告。柳江河去找贾方，那个神秘的主子大发慈悲，给了柳江河一笔钱，说这笔钱只能用于生产，哪个胆敢私分，决不轻饶。柳荣这些人贪得无厌，见到钱又眼红了，说柳江河瞒着他们私藏钱，还要分这笔钱。就在这时，贾方请柳荣吃饭。柳荣高高兴兴地去了，回来后，神志恍惚，胡言乱语，在床上躺了一个月，才恢复正常。我听人说，贾方把柳荣吊到房梁上，用尖刀在他大腿上剜了一块肉。族亲们吓坏了，再不敢提分钱的事，把满腔怒火都发泄到柳江河身上。如今的柳江河成了风箱里的老鼠，两头受气，里外不是人，这也是他自作自受！”

王贵把了解到的情况告诉了李瑛，李瑛道：“柳汉水提供的情况证实了我们的猜测，幕后人不是钱壮和贾方，另有其人。从这些人的做法上看，他们不像商人，更像土匪。我听说秦九就经常把抓到的人绑在木桩上开膛破肚，摘肝取心。钱壮曾经与秦九眉来眼去，来往密切，这些年行动诡秘，突然发迹，其中必然藏着阴谋。我怀疑钱壮与秦九藕断丝连，还有来往，因为害怕暴露，才舍近求远雇用外地镖局为其保镖。”王贵点头赞同，道：“贾方来历不明，如果他是正派人，为什么要隐瞒身份？他用利刃剜柳荣的肉，手段残忍，和秦九如出一辙，说明他可能也是土匪！”李瑛道：“从掌握的情况看，贾方有可能是来监视钱壮的，要不然，他怎么会有那么大谱儿，根本不把钱壮放在眼里？贾方是案情的突破口。我马上去县衙向县令大人汇报，请求官府帮助。”

掌灯时，李瑛来到县衙，她之所以天黑后去见县令，就是要避开人们的视线。县令单宝生在内宅会见了李瑛，听了禀报，十分重视，把捕快首领宋天福叫来，命令道：“李瑛提供的线索非常重要，你把手里的案子交给别人，专门负责调查钱壮、贾方。”宋天福领命。宋天福提醒道：“大人，官府的人进驻柳家庄会引起土匪的警觉，我们该怎么办？”单县令觉得此话有理，又一时想不出好办法。李瑛拱手道：“请大人把这件事交给我。柳汉水是柳家庄人，此人忠实可靠，我们可以让他监视柳荣、柳江河。”单县令、宋天福表示赞同。三人秉烛商议，拟定了行动方案，第二天开始实施。

宋天福在贾方居住的小院附近设置监视点，昼夜监视贾方的行踪，很快就发现翠华楼的领班丁光辉与贾方来往密切，形迹可疑。翠华楼是三河镇最大的酒楼，丁光辉每天接触各种各样的人，这给甄别工作带来不少困难，调查进展不大。

贾方这些日子焦头烂额，他以为警告了柳荣，柳氏族亲就会安静下来，没想到按下葫芦浮起瓢，柳氏族亲把矛头转向柳江河，柳江河招架不住，接二连三向他求救。乔吉收到密报，如坐针毡，后悔不该让贾方教训柳荣，思来想去，决定给钱壮一些银子，让钱壮去柳家庄赔礼道歉，缓和一下紧张的气氛。

钱壮不敢抗令，硬着头皮去了柳家庄。柳氏族亲不依不饶，说钱壮暗箱操作，贪占了柳氏族亲的钱，提出更高的赔偿要求。钱壮不答应，族亲们把他捆了，游街示众。在这些族亲中，柳安闹得最欢。钱壮恨得咬牙切齿，在心里暗暗叫骂："老子斗不过土匪还斗不过你们？柳安，你等着瞧，看我怎么收拾你！"钱壮狼狈不堪地回到家，找了几名杀手，下达了命令。

三天后，柳家庄的人慌慌张张到县衙报案，说柳安失踪了，请官府追查。单宝生正在为没有理由进驻柳家庄苦恼，得到消息，把宋天福叫来，道："这真是天遂人愿，我们可以名正言顺地进入柳家庄了。我听说柳安与柳荣来往密切，是柳荣的狗头军师，柳安的失踪很可能与柳荣、柳江河案有关。你马上带人进驻柳家庄展开调查，一定要尽快破案。"潜伏在县衙里的吴天明得到消息，马上给秦九发出警报。

乔吉收到贾方的报告，暴跳如雷，他真想好好收拾收拾这些不知天高地厚的柳氏族亲，冷静下来一想，不妥，当务之急是平息事态，尽快恢复生产，又把怒火强压下去。乔吉正在绞尽脑汁思考补救办法，吴天明传来消息：官府要进入柳家庄调查柳安失踪案。乔吉不再犹疑，把秦九叫来，下达命令："你马上带人走一趟，干掉柳江河、柳荣、钱壮和丁光辉，通知有关人员迅速撤离。贾方知道的事太多，留着他对我们不利，也除掉他。"

第四十二回　公审会众罪犯伏法　风雨后织造坊重生

秦九带领手下在天黑前赶到三河镇外，他派一部分人赶往柳家庄刺杀柳荣、柳江河，派一部分人进镇刺杀钱壮、丁光辉，自己换上夜行衣，青纱蒙面，施展轻功，来到贾方租住的小院外。秦九侧耳细听，没有动静，飞身上墙，进到院里，轻轻敲门："贾方，开门，我是秦九。"贾方刚躺下，听到敲门声，吃了一惊，持刀来到门前，听出是秦九的声音，打开了房门。秦九闪身进入屋内，随手插上门闩。

秦九的突然到来让贾方很惊慌。贾方问："秦主子，出了什么事？"秦九命令道："官府的人已经进入柳家庄追查柳安失踪案。快，收拾东西，马上跟我走。"贾方是秦九的得力干将，秦九不想执行乔吉的命令除掉贾方。贾方马上去收拾东西。

官府的人昼夜监视贾方，发现有人翻墙进入院里，马上报警，埋伏在周围的人把小院团团围住，准备抓人。秦九听到动静，知道贾方已经暴露，不能再留着他，趁贾方不备，从背后刺了一刀，贾方倒在血泊中。秦九怕贾方没死，又一连补了数刀。

秦九不愧是惯犯，生死关头没有慌乱。一名捕快翻墙进入院内，正要打开院门，秦九把一把椅子扔过去，正好砸中捕快的头，捕快摔倒在地。另一名捕快见状，跳下墙，打开了院门，院外的人一拥而入。就在这时，秦九又接连扔出两把椅子，椅子砸在闯进来的人身上，有人倒地。秦九趁乱冲出房门，翻墙上房，眨眼间就消失得无影无踪。捕快闯进屋，发现倒在血泊中的贾方。

单县令得到消息，亲自到现场勘查，下令全城戒严，缉拿钱壮、丁光辉。官军迅速出动，将钱壮、丁光辉抓捕归案。

秦九逃到三河镇外，刺杀钱壮、丁光辉的人回来禀报："我们正准备动手，突然来了大队官军，只好放弃行动。"去柳家庄刺杀柳荣、柳江河的人无功而返，禀报道："我们晚了一步，官府已经拘捕了柳荣、柳江河。"秦九带领手下迅速逃离。

宋天福带人进驻柳家庄，拘捕了柳荣、柳江河，刚展开调查，就传来贾方被杀的消息，只好停止调查，火速返回了三河镇。

单县令心急如焚，把李瑛、宋天福叫进内宅商量：“根据监视贾方的人描述，深夜入室刺杀贾方的凶犯身材不高，身手敏捷，翻墙越脊如履平地，种种迹象表明此人就是我们追捕的要犯秦九，我们又一次失去抓捕他的良机。”宋天福感到很内疚，低头道：“这事都怪我。我的手下经验不足，操之过急，让秦九再次逃走。我请求处分。”李瑛道：“秦九老奸巨猾，经验丰富，依我看，此次失手不能怪天福和他手下的兄弟。天福刚刚带人进驻柳家庄，土匪就来刺杀贾方，说明我们内部一定有奸细，不然，土匪怎么这么快就得到消息，采取了行动！”宋天福说：“我也有同感。不过，当务之急不是追查内奸，而是尽快破案。”单县令道：“你俩说得都有道理。我决定马上审讯钱壮、丁光辉、柳江河和柳荣，弄清贾方的身份和来历。抓捕内奸的工作也不能耽误，要同时进行。”

单县令夜审钱壮。钱壮是个软骨头，没上大刑就招了。单县令一拍惊堂木，喝问：“钱壮，你是如何替土匪采购丝绸的，如实招来！”“回大人的话，秦九……让我一切听从贾方的命令，每次采购都是……贾方提供清单，我……只负责联系商家，检验丝绸质量，至于买家是谁，采购的丝绸运往何处，我……我一概不知，也不敢打听。”单县令继续审问：“罪犯钱壮，为你们保镖的人是从哪里来的？”“每次都是贾方联系，我只知道他们不是本地人，从哪里来的我不清楚。”“进京城联系丝绸商家是谁出的主意？”“联系商家的事我事先不知晓，是秦九、贾方一手操办的。”“你们进京城都干了什么？”“他们不信任我，一到京城就把我关起来。我只跟他们去金福来绸布庄签了代销合同，他们还干了什么我不清楚。”“织锦的销售款去了哪里？”“签约后，他们就不让我再过问织锦的事，我只得到了加工丝线的费用，其他款去了哪里，我不知道。”“土匪怎么和周金福联系？”“他们假借我的名义与周金福联系。我每次收到周金福的信都原封不动地交给贾方，不知晓信的内容。”单县令知道钱壮没说谎，秦九老奸巨猾，不会让他知晓秘密。钱壮承认是他雇人杀了柳安。捕快马上出动，抓捕凶手，在荒野挖出了柳安的尸体。

单县令接着提审柳江河和丁光辉。柳江河对自己加入土匪的罪行供认不讳。丁光辉一开始还狡辩，说自己不是土匪，只是贪图钱财才为贾方传递信息。单县令怒不可遏，一拍惊堂木，道：“带罪犯柳江河上堂。”柳江河被押上大堂。丁光辉知道自己已经暴露，承认是土匪，供出了土匪的联络点。宋天福马上去联络点抓人，可惜晚了一步，人去屋空，土匪已经逃之夭夭。

柳荣被衙役拖上大堂，还没提审，就吓得尿了裤子。单县令一拍惊堂木，怒道："柳荣，你煽动柳氏族亲告刁状，我已经警告过你。你当堂认罪，口口声声保证不再挑唆是非，不再侵占东家财产，你口是心非，该当何罪？来人，把这个无耻之徒拖下去，重杖二十大板！"衙役把行刑后的柳荣拖回大堂。柳荣如实交代了自己的罪行。

贾方是案件的核心人物，他的死使线索中断，乔吉、秦九再次侥幸逃脱。吴天明从头到尾没有参与钱壮、柳江河案，单县令查来查去，没有发现线索，吴天明再次逃脱了惩罚。

真相大白。单县令立即上书朝廷，请求抓捕金福来绸布庄的老板周金福。单县令还给在京城的恩师崔凯大人去信，请崔大人过问此案。崔凯亲自审问。周金福被押上公堂，不停地喊冤："青天大老爷，我冤枉，冤枉啊。我不是土匪，没干伤天害理的事，请大人明察。"经过调查，证实周金福不是土匪，确系上当受骗。官府没收了周金福的非法所得，罚以重金。周天福缴清罚款，被家人抬出大牢，不久就在悔恨中死去。

柳达声、田青、李瑛带着礼物去看望柳文，大家相见，百感交集。柳文年迈体弱，产生辞去庄主和柳氏宗族族长的想法，对柳达声道："我老了，力不从心了。达声，你能力强，在庄民中威望高，由你接任是众望所归，我也可以向九泉下的老东家交代了。"柳达声见他主意已定，不再劝说。柳文在柳家祠堂召开族人大会，选举柳达声为柳氏宗族族长，柳大虎的弟弟柳二虎为柳家庄庄主。

柳江河是土匪的消息在柳家庄传开了。庄民原以为土匪离他们很远，没想到土匪就藏在他们身边，柳双喜还没抓到，现在又出了一个柳江河。秦九在柳家庄发展了多少土匪？人们相互猜疑，人心惶惶。

柳家庄织造坊经营不下去，关门了。柳氏族人丢了工作，一个个垂头丧气，悲观恐慌的情绪像瘟疫一样在庄子里蔓延。

这天上午，柳达声、柳汉水站在大钟下，敲响了集合的钟声。庄民很长时间没有听到集合的钟声，怀着忐忑不安的心情走出家门，到祠堂前集合。柳达声站在台阶上，面对黑压压的庄民，清了清嗓子，高声道："乡亲们，今天把大家召集来，是要宣布一个重要的决定。大家都知道，柳家庄又出了几个败类，他们为了牟取私利，为了霸占东家的财产，与土匪狼狈为奸，沆瀣一气，把柳家庄搞得乌烟瘴气，让柳氏员工失去了工作，让庄民蒙受了重大损失。官府已经把柳江河、柳荣之流的犯罪事实调查清楚，今天下午就把他们押回柳家庄，在这里召开公审大会。希望大家相互转告，按时参加。我知道有些乡亲在不知情的情况下帮助罪犯柳江河、柳荣干了坏事，担心受到牵连。我再说一遍，县令大人亲口和我说他们不追究上当受骗的庄民的责任，这一点，请大家放心。”

公审大会在柳家祠堂前举行。单县令、宋天福、柳达声、李瑛、田青、王贵等人端坐在前面，柳文拖着病体也参加了公审大会。众衙役挺胸昂头，手持杀威棒站立两边，周围有官军保护。单县令一拍惊堂木，高声道：“带罪犯钱壮、柳江河、柳荣。”钱壮、柳江河、柳荣被押下囚车，带到庄民面前。

宋天福代表官府宣布他们的罪行：乔吉、秦九没暴露土匪身份前，罪犯钱壮就与他们狼狈为奸。秦九潜逃，被官府通缉，钱壮依然不思改悔，不但知情不举，还与秦九暗中勾结，利用合法身份为土匪采购丝绸，协助土匪肢解柳家织造坊，雇佣杀手杀死柳安。罪犯钱壮罪大恶极，依律判处死刑。罪犯柳江河，利欲熏心，明知秦九是官府通缉的要犯，不但不举报，还以身试法，加入土匪，帮助土匪肢解柳家织造坊，参与土匪在柳家庄的犯罪活动，使柳家织造坊和柳家庄蒙受重大损失，判处有期徒刑二十年。罪犯柳荣身为柳氏族亲，对东家的遭遇没有丝毫怜悯之情。为了霸占东家的财产，罔顾事实，带领族亲到官府告状，遭拒绝后，不思改悔，一意孤行，非法召开族人大会，强行将东家的桑园收归族亲所有，滥用职权，胁迫柳氏员工集体辞职，起到了土匪难以起到的作用，判处有期徒刑十年。”钱壮等罪犯听到宣判，失魂落魄，有的抖成一团，有的瘫倒在地。

单县令高声道：“乡亲们，我们在这里召开审判大会，就是要公开揭露罪犯的罪行，让大家引以为戒。大家知道，柳家庄接连出了两个叛徒，一个是柳双喜，一个是柳江河。柳家庄有近千名乡亲，土匪为什么单单选中他们？这是因为他们都有一个共同点，那就是贪，贪财、贪色、贪图权力。土匪就是利用他们的贪婪诱惑他们。柳双喜背着主人到外面大吃大喝，没钱就赊账，让土匪相中。柳江河是如何加入土匪的？他在狱中写下了犯罪经过。现在就让他自己宣读供词。”

柳江河接过供词，额头冒汗，浑身战栗，读不出一个字。单县令让别人代为宣读：“我叫柳江河，三河县柳家庄人，十六岁进入柳家织造坊学徒，深受东家柳广财的器重。出师后，东家给我额外加薪，又破格提拔我当了领班。有了金钱和荣誉，我沾沾自喜，不求进取，在外面寻花问柳，交结不三不四的人。我早就觊觎东家的财产，认为自己是柳氏族人，又会织锦，东家一定会把织造坊的经营权交给我，没想到东家临终前把经营权交给了田青、王贵，我怀恨在心，在外面造谣诽谤。土匪贾方从丁光辉那里得知了我的情况，有意与我结识，用金钱和权力诱惑我。我利欲熏心，加入土匪，对秦九言听计从。秦九让我鼓动柳荣等族亲举行选举，夺取柳家织造坊的管理权。选举失败后，秦九让我挑唆柳荣等族亲召开族人大会，把东家的桑园收归族亲所有，拒绝向柳家织造坊提供蚕茧。计划失败后，我又按秦九的指令鼓动柳荣等族亲动用族规，强迫柳氏员工集体辞职，成立了柳家庄织造坊……”庄民恍然醒悟，原来这一切都是土匪策划的阴谋！庄民义愤填膺，恨不能把柳江河撕成碎片。

李瑛站起身，高声道：“乡亲们，听我说几句。土匪为什么铤而走险，在三河镇屡屡作案？是因为他们贪得无厌，看中了丝绸丰厚的利润。老东家柳广财病逝后，土匪多次对柳家织造坊和李家镖局下手，为什么前几次没有成功，这一次却得手了？”下面有人回答：“是因为我们中间出现了柳江河、柳荣这样的败类！”李瑛点头道：“说得对！不过，还不全面。另一个原因是柳荣利用宗族观念蒙住了大伙的双眼。王贵招收非柳姓族人当徒弟时，他们说大逆不道，损害了族人的利益，一些族人随声附和。现在真相大白，土匪就是利用这些手段混淆是非，挑拨离间，达到了肢解柳家织造坊，霸占柳家织锦的目的。”

柳汉水听到这里，再也抑制不住，走到前面高声道：“乡亲们，我也说几句。我以前也认为织锦是柳氏族人的私产，反对王贵招收外姓人为徒。当我看到王贵的徒弟那么勤奋好学时，我才明白王贵为什么要顶住压力，坚持收李家镖局的人为徒。我们退出柳家织造坊后，柳家织造坊是什么状况大家都很清楚。王贵的徒弟才学习两年，还是徒工的他们不但承担起生产重任，还招收徒弟培养新人，我听了之后，被深深感动。我们柳氏员工的地位和条件远远胜过他们，为什么在危难时没人敢站出来承担重任？为什么李家镖局徒工能够做到的事我们做不到？其中有一个重要的原因，那就是柳氏族人把织锦视为私有财产，获得了工作机会却不知道珍惜，甚至不求上进，故步自封。老东家柳广财在遗嘱中说，家业由谁管理并不重要，重要的是一定要把祖宗传下来的织锦技艺传承下去，发扬光大。请问在场的各位族人，我们只讲织锦技术只能传给族人，哪位想过该如何弘扬技艺？哪位想过怎样把织锦技艺传承下去？”台下寂然无声。柳汉水继续道：“如果我们只强调织锦是族人的财产，不思考继承和创新问题，就算织锦技术掌握在柳氏族人手里，请问这种局面还能维持多久？”台下依然是一片寂寞。柳汉水环视会场，语重心长道：“现在我明白了一个道理，织锦技术不属于个人，它不姓柳，不姓田，也不姓王，它是老祖宗留下来的宝贵财富，每一个人都有义务把它传承下去，发扬光大。”李瑛、柳汉水的肺腑之言让那些还蒙在鼓里的族人彻底醒悟了。

单县令听到这里，带头鼓掌，站起身道：“李瑛、柳汉水的话感人肺腑，入木三分。三河县是丝绸之乡，传承和发展丝绸技艺是三河县每位公民义不容辞的责任，柳家织造坊是三河县最大的丝绸商，更应该做好表率。愿大家摒弃前嫌，携手努力，共同实现老东家柳广财的遗愿。”柳达声带头鼓起掌来。

柳家庄织造坊关了，柳氏族人失去了工作。一位柳氏族人壮着胆子问：“县令大人，我们知道错了，柳家织造坊还能收留我们吗？”单县令听后，道：“柳氏员工是被迫辞职的，责任不在你们，是柳江河、柳荣的罪过。我们想等审判大会结束后再说这件事，既然这位兄弟提到了，就让田管家公布他们的决定。”田青走上前，清清嗓子，大声道：“各位乡亲，柳家庄和柳家织造坊以前是一家人，今后还是一家人，欢迎柳氏员工回来工作，我们绝不追究你们的责任。由于众所周知的原因，我们蒙受了重大损失，希望大家上工后加倍努力，把损失补回来。”

单宝生当即宣布：“柳荣等族亲非法召开族人大会，所作决议无效。恢复柳广财与佃户签订的契约，清缴柳荣等族亲的非法所得，解散柳家庄织造坊，把织机交给柳家织造坊使用。” 会场响起热烈的掌声。

柳氏员工悉数返回柳家织造坊上工，柳汉水被任命为主管，协助王贵管理生产。

广东商人黄如一又一次来到柳家织造坊，带来了特大喜讯：柳家织造坊的丝绸在海外深受欢迎，他是来大量订货的。员工热火朝天地干起来，机声轧轧，昼夜不休。一片繁忙景象。

织造坊又传出好消息：王贵抱病带领徒弟李天长、薛明远完成了“荷蟹图”“福禄图”和“福字金钱图”三种新织锦的研制工作。新织锦送到京城试销，大获成功。柳家织造坊经受了风雨的洗礼，在斗争中发展壮大。

柳梅莹、柳春红和孩子依然没有音讯，李瑛知道不解决继承人问题，柳家织造坊就不能长治久安。李瑛一次次手捧柳梅莹为她绣的牡丹花枕套，在心里一遍遍默念：“梅莹、春红、俊龙、俊虎，你们在哪里？听到我的呼唤，快点现身吧！”

第四十三回　偷学艺隔窗观习武　收爱徒余虹乐开怀

前文说到，柳俊龙被王妈收养，更名王石头，留在乔氏匪巢里。在王妈的精心照料下，王石头一天天长大。王石头七岁那年，乔家来了一位法号“一泓”的道长，他就是销声匿迹几十年的余虹。

乔吉有两个儿子，长子乔星十三岁，次子乔辰十一岁，俩人娇生惯养，桀骜不驯，乔吉重金聘请教头教哥俩习武，无奈，兄弟俩刁钻顽皮，一肚子坏水，习武三年，一事无成。乔吉想起余虹，派人带着重礼请他出山，传授儿子武艺。派去的人伶牙俐齿，侃侃而谈，夸乔家公子知书达理，聪明过人，余虹信以为真，满心欢喜地来了。

余虹是大侠赵普的关门弟子，神采飘逸，气度不凡，见到乔星、乔辰，问：“你俩习过武吗？”乔星抢先回答：“学过三年。”“那就练练让老夫看。”乔星练了一套拳。余虹看后，忍不住捧腹大笑，这哪里是打拳，像耍猴一般。乔吉见余虹摇头叹息，赶忙打圆场：“让大师见笑了。犬子学艺三年，但疏于管教，荒废了。”余虹紧蹙眉头，阴沉着脸，他不想收乔星、乔辰为徒，又怕得罪乔吉，思考再三，还是勉强答应了。他担心乔星、乔辰不服管教，把丑话说在当面：“收徒弟是件大事，有些话我必须讲在当面。常言道，师徒如父子。乔星、乔辰拜我为师，就得听从管教，任何人不得干涉。如若不同意，我即刻告辞。”乔吉满口应允：“严师出高徒。犬子任凭大师管教，我绝不干涉。”

余虹是如何与乔氏土匪勾搭成奸的，还要从头说起。大侠赵普晚年迷恋上炼丹术，带领小徒儿余虹在深山里炼丹，偶然制造出了毒药“一步倒”。赵普深知“一步倒”的毒性，也明白毒药一旦流传出去的危害。如何处置毒药“一步倒”？赵普犯了难。丢弃吧？舍不得，那毕竟是多年的心血。不丢弃？又担心落入歹人之手，思来想去，决定把记录制作“一步倒”方法的本子交给女儿赵锦娘保管。

赵普自认为思虑周全，万无一失，其实不然，他忽视了小徒儿余虹。余虹虽然年少，但是颇有心计。师父炼丹时，他用心观察，还偷了一些制成的毒药。赵普去世后，余虹没了管教，露出本性，花天酒地，寻欢作乐，结识了匪首乔天，向他泄露了“一步倒”的秘密。乔天出手阔绰，不仅高价购买了余虹手里的毒药，还表示愿意资助他制作“一步倒”，条件是制出的毒药由他一人独有。余虹经不起金钱的诱惑，投靠了乔氏土匪。

余虹躲进深山炼制“一步倒”，屡试屡败，此时他才意识到学到的只是皮毛，恼怒之余，恍然想起一件往事：一天深夜，他上茅厕，见师父屋里亮着灯，悄悄走到窗外，捅破窗纸向里张望，看到师父正伏案写东西，猜想一定与炼丹有关，他趁师傅不注意，溜进房间，在枕头下发现了记录制造“一步倒”和炼丹方法的本子，想偷偷誊写一份，始终没有得手。一天，赵普下山看望女儿赵锦娘，女婿王飞龙，让余虹看家。余虹翻箱倒柜，找遍了师父的房间，也没找到那个记录本。从此，记录本就不见了。余虹断定记录本在王飞龙、赵锦娘夫妇手里，决定夺回记录本，将“一步倒”和炼丹方法据为己有。

那时，王飞龙、李胜还在州衙当捕快首领。王飞龙、李胜经过缜密部署，捣毁了乔氏土匪的交通站，把乔天围困在山里。陷入绝境的乔天孤注一掷，带领土匪倾巢出动，要与王飞龙、李胜一决雌雄。

土匪下山时，余虹悄悄尾随其后，他打定主意：假若土匪获胜，杀死了王飞龙，他就藏而不露；假若土匪战败，他就寻机杀死王飞龙。双方交战。起初土匪人多势众，占了上风，余虹没有露面。就在乔天认为胜券在握时，李胜杀出重围，搬来救兵。乔天见大势已去，仓皇逃命，王飞龙紧追不舍。余虹见土匪败局已定，担心乔天被捕后供出自己，心生杀念。乔天看到余虹，像见到了救星，拼命朝他跑来。余虹打出一支毒镖，乔天当场毙命。王飞龙赶到，见到余虹和已经毙命的乔天，惊奇地问：“师弟，你怎么在此？”余虹信口道：“我得知师兄与土匪交战，就赶来相助，恰与乔天相遇，就结果了他的性命。”王飞龙环视四周，没有发现敌情，宝剑入鞘，兴奋道：“乔天罪大恶极，死有余辜。走，咱们去找李胜，一同下山。”

余虹偷偷抽出一支毒镖，攥在手里，趁王飞龙不备，打了出去，击中王飞龙的大腿。王飞龙感觉整条腿发麻胀痛，瘫倒在地，惊愕地看着余虹，厉声喝问：“余虹，你要干什么？”余虹凶相毕露，恶狠狠道：“明人不做暗事，既然大师兄问起，我就让你死个明白。我在山里清苦多年，帮助师父炼丹，孰料师父不念我的辛劳，将炼丹方法和制作‘一步倒’的方法传授给了你们。我费力劳神，却落个竹篮打水一场空。我要讨回本该属于我的笔记本，你们肯定不答应。论功夫，我又不是你们的对手，只好出此下策。我在飞镖上涂了毒药‘一步倒’，师兄纵有天大本事，也无回天之力。我去找师姐讨要师父的记录本，她若不从，我就照方抓药，送她见阎王。”说完，钻进了山林。

毒性发作，王飞龙晕厥过去。李胜找到奄奄一息的王飞龙，将他抱起，疾声呼唤。王飞龙微微睁开双眼，断断续续道：“快……去……救锦娘！”说完，气绝身亡。

王飞龙进山剿匪，几日未归，赵锦娘忐忑不安，心中有种不祥的预感。她派人到州衙打探消息。派去的人回来禀报：“官军大获全胜，正在清剿残敌，王捕快很快就会凯旋。”有了丈夫的消息，赵锦娘放了心。

正值炎炎夏日。吃过午饭，赵锦娘来到自家的后花园，坐在树荫下，一边照看睡熟的幼子王涛，一边教女儿王霞识字。丫鬟雪儿跑来禀报：“余虹来了。”赵锦娘叮嘱女儿照看好弟弟，与丫鬟雪儿去了前院。

赵普在世时，余虹常来王家，与赵锦娘很熟悉。余虹开门见山，向赵锦娘索要师父的记录本，遭到严词拒绝。赵锦娘道：“记录本在我手里。不过，我爹交代过，记录本由我保管，不得交给任何人，也包括你。”余虹听后，顿生歹念，他环视四周，发现赵锦娘的宝剑挂在墙上，没敢动手，假装忏悔的样子，垂头道：“既然师父有言在先，小弟遵命就是了。请师姐好好保护笔记本，不要辜负师父的信任。”赵锦娘闻言，放松了警惕，道：“师弟放心，我会好好保管的。”

余虹来到院里，趁着赵锦娘不备，将毒镖藏在袖口里，道别时佯装失足，跌倒在地。赵锦娘不知是计，俯身搀扶。余虹打出毒镖，赵锦娘毫无防备，中镖倒地。丫鬟雪儿见状，大惊失色，跑回屋取宝剑，要与余虹拼命。余虹追进屋，杀死了雪儿。

王霞突闻前园传来尖叫声，跑去观看，见娘在地上挣扎，呼喊着跑过去，想把她扶起来。赵锦娘浑身抽搐，面色惨白，手指丁香树，想说什么却说不出来，头一歪，气绝身亡。

余虹翻箱倒柜，正在寻找记录本，听到屋外传来撕心裂肺的哭喊声，疾步跑出屋，见是王霞，在她头上重重击了一掌，将她打昏。余虹返回屋里，继续寻找，找到了记录本，他把记录本拿在手里，感觉薄了很多，翻开一看，少了页码。这时院外传来喊声，李胜带领官军赶到。余虹将记录本揣在怀里，急忙朝外跑，路过王霞身边时发现她还有气息，本想结果了她的性命，转念一想，想要的东西还没有全部找到，不如先留着她，兴许能从她嘴里得到线索。想到此，背起王霞逃回山里。当天夜里，官军攻克了匪巢。余虹如惊弓之鸟，仓皇逃命，把昏迷不醒的王霞丢弃在山洞里。

余虹躲进深山，按照记录本上的方法制造“一步倒”，获得成功。乔天死后，弟弟乔宇当了匪首，余虹投靠了乔宇。乔宇死后，儿子乔吉当了匪首，余虹又与乔吉狼狈为奸，继续向土匪提供毒药“一步倒”。余虹非常狡猾，从不公开露面，用从土匪那里得到的不义之财修建了道观，摇身一变，成了一泓大师。

乔吉为儿子举行了隆重的拜师仪式，正颜厉色地道：“乔星、乔辰，从今天起你俩跟大师认真学艺，哪个胆敢偷奸耍滑，绝不姑息。”余虹很不情愿地道：“我先教半年试试看，若有长进就教下去，如若不行，就此作罢。”

乔家后院有个习武场，余虹每天在这里传授乔星、乔辰武艺。哥俩儿恶习不改，故技重施，想气走余虹。这天，余虹让乔星、乔辰练功，自己坐在一旁，闭目养神。乔星向弟弟挤挤眼，两人蹑手蹑脚地来到近前。余虹佯装不知，暗中观察，见乔星掀开壶盖，欲将一只土鳖虫放进壶里，用手在乔星穴位上一点，乔星顿觉整条胳膊酸麻，动弹不得。乔辰见势不妙，撒腿就跑。被余虹伸手抓住。余虹一手一个，拎着兄弟俩去见乔吉。乔吉见状，吃惊地问：“大师，出了何事？”余虹并不回话，指着乔星、乔辰，怒道：“让他俩说！”乔星的手里还攥着土鳖虫，不敢抵赖，只好交代。乔吉闻言，震怒，重重打了乔星一个耳光，踹了乔辰一脚，吼道：“孽子，我的颜面全让你俩丢尽了，还不快向大师赔罪。”乔星、乔辰跪地求饶。余虹怒气未消，愤愤道：“念你俩是初犯，暂且饶过你们，再敢犯上，绝不饶恕。”一甩袖子扬长而去。

乔星挨了打，仍不思改悔，偷偷溜进余虹的卧室，把几只蝎子放进被子里。蝎子蜇了余虹的大腿，顿时红肿起来。余虹怀疑是乔家兄弟俩所为，把乔星、乔辰叫到身边，道：“为师我有个嗜好，喜爱吃炸蝎子。你俩会抓蝎子吗？”乔星做了亏心事，低头不语。乔辰不知情，兴奋道：“这有何难。昨天我和哥哥还抓过蝎子。”乔星在一旁冲弟弟挤眉弄眼，示意他闭口。乔辰不解其意，置之不理，继续道：“师父，我给您抓蝎子去。”余虹从哥俩儿的表现中断定是乔星一人所为，揪着他的耳朵去见乔吉。乔吉问清缘由，气往上撞，命令仆人对乔星施家法，让乔辰在一旁观看。乔星被打得皮开肉绽，半个月没有下床。有了这次教训，兄弟俩不敢再造次，开始静心习武。

乔家习武场旁有一排简易房，是仆人的住所，王妈带着王石头就住在这里。王家的后窗户正对着习武场，余虹在外面教，王石头隔窗学，一招一式，模仿得有模有样。王妈发现儿子痴迷上了刀枪，生怕惹出是非，身边的人劝慰道："男孩子都喜欢舞刀弄枪。石头乖巧，不会惹出事的，就由着他去吧。"王妈不再阻拦。

余虹开始传授乔星、乔辰刀法。王石头没有兵器，就自制了一把木刀。木刀不是兵器，不得心应手。习武场旁有一间兵器室，刀枪剑戟，斧钺钩叉，各种兵器一应俱全。王石头悄悄溜进兵器室，发现兵器架子上有两把刀，这两把与众不同，比普通刀短小，鲨鱼皮做的刀鞘，刀柄上镶嵌着金饰件，系着红绸子，十分精美。抽出刀，刀刃锋利，寒光闪闪。原来，这是乔吉为两个儿子专门打造的兵器。王石头取下一把刀，试了试，得心应手，好像专为自己打造的一样。他拉开架势，将钢刀舞得上下翻飞，感受到了一种从未有过的快感。从此，一发不可收，每天都溜进兵器室，取下兵器练习。

一天，王石头溜进兵器室，取下钢刀，一招一式练起来。门"吱"的一响，余虹走进来，石头没有察觉，还在练习。余虹见了，情不自禁地鼓起掌来。王石头闻声，收住脚步，立在一旁。余虹惊奇地问："小娃娃，你叫什么名字？谁在教你习武？"王石头也不胆怯，毕恭毕敬道："我叫王石头。跟您学的武艺。"余虹更感疑惑，惊诧道："可我从没见过你呀！"听王石头讲了学艺经过，余虹不禁发出由衷的赞叹。这套刀法乔星、乔辰练了一月有余，仍不能熟练贯通。这个小娃娃仅凭观看，就能将整套刀法熟记于心，娴熟演练，实在难得！

余虹从王石头身上看到了自己儿时的影子。余虹六岁时父母双亡，经人介绍，给大侠赵普当了书童。他天资聪慧，过目不忘，深得赵普喜爱，赵普破例收他做了关门弟子。名师出高徒。余虹跟随赵普习武十余年，武功精湛，更可贵的是，他对武术非常痴迷，成名后依然拳不离手，功夫到了炉火纯青的程度。余虹收了不少徒弟，都不十分满意，一心想找个称心如意的弟子，把毕生所学传授给他。眼前这个娃娃聪明灵巧，悟性又好，正是他梦寐以求的徒儿！余虹看着石头，动情地问："娃娃，你愿意跟我学习武艺吗？"王石头"扑通"跪倒在地，道："愿意。徒儿给师父磕头。"

门推开了，王妈神情慌张地跑进来，见石头跪在余虹面前，误认为是他淘气得罪了大师，跪在地上用身体护住儿子，哀求道："大师息怒，孩子有错是我管教不严，千万别责罚孩子，他还小，不懂事！"王石头喊了声"娘"，扑到王妈的怀里。“误会了，误会了。”余虹将王妈扶起，解释道：“这娃娃聪明伶俐，是个习武的好苗子。我有心传授他武艺，你可同意？”王妈一时不知所措，战战兢兢道：“这个……我做不了主，……还是去问秦爷吧，他说行就行。”余虹不知其中的缘由，诧异地问：“你是他娘，你做主，与秦九有何干？”王妈意识到说错了话，忙改口道：“大师说行就行。”余虹大悦，道：“好！我们一言为定。从今天起我就教他习武。”

半年的时光转眼即逝。在余虹的严厉管教下，乔星、乔辰乖顺了许多，武功也大有长进。乔吉看在眼里喜在心上，设宴款待余虹，要说服他留下来继续传授儿子武艺。余虹摸透了乔吉的心思，心中有了主意。

宴席上，余虹心情舒畅，自吹自擂道：“贫道一生好学不倦，聊以自慰的事有三件。第一是武艺。受恩师真传，又广纳众长，如今绝艺在身，不敢说天下第一，能战胜老夫者寥寥无几。第二是炼丹。我自小跟随师父学习炼丹，深谙其中的奥妙，能炼制‘一步倒’者，唯有老夫一人。第三是收徒。我收徒几十人，也称得上桃李满天下了。”在座的人溜须拍马，齐声附和。

酒酣耳热之时，乔吉言归正题，恭维道：“道长武功盖世，实在令人钦佩。我儿拜大师学艺后，武功大有长进，正验证了那句老话：名师出高徒。”余虹道：“过奖啦，习武一讲悟性，二讲勤奋。师父领进门，修行在个人。两位公子聪慧尚可，勤奋不足，爱耍小聪明，若能像王石头那样勤奋，俩人日后定能承担大任。”乔吉恳求余虹留下来继续传授儿子武艺，余虹故作谦虚，笑而不答。乔吉猜想余虹想索要钱财，道：“大师尽管开口，只要我能办到的绝不吝啬。”余虹道：“条件吗，只有一个，就是允许我收王石头为徒。”

乔吉万万没有料到余虹去留的条件竟然是收徒弟！他充满好奇，把秦九唤到身边低声问：“王石头是谁？我怎么不认识？”秦九闻言，恍然想起王石头的身世，不由得惊出一身冷汗，他怕遭到训斥，没敢说出实情。余虹见状，暗自发笑，转念一想，这也不足为奇，当主子的怎会把一个女仆的娃娃挂在心上，解释道：“王石头是王妈的儿子。”余虹把王石头隔窗学艺的事讲了一遍，由衷地赞叹道，“这娃娃了不得，聪明过人，勤奋好学，将来一定有出息！”乔吉将信将疑，把王妈和王石头唤来当面验证。

王妈领着儿子来到宴会现场。在众人面前，王石头毫不胆怯，举止大方地给众人施礼。乔吉道：“大师夸你是个奇才。你当众练一套拳，让我们瞧瞧。”王石头拉开架势，动作如行云流水，一气呵成。打完拳，又练了一套刀法。只见他时而翻滚，时而腾跃，刀随人行，上下翻飞，令人目不暇接。乔吉自幼习武，是位老到的练家，感慨之余想起两个儿子，不免有些伤感，暗自盘算：余虹将话说到了这个份上，我何不顺水推舟送他这个人情。想到此，满脸堆笑地赞誉道："大师果然慧眼识珠。既然大师喜欢他，我就成人之美了。"转身对王石头道："还不快点叩首谢恩。"王石头当众跪地磕头。余虹开怀大笑，畅快道："收此爱徒了却了老夫多年的心愿。我功成名就，老了老了，再有一个爱徒服侍左右就更圆满了。此生足矣！"众人随声附和。

秦九假装沉稳，心中悔恨。当年留下柳家小儿的性命，为的是以貌抓人，孰料多年后仇家之子竟然被余虹相中，成了他的关门弟子。他想杀死王石头，又担心得罪了余虹，自己吃不消，决定将错就错，继续隐瞒下去。

两个月后，余虹提出要带乔星、乔辰和王石头回自己的道观，乔吉诧异地问："这是为何？莫非是我照顾不周，慢待了大师？"余虹摆手道："恰恰相反。这里条件太好，诱惑太多，乔星、乔辰心存杂念，怎能潜心习武？我的道观地处深山，虽然生活艰苦，但超脱世俗。断了两位公子的念想，他俩才能专心习武。"乔吉觉得有理，爽快地答应了。

王石头的到来渐渐消除了王妈丧夫丧子的伤痛。她将石头视为亲生，把全部希望都寄托在他的身上。余虹要带石头走，王妈舍不得，又不敢反对，只能默默地接受。夜深了，她还在含泪为儿子赶制衣服和鞋袜。王石头醒来，见娘还在灯下忙碌，懂事地依偎在娘的身旁。王妈抚摸着儿子，叮嘱道："你跟大师学习武艺娘不反对，但绝不能做伤天害理的事。咱是穷苦人，和乔星、乔辰不一样。你少与两位少爷来往，更不准帮他们干坏事……"王石头懂事地点头道："娘的话孩儿全记住了。"

分手的时刻到了。王妈把儿子紧紧搂在怀里，舍不得他离去，在人们一再劝说下，她才松开手，含泪目送儿子远去。

第四十四回　见绣枕柳春红现身　回故里柳俊虎认宗

这一天，李瑛在保镖回程的路上经过荣昌镇。荣昌镇是个大镇，大街上商铺林立，这天又逢大集，街道两侧挤满摆摊卖货的商贩，行人熙熙攘攘，十分热闹。李瑛、陆坚骑马走在前面开路，车队在人流中缓慢前行。

李瑛眼前猛然一亮，勒住缰绳，用手一指，对陆坚道："儿子，你瞧！"陆坚顺着母亲手指的方向望去，路旁有个卖绣品的货摊，货架上摆着各种绣品，几个妇女正围着货摊观看，不解地问："娘，那就是一个卖绣品的货摊，有何新奇？"李瑛道："你瞧见货架上那对牡丹花枕套了吗？"陆坚细看，见货架上挂着一对牡丹花枕套，花形俏丽，色彩鲜艳，可他还是不解娘意。

李瑛和陆坚勒住坐骑，后面的车队也停下来，行走在镖车两侧的刘雄、张豹上前询问："师娘，出了何事？"问话提醒了李瑛，李瑛吩咐道："你俩押着车队继续前行，出了镇子在路边等我。"刘雄、张豹摆手示意，车队继续前行，渐渐远去。

李瑛、陆坚母子下了马，李瑛把缰绳交给儿子，快步来到绣品摊前。几位妇女围着绣品观看，对牡丹花枕套赞不绝口。一个女子感叹道："这是哪家姑娘绣的，手真巧。"有人附和道："可不是。与真花放在一起，还真难辨出真假。"卖绣品的老汉不失时机地推销商品："这样的绣品在京城也难得一见。仅此一对，快买吧，不买，后悔就晚啦。"李瑛生怕绣花枕套被别人买走，伸手摘下，道："卖家，这对枕套我买了。"围观的人见绣花枕套有了买主，纷纷离去，绣品摊前只剩下摊主和李瑛、陆坚母子三人。

李瑛从随身携带的包袱里取出一对牡丹花枕套，这是柳梅莹为她和陆大江绣的，柳梅莹失踪后，李瑛一直随身携带着它。李瑛悲切道："这位大哥，我这里也有一对枕套，是我的弟媳绣制的。几年前她在大青山走失，至今没有音讯。这两对枕套无论绣样还是绣工都很相似，很可能都出自我弟媳之手！你能告诉我枕套的来历吗？"卖绣品的老汉将两对枕套放一起，反复比对，果然惊人的相似！

老汉沉默不语。李瑛等得焦急，颤抖着声音哀求道："这位大哥，告诉我实情吧！"陆坚知晓了缘由，跪地哀求道："您就告诉我们实情吧。为了寻找舅娘，我娘的头发都愁白了！”这一幕引来路人围观。卖绣品的老汉慌忙拉起陆坚，忙不迭道：“快起来说话，起来说话。”李瑛对围观的人深施一礼，道：“我们在说家事，大家行个方便，散了吧。” 老汉被李瑛母子的真情感动，不等围观的人散尽，开口道：“绣花枕套是一位年轻女子托我代卖的。”“她叫什么？家住哪里？” 李瑛迫不及待地追问。老汉摇摇头：“我不知道。”“她长啥模样？”听了老汉的描述，李瑛确信此人不是柳梅莹，不免有些失望，不过，她坚信两对绣品一定有关联，只有见到这位女子，才能解开谜团。李瑛问：“您何时还与这个女子见面？”老汉回答：“她明早来找我结账。想见她，就来这里等。”李瑛、陆坚拱手道谢，骑马去追赶车队。

众人得知事情的经过，无不欢欣鼓舞。李瑛决定在荣昌镇住宿，弄清真相后再回三河镇。白天意外的发现让李瑛看到了曙光，她兴奋得无法入眠，感觉夜晚特别漫长。东方露出鱼肚白，李瑛揉揉肿胀的眼睛走出房间，陆坚、刘雄、张豹已经备好轿车在门外等候了，他们同样兴奋得彻夜未眠。驱车来到约定的地点，天还没大亮，经过漫长的等待，卖绣品老汉终于现身了。又等了一顿饭的工夫，远处走来一位挎篮子的年轻妇女，她就是柳春红。

柳春红对外隐瞒自己和孩子的身世，与刘天望结了婚，听说有人到山寨里寻找她和孩子，知道自己的身份已经暴露，一家人悄悄搬出大山，在荣昌镇郊外的一个小村庄落了户。柳春红是养蚕能手，她重操旧业，与丈夫一起栽桑养蚕。闲暇时，绣绣品，把绣品拿到集市上售卖补贴家用。生活尽管很清苦，但是不用提心吊胆过日子了。

柳春红来到绣品摊前，与卖绣品老汉交谈了几句，结了账，从挎篮里取出新绣品交给老汉，转身要走。被老汉拦住。老汉道：“别急着走，有人想见你。”柳春红闻言，警觉起来，向四周张望。李瑛下了轿车，走上前，道：“妹妹莫怕，是我找你。”四目相视，李瑛感觉对方面熟。俊龙、俊虎出生后，李瑛到柳家看望孩子，此时的柳春红正为柳家绣坊忙碌，不在柳梅莹身边，俩人匆匆见过一面，印象不深。柳春红见来人头发花白，面容慈祥，似曾相识，又一时回想不起来，愣在那里。李瑛让陆坚从包袱里取出两对牡丹花枕套，声音颤抖道：“我这里有两对绣花枕套，一对是我在这位大哥绣摊上买的，一对是我的弟媳亲手绣制的，两对绣枕无论绣样还是绣工都很相似，你能告诉我，我买的这对枕套是谁绣的吗？” 睹物思人，柳春红泪如泉涌，她对这对枕套太熟悉了！当年，为了设计牡丹绣样，少夫人柳梅莹从早到晚守在牡丹花旁，细心观察花的微妙变化，一遍遍临摹。柳春红陪伴左右，帮助铺纸、研墨、调色。画稿完成后，两人又一起选择丝线，搭配色彩，研究绣法，绣了拆，拆了绣，直到满意为止。这对枕套是少夫人的得意之作，她怎能忘记。柳春红注视着面前的白发女人，试探着问："莫非你是……俊虎的姑姑？"李瑛闻言，惊喜不已，急切地问："你是？……"柳春红喜极而泣，抱着李瑛哭诉道："我是柳梅莹的丫鬟柳春红！"哭声惊动了过往的行人，李瑛、陆坚赶紧把柳春红扶上轿车。

柳春红哭诉了事情的经过，话语中充满深深的自责："我见到官府通缉柳双喜和我的布告，没有去自首，不是贪生怕死，而是担心自己入狱后俊虎无人抚养，更担心土匪知晓俊虎的下落后对他下毒手，所以才隐姓埋名……"李瑛为之动容，拉着柳春红的手道："好妹妹，你做得对！你对柳家忠心耿耿，对李家情深义重，是柳、李两家的大恩人。从今往后我们就是亲姐妹，今生今世不分离……"柳春红心潮澎湃，两人相拥而泣。得知李家镖局在三河镇安了家，柳、李两家合为一处，柳春红如同卸下了千斤重担，顿时觉得心舒气爽。她再也不用提心吊胆过日子了，柳俊虎可以认祖归宗了！

李瑛走过来，对卖绣品的老汉深施一礼，递上一包银子，满怀深情道："这位大哥，谢谢你帮我找到了失散的亲人。这些银子请收下，用它买间铺面房，以后就不用风里雨里受苦遭罪了。好人终有好报。菩萨保佑你生意兴隆，一生平安。"老汉千恩万谢，收下银子。

有了柳俊虎的消息，李瑛急着要见孩子。刘雄甩动马鞭，轿车驶出了荣昌镇，陆坚策马紧随其后。轿车在蜿蜒曲折的小路上颠簸，穿过几个村庄，停在一座小院前。"娘，开门。"柳春红下车，隔门呼喊。天望娘走出院门，身后跟着个男孩。孩子皮肤白皙，浓眉大眼，十分可爱。孩子见到柳春红，喊了声"娘"，跑到柳春红身边，眨着一双大眼睛怯生生地望着来人。柳春红指着李瑛道："俊虎，她是你的亲姑姑。快，叫姑姑。"俊虎胆怯地望着李瑛，没有张口。李瑛把俊虎紧紧搂在怀里，泪水像断线的珠子滚落下来，哽咽道："俊虎，姑姑总算找到你了。都是姑姑不好，让你受苦了……"

天望娘得知李瑛的身份，热情地招呼："他姑，进屋说话吧。"柳春红介绍道："这是我婆婆，是他们母子救了我和俊虎的命。"李瑛、陆坚赶忙上前施礼，谢恩。

李瑛与柳春红正在屋里说话，刘天望气喘吁吁闯进屋，见到柳春红，埋怨道："你怎么自己回来了，害得我四处找你，都快急死了！"原来，夫妻俩清早一同去了荣昌镇，柳春红去送绣品结账款，刘天望去卖山货，两人说好一同回家。柳春红巧遇李瑛，一高兴，忘记了约定。刘天望等不到妻子，走遍大街小巷也寻找不见，生怕她遇到歹人，赶紧跑回来报信。李瑛见到这位憨厚淳朴的小伙子，十分喜爱，主动上前施礼："感谢天望兄弟，你的大恩大德柳、李两家永世不忘，请受我一拜。"刘天望知道了事情的经过也是满心欢喜。李瑛对刘家人道："你们为俊虎付出太多了，以前失去的我要加倍为你们补偿回来。你们全家随我回三河镇，春红妹子回柳家织造坊，我在镖局给天望兄弟安排个差事，俊虎上学堂读书，你们意下如何？"刘天望、柳春红都赞同。

柳春红回到阔别多年的三河镇，受到英雄般的欢迎。柳氏族人得知柳春红舍命救幼主的经过，对她特别敬佩，称赞她知恩图报，情深义重。柳春红带着柳俊虎给柳广财夫妇扫墓，李瑛带着柳俊虎去李胜、陆大江、李涛坟前祭拜，告慰亡灵。李瑛讲述了柳、李两家的家史和先辈们的英勇事迹，正义的种子在柳俊虎的心里扎下根。

柳俊虎的归来让柳家继承人问题迎刃而解。李瑛深知柳俊虎肩负着传承柳家事业的重任，重金聘请老先生教他读书。她与田青和王贵商定，由他们三人共同培养柳俊虎，李瑛传授武艺，王贵传授织造技艺，田青传授经商之道。

柳春红讲述了土匪追杀柳梅莹的经过，李瑛决定带着柳春红、柳俊虎进山寻找柳梅莹、柳俊龙母子，刘雄、曹峰和陆坚陪同。他们来到当年柳春红与柳梅莹分手的岔路口。柳春红心中凄楚，往事历历在目：

山路崎岖，荆棘丛生。为了躲避土匪的追杀，少夫人柳梅莹和柳春红抱着俊龙、俊虎朝山上奔跑。土匪越追越近，灾难即将来临。就在这个岔路口，柳梅莹跑得气喘吁吁，上气不接下气，她唤住了柳春红，满含热泪，低低的声音说："春红，咱们分开跑。要不然，谁也跑不掉。"柳梅莹把怀抱的俊龙放在地上，从兜里掏出一块红罗帕，一撕两半，一半拴在俊龙的衣服上，一半交给柳春红，颤抖着道："春红，你把这半块手帕收好，作为辨认孩子的证物。你要能逃出去，一定要把俊虎交给他的父亲。"说完，抱起俊龙继续朝山上跑去。柳春红望着柳梅莹远去的背影，满怀深情地喊了一声"夫人"，泪水夺眶而出。耳畔传来俊龙揪心的啼哭声，这是柳梅莹在吸引土匪的注意，好让柳春红逃生。柳春红搂着俊虎，藏身灌木丛里，咬紧嘴唇，不敢发出声响，任凭泪水在面颊上流淌。俊龙的哭声渐渐远去，四下里看不见土匪的身影，柳春红抱起俊虎，朝山下拼命跑去。

“春红……”李瑛的呼唤将柳春红从痛苦的回忆中惊醒。众人沿着柳梅莹当年攀爬的小径寻去，发现路的尽头是断崖。柳春红站在崖边，望着深深的崖底，忍不住失声痛哭，面对巍峨的群山，发出悲戚绝望的呐喊：“少夫人……俊龙……你们在哪里……”呼唤声在寂静的山谷中回荡。

悬崖下是一片茂密的山林。陆坚眼尖，用手往崖下一指，道：“快瞧，密林里有房子！”李瑛凝神观看，发现了掩藏在树林中的房舍。有房子就有人家，兴许就能打听到柳梅莹和俊龙的下落，他们重新燃起了希望。

第四十五回　寻亲人进深山探访　道身世三元庵相会

李瑛等人寻找柳梅莹来到悬崖边，发现山崖下的密林里有房子，重新看到了希望。李瑛他们绕道下山，在一片茂盛的树林中找到了那处房舍。这是用竹木搭建的一座寺院，木屋草顶、篱笆围墙，门楼上方挂着一块木匾，上面写着“三元庵”三个字。雪燕见来了一行人，面孔和衣装打扮都很生疏，迎上前，双手合掌问：“请问几位施主，你们是上香还是看病？上香，请去佛堂。看病，在屋外等候。” 李瑛拱手还礼：“这位小庵主，我们不上香也不看病，是来寻人的。”雪燕警觉地问：“寻人？寻什么人？”李瑛道：“几年前，你们可曾看见一位怀抱婴儿的年轻妇女？”雪燕仔细打量来人，见为首的白发妇人慈眉善目，身边的年轻妇女牵着一个男孩，身后的三个男人一身正气，不像是歹人，答道：“请各位在此等候，我向师父通禀一声。”三元大师正在为人看病，听到消息，平静道：“让客人等候片刻，我开好药方就去见他们。”

送走病人，三元大师与李瑛见了面。李瑛年事不高，满头银发，目光炯炯，气度不凡。三元大师精神饱满，目光深邃，气宇轩昂。两位武林高手目光犀利，都感受到对方强大的气场。

“白发侠女”的事迹在大青山一带广为传颂，成为佳话。三元大师见李瑛一头银发，对她的身份已经猜出几分，拱手道：“这位女施主，恕我直言。你目光炯炯，气度不凡，是位习武之人，而且功底深厚。你四十出头，满头银发，莫非你就是百姓传颂的‘白发侠女’？”李瑛谦虚道：“正是本人。不过我学疏才浅，武艺不精，是个平凡之人，实在是配不上此称谓。”三元大师惊喜道：“幸会，幸会！我早想与你结识，没有想到你我能在我的小庵里相见。”她想试试对方的武功，验证民间传说的真伪，含笑道，“我也是习武之人，最仰慕武林高手，尤其是女中豪杰。我有一个请求，我们以武交友，你看如何？”李瑛见三元大师情真意切，欣然同意。

待香客散尽，众人来到院里，雪梅关上庵门。三元大师和李瑛摆好架势。三元大师双手合掌道：“我是主，你是客，请你先进招吧。”李瑛拱手还礼：“恭敬不如从命，请大师接招”。说完，挥拳朝三元大师的前胸打去。三元大师形似猿猴，侧身躲过，飞起一脚，踢向李瑛的小腿。李瑛快似狸猫，脚尖点地腾空跃起，躲过踢来的飞腿。李瑛的拳脚柔中带刚，出手敏捷，快如疾风；三元大师的拳脚老成稳重，变化无常。两人拳脚齐发，各施绝技，打、劈、砸、蹦、跳、跃、闪……看得众人眼花缭乱，不住地鼓掌喝彩。三十个回合后，李瑛虚晃一招，跳出圈外，拱手称赞道："大师好功夫，我自愧不如。"三元大师合掌还礼，笑道："白发侠女名不虚传，武功超群，我领教了！"两人道出年龄，三元大师长李瑛一岁，两人姐妹相称，携手并肩，回到屋内。

大家重新落座。三元大师道："我与妹妹有缘，一见如故，能否告诉我你的身世？"李瑛道："我叫李瑛，天水镇人。"又介绍道，"这是我儿陆坚，这是侄儿柳俊虎，她叫柳春红，这两位是我的徒弟刘雄、曹峰。"大家起身向三元大师施礼。

三元大师注视着李瑛，好奇地问："李瑛妹妹，刚才与你过招，觉得你的拳路似曾相识，你和谁学的武艺？""我的父亲李胜。"三元大师闻言，心头一震，追问："可是人称'神枪将'的李胜？""正是。"三元大师悲喜交加，站起身，急迫地问："他老人家可好？""他过世了。""他生前可曾与你说起过王飞龙？""说过，他常常提起王飞龙、赵锦娘夫妇，还有他们的女儿王霞。"三元大师泪如泉涌，紧紧握住李瑛的手，道："我就是王飞龙的女儿王霞。"李瑛愕然，不敢相信爹爹千寻万找不见踪影的王霞姐就站在面前！她喜极而泣，哽咽地道："姐姐这些年在哪里？我爹找你找得好苦啊！他临终前还呼唤你的名字，立下遗嘱让我一定要找到你，一定要查出杀害王飞龙伯伯、赵锦娘伯母的真凶，惩办凶手，让王家命案大白于天下！"在场的人无不为之感动。

前文说到，余虹杀害了赵锦娘和丫鬟雪儿，把王霞击昏，在赵锦娘的卧室里找到了记录"一步倒"制作方法的本子。他把本子拿在手里，感觉本子薄了很多，翻开一看，发现少了页码。就在这时，院外传来呐喊声，李胜带领官军赶到。余虹将记录本揣在怀里慌忙朝外跑，路过王霞身边，发现她尚有气息，本想一掌结果她的性命，转念一想：想要的东西没有全部找到，留着她，兴许能从她嘴里得到线索。想到此，背起王霞逃回山里。当天夜里，官军攻克了匪巢。余虹如惊弓之鸟，仓皇逃命，把昏迷不醒的王霞丢弃在山洞里。

王霞苏醒过来，挣扎着爬出山洞，一不留神，滚下山坡，晕死过去。她再次苏醒过来，发现自己躺在竹床上，一位慈眉善目的女僧人守护在身边，她是天宁庵的住持如一大师。那日，如一大师进山采药，发现了昏迷不醒的王霞，将她背回庵里精心医治，王霞虽然保住了性命，但是由于余虹打的那一掌伤及大脑，她失去了记忆，连自己的姓名和身世都说不上来。如一大师带着王霞四处寻找家人，一晃三年过去了，所有努力都没有结果。如一大师决定让她剃发为尼，皈依佛门。

一天，王霞跟随师姐下山化缘，来到自家门前，眼前的景物似曾相识。她身不由己地登上台阶，推开虚掩的院门，径直走了进去。院中的景物一切如旧，青砖房舍，碎石小径，院里的丁香树枝叶繁茂，紫色的小花布满枝头，芳香四溢，沁人心脾。丁香树是父亲和她一起栽种的，伴随她度过了难忘的童年。眼前的景物开启了记忆的大门，儿时在树下玩耍嬉闹的情景浮现在眼前。

王霞返回天宁庵里，关上门，冥想苦思，支离破碎的记忆慢慢还原，往事在脑海里渐渐清晰起来。她回想起了爹娘和年幼的弟弟，回想起了家庭的不幸，向如一大师哭诉了自己的遭遇。

如一大师领着王霞去认亲。王霞拍打门环，里面走出一位身穿麻布衣衫的白发老者。老者用友善的目光打量着一老一小两位女僧人，问："两位僧家有何事？"王霞愣住了，问："您是谁？"老者和颜悦色，笑答："我是本家的老仆人，姓陈名可。"王霞感到意外，疑惑地问："我叫王霞。这是我的家，我怎么不认识您？"老者解释道："两位怕是找错地方了，这家主人姓赵，不姓王。"如一大师解释道："老人家，小尼以前曾在此居住。他父亲叫王飞龙，在州衙当差，是捕快首领。"老者想了想，道："听老街坊讲，这个院子原来的主人是姓王，他们一家都被土匪杀害了。"王霞不相信老人的话，高声呼喊："爹……"跑进院子，找遍了前院和后院，没有看见亲人，绝望地瘫坐在地上放声大哭。景物依旧，亲人已去，只留下无限的思念。

王霞举目无亲，又回到庵里，经历了这场打击，她像变了一个人，少言寡语，常常独自流泪，发誓要寻找仇家余虹报仇。如一大师苦苦相劝："你知道余虹现在何处？即使你找到了他，就凭你现在的功夫根本不是他的对手，不但家仇不能报，还要白白搭上性命。还是安心习武，刻苦修行吧。"王霞听从了师父的劝告。

光阴荏苒，时光如梭，一晃又过去十年。王霞从一个不谙世故的女孩变成一位造诣高深、武功超群的大师，法号"三元"。如一大师辞世后，王霞离开天宁庵，云游四方，一边遍访名师，一边寻找仇人余虹。大千世界，人海茫茫，一切努力毫无结果。这日，她带领徒弟雪梅、雪燕来到大青山腹地。登高远眺，青山环抱，古树参天，山川俊秀；走近静观，前临溪涧，竹林翠绿，风景如画，别有洞天，犹如仙境一般。师徒三人决定留下来，就地取材修建了庵舍，起名“三元庵”。

李瑛将话题一转，问：“王霞姐，几年前，你可曾见到一位怀抱婴儿的年轻女子？”三元大师点头叹息道：“看到了。女子坠崖身亡，怀里的孩子侥幸活了下来。”“孩子现在哪里？”李瑛追问。三元大师内疚道：“庵里藏不住一个嗷嗷待哺的婴儿，只好将他托付给猎户抚养，孰料第二天孩子被歹人抢走了。”“是谁抢走了孩子？”三元大师道：“两个蒙面人。从衣装上判断他们与先前来三元庵闹事的歹人是一伙的。领头的身材矮小，长相丑陋，眼角有块疤痕。”李瑛心凉了半截，确认此人是秦九，土匪凶狠残忍，俊龙落入匪手，生还的希望渺茫。

三元大师打开木箱，从包袱里取出一只绣花鞋，道：“这是坠崖女子的遗物，另一只在歹人手里。”绣花鞋绣工精巧，黑色鞋面上绣了一朵红牡丹，绿叶衬托，格外艳丽。柳春红见到绣花鞋，哭得更凄惨，哽咽着道：“这是夫人的鞋。俊龙一定是被土匪掠去了。”三元大师不知内情，急忙问：“眼角有块疤痕的人是谁？”李瑛解释道：“此人姓秦名九，是匪首乔吉的爪牙，官府通缉的要犯。他血债累累，杀害了我的丈夫、弟弟和两个徒弟。”三元大师恨得咬牙切齿，道：“歹人罪恶多端，为何不将他捉拿归案，绳之以法？”李瑛摇头道：“此人老奸巨猾，行踪诡秘，又有一身轻功，飞檐走壁如履平地。我们几次与他交手，都让他逃脱了。”三元大师愤愤道：“这种败类不除，百姓永无宁日。”

李瑛抹了把泪，道：“王霞姐，有些事你还不知情，听我道来。这个落崖的女子也是你的亲人。”“我的亲人？”“对，她是你弟弟小涛的妻子，名叫柳梅莹。”三元大师闻言，大骇，迫不及待地追问：“我的弟弟小涛在哪里？”提到李涛，李瑛心如刀绞，从父亲李胜在王家后花园发现摇篮中的小涛说起，一直讲到李涛殉难，悲愤道：“土匪将他杀害，还残忍地割下他的头颅，小涛至今身首异处。”说到痛心处，李瑛泣不成声。旧仇未报又添新恨。一向坚强刚毅的三元大师泪流满面，牙齿咬得咯咯响。

李瑛把柳俊虎叫到身边，对三元大师道：“小涛、梅莹有一对孪生子，你救下的是老大，叫柳俊龙。他是老二，叫柳俊虎。”又对俊虎道：“孩子，这是你的亲姑姑，快，叫姑姑。”柳俊虎怯生生地叫了声“姑姑。”三元大师把俊虎紧紧搂在怀里，凝神观看，从孩子俊秀的脸庞上似乎看到了弟弟的影子，泪如雨下，失声痛哭。

众人沿着山间弯曲的小径来到柳梅莹的坟前。坟茔是一个高高隆起的土堆，没有墓碑，四周松树环抱，翠竹挺拔。李瑛、陆坚、柳春红等人跪在坟前，肝肠寸断，痛不欲生。他们费尽周折，终于找到了亲人，亲人却长眠地下，阴阳相隔，再不能相见。李瑛热泪盈眶，向逝者诉说：“梅莹，春红和俊虎找到了，就在你身边。春红用性命保护了俊虎，她是柳、李两家的大恩人。我会把她当亲妹妹对待，今生今世不分离。俊虎像他爹一样英俊，一样聪明。我会把他哺育成人，让他子承父业，把柳家的织锦技艺发扬光大。”停顿了片刻，李瑛继续道，“好妹妹，你曾说过要与小涛终生相守，生死不离，如今你俩命丧九泉，各自一方，亡魂难安。等我捉住凶犯，一定把你接下山与小涛合葬，用罪犯的人头祭奠你们的亡灵！”

起风了，风吹树摇，寂静的山谷里林涛声一片，如哀鸣，催人泪下；似战鼓，令人振奋。李瑛动情道：“俊虎，你娘地下有灵，真情感动了上苍，这林涛声是为你娘奏响的挽歌，是激励我们前进的号角！快，大声叫娘！”俊虎仰首挺胸，放开喉咙呼喊：“娘……娘！……”呼唤声与林涛声交汇在一起，在山谷中回荡。

回到三元庵，李瑛与三元大师促膝畅谈，直至天明。俩人携手走出房间，极目眺望。一轮红日喷薄而出，万道霞光洒满大地。远处山峦叠嶂，群山巍峨，瀑布飞流直下，近处松柏挺拔，满目翠绿，不时传来百鸟的啼鸣，真是美不胜收。李瑛深深吸了一口沁人心脾的空气，不禁发出由衷的赞叹：“这地方太美了，真乃人间仙境！等我完成了父亲的遗愿，把镖局和柳家织造坊的事办妥，就来这里陪伴姐姐，共度晚年。”

李瑛要下山去，三元大师送出庵门。李瑛拉住她的手动情道：“王霞姐，我找到你，完成了爹爹的一个遗愿。俊龙生死不明，罪犯还逍遥法外，王家的血案还没有昭雪，匪患还没有根除，我要回去查找线索，捉拿凶犯，解救俊龙。”三元大师道：“好妹妹，我把庵里的事安顿好就下山找你，咱们一起找俊龙，抓罪犯，根除匪患。”

第四十六回　访证人疑案有突破　回故居树下得笔记

前文说到，县令单宝生把调查乔吉下落的任务交给了李家镖局。陈龙费尽周折，终于在一个偏僻的小山村里找到了狱卒常山。常山遭解雇后，深居简出，不与外人来往，见有生人来访，警觉地注视着陈龙，疑惑地问："我与你素不相识，找我有何贵干？"陈龙没敢说实话，编假话道："我是陈凯将军的部下，向您打听一个人。"常山警惕地问："打听谁？""牢头余大贵。"常山闻言，神色骤变，也不答话，转身便走。陈龙将他拦下，道："常山兄弟，别怕，先听我说。余大贵与陈凯将军是挚友。余大贵负伤后，脱下战袍，到州衙大牢当了牢头，与陈将军失去了联系。陈将军得知余大贵被土匪杀害，悲痛万分，派我来查清真相。我历尽周折才找到你，总不能让我白来一趟吧。"常山将信将疑，沉默不语。陈龙将一锭银子塞到他手里，恳求道："常山兄弟，就帮兄弟一个忙吧。"

常山收起银子，道出了往事："余大贵奉知府王九明之命，押解犯人去集中营，半路遭土匪劫杀，余大贵和二十三名狱卒遇难。"陈龙问："押解囚犯是官府的机密，土匪如何知晓？"常山迟疑了片刻，道："官府归咎于董磊，贴出布告通缉他。"陈龙知道余大贵与董磊的关系，故意把话题引向董磊："我听陈凯将军提到过董磊，董磊与余大贵出生入死，又是拜把子兄弟，绝不会干出这等龌龊事来，一定另有隐情。"此话一出，引起常山的共鸣。常山道："狱卒兄弟都不相信董磊会背信弃义，杀害兄长。案发后，我去清理现场，发现了……"常山欲言又止。

陈龙知道常山心存顾虑，鼓励道："余大贵为人正直，品行端正，咱不能让他含冤九泉，让凶手逍遥法外。"常山鼓起勇气道："我到现场收敛了余大贵和二十三名狱卒兄弟的尸体，唯独不见董磊，就到附近的树林里寻找，发现了他挂在树枝上的腰牌和刻在树干上的字。"陈龙追问："刻了什么字？"常山道："杀人者，王九明、乔吉也。""如何证明字是董磊所刻？"常山取出腰牌交给陈龙。陈龙仔细观看，腰牌用硬木制作，正反两面分别雕刻着虎头图案和"府衙大牢""第壹号"的字样，追问道："腰牌上没有姓名，怎么证明是董磊的？”常山道：“府衙大牢的狱卒人手一块腰牌，样式相同，只有序号不同。董磊是狱卒头领，腰牌自然是一号。”陈龙相信了常山的说法，继续问：“你可向外人透露过此事？”常山摇头道：“从未透露过。官府认定董磊通匪，我怕说出去引来杀身之祸。”陈龙心想：董磊在树上刻字就是要揭示真相，去现场勘查，兴许能找到更多线索。想到此，又掏出一锭银子交给常山，道：“帮人帮到底，烦劳兄弟带我去现场看看。”常山收下银子，带着陈龙去了案发现场。

常山详细讲述了当年案发现场的情景，又把陈龙带到董磊刻字的那棵树旁，树上的刻字随着树干生长已经变形，但仍然清晰可辨。陈龙坚信董磊没有死，对常山道：“我要找到董磊，弄清真相，为余大贵昭雪申冤。你知道董磊是何方人氏，家住哪里吗？”常山答道：“我只知他是开封人，其他一概不晓。”

陈龙谢过常山，返回三河县，向县令单宝生禀报。单宝生听后，异常兴奋，道：“我们的努力终于有了收获，调查结果证实了我们的判断：乔吉没有死，还活着，王九明参与了这场阴谋。现在可以断定，董磊没有背叛余大贵，没有投靠土匪，向土匪泄密的另有其人。”陈龙拿出一张纸条，交给单宝生，道：“大人，这是狱卒常山提供的狱卒名单。常山说余大贵遇害前不久他才到大牢上班，认识的人不多，只知晓这五人的名字，不知道他们的住处。咱们可以到州衙查阅卷宗，兴许能查到这些人的住址。”单宝生接过纸条，看了上面的名单，把纸条转手交给宋天福，命令道：“你马上去州衙，以调查案件为由，了解这五人的情况。”

三天后，宋天福回来禀报：“大人，我去过州衙了，不但没有找到这五人的卷宗，相关卷宗也丢失了。”单宝生闻言，吃了一惊，问：“卷宗怎么会丢失？”“管理卷宗的人说，他接手时就丢失了，至于怎么丢失的，他说不清楚。”单宝生沉思了一会儿，道：“余大贵被害后，王九明认定董磊通匪，以此为借口，流放了与董磊关系密切的狱卒，解聘了其他狱卒，现在又发现有人销毁了相关卷宗，其中必有阴谋。”宋天福表示赞同：“大人所言极是。卷宗难免丢失一份两份，全部丢失肯定是有意所为。没有王九明的命令，何人敢动这么大的手脚？越来越多的证据表明这事与王九明有关。”单宝生一脸焦虑道：“我原来想再找几个证人了解情况，现在看来这个想法无法实现了。董磊肯定没有死，他在树上刻字就是要告知世人真相，你让陈龙带人去开封寻找董磊。一旦掌握了王九明贪赃枉法的罪行，我们就向朝廷检举他。”

陈龙动身去开封寻找董磊。开封是繁华的大城市，要找一个人如同大海里捞针。陈龙费尽周折终于打听到董磊的住处，遗憾的是人去屋空，董磊一家人早已不知去向。唯一的线索又中断了。

李瑛正在与刘雄议事，门卫赵军兴冲冲地进来禀报：“三元大师带着徒弟雪燕来了。”李瑛、刘雄迎出门，把两人让进客厅。王霞左右看看，不见柳春红和俊虎，关切地问：“春红妹妹和俊虎呢？”王霞自从知道俊虎是自己的亲侄子后，对他特别疼爱。李瑛忙差人去请柳春红。李瑛事务繁忙，无暇照顾女儿陆青，就把陆青托付给柳春红照料。陆青和柳俊虎一起习武、一起读书、一起学习织造，形影不离。柳春红领着俊虎、陆青来了。三元大师一手牵着俊龙，一手牵着陆青，瞧瞧这个，看看那个，喜爱得不得了。李瑛道：“王霞姐，达声叔叔得知你的消息高兴极了，一再叮嘱我，你来了一定要去看他。老人家盼了几十年，见到你，不定多高兴呢！”

李瑛和王霞来到柳家医馆。柳达声亲自出来迎接，拉着王霞的手上下打量，动情道：“光阴荏苒，一晃就是几十年。你失踪后，我和李胜一直在寻找你，天天盼着与你相见。这一天终于盼来了，可惜李胜已经离我们而去。”说到李胜，柳达声潸然泪下，在场的人无不动容。众人来到客厅，柳达声和王霞像久别重逢的父女，嘘寒问暖，有说不完的话。

柳达声弄清王飞龙夫妇和李涛中的是同一种毒后，就产生了研制解毒药的想法，由于对“一步倒”知之甚少，再加上“一步倒”毒性大，中毒即亡，连治疗的机会都没有，更别说研制解毒药了，只好将这个想法搁置下来。见到王霞，柳达声重新燃起希望，试探地问：“你外公和你娘在世时可曾向你提及过炼丹和毒药‘一步倒’的事？”王霞沉思了许久，道：“外公痴迷炼丹，很少来我家，即使来了，住一两天就走。有一次是例外。外公在我家住了一个多月，每天都关上门，拿着一个本子和我娘说悄悄话。我好奇，就去偷听，知道他们在谈论炼丹术。我问娘，娘不说，只说等我长大了，再告诉我。”柳达声追问道：“你外公走后，你还见过那个本子吗？”王霞点头道：“见过。外公没把它带走，娘经常翻看。”柳达声为之一振。问：“你娘临终前有没有提及此事？”王霞又陷入痛苦的回忆：“案发时，我在后花园照看弟弟，突闻前院传来尖叫声，跑去观看，见娘躺在地上，面色惨白，浑身抽搐。我呼唤娘，她不回应，很快就气绝身亡。”李瑛从王霞的话里得到启发，提议道：“我们到故居去。王霞姐睹物思人，兴许能回忆起更多的细节。”

柳达声让仆人备好轿车，一行人直奔王飞龙的故居。时光流逝，岁月无情，院中的房舍年久失修，已经失去昔日的风采，唯有院中的丁香树依然枝繁叶茂，散发出淡淡的芳香。王霞站在丁香树旁，娘遇害时的情景渐渐清晰起来，回忆道：“娘就倒在这里，在地上痛苦挣扎，手指丁香树，想说什么，却说不出来……”李瑛围着丁香树观察，一个大胆的猜测出现在脑海，兴奋道：“莫非树下藏着秘密？”众人找来工具挖掘，果然在树下挖出一个密封的陶罐，打开陶罐，里面有一个油纸包，包着一些稿纸，王霞认出来上面是外公的笔迹。柳达声仔细阅读上面的文字，由于文字中夹杂了一些奇怪的符号，只知道这是赵普炼丹时作的记录，与“一步倒”有关，不能读懂其中的内容。这一发现令众人欢欣鼓舞。

众人返回柳达声家。李瑛事务繁忙，返回了李家镖局，王霞留下来，与柳达声一起潜心研究纸上的文字，一个月过去了，没有取得进展。王霞挂念庵里的事，不能久住，把这些文字誊写了一份，准备带回去继续研读。临行时，她与柳达声约定，半年后再聚首，交流研究成果。

王霞走后，柳达声求教道教的朋友，弄明白了这些神秘符号的含义，读懂了上面的文字。原来，这是赵普炼丹时作的原始记录，赵普没舍得丢弃，把它连同整理出的“一步倒”制作方法一并交给了女儿赵锦娘。赵锦娘把父亲整理出的“一步倒”制作方法留在身边研读，把原始记录装进陶罐埋在丁香树下。这正是为什么余虹拿到笔记本后发现少了页码的原因。

半年后，王霞如约来到柳家医馆，与柳达声、李瑛再次见面。柳达声把一个本子交给王霞，道：“这是我根据大侠赵普的原始记录整理出来的‘一步倒’制作方法，你先看看，不解之处，我们共同商讨。”王霞郑重地接过本子。柳达声继续道：“‘一步倒’毒性极大，无药可医，成了土匪杀人的利器，你的父母、弟弟以及大江、王亮都是被‘一步倒’毒死的。我们找到大侠赵普的原始笔记就等于找到了破解‘一步倒’的钥匙。要研制解药，首先要制造出毒药‘一步倒’。我与李瑛商量过了，由你制作‘一步倒’最合适。其一，你是大侠赵普的外孙女，原始记录本来就属于你。其二，你精通医药，治疗过不少蛇蝎咬伤的患者，完全能胜任这项工作。第三，你隐居深山，不会引起外人注意，更易于保密。”李瑛接话道：“王霞姐，土匪有致命毒药的事在官军和民众中引起恐慌，人们谈匪色变，不敢直面土匪。‘一步倒’是我们的心腹大患，只有研制出解毒药，才能消除人们的恐怖心理，才能彻底消灭大青山土匪。大家都期盼着这一天呢。”王霞道：“柳叔叔、李瑛妹妹放心，我一定全力以赴。”

柳达声道：“我这里人多嘴杂，不易保密。我为你安排一个住处，那里僻静，环境好，便于你工作。” 柳达声带着王霞、李瑛来到一处院落。院里竹子青翠，瓜果飘香。院中央有一座亭子，炼丹炉、坩埚、木炭以及各种原材料一应俱全，看得出柳达声已经做了精心的准备。

李瑛问：“姐姐还有什么要求？”王霞对柳达声的安排很满意，想了想，道：“我很喜欢俊虎和陆青，让他俩陪我住一段时间，我利用空闲时间传授他们武艺。”李瑛兴奋道：“那敢情好，我先替两个孩子谢谢姐姐。我让春红妹妹带着俊虎、陆青去你那里住，春红负责照顾孩子，姐姐只管传授武艺就行。”

王霞开始潜心学习炼丹术，化学反应变幻莫测，让她啧啧称奇，又驱使她更迫切地想知晓其中的奥妙。

李瑛、柳春红带着俊虎、陆青来到王霞的住处。王霞自幼跟随父母练武，出家后拜如一大师为师，又得到真传，出师后云游四方，遍访高人，她不但擅长硬兵器，还潜心观察蟒蛇、鹰的动作，独创了一套鞭技。李瑛想向她学习鞭技，恳求道：“听说姐姐鞭技出众，能不能向我们展示展示？”三元大师笑道：“你我是姐妹，有何不可。把你的徒弟刘雄、曹峰、张豹也叫来，我练给你们看。”李瑛高兴道：“我先谢谢姐姐了。”

李瑛带着徒弟刘雄、曹峰、张豹来观看三元大师演示鞭技，演练前，三元大师向李瑛等人介绍道：“鞭子的杀伤力虽不如硬兵器，但柔软灵活，可以收到出其不意克敌制胜的效果。若把鞭子与硬兵器配合使用，效果更佳。”李瑛拿起鞭子观看，鞭子用牛皮编制，经过特殊药液浸泡，色泽乌黑，柔软如蛇，的确与众不同，

院子里栽着一根木桩。王霞在木桩上插上点燃的香，甩动胳膊，演练起来。王霞一抖手腕，鞭子宛如蟒蛇在空中舞动，划出一条美丽的弧线，“啪”，随着一声清脆的鞭响，香火熄灭，香不弯不折，这一招叫“老鹰啄眼”。有人在木桩上放了一个鲜果。王霞将长鞭一甩，鞭梢朝鲜果飞去，就在鞭梢触到鲜果的那一瞬间，手轻轻向上一扬，鲜果被鞭梢带向空中，稳稳地落在三元大师的手里。再看鲜果，丝毫无损。这一招叫“猿猴摘桃”。正在众人欢呼声中，王霞把鞭子舞得像风车一般嗡嗡作响，突然一用力，鞭子如蟒蛇般紧紧缠在木桩上。王霞将气运到手臂上向后一拽，鞭子越缠越紧，在木桩上留下一道深深的痕迹。这一招叫“蟒蛇缠身”。

鞭子比硬兵器更难驾驭，更难掌握，自古以来很少有人把鞭子作为兵器，把鞭技练到如此娴熟地步的更是凤毛麟角。众人被三元大师精湛的鞭技折服，李瑛赞誉道："百闻不如一见。姐姐身怀绝技，武艺高强，不愧是大侠赵普的后代，不愧三元大师的称谓。"

俊虎、陆青的到来给王霞带来了欢乐。王霞一边专心学习"一步倒"的制作方法，一边手把手地传授俊虎、陆青武艺。俊虎、陆青兵器不离手，刻苦演练，武功大有长进。

柳达声时常来看望王霞，和她一起探索遇到的难题。半年后，王霞掌握了炼制方法，要回三元庵制作"一步倒"了。柳达声、李瑛为她饯行，柳达声提醒道："赵普隐居深山，炼丹十年，其间经历的困难和挫折外人无法想象。他制作出'一步倒'纯属偶然，一定是在炼丹过程中出了偏差，才阴错阳差，炼制成'一步倒'。至于出现了什么偏差，我们不得而知，只有在实践中摸索。总之，研制工作不会一帆风顺，你要有充分的思想准备。"王霞坚定道："柳叔叔放心，我一定竭尽全力，争取早日研制成功。"

第四十七回　巧施计土匪窝策反　请名师陆青学丹青

乔吉做梦都想重回虎头峰，可手下缺兵少将，力不从心。秦九四处招兵买马，盯上了老鸹山的一伙土匪。这伙土匪的匪首姓刘名黑三，绰号金眼雕，也是一名惯匪，手下有四百多喽啰兵。刘黑三有两个拜把子兄弟，二寨主何彤、三寨主孙亮。刘黑三垂涎三河镇的丝绸，秦九看中了刘黑三的地盘和他手下那四百多土匪，两人各怀鬼胎，都想利用对方达到自己的目的。

听了秦九的禀报，乔吉沉思了半晌，道：“金眼雕刘黑三我早有耳闻。此人高傲自大，很难驾驭。咱们先去会会他，等摸清了老鸹山的底细，再寻机除掉他。”秦九劝道：“刘黑三性情暴躁，反复无常，主子不能去冒这个险。”乔吉平静道：“不入虎穴焉得虎子。为了重振大业，冒这个险值！”秦九见乔吉主意已定，不再劝说。

乔吉和秦九带着二十几名土匪化装成商人来到老鸹山下，与山上的土匪接上头。乔吉命令胡彪率众人在山下等候，自己和秦九带着两名随从上了山。寨门前冷冷清清。刘黑三没有露面，只派两个喽啰兵把他们领进了大寨。

乔吉、秦九步入聚义厅。刘黑三跷腿坐在虎皮椅上，斜眼瞧着他俩，一副不屑的模样，他的两侧分别坐着二寨主何彤和三寨主孙亮。乔吉挺胸阔步走上前，高声质问：“刘寨主，我乔吉威名四方，各路英雄豪杰对我都尊敬有加，你为何不列队迎接！”刘黑三哼哼鼻子，不屑地道：“姓乔的，睁开眼睛瞧仔细，这里是老鸹山，你有啥资格跟我吆五喝六谈条件？让你进寨门就给足了你面子，你若不识抬举，惹恼了老子，立马将你撵出去！”

乔吉不让自坐，淡定道：“刘寨主，此言差矣。我乔吉此番上山不是来讨饭吃的，而是来指点迷津的。”刘黑三斜眼瞧了瞧乔吉，藐视道：“别猪鼻子里插大葱——装象（相）。你曾经风光过，这不假。不过，你如今被官府追杀，山穷水尽，已是丧家之犬，有何资格在我面前说三道四？”乔吉非但不恼，反而笑道：“刘寨主虽然坐拥老鸹山，却是徒有虚名，依旧是个穷光蛋！瞧瞧你的聚义厅，除了你屁股底下那张虎皮椅，还有一件值钱的物件吗？再瞧瞧你过的是啥日子？食不果腹，衣不遮体，不如乞丐。我虽遇挫折，可依旧是金银成山，富可敌国。”他从衣兜里掏出一沓银票，“啪”甩在桌上，道：“这是两千两银票，算是见面礼，请刘寨主笑纳。”又挖苦道：“你山寨的全部家当凑在一起恐怕也不及这个数！我如今缺人缺地盘，就是不缺钱。俗话说：有钱能使鬼推磨。只要有白花花的银子，就能呼风唤雨，人和地盘唾手可得。”

二寨主何彤拿起银票观看，眼里露出贪婪的目光。乔吉看在眼里，心里有了主意，继续道：“古人云：物以类聚，人以群分。干咱们这行的也分三六九等。有胆有识的人，占据富庶之地，日进斗金，有享不尽的荣华富贵；鼠目寸光的人，深居老林，守着兔子不拉屎的地方忍饥挨饿，打发余生。刘寨主，你不想做鼠目寸光碌碌无为之人吧？”此话戳到了刘黑三的痛处，脸上泛起红色。老鸹山地处深山，方圆百里都是穷乡僻壤，山寨缺钱缺粮，日子过得清苦。刘黑三底气不足，先输了气势，语调平缓了许多：“你既然是来指点迷津的，那就说与我听听。不过，别花言巧语蒙骗我，惹恼了老子把你撵下山去。”

乔吉没有恼火，语气平和道：“谁都知道三河镇的丝绸利润丰厚，是块肥肉。肉香诱人，可要想吃到嘴里就不容易了。官军堵死了通往虎头峰的道路，又在十八道弯驻军把守，想在虎头峰立足，难于上青天！”刘黑三心高气盛，不屑一顾道：“我金眼雕身经百战，手中的锯齿大砍刀杀人无数，百十号官军算个屁，老子把他们一勺烩了。”乔吉仰面大笑，道：“刘寨主别口出狂言。大青山山高林密，岔路众多，宛如迷宫。莫说你，就是当地山民也时常迷路。你人生地不熟，钻进山林就难辨方向，不用官军追杀，就成了野兽的美食。再说，十八道弯附近的村庄都建立了保庄会，与官府签订了合约，一旦发现情况，联合行动，被一勺烩的是谁还难说呢！”

三寨主孙亮闻言，气往上撞，厉声道：“大哥，别听他花言巧语蒙骗人。”他手指乔吉，怒斥道：“乔吉，你丢了虎头峰，成了丧家犬。如今，你想重返虎头峰，又没有人马，想让我们当替死鬼，你好坐收渔翁之利。休想！”孙亮的话一针见血切中要害，乔吉无言可对。孙亮继续道，“大哥，此人残忍奸诈，道上无人不晓。我还是那句话，要干咱自己干，绝不能让他当枪使。”刘黑三脸色一沉，喝道：“来人，把乔吉、秦九撵出寨去。”土匪一拥而上，推推搡搡押着乔吉、秦九向外走。

“慢！”何彤起身阻止，伏在刘黑三耳边低语道：“大哥，乔吉被官军赶出了大青山不假，可他在三河镇经营多年，熟悉地形也是事实。大青山山高林密，宛如迷宫，我们派出去的探子在山里迷了路，多亏遇到山民才走出大山。三河镇的丝绸利润丰厚，是棵摇钱树，这果子咱们不摘，别人也要去摘。乔吉若去找旁人，咱们岂不是痛失了良机？凡事都要从长计议，不可感情用事。”

孙亮道：“二哥，你好糊涂。他是猫哭耗子——假慈悲。咱与乔吉不是同路人。他草菅人命，滥杀无辜，结怨极深，是朝廷的要犯，与他搅和在一起定会引火烧身，永无宁日。”何彤不屑一顾，反驳道：“三弟多虑了。咱们与乔吉萍水相逢，就是临时搭台唱戏，戏散了各奔前程，谈何引火烧身？乔吉说咱们守着块不毛之地，活得不如乞丐。这话一点不假。俗话说，人往高处走，水往低处流。咱不能再这样混下去了！”刘黑三动了心，吩咐道：“就按二弟说的办。先让乔吉、秦九住下，商量后再说。”

何彤为乔吉、秦九安排了住处。何彤走后，秦九关上门，低声问：“主子有何谋划？”乔吉道：“要想占据老鸹山，必须先除掉刘黑三和孙亮。”秦九一脸迷茫，不解地问：“此处是老鸹山，咱势单力薄，如何下手？”乔吉附在他耳边低语，秦九恭维道：“主子就是主子，总是技高一筹。借刀杀人，好主意。”

天黑时分，何彤提着食盒来到乔吉、秦九的住处，摆好饭菜，拱手道：“山里穷，粗茶淡饭，让乔大人见笑。”双方落座，斟酒畅饮。乔吉道：“我们登门寻求合作，孰料刘寨主却把我们当贼防。三寨主更是出言不逊，让我难堪。三河镇的丝绸远近闻名，垂涎它的人大有人在，我何必在此受胯下之辱。也罢，人各有志，何必强求。请转告刘寨主，他若无诚意我们立马走人。”何彤扮着笑脸，恳求道：“乔大人莫急，我大哥和三弟愚昧，容我再开导开导他们。”秦九道：“依我看，刘黑三和孙亮胸无大志，鼠目寸光，都不是做大事的人，唯独何寨主有胆有识，敢做敢当，是位英雄豪杰。我家主子就欣赏你这样的人。”乔吉顺势鼓动道：“人生一世，草木一秋，转眼即逝。何寨主不会因一时的义气毁了一生的前程吧？”何彤点头附和道：“不会，不会。”秦九道：“对喽，我们才是同路人。跟着乔主子干，保你穿金戴银，过上王侯般的日子。”

乔吉从包袱里取出二百两纹银交给何彤，道：“这是见面礼，事成之后还有重赏。”何彤疑惑地问：“你们让我干什么？”乔吉含笑道：“让你当老鸹山的大寨主。”何彤闻言，连连摆手道：“不行，不行。老鸹山是刘黑三的天下，你们说了不算！”秦九笑道：“我们说了不算，可何寨主说了算呀！”何彤一头雾水。乔吉鼓动道：“何寨主文武双全，是个帅才。除掉刘黑三和孙亮，老鸹山就是你的天下了！”秦九见何彤沉思，道：“何寨主不必担忧，按我说的办，保你万无一失。”说完，从包袱里取出一个小瓷瓶交给何彤，道：“这是毒药‘一步倒’，沾唇即亡。毒死刘黑三和孙亮，山寨唾手可得。”何彤仍在迟疑。乔吉鼓励道：“干咱们这行，过的就是刀尖舔血的日子。常言道，胆小非君子，无毒不丈夫。没有这股子狠劲还当啥土匪？想成大事就别再犹豫。”何彤问：“杀了刘黑三和孙亮，弟兄们不服咋办？”乔吉安慰道：“你只管动手，其他的事我来办。”何彤仍不放心，追问：“你有何良策？”“我给他们发饷银。天底下谁不爱钱？弟兄们拿了钱一定会拥戴你当大寨主。”何彤心里有了底，发誓：“乔大人就是我的再生父母，何彤愿听乔大人调遣，万死不辞。”

乔吉将骷髅头饰件交给何彤，吩咐道：“你拿着它下山，交给胡彪，胡彪就会听从你的指挥。山下有我的二十几名弟兄，为防不测，你把他们接上山。一旦出事，他们会协助你。”何彤收起毒药和饰件，拿着银子步出房门。乔吉看着何彤的背影，命令道：“你暗中监视，若有异常就干掉他。”秦九尾随何彤出了屋门。

何彤下山与胡彪接上头，将他们接上山，回到寝室，取出两坛酒，把毒药倒进一个酒坛里，重新封好，拎着两个酒坛来到聚义厅。刘黑三早已等得不耐烦，见到何彤急切地问：“二弟，我派人四处找你，你到哪里去了？”何彤平静地回答：“山下有乔吉带来的几个仆人，我给他们送了些食物。”说完，打开没放毒药的酒坛，斟满三碗酒，道：“我还有两坛好酒，咱们边喝边谈。”三人端起酒碗，一饮而尽。刘黑三道：“乔吉在等消息，你俩是啥主意？”孙亮坚定道：“我还是那句话，要干我们自己干，与乔吉合作绝无好下场。”何彤反驳道：“咱们人生地不熟，单干等于送死，与乔吉搭伙干更稳妥。”两个人争得面红耳赤。刘黑三左顾右盼，难作决断。他端起酒坛倒酒，酒坛已空，打开另一个酒坛将碗斟满，道：“我们兄弟三人出生入死，情同手足，别伤了和气。来，再喝一碗。”刘黑三、孙亮喝下毒酒，七窍流血，气绝身亡。

聚义厅里顿时大乱，土匪各持兵器将何彤围住。何彤操刀纵身跳上虎皮大椅，高声呼喊：“弟兄们，刘黑三、孙亮是我杀死的。”此言一出，众人皆惊，刀剑出鞘把何彤围在当中。何彤道：“弟兄们，听我说。我们老鸹山缺衣少粮，日子清苦。大青山的乔寨主登门相助，说只要两家联手，就按月给大家发饷银。刘黑三、孙亮为一己之利拒绝合作，挡了大伙的财路，我为兄弟们着想，才出此下策。”众土匪将信将疑。有人高喊：“何寨主的话千真万确，愿意归顺的兄弟来领饷银。”闻声寻去，乔吉、秦九带领手下人抬着银箱走到近前，土匪们看见雪白的银子顿时惊得目瞪口呆。几个胆大的土匪问：“此话可当真？”乔吉道：

“自然，只要你们报出姓名，登记在册，就能领饷银。”一个土匪道出自己的姓名，果真领到了银子。其余的人纷纷效仿。乔吉兵不血刃，占领了老鸹山。

柳汉水回到柳家织造坊，当了主管，辅助王贵管理生产。王贵腾出手，专门负责新织锦的研制。研制新织锦，首先要有标新立异的画稿。王贵找柳春红帮忙，柳春红感到很为难，抱歉道：“我虽然和少夫人学过绘画，但是学到的只是皮毛，给别人打下手还行，独立设计真的不行。” 王贵解释道：“你没弄懂我的意思。现在咱们最缺的就是像少夫人那样既擅长绘画又懂织造的人。我请人设计了几个画稿，都不理想。少夫人以前画过不少画稿，有的没有使用，你在这些画稿里选一选，先解燃眉之急。” 柳春红爽快地答应了。

柳春红想起来柳梅莹画过一幅“寿山福海图”，画稿没完成，柳家就出事了。柳春红在画室里寻找，找到了画稿，睹物思人，又不禁潸然泪下。

《寿山福海图》画的是传说中的寿山福海，广袤无垠的东海，碧波荡漾，浪花翻滚。高耸的山峰伫立在海水中，山崖突兀，怪石嶙峋。海水拍打山石，浪花溅飞，成群的鱼儿在水下追逐嬉戏。天空，祥云缭绕，成群的蝙蝠、仙鹤在云间飞翔，美不胜收。

陆青放学回来，到画室来找柳春红，这是她第一次来画室，见到桌案上的画稿，十分欢喜，惊呼道：“姨娘，这些画是谁画的？真好看！”柳春红抚摸着陆青的头，回答：“是你舅娘的画，她是三河镇最出名的才女。”陆青一张张翻看，爱不释手，情不自禁道：“姨娘，我也想学画画。”

陆青的话提醒了柳春红，柳春红恍然想起王贵说的话：“咱们最缺的就是像少夫人那样既擅长绘画又懂织造的人。”心想：陆青跟王贵学习织造，要是再学习绘画，将来就能像少夫人那样担负起设计新织锦的重任。柳春红把自己的想法告诉了李瑛、田青和王贵，得到他们的一致支持。李瑛聘请画师教陆青绘画。

王贵看到寿山福海画稿，很满意，让大徒弟李天长协助柳春红完善画稿。几经修改，柳春红、李天长拿出了定稿，接着就是绘制纹样，挑花结本。一切准备工作就绪，王贵、李天长师徒亲自上机织造。织机发出有节奏的声响，一双巧手在五彩丝线中游动，五彩丝线一点点变成美丽的织锦。半年后，绚丽多彩的寿山福海织锦展现在人们面前。织锦拿到京城试销，大获成功。

陆青特别喜欢柳梅莹的画稿，一有时间就到画室观摩，柳春红耐心细致地给陆青讲解画的美好寓意：“幸福长寿、高官厚禄、多子多福自古就是人们的美好愿望。人们把这些愿望用文字、图画等方法表现出来，就形成了人们喜闻乐见的吉祥纹饰和吉祥图案。生活中，吉祥纹饰和吉祥图案无处不在，墙上贴的年画，窗户上贴的窗花，衣被上的图案，到处都能看到它们的身影。人们喜爱吉祥图案，几乎到了有图必言吉祥的地步。”陆青听入了迷，夸奖道：“姨娘真了不起，懂得的事情真多！”柳春红抚摸着陆青的头道：“这些都是你舅娘告诉我的，你舅娘才了不起。”

柳春红拿出一些画稿，道：“这些画稿题材广泛，内容丰富，最大特点就是巧妙运用文字、花卉、动物和其他事物来表达吉祥如意的美好寓意。早年的柳家织锦纹饰比较简单，多采用石榴、牡丹、寿桃、蝙蝠、葫芦、元宝等单一纹饰。老东家柳广财主事后，进行了大胆创新，尝试着用组合图案代替单一纹饰，比如，松树与仙鹤组合，寓意‘松鹤延年’，元宝与鲤鱼组合，寓意‘年年有余’，荷花与螃蟹组合，寓意‘和谐美满’，桃子与蝙蝠组合，寓意‘福寿双全’，猴子骑马寓意‘马上封侯’，各种图案都有美好寓意。”陆青仔细欣赏画稿，爱不释手。柳春红继续道：“经过改革和创新，柳家织锦名声远扬，因为纹饰都与吉祥福寿有关，便有了‘福寿锦’的美誉。”“福寿锦，多么好听的名字！将来我也要像舅娘那样画福寿吉祥图。”柳春红夸奖道：“陆青有志气，将来一定能像你舅娘那样优秀！”

说到这里，柳春红拿起寿山福海画稿，道：“这幅画叫《寿山福海图》，图画来源于一个故事。你舅娘在上面画了祥云和飞翔的红色蝙蝠。蝙蝠其貌不扬，怎么就成了吉祥物？这是因为蝙蝠的‘蝠’字与幸福的‘福’谐音，蝙蝠就有了吉祥的寓意；世间没有红色的蝙蝠，把蝙蝠涂成红色是因为红色的‘红’与洪大的‘洪’谐音，于是，在云间飞舞的红色蝙蝠就有了洪福齐天的寓意。中华文化博大精深。如果不了解这些知识，就创作不出寓意这么深刻的作品！记住你舅娘说的话，学习绘画，先要学好文化。陆青，你舅娘给你树立了榜样，你要向她好好学习。”陆青满怀信心道：“姨娘放心，我知道该怎么做了。”

陆青更加刻苦学习，上午学文化，下午学习织锦和绘画。她无论走到哪里，随身总带着画笔，笼中的画眉、鹦鹉，屋檐下的燕子、麻雀，房上的鸽子，花圃里的芍药、牡丹、菊花，街上玩耍的孩童都成为写生的对象。陆青进步很快，她的画线条细腻，色彩鲜艳，生动活泼，受到众人的一致好评。

第四十八回　退赏银王石头明志　赛织锦李天长夺魁

光阴荏苒，日月如梭，乔星、乔辰学艺已满五年。这一日，余虹把兄弟俩唤到身边，道："你俩的学徒期已满，你们的父亲来信说要接你们回家。"乔星、乔辰喜形于色，庆幸苦日子终于熬到头了。余虹瞥了他俩一眼，继续道，"你们走之前为师我再叮嘱几句。这几年，你俩潜心习武，功夫大有长进，但与高人相比还相差甚远。远的不说，师弟王石头就比你们强很多。俗话说：山外有山，天外有天。要明白学无止境的道理。回去后要虚心求教，刻苦练习，切莫荒废了功夫。"乔星、乔辰跪地谢恩。余虹把王石头唤到身边，道："给你两个月假，回去探望你娘。期满后，回来继续陪伴师父，我还要传授你武艺。"王石头谢过师父，退出房间。

接乔家兄弟的马车如期赶到，王石头随车下了山。马车在崎岖不平的山路上颠簸，周围的路很生疏，王石头疑惑地问："咱们这是去哪里？"车夫道："你外出学艺，不清楚家里发生的变化。乔主子搬家啦。""搬到哪儿去了？"车夫没有正面回答，只说了句："到地方就知道了。"轿车穿密林，过山冈，过哨卡，在一座高大坚固的寨门前停下来，此处就是老鸹山。

王石头下车，举目四望，四周群山环绕，山峰突兀，一条陡峭的山路通向山顶，心中更加疑惑，自言自语道："乔吉放着深宅大院不住，搬到深山老林来干什么？"突然，山上传来鼓乐声，众人簇拥着乔吉走下山来。王石头不想见乔吉，转身躲进人群里。乔星、乔辰兴奋地迎上去，喊了声"爹爹"，跪地磕头，乔吉满面春风，将两个儿子扶起。土匪众星捧月般把乔家兄弟接进大寨。

王石头回到家，母子相见，百感交集。王妈眼含泪水细细打量儿子，几年不见，石头长高了，长壮了，成了一位英俊潇洒的少年。王石头望着娘苍老的面容，也是悲喜交加。

儿子学艺归来，乔吉好生欢喜。他命人在校军场搭起高台，让儿子展示武艺。这一日，教军场上旌旗招展，锣鼓喧天。高台正中摆着一张帅桌，桌上的箭筒里插着令旗令箭。乔吉端坐在帅桌后的虎皮椅上，秦九、胡彪等心腹爱将依次分坐左右。台下喽啰整齐列队。

几声炮响过后，乔吉满面春风站起身，高声道："诸位，小儿乔星、乔辰拜师学艺五年，载誉而归。我摆下擂台，一是让他俩展示学到的功夫，二是与大家切磋武艺。"乔吉从箭筒里抽出一支令箭，交给传令官，道："传乔星、乔辰登台。"乔星、乔辰全身披挂，登上高台，向众人施礼。乔吉问："哪位爱将愿意与乔星、乔辰比武？"话音刚落，两人起身上前："我们愿意与两位公子比试。"众人凝目观看，迎战的是秦九的亲侄子秦风、秦雷。兄弟俩的长相与秦九大相径庭。秦九尖嘴猴腮，相貌丑陋，秦风、秦雷浓眉大眼，仪表堂堂。俩人出战是乔吉安排的，目的就是要检验儿子的本事。乔吉手下有十几员爱将，论功夫秦家兄弟名列前茅。乔吉道："此番比武是切磋技艺。可以施展本领，但不许伤及对方。如敢违令，绝不轻饶。""遵命。"四人齐声回答，下台准备。

乔家兄弟跟随余虹学艺五年，余虹根据俩人的特点传授了不同的武艺。乔星身高力猛，使用大锤；乔辰矫健灵活，学习三节棍。俩人武艺谈不上精深，但一般人绝非对手。

乔星、秦风顶盔贯甲，骑马来到阵前。乔星长得方头大脸，虎背熊腰，胯下一匹枣红马，掌中一对大铁锤；秦风身材匀称，胯下一匹大青马，手中一杆红缨枪。鼓声大作，双方交战。秦风舞枪就刺，乔星摆锤相迎，接连破解了秦风的招数。乔吉见了，喜上眉梢，心想，秦风枪法娴熟，"一马三枪"又快又准，乔星能应对自如，说明他武艺大有长进。几个回合后，乔星转守为攻，双锤灌顶朝秦风砸去，秦风闪身躲过。乔星把双锤一分，接连进招。秦风躲过左手的大锤，右手的大锤又来到近前，慌乱中露出破绽。乔星早有打算：爹爹说不准伤害对方，可没说不能伤及马匹。想到此，他舞动大锤朝战马屁股上砸去。战马发出一声痛苦的嘶鸣，后腿一软，趴在地上，秦风跌落马下。众人惊愕。乔吉起身观看，见乔星下马将秦风扶起，才舒了一口气。金鼓大作，乔星获胜。

乔吉令人抬走受伤的战马，继续比武。乔辰、秦雷出阵。乔辰比乔星小两岁，身材匀称，皮肤白皙，胯下一匹白马，手中一根三节棍。秦雷骑着一匹杂毛马，掌中一把锯齿大砍刀。秦雷见哥哥被乔星战败，十分羞恼，催马上前，使了一招"力劈华山"，朝乔辰头顶劈去。乔辰摆棍相迎，躲过了第一刀。二马一错镫，秦雷转身又是一刀，乔辰眼疾手快，用三节棍拨打刀头，又躲过了第二刀。秦雷见自己的招数接连被破，有些着急，掉转马头，横着又是一刀。乔辰一横三节棍，拦下了秦雷的第三刀。指挥官摇旗，喽啰齐声呐喊，为双方加油助威。乔辰转守为攻，步步紧逼，秦雷刀法散乱，露出了败象。乔辰心想：哥哥锤击战马抢了头功，我也要棍击战马，再显神威。想到此，舞棍朝秦雷打去。秦雷见三节棍来到近前，慌忙用刀阻挡，乔辰一抖手腕，三节棍“哗楞”一响，像蛇头一样突然扬起，秦雷的刀砍空。乔辰瞅准机会，手腕一用力，三节棍打在战马的腿上。战马发出痛苦的嘶鸣，跪倒在地。金鼓大作，乔辰获胜。乔吉的脸上露出灿烂的笑容。

秦风、秦雷一脸羞涩，走上帅台交令。乔吉安慰道：“此番比武只为切磋技艺，无需计较胜负。”命令道，“秦风、秦雷比武有功，每人赏银五十两。”有人用托盘端来银子，乔吉亲手把银两交到俩人手中。兄弟俩拱手拜谢。乔吉继续道：“比武伤了你们的战马，你们不用发愁。我的马厩里有几匹宝马良驹，任凭你俩挑选。”秦风、秦雷闻言，大喜过望，跪倒谢恩。

乔星、乔辰的表现让乔吉感到欣慰，兴奋道：“要想为将，不但兵器要娴熟，箭法也要出众。你俩的箭技如何？”乔星回答：“有百步穿杨的功夫。”乔吉大喜，抽出令箭让俩人比试箭法。有人备好箭靶。乔星退到百步之外，右手持箭，左手持弓，连射三箭，箭不虚发。乔辰连射三箭，百发百中。校军场上金鼓大作，土匪齐声喝彩。

乔星、乔辰再次登上帅台。乔吉喜形于色，夸奖道：“你俩今天的表现让为父我甚是欣慰。”众人随声附和。乔辰道：“孩儿的功夫远不及师弟王石头。石头箭法如神，马上功夫更是了得，让他出场表演，保准让人大开眼界。”乔吉兴致正浓，命令道：“传王石头上台。”

清早，乔星、乔辰来找王石头，让他去观看比武，王石头不肯去，被兄弟俩强行拉来了。王石头在台下观看，盼着比武快点结束，听到台上呼唤他的名字，不敢不从，只得登上高台。乔吉定睛观看，五年光景，王石头变了一个人，浓眉大眼，细腰窄背，英俊威武。乔吉道：“乔辰夸奖你武艺超群，给大家演示演示。”王石头上前施礼，拱手道：“石头不敢在前辈面前造次。”乔吉见王石头少年老成，十分喜欢，鼓励道：“不必多虑，今天不是打擂，非要争个高低，分出胜负，今天是以武会友，切磋技艺，你只管放开手脚，若能博得众人喝彩，我有重赏。”王石头推辞道：“我奉命回来探母，没带兵器。”乔辰插嘴道：“这有何难。我的战马和兵器都在这里。你骑我的马，用我的弓表演走马射金钱眼。”不等王石头回答，乔吉先发了话：“好，就照乔辰说的办。”

有人在场地中央栽好木桩，木桩上绑上横杆，横杆上用细绳吊着一个大金钱，金钱中央是一个方孔。有兵卒手持金鼓在近前观看，箭从方孔中穿过就鸣金报捷。一切就绪，王石头走下帅台，背上弓箭，跨上战马。人们屏住呼吸，凝眸观看。

王石头一声吆喝，战马奔跑起来。他左手持弓，右手拔箭，认扣填弦，拉弓满月，射出了第一支箭，箭从金钱眼中穿过。金鼓齐鸣，众人齐声喝彩。王石头纵马驰骋，就在马头驰过金钱的瞬间，转背回身，使了一招“回头射月”，射出第二支箭，箭从金钱眼中穿过，金鼓大作，又是一阵喝彩。王石头圈马回来，射出第三支箭，连中三元。校军场上一片欢呼。乔吉看得真切，连声叫好。

王石头回到帅台交令，乔吉赞叹道：“你的箭法果然出众，再练一回刀枪如何？”石头施礼，推辞道：“谢谢乔主子的夸奖。我没带兵器回来，别人的兵器我使着不顺手。”乔吉意犹未尽，坚持道，“没带兵器可以演示拳脚。”不等王石头回话，对身边的人道：“那位愿意比试？”有人上前道：“我愿与王石头走上几个回合。”出场的人姓李名牛。人如其名，此人身壮如牛，是位彪形大汉。事已至此，王石头只好应战。

俩人来到台下。李牛根本没把王石头放在眼里，傲慢道：“娃娃，拳脚无情，难免失手，休怪我没有提醒你。”王石头拱手道：“上场不让步，拳脚不留情，这是比武的规矩。有何招数尽管使，我若受伤是我的武艺不精，绝不抱怨。”李牛哼了一声，挥拳就打，王石头闪身躲过。李牛向前，抬腿又踢，王石头脚尖点地纵身跃起，跳到一旁。李牛见石头不还手，更加得意，拳脚齐发，一招快似一招，王石头跳跃躲闪，一一化解。人们议论纷纷，有人夸奖：“李牛武艺高强，打得王石头只有招架之功，没有还手之力。”有人反驳说：“王石头技高一筹。他避实就虚，以柔克刚，在消耗对手的体力。只要还手，李将军必败无疑。”此话一点不假。单凭王石头的实力，取胜就在几个回合之间，不过，他不想张扬，故意隐瞒了实力。二十几个照面下来，李牛累得大汗淋漓，气喘吁吁。王石头想佯装失足，退出比赛，不料李牛扑过来，要下死手。王石头闪身躲过，两手顺势一推，李牛觉得半边身子发麻，一连倒退几步，仰面摔倒。王石头顺势滚出圈外，博得一片喝彩声。

王石头和李牛重新登上帅台。乔吉自幼习武，谁优谁劣一清二楚，为了给李牛留面子，没有点破，高声道：“王石头、李牛棋逢对手，都是好功夫。来人，每人赏银五十两。”有人用托盘端来银子，乔吉接过银子交给李牛，李牛收下银子，退到一旁。乔吉接过银子交给王石头，王石头没有接银子，拱手道：“乔主子的勉励就是对石头最好的奖赏，赏银实在不敢受用。请见谅。”说完走下台去。乔吉极力掩饰心中的不悦，对身边的乔星、乔辰道：“你俩比王石头年长，为人处事远不及他老成，要向他学习。”乔星、乔辰点头应允。乔吉继续道，“你俩去石头家，将银子亲手交给他娘。”

秦九看了王石头的表演，大为震惊，他没想到石头小小年纪武艺竟然如此的高强！想起王石头的身世，秦九有了不祥的预感，转念一想：王石头虽然不是王妈所生，可对王妈百依百顺，孝敬有加，只要笼络住王妈，就拴住了石头的心，石头就能为乔家卖命。想到此，他有了主意。

回到住所，乔吉依然沉浸在喜悦中。秦九满脸堆笑走进来，恭维道：“今日比武两位公子果然身手不凡，颇有大将风范。真可谓是‘长江后浪推前浪，一代新人胜旧人’。主子荣耀，我们做奴才的脸上也有光。”秦九的一席话让乔吉很受用，高兴道：“乔星、乔辰的表现超出我的意料，余虹功不可没！”又惋惜地道，“只是与王石头相比还相差甚远。千军易得，一将难求，像王石头这样的奇才更是千载难寻。我身边若有这员虎将，李瑛又何足挂齿。他拒收赏银，说明他对我们还有戒心。”秦九道：“主子所忧也正是奴才所虑。我思量再三，找出了缘由。”此话一出，引起乔吉的兴趣，急迫道：“快快道来。”秦九道：“如今，王石头是余虹的高徒，与两位公子师兄弟相称，可是，他娘仍然在干粗活，他怎么能满意？俗话说，母以子贵。主子要想笼络王石头，就要从他娘做起。石头是个孝子，拴住了他娘的心就等于拴住了王石头。”乔吉茅塞顿开，道：“还是你考虑周全。你去对王妈说，从今起就不用再干活了，我重新为她安排房子，供她吃喝，让她过上体面的生活。”“是！”秦九转身出了门。

秦九在厨房里找到王妈，脸上堆着笑道：“恭喜，恭喜……”秦九反常的表现让王妈惊恐不安。秦九赶紧解释道：“你儿子今天在校军场上比武，拔得头筹，乔主子喜欢得不行，不但给了赏银，还让我告诉你，打今天起你就不用干粗活了，乔主子为你安排新住处，供给吃喝，每月还发赏银。”王妈跪倒，道：“谢谢乔主子。我是个下人，不敢有非分之想。乔主子的赏钱，我让石头如数还回去。”说完起身要回家找儿子。秦九伸手将她拦住，厉声道：“这是乔主子的命令。你敢违抗？”王妈呆愣在原地，她知道抗命的后果，只好顺从。秦九催促道：“走吧，跟我去看新房子。”王妈极不情愿地跟了去。

秦九把王妈领进一个小院，屋里的陈设虽然不算奢华，但常用之物一应俱全。秦九道：“乔主子吩咐过了，让你今天就搬进来住，缺啥只管说。”王妈不敢言语，默默地点头。秦九把她唤到僻静处，叮嘱道："石头的身世不可告诉任何人。若是乔主子问起，你就说是从你娘家村里抱养的。"又威胁道，"不然，你儿性命难保，听清楚了吗？"王妈吓得浑身颤抖，连声答应。秦九刚走，乔星、乔辰来送赏银，王妈不肯收，乔星、乔辰不答应，放下银子走了。王妈不知所措，痴痴地望着桌上的银子发呆。

从那天起，乔吉对王妈格外照顾，嘘寒问暖，无微不至，对王石头更是关爱有加，三天两头请王石头吃饭。王妈出身贫寒，过惯了劳碌的日子，清闲下来觉得浑身不自在，更让她无法忍受的是一起干活的姐妹们像避瘟神似的躲着她，让她如芒在背，坐卧不宁。她清楚乔吉的友善是黄鼠狼给鸡拜年——没安好心，是要让儿子为他卖命。联想到死去的丈夫，王妈毛骨悚然。她的男人欠下田租，被迫当了土匪，不久就死了，连尸体都没找到，她绝不能让儿子步丈夫的后尘。

两个月转眼即逝。乔吉挽留王石头的尝试都没有奏效，只好派人把他送回余虹的道观。儿子走后，王妈主动找到秦九，恳求道："石头走了，我一个人孤苦伶仃苦闷得很，还是让我同老姐妹们一起干活吧。"秦九道："既然你主意已定，我也不能拒绝。可我有言在先，若是王石头问起，你可要实话实说。"王妈见秦九答应了，拜谢道："秦爷放心，我一定实话实说，不让秦爷为难。"她拿出乔吉的赏银交给秦九，道："石头让我把赏银还给主子，他说家里吃穿无忧，留着这些银子也没处花。"秦九接过银子，掂了掂，用异样的目光盯着她，心中暗暗叫骂："娘的，不识抬举的东西，给脸不要脸。"

退了赏银，王妈的心情顺畅了许多，给秦九鞠了一躬，迈开大步去找与她同命相怜的姐妹。望着王妈远去的身影，秦九又恨又恼，明知王家母子与他们隔着心，却想不出破解的办法，无奈地摇头叹息。

柳家织造坊传出王贵病危的消息。柳广财去世后，柳家织造坊人心惶惶，不少人悲观地认为东家一家人死的死，失踪的失踪，柳家织造坊气数已尽，劝田青、王贵："你俩都是外姓人，老东家、少东家在世时，有他们撑腰，柳氏族人不敢把你们怎样。如今，老东家、少东家都不在了，柳氏族人容不下你们，还是另起炉灶吧。就凭你俩的手艺和才华，用不了几年柳家织造坊就是你们的。"田青、王贵不为所动，对东家依然忠心耿耿。

在危难之际，王贵挺身而出，挑起重担。他克服重重困难，恢复了生产；他顶住压力，招收李家镖局的家属为徒，传授技艺；他永不自满，大胆创新，研制的织锦誉满京城；他承担起培养柳俊虎、陆青的重任，为柳家事业的后续发展立下汗马功劳；他用精湛的技艺和无私奉献的精神赢得织造坊员工的尊重和信任。

王贵操劳过度，身体每况愈下，起初感觉胸闷气短，以为是劳累过度，没在意，后来发作越来越频繁，昏倒在车间里。柳达声亲自上门治疗，病情有所好转。柳达声一再叮嘱王贵，让他卧床静养，切勿劳累。王贵惦记着织造坊的事，病情稍有好转就回到织机旁忙碌，致使病情恶化。柳达声闻讯，赶来诊治。切过脉，摇头叹息道："王贵病入膏肓，已无药可医。"

王贵从昏迷中醒来，知道自己时日不多，把田青、李瑛、柳汉水、柳俊虎、陆青和六位徒弟叫到床前交代后事。王贵拉着李瑛和田青的手，艰难道："这辈子能结识老东家、少东家、李镖主和田青兄弟是我最大的幸事。老东家临终前嘱托我，把织锦技术传承下去，发扬光大。我虽竭尽全力，还是留下了遗憾。没有把少夫人设计的《五福捧寿图》织成织锦，愧对老东家的信任……"在场的人闻言，无不伤心落泪。王贵喘息了一会儿，把柳俊虎、陆青叫到身边，疼爱地看着他俩，鼓励道："你俩聪慧好学，勤奋努力，小小年纪就胸怀大志，将来一定有出息……"柳俊虎、陆青跪倒在地，一边哭泣，一边叩首。王贵大口大口喘着气，过了好一会儿，继续道："柳家织锦能有今天， 最重要的一点就是创新。柳青，你有绘画天赋，一定要坚持画下去，将来像你舅娘那样承担起织锦的设计工作。俊虎，你是柳家未来的主心骨，掌门人。你要像父辈那样坚忍不拔，锐意进取。我相信你一定能子承父业，把织锦技艺发扬光大……"柳俊虎、陆青哭道："请师傅放心，我们一定牢记嘱托，加倍努力。"

王贵让人拿出一个精致的木匣，取出几本装订成册的书，对柳俊虎道："俊虎，这是根据你爹的笔记整理的教材，上面详实地记录了丝绸织造的方法和步骤。你外公临终前把它交给我，让我作为传家宝代代相传。现在我把它交给你……"柳俊虎再次跪倒，接过木匣。

王贵又把李天长、薛明远等六位徒弟唤到身边，叮嘱道："我把织锦技术……传授给了你们。学无止境。你们要再接再厉，不断进取。" 说完，让人把五福捧寿画稿交给大徒弟李天长，继续道，"我把织造五福捧寿织锦的任务……交给你们，你们一定要完成……好好辅佐小东家，把织锦技艺发扬光大。"六位徒弟痛哭流涕，李天长代表大家道："师父放心，您的话徒弟记牢了。"王贵交代完后事，昏迷不醒，当夜病逝。

田青、李瑛为王贵举行了隆重的葬礼，人们扶老携幼，从四面八方赶来，悼念这位为传承织锦技艺默默工作，奉献一生的织锦工。县令单宝生送来了挽联，挽联写道：偷学艺自学成才万民敬仰，传技艺鞠躬尽瘁世代传颂。完美地总结了王贵平凡而伟大的一生。

王贵去世后，谁来负责管理织锦坊和新织锦的研制？有人推荐了王贵的大徒弟李天长，柳氏族人推荐了柳汉水的徒弟柳忠实。柳忠实和李天长先后进入柳家织造坊拜师学艺，是新一代织锦工中的佼佼者。柳汉水没有偏袒自己的徒弟，决定让俩人比赛技艺，公平竞争。

比赛开始。李天长、柳忠实各织造一段寿山福海织锦，为了真实反映各自的织造水平和创新能力，织造时，可以在原设计的基础上进行创新。织机发出有节奏的声响。两个月后，双方完成织造，织品摆在评委面前。

从织造水平看，俩人棋逢对手，难分伯仲，在创新上，评委一眼就看出了差距。李天长在翻滚的波浪上增加了细小的水珠，在海浪上增添了几只追逐海浪的海鸥，细微的变化起到了画龙点睛的作用，使织锦更加生动传神。柳忠实按原设计织造，没有创新。两人织造的织锦公开展出，柳氏族人心服口服，李长天顺理成章地成为织锦坊的负责人，负责新织锦的研制工作。织造坊完成新老交替，进入了又一个辉煌时期。

第四十九回　施奸计亲兄弟相残　苦钻研制成一步倒

乔吉占领老鸹山后，念念不忘重返大青山，一边操练人马，囤积粮草，一边派人到大青山联络潜伏下来的土匪侯三和失散的部下。侯三是地道的山民，与杨显住在同一个山寨里。

这一日，护庄队巡逻时发现一个形迹可疑的人，盘查时，此人武力反抗，被乱箭射死。护庄队员从他携带的包袱里搜出大量银子和一个黑骷髅头饰件，证实死者是土匪。

县令单宝生接到杨显的报告，把李瑛请到县衙商议敌情。单宝生道："大青山土匪最近频繁进山活动，依你之见他们有何意图？"李瑛道："土匪携带大量银子进山，很可能是联络残存的土匪，为重返大青山作准备。我觉得应该加强盘查，挖出潜伏的土匪。"单宝生表示赞同，派宋天福带人进山调查，由于缺少线索，没有任何收获。

乔吉得知派去与侯三接头的人被保庄队杀死，恨得咬牙切齿，把秦九和胡彪唤来，道："杨显处处与我们作对，是心头大患。必须除掉他。"秦九主动请缨："主子，我到大青山走一遭，联络侯三和山里的其他弟兄，对杨显下手。"乔吉摇头道："不妥。今非昔比，保庄队有几十号人，侯三他们不是对手。再说，这几个人是我们的眼线，留着还有大用。"秦九提议："我带山上的弟兄去刺杀杨显。"乔吉沉思片刻，道："此乃下策。去人少了难有胜算，去人多了动静太大，很容易暴露，一旦打草惊蛇，暴露了重返大青山的行动计划，岂不是得不偿失？"秦九哑了口。

胡彪在一旁道："我有个主意，可以试一试。杨显有个弟弟，名叫杨通，兄弟俩素来不和，我们可以利用俩人的矛盾，让杨通杀兄。此计若能成功，不用我们动手，就能除掉杨显。"乔吉喜形于色，夸奖道："借刀杀人，妙哉！胡彪，你马上联系侯三，让他依计行事。告诉他，除掉杨显就是头功一件。我有重赏。"

杨通与哥哥杨显是一母兄弟，人品却是大相径庭。哥哥勤劳勇敢，爱憎分明；弟弟好吃懒做，不务正业，常常干些偷鸡摸狗的勾当。杨显苦苦相劝，希望弟弟改邪归正，杨通非但不听，反而嫉恨哥哥，吵闹着要分家。杨通自立门户后，恶习不改，很快就把分到的家产挥霍一空，如今家徒四壁，吃了上顿没下顿。

侯三拎着一坛酒来找杨通。日上三竿，杨通还蜷缩在炕上睡懒觉。侯三道："兄弟，日头都晒到屁股了，还不起来！"杨通抬起眼皮，没好气道："没吃没喝，躺着不饿。"侯三打开酒坛，杨通闻到酒香，顿时来了精神，披上衣服，下了炕。侯三斟满酒，俩人对饮起来。几碗酒下肚，侯三道："你哥如今是官府的红人，要人有人，要钱有钱，你让他给你谋个营生，免得过这猪狗不如的日子。"杨通瞥了侯三一眼，没好气道："别提他，我没这个哥，我俩早就一刀两断了。"侯三道："听人劝，吃饱饭。去给你娘你哥赔个不是，认个错，他们一定会原谅你，不会看着你受穷挨饿。"杨通将信将疑，问："我哥真肯帮我？""你哥不帮你，就求你娘。儿子是娘身上掉下来的肉。你娘骂你，恨你，是因为你不争气，伤透了她的心。你只要服个软，她肯定帮你。你哥是大孝子，你娘发了话，他不敢不从。"侯三的一番话让杨通看到了希望。

杨通来到哥哥家，开门的是杨显媳妇。杨显媳妇见是杨通，没好气道："家也分了，东西你也拿走了，还来干啥？"杨通道："我找我哥。"杨显媳妇冷冰冰道："你哥不在家。""我哥不在，我找我娘。"娘听见儿子说话，拄着棍子走出来。

杨通见到娘，跪倒在地，痛哭流涕："娘，以前都是儿子不懂事，伤了娘的心。儿知错了，今后一定改。"杨显媳妇气哼哼道："别花言巧语欺骗娘。你能改过，除非太阳从西边出来！"娘瞧着儿子，痛心道："我上辈子做了什么孽，养了你这么不争气的东西。起来吧，起来说话。"杨通站起身道："我哥现今是官府的红人，要人有人，要钱有钱，我就求他给我找个正经事做。"杨显媳妇质问："打猎、采药不是正经事？山里遍地是宝，只要肯吃苦就能过上好日子。"娘看着如同乞丐的儿子，既恼火又心痛，摆手阻止儿媳，问："你说的话可当真？没有欺骗娘？"杨通赌咒道："全是真心话，有半句假话天打五雷轰。"娘抹了把眼泪，道："娘再信你一回。我豁出这张老脸再为你求一回情，若再不思悔改，别怪娘心狠！"杨通点头答应。晚上，娘恳求杨显在护庄队给弟弟谋个差事，杨显是孝子，心里不悦可还是答应了。保庄队管吃管喝，还发工钱，杨通如愿以偿。

这天，侯三又来找杨通，含笑道："我说对了吧，你哥不会看着你忍饥挨饿的。"杨通咧嘴傻笑。侯三继续道，"你也不小了，该娶个媳妇啦。三河镇的商家为你哥募集了一大笔钱。你去和他讲，让他出钱给你娶个媳妇。"杨通疑惑地问："能成？"侯三鼓动道："不试试你怎么知道行不行？"杨通喜上眉梢，去找哥哥。

杨通的话激怒了杨显，杨显怒斥道："你的脸皮怎么这么厚，我都替你害臊。你在保庄队好吃懒做，偷奸耍滑，让我丢尽了颜面，要不是看娘的情面，高瑞早把你除名了。钱是护庄队的，不是你哥的私房钱，你趁早死了这条心吧。"杨通碰了一鼻子灰，灰溜溜地走了。

侯三把杨通拽进自己家。几杯酒进肚，杨通面红耳赤。侯三见时机到了，挑拨道："真是饱汉不知道饿汉饥。你哥老婆孩子热炕头，日子过得有滋有味，心里哪还装着你这个弟弟？他手里有的是银子，却舍不得拿出来给你讨个媳妇，眼睁睁看着你吃冷饭，睡凉炕，还算什么兄长！"说着，拿出一把用毒药"一步倒"浸泡过的匕首，交给杨通，继续道，"去，找你哥讨个说法去！他不答应，你就亮出家伙吓唬他。他见你动了真格，一定会同意。"杨通借着酒劲，揣上匕首，气冲冲地去找杨显。杨显不答应，杨通恼羞成怒，拔出匕首，在哥哥腿上捅了一刀。杨显全身抽搐，气绝身亡。

高瑞把杨通绑了，连同杨显的尸身一同送到县衙。验尸证明，杨显系中毒身亡。得知噩耗，县令单宝生痛心疾首，亲自升堂审问。"升堂！""威武……"众衙役用刑棍击打地面，齐声呐喊。衙役将杨通拖上大堂，摁倒在地。杨通从未见过这般阵势，吓得粪尿污了衣裤。单宝生问明情况，让杨通在笔录上画了押，下令："将罪犯杨通收监，待抓获罪犯侯三后，验明口供，再择日宣判。退堂。"杨通还想狡辩，高声呼喊："青天大老爷，我与兄长虽有过节，但绝不敢杀人……"单宝生怒道："你这个泼皮无赖，你这个杨家的败类，证据确凿，还在狡辩，来人，把他拖下去，重责二十大板！"衙役上前，架起杨通，拖死狗般把他拖出大堂。

宋天福带人进山抓捕侯三，侯三已不知去向。官府购买上等棺木将杨显装殓，设置灵堂让百姓祭奠，前来祭奠的人络绎不绝，向剿匪英雄表达敬意和哀思。

李瑛保镖回来，听说杨显遇害，万分悲痛，担心土匪对杨显娘和妻儿下手，把他们接到镖局赡养。县令单宝生把李瑛请来，介绍了杨显遇害的经过："土匪利用杨显、杨通兄弟间的矛盾，借杨通之手，杀害了杨显。据杨通交代，是侯三教唆他干的，可以确定，侯三就是隐藏在山寨里的土匪，可惜，我们晚了一步，让他逃走了。杨显是抗匪英雄，他死后十八道弯护庄会失去了首领，我们失去了得力的助手，这是剿匪的重大损失。”李瑛也有同感，提议道：“杨显牺牲了，他的位置不能空缺，应该尽快选择人选，接替杨显。”单县令问：“依你之见，谁可以胜任？”李瑛道：“高瑞。”单县令道：“咱们想到一起去了，我也认为高瑞最合适。”单县令向高瑞颁发了委任状，让他接替杨显，担任保庄会会长。

杨显被害的消息传开了。一些胆小怕事的山民担心土匪报复，开始疏远高瑞，有的甚至退出了护庄队。恐慌情绪在山民中蔓延。

消息传回匪巢，乔吉笑逐颜开，对众匪首们高声宣布：“诸位，我们杀死了杨显，除掉了一大障碍。大家做好准备，准备重返大青山。”

李瑛进山找高瑞了解土匪的情况，刚回到镖局，门卫赵军就来禀报：“三元大师来访，见镖主不在家，去了柳家医馆。她留下话，让镖主去柳家医馆找她。”李瑛去医馆看望王霞，王霞不在，柳达声告诉李瑛：“我在外面给王霞安排了住处，咱们一起去看望她。” 俩人上了轿车，柳达声告诉李瑛一个振奋人心的好消息：“王霞制造出了毒药‘一步倒’，下一步就要研制解毒药了。”李瑛兴奋不已，激动地说：“太好了。前些日子杨通受土匪侯三挑唆，用毒药浸泡过的匕首杀害了哥哥杨显，在山民中再次引起恐慌。只有研制出解毒药，土匪手里的毒药才能失去作用。”

李瑛来到王霞的住处，姐妹相见，拥抱在一起。李瑛上下端量，见王霞面容憔悴，人苍老了许多。动情道：“姐姐辛苦了，我替百姓向姐姐道声谢谢……”王霞意味深长道：“妹妹千万别这么说，我这是在替前辈赎罪补过。”李瑛不解地问：“姐姐何出此言？”王霞痛苦道：“我外公收余虹为徒，却没有尽到管教之责。余虹与土匪勾结，干了不少坏事，我外公难辞其咎。再说，如果我外公不保留制作‘一步倒’的方法，就不会被歹人利用，我的父母、弟弟以及那些惨遭杀害的无辜就不会丧命。大错已经酿成，唯一的补救办法就是早日研制出解毒药，让毒药‘一步倒’不再危害社会。” 柳达声感叹道：“余虹表面温顺，内心歹毒，大侠赵普错就错在识错了人。假若他在天有灵，知道由此酿成这么多家庭悲剧，一定会痛心疾首。”

李瑛将一包银子交给王霞，道：“姐姐，我不懂医，帮不上忙，这些银子姐姐收下，作为研制解毒药的费用。”王霞把话题一转，问起柳俊虎和陆青。李瑛道：“姐姐走后，他们时常念叨姐姐，问姐姐什么时候再来，说还想跟您学习武艺。”王霞高兴道：“我也想他们。让春红妹妹带着他们来这里住些日子吧，我抽空继续传授他俩武艺。”李瑛高兴道：“太好了，先在这里替两个孩子谢谢姐姐。”

柳达声把自己几十年收集的治疗毒伤的药方交给王霞，道：“这是我收集的药方，你拿去参考。你精通医术，有治疗毒伤的经验，可以结合你的经验选择几个药方在动物身上做试验，看看解毒效果。”

王霞选用几个药方做试验，都失败了。柳达声鼓励道：“‘一步倒’毒性大，治疗难，但绝非不能治疗，李涛就是一个很好的例子。”柳达声的话提醒了王霞，王霞陷入了沉思：李涛经过治疗活了下来。为什么在动物身上做试验，动物都死了呢？这一日，李瑛去看望王霞，王霞提及此事，李瑛道：“李涛能存活下来的确是个奇迹，这还要归功于父亲和柳叔叔。父亲身经百战，拔下箭，知道李涛中了毒，马上把左臂用绳子勒紧，挤出毒血，敷上刀枪药，又给李涛服了化毒散，然后，及时送到柳叔叔家抢救。柳叔叔妙手回春，李涛才死里逃生。”王霞听后，茅塞顿开，激动道：“‘一步倒’毒性大，发病急，死亡快，尽快排除体内毒素是治疗的关键。李叔叔采用内服外敷、内外兼治的方法大大缓解了毒药的毒性，这是小涛生还的关键。这种内外兼治的方法值得借鉴。”王霞把自己的想法告诉了柳达声，柳达声赞扬道：“你的想法很好，我们也采用内外兼治的方法试一试。”王霞采用内外兼治的方法做试验，接受治疗的动物虽然延长了生命，但还是无法逃脱死亡的厄运。

柳俊虎、陆青的到来给王霞带来了欢乐。两年不见，柳俊虎长高了，长壮了，变得更加英俊，陆青也出落得亭亭玉立。王霞把他俩搂在怀里，轻声细语道：“俊虎、陆青，我欢迎你们来。不过，你们不能耽误了学业。除了练武，还要学好文化。”柳俊虎、陆青点头答应。

王霞一边研制解毒药，一边教柳俊虎、陆青识字、习武。柳俊虎、陆青已经掌握了李家枪的枪法，三元大师就结合实战教他们克敌制胜的招数。王霞把毕生所学都毫无保留地传授给他俩。柳俊虎、陆青认真学习，刻苦练习，武功又大有长进。

解毒药的研制工作很不顺利，半年过去了，依然没有成功。王霞惦念着三元庵，决定回山里继续研制解毒药。柳达声、李瑛为王霞送行，柳达声鼓励道："五行学说是华夏文明之精髓。金木水火土，万物相生相克，这是宇宙的法则。中医中药博大精深，精华荟萃，我相信只要下足功夫，就一定能研制出解毒药。"

第五十回　趁集日土匪重占山　入虎穴苗光当卧底

乔吉斟酌再三，决定重返虎头峰，选择在峪口镇大集日那天动手。为了麻痹官府，避免暴露行动计划，土匪在行动前停止了在大青山的一切活动，这招果然奏效，官军放松了警惕。

集日那天清晨，长长的车队出现在十八道弯的官道上，为首的正是秦九。哨卡的官军上前检查，秦九一声呼哨，土匪亮出家伙，砍翻哨兵，占领了军营。

秦风、秦雷带领土匪阻断了官道，抓捕行人，掠夺马匹和物资。侯三带领土匪包围了山寨，把护庄队堵在寨子里。高瑞和几名李家镖局的镖丁奋勇抵抗，带领护庄队员掩护山民躲进大山。乔星、乔辰带人砸碎了民众为李家镖局竖立的纪念碑，押解着粮草、物资进山。几股土匪会合在一起，打通了虎跳涧的道路，重新占领了虎头峰。

李瑛保镖在外，镖车没进三河县就获悉了土匪攻占虎头峰的消息，回到镖局，马上到县衙请缨。单宝生把她让进客厅，介绍道："峪口大集当天，七百多土匪突然发起进攻，官军猝不及防，让土匪得了手。"李瑛疑惑地问："乔吉的兵马从何而来？"单宝生忧心忡忡道："据被俘的土匪交代，乔吉收编了老鸹山的土匪，如今手下有一千多喽啰兵。他自恃羽翼丰满，公开与官府为敌。"李瑛提议："我们应该上报朝廷，请求派大军清剿，趁着土匪立足未稳将其全歼，绝不能留下后患。"单宝生道："陆大江、李涛遇害，我们就怀疑王九明与乔吉出逃有关，董磊在树上刻字让王九明这只老狐狸露出了尾巴。为了麻痹王九明，我一直隐瞒乔吉的消息，原打算暗中调查，等掌握证据后上奏朝廷，揭发他的罪行，可惜董磊下落不明，调查被迫中断。乔吉公开露面，我们无法再隐瞒他的消息，只好如实禀报。我已经给府衙呈送了加急公函，请求派大军清剿。王九明得知乔吉露面，一定会不惜代价追杀他。乔吉作恶多端，罪该万死，但现在不能死，只有活捉他，才能让案情水落石出，才能将王九明绳之以法。"李瑛表示赞同。单宝生一脸忧郁道："王九明老奸巨猾，案发后，他销毁了一切证据，如果乔吉、秦九再被他灭口，我们拿不到王九明勾结土匪，贪赃枉法的铁证，就只能按渎职罪处理。王九明为官几十年，关系盘根错节，一定会动用各种关系为自已开脱，能不能把他送上断头台就很难说了。”单宝生叹了口气，继续道，“知府掌控了剿匪大权，我们就失去了主动。王九明诡计多端，事态如何发展实在难以预料。当务之急是要想办法在王九明动手之前抓捕乔吉、秦九，绝不能让他们落到王九明手里。”李瑛也感到事态严重，道：“大人放心，我回去后马上商量对策。”

李瑛回到镖局，召集大伙研究对策，陈龙道：“陆镖主遇害后，我进山了解情况，杨显大哥说后山有一条小路可以到达虎头峰。我们如果能找到这条路，就能出其不意，消灭土匪。”李瑛决定让高瑞帮忙了解情况。

几天后，高瑞领来一位猎人，向李瑛介绍道：“这位是杨继宏，他了解虎头峰后山的情况。”杨继宏道：“杨显带我去过虎头峰后山，那里山高林密，沟壑纵横，没有道路，只能在断崖峭壁间行走。我在后山见过土匪，但不知土匪上下山的具体路径。”李瑛恳求杨继宏当向导，杨继宏起先不肯，在李瑛、高瑞的一再劝说下，最终还是答应了。

杨继宏领着李瑛、陈龙、高瑞等人到虎头峰后山寻找道路，寻找了三天，一无所获，就在他们准备返回时，密林中传来说话声，李瑛示意大家隐蔽。林中出现一高一矮两个身影。高个子络腮胡须，皮肤黝黑，背着弓箭，手持钢刀；矮个子头戴草帽，赤红脸膛，身体强壮，背着弓箭，手握猎叉。杨继宏低声道：“高个子是胡彪，矮个子是苗光，杨显的表弟。”李瑛一招手，众人尾随在后面。

胡彪在大青山长大，曾经以狩猎为生，熟悉山里的情况。土匪占领虎头峰后，乔吉让他当交通员，负责对外联络。胡彪和苗光在一处断崖前停下来。断崖高十余丈，崖壁直上直下，如刀削斧劈的一般。胡彪摘下弓，射出一支响箭，崖上出现人影，有人冲着下面高喊：“天上雄鹰展翅飞。”胡彪回答：“林中虎啸震山冈。”双方对上了暗号。崖上抛下一根长绳，胡彪、苗光扯着绳子攀上了断崖。这处断崖就是土匪上下山的道路。

李瑛返回三河镇，向单宝生讲述了进山的经过，单宝生感慨道：“你们第一次到后山探路就发现了秘密道路，此乃天意。仅此还不够，还要想办法弄清匪巢里的情况。”李瑛叹息道：“我正为此事发愁。”单宝生提醒说：“苗光不是杨显的表弟吗？我们就从他入手，查清他与土匪的关系，说服他改邪归正，为我们做事。”

李瑛向猎户了解情况，摸清了胡彪和苗光的关系。胡彪曾经拜苗光的父亲为师，学习打猎，胡彪和苗光兄弟相称，一度走得很近。苗家得知胡彪当了土匪，苦苦相劝，胡彪非但不听，还公开了土匪的身份，苗家就与胡彪断绝了来往。苗光的父亲打猎受伤，不治身亡，家里只剩下苗光和娘，娘儿俩相依为命，日子过得艰难。至于苗光为什么瞒着娘与胡彪来往？其中的原因外人不知晓。李瑛决定抓捕苗光，当面问明原因。

张豹、高瑞带人在进山的路上埋伏，抓捕了苗光，带他去见李瑛。苗光见到李瑛，大声质问："你们凭什么抓我？"李瑛为他松了绑，心平气和道："苗光兄弟误会了，我没有歹意，就想和你聊聊。"苗光并不领情，冷冰冰道："我与你素不相识，少跟我称兄道弟。"李瑛并不生气，解释道："杨显是我的挚友，他侠肝义胆，疾恶如仇，令人敬仰。你是杨显的表弟，难道我不该叫你声兄弟？"李瑛的热情没有打消苗光的顾虑，苗光警惕地注视着李瑛，猜测李瑛找他的目的。李瑛开门见山："你为什么与土匪胡彪混在一起？""没有的事，我早就与胡彪断绝了来往。"苗光嘴上强硬，心里却在打鼓。李瑛道出了真相："我们在虎头峰后山看见你和胡彪攀上了断崖。"苗光彻底崩溃了，双手抱头，蹲在地上，痛苦道："我不是土匪，没干坏事。"无论李瑛怎么劝说，苗光就是不肯说出实情。

李瑛让人请来杨显娘和杨显的媳妇。苗光见到姨娘和嫂子，吃惊地问："你们……怎么在这里？"又转身质问李瑛："是你把她们抓来的？"不等姨娘开口，杨显的媳妇抢先道："苗光，你误会了，是李镖主保护了我们。"苗光不解其意，问："什么，她保护了你们？"杨显娘解释道："土匪杀害了你大哥杨显，李镖主担心土匪对我们下手，把我们接到这里保护起来。"苗光诧异地问："表哥不是杨通杀的吗？"李瑛把侯三教唆杨通杀害杨显的经过讲了一遍，道："土匪才是杀害杨显的真凶！"苗光幡然醒悟。

杨显娘眼含泪水，痛心道："苗光，你打小懂事，想不到你竟然和杀害你大哥的土匪混在一起！你对得起死去的大哥吗？"苗光羞愧难当，低头不语。李瑛劝道："我知道你给土匪做事是被逼无奈，无论有什么难言之隐，只要说出来，我们决不追究你的责任。"苗光依然不语。杨显娘见苗光还执迷不悟，骂道："苗家怎么出了你这个败类！你再不讲实话，我就告诉我那苦命的妹子，让她与你断绝母子关系！"

苗光"扑通"跪倒在地，苦苦哀求道："姨娘，求求你，千万别告诉我娘。"杨显娘道："讲了实话，就不告诉你娘。"苗光抹了把泪，道出了实情：

“我娘有头疼的毛病，发作起来痛苦难忍。侯三找到我，说有位郎中能治我娘的病，我听信了他的话。我娘服了郎中的药，头疼病减轻了，从此再也离不开这种药。娘的病越犯越勤，药量越用越大，花光了家里的积蓄。我向侯三借钱买药，欠下债，侯三向我讨债，我没钱还，他说钱是胡彪的，只要我答应为胡彪送信，不但不用还债，以后吃药还不用花钱。我不忍心让娘遭罪，就答应了。”

李瑛问：“给你娘看病的郎中长什么模样？”苗光道：“个头不高，小眼睛，尖下巴，一口芝麻牙，嘴唇上稀稀拉拉长着几根上翘的黄胡须，左眼角有块疤痕。”李瑛道：“此人不是郎中，是匪首秦九。他先设下圈套引诱你上钩，再逼你就范。如果我没猜错，这种药是罂粟，又叫鸦片，有镇痛的作用，长时间服用就会上瘾，他们害了你娘！”苗光闻言，追悔莫及。李瑛道：“你别急。我认识一位医术高明的老郎中，他一定能治你娘的病。我请老郎中给你娘治病，药费我来付，你不要出面，免得引起土匪注意。记住，一定要按时向胡彪讨要给你娘治病的药，不然，会引起怀疑。”苗光跪地拜谢。

李瑛把苗光扶起，问：“你给土匪送过几次信？”“加上这次一共四次。”“信在哪里？”苗光从怀里取出一个小竹筒，交给李瑛。李瑛见竹筒用火漆封口，打开后无法复原，又把竹筒还给了他，问：“你和谁接头？”“峪口镇酒仙酒馆的伙计。”李瑛问：“你了解匪巢里的情况吗？”苗光摇头道：“我攀上断崖后，就被他们看押起来，什么也不知道。”很显然，土匪不信任苗光。李瑛道：“今天的事全当没发生。以后有事就去裕昌山货行找田茂，他是我们的人。你是猎人，去山货行卖货不会引起土匪的怀疑。记住，一定要严守秘密。”苗光点头应允。

苗光走后，刘雄提醒道：“是不是把苗光娘接到镖局来？这样既能保护老人的安全，又方便为她治病。”李瑛道：“不妥。土匪对苗光盯得很紧，接走老人会引起他们怀疑，危及母子安全。不如让高瑞派人暗中保护他们，等剿匪成功了，再接她下山。”柳达声给苗光娘看了病。服药后，病情明显好转，母子俩对李瑛万分感激。

李瑛把苗光提供的情报告诉了县令单宝生。为了不打草惊蛇，单宝生决定先派人严密监视土匪的交通站——酒仙酒馆，等时机成熟了再采取抓捕行动。

苗光与土匪打交道，随时都有生命危险，李瑛决定把实情告诉苗光娘，争取得到她的理解和支持。苗光娘得知儿子还与胡彪交往，气得浑身发抖。李瑛解释道：“您老莫急，苗光这么做是剿匪的需要，只有取得土匪的信任，才能进入匪巢，弄清情况，彻底消灭土匪。”苗光娘知道了真情，鼓励道：“儿子，你做得对。让土匪在虎头峰站住脚，山里人就没有安稳日子过。你去干吧，娘支持你！”

苗光去酒仙酒馆接头，酒馆伙计交给他一个装满货物的背篓。苗光背着背篓来到后山，与土匪接上暗号，登上了山崖。胡彪来了，验过货，让苗光背上背篓，带着他朝虎头峰走去。

苗光边走边仔细观察。虎头峰的防御工事是余虹设计的，中央是大寨，四周有六个小寨，故名“七星寨”。官军上次攻陷匪巢后，一把火烧毁了防御工事，此时，土匪正驱赶被俘的山民抢修工事。他们走了一段崎岖的山路，过了一座吊桥，一座浮桥，经过几道严密把守的哨卡，到达了虎头峰上的大寨。

向阳的坡地上修建了几排简易房舍，这里就是土匪的临时大本营。三个土匪走过来，一个土匪接过背篓，两个土匪把苗光押进了山洞。山洞里关着被俘的山民，苗光与山民接上了头。

不出单宝生所料，王九明得知乔吉公开露面的消息，寝食不安，坐卧不宁，担心东窗事发，恨不得即刻杀死乔吉、秦九，铲除心头大患。他发布讨伐檄文，调集兵马，亲率大军进山剿匪。

队伍刚进驻三河县，王九明就迫不及待地将各路将领唤进中军大帐，点兵派将，攻打虎头峰。单宝生进言道：“虎头峰山高林密，地形复杂，官军初来乍到，不了解敌情，仓促用兵于我不利。兵法云：知己知彼，百战不殆。我们应该先摸清敌情，再出兵清剿。”王九明心怀鬼胎，不耐烦道：“休要灭我威风，长土匪志气。大青山土匪就是一群乌合之众，有何可惧！大军一到，定能荡平匪寇。”单宝生再次进言：“大人，先前剿匪有过轻敌的教训，切不可重蹈覆辙……”王九明根本听不进去，不耐烦地摆摆手，随即下达了进山清剿的命令。

正如单宝生所料，乔吉早有准备，在密林里摆下迷魂阵，官军不谙地形，不擅长山林战，损兵折将，大败而回。

第五十一回　为保命王九明泄密　救母亲苗光闯匪营

进山剿匪失败后，王九明上书朝廷，请求派火器营支援，火器营一到，马上发起总攻。县令单宝生和李瑛制订了大胆缜密的作战计划：官军从前山发起总攻时，李瑛率领镖丁从后山直捣匪巢，出其不意，活捉匪首乔吉、秦九。

吴天明获悉朝廷派火器营支援的消息，立即通知了乔吉。秦九、胡彪闻讯，惊慌失措，提议放弃虎头峰，返回老鸹山。乔吉泰然自若，摆手道："不必惊慌。我们费尽周折才重返虎头峰，岂能轻言放弃。我只要写一封信，王九明就得乖乖撤兵。" 秦九、胡彪将信将疑。乔吉解释道："王九明收了三万两贿银，他以为杀死了曹师爷、牢头余大贵等一干人就能平安无事，逍遥法外？他打错了算盘！我活着就是他贪赃枉法的最好证据！"乔吉提笔给王九明写了一封信，又誊写了一份，一并交给胡彪，命令道："你马上下山面见吴天明，让他亲手把信交给王九明，把誊写的信交给交通站的弟兄。王九明若不从，就让交通站的弟兄把信的内容公布于众，让王九明身败名裂。"胡彪连夜下山送信。

王九明翘首企盼火器营的到来，准备一举全歼土匪。仆人进来禀告："三河县衙吴天明求见，有要事相告。"王九明点头应允，仆人将吴天明引进书房。吴天明拱手施礼："拜见知府大人。" 王九明问："有何事禀报，快讲。"吴天明环视四周，压低声音道："事关重大，只能说与大人听。"王九明示意仆人退下。吴天明取出一封信，交给王九明，道："请大人过目。"王知府看过信，惊得魂飞天外。信写道：

九明老弟：见信如面。你收三万两贿银救我一命，我感恩戴德，对你敬重有加。多年来，你我井水不犯河水，相安无事。如今，你怕事情败露，对我大动干戈，要置我于死地。你打错了算盘。你贪赃枉法，私放朝廷要犯。为了毁灭证据，你杀死了曹师爷，又借我的手杀害了余大贵和二十三名狱卒，件件都是杀头之罪。我命令你马上阻止火器营前来助战，停止一切清剿行动，若敢不从，我就公布你贪赃枉法的罪行。不用我动手，官府就会将你绳之以法，株连九族！记住，你的一举一动尽在我的掌握中，想活命就照我说的办，切莫玩火自焚！

乔吉

王九明故作镇定，盯着吴天明质问："你是乔吉的人？"吴天明没有正面作答，道："我是谁的人并不重要，重要的是大人只有照信上说的去做方能保住性命。乔吉让我转告大人，火器营攻山之日就是大人的死期，大人切勿玩火自焚。"王九明像泄了气的皮球，瘫坐在椅子上。

王九明如同热锅里的蚂蚁，坐卧不宁，乔吉手里的证据就是悬在头上的利刃，随时会要他的命。请求火器营支援的奏折已经送到兵部，军令如山，岂能更改！可火器营一到，乔吉就要公布罪状，这可如何是好？他冥思苦想，还是想不出对策，把亲信苏万叫来商议。苏万进言道："我有个金蝉脱壳之计，不知大人敢不敢采用。"王知府自救心切，道："大祸临头，保命要紧，有何妙计，快快道来。"苏万道："火器营擅长远攻，不擅长近战。我们把火器营的行进路线透露给乔吉，乔吉必然会采取行动。路遇敌情是寻常之事，咱们不讲，谁能知晓？大人就能瞒天过海，躲过一劫。"王九明深知此举的后果，沉默不语。苏万劝道："当断不断，必留后患。错过时机，就无计可施了。"王九明将心一横，道："罢，是死是活赌一把。你即刻去见吴天明，把火器营的行进路线透露给乔吉。"

李瑛做好了进山剿匪的准备，苗光也与匪巢里的山民取得了联系，只等进攻的炮声一响，里应外合，抓捕乔吉、秦九。

总攻的日子到了，火器营没有来。几天后，传来火器营在途中遇袭的消息，剿匪计划落了空。令人费解的是，王九明的剿匪态度骤变，不仅命令官军停止进攻，还以换防为由，放松了对土匪的围困。

这些反常现象引起单宝生的警觉。单宝生将宋天福唤进书房，道出了自己的判断："请火器营助战是军事秘密，劫匪不但获悉了消息，连行走路线都一清二楚，必定是有人泄露了秘密。有机会阅览密折的只有王九明等几个人，除了王九明，其他人都与此案无关，向土匪泄密的可能性不大，王九明最值得怀疑。"宋天福疑惑道："请求火器营支援的是王九明，怀疑他泄露了秘密，岂不是自相矛盾？"单宝生道："你的分析不无道理，我最初也想不通。如果孤立看，前后是自相矛盾，若把王九明的剿匪态度发生变化联系起来分析，就不感到意外了。

王九明的剿匪态度为什么发生了一百八十度大转变？王九明为什么向土匪泄露火器营的消息？其中的缘由我们还不知晓，需要进一步查证。”宋天福点头表示赞同。

单宝生问：“监视土匪交通站的人有何发现？”宋天福道：“吴天明经常去酒仙酒馆饮酒，我怀疑他与土匪有染。”单宝生沉思了良久，道：“李瑛押解张金宝到县衙报案，乔吉马上就得到了消息，带着家眷逃跑了。县衙刚刚收到押解乔吉、张金宝去州衙大牢的密函，土匪又得到了消息，在小王庄抢劫了囚车。我想起来了，李瑛押解张金宝到县衙报案的那一天，收到押解乔吉、张金宝去州衙大牢密函的那一天，吴天明都在现场，了解内情。今天，吴天明又频繁出入土匪的秘密交通站，形迹可疑，看来藏在我们身边的奸细可能就是吴天明！”宋天福提议道：“我们是不是将其捉拿归案？”单宝生道：“不妥。俗话说，捉贼捉赃。我们没有确凿的证据，贸然行动会打草惊蛇，不利于下一步的行动。证明吴天明是不是奸细不难，我们一试便知。如果他是奸细，我们就趁机演一出离间计。”宋天福问：“大人有何高见？”单宝生面授机宜。宋天福听后，笑道：“真是一箭双雕的好计，我们既拿到了吴天明通匪的证据，又引起乔吉的猜疑。还是大人技高一筹。” 单宝生提醒道：“吴天明狡猾得很，钓他上钩非得把戏演真才行。”俩人商量好办法，开始行动。

单宝生把吴天明叫到书房议事，宋天福风风火火走进来，见吴天明在场，欲言又止。单宝生对吴天明道：“我有要事与宋天福协商，你先回避一下。”吴天明走出房间，在外面侧耳偷听，隐约听到宋天福说：“山里传来消息，愿意将功补过……在官军发起总攻时里应外合……这一回乔吉插翅难逃……”

听了单宝生与宋天明的对话，吴天明断定山上有人要谋反，忙向乔吉传递消息。苗光取走情报，直奔裕昌山货行。田茂打开装情报的竹筒，取出纸条，上面有一行小字：

山上出了叛徒，策划在官军攻山时谋反，请主子细查。

田茂取出一个新竹筒，将纸条放进去，用火漆封好，盖上假印章，交给苗光，让他进山送信。

宋天福收到田茂传来的消息，立即向单宝生禀报：“大人的计谋果真灵验，吴天明把我们编造的假消息写成密报，传给了乔吉，现在可以证实吴天明就是奸细。”单宝生笑道：“揭开吴天明的伪装是一个大胜利。你派人严密监视他的行踪，等时机成熟了，再抓捕他。”

乔吉收到密报，脸色骤变。秦九见状，问：“主子，山下传来什么消息？”乔吉将密信交与秦九，问：“山里出了叛徒，你说这个人是谁？”秦九看过密信，愤愤道：“依我看，这个人肯定是孙华，这小子一直与咱们隔着心。我带人把他抓起来审问。”乔吉摆手制止，道：“不可鲁莽。孙华手下有几十号人，不把证据做实就动手岂不是逼他们造反？你派人严密监视孙华，有了证据再抓人也不迟。”

孙华加入土匪后很不顺心，乔吉与他称兄道弟，暗地里对他处处提防。最让孙华痛恨的是，乔吉把他的妻儿送上老鸹山，名曰保护，实则当作人质，以此来要挟他。孙华明知乔吉用心险恶，无奈妻儿的性命掌握在人家手里，只好忍气吞声，静待时机。

孙华听说有人怀疑他谋反，惊出一身冷汗，留心观察，果然发现有人在暗中监视他，知道传闻绝非空穴来风。他清楚对方来者不善，又不知祸从何起，说话办事更加谨慎。乔吉查了一阵子，没有发现证据，只好作罢，但是，他与孙华间的猜疑和隔阂越来越深。

奇袭火器营大获成功，不仅缴获了梦寐以求的火炮，还迫使官军停止了攻山。乔吉心情大悦，命令老鸹山土匪将缴获的火炮运到大青山外，又把胡彪叫来，吩咐道：“你带人下山接应老鸹山的兄弟，记住，一定要把火炮安全运上山。”胡彪带领手下从后山下山，绕过官军的哨卡，走出了大青山。

苗光从酒仙酒馆取走情报，来到裕昌山货行，将装情报的竹筒交给田茂。田茂打开竹筒，取出纸条，上面只有寥寥几个字：速派人下山接胡彪。田茂取出一个新竹筒，将纸条放进去，用火漆封好，盖上假印章，交给苗光。叮嘱道：“你要想方设法弄清胡彪下山干什么。”

苗光收好竹筒，来到虎头峰后山，攀上了断崖。以往都是胡彪从他手里取走情报，这次换成了秦九，证明胡彪确实不在山上。

乔吉看过情报，对一个土匪头目命令道：“明天你带人下山去接胡彪，一定要把火炮安全运上山。”土匪头目心存怯意，疑虑道：“后山沟壑纵横，野兽出没，我们不熟悉路径，一旦迷路，岂不是误了大事？”秦九安慰道：“不必多虑，我早有安排。苗光是大青山出色的猎人，有他带路，万无一失。”土匪头目仍不放心，道："苗光当交通员并非自愿，他若有二心……"不等他把话说完，秦九自信道："你多虑了。我派人把苗光娘绑上山，苗光是个孝子，不敢拿他娘的性命当赌注，你就放心去吧。"土匪头目不再言语。

第二天，土匪没放苗光下山，而是将他带到秦九和土匪头目面前。秦九带着威胁的口吻道："你给他们带路，下山去接胡彪。记住，你娘的命掌握在我的手里。你是大孝子，别干傻事。"

苗光带领土匪下了山。娘的话在他耳边回响，"让土匪在虎头峰站住脚，咱山里人就不会有安稳日子过。你去干吧，娘支持你！"苗光打定主意，带着土匪穿过密林，朝野狼谷走去。路越走越艰难，头顶古树遮天蔽日，脚下荆棘丛生，让人不寒而栗。土匪头目心生恐惧，唤住苗光，问："这是朝山外走吗？怎么越走树林越密！"苗光平静地回答："大青山方圆数百里，要绕过官军哨卡就得穿越深山老林。"土匪头目疑虑未消，把刀架在苗光的脖子上，厉声喝问："既然是下山的路，怎么不见胡彪走过的痕迹？"苗光淡定道："我们与他走的不是一条路。胡彪在路上留下了气味，野兽正在周围活动，难道你想去送死吗？"土匪头目被问得哑口无言，仍然没有放松警惕，提着刀，跟在苗光身后。

到了野狼谷，苗光系好绳索，土匪跟随他陆续下到谷底。野狼谷古树蔽日，荆棘丛生，瘴气袭人。土匪头目环视四周，惊恐地问："这是何处？"苗光冷静地回答："这是一条捷径，穿过峡谷，就走出了大山。"又走了一程，土匪们累得筋疲力尽，相互依靠着打起瞌睡。苗光趁机溜走，沿路返回，借助绳索攀上断崖，收走绳子。土匪们察觉，哭爹喊娘，乱成一团。

夕阳西坠，夜幕降临，寂静的山谷里传来此起彼伏的狼嚎声，令人毛骨悚然。狼群向土匪发起攻击，锋利的牙齿咬断了土匪的喉咙，瞬间变成了一堆白骨。

苗光攀上一棵大树休息。第二天清晨，他下了树，沿着出山的路去寻找胡彪，在一个断崖处停住脚步。崖壁光溜溜的，寸草不生，一条绳子一头系在岩石上，一头下垂到崖底，这是胡彪留下的绳子，说明胡彪还没回来。苗光决定在此等候。

胡彪带领土匪走出了大山，脱下被荆棘刮烂的衣服，换上新装，与老鸹山的土匪接上了头。胡彪挑选了几门小炮，用骡马驮着往回走，经过几天艰苦跋涉，终于把火炮和弹药运到断崖下。胡彪鼓励道："弟兄们，加把劲儿！卸下火炮和弹药，把它们吊上断崖。我们很快就到家了，乔主子一定会奖赏大家。"众土匪来了精神，忙着从牲口背上卸火炮和弹药。

苗光在崖顶观望，发现胡彪带着四十多名土匪，二十几匹骡马都驮着辎重，吃了一惊，心想：敌众我寡，硬拼不行。先干掉胡彪，再想办法对付这群土匪。想到此，他走到崖边，高喊：“胡彪大哥，我奉秦爷的命令来接你们。”胡彪喜出望外，仰头问：“苗光兄弟，你带来的人呢？快让他们下来帮忙。”苗光道：“我先行了一步，弟兄们随后就到。胡彪大哥，你上来，秦爷让我捎来几句话，不便当着众人讲。”胡彪扯着绳子攀上断崖。苗光上前，杀死了胡彪。

土匪卸下火炮和弹药，还不见胡彪现身，朝崖顶呼喊，听不到回音，又发现攀岩的绳索不见了，知道出了变故。土匪头目大声呵斥：“苗光，你要造反吗？快放下绳索，否则，对你不客气！”苗光道：“明人不做暗事。我杀死了胡彪，收走了绳子，你们等着喂狼吧。”土匪惊愕，乱作一团。土匪头目高喊：“弟兄们莫慌。崖顶上只有苗光一个人，他奈何不了我们。只要他露头，我们就射死他。”土匪张弓搭箭，仰头张望，累得两臂发麻，脖子酸痛，也没有见到人影。苗光居高临下，接连射箭，三名土匪中箭倒地，其余土匪吓得四处躲藏。

土匪头子急中生智，喊道：“弟兄们，此地离虎头峰不远了，我们鸣炮，山上的弟兄听见炮声，一定会来救援。”土匪逼迫炮手架起火炮，隆隆的炮声打破了山林的寂静。

炮口喷出火焰，发出震耳欲聋的声响，弹丸呼啸着落在不远处，将碎石炸上了天。苗光第一次看到放炮，吓得匍匐在地，心想：土匪若将火炮运上山，再想攻山就难了。他仔细观察，发现炮手穿着官军的服装，知道他们是被俘的官军，眼珠一转，有了主意。

晴天打雷是不祥之兆。土匪听到炮声，以为是打雷，惊愕不已，侧耳细听，又感觉不对，赶紧去报告。秦九意识到不是打雷，一定是胡彪遇到了险情，在鸣炮求援，马上带人下山救援。

秦九循着炮声寻找，来到断崖处，问明情况，气得破口大骂：“苗光，我抓住你，就把你和你娘千刀万剐，为胡彪和死去的弟兄报仇。”

土匪忙着往崖顶吊运火炮和弹药，忽视了对炮手的看管，苗光悄悄摸到近前，杀死守卫，低声道：“官兵兄弟，快跟我走。”土匪发现炮手失踪，大声呼叫。秦九率众匪奋力追赶，追了一程，不见苗光的身影，担心迷路不敢再追，垂头丧气地返回去。

苗光把炮手带回山寨，交给护庄队，得知娘被土匪绑上山，不顾众人阻拦，只身返回虎头峰去救娘。来到断崖处，土匪正提着灯笼，举着火把，驱赶着被俘的山民往崖上吊运火炮和弹药，苗光混在其中，攀上了断崖。

月朗星稀，虎头峰一片寂静。苗光寻不见娘，摸进哨卡，捉了个哨兵，从他嘴里得知娘被关进牢房。他扒下哨兵的衣服，用绳子捆牢，堵住嘴，丢进草丛里，自己穿上土匪的服装，混进牢房，杀死看牢房的土匪，救出了娘。土匪发现苗光娘不见了，鸣锣报警。苗光娘催促儿子放下她，快快逃命，苗光不肯，背着娘藏进了树林。

苗光救娘心切，事后才想到进出山的道路都有土匪把守，出不去。天亮了，秦九带人搜山。苗光低声道："娘，您藏着别动，我把土匪引开，再回来接您。"说完，跳出树丛。土匪发现了苗光，高声呼喊："他在那儿！"苗光不愧是大青山最出色的猎手，如猿猴般敏捷，眨眼间就消失得无影无踪。秦九识破了苗光的用意，对土匪道："小的们，别中了苗光的调虎离山计。他娘就藏在附近，快点搜。"土匪很快就抓住了苗光娘。

苗光娘横下一条心，即使舍出性命，也要让儿子逃生，她语气平缓道："放开我，我劝我儿投降。"秦九不知是计，让土匪松了绑。苗光娘奋力呼喊："儿子，别管娘，快跑！"喊完，一头撞向山石，绝气身亡。众土匪呆愣在那里，不知所措。秦九呵斥道："还愣着干什么，快埋伏起来，活捉苗光。"

苗光回来找娘，见娘头破血流，绝气身亡，伏在尸身上失声痛哭。秦九挥手示意，土匪一拥而上，将苗光团团围住。苗光雄狮般跃起，发出震天的呐喊："娘，儿子给您报仇！"挥刀与土匪展开激战，终因寡不敌众，死在乱刃下。

乔吉本打算将火炮秘密运进山，出其不意，大败官军，孰料处心积虑制订的计划被苗光打乱。有了火炮，跑了炮手，大炮成了废铁。乔吉问运送火炮的土匪："你们瞧见炮手填药放炮了吗？"土匪怯生生地回答："瞧是瞧见了，可不知道能不能放响。"乔吉鼓励道："试试看，能放响就奖赏你们。"土匪架起火炮，模仿炮手的动作装填弹药，点燃火引，火炮发出震耳的轰鸣，乔吉转怒为喜。

第五十二回　占后山掐断敌退路　穷途路乔吉要突围

苗光送情报一去不返，山里又传来苗光娘遭土匪绑架的消息，单宝生心急如焚，把李瑛请来商议。就在这时，又传来消息：后山响起轰鸣声，最初以为是响雷，后来才确认是鸣炮。单宝生十分震惊，自语道：“放炮？难道土匪把火炮运上了山？”他正想派李瑛进山查明情况，高瑞护送被解救的炮手来到县衙。

高瑞讲述了事情的经过，李瑛提议：“苗光身份暴露，土匪交通站就失去了利用价值，我们应该马上行动，捣毁土匪的交通站，抓捕土匪。”单宝生点头道：“是该收网了。我们分头行动，我向炮手了解情况。天福，你即刻带人抓捕吴天明，捣毁土匪的交通站。李镖主，你率领镖丁去虎头峰后山，占领断崖，切断土匪与外界的联系。”三人分头行动。

单宝生询问炮手，确认偷袭火器营的是老鸹山土匪，幕后策划者是乔吉。宋天福兴冲冲地回来禀报：“大人，抓捕行动非常顺利。吴天明和交通站的土匪全部缉拿归案，还查获了乔吉写给王九明的信。”单宝生看过信，如获至宝，兴奋地道：“皇天不负有心人。我们终于拿到了王九明贪赃枉法的铁证，弄清了王九明的剿匪态为何突然转变，弄清了王九明向乔吉提供火器营消息的真正动机，我们可以奏明朝廷，铲除这个祸根了。”他提笔写了封信，把乔吉写给王九明的信以及炮手的证词一并交给一个亲信，叮嘱道：“你火速进京，把材料亲手交给崔凯大人。切记，不可泄露半点消息。”

李瑛将镖兵分作两队，一队由刘雄带领，协助高瑞守护山寨，一队由她带领，夺取后山的断崖，掐断土匪的逃路。李瑛来到后山，让众人在密林中隐蔽，自己带领张豹和几名镖丁到近前观察。黎明时分，崖顶上抛下绳索，两名土匪下到崖底，疾步进入密林。李瑛挥手示意，张豹带人将两人活捉，押到李瑛身边。李瑛厉声喝问：“你们下山做什么？”“苗光反水，山上与外界中断了联系，秦爷命令我俩下山与交通站接头。”李瑛闻言，有了破敌之策。

张豹和两名镖丁押着被俘的土匪来到断崖下。崖上的土匪见多了三个人，警惕地问：“他们是何人？”被俘的土匪回答：“是交通站的兄弟，有要事向秦爷禀告。”土匪放下绳索，张豹和两个镖丁登上崖顶，占领了崖顶一角。

土匪鸣锣报警，营房里的土匪鱼贯而出，把张豹和镖兵围住。张豹边激战边提醒镖丁："快，放下绳子，掩护弟兄们上山。"土匪头目见状，高喊："放箭，射死他们！"一名土匪挽弓搭箭，对准正在放绳子的镖丁。张豹眼疾手快，抛出手中的钢刀，杀死了射箭匪兵，救下放绳子的兄弟。土匪见张豹赤手空拳，一拥而上。张豹一声怒吼，冲入匪群，踢翻一名匪兵，夺过钢刀，与土匪展开激战。镖兵迅速攀上断崖，向土匪发起冲锋，很快占领了崖顶。

李瑛从行囊里掏出一只信鸽，抛向天空。信鸽是单宝生给她的，俩人约定攻下崖顶后，放信鸽报信。信鸽扑打着翅膀在崖顶上空盘旋了两圈，朝县衙方向飞去。

断崖失守，土匪慌忙跑回去禀报："报，后山断崖失守。" 众匪首闻言，大惊失色。乔吉将信将疑，亲自到后山察看，看到对面断崖上一杆大旗迎风飘扬，上面绣着斗大的"李"字。旌旗下众镖丁簇拥着一位满头银发的女将，正是白发侠女李瑛。乔吉恨得咬牙切齿，想用毒箭射杀李瑛，可是距离太远射不到，他猛然想起火炮，声嘶力竭地吼叫："快去搬火炮，炸死李瑛。" 李瑛见土匪架起火炮，命令镖丁躲避。土匪盲目地开了几炮，在山崖周围掀起几股烟尘。

仇人相见分外眼红。李瑛认出乔吉，柳眉倒竖，怒目圆睁，恨不能冲过去一刀结果他的狗命。张豹两眼血红，脱掉上衣，要赤膊上阵。镖丁群情激奋，纷纷请战："下命令吧，捉拿乔吉，为陆镖主、李镖主和死去的兄弟们报仇！"李瑛强压怒火，摆手制止："不可蛮干。土匪占据有利地形，又有火炮支援，强攻会蒙受重大损失。"

单宝生见到信鸽，知道李瑛攻占了后山的断崖，派人通知官军。官军从虎头峰正面发起进攻。秦九下令开炮，架在高处的火炮喷出火焰，"隆隆"的炮声在山谷中回荡，官军闻声胆寒，躲在岩石后面，不敢向前。

前山有官军围堵，镖丁又占领了后山断崖，土匪腹背受敌，成了瓮中之鳖。乔吉惶恐不安，下令拆毁吊桥，阻断了道路。镖丁与土匪对峙，奇袭虎头蜂，活捉乔吉、秦九的计划受阻。

天黑了，乔吉把秦九找来，黑着脸说："我们腹背受敌，形势危急，唯一的办法是突围，返回老鸹山。" 秦九附和道："主子所言极是。"乔吉叹息一声，道："我们与山下失去联系，外面情况不明，盲目出山，难有胜算。山外没人接应，即使下了虎头峰，也走不出大青山。"秦九主动请缨："主子，我下山走一遭，到交通站察看情况，找吴天明打探消息。"乔吉满面愁容道："苗光反水，交通站已经暴露，不要再去冒这个险。王九明是我们手中的一张王牌，不能轻易放弃，你找吴天明摸清情况。我在大青山外保留了一支人马，你与他们取得联系，让他们在十八道弯集结，接应我们出山。”

秦九换上夜行装，黑纱蒙面，借助夜色的掩护，施展轻功下了山，他先联系了山外的土匪，又去找吴天明。秦九来到吴天明家，飞身上房，向下观望，屋里漆黑，院子静悄悄的，他丢下一块石子，声响惊动了屋里的人，几名手持钢刀的捕快跑出来。秦九知道吴天明出事了，飞檐走壁，消失在夜幕中。回山路上，秦九潜入官军大营，捉了一名士卒，从他那里得到一些消息。

秦九回到山上，向乔吉禀报：“吴天明出事了，要不是有防备，就中了埋伏。”乔吉没料到吴天明会暴露，痛惜不已。秦九继续道：“官军马上要发起总攻，我们不能坐以待毙，应该立即行动。”乔吉问：“与山下的人联系上了吗？”“联系上了。他们正向十八道弯集结，随时听从调遣。”乔吉问：“依你之见，我们应该如何突围？”秦九道：“官军在虎跳涧外设立了大营，我潜入大营探底，发现那里地方狭窄，帐篷林立，若用火攻，官军必乱，我们就可以乘机逃离。”乔吉转忧为喜，道：“好！就照此计行事。”

乔吉召集手下布置任务：“我们明晚子夜突围，成败在此一举。孙华、李牛，你俩率本部人马扼守后山，防止镖丁偷袭，掩护大部队突围。把守前山的弟兄从清晨起轮番发起佯攻，不给官军喘息之机，把他们拖疲拖垮，趁机清除路障，打通下山的道路。”匪将领令，去作准备。

乔吉把秦风、秦雷、侯三叫到跟前，命令道：“你们换上官军服装，在发起佯攻时趁乱下山。与山下的人取得联系，协助我们突围。”说完，将亲笔信和一个骷髅头饰件交给秦风，继续道，“你把信和饰件交给李善，他见到信和饰件就会听从你的指挥。”乔吉又对秦九道：“你秘密下山，藏在官军大营附近，我们行动时，你潜入大营放火，火烧得越旺越好。”

天刚亮，土匪借助晨雾的掩护发起佯攻。官军反击，土匪就开炮轰击，几番较量，官军筋疲力尽。土匪趁机清除了官军设置的路障，掩护秦九、秦风、秦雷、侯三逃走。

土匪拆毁吊桥，奇袭匪巢的计划受挫。李瑛万分焦急。带领张豹、陈龙等人到断桥边察看敌情，选择进攻的路线。向对面看，山崖陡峭，土匪在崖边修筑了工事，安置了火炮，堆放了滚木礌石。向下看，崖下是一条河，被毁的吊桥坠落在河里。李瑛低声道："这里土匪把守严密，咱们另选攀登地方。"

李瑛等人朝下游走，边走边观察。陈龙手指崖壁道："就从这里攀上去。"李瑛疑惑地问："这里山崖陡峭，云梯只能到达山腰，上面怎么办？"陈龙道："您瞧，崖壁上长着灌木，借助灌木就能攀上去。"李瑛仔细观看，崖壁的石缝里稀稀拉拉生长着灌木，疑惑地问："能行吗？"陈龙自信道："行。"

陈龙挑选两名擅长攀爬的镖丁当助手，准备好云梯、长竿、飞爪、绳索等攀岩工具。第二天清晨，陈龙等人借助晨雾的掩护下到崖底，渡过河，来到选定的攀岩地点。陈龙借助云梯到达半山腰，接过助手递来的长竹竿，用竿头的铁钩钩住灌木，顺着竹竿爬上去，稍作休息，继续攀登，一直攀爬到距离崖顶两三米的地方。上面的崖壁光溜溜的，寸草不生，稍有不慎，就会跌落崖底粉身碎骨。陈龙用绳子把自己绑在灌木上，从百宝囊里取出飞爪，把飞爪抛向崖顶，一次，两次，一连试了三次，爪钩都滑落下来。陈龙精疲力竭，两腿不住颤抖，他想换换姿势，稍不留神，脚下一滑，身体一歪，险些跌落下去，把他惊出一身冷汗。陈龙休息了一会儿，用尽全力再次抛出飞爪。这一次很幸运，爪钩钩住了石缝，陈龙攀上崖顶。两名助手也按照陈龙的方法攀登上来，

陈龙让两名镖丁藏在岩石后面，自己到吊桥附近侦察。离吊桥不远有两座石头房子，是土匪的营房。吊桥被拆毁，固定吊桥的木桩还在，孤零零地立在崖边。看到木桩，陈龙有了主意。把绳子拴在木桩上，弟兄们就能攀上崖顶，可是，土匪人多势众，自己又没有带那么多绳子。怎么办？陈龙远远看见土匪驱赶山民正往崖边搬运石头，其中一个身影很眼熟，恍然想起那人是杨天鸿。陈龙调查陆大江、李涛遇害案时，多次与杨天鸿见面，印象很深。

说来也巧，土匪攻占虎头峰那天恰逢峪口镇大集，杨天鸿下山赶集，路遇土匪，被绑上山。陈龙穿着山民服装，没有引起土匪注意，他悄悄靠近杨天鸿，轻声呼唤："天鸿，天鸿……"杨天鸿认出陈龙，惊讶不已，问："陈壮士，你怎么在这里？"陈龙轻声道："土匪拆毁了吊桥，我们无法前行。你把山民组织起来，多找些绳子，配合我们占领断桥，掩护镖丁攀上山崖，歼灭土匪。"杨天鸿兴奋道："行。我去找绳子，联系山民，咱们一起动手。"

乔吉让孙华、李牛扼守后山有他的打算。乔吉想让孙华为自己卖命，又怕孙华反水，就派李牛监视孙华。孙华心知肚明，对李牛处处提防。防御镖丁攻山要准备礌石，孙华主动承担了开山运石的任务。亲信郑五不解其意，埋怨道："大哥，你怎么尽干傻事，放着守断桥的轻活不干，非要开山搬石出苦力？"孙华

道："李瑛智勇双全，英勇善战，断桥岂能挡住他们？开山搬石虽然辛苦，但是能避免与镖丁直接对峙，一旦发生战斗，有李牛在前面抵挡，我们就可以迅速撤离。"听了孙华的话，手下不再抱怨。

杨天鸿找来绳索，联络了山民，与陈龙一起向看守断桥的土匪发起袭击，土匪毫无防备，顿时大乱。陈龙发出信号，对岸的镖丁立即行动。匪将李牛听到报警的锣声，带领营房里的匪兵杀出来。陈龙舞刀砍翻两名土匪，拦下李牛。李牛自恃身壮力足，没把陈龙放在眼里，舞棍就砸。陈龙脚尖点地，飞身躲过，回手就是一刀，刀尖在李牛屁股上划开一个口子，李牛怪叫一声，捂着屁股败下阵来。陈龙的英勇震慑了土匪，土匪围住陈龙，不敢向前。李牛气急败坏，咆哮道："快，一起动手杀死他！"陈龙毫不畏惧，力战群匪。

两名镖丁砍翻了守护断桥的土匪，杨天鸿趁机在木桩上拴牢绳子把绳子抛下崖底。土匪冲上来，想砍断绳子，两名镖丁接连打出飞镖，冲在前面的土匪倒地。

孙华听到报警的锣声，知道出事了，吩咐手下控制住山民。一个手下跑来禀报："大事不好，搬石头的山民暴动了，正在协助镖丁攻占山崖！"孙华的手下要去驰援，被孙华拦下："别急，再等等。如果李牛挡住了镖丁，我们就去驰援；如果镖丁占了上风，我们立刻后撤，拆除浮桥，阻断通往虎头峰的道路！"说完，对郑五吩咐道："快，把开石的山民押过桥，做好拆桥的准备。"

山民不是土匪的对手，死伤过半，只剩下一些年轻力壮的还在与土匪拼杀。陈龙力战群匪，身上挂了彩，两名镖丁一死一伤。危急时刻，张豹率领镖丁登上山崖，向土匪发起进攻。孙华得知镖丁占了上风，立即后撤，拆毁浮桥，阻断了道路。

李牛一瘸一拐，带领残兵败将逃到桥前，见浮桥被毁，暴跳如雷，手指孙华破口大骂："孙华，你这个王八蛋。你见死不救，延误战机，你拆毁桥梁，断我的退路。我抓到你，将你碎尸万段……"孙华怒目而视，示意部下张弓搭箭，做好战斗准备。

镖丁追上来，与李牛带领的残匪展开激战。孙华的手下催促道："下命令吧，这是决战的好时机！"孙华摆手道："我们在这里只是暂时栖身，没必要为救李牛得罪李瑛，断了自己的后路。乔吉派李牛监视我们，借李瑛之手除掉他，我们更安全。"

乔吉得知镖丁从后山发起进攻，李牛战死，感到不妙，亲自到后山察看，见孙华拆毁了浮桥，阻断了道路，才松了一口气。孙华建言道："形势危急，应该马上突围，以免生变。"乔吉决定提前突围。

单宝生派人给刘雄、高瑞送信，告诉他们乔吉可能弃山逃跑，让他们保护好山民，拦截下山的土匪，活捉乔吉、秦九。单宝生把宋天福唤来，叮嘱道："李镖主在后山进攻受阻，原定的抓捕方案恐难奏效。土匪从前山突围，乔吉、秦九可能落入王九明之手。你马上带人进山参战，要不惜一切代价活捉乔吉和秦九。"宋天福领命而去。

第五十三回　遭暗算宋天福罹难　设公堂王九明受审

从清晨到傍晚，土匪在炮火的掩护下轮番向官军发起进攻，官军疲于奔命，精疲力竭。黄昏时，炮火停息，阵地恢复了宁静。官军刚要开饭，又响起震耳欲聋的炮声，只好丢下饭碗，仓促应战。

乔吉下达了突围的命令。土匪将关押的山民和俘虏捆绑起来，驱赶他们走在前面当盾牌。官军发现走在前面的是被捆绑的山民，不知所措，忙向王九明请示。火器营遭袭的消息传到京城，朝廷震怒，下令限期剿灭土匪。王九明接到命令，不敢再拖延，亲临阵前督战。王九明不顾山民死活，下令开弓放箭。官军接到命令，土匪已到近前，双方短兵相接，展开肉搏战。

官军迅速组织反击，土匪开始溃败。就在这时，秦九潜入官军大营，四处放火，大火迅速蔓延。官军见军营失火，忙分兵去救火，土匪趁机突破重围。

孙华的心腹郑五气喘吁吁地跑来，疾声对孙华道："大哥快走，官军追上来了。再不走，就跑不了了！"孙华没有动。郑五急了，厉声道："大哥，乔吉是怎么对待咱们的你最清楚，为啥还为他卖命？"孙华叹息道："不是我想为乔吉卖命，我们是官府通缉的犯人， 若单独行动，人单势薄，很难逃生，我这样做只想借助乔吉的力量摆脱困境。再说，我的妻儿还在老鸹山当人质，我不能抛下他们不管。让弟兄们再忍忍，我会给大伙一个交代。"郑五闻言，不再作声。

乔吉找了一位身材与自己相仿的土匪当替身，自己换上山民服装，与儿子乔星、乔辰混在土匪群里慌忙逃命。孙华带领手下护送乔吉、秦九撤离，离别时，乔吉感激涕零，动情道："危难之际见真情。你对我忠心耿耿，是我错怪你了。"孙华催促道："乔主子不必多言，快走。"秦九在一旁催促："孙华说得对，快走吧！"秦九和几个贴身护卫保护乔氏父子钻进密林。

天黑了。官军追到近前，孙华见官军的右臂上缠着白布条，吩咐手下："谁穿白衣服了？快脱下来，撕成布条，让弟兄们缠在右臂上。"孙华的手下马上照办。天黑，官军分不清敌我，孙华躲过追捕，带领部下钻进密林。

王九明得知土匪突围，暴跳如雷，把亲信苏万叫来，吩咐道："你马上带人寻找乔吉和秦九，绝不能留下活口。"

土匪一宿未眠，饥渴难耐，想进山寨抢食物，抓捕山民当人质。刘雄、高瑞接到单县令的信，提高了警惕，带领护庄队昼夜巡逻，发现了山寨外的土匪。高瑞对众人道："我们把土匪往陷阱里赶，消灭他们。"土匪摸进山寨，突然锣声大作，杀声震天，刘雄、高瑞带领镖丁和庄民杀出来。土匪万万没料到有埋伏，慌不择路，被庄民驱赶着朝陷阱方向逃去。落入陷阱的发出绝望的呼号，侥幸逃脱的又逃进山林。

侯三带领秦风、秦雷绕过官军的哨卡，与山外的土匪取得联系。秦风、秦雷把土匪分为二队，秦风带领一队进山助战，秦雷带领一队埋伏在出山口的哨卡附近，准备接应。秦风没到约定地点就遇见官军，他见情况有变，亮出家伙，射出报警的响箭。乔星、乔辰听到响箭，带领土匪与秦风会合，杀退官军，控制了道路。大股土匪蜂拥而至，突破官军设置的路障，沿着官道一路溃逃。官军迅速集结，在官道上与土匪展开激战。

苏万带领手下寻找乔吉，远远看见一匹高头大马，马上之人身材酷似乔吉，高喊："乔吉在那里，追上去，杀死他。"马上之人见了，慌忙钻进密林。苏万追上，手起刀落将他杀死。割下头颅，用方巾裹了，拎着去见王九明。见到王九明，苏万兴奋地道："大人，乔吉已死，我把人头带来了。"王九明闻言，大喜，催促道："快，我要亲自查验。"苏万打开包袱，提起人头。王九明越看越感觉不对劲，此人五官与乔吉大不相同，怒斥道："大胆的苏万，你敢欺骗我，这不是乔吉，是个假货。"苏万凝神观看，方知被骗，慌忙跪倒解释："大人息怒。此人身材酷似乔吉，衣装华贵，骑着高头大马，又有护卫相随，实在是真假难辨，请大人恕罪。"王九明本想动怒又觉不妥，将苏万扶起，换了副面孔，宽慰道："乔吉诡计多端，有了此番教训，你要格外小心，不可再出差错。"万道："大人放心，我一定斩草除根。"

乔吉夹杂在土匪中，沿着官道溃逃，身边不足百人。苏万、宋天福率部下同时赶到，双方形成对垒。乔吉知道生死在此一搏，声嘶力竭地呼喊："弟兄们，冲过去，每人赏银百两。"众土匪重振精神。苏万拉弓搭箭，瞄准了乔吉，宋天福见状，大吼一声："不要放箭，抓活的！"策马朝乔吉杀去。苏万唯恐乔吉落入宋天福之手，瞄准宋天福射了一箭，宋天福坠马身亡。官军见苏万误杀了宋天福，不知所措，乔星、乔辰趁机救走了乔吉。秦雷带领土匪从官军背后发起进攻，官军腹背受敌，顿时大乱，乔吉、秦儿侥幸逃脱。

单宝生获悉宋天福罹难，痛心疾首，听目击者讲述了事情的经过，认定苏万不是失手，是故意杀人。

崔凯收到单宝生的密信，奏明朝廷。朝廷派崔凯调查此案，让单宝生协助审理。崔凯赴任，将王九明抓捕审讯。

衙役将王九明押上公堂，崔凯厉声喝问："王九明，你身为朝廷官员，贪赃枉法，谋财害命，私放朝廷要犯，你可知罪！"王九明大喊"冤枉"，诡辩道，"我家几代为官，深受皇恩。我从小读圣贤书，行仁义事，怎会与土匪为伍，谋财害命？状告我私放朝廷要犯，更是无稽之谈。大人明察秋毫，千万不可听信谗言，玷污了我的清白。"

单宝生闻言，气愤道："不要以为你做事缜密，就可以瞒天过海。崔大人给你一个坦白交代的机会，切莫执迷不悟，罪上加罪。"王九明故作镇静，以攻为守，将矛头对准单宝生，道："你一无人证，二无物证，分明是编造谎言加害于我。我身正不怕影子斜，不怕你颠倒黑白，信口雌黄。"

单宝生被王九明的话激怒了，厉声道："本官掌握你犯罪的证据，不怕你撒泼耍赖。你收受秦九三万两贿银，在刑场做手脚，私放朝廷要犯乔吉。为了掩盖罪行，你煞费苦心。斩首乔吉那日，你托病不出，让杨远监斩，造成你不在现场的假象，掩盖你是幕后真凶的事实。你明知杨远嗜酒如命，却在行刑前让他喝酒，嫁祸他人。你自以为聪明，殊不知聪明反被聪明误，反而让你自己露出马脚，现出了原形。你怕东窗事发，不惜杀人灭口。曹轶命案事发，你动用大刑将他打死，又向乔吉泄露余大贵押运土匪去集中营的消息，借土匪之手残忍杀害了余大贵和二十三名狱卒。你自以为做得天衣无缝，不留痕迹，可是人算不如天算，董磊死里逃生，留下你勾结土匪杀害余大贵和狱卒的证据。传证人常山到庭。"常山道出了事情的经过。单宝生将董磊的腰牌交与崔凯，道："这是董磊的腰牌。事发后，他在树上刻下了'杀人者，王九明、乔吉也'几个字，又摘下身上的腰牌挂在树枝上，愤然离去。大人到现场勘验，一看便知。"

王九明后悔当初没有继续追杀董磊，留下了后患，见董磊没有出庭，还心存侥幸，辩解道："私放乔吉是曹轶与余大贵所为，董磊是帮凶，董磊提供的证据都是编造的，目的是加害于我。"单宝生拍案而起，怒斥道："你休要诡辩。董磊是侥幸逃生，他留下证据是为余大贵和二十三名狱卒鸣冤，也让你这只老狐狸露出了尾巴。我们顺藤摸瓜，才揭开了你是幕后真凶的犯罪事实。"

王九明暗暗吃惊，他万万没料到单宝生对自己的犯罪事实早有察觉，自己却蒙在鼓里，浑然不知。现在证据握在人家手里，这可如何是好？王九明极力掩饰内心的恐惧，思考着对策，转念一想，董磊没有出庭作证，说明他已不在人世，我销毁了相关卷宗，解雇了全部狱卒，仅凭树上的刻字不足为惧，想到此，高声呼喊："冤枉啊。土匪诡计多端，他们这么做分明是挑拨离间，加害于我，请大人明察！"

看到王九明的拙劣表演，单宝生道："请崔大人将乔吉的亲笔信给他看。"崔凯点头应允，让衙役将信交给王九明看。王九明看过信，慌了手脚，一时不知所措，心想：信已被我烧毁，这封信是哪里来的？单宝生看出王九明心中的疑惑，道："你不必惊讶，我告诉你这封信的来由。带证人上堂。"衙役将酒馆的伙计带上大堂。崔凯道："道出你的姓名和身份。"伙计道："小人叫方同，乔吉的手下。乔吉安排我在酒馆当伙计，为他传送消息。""这封信你可曾见过？"伙计道："见过，此信有两封，一封由吴天明交给了王九明，另一封藏在酒馆里。乔吉吩咐，王九明如若不从，就将此信交给官府，让官府治他的罪。"王九明闻言，瘫在地上。

崔凯大人亲自到余大贵等人遇害的地方，看了董磊在树上刻的字。几天后，提审继续进行。崔凯用惊堂木拍打公案，厉声喝道："王九明，你向乔吉透露火器营的行军路线，致使火器营遭土匪袭击，伤亡惨重。快把犯罪经过如实招来！"王明九矢口否认，辩解道："我上书朝廷请求派火器营助战，怎么可能将消息透露给乔吉，这岂不是自相矛盾？"单宝生针锋相对道："问得好！起初我也感到困惑不解，可事情的发展揭开了真相。土匪攻占虎头峰，乔吉公开露面，你怕东窗事发，亲自带兵进山清剿，要杀人灭口。你不听劝告，仓促出兵，致使清剿行动受挫。为了扭转败局，你上书朝廷请求调火器营助战。吴天明得到消息，密报给乔吉，乔吉怕官军架炮攻山，就写信威胁你，逼你退兵。你怕罪行败露，向乔吉透露了火器营的行军路线，想借土匪之手阻止火器营进山。土匪袭击了火器营，将抢夺的火炮运上虎头峰。此举虽然阻止了火器营攻山，却将你的罪行暴露在光天化日之下。"单宝生的话字字千斤，王九明惊出一身冷汗。

崔凯见王九明迟疑不语，将惊堂木一拍，厉声质问："单大人所言是与不是！"王九明矢口否认，诡辩道："乔吉偷袭火器营与我有何相干？你们说我向乔吉透露了火器营的情报，有何证据？"崔凯怒不可遏，大声道："王九明，事已至此，你还百般抵赖！来人，带吴天明上堂。"衙役将吴天明押上大堂。崔凯道："吴天明，将你的供词陈述一遍。"吴天明道："我将火器营攻山的消息密报给乔吉，乔吉手书密信，让我把信亲手交给王九明，阻止火器营攻山。""可是这封书信？"崔凯让衙役将信交给吴天明看。吴天明看罢，道："正是。"崔凯一拍桌案，厉声道："王九明，人证物证俱在，容不得你抵赖。是不是你向乔吉泄露了火器营的行军线路？讲！"王九明强装镇定，高声呼喊："冤枉啊，冤枉……"单宝生怒视王九明，厉声道："看来你是不见棺材不落泪，要顽抗到底了。"说完，对吴天明道："你说一说事情经过，提醒一下王九明。"吴天明道："王九明派人送来一封信，让我转交乔吉。信装在信封里，外面有封条，我不敢打开，不知具体内容，猜测与火器营有关。我马上把信送进山里。"王九明听后，脸色陡变。

单宝生提议："请大人传火器营炮手作证。"四名炮手被带上公堂。崔凯道："说说火器营遭袭的经过。""土匪袭击了火器营，我们成了俘虏。后来，大青山来了一伙土匪，为首的名叫胡彪，我们从他们的对话中得知两股土匪是一家人，策划这次行动的是匪首乔吉。"

单宝生抽丝剥茧，用不争的事实揭开了真相。王九明感到套在脖子上的绳索在一点点收紧，让他窒息。他不甘心，作最后的挣扎："这是圈套。我剿匪从不手软，乔吉对我恨之入骨，所以才想出这种阴损的招数陷害我。请大人明察。"崔凯下令将王九明关进死牢。

退堂后，崔凯对单宝生道："王九明百般抵赖，要顽抗到底。只有找到董磊，将乔吉、秦九缉拿归案，案件的证据链才算完整，才能将案子办成谁也推翻不了的铁案。董磊留下腰牌，刻字明示，就是要揭露案情，为死难者鸣冤。我坚信董磊没有死，还活着，他没有露面，是担心王九明加害于他。我派人在开封及周边各县张贴告示，晓之以理，劝他投案自首。我相信董磊见到告示，会自首的。"

单宝生道："苏万疑点重重，我们应该马上抓捕他，进行审问。"崔凯摇头道："现在还不到抓捕苏万的时候，先弄清他的真实身份以及他与土匪的关系，才能将王九明的余党一网打尽。你派人严密监视苏万，争取得到更多线索。"单宝生接受了任务。

王九明在大牢里度日如年，他给苏万写了密信，让他一定要想方设法杀死乔吉、秦九，掩盖罪行。

乔吉、秦九逃回了老鸹山，官府决定进山追剿。李瑛代表三河县各家镖局到县衙请缨，要求参战，单宝生欣然同意。

这一日，李瑛正为出征作准备，王霞来了，带来一个振奋人心的好消息："解毒药研制成功了！"李瑛握住王霞的手，激动道："有了解毒药，就消除了人们心头的恐惧。姐姐，你为剿匪立了大功！"王霞听说李瑛要进山剿匪，兴奋道："剿灭土匪，义不容辞。我带雪梅、雪燕与你们一起去老鸹山。"

一切准备就绪。单宝生亲自为李瑛送行，叮嘱道："朝廷派崔凯大人调查此案，王九明百般抵赖，负隅顽抗。你一定要活捉乔吉、秦九，把他们带回来公审，让王九明的罪行大白天下。"李瑛点头应承。单宝生补充道："宋天福的死给我们敲响了警钟。王九明被关押，他的死党还在，他们会不惜一切代价诛杀乔吉、秦九，销毁证据，逃脱罪责！苏万很可疑。你们要加倍提防他。"李瑛点头道："大人放心，我一定照办。"

第五十四回　两军阵解药显神威　大战前孙华献降书

乔吉带领残兵败将逃回老鸹山，他知道官军马上就来追剿，急忙向余虹求救。余虹带着朱荣、韩方、钟良、钟惠四位徒弟前来助战。乔吉见到余虹，如同见到了救星，拉住他的手痛哭流涕。余虹宽慰道："乔大人不必惊慌。常言道，兵来将挡，水来土掩。有我在，官军有何可惧？我为你报仇就是了。"乔吉有了底气。左右观看，不见王石头。忍不住问："怎么不见王石头？"余虹当众不便直言，手捋胡须笑道："我派他办件大事。要晚到几日。"乔吉知道余虹说的大事是取毒药"一步倒"，会意地笑了。

旌旗招展，号角连天。李瑛、王霞率领镖丁在老鸹山下安营扎寨。这一日，镖丁披挂整齐，在阵前列队，要与乔吉一决高低。李瑛手提五钩神飞枪，王霞肩背双剑，英姿飒爽，催马来到阵前。

山门开启，众匪首簇拥着一位老叟骑马来到近前。老叟身穿道袍，肩背宝剑，手拿浮尘，白发盘头，银须飘洒，此人就是仇家余虹。王霞用马鞭一指，喝问："对面白发白须之人可是余虹？"余虹盯着女僧人端量，迟疑地问："你是何人？"王霞强压怒火，高声道："我是王霞，王飞龙、赵锦娘之女！"余虹先是一惊，随后仰面大笑道："王霞早已化作泥土。你是何人？敢在老夫面前装神弄鬼！"王霞喝道："余虹，你听清楚。那日，你杀害了我娘和雪姨，把我打昏后背到山上。当晚官军攻破匪巢，你将我丢弃在山洞里仓皇逃命。苍天有眼，我被如一大师救起，侥幸生还。"余虹确信她就是王霞。王霞横眉怒目，继续道："余虹，你这个忘恩负义的小人，你贪图我外祖父的炼丹笔记，杀害了我爹娘和雪姨。将'一步倒'窃为己有；你与乔氏土匪狼狈为奸，不知残害了多少英雄豪杰。今天我要替爹娘报仇，为死难者讨回血债！"

余虹见事情败露，索性撕掉伪装，恶狠狠道："明人不做暗事。王飞龙、赵锦娘和雪儿都是我杀的，乔氏家族使用的毒药也是我提供的。即便如此，你又能把老夫如何？就凭我手中的'一步倒'，你们这些人谁也甭想活着走出老鸹山！"说完，一挥手，弓弩手上前列队，准备射箭。李瑛一声号令，镖丁手持盾牌组成一道屏障，两军剑拔弩张，大战一触即发。

“余虹休要张狂，听老夫说几句话。”从镖丁身后传来洪亮的声音，两名镖丁推着一辆木轮车来到阵前，柳达声端坐在车上。余虹凝神观看，见车上之人鹤发童颜，精神矍铄，神仙一般。柳达声高声道：“余虹，你还认识我吗？”余虹打量来人，迟疑道：“你是何人？老夫不曾想起。”柳达声道：“看来，你的记性并非传说的那么神奇。我是天云道长的徒弟柳达声。我师父与大侠赵普是挚友，生前常在一起切磋武艺，研究医道。大侠赵普晚年隐居深山潜心炼丹，我多次陪同师父进山看望他，在山里见过你。那时你才十六七岁。”

余虹恍然想起，问：“你是柳达声？”见柳达声点头称是，不屑地道：“即使你有妙手回春之术也无济于事，这世上就没有能解‘一步倒’毒的药。”柳达声仰天大笑，道：“切莫夜郎自大，世间万物相生相克，有矛必有盾，‘一步倒’也不例外。不信，我们可以当众验证。”余虹哪肯相信，轻蔑道：“休要口出狂言。你要如何验证？”柳达声道：“你牵条狗来，用涂上‘一步倒’的利器将其刺伤。七天后我将活狗奉还。你看如何？”余虹把嘴一撇，傲慢道：“痴人说梦，一派胡言。既然你口吐狂言，老夫就与你赌一把。不过，我有言在先，若解不了‘一步倒’的毒，你们必须退兵，不然休怪老夫手下无情！”柳达声道：“一言九鼎，绝不食言”。余虹把中毒的狗丢在阵前，鸣金收兵。

七日后，双方重新摆下战场，柳达声让人把狗交给余虹。余虹辨认后，才相信柳达声研制出了解药，他恼羞成怒，咬牙切齿道：“柳达声，就算你有了解毒药又能怎样？我从小跟大侠赵普学艺，后来云游四方，遍访名家，一身的武艺从未向外人展示过。今天，就让你们开开眼！”用手一指李瑛和王霞，轻蔑道：“你俩一个号称‘白发侠女’，一个自封‘三元大师’，在老夫的眼里都是无名鼠辈。”王霞怒不可遏，取出兵器就要出战，李瑛知道姐姐正在气头上，气生急，急生乱，乱易失手，连忙把王霞拦下，对身边的战将道：“哪个愿意出战？”张豹性急，催马来到阵前。余虹见出战的是位黑塔般的大汉，问身边的徒儿：“哪个愿意应战？”乔星立功心切，催马向前，乔吉想拦，为时已晚。

乔星纵马来到阵前，舞锤就砸。张豹双脚一踹马镫，马往前蹿，举锤相迎。四柄大锤相碰，火星四溅。余虹高声提醒：“乔星，这个黑家伙有股子蛮力，不要与他硬碰。”乔星闻言，抽锤换式，与张豹重新交手。俩人你来我往，战了十几个回合，乔星逐渐占了上风。

张豹知道技不如人，不宜久战，只有用杀手锏才能取胜，想到此，高喊一声“砸”，左手的大锤朝乔星的前胸打去。乔星见大锤来势凶猛，没敢接招，侧身躲闪时露出破绽。张豹眼疾手快，抛出右手的铁锤。锤把上的铁链“哗啦”一响，铁锤朝乔星的头砸去。乔星躲闪不及，盔碎脑崩，鲜血四溅，尸身坠落马下。乔吉心疼得大叫一声，晕厥过去。余虹也是老泪纵横。

乔辰见哥哥被张豹砸死，怒火中烧，催坐骑要为哥哥报仇，被余虹拦住。余虹转身对徒儿钟良道：“你去收拾那个黑家伙，为乔星报仇。”钟良催马出战。

钟良方年十七，长得眉目清秀，皮肤白皙，像个书生。张豹高声道：“小娃娃，你细皮嫩肉，还未成年，赢了你，别人会说我以强凌弱。你回去，让乔吉出来应战。”钟良把手中的大刀一抖，道：“休要口吐狂言。别看你膀大腰圆，在我眼里，你就是糠萝卜，空心树，虚有其表。”钟良的话把张豹逗乐了，道：“好，那我就让你看看我是实还是糠。”

乔吉对张豹恨之入骨，大声呼叫：“钟良，少与他废话，快杀死他。”余虹也提醒道：“这个黑家伙会抛锤，你要加倍提防。”

张豹力大锤沉，头几个回合占了上风，他想用抛锤的绝技战胜钟良，钟良早有防范，不给他机会。钟良越战越勇，手中的大刀上下飞舞，杀得张豹左躲右闪，只有招架之力。曹峰见状，催马上前，换下张豹。

钟良见到曹峰，二话不说舞刀就劈。曹峰与张豹不同。张豹力大锤沉，打仗靠勇猛，曹峰枪法出众，又善于动脑，打仗靠智慧。俩人你来我往，十几个回合未分输赢。曹峰看出钟良年轻气盛，求胜心切，灵机一动，有了主意，用诈败法赢钟良。曹峰想到此，找个破绽，佯装败走。钟良不知是计，催马就追。一旁观战的余虹识破了曹峰的计谋，高声提醒：“钟良，不要追赶，当心上当。”可是，为时已晚。曹峰突然杀了个回马枪，枪尖直奔钟良的咽喉。听到师父的提醒，钟良急忙勒马，还是晚了一步，枪尖刺中肩头，败下阵来。

钟惠见弟弟钟良受伤，怒火中烧，高喊：“哪里走，拿命来！”飞马上前，横刀拦下曹峰。钟惠的功夫在弟弟之上，他报仇心切，一出手就使出了看家本事，二十几个回合下来，曹峰显出败象。李瑛对身边的人道：“哪位去替换曹峰？”雪燕抖缰绳催马上前，换下了曹峰。

钟惠见来者是位年轻的女僧人，身穿僧衣，手持宝剑，腰间缠着一条黑腰带。他哪里知晓这不是腰带，是一条皮鞭。钟惠、雪燕互通了姓名，马打盘旋，展开激战。两人棋逢对手，你来我往，杀得难解难分。雪燕不想恋战，在马打盘旋的瞬间，左手持剑，右手解下长鞭，使了一招“老鹰啄眼”，鞭梢朝钟惠的眼睛飞去，钟惠跟余虹习武十年，对付各种兵器得心应手，唯独不知如何应对鞭子，慌忙用刀头拨打。雪燕一抖手腕，鞭子如柔软的蛇突然改变了方向，重重抽在钟惠身上，钟惠跌落马下。雪燕用宝剑抵住他的咽喉，却没有下手，厉声道："念你年幼无知，暂且饶你不死。你若再不思改悔，我决不饶恕。" 钟惠捡起兵器逃回本队。

余虹最初没把李瑛、王霞放在眼里，一交手，才知道她们的徒弟个个身怀绝技，那位女僧人的鞭技更是闻所未闻，他不敢再轻敌，下令鸣金收兵。

双方对垒时，郑五脱离本队，藏身树林，等乔吉带领土匪退回山寨后，来到李瑛的大营前，报上姓名，说明来意。镖丁进去禀报："报，营外有人求见，他说是孙家镖局的郑五，孙华的手下。"郑五被押进军帐。张豹见到郑五，火冒三丈，咬牙切齿道："孙华这个王八蛋，他与土匪沆瀣一气，杀了我们多少兄弟，还差点要了师娘和陆坚的性命，现在又派人来耍花招，我宰了他！"说完，举起双锤要结果郑五的性命，被李瑛制止。王霞道："两军交战不斩来使。听他说些什么。" 李瑛让镖丁给郑五松了绑，问："你来何意？"郑五整理衣装，跪倒道："孙华派我来向官军投降。他决心改邪归正，将功赎罪，配合你们攻打老鸹山。" 张豹霍地站起，怒斥道："孙华与乔吉狼狈为奸，坏事干尽，如今土匪穷途末路，他又想耍花招蒙混过关。师娘，莫听他花言巧语，用棍棒将他打出去。"李瑛示意张豹坐下。郑五辩解道："各位英雄有所不知，孙华投靠乔吉也是被逼无奈。土匪绑架了他的独生子，逼他就范，他才走上绝路。""呸，为保全他儿的性命，杀害我十几位兄弟，天理难容！放过你们，就对不起九泉下的英魂！" 张豹怒斥道。

李瑛心潮澎湃，想起死去的弟兄，眼里泛起晶莹的泪花，她强忍悲痛，道："国事当头，以往的冤仇暂且不究。我问你，土匪兵败虎头峰你们本可逃命，为何还要追随乔吉回老鸹山？"郑五道："乔吉将孙华的妻儿扣押在老鸹山，名曰保护，实则当作人质。孙华重返老鸹山是要解救家人。"说完，呈上孙华的亲笔信。李瑛展开观看：

罪犯孙华叩首。我贪图私利，误入歧途，与土匪沆瀣一气，做了不少坏事，回想起来追悔莫及。我愿痛改前非，洗心革面，重新做人。为了弥补罪过，我愿配合官军消灭乔氏土匪，戴罪立功。望李镖主及各位英雄不计前嫌，给我一个改过自新的机会。

孙华亲笔

李瑛看过信，道："孙华迷途知返，说明他良心未泯，若能协助官军歼灭乔氏土匪，活捉乔吉、秦九，我定如实禀报，请求官府从轻惩处。"郑五俯身行大礼，哽咽道："李镖主不计前嫌，高风亮节，实在令人钦佩。请受我一拜。"李瑛问："洗心革面，痛改前非，就要拿出实际行动。请问，孙华要如何做？"郑五回答："请各位英雄放心，我下次来一定献上老鸹山布防图。攻山那天，我们里应外合，活捉乔吉、秦九，消灭土匪。"

第五十五回 危难时石头救师父 道身世春红入匪穴

余虹返回老鸹山，饭没顾上吃，就把几个徒弟们唤来，面授破解鞭技的办法："钟惠战败，事出有因，为师不责怪你。王霞的徒弟鞭技出众，但并非不可破解。她们使用鞭子，我们就用暗器。鞭子长，只能缠在腰上，只要留意，很容易察觉。她们解鞭子时，切勿慌乱，立即躲避，同时，打出飞镖，定能反败为胜。"余虹带着徒弟们反复操练，心里有了底。

几天后，两军重新开仗。余虹来到阵前，高声道："王霞，别看你们师徒擅长鞭技，侥幸赢了一阵。老夫已有破解的办法。不信，咱们就当场比试。"话音刚落，钟惠一催坐骑，来到阵前。

雪燕见了，气往上撞，催马与钟惠二次交手。双方战了十几个回合，雪燕收起宝剑，伸手摸腰间的鞭子，钟惠早有防备，拨马就走，雪燕在后面紧紧追赶。钟惠从镖囊中取出一支飞镖，转背回身，打了出去。雪燕躲闪不及，飞镖穿透甲胄，刺入肩膀，她觉得肩部一阵剧痛，险些跌落马下。钟惠策马返回，举刀要杀雪燕。危急时刻，雪梅双脚一踹马镫，马往前冲，拦下钟惠，救了师妹。钟惠打出的是毒镖，柳达声立即上前救治，用解毒药救了雪燕。

余虹见钟良旗开得胜，精神大振，手捋胡须哈哈大笑。乔吉命令击鼓助威。土匪高声呐喊，士气大振。

隆隆的鼓声激怒了雪梅。雪梅一动手就使出看家本事，两把宝剑上下飞舞，寒光闪烁，杀得钟惠只有招架之功，没有还手之力。余虹见了，急令韩方换下钟惠。

韩方飞马上前，拦下雪梅，二话不说，把刀一举，使了一招"力劈华山"，朝雪梅头上劈去。雪梅拨马躲过。韩方不等雪梅出招，把刀一横，又使了一招"秋风扫落叶"，朝雪梅腰部砍去。雪梅眼疾手快，一蹬马镫，战马"咴"的一声嘶鸣，向前一蹿，又躲过了第二刀，把在场的镖丁惊出了一身冷汗。"一马三刀"是韩方的杀手锏，很少有人能躲过。韩方见雪梅接连躲过两刀，气急败坏，反手又是一刀，动作快如闪电。雪梅一踹马镫，这一次，战马的动作稍稍迟了一点，刀尖划到雪梅的甲胄上，"哗啦"一声，甲胄叶片散落在地，把雪梅吓了一跳，多亏有内衬保护，没有伤到皮肉。韩方一阵狂笑，举刀又劈。雪梅临危不乱，侧身躲过大刀，两把宝剑同时刺向韩方，锋利的剑刃割伤了韩方的左臂。韩方大叫一声，败下阵来。雪梅也回归本队。

余虹气急败坏，催马上前要为徒儿报仇，被大徒弟朱荣拦下：“师父莫急，我去为师弟报仇。”一催坐骑来到阵前，横刀立马，耀武扬威，口口声声让李瑛出战。李瑛见此人身高马大，手持一把巨齿大刀，知道是员猛将，催马要与之交战，被儿子陆坚拦下。陆坚道：“娘，我去战他。”李瑛点头道：“此人身高力猛，你要加倍提防。”陆坚点头道：“娘放心，孩儿知道如何应对。”

朱荣见陆坚出阵，傲慢地问：“你是何人？报上名来。我刀下不死无名鬼！”陆坚道：“我乃李瑛之子，陆坚。”朱荣把嘴一撇，不屑一顾道：“没见过这样当娘的，让儿子上阵，自己当缩头乌龟。回去叫你娘来，我要跟她比个高低。”陆坚怒发冲冠，喝道：“你想与我娘交手，先战胜我再说。”言罢，举枪便刺。朱荣身高力猛，大刀又快又急，带着风声朝陆坚砍去，恨不能一刀结果陆坚的性命。陆坚这些年走南闯北，身经百战，积累了丰富的实战经验，知道和朱荣交手不能硬拼，只能以巧取胜，他不急于求成，稳扎稳打，消耗对方的体力，等待出手的时机。

战鼓隆隆，呐喊声震天，双方都为自己的战将助威。朱荣与陆坚战了三十多个回合未分胜负，不由得心中感叹：虎门无犬子。陆坚枪法娴熟，战法老到，看来不冒风险很难取胜。想到此，故意露出破绽，暗中做好准备。陆坚舞枪就刺，朱荣侧身躲过。不容陆坚抽枪换式，朱荣使出看家本领“蛟龙大翻身”，反手就是一刀，朝陆坚的头顶劈去。陆坚一缩头，大刀砍在头盔上，将头盔上的红缨齐刷刷地削下来，震得陆坚眼冒金星，趴在马背上。朱荣掉转马头，举刀就砍。在这生死关头，陆坚咬紧牙关，用力一磕马镫，战马一声嘶鸣狂奔起来，眨眼间跑得无影无踪。李瑛下令鸣金收兵。土匪敲着得胜鼓，返回山寨。

镖丁四处寻找，在树林里发现了昏迷不醒的陆坚。经过柳达声的救治，陆坚总算脱离了危险。

翌日，双方再战。朱荣在阵前耀武扬威，口口声声让李瑛出战。李瑛催马上前，与他交战。朱荣使出浑身解数，大刀如流星赶月般上下飞舞，围着李瑛转，却丝毫没有伤到李瑛。二十几个回合后，李瑛反守为攻，把大枪一抖，使出了绝技“金鸡三点头”。朱荣感觉一团枪尖在眼前闪动，分辨不出真假，急忙向后仰身，枪尖擦着鼻梁掠过，把他惊出一身冷汗。朱荣知道单打独斗不是对手，想用暗器胜李瑛。他一提缰绳，拨马就走，跑着跑着，突然打出一支飞镖。李瑛从小跟爹爹学习打飞镖，见朱荣伸手掏镖，已经做好准备，见镖飞来，伸手抓住镖把上的绸布，一抖手，又打了回去。飞镖飞回，正中朱荣的额头，他惨叫一声，坠马身亡。

余虹见李瑛杀死了爱徒，心如刀绞，大叫一声，要与李瑛拼命。王霞对李瑛道：“冤有头，债有主。我今天要与余虹作个了断，替爹娘和众英雄报仇！”说完，催马上前。余虹咬牙切齿道：“王霞，休要口吐狂言，想要我的人头，先赢了我手中的宝剑。否则，老夫要你的命。”余虹舞动双剑与王霞战在一起。

余虹和王霞，一个是大侠赵普的关门弟子，一个是大侠赵普的外孙女，师出同门，熟悉对方的套路，比的是真功夫，硬本领。两人各展绝技，你来我往，杀得难解难分。余虹原以为王飞龙夫妇死时王霞只有八岁，还是孩童，自己得到师父的真传，武艺应该在她之上。交手后，才意识到轻视了对手。王霞武艺精湛，余虹老到娴熟，双方棋逢对手，难分伯仲！其实，这并不为奇。余虹虽是赵普的关门弟子，深得赵普的喜爱，但毕竟是外姓人。赵普只将自家的独门绝技传授给了女儿和女婿。王霞三岁跟随父母习武，领悟了赵家武功的精髓，以后又得到如一大师的真传，博采众长，融会贯通，形成了自己的风格。即使是冤家，王霞也不得不承认余虹功夫精深，他若年轻十岁，自己未必是他的对手，可惜这身功夫没用在正道上。两人你来我往，战了六十多个回合未分胜负。乔吉担心余虹体力不支，鸣金收兵，退回老鸹山。

两日后，余虹与王霞再次交战。余虹虽然武功超群，但毕竟年近古稀，六十回合后，体力渐渐不支，露出了败象。王霞越战越勇，丝毫不给余虹喘息的机会，累得他气喘吁吁，汗流浃背。余虹感觉不妙，又不甘心示弱，心想：自己夸下海口，若是败走，岂不是丢尽了颜面。可是，不败又怎么办？莫非在这里等死？情急之下，余虹猛然想起爱徒王石头。从时间上推算，王石头也该来了，为什么还不现身？余虹心中焦虑，默默叨念：“石头，快来救救师父。”

就在此时，从远处飞驰来一匹白马，白马四蹄翻飞，眨眼就来到近前。马上坐着一员小将，正是王石头。王石头见师父与一个女僧人激战正酣，高声呼喊：“师父退到一旁，待徒儿来战她。”余虹见到王石头就像见到了救星，激动得老泪纵横，疾声道：“你来得正好。这个女魔头武艺高强，擅长鞭技，你要格外小心。”说完退到一边。

王霞勒住战马，凝眸而视，不由得吃了一惊，眼前这员小将银盔银甲，皮肤白皙，眉清目秀，手持一把青龙刀，相貌与柳俊虎一般无二！李瑛、刘雄等人见了，也是目瞪口呆。

王霞心潮澎湃，急切地问：“这员小将，你是何人？报上名来！”王石头答道：“我姓王，名石头。”“你多大年纪？父母是谁？”王石头诧异地问：“两军交战，我父母是谁与你有何相干？”余虹催促道：“石头，少与她废话，快快动手！”王石头遵从师命，舞刀便砍。王霞接连躲闪，没有还手。王石头感到纳闷，她与师父交手时出手凶狠，招招致命，为何对我礼让三分？王石头横刀立马，发问：“你为何不动手？难道是看我年轻有意礼让？若是如此，大可不必。两军交战各为其主，比的就是高低输赢。你若赢了，是我武艺不精，死而无憾。”王霞心想：既然在战场上相逢，那就与他过过招，看他的本事如何。想到此，舞动双剑相迎，俩人厮杀在一起。

自古英雄出少年。王石头天生聪慧，又得到余虹的真传，刀法娴熟，变化无常，十几个回合下来，不露丝毫破绽，王霞不禁暗自称赞。

两军交战刀枪无情。李瑛生怕伤了双方，急令鸣金收兵。王霞收起双剑，返回队伍。土匪敲着得胜鼓，唱着得胜歌，返回了老鸹山。

回到大营，王石头取出装着毒药“一步倒”的瓷瓶交与余虹。余虹面色阴沉，沮丧道：“这东西没用了。”说完，将药瓶掷在地上，瓷瓶摔得粉碎，药撒了一地。王石头疑惑不解，以前师父将它奉为神灵，掖着，藏着，生怕别人知晓。今天这是为何？王石头见余虹面色铁青，想问，又没敢问，把话咽了回去。

乔吉回到山寨，战场上的情景依然历历在目，让他不解的是，王霞与余虹交战时，手中的双剑如追星赶月，出手凶狠，招招致命，杀得余虹勉强招架。王石头上阵，她就变了一个人，只守不攻，处处相让。难道是她见王石头年轻动了恻隐之心？还是另有隐情？更让乔吉不解是，交战中李家镖局明明处于上风，李瑛为何要鸣金收兵？乔吉把秦九唤来，道出了心中的疑惑。

秦九心知肚明，却装作不知，岔开话题，道：“王石头不愧是余虹的高徒，武艺过人，就连女僧人也不是他的对手。要保住老鸹山，全靠余虹、王石头师徒了。可是……”秦九欲言又止。乔吉道：“有话直讲，别遮遮掩掩。”秦九道：“我担心王石头不会真心为咱卖力。”乔吉问：“何出此言？”秦九道：“王石头上次回来探亲，比武场上显露身手。主子爱惜人才重赏了他，还给王妈安排了新住处。可是王妈不领情。不仅退还了赏银，还搬回原来的住处，与下人一起干粗活。分明是与咱隔着心。”乔吉表示赞同，问：“你有何良策？”“为王妈安排最好的房子，派人严密看守。咱们只要把王妈控制在手里，就不怕王石头不服从。”乔吉点头道：“好主意。此乃一箭双雕，既安抚了王石头，又软禁了王妈。你马上去办。”秦九退了出去。

王石头归来让王妈既欢喜又忧愁。先前，余虹带着徒儿来到老鸹山，唯独儿子没露面，王妈为此还偷偷落了泪。得知土匪与官军开战，余虹的徒弟死的死，伤的伤，王妈又庆幸儿子没回来。此时，她又开始为儿子的安危担起心来。

王石头见娘眉头紧蹙，愁容满脸，关心地问：“娘为何不悦？是不是身体不适？”王妈掩饰道：“没有。”“既然没有，为何总是唉声叹气？”王妈见隐瞒不过，忧郁地问：“余虹带你们回来是不是要对抗官军？”王石头怕娘担忧，又不敢说谎，不知如何回答。王妈追问：“是与不是？”王石头点点头。王妈继续道：“娘是妇道人家，不晓得外面的事情，可是娘知道刀枪无情，你的师兄死的死，伤的伤，娘怕你……”王妈忍不住掩面哭泣，哽咽得说不出话来。王石头忙解释：“孩儿也不想与官军为敌，可是师命难违。”看到儿子痛苦无奈的表情，王妈心如刀割，提醒道：“师父对你有养育之恩，知恩图报是当徒弟的本分，可做事也要有是非判断。乔吉坏事干尽，咱们不该为他卖命！”王石头沉默不语，他清楚乔吉的人品，只是师命难违，不得不从。王妈叮嘱道：“石头，遇事要三思，不可盲从，两军阵前不要逞强，更不准随意伤人性命，记住了吗？”王石头点头应允。

王石头的出现打乱了先前的部署。李瑛回到大营，与王霞、刘雄商讨对策。王霞道：“王石头与俊虎相貌相同，分明就是失踪多年的俊龙！要尽快确认他的身世，向他揭露乔吉和余虹的罪行，让他认祖归宗。”刘雄提议：“柳春红是少夫人的贴身丫鬟，俊龙、俊虎出生时她就在身边，王石头是不是俊龙，她最有发言权，我们不妨把她接来，让她辨认。”众人表示赞同。李瑛即刻派人去接柳春红。

柳春红来到阵前，看见王石头，泪如泉涌。认为王石头就是俊龙，不过，时隔十余年，她还不敢下定论。李瑛问：“春红妹妹，俊龙身上可有特殊的印记？”柳春红道：“有，他的左腿内侧有块铜钱大小的胎记。”怎么核实大腿上的胎记？李瑛又犯了难。

正在这时，镖丁禀报：“郑五求见。”李瑛将郑五领进大帐。双方落座，郑五将一张地图交给李瑛，道：“这是老鸹山的布防图。”李瑛接过观看，称赞道：“好极了，有了这张图，攻打老鸹山就更有把握。请转告孙华，我们已经看到他悔改的诚意，若能配合官军彻底消灭乔氏土匪，我一定如实禀报官府。”

李瑛问：“两军交战，来了一员小将，自称叫王石头。你可知晓他的情况？”郑五道：“略知一二。他的母亲叫王秋菊，是乔家的女仆，大家都叫她王妈。”李瑛急切地问：“王石头可是王妈所生？”郑五道：“王妈的亲儿子夭折，王石头是她抱养的。”李瑛又问：“你可知王石头的身世？”郑五将王石头隔窗学艺的经过叙述一遍。李瑛恳求道：“郑五，你能帮我们做件事吗？”“莫说是一件事，就是十件百件，只要能办到，一定竭尽全力。”李瑛道：“请你帮我们查清王石头的身世，弄清他的来历。”郑五应诺。李瑛道：“我的大营人多嘴杂，为了保守秘密，咱们以后在外面会面。”郑五与李瑛商量好接头方式和地点，悄悄返回了老鸹山。

几天后，李瑛、王霞和刘雄再次与郑五秘密见面。李瑛急迫地问：“打听清楚王石头的身世了吗？”郑五道：“王妈三缄其口，只说王石头是从娘家村里抱养的，其他一概不答。”刘雄分析道：“秦九抢走了俊龙，他若将俊龙抱回乔家，王妈就有机会接触俊龙。不过，乔吉毫无人性，怎么会同意养育仇家的后代？”王霞道：“其中定有隐情。只有深入虎穴方可解开谜团。”李瑛转身问郑五：“你能否将我们的人带上山，与王妈见面？”郑五面露难色，道：“乔吉十分警觉，两军阵前三元大师与王石头交手时再三礼让，已经引起他的怀疑。此事怕有些难，容我回去想办法。”

郑五回到山上，把李瑛的请求告诉了孙华。孙华道：“我有个办法，可以试一试。夫人身边的女仆走了，我和乔吉说过要从山下找个新女仆，他应允了。官军围困老鸹山，这件事就搁置下来。我去找乔吉，他若同意，让镖局的人假扮女仆上山。”郑五认为可行。

孙华找到乔吉，道：“乔主子还记得我给夫人找女仆的事吗？”乔吉回答：“记得。”“我找的女仆来了，现在就在山下。我不敢私自接她上山，特向主子禀报，请求应允。”乔吉顿生疑窦，心中盘算：大战在即，怎么还有人甘冒风险上山？此举会不会另有图谋？可事先已经答应了孙华，不好回绝，还是勉强同意了。

李瑛获悉消息，欢喜过后又为派谁上山犹豫不决。柳春红忠诚可靠，知晓柳家的情况，还有当仆人的经历，最合适。可是，柳双喜还没有落网，孙华的部下可能还有人认识她，一旦被人认出，不但威胁到她的生命安全，还会影响剿匪计划。李瑛把自己的想法告诉了柳春红，想听听她的意见。柳春红当即表示：“我愿意上山与王妈见面，向王石头道明身世，劝说王石头认祖归宗。”

第五十六回　初相见亲兄弟动武　说往事王妈道实情

柳春红来到孙华家，说话办事处处小心谨慎，乔吉派来监视的人没有发现疑点，放松了警惕。柳春红急着与王妈见面，谁知山下又出现了新情况。

李瑛正在帐中议事，一位镖丁急匆匆地进来禀报："报，柳俊虎与王石头在营外打起来了。"众人既惊诧又疑惑，柳俊虎远在三河镇，怎么会与王石头交战？李瑛急忙带人登高观望，只见营外两员小将各持兵器，你来我往，战得正酣，正是柳俊虎和王石头。

柳俊虎得知李瑛上老鸹山剿匪，请求参战，被李瑛一口拒绝。柳家只剩下柳俊虎这根独苗，他还担负着传承柳家织锦的重任，李瑛不想让柳俊虎上战场冒险。柳俊虎心中不悦，又不敢抗命，只好服从。

李瑛派人接柳春红上山，柳俊虎又动了心思，缠着柳春红不放，非要跟她一起去老鸹山见哥哥。柳春红劝慰道："你忘了姑姑临行前的嘱托了吗？你在家好好习武，学习文化，有了你哥的消息，娘马上捎信给你。"柳俊虎见娘不允，口头服从，心中另有主意。他暗中打点行装，备好盘缠，准备独自上路。

柳春红走后，柳俊虎留下一张纸条，悄悄离开三河镇，单人独骑直奔老鸹山，在两军阵前恰与王石头相遇。柳俊虎勒住马，仔细观看，见对面一员小将与自己相貌相同，知道他就是自己的孪生兄弟。王石头见到柳俊虎，也吃了一惊，心想："天下竟有这等奇事，他怎么与我长得一般模样？"王石头催马上前问话："你是何人？来此做什么？"柳俊虎道："我叫柳俊虎，你是不是叫王石头？"王石头注视着对方，诧异地问："你如何知晓我的名字？"柳俊虎道："我不仅知道你的名字，还知道你我是孪生兄弟。我是专程来找你，让你认祖归宗的。"王石头怒斥道："少与我套近乎。你姓柳，我姓王，你我素不相识，凭什么说我们是孪生兄弟？"柳俊虎火往上撞，怒道："你好不晓得事理。我俩长相为啥相同？因为我们身上流淌的是相同的血！都是柳家子孙！我专程寻你认亲，你却不问青红皂白蛮横无理。你以为我稀罕认你这个兄弟呀？我是要开导开导你，让你别再认贼作父，干亲者痛仇者快的事情……"王石头被激怒了，横眉立目，道："你再敢胡言乱语，休怪我对你不客气！"柳俊虎毫不示弱："难道我怕你不成？我好言相劝，是希望你迷途知返。”俩人话不投机动起手来。

柳俊虎跟李瑛习武，又得到三元大师的真传，手中的五钩神飞枪犹如出水蛟龙，神出鬼没，王石头是余虹的高徒，武功精湛，手中的青龙刀上下翻飞，变化莫测，兄弟俩各展绝技，杀得昏天黑地，难解难分。

李瑛急令镖兵打开营门，列开队形，纵马上前，高声喝道：“柳俊虎，你违抗军令擅自上山，已酿成大错，还不快快归队。”柳俊虎听到姑姑呵斥，知道闯了祸，虚晃一枪，拨马退到圈外，道：“王石头，不是我怕你，军令如山，我不得不服从。你若还执迷不悟，两军阵前我定与你刀枪相见，比一个高低胜负。”说完，拨转马头回归队伍。李瑛下令收兵。

王石头心事重重地回到家，茶饭不思，独自在屋里发呆，柳俊虎的身影不时浮现在眼前，他说的话又在耳边回响：“我俩长相为啥相同？是因为我们身上流淌的是相同的血！都是柳家子孙！”难道我们真是孪生兄弟？为什么娘从未说起过？王石头正在胡思乱想时，王妈推门进了屋，见儿子一脸忧愁，关切地问：“饭不吃，觉不睡，这是为啥？”王石头道出心中所思，探求地问：“娘，我是有一个孪生兄弟吗？”王妈心乱如麻，知道尘封心底的秘密无法再掩藏下去，一时又不知道如何回答，愣在那里。王石头见娘没作声，脸上露出为难之色，没再追问下去。

王妈失眠了。她打开衣箱，取出初次见到石头时孩子穿的衣服和系在衣服上的半条红罗帕，思绪如同开闸的水，往事历历在目。王妈一直想解开孩子的身世之谜，又怕一旦揭开谜底，孩子的家人会寻上山来。当真相即将揭开时，她又胆怯了，怕儿子离她而去。孩子是她的命，是她全部的希望与寄托！从收养石头那天起，他们的命运就紧紧连在一起，谁也不能将他们母子分开。

乔吉得知王石头与一位相貌相同的小将在营前交战，大为震惊，叫来随行的土匪询问，得知对方叫柳俊虎，是李瑛的侄子，猛然想起柳梅莹生的是双胞胎，柳梅莹跳崖身亡，怀抱的孩子侥幸存活，被秦九抱回来。乔吉把秦九叫来质问：“王石头可是柳家小姐跳崖后留下的孽种？”秦九知道事情败露，道出了实情：“主子息怒。不是奴才有意隐瞒，实在是事出有因。当年我把孩子交与王妈抚养，对外说是王妈从娘家村里抱养的，时间一长竟把此事忘记了。主子请余虹来家传授乔星、乔辰武艺，王石头隔窗学艺被余虹发现。此时我才醒悟，可为时已晚。余虹执意要收王石头为徒，否则，不再传授两位公子武艺。我当时想杀了王石头，以绝后患，又怕得罪了余虹，耽误了两位公子的前程。思前想后，没敢动手。又怕惹主子恼火，没敢道明。”

乔吉听罢，如梦初醒。一念之差，竟然让仇家李涛之子在自己身边长大。秦九劝解道：“主子不必多虑，王石头是我们的挡箭牌。”乔吉不解其意，问：“此话怎讲？”秦九说：“这些天，我一直在琢磨李瑛为何不敢出战，现在明白了，她是怕伤害王石头！”乔吉点头赞同，又满腹忧虑道：“我担心养虎为患，留下祸根。”秦九不以为然，说：“王石头的身世只有你我知道，我们不说，旁人怎会知晓？”乔吉动了怒：“你这是掩耳盗铃。人家都找上门来了，你还能隐瞒多久？不过，你说得也不无道理，王石头是我们的挡箭牌，还要为我所用。你马上增加人手，严密监视王妈和王石头的一举一动，发现异常，立即除掉他们，绝不能留下后患。”

柳春红一直在寻找与王妈见面的机会，土匪加强了戒备，几次尝试都没成功。眼看总攻的日子一天天临近，柳春红心急如焚。孙夫人想出了一个办法。孙华同意试一试，叮嘱道：“乔吉已有察觉，千万小心行事。”

柳春红一手提着纱灯，一手搀着孙夫人来到王妈的住处，站岗的土匪将她们拦住，道：“孙夫人止步，乔主子吩咐外人一律不得进入，请回吧。”孙夫人生气地道：“我是外人吗？莫说是这里，就是进乔主子的家也没人阻拦。乔主子怪罪下来与你无关，我会向他解释。再说，我找王妈就是请她剪鞋样，又不是啥大事，通融一下有何不可？”说话间，孙夫人将一块碎银塞到匪兵手里，俩人进了院门。

王妈被软禁在屋里，听到说话声，推门观望，见是孙夫人，垂手站立，恭敬地道：“孙夫人请进。”孙夫人笑道：“如今姐姐也当了主子，我怎么担待得起。”王妈涨红了脸，道：“我哪是什么主子，在夫人面前永远是下人。”孙夫人坐下，指着立在身旁的柳春红介绍道：“这是我家新来的女仆，叫柳春红。”柳春红上前施礼，道：“春红给王妈请安。”王妈上下打量，见来人慈眉善目，朴实端庄，心里喜欢，道：“不必多理，我与妹妹有缘，虽是首次见面，却一见如故。我俩以后就以姐妹相称，你看如何？”柳春红点头应允。

时间紧迫，孙夫人贴窗瞭望，示意春红快讲。柳春红开门见山道：“王妈，我是专程来找您的。”王妈诧异地注视着柳春红。问：“找我，找我有何事？”柳春红取出一身童装，放在王妈面前，眼里闪烁着泪花，道：“我若没有猜错，姐姐一定见过相同的衣服。”王妈面色骤变，张着嘴巴说不出话来，暗自思量：这个女人是谁？难道她就是王石头的亲娘？柳春红从王妈的表情中得到了答案，继续道：“我不但知道姐姐见过相同的衣服，还知道姐姐还有半块红罗帕！”柳春红拿出精心保存的半块红罗帕，王妈见了，更是惊讶不已。红罗帕上绣着亭亭玉立的荷花和戏水的鸭子。这个图案她太熟悉了，已经深深烙印在她的脑子里！王妈瞧瞧柳春红，又看看红罗帕，相信了柳春红的身份。柳春红擦擦泪水，问：“姐姐还没有回答我，是不是见过相同的衣服和手帕？” 老实巴交的王妈从没撒过谎，也不会说谎，诚恳地点点头。她拿出俊龙穿过的衣服和那半块红罗帕，放在桌上。一分为二的红罗帕拼成一块完整的手帕。

王妈深情地望着柳春红，用颤抖的声音问：“你是王石头的亲娘？”柳春红痛苦道：“王石头的爹娘都已过世，我是孩子母亲的贴身丫鬟。”王妈吃惊地问：“王石头的亲爹娘都死了？他们是怎么死的？”柳春红哭诉了李涛、柳梅莹遭土匪杀害的经过，说到柳梅莹抱着俊龙跳崖的遭遇，三个女人泪如雨下。

柳春红拿出一只绣花鞋，哽咽道：“这是柳夫人跳崖时穿的一只绣花鞋，另一只鞋被土匪捡了去。”王妈见到绣花鞋，忍不住道：“我见过另一只绣花鞋！”柳春红吃惊地问：“姐姐在哪儿见过？”王妈道：“在乔吉的房间里。”“能确定是一双鞋吗？”王妈肯定道：“能。我这个人爱做鞋，见过各种鞋，这是我见过的最漂亮的绣花鞋。我一直很纳闷，为什么只有一只？现在我终于弄明白了。”王妈用衣袖抹了一把泪。柳春红道：“我冒险上山就是要把真相告诉你们。姐姐是个明辨是非的人，不会眼睁睁地看着石头被乔吉利用，干出亲者痛仇者快的事情来。”王妈一边抹泪一边点头。柳春红继续道，“石头最听姐姐的话。姐姐要劝他与乔吉、余虹一刀两断，配合官军攻打老鸹山。”王妈点头应允。柳春红道：“乔吉的人盯得很紧，我们不便久留。今晚让石头到孙夫人家找我，我将实情原原本本告诉他。有人问我们来做什么，你就说孙夫人找你剪鞋样。”王妈点头道：“我记住了。”

傍晚，王石头回到家，草草吃了几口饭，回到自己的屋里痴痴地发呆。王妈轻轻推开门，王石头站起身，道：“娘还没歇息？”王妈坐在儿子对面，关心道：“你这几天茶饭不思，心事重重，娘知道你在想什么。那天，你问娘柳俊虎是谁，为什么与你相貌相同，娘现在告诉你，他是你的孪生弟弟。”王石头疑惑地问：“娘既然知道我有个兄弟，为何以前不告诉我？” 王妈叹息道：“别怪娘，娘也是才知道。娘以前说你是抱养的，娘没说实话，你不是娘抱养的，是……是秦九抢来的。”王石头不敢相信娘的话，惊讶道：“我是秦九抢来的？”“对。娘问过秦九你的亲爹娘是谁，他不说，娘不敢再问。娘今天才知道你的身世，你的真名叫柳俊龙。”王石头迟疑地问：“娘从何处得知我的身世？”王妈道：“孙华家新来了一位女仆，名叫柳春红。你去孙华家找她，她会告诉你真相。”王石头起身朝外走，被王妈拦住，道：“前门有人监视，你从后墙出去，路上小心，不要被他们发现。”

柳春红见到王石头，百感交集，拉着他的手道：“俊龙，我总算见到你了！”王石头挣脱她的手，疑惑地问：“你是谁？怎么会知晓我的身世？”柳春红哽咽着道：“我是你娘的贴身丫鬟，你们兄弟出生后，我就负责照顾你俩的生活。秦九火烧你家外宅，你外婆、你娘和我抱着你们兄弟到李家镖局避难，路上遭到秦九追杀，你娘为了掩护我和你弟弟逃命，抱着你引开土匪，跳下山崖。”说到伤心处，柳春红浑身抽搐，哽咽得说不出话来。王石头被深深地震撼了。柳春红继续道：“孩子，王妈让我看了你儿时穿的衣服，那身衣服是你娘亲手裁剪，是我缝制的。你娘留给你的红罗帕也是你娘设计的花样，我绣制的。你就是柳俊龙，这绝不会错。我还知道你左大腿内侧有块铜钱大小黑色的胎记。”王石头相信了柳春红的话。柳春红擦干眼泪，诉说起来，从土匪抢劫柳家织锦说起，说到了李涛巧设调包计大败大青山土匪，说到了李涛、柳梅莹喜结姻缘，说到了柳双喜投靠土匪充当奸细，说到了陆大江、李涛被土匪杀害，说到了柳梅莹怀抱着俊龙跳崖身亡……王石头拍案而起，要去找乔吉、秦九报仇。柳春红拦住他，道：“现在还不是时候，官军攻打老鸹山时，我们再里应外合消灭他们。”

柳春红把话题一转，语重心长道：“石头，我知道你是一个有情有义的孩子，与余虹感情很深，可有些话我不能不说。我问你，你了解余虹吗？”王石头听了，毫不迟疑地回答：“师父对我恩重如山，我们情同父子，我当然了解他。”柳春红道：“余虹并非你想的那么善良，他表面上正人君子，实际上干尽了坏事。你的祖父、祖母都惨死在他的手里。”柳春红的话犹如晴天霹雳，把王石头惊呆了。他不相信柳春红的话，为余虹辩解道：“不可能。我师父是众人仰慕的道长，你说的这些绝不是他所为！”

柳春红知道说服石头与余虹断绝关系绝非易事，平静道：“石头，你别急，听我慢慢说。你的曾外祖父赵普是一位大侠，他武功超群，学富五车，余虹是他的关门弟子。赵普晚年迷上了炼丹术，带着余虹在深山里炼制长生不老药。一次偶然的机会，他炼制出了一种毒药。这种毒药毒性很大，且无药可医，赵普就给它起名‘一步倒’。赵普深知‘一步倒’的危害，秘藏不宣，把记录制作‘一步倒’方法的本子交给你的祖母赵锦娘保管。赵普去世后，余虹认识了匪首乔天，乔天是乔吉的伯父，余虹经受不住金钱诱惑，向土匪提供了‘一步倒’，成了他们的帮凶。余虹自己制作‘一步倒’时才发现学到的只是皮毛。为了得到制作‘一步倒’的方法，他残忍地杀害了你的祖父和祖母，打伤了你的姑姑，抢走了记录制作‘一步倒’方法的笔记本。后来，他制造出了‘一步倒’，用它与乔氏土匪做交易，换取了大量不义之财。”王石头将信将疑，问：“这一切是谁告诉你的？”“你的姑姑！”王石头越听越糊涂，问：“谁是我姑姑？她在哪里？”“你姑姑就在老鸹山下，你还与她交过手，她就是三元大师。”王石头惊愕地问：“是那位女僧人？”柳春红点头道：“正是。”王石头想起与三元大师交战时的情景，明白了为什么她追问自己的身世，为什么步步退让的缘由。柳春红见王石头沉默不语，知道自己的话已经奏效，继续道：“余虹虽然没有直接参与抢劫，可土匪用他提供的毒药不知杀害了多少英雄豪杰和无辜百姓，其中就有你的父亲李涛！”

王石头不解其意，追问道：“我祖父姓王，我父亲为何姓李？”柳春红道：“你祖父、祖母被余虹杀害时，你的父亲还是襁褓中的婴儿，是你祖父的一位挚友救了你爹。此人名叫李胜，是‘白发侠女’李瑛的父亲。李胜将你爹收养，改姓李。李胜夫人早逝，是李瑛陪伴你爹长大！后来，你爹入赘柳家，你们随了母姓。”王石头恍然大悟，此时才明白两军交战时李瑛为什么鸣金收兵。原来是在保护自己。

看到王石头痛苦的表情，柳春红道：“石头，我不该刚见面就告诉你你的身世，让你承受这么大痛苦！我这么做也是迫不得已。乔吉把你当枪使，余虹也在欺骗你。大战在即，只有让你了解真相，与土匪和余虹一刀两断，才能确保你的安全。”王石头一言不发，内心翻江倒海，痛苦不堪。柳春红提醒道：“你在两军阵前现身，打乱了先前的部署，俊虎与你交战，又暴露了你的真实身份。乔吉、秦九已有察觉，他们软禁王妈，派人监视你的行踪，就是最好的证明。你们母子身处险境，随时有生命危险。”王石头从柳春红焦虑不安的神情中感受到对方的真诚，从心底萌生出由衷的感激。柳春红嘱咐道：“记住，说话做事要小心谨慎，不可感情用事，不然会有杀身之祸，还会影响攻山计划。”王石头点头应允。

深夜，王石头回到住处。王妈见到儿子，急切地问：“见到她了吗？”王石头点点头。王妈又问："她把一切都告诉你了？"王石头又点点头。看到儿子痛苦的表情，王妈宽慰道："天不早了，快歇息吧。"石头唤住娘，道："能让我看看亲娘为我裁制的衣物吗？"王妈拿出衣物，道："这两身小衣服，一身是你的，一身是你弟弟的。这块红罗帕是你娘留下的，你娘跳崖前，将手帕一撕两半，一半系在你的衣服上，另一半交给了柳姨。这是你娘穿的一只绣花鞋，上面有你娘的血迹，另一只绣花鞋被秦九捡到，如今在乔吉的屋里。"见到儿时穿的衣服和娘的遗物，王石头鼻子一酸，泪水夺眶而出，又问："娘在乔吉的屋里见过另一只绣花鞋？"王妈点头道："见过。与这只一模一样。"

王石头和衣而卧，辗转反侧，不能入眠。一切来得过于突然，让他一时难以承受，最让他痛苦的是师父给他带来的伤害。石头闭上眼，余虹的身影在眼前晃动，一会儿慈祥可亲，一会儿凶神恶煞，让他难辨真假，直到黎明才昏昏沉沉地睡去。

急促的敲门声将睡梦中的王石头惊醒，他一骨碌下了床，宝剑出鞘，侧耳细听。屋外传来娘的声音："石头这几天累坏了，让他多睡一会儿吧，求求你们了。"来人道："这是乔主子的命令。"王石头走出房门，来人上前，毕恭毕敬道："乔主子有请。"王石头道："你回去禀报，说我马上就到。"王妈怕出事，把王石头叫到身边叮嘱道："遇事要冷静，不可蛮干。"王石头回答："娘放心，孩儿知道该怎么做。"

第五十七回　遭猜疑孙华失兵权　捣匪巢二匪首被擒

山雨欲来风满楼。决战前短暂的宁静让乔吉心神不安，他知道余虹和王石头是他最后的救命稻草，只有靠余虹和王石头相助，才能保住性命。乔吉一清早把师徒二人找来窥测他们的想法。

郑五从山下带回消息：官军明日清晨以炮声为号攻打老鸹山。孙华暗中准备，彻夜未眠。天刚亮，郑五急匆匆跑来禀报："乔吉把王石头叫走了。"孙华大吃一惊，心想：王石头刚知道了身世，难道乔吉就得到了消息，要对他下手？孙华感到事态严重，吩咐郑五："咱们不能掉以轻心。你带几个兄弟监视乔吉，保护王石头的安全。遇到险情，以响箭为号，我们提前动手。"郑五转身而去。

王石头来到乔吉家的客厅，屋里没有人，餐桌上摆着丰盛的早餐。王石头隔窗看见乔吉陪同余虹走过来，想起惨遭杀害的爹娘，怒火中烧，伸手去抽宝剑，想起出门前娘的告诫，强压下怒火。

众人落座。乔吉见王石头面色灰暗，神态疲惫，问："石头，你哪里不舒服？"转身吩咐仆人道："唤郎中来，为石头把脉。"王石头阻止道："不必了，我只是劳累，并无大碍。"乔吉顺应道："既然如此，饭后回去好好休息，养足精神，准备抵御来敌。"王石头草草吃了饭，起身告辞。乔吉低声吩咐保镖："跟着他，瞧他做什么。"　保镖尾随王石头出了门。

郑五带人在乔吉住处外监视，见乔吉的保镖尾随在王石头身后，对身边的兄弟道："你们保护王石头的安全。我去对付他。"说完，大步流星地追上去："兄弟，你这是上哪儿？"保镖见是郑五，敷衍道："原来是……郑五兄弟，没事出来走走。"郑五知道此人嗜酒如命，拍拍他的肩，热情道："我也闲着没事。走，到我那里去，咱们喝两杯。"保镖急忙改口："兄弟的美意我领了。大敌当前不敢饮酒，等打败官军，再一醉方休。"说完，抬腿要走。郑五将他拦下："不喝没关系。我把那坛好酒送给你。走，跟我去取。"拉着他就走。

王妈见儿子回来，焦急地问："乔吉没对你怎样吧？"王石头安慰说："大战在即，正在用人之时，乔吉不会马上对我下手。"

乔吉把秦九叫到身边，低声道："王石头神情异常，难道他知晓了身世？"

秦九心里一沉，感觉不妙。乔吉继续道，“你去查查王妈与谁接触过。”一会儿，秦九回来禀报：“昨天，孙华的老婆带着女仆去过王妈家。”“去做什么？”“让王妈帮助剪鞋样。”“剪鞋样？”秦九解释道：“别看王妈粗手大脚，针线活却是百里挑一，尤其会做鞋，不少女眷找她帮忙。”乔吉沉思良久，突然问：“孙华家新来的女仆去干什么？”秦九不解其意，问：“主子怀疑那个女仆？”乔吉道：“此人办事谨慎，说话滴水不漏，是个有心计的人。大战在即，别人巴不得逃离老鸹山，她偏偏在此时上山，有违常理，我们要加倍提防。”秦九迟疑地问：“既然主子早有戒心，为何还让她上山？”乔吉道：“事出有因。孙华以前提过此事，我已应允，话已出口，怎能出尔反尔，言而无信。况且，大敌当前，人心浮动，不能因小失大，误了大事。”秦九问：“我们怎么办？把她抓起来？”乔吉摆手道：“不妥。孙华与我早有二心，硬来岂不是逼他谋反。”乔吉沉思片刻，继续道，“如果这个女人另有图谋，孙华肯定与她串通一气。你派人昼夜监视孙华和他的家人，发现异常，马上除掉他们。”“是。”秦九应声而去。

孙华见到郑五，急忙问：“怎么去了这么久，出了何事？”郑五把发生的事告诉了孙华。孙华面色阴沉道：“你弄巧成拙干了件蠢事！”郑五不解。孙华解释道：“乔吉诡计多端，你的所为定会加深他的猜疑，这不是弄巧成拙？”郑五面露愧色，问：“这可如何是好？”孙华叹息道：“木已成舟，无法补救，但愿能蒙混过去。”郑五进言道：“派几个弟兄保护你吧。”孙华摆手道：“不妥。乔吉生性多疑，必定派人来家察看，我这里越清静，反而越安全。”

乔吉见保镖迟迟不归，派人去查，得知保镖喝酒误事，火冒三丈，亲自审问。保镖道出了实情。乔吉满腹狐疑，孙华老婆和女仆昨天去了王妈家，孙华的心腹今天又平白无故请我的保镖饮酒，莫非是孙华与王石头串通谋反？想到此，不由得打了个寒战。他最担心王石头生变，派人到王妈家查看。派去的人回来禀报：“王石头一直在家，没有出门。”乔吉疑虑未消，对秦九吩咐道：“你带人去孙华家看看，如有谋反之嫌，马上除掉他。”

秦九大摇大摆地来到孙华家。孙夫人正在院子里忙活，见到秦九热情地招呼道：“秦爷来啦，当家的今天得闲，在屋里和孩子下棋呢。”秦九掀帘进屋，孙华父子果然在对弈。孙华起身相迎，秦九若无其事道：“没什么大事。就是告诉你午饭后到聚义厅议事。”孙华点头应允。

秦九回来向乔吉禀报：“主子，孙华父子在下棋。没有发现异常，我们是不是太敏感了？”乔吉沉思了半晌，说：“小心驶得万年船。孙华是被逼降的，以前他没谋反是因为这里安全，可以暂且栖身，他的妻儿在咱们手里，不敢有非分之想。如今兵临城下，我们泥菩萨过河自身难保，他就要考虑退路了。对于这种人不得不防。”秦九问：“主子打算除掉他？我看不妥。没有真凭实据就杀人，会引起大乱的。”乔吉在秦九耳边嘀咕了几句，秦九恭维地道：“还是主子高明。咱们给他来一个釜底抽薪，让他谋反不成。”

匪首们到聚义厅议事。乔吉高声道：“大敌当前，兵马要统一调遣。孙华的手下分成两队，一队听从秦九的指挥，一队随我行动。”孙华心想：好歹毒的乔吉，分明是夺了我的兵权。心里愤怒，表面上却不露声色，上前道：“孙华遵令。”

郑五等候多时，见到孙华开会回来，急切地问：“大哥，有何情况？”孙华道：“乔吉和秦九已经警觉，他们夺了我的兵权。我们索性将计就计，攻山炮响，大家分头行动，你带人配合王石头，其余的人趁乱放火，我去捣毁乔吉的老巢，抓捕他的家眷，打他个措手不及。”

黎明时分，老鸹山下响起隆隆的炮声，官军和镖丁开始攻山。乔吉来到阵前，不见余虹师徒，感觉不妙，慌忙令人去找。派去的人回来禀报：“余虹师徒不知去向，战马和兵器也不见了。”乔吉仰天长叹，知道余虹背叛了他。

余虹听到隆隆炮声，知道大势已去，把徒儿唤到身边，高声道：“官军杀来了，快跟我走。”钟良提醒道：“师父，石头还没来呢。”余虹催促道：“快去找！”钟良气喘吁吁地跑回来，道：“王家无人，寻不见王石头。”余虹一跺脚，道：“不能再等了，否则谁也走不了。”说完纵马而去。

乔吉率队仓促迎战，队伍刚列好阵，李瑛、王霞就率领兵马来到近前。匪兵居高临下，开弓放箭，暂时稳住了阵脚。土匪身后出现了一支人马，为首的是一员小将，银盔银甲，胯下一匹白马，掌中一柄青龙刀，马也精神，人也威武，正是王石头。

乔吉见到王石头，如同见到了救命菩萨，急声呼叫：“石头，快快出阵迎敌。”王石头剑眉倒竖，怒目圆睁，手指乔吉喝道：“乔吉，你残害我家两代人，我与你不共戴天！我要为死去的家人报仇！”乔吉故作镇静道：“我待你和王妈不薄，何出此言？”王石头怒不可遏，厉声道：“你用毒箭射杀我爹和姑父，逼迫外祖母和娘跳崖身亡……”乔吉打断王石头的话，装出一副委屈的模样，道："这是挑拨离间，千万不可听信谗言！"王石头从怀里取出绣花鞋，质问道："这是我娘跳崖时穿的绣花鞋，另一只为何在你屋里？！"乔吉佯装不知，信誓旦旦道："绝无此事。"王石头怒发冲冠，喝道："我娘亲眼所见，人证物证俱在，你休想抵赖！"乔吉知道事情无法遮掩，挑明了问："是谁告诉你的？""是我。"话音刚落，从王石头身后的队伍里走出一位中年女子。乔吉定睛观看，正是孙华家新来的女仆，恼怒地问："你……你是何人？"柳春红高声道："我是柳梅莹的贴身丫鬟柳春红。"乔吉惊诧不已，又追悔莫及，知道自己苦心经营的一切都毁在了这个女人手里。

乔吉知道与王石头单打独斗不是对手，对身边的两名匪将道："你俩合力战他。"两员匪将纵马向前，一个使棍，一个舞枪与王石头交战。王石头眼观六路，耳听八方，见大枪从背后扎来，双脚一踹马镫，躲过大枪，回首就是一刀，寒光一闪，匪将的头颅滚落在地。乔吉大惊失色，道："好厉害的王石头。"使棍的匪将见同伴被杀，恼羞成怒，舞棍就砸。王石头使了一招"小鬼推磨"，将匪将斩落马下。

乔吉惊恐万分，吼道："开弓放箭，用毒箭射死他。"王石头知道"一步倒"的毒性，见弓箭手拉弓搭箭，策马就走。乔吉举剑高喊："小的们，冲上去。杀死王石头和姓柳的女人，赏银百两！"就在此时，有匪兵高声惊呼："着火了！"只见聚义厅浓烟滚滚，烈焰蹿上房顶。孙华率众驱赶着乔吉的女眷走过来。乔吉气急败坏，声嘶力竭地呼喊："杀死孙华，解救家眷。"一抖丝缰，舞双剑杀向孙华，被王石头横刀拦下。

乔吉硬着头皮应战。王石头报仇心切，手中大刀像施了魔法，上下翻飞，寒光闪闪，变化莫测，刀刀致命。乔吉左躲右闪，使出浑身解数拼命抵抗，几个回合下来，已是大汗淋漓。他知道不是对手，拨马逃命，王石头催马追赶，可惜坐骑的脚力远不及乔吉的马，眼睁睁地看着乔吉远去。

李瑛见山上火起，把令旗一举，镖丁奋勇向前。土匪腹背受敌，人心大乱，开始溃败。张豹一马当先冲入敌阵，与乔辰相遇。乔辰见到张豹，恨得咬牙切齿，一心要为死去的哥哥报仇，大吼一声："拿命来！"舞动三节棍就打。双方战了十几个回合，张豹故伎重演，想用抛锤的绝技战胜乔辰，孰料乔辰早有防备，躲过抛过来大锤，舞动三节棍就打，击中张豹的手臂，张豹疼得大叫一声，险些跌落马下。柳俊虎催马赶到，刺死乔辰，救下张豹。

秦风、秦雷见乔辰战死，不敢恋战，拨马就逃。王霞拦下秦风，一个回合就将他刺落马下。秦雷被曹峰杀死，土匪纷纷举手投降。

秦九见大势已去，施展轻功逃窜，陈龙紧追不舍。秦九回头观望，见无法脱身，返身与陈龙展开厮杀。两人你来我往，杀得难解难分。雪梅赶到，收起双剑，从腰间取下皮鞭，手腕一抖，鞭子落在秦九持刀的手腕上，钢刀落地。秦九抬腿想逃，雪梅一甩手臂，鞭子将他抽倒在地。陈龙飞身上前，刀架脖颈，将他活捉。

李瑛、王霞带人把乔吉围在当中。仇人相见分外眼红。李瑛横眉立目，高声喝道："乔吉，快下马投降！"乔吉舞剑顽抗。李瑛举枪相迎，枪头扎向乔吉的胸膛，乔吉用剑拨打，李瑛一翻手腕，枪尖突然改变了方向，刺中乔吉的手臂。众镖丁蜂拥而上，将乔吉生擒。

土匪被官军和镖丁尽数清剿。官军要放火烧毁匪巢，王石头道："且慢，容我取走娘的遗物。"他来到乔吉的房间，拿走娘的绣花鞋。浓烟滚滚，火光冲天，匪巢顷刻化为灰烬。

苏万得知乔吉、秦九被活捉，又急又恼，派人打探消息，获悉李瑛将亲自押解乔吉、秦九下山，决定在半路设下埋伏，劫杀乔吉和秦九。他把手下召集来，道："兄弟们，成败在此一举。事成后，我有重赏。"

苏万带人潜伏在路边，看见囚车驶来，下令："弓上弦，听我号令，射死木笼囚车里的乔吉、秦九！"待囚车驶近，苏万傻了眼，两辆囚车被厚厚的木板覆盖，如同穿上了铠甲，弓弩无济于事。苏万把钢刀一举，大吼一声："砸囚车。"带领手下扑向囚车。刘雄率镖丁迎敌，双方厮杀在一起。这时，远处冲出一支人马将苏万团团围住，为首的正是李瑛和王霞。李瑛高喝："苏万，死到临头还不快快投降！"苏万将心一横，要举刀自尽。王霞眼疾手快，一抖长鞭，将苏万手中的钢刀击落，众镖丁上前将他绑牢，推到李瑛面前。李瑛道："苏万，你这个卑鄙无耻的小人，你助纣为虐，干尽坏事。我设下圈套就是要将你生擒活捉，接受正义的审判。实话告诉你，我已将乔吉、秦九秘密押解回三河县衙，这两辆囚车是为你和你的同伙准备的。"苏万绝望地瘫在地上。李瑛、王霞押解囚车凯旋。

第五十八回　讨血债众罪犯伏法　罪孽重余虹自缢亡

崔凯派人在开封以及周边各县张贴布告，劝说董磊投案自首。董磊看到布告，知道事情有了转机，到三河县衙投案。乔吉、秦九、苏万悉数归案。

崔凯重新升堂，让人把苏万押上大堂，问："罪犯苏万，师爷曹轶是怎么死的？""回大人的话，王九明和曹轶收受贿赂，在刑场解救了罪犯乔吉。王九明担心东窗事发，开始杀人灭口。赵家公子被杀案暴露后，王九明借机抓捕了曹轶，他怕曹轶供出他的罪行，让我给他灌了哑药，又动用大刑把他打昏，强行在供状上按下手印。曹轶不久就死在大牢里，曹轶的财产也被王九明据为己有。"

崔凯一拍惊堂木，大声道："王九明是如何勾结土匪杀害余大贵和狱卒的，从实招来！"苏万交代了犯罪经过："王九明明知曹爽是土匪，不但不抓他，还让我结识他，目的就是通过曹爽向土匪通风报信。我照王九明的吩咐，把余大贵押解犯人去集中营的消息透露给曹爽，土匪得到情报，在半路劫杀了余大贵和二十三名狱卒，只有董磊一人逃生。后来，我又按照王九明的指令杀死了曹爽。"

单宝生对宋天福的死痛心疾首，一直想弄清苏万的杀人动机，大声喝问："苏万，你为什么放暗箭射杀宋天福？""王九明给我下了死命令，让我杀死乔吉、秦九，决不能留下活口。我怕乔吉落入宋天福之手，才放暗箭射杀了他。"苏万交代完罪行，被押下公堂。

崔凯让人把董磊带上来，问："董磊，有人在土匪劫囚车的现场留下府衙腰牌和揭露王九明罪行的字迹。可是你所为？"董磊点头道："正是。"崔凯道："你把知道的案情陈述一遍。"董磊道："王九明与曹师爷密谋解救罪犯乔吉，为了拉余大贵入伙，他们谋划了囚犯暴动，将罪责强加给余大贵，逼迫余大贵顺从。事后，王九明安排余大贵将俘获的土匪押解到集中营，又勾结土匪在半路上劫囚车。余大贵和二十三名狱卒丧命，只有我一人侥幸逃生。王九明权重势大，我不敢当面告发，又为余大贵和死去的弟兄们鸣不平，就留下了腰牌，在树干上刻下了'杀人者，王九明、乔吉也'的字迹。"崔凯拿出腰牌让他辨认，董磊确认无疑。董磊在笔录上签字画押，被押下公堂。

乔吉、秦九、苏万一一交代了王九明勾结土匪贪赃枉法的罪行，案情真相大白。崔凯决定在三河县衙举行公审大会。告示一贴出，百姓欢呼雀跃，奔走相告。

公审大会当日，前来观看的百姓人山人海，把县衙和周围的街巷堵得水泄不通。崔凯一拍惊堂木，高声道："法网恢恢，疏而不漏。王九明一案的相关罪犯悉数落网，案件已经审理完毕。王九明罪孽深重，落到今日的下场是他咎由自取。今日开庭就是要还原事件原貌，让真相大白天下，为死去的英雄豪杰和无辜百姓申冤昭雪。来人，带王九明、乔吉、秦九、苏万等罪犯上堂。" "威武……"众衙役发出愤怒的呐喊。王九明、乔吉、秦九、苏万等罪犯被押上大堂，一个个神情呆滞，垂头丧气。

崔凯高声道："肃静。听本官宣判：王九明身为朝廷命官，贪赃枉法，罪行累累。他收受土匪巨额贿赂，私放朝廷要犯乔吉；为了掩盖罪行，他杀死师爷曹轶；勾结土匪杀害余大贵和二十三名狱卒，销毁相关卷宗；他向乔吉泄露火器营的行程，致使火器营蒙受重大损失。庭审期间，王九明拒不认罪，以身试法，罪加一等。王九明犯罪事实清楚，有当事人乔吉、秦九、董磊、苏万等人的证词，证据确凿，铁证如山。王九明罪大恶极，十恶不赦，依律判处死刑，查抄全部家产，待朝廷批复后正法。

"罪犯乔吉、秦九是乔氏土匪匪首，二犯杀人放火，抢劫财物，草菅人命，无恶不作。为了霸占柳家织造坊，二犯组织土匪抢劫柳家织锦，火烧柳宅，杀害柳家仆人 8 名；追杀柳家老夫人柳蕊珠、少夫人柳梅莹，杀害老夫人柳蕊珠、少夫人柳梅莹以及随从 13 人；在十八道弯设伏，杀害陆大江、李涛、王亮、张汉四位英雄，割去头颅，手段之残忍令人发指；在十八道弯设伏，追杀李瑛、陆坚母子，杀害李家镖丁 15 人；二犯抢劫囚车，杀害余大贵和二十三名狱卒。袭击火器营，抢夺火炮，杀害官军，罪行累累，恶贯满盈。依律判处死刑。

"罪犯苏万是王九明的帮凶，他勾结土匪，传递情报，致使余大贵和二十三名狱卒被害，押解的犯人逃跑；他放火烧毁卷宗，销毁证据；他为王九明出谋划策，致使火器营遭受重大损失；他故意杀害宋天福，放走罪犯乔吉，罪行累累，依律判处死刑。"

宣判完毕，崔凯道："将罪犯关进死囚牢，等待行刑。"众衙役上前，把王九明、乔吉、秦九、苏万拖下公堂。万众欢腾，鸣炮庆祝。

王九明被关进死囚牢，发出绝望的哀号："我机关算尽，还是在劫难逃，最终落个株连九族身败名裂的下场。”

几天后，崔凯再次升堂，下令把孙华、董磊押上公堂，当庭宣判：

“孙华投靠匪首乔吉，杀害官军和山民，按律当斩。官军清剿老鸹山土匪时，献上布防图，协助官府攻打匪巢，抓获匪首乔吉、秦九，念你有悔过之心，决定法外施恩，从轻发落，判处孙华有期徒刑八年。

“董磊参与私放朝廷要犯乔吉的罪行，本应重罚，念你是胁从，并且主动投案自首，协助官府查清案情，决定从轻发落，判处董磊有期徒刑两年。”孙华、董磊叩首谢恩，被押下公堂。

乔吉、秦九等罪犯都已落网，唯独柳双喜在逃，官府再发通缉令，缉拿罪犯柳双喜投靠土匪，杀害主人，丧尽天良，柳氏族人对他恨之入骨，发誓一定要将他抓捕归案，绳之以法。从柳家庄传来好消息：柳双喜抓到了。

这一日，柳二虎带领两个庄民到外县办事，路上饥肠辘辘，见道边有家小饭馆，便走进去吃饭。吃饭时，门帘一挑，进来一个蓬头垢面衣衫褴褛的乞丐。乞丐拄着棍子，瘸着一条腿。对面桌上的客人给了乞丐一碗饭，他狼吞虎咽地吃起来。与柳二虎同行的庄民无意中看了乞丐几眼，觉得有些面熟，对柳二虎说：“你瞧，那个人像柳双喜。”乞丐闻言，惊慌失措，拖着残腿往外跑。柳二虎追出去，抓住乞丐辨认，正是潜逃多年的柳双喜。

柳双喜带领土匪到柳家庄抢劫蚕茧，行动失败后，逃到外县，隐名埋姓，在一家店铺里当了伙计。他最初还安分守己，没过多久又恶习不改，偷盗东家的财物。东家发现后，打断了他的左腿，撵出门。柳双喜流落街头，拖着一条残腿沿街乞讨。

柳双喜苦苦求饶，柳二虎想起东家一家人的悲惨遭遇，想起惨遭土匪杀害的哥哥柳大虎和乡民，怒吼道：“放你一条生路，休想！你干尽坏事，死有余辜。”柳二虎把柳双喜押回三河县，交给县衙。

县令单宝生亲自审问，还没动刑，柳双喜就全招了。柳双喜投靠土匪，罪大恶极，十恶不赦，被判处死刑。柳双喜得知判决结果，面如死灰，瘫倒在地。

绝望中的柳双喜想起柳春红，提出要见她。单宝生征求李瑛的意见。李瑛道：“柳双喜与柳春红青梅竹马，又订过娃娃亲，见与不见还是让春红决定吧。”柳春红得知消息，心潮起伏，周围的人劝她别理睬这个猪狗不如的畜生。柳春红思来想去，决定去一趟大牢，当面与柳双喜作个了断。

柳春红来到牢房。柳双喜像狗一样匍匐在地，痛哭流涕，苦苦地哀求：“春红，你帮我说句话，恳求县令大人留我一条性命吧。”柳春红柳眉倒竖，怒目圆睁，怒斥道：“柳双喜，你这个狼心狗肺卑鄙无耻的小人。我爷爷临终前，你在他老人家面前发过誓，要知恩图报，绝不背叛主人。爷爷尸骨未寒，你就忘恩负义，背叛主人。你花言巧语从我这里骗取陆镖主的消息，向土匪通风报信，致使陆镖主、少东家、王亮、张汉惨遭杀害；你带领土匪火烧柳宅，杀死八名仆人，使柳家蒙受重大损失；你向土匪告密，杀死老夫人柳蕊珠、少夫人柳梅莹、柳大虎等十多人……”不等柳春红说完，柳双喜辩解道：“不是我想背叛主人，是秦九太凶狠，我若不照他说的做，他们就开膛破肚，挖肝摘心……”柳春红怒不可遏，朝柳双喜脸上狠狠唾了一口，怒斥道：“苍蝇不叮无缝的蛋。你好逸恶劳，贪图享受，是无耻的小人。从你背叛柳家那刻起，我就与你一刀两断，没有任何关系了。我来这里不是可怜你，更不会为你求情，是要当面与你作个了断！柳双喜，你这个猪狗不如的东西！你坏事做尽，丧尽天良，死有余辜，这是罪有应得！”柳春红如同卸下了千斤重担，顿觉神清气爽，昂头挺胸，迈着轻松的步子走出了牢房，身后传来柳双喜绝望的哀号。

王石头领路，李瑛、王霞在深山里找到了余虹。余虹怒目圆睁，指着王石头道：“我待你不薄，你不念养育之恩，背叛于我，天理不容！”王石头跪倒在地，悲痛道：“师父待我如同父子，徒儿不敢忘怀；师父罪孽深重，徒儿也不能宽恕。”余虹闻言，沉默不语。王霞质问：“余虹，你可知王石头是谁的后代？”余虹对王石头的身世已有耳闻，但他不相信传言。王霞见余虹不语，继续道，“王石头是我弟弟小涛的儿子！”余虹把头摇得像拨浪鼓，道：“不可能，绝对不可能！小涛早死了，怎么会有儿子？休要编造谎言蒙骗老夫。”王霞道：“小涛没有死，李胜救了他，把他抚养成人。小涛入赘柳家，与柳家小姐柳梅莹结婚，生育了一对孪生子——柳俊龙，柳俊虎。后来，土匪追杀柳梅莹，柳梅莹抱着柳俊龙跳崖，柳梅莹身亡，柳俊龙侥幸生存。柳俊龙被秦九掠进匪巢，被王妈收养，改名王石头。”余虹惊得目瞪口呆，他万万没料到大千世界，人海茫茫，自己千挑万选的爱徒竟然是恩师的血脉。

王霞手持宝剑喝道：“余虹，你这个忘恩负义的小人，你这只披着人皮的豺狼！你杀死了我的爹娘和雪姨；你与土匪沆瀣一气，土匪用你提供的‘一步倒’不知害死了多少英雄豪杰和无辜百姓！你罪行累累，恶贯满盈，我要为死去的人报仇！”说完，舞剑就刺。

余虹已无当日的猖狂，跪倒在地，颤颤巍巍道：“王霞，我知道错了。师父的笔记本本该属于你，我把它还给你。”余虹取出笔记本，交给三元大师。三元大师翻开观看，见到熟悉的笔迹，确信这就是余虹抢走的那个本子。三元大师收起本子，怒道：“你以为交出笔记本就能洗刷你的罪恶？”余虹惊愕地看着三元大师，突然想起了什么，恳求道：“我这些年隐居深山潜心炼丹，我把炼制的丹药和掌握的炼丹方法都献给你，这总行了吧？这可是我几十年的心血！”三元大师听到丹药二字，更加愤怒：“余虹，你还有脸提丹药二字。我知道你杀害我爹娘和雪姨，不仅想得到‘一步倒’的制作方法，还想得到炼制丹药的方法。你找到了外祖父的记录本，当时就发现少了页码，少的正是记录炼丹方法的原始记录……”余虹大惊失色，颤抖着问：“你，你……你怎么知道？难道原始记录在你手里？”三元大师喝道：“我娘把原始记录藏在丁香树下，你的阴谋才没能全部得逞！”余虹恍然大悟。

余虹躲到王石头身后。为自己辩解：“我罪孽深重，但也不是一无是处。我含辛茹苦把石头抚养成人，也是对亡者的一种补偿。” 王霞火往上撞，喝道：“无耻之徒，拿命来！”说完，舞剑就刺。王石头跪倒在地，用身体挡住余虹。

王石头的举动让王霞十分震惊，质问：“你……你要干什么？难道还要为这个畜生说情？”王石头泪流满面，向姑姑王霞投去哀求的目光。李瑛把王霞叫到一旁，道：“姐姐听我说。你对爹娘的死刻骨铭心，永世难忘。王石头年幼，对那段历史没有亲身感受。余虹对石头有养育之恩是不争的事实，咱们要多替孩子着想，不能让他的心里留下阴影，痛苦终生。我提议先把余虹羁押起来，给石头留下思考的时间，余虹的生死还是让石头决定吧。你看，行不行？” 王霞采纳了李瑛的建议。

皓月当空，万籁俱寂。李家镖局的人都进入了梦乡，只有王石头的房间还亮着灯。王石头思绪繁乱，如何处置余虹？他必须作出抉择。余虹虽然罪不可赦，但毕竟是自己的师父，对自己有养育之恩。这种抉择对他来说太痛苦，太艰难了。

房门推开了，李瑛和王霞走进来。李瑛关切道：“已经三更了，快歇息吧。”王石头诚恳道：“两位姑姑请坐，我想说说心里话。”王霞鼓励道：“有话尽管说，我们尊重你的意见。”王石头难掩心中的忐忑，乞求道：“我们不杀师父行吗？”话一出口，又感到自责，羞愧地低下了头。他原以为姑姑会迁怒自己，孰料王霞神态平和，投来慈爱的目光。李瑛鼓励道："你说说不杀余虹的理由。"王石头道："师父罪恶深重，依律当斩。可他年已古稀，风烛残年，时日不多，不如让他面壁思过，忏悔一生。" 李瑛、王霞应允。

第二天，王石头提着食盒去看余虹，余虹泪流满面，颤抖地道："师父没看错人，你是个知恩图报的好孩子。" 王石头从食匣中取出酒菜摆在师父面前。余虹拿筷子的手突然止住，惊诧地问："这是断头饭？"王石头平静道："姑姑决定不杀师父了。"余虹连连摇头道："不可能，绝对不可能！我辜负恩师和王家的恩情，作恶太多，她是不会饶恕我的。"王石头道："徒儿不敢说谎。姑姑说论罪师父死有余辜。念师父已是古稀之人，决定让师父面壁思过，忏悔一生。"余虹惊愕，羞愧难当，不禁失声痛哭，几杯酒下肚已是烂醉如泥。

余虹精神恍惚，师父赵普、师兄王飞龙、师姐赵锦娘的身影不断在他的眼前浮现，一个个怒目圆睁，怒斥他的累累罪行。余虹自知罪孽深重，悬梁自尽。

王霞把王石头、柳俊虎叫来，拿出大侠赵普的笔记本和原始记录，问道："这是你们曾外祖父留下来的记录本和原始记录，上面记录了制作'一步倒'的方法。你们说，我们该怎么处理它？"柳俊虎毫不犹豫道："烧毁它，免得再被坏人利用。"王石头也表示赞同。制作"一步倒"的全部记录被投进火盆，化为灰烬，再无人知晓"一步倒"的秘密。

第五十九回　重安葬英魂归故里　家业兴织锦有传人

李瑛费尽周折，终于找到了陆大江、李涛、张汉、王亮的头颅。人们把头颅装进木匣。请回镖局，在镖局设灵堂，请高僧超度，告慰亡灵，只等王九明、乔吉、秦九、柳双喜等罪犯伏法后，择日重新安葬。

官府早在一个月前就张贴布告，公布行刑的日期。赃官王九明，大青山匪首乔吉、秦九等罪犯将被正法的消息不胫而走，百姓奔走相告，扬眉吐气。

行刑那天，人们扶老携幼，从四面八方涌向刑场，要亲眼看见王九明、乔吉、秦九、苏万、柳双喜的可耻下场，李瑛、刘雄、田青、柳春红、柳达声、柳二虎等李家镖局的英雄、柳家织造坊的代表和柳家庄的代表也在其中。三声催魂炮响，众罪犯被押上断头台，枭首示众。台下欢呼雀跃，万众沸腾。

李瑛、王霞、柳春红带着王石头和柳俊虎来到柳梅莹坟前，摆上祭品，点燃香烛。李瑛泪流满面，动情道："梅莹，残害柳、李两家的罪犯都被正法，你可以瞑目了。"她把王石头和柳俊虎唤到身边，继续道，"梅莹，俊龙找到了。是秋菊姐含辛茹苦将他抚养成人。孩子像他爹一样英俊潇洒，武艺超群。如今柳、李两家家业兴旺，你可以安心了。"李瑛对兄弟俩道："给你们的娘磕头。"王石头、柳俊虎叩拜。李瑛继续道："梅莹，我曾在你的坟前许诺，等找到小涛的头颅，等乔吉、秦九、柳双喜等罪犯被正法后，我们就接你回家，把你与李涛葬在一起，让你们相依相伴，永不分离。我们今天就是来接你回家的。"

群山垂首，苍天动情，天空落下细雨。人们将柳梅莹的骸骨重新装殓，运回镖局，等待良辰吉日重新安葬。

重新安葬仪式在李家墓地隆重举行。柳氏族亲、柳家织造坊的工友、三河镇商家以及大青山乡民代表都赶来参加。王石头一身孝服，在前面引灵，陆坚和柳俊虎身穿孝服，手捧装着陆大江、李涛头颅的木匣跟在后面，再后面是拉着柳梅莹灵柩的车，李瑛、陆青母女，柳春红，王妈和李家镖局的各位英雄好汉尾随其后。出殡的队伍浩浩荡荡，绵延数里，一眼望不到尽头。一路之上，哀乐齐鸣，纸钱飘舞，哭声动地。

在僧人的诵经声中，人们打开陆大江、李涛的棺木，取出木雕人头，把真人头与尸身合一，重新下葬。人们把柳梅莹和李涛葬在一起，在墓前立起高大的石碑。

夕阳西下，余晖把大地镀上一层淡淡的橘红色，蔚为壮观。在李涛、柳梅莹的合葬墓前，李瑛拿出柳梅莹生前穿过的绣花鞋和撕成两半的红罗帕，把一只绣花鞋和半块红罗帕交给王石头，把另一只绣花鞋和半块红罗帕交给柳俊虎，道："石头、俊虎，这是你们娘的遗物，你俩好好保存。睹物思人，娘永远守护着你们，保佑着你们。"俩人跪倒在地，郑重地接过遗物。李瑛继续道："你们的爹娘，刚正不阿，疾恶如仇，一身正气，光明磊落。为你们作出了榜样，你们要像他们那样脚踏实地做事。堂堂正正做人，"王石头、柳俊虎再次跪倒在父母坟前叩首。

李瑛又让王石头、柳俊虎跪在王妈和柳春红面前，叮嘱道："你俩是苦命的孩子，小小年纪，爹娘就被杀害，成了孤儿。你俩又是幸运的孩子，在危难时刻，你们的养母舍身相救，含辛茹苦把你们抚养成人。她们不是亲娘，胜似亲娘，你们要听从她们的教诲，为她们养老送终。"俩人给各自的母亲叩头谢恩。

田青、王贵、李瑛为培养柳俊虎、陆青付出了艰苦的努力。经过十余年的培养，柳俊虎、陆青长大成人。柳俊虎跟王贵学习织造，对各种丝绸了如指掌，向田青学习经商之道，继承了质量第一诚信为本的经营理念，在经营上，柳俊虎不拘泥俗套，大胆创新，成了三河镇丝绸业的后起之秀。

陆青跟王贵学习织造，成了行家里手，她的画深受柳梅莹的影响，画工精致，惟妙惟肖。在柳春红等人的鼓励下，陆青开始绘制织锦画稿，画了几稿，都不满意，她问柳俊虎："俊虎哥，设计新纹样画什么图案好？"俊虎想了想，道："柳家以往的织锦纹样有山水，有花鸟，有文字，就是缺少人物。我娘屋里有个婴戏图花瓶，四面开光，每面都画了一个玩耍的婴孩，你就画婴戏图吧。"

陆青借鉴各种婴戏图图样，反复修改，设计出了婴戏图画稿。画上画了六个天真活泼的孩童，一个在田野放风筝，两个在花园捉迷藏，两个在庭院里蹴鞠，一个在院门前放鞭炮，把童真童趣表现得惟妙惟肖。柳春红看后，连声夸赞："画得真好！快把画稿拿给田青叔、天长哥看，听听他们的意见。"田青见了画稿，赞许道："这个题材好。孩子是家庭的寄托和希望，是国家的未来。人们自古就喜欢以孩童为题材表现子孙满堂，五谷丰登，国泰民安的美好期盼，我看可以尝试一下，填补柳家织锦纹样的空白。"李天长表示赞同，提议道："纹样要注重内在含义，我建议每组都画一男一女两个孩童，比如：放风筝的是男童，在他身旁再画一个女童。女童手指天空，正在仰头观看。在放鞭炮的男童旁再画一个女童，女童手捂耳朵，站在远处观看。这样既增添了情趣，又突出了儿女双全、合家欢乐的寓意。”田青补充道：“对，孩童的动作可以适度夸张，比如蹴鞠的孩子可以采用难度更大的动作，比如燕飞、倒踢，看起来就更惊险有趣。”柳春红提议说：“我们把这种纹样命名为‘婴戏纹’，在织锦上织上‘婴戏图’几个字，让人一目了然。”

“婴戏图织锦”图样确定下来，李天长亲自带领徒弟织造，送到京城洪福全绸布庄试销。洪福全绸布庄来信对“婴戏图织锦”赞不绝口：“婴戏图织锦一摆上柜台，立即引起轰动，很快就销售一空，没有买到的顾客舍不得走，问什么时候还来货，有的甚至留下钱要预订。很长时间没有出现这样火爆的销售场面了……”李瑛看了来信，热泪盈眶，把女儿紧紧搂在怀里，轻声道：“青儿，你外公临终前给你起名陆青，就是希望你青出于蓝胜于蓝。你做到了，娘真为你高兴！”

陆青担负起织锦新纹饰的设计工作。她推陈出新，先后设计了“和合二仙”“玉兔捣药”等一批新颖别致的织锦纹饰，柳家织锦锦上添花，更加丰富多彩。

和合二仙是中国民间传说中主婚姻和合的神仙。陆青借鉴民间传说，绘制了“和合二仙”图。和合二仙被塑造成两个满脸笑容活泼可爱的儿童，一个手拿荷花，一个手持圆形宝盒，寓意夫妻和谐，百年好合。

玉兔捣药是一个美丽的传说。传说月亮上住着一只兔子，兔子浑身雪白，称作玉兔。兔子跪地，用玉杵捣药，制出的药有药到病除的神奇功效，于是民间就把玉兔当神仙供奉，祈求玉兔保佑，消灾祛病，延年益寿。

王贵临终前最大的遗憾是没有完成五福捧寿纹织锦的织造工作，柳俊虎、陆青、李天长经过反复试验，完成了五福捧寿纹织锦的挑花结本工作。这一日，柳家织造坊张灯结彩，欢声笑语，李天长等人开始正式织造五福捧寿纹织锦。随着织机发出有节奏的声响，五福捧寿纹织锦逐渐显现出来，最终完整地呈现在众人面前。陆青抑制不住喜悦，对柳俊虎道：“走，向我娘报喜去。”李瑛来到织机前，这位坚毅刚强的女中豪杰忍不住泪如雨下，激动道：“天道酬勤，你们这些年付出的努力终于得到了回报。快，拿着五福捧寿纹织锦到王贵师傅坟前报喜去。他知道了一定会含笑九泉的。”

柳俊虎、陆青、李天长等人来到王贵墓前，把五福捧寿纹织锦放在供桌上，点燃香烛，进行祭拜。柳俊虎动情道："师父，我们没有辜负您的嘱托，实现了您的遗愿，织造出了五福捧寿纹织锦……"

柳春红还有一个心愿，那就是恢复柳家绣坊。土匪火烧柳宅，柳家家破人亡，柳家绣坊解散。柳春红返回柳家不久就建议恢复绣坊，恢复绣坊也是田青的愿望，因为条件不成熟，被搁置下来。几天前，孙氏绣品行老板孙艺来信，热情邀请田青、柳俊虎、陆青到孙氏绣品行做客，洽谈恢复柳家绣坊事宜。

田青带着柳俊虎、陆青去了孙家绣坊。孙艺见到柳俊虎和陆青，感慨道："时光荏苒，岁月如梭。镖主李涛的音容笑貌犹在，他的儿子、外甥女已经长大成人。"说到李涛、柳梅莹和柳、李两家牺牲的众位英雄，众人无不伤心流泪。

宾主落座，田青拿出陆青新设计的织锦图样让孙艺观看，孙艺赞不绝口："当年，李涛拿来夫人柳梅莹设计的绣样，我就爱不释手。陆青设计的图样更让我刮目相看，她小小年纪，却深谙中华吉祥文化之精髓，她的画稿构图简洁，色彩和谐，寓意深刻，充满诗情画意，既传承了柳家传统的设计风格，又有创新，真可谓是青出于蓝而胜于蓝呀！"

柳家绣坊在震耳欲聋的鞭炮声中重新开张，柳春红出任绣坊负责人。柳家织锦和柳家绣品相得益彰，比翼齐飞。

柳俊虎和陆青青梅竹马，在一起长大，情投意合。他们虽是兄妹，却没有血缘关系，李瑛、田青为他们举行了隆重的婚礼。婚后不久，柳家举行隆重的交接仪式，把织造坊正式交给柳俊虎和陆青经营。

仪式庄严隆重，除了本地的商家，孙氏绣品行老板孙艺，洪福全绸布庄老板洪福全都赶来参加，已经升迁为知府的单宝生也亲临现场祝贺，可谓是宾客云集，高朋满座。

主宾首先祭拜蚕神。祭拜完毕，柳达声登台，还未开口，已经泪流满面。他擦干眼泪，激动道："今天是柳家又一个大喜的日子，也是众人期盼已久的日子。回想当年，老东家柳广财临终前把柳文、田青、王贵和我叫到床前交代后事，叮嘱我们一定要把织锦技艺传承下去，要上对得起祖宗，下对得起子孙。那时的柳家是何等的艰难。柳家遭遇土匪抢劫，老夫人、少东家被杀害，老东家气愤而亡，少夫人柳梅莹和两个孩子下落不明，人们都以为柳家败了，柳家织造坊完了，柳家织锦传承不下去了。"柳达声说到悲愤处，泣不成声，他擦了泪水，继续道，"有上天相助，有在座各位族人和同仁的大力扶持，柳家历经磨难，凤凰涅槃，浴火重生。”柳达声把目光转向柳俊虎、陆青，继续道：“如今，柳家织造坊生意兴隆，少东家柳俊虎经营有方，少夫人陆青才华出众，她设计的织锦在京城广受欢迎，我可以自豪地对老东家说，柳家织锦薪火相传，后继有人，您的愿望实现了！”

李瑛难掩激动，登台道：“柳家能够浴火重生，多亏有像田管家、王贵师傅这样的人鼎力辅助。在织造坊最困难的时候，他们不畏强暴，忠诚主人，勇挑重担，起到了中流砥柱的作用。为了传承柳家织锦，王贵师傅呕心沥血，鞠躬尽瘁，直至生命的最后一刻！逝人远去，精神永存，我们应该永远缅怀他，向他学习。”

知府单宝生登台，高声道：“柳家织锦延续百年，传承了几代人，之所以能薪火相传，生生不息，其中一个重要的原因就是柳家织锦始终植根于中华文化这片沃土，从中汲取营养，推陈出新，不断织造出人们喜闻乐见的织锦。俊虎、陆青，创新发展是永恒的主题，是生命的源泉，你们要继承前辈的传统，永不自满，不断创新，让柳家织锦锦上添花，扬名天下。”在热烈的掌声中，柳俊虎从田青手里接过象征权力的钥匙。

柳俊虎、陆青接管了柳家织造坊。李瑛又把李家镖局交给陆坚、王石头经营，她无牵无挂，可以完成最后的夙愿了。这一日，李瑛独自来到三元庵，雪梅、雪燕兴奋地进屋禀报：“师父，李镖主来了！”王霞迎出庵门，姐妹俩拥抱在一起。李瑛动情道：“姐姐还记得我对你的承诺吗？等完成了父亲的遗愿，把镖局和柳家织造坊的事安排妥当，就来陪伴姐姐，共度晚年。”王霞问：“你把柳家织造坊和李家镖局的事都安排妥了？”李瑛点点头。李瑛皈依佛门，在晨钟暮鼓中度过了晚年。

土匪捣毁的纪念碑被修复好，重新竖立在英雄牺牲的地方，英雄的事迹被后人代代传颂。

这正是：

中华丝绸美名扬，工艺精湛世无双。
植根沃土摄营养，锦上添花续辉煌。

后记

丝绸是个大家族，有纱、罗、缎、绮、绫、锦等十几个品种。如果把丝绸比作皇冠，织锦就是皇冠上最璀璨的明珠。

织锦至少已有两千年历史，它的传承和发展之路艰辛曲折。中华人民共和国成立前，由于战争和社会动荡等原因，织锦艺人匮乏，技术失传，织锦业岌岌可危。

云锦、宋锦、蜀锦、壮锦是中国四大名锦，代表着中国丝织工艺最高水平，是中华悠久灿烂文化的杰出代表。1949 年后，特别是改革开放以来，国家非常重视非物质文化遗产的传承和发展，云锦、宋锦、蜀锦、壮锦都被列为国家级非物质文化遗产，云锦经联合国教科文组织审议批准还被列入《人类非物质文化遗产名录》，织锦这门古老的中华传统技艺焕发出勃勃生机！

正因为一代代丝织艺人锐意进取，不断创新，才铸就了织锦今日的辉煌。遗憾的是，以前的丝织艺人社会地位低，他们虽然织造出了“素纱禅衣”“五星出东方利中国”等让世界为之赞叹的织锦，却没能留下姓名，他们的事迹也湮没在历史长河中。我们创作小说《红罗帕》就是讴歌那些为传承发展织锦技艺默默奉献的先人，为他们树碑立传。

从动笔创作到书籍出版用了整整七年时间。创作之路虽然艰辛，但是我们感到很欣慰，因为我们实现了自己的愿望。愿小说得到社会和读者的关注和认可，愿更多的人关心中华丝绸的传承和发展。

刘卫东　刘向军

2021 年 5 月